Das Buch

Frühstück nach Mitternacht Auf dem St. Mary´s Friedhof in Bloomsbury macht eine ältere Dame einen grausigen Fund – den in Packpapier eingewickelten Oberkörper einer jungen Frau. Die Suche der Polizei fördert im Umkreis einer Meile die restlichen Leichenteile zu Tage, alle sorgfältig verpackt. Inspektor Thomas Pitt wird mit dem Fall betraut, aber es scheint aussichtslos, den barbarischen Mord, der in die Slums führt, zu klären. Ein anderer Mord, der Pitt und seine Ehefrau persönlich berührt, geschieht in den höchsten Kreisen der Londoner Gesellschaft: Charlottes Schwager George, Lord Ashworth, ist vergiftet worden. Seine herablassende Familie verdächtigt nur zu gerne seine Ehefrau Emily – Charlottes Schwester, die weit "über ihren Stand" geheiratet hatte ...

Die Frau in Kirschrot Ein Mitglied des Außenministeriums wurde in Hanover Close, einer der nobelsten Ecken Londons, unter mysteriösen Umständen ermordet, der mutmaßliche Raubmörder aber nie gefaßt. Drei Jahre später soll der Fall auf Anordnung von höchster Stelle noch einmal überprüft werden und Inspektor Thomas Pitt wird damit beauftragt. Doch kaum kommt er der Wahrheit näher, werden seine Ermittlungen behindert ...

Die Autorin

Anne Perry wurde 1938 in London geboren und lebt heute in Schottland. Mit ihren spannenden Kriminalromanen aus dem viktorianischen England hat sie sich eine begeisterte und treue Lesergemeinde geschaffen. Von Anne Perry liegen im Wilhelm Heyne Verlag vor:
Die dunkelgraue Pelerine (01/8864), Die roten Stiefeletten (01/9081), Ein Mann aus bestem Hause (01/9378), Der weiße Seidenschal (01/9574), Schwarze Spitzen (01/9758), Belgrave Square (01/9864), Mord im Hyde Park (01/10487), Der blaue Paletot (01/10582), Das Mädchen aus der Pentecost Alley (01/10851), Die Rettung des Königs (01/13060), Eine geschlossene Gesellschaft (01/13109), Die letzte Königin (01/13159), Das Geheimnis der Miss Bellwood (01/13235).

Anne Perry

Frühstück nach Mitternacht
Die Frau in Kirschrot

Zwei Thomas-Pitt-Krimis
aus der viktorianischen Zeit

WILHELM HEYNE VERLAG
MÜNCHEN

HEYNE TIPP DES MONATS
Nr. 23/171

Umwelthinweis:
Dieses Buch wurde auf
chlor- und säurefreiem Papier gedruckt.

Taschenbuchausgabe 11/2000

Printed in Germany 2000
Quellennachweis: s. Anhang
http://www.heyne.de
Umschlagillustration: Kenny McKendry/
Artist Partners
Umschlaggestaltung: Nele Schütz Design, München
Druck und Bindung: Elsnerdruck, Berlin

ISBN: 3-453-18106-9

Frühstück nach Mitternacht

Für Ed und Peggy Wells, voller Dank für ihre Liebe und Treue über all die Jahre.

1

Mrs. Peabody war erhitzt und außer Atem. Es war Hochsommer. Ihr Korsett engte sie unnachgiebig ein, und ihr Kleid mit der modischen Tournüre war viel zu schwer, als daß sie damit einem eigensinnigen Hund, der gerade behende durch die schmiedeeiserne Friedhofspforte verschwand, über den Bürgersteig hätte nachjagen können.

»Clarence!« rief Mrs. Peabody wütend aus. »Clarence! Sofort kommst du hierher!«

Aber Clarence, der fett und schon etwas älter war und es hätte besser wissen müssen, wand sich durch den Spalt und stürmte in das hohe Gras und die Rhododendren auf der anderen Seite des Gitterzauns hinüber. Mrs. Peabody, die vor Verärgerung keuchte und mit einer Hand ihren breiten Hut hielt, wobei er ihr keck über die Augen rutschte, suchte die Pforte mit der anderen Hand so weit zu öffnen, daß sie ihre ausgesprochen stattliche Figur hindurchzwängen konnte.

Der verblichene Mr. Peabody hatte eine Vorliebe für großzügige Proportionen gehabt. Wiederholt hatte er es angesprochen. Die Frau eines Mannes sollte seiner Stellung im Leben entsprechen: würdevoll und gewichtig.

Es bedurfte jedoch mehr Aplomb als Mrs. Peabody besaß, um sich die Würde zu erhalten, wenn man, den Hut schief auf dem Kopf, die Brust in einer Friedhofspforte verklemmte und der Hund dabei nur ein Dutzend Meter entfernt wie ein Dämon jaulte.

»Clarence!« kreischte sie erneut, holte mit wogendem Busen tief Luft, was nicht die geringste Wirkung hatte. Sie stieß ein verzweifeltes Wehklagen aus und kämpfte sich hindurch, wobei die Tournüre ihrer Hüfte beängstigend nah kam.

Clarence kläffte hysterisch und scharrte in den Rhododendronbüschen. Nach einer regenlosen Woche war der Boden trocken, und er warf Staubfontänen in die Luft. Aber er hatte seine Beute, ein sehr großes, aufgeweicht wirkendes Paket in braunem Papier, das ordentlich mit einer Schnur zusammengebunden war. Durch die entschlossenen Bemühungen des Hundes war es an mehreren Stellen eingerissen und begann sich aufzulösen.

»Aus!« befahl Mrs. Peabody. Clarence ignorierte sie. »Aus!« wiederholte sie und rümpfte angewidert ihre Nase. Es war wirklich äußerst unerfreulich. Es schien sich um Küchenabfälle zu handeln – unbrauchbares Fleisch. »Clarence!«

Der Hund riß ein großes Stück Papier ab, blutdurchtränkt und leicht zu lösen. Dann sah sie es – Haut. Menschliche Haut, blaß und weich. Sie schrie; dann, als Clarence mehr davon entblößte, schrie sie wieder und wieder und wieder, bis ihr beinah die Lungen platzten und sie keine Luft mehr bekam und sich die Welt um sie herum in rotem Nebel drehte. Sie fiel zu Boden, nahm weder Clarence wahr, der unentwegt an dem Paket zerrte, noch die Passanten, die sich besorgt durch das verklemmte Tor zwängten.

Inspektor Thomas Pitt sah von seinem Schreibtisch auf, der von Papieren übersät war, froh über die Unterbrechung. »Was gibt es?«

Police Constable Stripe stand im Türrahmen, das Gesicht ein bißchen rosafarben über dem steifen Kragen. Er blinzelte mit den Augen.

»Es tut mir leid, Sir, aber wir haben eine Meldung über eine Ruhestörung auf dem St. Mary's Friedhof in Bloomsbury. Eine ältere Person hat hysterische Anfälle. Durchaus respektabel, lokale Persönlichkeit – und sie rührt keinen Tropfen an. Ihr Mann war Abstinenzler, bevor er starb. Hat bisher nie zu Ärger Anlaß gegeben.«

»Vielleicht ist sie krank?« warf Pitt ein. »Dafür braucht man nur einen Constable, oder? Vielleicht einen Arzt?«

»Nun, Sir.« Stripe wirkte bekümmert. »Sieht so aus, als sei ihr Hund ihr weggelaufen und habe dieses Paket in den

Büschen gefunden, und sie glaubt, es wären Teile eines Menschen. Deswegen ist sie hysterisch geworden.«

»Was um alles in der Welt meinen Sie mit ›Teile eines Menschen‹?« bohrte Pitt gereizt. Er mochte den jungen Wilberforce Stripe. Gewöhnlich war er eifrig und verläßlich. Diese vage Geschichte sah ihm gar nicht ähnlich. »Was ist in diesem Paket?«

»Nun, das war's schon, Mr. Pitt, Sir. Der Constable, der dort Streife geht, sagt, er will nicht mehr als nötig anrühren, bevor sie eintreffen, Sir, aber nach seiner Einschätzung ist es genau das: ein Teil einer Frauenleiche. Die... äh...« Er war ganz offensichtlich peinlich berührt. Er wollte nicht taktlos sein, war sich jedoch darüber im klaren, daß ein Polizist präzise sein mußte. Er legte sich eine Hand auf die Taille und die andere um den Hals. »Die obere Hälfte, Sir.«

Pitt stand auf, und Papiere rutschten von seinem Schoß auf den Boden und blieben dort liegen. Hier vergnügte sich der prunkvolle und elegante Kern des Empire nur einen Steinwurf von den Elendsvierteln entfernt, die vor Armut so überquollen, daß verrottende Mietskasernen einander stützen mußten. Fünfzehn Menschen lebten und starben hier in einem Zimmer. Trotz seiner siebzehn Jahre in London war er immer wieder schockiert von der Barbarei des Verbrechens. Er konnte es nicht fassen. Der Verstand versagte ihm. Aber das Leiden des einzelnen hatte immer noch die Macht, ihn zu rühren.

»Dann sollten wir besser gehen und nachsehen«, erwiderte er, ignorierte die Unordnung um sich herum und ließ seinen Hut auf dem Ständer, wohin er ihn bei seiner Ankunft am Morgen geworfen hatte.

»Ja, Sir.« Stripe reihte sich hinter ihm ein, folgte Pitts vertrauter, abgerissener Gestalt über den Korridor, die Treppe hinab an mehreren anderen Constables vorbei und auf die heiße und staubige Straße hinaus. Eine leere Kutsche klapperte an ihnen vorbei, hielt Pitt mit seinen flatternden Rockschößen und der losen Krawatte nicht für einen beachtenswerten Fahrgast. Stripe war in seiner Uniform nicht einmal eine Überlegung wert.

Pitt winkte mit dem Arm und lief ein paar Schritte weit. »Kutscher!« rief er. Seine Wut war nicht gegen die persönliche Kränkung, sondern gegen das Verbrechen ganz allgemein gerichtet, und dieses würde er ganz besonders hartnäckig verfolgen.

Der Kutscher hielt und betrachtete ihn ungnädig. »Ja, Sir?«

»St. Mary's Friedhof. Bloomsbury.« Pitt kletterte hinein und hielt für Stripe hinter sich die Tür auf.

»Darf es die Ostseite oder die Westseite sein?« erkundigte sich der Kutscher.

»Die hintere Pforte, an der Allee«, schob Stripe hilfsbereit dazwischen.

»Danke«, sagte Pitt, und dann zum Kutscher: »Machen Sie schon, Mann!«

Der Kutscher knallte mit der Peitsche, gab anfeuernde Geräusche von sich, und sie fuhren an, beschleunigten schnell in den Trab. Sie schwiegen, jeder für sich mit seinen eigenen Mutmaßungen beschäftigt, was sie wohl vorfinden würden.

»Ist es hier richtig, Sir?« fragte der Kutscher unschlüssig und beugte sich herab.

»Ja.« Pitt hatte die kleine Menschentraube mit dem überforderten Constable in ihrer Mitte längst gesehen. Es war ein gewöhnlicher, ziemlich schäbiger Vorstadtfriedhof. Staubig war es hier, das Gras trocken in der Sommerhitze, die Grabsteine uneben und überladen, marmorne Engel und drüben rechts bei den Eiben ein Dickicht aus dunklen Rhododendren.

Er kletterte hinaus, zahlte den Kutscher, dann schritt er über das Trottoir und sprach mit dem Constable, der offenbar überglücklich war, ihn zu sehen.

»Was gibt es hier?« fragte Pitt mürrisch.

Der Constable deutete mit dem Ellbogen ruckartig auf den hohen, mit Eisenspitzen versehenen Gitterzaun, drehte aber nicht den Kopf herum. Sein Gesicht war blaß, und dicke Schweißperlen standen ihm auf Oberlippe und Stirn. Er sah elend aus. »Oberteil einer Frauenleiche, Sir.« Er schluckte fest. »Ziemlich gräßlich, das alles. Sie war unter den Büschen da.«

»Wer hat sie gefunden, und wann?«

»Eine Mrs. Ernestine Peabody beim Ausführen ihres Pekinesen mit Namen Clarence.« Er sah auf sein Notizbuch herab. Pitt las es auf dem Kopf; *15. Juni 1887, 15.25 Uhr, zum St. Mary's Friedhof gerufen worden, schreiende Frau.*

»Wo ist sie jetzt?« fragte Pitt.

»Sitzt im Vestibül auf der Bank, Sir. Sie ist ziemlich mitgenommen, und ich hab' ihr gesagt, sie könnte gehen, sobald Sie mit ihr gesprochen haben. Ich hielt es für das beste, Sir, da sie uns keine große Hilfe sein wird.«

»Wahrscheinlich nicht«, stimmte Pitt ihm zu. »Wo ist dieses – Paket?«

»Wo ich es gefunden habe, Sir! Ich hab' es nur angerührt, um sicherzugehen, daß sie keine... so was wie Wahnvorstellungen gehabt hat. Vom Schnaps.«

Pitt trat an die Pforte. Sie war aus schwerem Schmiedeeisen und festgeklemmt, etwas mehr als einen Fuß weit offen, verkeilt in den Furchen des getrockneten Schlamms. Er zwängte sich hindurch und ging innen am Zaun entlang, bis er zu den Rhododendren kam. Er wußte, daß Stripe direkt hinter ihm lief.

Das Paket war etwa fünfzig Zentimeter im Quadrat und lag da, wo Clarence es zurückgelassen hatte. Das Papier war zerrissen und abgezogen, gab den Blick auf kadaverähnliches Fleisch und einige Zentimeter feinporiger, weißer Haut frei, die mit Blut verschmiert war. Fliegen begannen sich zu sammeln. Er mußte das Stück nicht berühren, um sagen zu können, daß es Teil einer weiblichen Brust war.

Er richtete sich auf. Ihm war so übel, daß er meinte, ohnmächtig werden zu müssen. Er atmete tief ein und aus, ein und aus und hörte, wie Stripe davonstolperte, hustete und sich hinter einem Grabstein mit geschnitzten Engelsköpfen erbrach.

Nachdem er einen Augenblick lang auf die staubigen Steine, das zertrampelte Gras und die stecknadelgroßen, gelben Punkte auf den Rhododendronblättern gestarrt hatte, zwang er sich, das gräßliche Paket wieder anzusehen. Es gab Details, die zu notieren waren. Die Sorte und Farbe des Papiers, die Schnur, mit der es umwickelt war, die Art der Knoten. Menschen hinterließen ihre Kennzeichen, banden Schnüre lose oder fest, Länge oder Breite zuerst, machten Laufknoten oder Schifferknoten, an jedem Kreuz verbunden oder einfach nur geschlungen. Und es gab ein Dutzend verschiedene Möglichkeiten, den Knoten abzuschließen.

Er verbot sich jeden Gedanken an den Inhalt des Pakets, kniete nieder, um es zu untersuchen, und drehte es vorsichtig um, als er alles gesehen hatte, was von oben zu sehen war. Es war dickes Papier, ein bißchen glänzend auf der Innenseite, zwei Schichten davon. Er hatte oft gesehen, wie solches Papier zum Zusammenbinden von Wäschepaketen genommen wurde. Es war stabil und knisterte gewöhnlich ein bißchen, wenn man es berührte, nur war dies hier feucht vom Blut und machte kein Geräusch, auch nicht, als er es umdrehte. Unter dem braunen Papier war klares, eingefettetes Küchenpapier, wiederum zwei Schichten, die Sorte, wie sie Schlachter manchmal benutzen. Wer auch immer dieses grauenhafte Ding eingewickelt hatte, mußte sich gedacht haben, daß auf diese Weise kein Blut herausfließen würde.

Die Schnur war ungewöhnlich: grober, haariger Bindfaden, eher gelb als weiß, doppelt der Länge und Breite nach gewickelt, an jedem Kreuz verknotet und schließlich mit einer Schlinge und zwei fransigen Enden von etwa vier Zentimetern Länge zusammengebunden.

Er nahm sein Notizbuch hervor und schrieb es auf, aber am liebsten hätte er alles wieder vergessen, vollständig aus seiner Erinnerung gelöscht. Wenn er es nur gekonnt hätte.

Stripe kam zurück, verlegen, peinlich berührt, weil er die Fassung verloren hatte. Er wußte nicht, was er sagen sollte.

Pitt sagte es für ihn: »Es muß noch mehr geben. Am besten organisieren wir eine Suche.«

Stripe räusperte sich. »Mehr... Ja, Mr. Pitt. Aber wo sollen wir anfangen? Könnte überall sein!«

»Wahrscheinlich nicht sehr weit von hier.« Pitt stand auf, mit steifen Knien. »Solche Sachen trägt man nicht länger als nötig herum. Mit Sicherheit nicht weiter als man laufen kann. Selbst ein Geistesgestörter steigt mit so einem Bündel unter dem Arm nicht in eine Kutsche oder einen öffentlichen Omnibus. Müßte in einem Umkreis von höchstens einer Meile liegen.«

Stripes Augenbrauen hoben sich. »Würde man eine Meile damit laufen, Sir? Ich würde es nicht tun. Eher vielleicht fünfhundert Meter, wenn überhaupt.«

»Fünfhundert in alle Richtungen«, antwortete Pitt. »Irgendwo fünfhundert Meter von hier.« Er schwenkte seinen Arm in die Runde.

»In alle...« Stripes blaue Augen wirkten verwirrt.

Pitt formte den Gedanken in Worte. »Es muß doch insgesamt ein ganzer Körper sein. Das wären etwa sechs Pakete, mehr oder weniger von dieser Größe. Er konnte sie nicht alle mit einem Mal tragen, es sei denn, er hätte ein Faß benutzt. Und ich bezweifle, daß er damit die Aufmerksamkeit auf sich lenken wollte. Es ist ganz sicher unwahrscheinlich, daß er sich eins ausleihen würde, und wer außer Ladeninhabern und Straßenhändlern besitzt schon Fässer? Aber wir werden nachprüfen, ob in dieser Gegend welche gesehen wurden, gestern oder heute.«

»Ja, Sir.« Stripe war ausgesprochen erleichtert, daß er etwas zu tun hatte. Alles war besser als hilflos dazustehen, während die Fliegen um den entsetzlichen Packen im Gras summten.

»Schicken Sie eine Nachricht ans Revier, daß wir ein halbes Dutzend Constables brauchen. Und den Leichenwagen, und den Leichenbeschauer.«

»Ja, Sir.« Stripe zwang sich dazu, noch einmal zu Boden zu sehen, vielleicht weil er sich als gefühllos empfand, wenn er der Greueltat keine Beachtung schenkte, wenn er ohne eine Art von Betroffenheit fortging. Es war derselbe Instinkt, der einen beim Anblick eines Leichenwagens den Hut abnehmen läßt, wenn er auf der Straße an einem vorüberfährt, selbst wenn man keine Ahnung hat, wer gestorben ist.

Pitt ging zwischen Grabsteinen umher, verschnörkelt und überladen, von Unkraut verschandelt, und kam zum kiesbestreuten Eingang der Kirche. Die Tür stand offen, und drinnen war es kühl. Seine Augen brauchten einen Moment, bis sie sich an die Dunkelheit und die verschwommenen Farbspritzer der Glasmalereien auf den Steinen gewöhnt hatten. Eine große Frau saß auf einer Holzbank zusammengesunken, halb hingestreckt, den Hut am Boden neben sich, das Kleid am Hals geöffnet. Die Frau des Küsters hielt ein Glas Wasser in der einen Hand und eine Flasche mit Ammoniak-Riechsalz in der anderen und murmelte irgend etwas Beruhigendes. Beide drehten sich erschrocken um, als Pitts Schritte zu hören waren. Ein gelblicher Pekinese schlief im Gang in der Sonne und ignorierte ihn vollkommen.

»Mrs. Peabody?«

Sie starrte ihn mit einer Mischung aus Mißtrauen und Erwartung an. Es war ihr nicht gänzlich unangenehm, der Mittelpunkt eines solchen Dramas zu sein, vorausgesetzt natürlich, jedermann verstand, daß sie in keinem anderen Zusammenhang mit der Sache stand, als daß sie eine unschuldige Frau war, die rein zufällig mit hineingezogen wurde.

»Ich bin es«, sagte sie unnötigerweise.

Pitt hatte schon viele Mrs. Peabodys kennengelernt, und er wußte nicht nur, wie ihr zumute war, sondern auch welche Alpträume ihr bevorstanden. Er setzte sich neben sie auf die Bank, in einem Meter Abstand.

»Sie müssen sehr bedrückt sein«, beeilte er sich zu sagen, als sie tief Luft holte, um ihm exakt zu erklären, wie sehr, »also werde ich Sie so wenig wie möglich bemühen. Wann haben Sie Ihren Hund zum letztenmal an diesem Friedhof vorbeigeführt?«

Ihre sorgsam gewölbten Brauen zuckten unter dem rotblonden Haaransatz. »Ich glaube, Sie verstehen nicht, junger Mann! Es ist keineswegs eine meiner Angewohnheiten, eine solche – solche...« Sie fand keine Worte für das aufrichtige Entsetzen, das sie heimgesucht hatte.

»Dessen bin ich mir sicher«, sagte Pitt düster. »Ich unterstelle, daß Ihr Hund es gefunden hätte, wenn es beim letztenmal schon dort gewesen wäre.«

Mrs. Peabody war trotz ihres Schocks nicht ohne gesunden Menschenverstand. Sie verstand den Gedanken sofort. »Oh. Gestern nachmittag bin ich diesen Weg entlanggekommen, und Clarence hat nicht...« Sie sprach nicht weiter, wollte eine derart unnötige Bemerkung nicht vollenden.

»Ich verstehe. Danke. Wissen Sie, ob Clarence das Paket unter den Büschen herausgezogen hat, oder war es schon draußen?«

Sie schüttelte den Kopf.

Es machte keinen Unterschied, nur daß es wahrscheinlich früher entdeckt worden wäre, wenn es im Freien gelegen hätte. Mit großer Wahrscheinlichkeit hatte sich derjenige, der es dort abgelegt hatte, die Zeit genommen, es zu verstekken. Es gab wirklich nichts weiter, wonach er sie fragen mußte, nur nach ihrem Namen und ihrer Adresse.

Er ließ sie dort sitzen, ging wieder hinaus in die Hitze und begann über die Organisation einer Suche nachzudenken. Es war halb fünf.

Gegen sieben Uhr hatten sie alles gefunden. Es war ein finsteres Geschäft. Die Treppen in verlassene Kellervorhöfe hinabzusteigen, den Abfall in Mülltonnen zu durchsieben, wenn man sie von der Straße aus erreichen konnte, hinter Büsche und Zäune zu spähen. Paket für Paket wurde der Rest zusammengebracht. Das Schlimmste lag in einer schmalen und stinkenden Gasse, etwas mehr als eine Meile vom Friedhof entfernt, in den verwahrlosten Mietskasernen von St. Giles. Es hätte den ersten Hinweis auf ihre Identität liefern können, aber, wie auch bei zwei weiteren, hatten streunende Katzen es vorher entdeckt, angelockt vom Geruch und ihrem verzehrenden Hunger. Nur langes, blondes Haar und eine Schlagverletzung am Kopf waren zu erkennen.

Der lange Sommertag dunkelte erst gegen zehn Uhr abends. Pitt schleppte sich von Tür zu Tür, fragte, bat, schüchterte von Zeit zu Zeit einen unglückseligen Diener ein, ein Schuldgeständnis für irgendein Dienstvergehen abzugeben, etwa für einen unerlaubten Flirt, der ihn länger als üblich an der Hintertreppe aufgehalten hatte, aber niemand gestand, etwas auch nur entfernt Erwähnenswertes gesehen zu haben. Da waren keine neuen Straßenhändler gewesen, nur die altbekannten und zugelassenen, kein Anlieger oder Fremder hatte verdächtige Pakete herumgetragen, niemand hatte es verstohlen eilig gehabt und niemand war als vermißt gemeldet.

Pitt war wieder auf dem Revier, als die Sonne kirschrot über den Dächern versank und die Gaslaternen in den vornehmen Hauptverkehrsstraßen wie hunderte verirrter Monde aufleuchteten. Drinnen im Revier roch es nach geschlossenen Türen, Hitze, der Strenge von Tinte und brandneuem Linoleum auf dem Boden. Der Leichenbeschauer wartete auf ihn, die Hemdsärmel aufgerollt und flekkig, seine Weste schief geknöpft. Er sah erschöpft aus, und er hatte sich Blut über die Nase geschmiert.

»Also?« fragte Pitt müde.

»Junge Frau.« Der Mann setzte sich ohne zu fragen. »Blondes Haar, helle Haut. Soweit man das beurteilen kann, könnte sie ganz hübsch gewesen sein. Mit Sicherheit war sie keine Bettlerin. Die Hände waren sauber, keine abgebrochenen Fingernägel, aber sie hat etwas Hausarbeit gemacht. Meine erste Vermutung wäre ein Stubenmädchen, aber das ist nur eine Vermutung.« Er seufzte. »Und sie hat ein Kind bekommen, aber nicht während der letzten Monate.«

Pitt setzte sich hinter seinen Schreibtisch und stützte sich auf die Ellbogen. »Wie alt?«

»Großer Gott, Mann! Woher soll ich das wissen?« sagte der Doktor wütend, und sein Mitgefühl, seine Abscheu und schiere Hilflosigkeit ergossen sich über das einzig verfügbare Opfer. »Sie präsentieren mir eine Leiche in einem halben Dutzend Teilen, fast wie Innereien von einem gottverfluchten Schlachter, und Sie verlangen, daß ich Ihnen sage, wer sie war! Nun, ich kann es nicht!« Er stand auf, warf seinen Stuhl um. »Sie war eine junge Frau, wahrscheinlich ein Hausmädchen, und irgendein Wahnsinniger hat sie ermordet, indem er ihr auf den Hinterkopf geschlagen hat und sie dann, Gott weiß wie, in Stücke zersägt und über Bloomsbury und St. Giles verstreut hat. Sie dürften verdammtes Glück haben, wenn Sie jemals herausfinden sollten, wer sie ist, geschweige denn, wer ihr das angetan hat. Manchmal frage ich mich, warum Sie sich die Mühe machen. Von den tausend verschiedenen Möglichkeiten, jemanden zu ermorden, könnte ein Schlag über den Schädel auf lange Sicht weniger grausam sein als einige der Möglichkeiten, von denen wir keine Notiz nehmen. Sind Sie in den Mietskasernen und Pensionen von St. Giles gewesen, von Wapping, Mile End? Die letzte Leiche, die ich mir angesehen habe, war ein zwölfjähriges Mädchen. Bei der Entbindung gestorben...« Er hielt inne. Seine Stimme war von Tränen erstickt, für die er sich nur halb schämte. Er warf Pitt einen wilden Blick zu, marschierte hinaus und knallte mit der Tür.

Pitt erhob sich langsam, richtete den Stuhl auf und folgte ihm. Normalerweise wäre er nach Hause gelaufen; es waren nur ein paar Meilen. Aber es war schon fast elf, und er war müde und hungrig, und seine Füße schmerzten mehr als sonst. Er nahm eine Kutsche und verschwendete keinen Gedanken an diese Ausgabe.

Die Vorderseite des Hauses war dunkel, und er öffnete die Tür mit seinem Schlüssel. Gracie, das Hausmädchen, war sicher längst zu Bett gegangen, aber er konnte Licht in der Küche sehen, und er wußte, daß Charlotte auf ihn warten würde. Seufzend und erleichtert zog er seine Stiefel aus und lief über den Korridor, spürte das kühle Linoleum durch seine Socken.

Charlotte stand im Türrahmen. Die Gaslampe hinter ihr beleuchtete das Kastanienbraun ihres Haars und zeichnete die warme Rundung ihrer Wangen nach. Ohne ein Wort legte sie die Arme um ihn und drückte ihn ungewohnt fest. Einen Moment lang fürchtete er, irgend etwas wäre geschehen, eines der Kinder wäre krank; dann fiel ihm ein, daß sie wahrscheinlich eine Abendzeitung gelesen hatte. Falls sein Name nicht erwähnt war, hatte sie aus seiner späten Heimkehr geschlossen, daß er damit zu tun hatte.

Er hatte nicht die Absicht gehabt, ihr davon zu erzählen. Trotz all der Fälle, mit denen sie sich befaßt hatte, glaubte ein Teil von ihm immer noch, daß sie vor solchem Grauen beschützt werden mußte. Die meisten Männer hielten ihr

Heim für eine Zuflucht vor der Härte und oft genug vor der Häßlichkeit der Außenwelt, ein Ort, an dem man sowohl Körper als auch Geist regenerieren konnte, bevor man sich wieder in den Kampf stürzte. Frauen waren Teil dieser sanfteren, besseren Welt.

Aber Charlotte hatte nur selten getan, was von ihr erwartet wurde, schon bevor sie ihre gebildete Familie vor den Kopf gestoßen hatte, indem sie in die Polizei einheiratete. Es war ein radikaler Abstieg gewesen, und sie konnte sich glücklich schätzen, daß man sie nicht enterbt hatte.

Jetzt ließ sie etwas locker und sah zu ihm auf, das Gesicht vor Sorge ganz zerknittert.

»Du arbeitest an diesem Fall, nicht wahr, Thomas? Diese arme Frau, die man auf dem St. Mary's Friedhof gefunden hat?«

»Ja.« Er küßte sie sanft, dann noch einmal, hoffte, sie würde nicht davon sprechen. Er war so müde, daß es schmerzte, und es gab nichts, was er ihr sagen konnte.

Mit zunehmendem Alter lernte Charlotte, wann sie ihre Meinung besser für sich behalten sollte, aber dies war keine solche Situation. Voller Entsetzen und Mitgefühl hatte sie die Sonderausgabe der Zeitung gelesen, zwei Abendessen für Pitt gekocht, beide umsonst, und sie erwartete zumindest, daß er die Gedanken und einige seiner Gefühle, die ihn im Laufe des Tages ereilt hatten, mit ihr teilte.

»Wirst du herausfinden, wer sie war?« fragte sie, zog sich zurück und machte sich auf in die Küche. »Hast du gegessen?«

»Nein, natürlich nicht«, sagte er müde und folgte ihr. »Aber mach dir nicht die Mühe, jetzt noch zu kochen.«

Sie hob ihre Augenbrauen, aber diesmal sah sie in sein Gesicht und biß sich auf die Zunge. Hinter ihr, auf dem geschwärzten, polierten Herd, blähten sich Dampfwolken über dem Kessel auf.

»Möchtest du kaltes Hammelfleisch, Pickles und frisches Brot?« fragte sie liebenswürdig. »Und eine Tasse Tee?«

Unwillkürlich mußte er lächeln. Auf lange Sicht wäre es einfacher und angenehmer, sich zu ergeben.

»Ja, das möchte ich.« Er setzte sich und hängte seine Jacke über die Stuhllehne.

Sie zögerte, dann beschloß sie, daß es klüger wäre, erst den Tee anzurichten, bevor sie noch etwas sagte, aber ihre Mundwinkel zuckten leicht.

Fünf Minuten später hatte er drei Scheiben krümeliges Brot, einen Haufen selbstgemachtes Chutney (Charlotte konnte Chutney und Marmelade sehr gut zubereiten), mehrere Scheiben Fleisch und einen Frühstücksbecher dampfenden Tee vor sich.

Charlotte hatte sich lang genug zurückgehalten. »Wirst du herausfinden, wer sie war?«

»Ich bezweifle es«, sagte er und begann zu essen.

Sie starrte ihn eindringlich an. »Wird sie denn niemand als vermißt melden? Bloomsbury ist eine ziemlich angesehene Gegend. Leute, die Stubenmädchen haben, merken doch, wenn sie weg sind.«

Trotz ihrer sechsjährigen Ehe und all der Fälle, in die sie auf die eine oder andere Weise verwickelt gewesen war, trug sie noch immer Reste der Unschuld in sich, in der sie aufgewachsen war, beschützt von Unannehmlichkeiten, unbehelligt von den Härten und Aufregungen der Welt, wie es sich für junge Damen aus vornehmem Hause ziemte. Anfangs hatte Charlottes Erziehung Pitt eingeschüchtert und ihn in unbesonnenen Augenblicken wütend gemacht. Aber meist verschwand sie unter all den unendlich viel wichtigeren Dingen, die sie teilten: ihr Lachen über die Absurditäten des Lebens, Zärtlichkeit, Leidenschaft, Wut über dieselben Ungerechtigkeiten.

»Thomas?«

»Meine liebste Charlotte, sie muß nicht aus Bloomsbury kommen. Und selbst wenn es so wäre, was glaubst du, wie viele Stubenmädchen entlassen worden sind, aus welchen Gründen auch immer, von Unehrlichkeit bis dahin, daß sie in den Armen des Hausherrn erwischt wurden? Andere werden durchgebrannt sein, oder man nimmt es zumindest an, oder sie haben das Familiensilber mitgehen lassen und sind im Dunkel der Nacht verschwunden.«

»Stubenmädchen sind nicht so!« protestierte sie. »Willst du denn nicht nach ihr fragen?«

»Haben wir schon«, erwiderte er mit kraftloser Schärfe in der Stimme. Hatte sie denn keine Vorstellung davon, wie aussichtslos es war, und daß er längst alles getan hatte, was er tun konnte? Wußte sie denn so wenig von ihm, nach all der Zeit?

Sie neigte ihren Kopf, sah auf die Tischdecke hinab. »Es tut mir leid. Ich nehme an, du wirst es nie erfahren.«

»Wahrscheinlich nicht«, stimmte er ihr zu und nahm seinen Becher. »Ist das ein Brief von Emily, dort auf dem Kaminsims?«

»Ja.« Emily war ihre jüngere Schwester, die soweit über ihrer Stellung geheiratet hatte wie Charlotte abgestiegen war. »Sie wohnt bei Großtante Vespasia in Cardington Crescent.«

»Ich dachte, Großtante Vespasia wohnt in Gadstone Park.«

»Tut sie auch. Sie sind alle zu Besuch bei Onkel Eustace March.«

Er brummte. Dazu gab es nichts weiter zu sagen. Er hegte eine tiefe Bewunderung für die elegante, reizbare Lady Vespasia Cumming-Gould, aber weder hatte er jemals von Eustace March gehört, noch verspürte er den Wunsch danach.

»Sie klingt sehr unglücklich«, fuhr Charlotte fort und sah ihn besorgt an.

»Das tut mir leid.« Er sah ihr nicht in die Augen, sondern angelte sich ein weiteres Stück Brot und den Teller mit dem Chutney. »Aber es gibt nichts, was wir daran ändern könnten. Ich wage die Behauptung, daß sie sich langweilt.« Diesmal sah er auf, fixierte sie mit fast wütendem Blick in den Augen. »Und du wirst dich auf keinen Fall in die Nähe von Bloomsbury begeben, auch nicht um einen lang vergessenen Freund zu besuchen, weder von dir noch von Emily. Haben wir uns verstanden, Charlotte?«

»Ja, Thomas«, sagte sie mit weit aufgerissenen Augen. »Ich glaube, ich kenne sowieso niemanden in Bloomsbury.«

2

Emily war fürwahr zutiefst unglücklich, trotz der Tatsache, daß sie in ihrem schimmernden, aquamarinblauen Kleid mit gewagtem und elegantem Schnitt großartig aussah und im Savoy in der Privatloge der Marches saß. Auf der Bühne wurde mit köstlicher, lyrischer Anmut die Oper *Jolanthe* der Herren Gilbert und Sullivan gegeben, die sie ganz besonders verehrte. Die bloße Vorstellung von einem jungen Ding, das, an der Hüfte geteilt, halb Mensch, halb Elfe war, sprach gewöhnlich ihren Sinn für das Absurde an. Heute abend ging es an ihr vorüber.

Der Grund für ihren Kummer lag darin, daß sich ihr Mann George schon seit einigen Tagen jede Mühe ersparte, den Umstand zu verhehlen, daß er Sybilla Marches Gesellschaft der Emilys offensichtlich vorzog. Er war von tadelloser Höflichkeit, auf eine etwas mechanische Weise, was schlimmer war als Grobheit. Grobheit hätte zumindest bedeutet, daß er sich ihrer auf das Schärfste bewußt war, nicht nur dumpf, als wäre seine Wahrnehmung beeinträchtigt. Es war Sybillas Gegenwart, die sein Gesicht leuchten ließ, sie war es, der seine Augen folgten, sie, deren Worte seine Aufmerksamkeit bei sich hielten, deren Esprit ihn zum Lachen brachte.

Jetzt saß er hinter ihr, und für Emily sah sie pompös wie eine verblühende Blume aus, in ihrem feuerfarbenen Kleid, mit ihrer weißen Haut, den torfwasserschwarzen Augen und ihrer üppigen Mähne. Trotz des Schmerzes und der Torheit, die darin lag, blickte Emily oft genug seitlich zu ihm hinüber, um zu wissen, daß George kaum zur Bühne sah. Die Misere des Helden schien ihn nicht im geringsten zu bewegen, ebensowenig das gewinnende Liebäugeln der Heldin, die Feenkönigin oder Jolanthe selbst. Aber er lächelte und bewegte seine Finger zum ›Peer's Song‹ im Takt, der sicher jeden berühren würde, und einen Moment lang war seine Aufmerksamkeit hocherfreut von dem tanzenden Trio gefangen, bei dem der Lord High Chancellor mit hemmungsloser Begeisterung seine Beine in die Luft warf.

Emily spürte, wie Kummer und panischer Schrecken in ihr aufstiegen. Alles um sie herum war Farbe, Frohsinn und Getöse. Jedes Gesicht, das sie sehen konnte, lächelte. George lächelte Sybilla an, Onkel Eustace March lächelte über sich selbst, Sybillas Mann William über das Fantasiegebilde auf der Bühne. Seine jüngste Schwester Tassie, gerade neunzehn und dürr wie ihre Mutter es gewesen war, mit einem Haarschopf in der Farbe des Sonnenlichts auf Aprikosen, lächelte zweifellos über den ersten Tenor. Die alte Mrs. March, ihre Großmutter, zuckte am Rande ihrer schmalen Lippen unwillkürlich mit den Mundwinkeln. Sie hatte kein Interesse daran, amüsiert zu werden. Großtante Vespasia, Tassies Großmutter mütterlicherseits, war dagegen begeistert. Sie besaß einen ausgeprägten Sinn für das Lächerliche und hatte vor langer Zeit schon aufgegeben, auch nur einen Deut darauf zu geben, was irgend jemand von ihr dachte.

Blieb nur noch Jack Radley, der einzige nicht zur Familie gehörende Gast des Abends, der momentan ebenfalls in Cardington Crescent wohnte. Er war ein hinreißend gutaussehender, junger Mann mit ausgezeichneten Verbindungen, unglücklicherweise jedoch keinem erwähnenswerten Vermögen und einem höchst zweifelhaften Ruf, was Frauen betraf. Er war ebenfalls ein Außenseiter, und schon aus diesem Grund hätte er Emily gefallen können, ungeachtet seines Charmes oder seines Humors. Es war einigermaßen offensichtlich, daß man ihn im Hinblick auf eine mögliche Heirat mit Tassie eingeladen hatte, der einzigen der zehn Töchter der Marches, die noch unverheiratet war. Der Sinn dieser Liaison war noch nicht klar, da Tassie mitnichten den Eindruck machte, als hätte sie Gefallen an ihm gefunden, und sie erfreute sich bedeutend kapitalkräftigerer Aussichten als er. Obwohl seine Familie mit jenen verwandt war, welche die Macht in Händen hielten, besaß er selbst nur wenig Aussichten. William hatte herzlos bemerkt, daß es Eustace nach dem Ritterstand hungerte, und beizeiten vielleicht nach einer Peerswürde, als höchste Auszeichnung für den Aufstieg seiner Familie vom Handel zum Ansehen. Aber das war sicher eine eher gehässige als wahre Beobachtung. Es bestand eine Spannung zwischen Vater und Sohn, eine Schärfe, die hin und wieder eindrang wie ein plötzlicher Glassplitter, klein, aber überraschend schmerzhaft.

Im Augenblick befand sich William hinter Emilys Stuhl, und er war der einzige, den sie nicht sehen konnte.

Während der Pause war er es, der ihr Wein und einen Schokoladenbonbon brachte, nicht George. George stand in der Ecke und lachte über etwas, das Sybilla gesagt hatte. Emily zwang sich, irgendeine Konversation zu beginnen, merkte jedoch sofort, als die Worte in erhitztes Schweigen fielen, daß es ein Fehlschlag war, und in der darauffolgenden Minute wünschte sie sich, sie hätte besser nichts gesagt. Sie war erleichtert, als sich der Vorhang wieder hob.

»Ich kann mir nicht vorstellen, woher Mr. Gilbert derart alberne Verwicklungen nimmt!« Die alte Mrs. March trommelte gereizt mit den Fingern, als der Schlußapplaus verebbt war. »Es hat absolut keinen Sinn und Verstand!«

»Das soll es auch nicht, Großmama«, sagte Sybilla mit einem verträumten Lächeln.

Mrs. March starrte sie über ihren Kneifer hinweg an, und das schwarze Samtband baumelte an ihrer Wange herab. »Jemanden, der dumm ist, weil die Natur ihn so geschaffen hat, bedaure ich. Jemanden, der absichtlich dumm ist, kann ich beim besten Willen nicht verstehen«, sagte sie kalt.

»Das kann ich mir gut vorstellen«, murmelte Jack Radley hinter Emilys Ohr. »Und ich wette, Mr. Gilbert würde sie gleichermaßen unverständlich finden. Nur wäre es ihm egal.«

»Meine liebe Lavinia, es ist nicht dümmer als einige der Fantastereien von Madam Ouida, die ich dich unter braunem Einschlagpapier lesen sehe.«

Mrs. March's Gesicht erstarrte, aber es waren rosafarbene Flecken darauf, wo bei einer jüngeren Frau Rouge gewesen wäre. Sie mißbilligte die Unsitte, sich das Gesicht zu bemalen. Frauen, die dies taten, gehörten zu ›einer bestimmten Sorte‹.

»Da täuschst du dich, Vespasia«, zischte sie. »Es ist eine Schande, daß dir deine Eitelkeit verbietet, eine Brille zu tragen. Eines Tages wirst du die Treppe hinunterfallen oder dich sonstwie unrühmlich zum Gespött machen. William! Du reichst deiner Großmama besser den Arm. Ich wünsche nicht, zum Mittelpunkt der Aufmerksamkeit zu werden, wenn wir gehen.« Sie stand auf und wandte sich der Tür zu. »Besonders nicht solcherart Aufmerksamkeit!«

»Das dürfte dir kaum gelingen«, gab Vespasia zurück. »Nicht, solange Sybilla darauf besteht, scharlachrot zu tragen.«

»Äußerst kleidsam für sie«, sagte Emily, bevor sie nachgedacht hatte. Es hatte unhörbar sein sollen, aber gerade in diesem Augenblick hörten alle um sie herum auf zu sprechen, und ihre Stimme klang ganz deutlich in die Pause hinein.

Georges Gesicht nahm einen Hauch von Farbe an, und sie sah augenblicklich zur Seite, wünschte, sie hätte sich eher auf die Zunge gebissen, daß es blutete, als sich so unverblümt zu offenbaren.

»Wie schön, daß es dir gefällt«, antwortete Sybilla eher still und erhob sich ebenfalls. Ihr Selbstbewußtsein schien unerschöpflich zu sein. »Wir alle haben Farben, die uns schmeicheln und andere, die es nicht tun. Ich bezweifle, daß ich in diesem Blauton so gut aussehen würde wie du.«

Das machte es nur noch schlimmer. Anstatt zurückzufauchen, war sie charmant gewesen. Selbst jetzt noch lächelte George sie an. Wie von einer unsichtbaren Strömung getrieben, wurden sie aus ihrer Loge in den Strudel der Menschen hinausgeschwemmt, die ins Foyer drängten. George ging neben Sybilla, bot ihr seinen Arm an, als wäre alles andere unschicklich.

Emily fand sich stolpernd und mit rotem Gesicht wieder, als sie vorwärtsgeschoben und -gestoßen wurde, Jack Radleys Arm um ihre Schultern und Großtante Vespasias schönen, silbernen Kopf vor sich.

Als sie das Foyer erreichten, war es unausweichlich, daß sie mit Leuten zusammentrafen, die sie kannten und Meinungen und Erkundigungen austauschen mußten, was die

Gesundheit betraf, dazu der übrige Klatsch bei einem solchen Anlaß. Sinnlos spülte das Gewirr über ihren Kopf hinweg. Sie nickte und lächelte und stimmte allem zu, das in ihre Gedankenwelt eindrang. Jemand erkundigte sich nach Edward, ihrem Sohn, und sie erwiderte, daß er zu Hause wäre und es ihm sehr gut ginge. Dann stieß George sie heftig an, und ihr fiel ein, sich nach der Familie des Fragestellers zu erkundigen. Alles um sie herum plapperte.

»Herrliche Vorstellung!«

»Haben Sie *Pinafore* gesehen?«

»Wie geht das Stück noch?«

»Werden Sie in Henley sein? Ich liebe die Regatta. Eine so herrliche Beschäftigung an heißen Tagen, finden Sie nicht auch?«

»Ich ziehe Goodwood vor. Diese Rennen haben so etwas an sich... all die seidenen Gewänder!«

»Aber meine Liebe, wie steht es mit Ascot?«

»Ich persönlich bin mehr für Wimbledon.«

»Ich habe absolut *nichts* anzuziehen! Ich muß umgehend meinen Schneider aufsuchen – ich brauche dringend eine vollkommen neue Garderobe.«

»War die Royal Academy in diesem Jahr nicht einfach zu gräßlich!«

»Meine Liebe, ich stimme Ihnen zu! Absolut öde!«

Unbeholfen überstand sie fast eine halbe Stunde solcher Begrüßungen und Kommentare, bis sie sich am Ende allein in der Kutsche wiederfand, mit George neben sich, steif und distanzierter als ein Fremder.

»Was um alles in der Welt ist los mit dir, Emily?« sagte George, nachdem sie zehn Minuten schweigend dagesessen hatten, während vor ihnen Kutschen ihre Besitzer einsammelten. Schließlich war der Weg den ›Strand‹ hinunter frei.

Sollte sie lügen, sich diesem Moment der Bereitschaft zu einem Streit entziehen, von dem sie wußte, daß er ihm jetzt nicht gefallen würde? George war tolerant, großzügig, von umgänglicher Art, aber er wünschte Gefühle nur in Augenblicken seiner Wahl und mit Sicherheit nicht jetzt, wenn eine derart kultivierte Vergnügung noch in ihm nachklang.

Eine Hälfte in ihr wollte ihm gegenübertreten, all ihren kochenden Schmerz herausplatzen lassen, fordern, er möge sich und sein schändliches und verletzendes Benehmen erklären. Aber als sie gerade ihren Mund zu einer Erwiderung öffnete, wurde sie von Feigheit übermannt. Wenn sie es erst einmal gesagt hatte, war es zu spät, es zurückzunehmen. Sie hätte sich ihre einzige Rückzugsmöglichkeit abgeschnitten. Es war so untypisch für sie. Gewöhnlich hatte sie sich so gut im Griff, zeigte so wohlüberlegte Reaktionen. Das war es zum Teil gewesen, was ihn einmal angezogen hatte. Jetzt verriet sie all das und wählte einfach die Lüge, verachtete sich dafür und haßte ihn, weil er sie dazu erniedrigte.

»Ich fühl' mich nicht wohl«, sagte sie steif. »Ich glaube, es war vielleicht etwas heiß im Theater.«

»Davon habe ich nichts gemerkt.« Er war immer noch verärgert. »Und auch niemand anders.«

Es lag ihr auf der Zungenspitze, darauf hinzuweisen, wie sehr er anderweitig beschäftigt gewesen war, aber wiederum ging sie der Auseinandersetzung aus dem Weg.

»Vielleicht bin ich fiebrig.«

»Dann bleib morgen im Bett.« In seiner Stimme lag kein Mitgefühl.

Er will nur, daß ich ihm nicht im Weg bin, dachte sie, bevor ich ihm noch mehr zum Ärgernis werde und ihn in Verlegenheit bringe. Tränen stachen in ihren Augen, und sie schluckte fest, unendlich froh, in der engen, gespannten Dunkelheit der Kutsche zu sein. Sie sagte nichts, für den Fall, daß ihre Stimme sie verriet, und George verfolgte das Thema nicht weiter. Sie fuhren durch die Sommernacht, ihr Weg erleuchtet von den hundert gelben Monden der Gaslaternen, hörten nichts weiter als das gleichmäßige *klapp-klapp* der Pferdehufe und das Rumpeln der Räder.

Als sie Cardington Crescent erreichten, öffnete der Diener die Türen, und Emily stieg aus und ging die Stufen unter dem Säulengang hinauf und durch die Eingangstür, ohne sich auch nur umzudrehen, ob George hinter ihr war. Es war üblich, vor der Oper einer ›Dinner Party‹ beizuwohnen und hinterher einer ›Supper Party‹, aber die alte Mrs. March fühlte sich gesundheitlich nicht beidem gewachsen – obwohl ihr tatsächlich, abgesehen von ihrem Alter, nichts fehlte – also hatten sie auf letztere verzichtet. Jetzt wurde im Salon ein spätes Mahl gerichtet, aber Emily konnte das Gelächter, das helle Licht der Kronleuchter und die durchdringenden Blicke nicht ertragen.

»Wenn ihr mich entschuldigen würdet«, sagte sie zu niemand Bestimmtem. »Es war ein herrlicher Abend, aber ich bin ziemlich müde, und ich würde mich gern zurückziehen. Ich wünsche euch allen eine gute Nacht.« Ohne eine Erwiderung abzuwarten, ging sie zur Treppe, bevor irgend jemand sie zurückhielt. Es war nicht George, wie sie es sich so sehr gewünscht hatte, sondern Jack Radley, nur einen Schritt hinter ihr.

»Geht es Ihnen nicht gut, Lady Ashworth? Sie sehen ein bißchen blaß aus. Sollen wir Ihnen etwas nach oben schikken?« Schon war er an ihrem Ellbogen.

»Nein, danke«, sagte sie hastig. »Sicher wird mir besser sein, wenn ich etwas geruht habe.« Man durfte sie nicht für grob halten. Es war so kindisch. Sie zwang sich, ihn anzusehen. Er lächelte. Er hatte wirklich höchst bemerkenswerte Augen. Er verstand es, vertraulich zu wirken, obwohl sie ihn kaum kannte, und ohne dabei jemals aufdringlich zu werden. Sie konnte ganz gut verstehen, woher er seinen Ruf bei den Frauen hatte. Es würde George nur recht geschehen, sollte sie sich so sehr in Radley verlieben wie George in Sybilla!

»Sind Sie sicher?« wiederholte er.

»Vollkommen«, antwortete sie ausdruckslos. »Danke.« Und sie ging die Treppe so schnell hinauf, wie sie konnte, ohne dabei den Anschein zu erwecken, daß sie lief. Sie war gerade auf dem Treppenabsatz, als sie hörte, wie die Konversation wieder aufgenommen wurde, erneut Gelächter erschallte, der lebhafte Schwung von Menschen, die sich immer noch im Banne völlig sorgloser Vergnügungen befanden.

Als sie erwachte, war sie allein, und Sonnenlicht fiel durch einen Spalt in den unvollständig zugezogenen Vorhängen herein. George war nicht da, und er war es auch nicht gewesen. Seine Seite des gewaltigen Bettes war unberührt, das Laken frisch. Sie hatte vorgehabt, sich ihr Frühstück heraufbringen zu lassen, aber jetzt war ihr die eigene Gesellschaft unerträglicher als die irgendeines anderen, und sie läutete ungeduldig nach ihrem Dienstmädchen, verweigerte den Morgentee und schickte sie, ein Bad einzulassen und die Kleider für den Morgen bereitzulegen.

Sie legte sich einen Mantel um die Schultern und klopfte energisch an die Tür des Ankleidezimmers. Nach einigen Augenblicken wurde sie von George geöffnet, der schläfrig und zerknittert aussah, das dicke Haar zerwühlt, die Augen groß und dunkel.

»Oh«, sagte er und blinzelte sie an. »Da es dir nicht gut ging, wollte ich dich nicht stören, also hab' ich mir mein Bett hier drinnen machen lassen.« Er fragte nicht, ob es ihr besser ging. Er sah sie nur an, ihre milchige Haut mit der leichten Röte und das Gewirr aus hellem, honigfarbenem Haar, kam zu seinem eigenen Schluß und zog sich zurück, um sich auf den Tag vorzubereiten.

Das Frühstück war grauenhaft. Eustace hatte wie immer sämtliche Fenster im Eßzimmer aufgerissen. Er war ein großer Verfechter des ›kraftvollen Christentums‹ und all der energischen Gesundheit, die dazu gehörte. Mit demonstrativem Wohlbehagen aß er Tauben in Aspik und stapelweise heißen Toast mit Butter und Marmelade, dann verbarrikadierte er sich hinter der *Times*, die der Diener bügelte und ihm dann brachte und die er mit niemandem zu teilen anbot. Nicht daß irgendein Mann seine Zeitung einer Frau angeboten hätte, aber Eustace ignorierte ebenso William, George und Jack Radley.

Trotz Eustaces unendlicher Mißbilligung hatte Vespasia ihre eigene Zeitung.

»Es hat einen Mord in Bloomsbury gegeben«, bemerkte sie bei den Himbeeren.

»Was hat das mit uns zu tun?« Eustace sah nicht auf. Die

Bemerkung war als Kritik gedacht. Frauen sollten keine Zeitungen lesen, geschweige denn, sie beim Frühstück diskutieren.

»Etwa soviel wie alles andere, was hier steht«, erwiderte Vespasia. »Es hat mit Menschen zu tun, und mit Tragödien.«

»Unsinn!« schimpfte die alte Mrs. March. »Wahrscheinlich irgendeine Person aus den kriminellen Klassen, die es gründlich verdient hat. Eustace, wärst du so gut, mir den *Court Circular* zu reichen? Ich möchte etwas erfahren, was von Bedeutung ist.« Sie warf Vespasia einen angewiderten Blick zu. »Ich hoffe doch, niemand hat vergessen, daß wir heute auf einer ›Luncheon Party‹ bei den Withingtons sind und daß wir am Nachmittag bei Lady Lucy Armstrong Krocket spielen?« fuhr sie fort und betrachtete Sybilla mit fragendem Blick und leicht gekräuselten Lippen. »Lady Lucy wird natürlich ausschließlich von dem Cricket-Match zwischen Eton und Harrow erzählen, und es wird uns obliegen, ihren endlosen Prahlereien über ihre Söhne zuzuhören. Und *wir* werden absolut nichts zu sagen haben.«

Sybilla errötete. Ihre Augen leuchteten. Sie starrte die Großmutter ihres Mannes mit einem Ausdruck an, der ein Dutzend Dinge bedeuten konnte.

»Wir werden warten müssen, ob es ein Junge oder ein Mädchen ist, bevor wir über eine Schule nachdenken«, sagte sie sehr deutlich.

William erstarrte, die Gabel auf halbem Weg zum Mund, ungläubig. George sog seinen Atem mit einem leisen Zischen der Überraschung ein. Eustace senkte seine Zeitung zum ersten Mal, seitdem er sich gesetzt hatte und starrte sie mit erstaunter Miene an, dann mit allmählich heraufdämmerndem Jubel.

»Sybilla! Mein liebes Mädchen! Meinst du damit, du bist... mh...?«

»Ja!« sagte sie keck. »Ich hätte es euch noch nicht so bald gesagt, aber ich habe genug von Großmutters Bemerkungen.«

»Du kannst mir keine Vorhaltungen machen!« verteidigte sich Mrs. March scharf. »Zwölf Jahre habt ihr euch Zeit gelassen. Es ist doch kein Wunder, daß ich mich in meiner Verzweiflung um den Erhalt des Namens March sorge. Gott weiß, der arme William hat seine Geduld bis zum Zerreißen strapaziert, damit du ihm einen Erben schenkst.«

Williams Kopf fuhr herum, um seiner Großmutter einen wütenden Blick zuzuwerfen, mit flammenden Wangen und funkelnden blauen Augen.

»Das ist absolut nicht deine Angelegenheit«, sagte er abrupt. »Und ich finde deine Bemerkungen unsäglich vulgär.« Er schob seinen Stuhl zurück, stand auf und verließ das Zimmer.

»So, so.« Eustace faltete seine Zeitung und schenkte sich noch eine Tasse Kaffee ein. »Gratuliere, meine Liebe.«

»Besser spät als nie«, räumte Mrs. March ein. »Wenn ich auch bezweifeln möchte, daß du noch viel mehr bekommen wirst.«

Sybilla war noch immer rot, und jetzt zutiefst verlegen. Zum ersten Mal seit ihrer Ankunft hatte Emily Mitleid mit ihr.

Allerdings war das Gefühl von kurzer Dauer. Die nächsten Tage verbrachte man im gewohnten Lebensstil der Gesellschaft während der Saison. An den Morgenden ritten sie im Park, wobei sich Emily bemühte, dabei sowohl anmutig als auch geschickt auszusehen. Leider jedoch besaß sie nicht das unerhörte Flair von Sybilla, und da George der geborene Reiter war, schien es beinah unausweichlich, daß die beiden oft genug Seite an Seite ritten, in einiger Entfernung von den anderen.

William hielt sich davon fern, zog es vor, an seiner Malerei zu arbeiten, was sowohl sein Beruf als auch seine Berufung war. Sein Talent reichte soweit, daß er von Mitgliedern der Akademie bewundert und von Kennern gesammelt wurde. Nur Eustace stellte sein Mißfallen darüber zur Schau, daß sein einziger Sohn es vorzog, sich in sein Atelier zurückzuziehen, das man ihm im Wintergarten eingerichtet hatte, um lieber das Morgenlicht zu nutzen als auf dem Rücken eines Pferdes zu paradieren, damit ihn die Welt der feinen Gesellschaft bewunderte.

Wenn sie nicht ritten, fuhren sie mit der Kutsche, gingen einkaufen, machten engeren Freunden die Aufwartung oder besuchten Galerien und Ausstellungen.

Lunch gab es gewöhnlich gegen zwei Uhr, oft in kleiner Gesellschaft im Hause von Bekannten. Am Nachmittag besuchten sie Konzerte oder fuhren nach Richmond oder Hurlingham, oder machten ansonsten jenen Damen, die sie nur flüchtig kannten, ihre notwendige, eher förmliche Aufwartung, hockten verlegen wie die Hühner in Salons herum, die Rücken steif, und gaben idiotisches Geschnatter über Leute, Kleider und das Wetter von sich. Die Männer empfahlen sich bei diesen Aktivitäten und zogen sich in einen ihrer Clubs zurück.

Um vier gab es den Nachmittagstee, manchmal zu Hause, manchmal im Rahmen einer Gartengesellschaft. Einmal nahmen sie an einem Krockettspiel teil, bei dem George und Sybilla als Partner auftraten und unter schallendem Gelächter und mit einer Wonne hoffnungslos verloren, die Emilys Vergnügen weit überstieg, obgleich sie gewann. Der Geschmack des Siegens war wie Asche in ihrem Mund. Nicht einmal Eustace, der ihr Partner war, schien sie wahrzunehmen. Sämtliche Augen waren auf Sybilla gerichtet, in Kirschrosa gekleidet, die Wangen gerötet, ihre Augen strahlend, und sie lachte mit einer Leichtigkeit über ihre eigene Unbeholfenheit, daß jeder gern mit ihr lachte.

Wiederum fuhr Emily in bitterem Schweigen nach Haus, um mit bleiernen Füßen die Treppe hinaufzusteigen und sich für Dinner und Theater umzuziehen.

Am Sonntag konnte sie es nicht länger ertragen. Am Morgen waren alle gemeinsam in der Kirche gewesen. Eustace hatte darauf bestanden. Er war der Patriarch einer gottesfürchtigen Familie, und das sollte auch dokumentiert werden. Da sie in seinem Haus zu Gast waren, gingen alle pflichtschuldig mit, sogar Jack Radley, für den es weitab von seinen persönlichen Neigungen lag. Er hätte seine Sommersonntage weitaus lieber bei einem ordentlichen Galopp verbracht, um Vögel, Hunde und Zuschauer gleichermaßen über den Park zu scheuchen, in dem die Sonne durch die

Bäume schimmerte und ihm der Wind durch das Haar strich, wie es eigentlich auch George gern getan hätte, normalerweise. Heute jedoch schien George absolut zufrieden damit zu sein, auf der Bank neben Emily zu sitzen und seine Augen ständig zu Sybilla hinüberwandern zu lassen.

Das Mittagessen wurde damit zugebracht, über die Predigt zu diskutieren, die ernst und weitschweifig gewesen war, und man analysierte sie auf ihre ›tiefere Bedeutung‹ hin. Als sie zu den Früchten kamen, hatte Eustace gerade erklärt, daß das eigentliche Thema die Tugend der Seelenstärke und die Fähigkeit, allen Kummer mit Haltung zu ertragen, gewesen sei. Nur William war entweder interessiert oder wütend genug, sich die Mühe eines Widerspruchs zu machen und darauf hinzuweisen, daß sie im Gegenteil vom Erbarmen gehandelt habe.

»Unsinn!« sagte Eustace barsch. »Du warst schon immer zu weich, William. Immer bereit, den einfachsten Weg zu gehen! Zu viele Schwestern, das ist dein Problem. Hättest selbst ein Mädchen werden sollen. Schneid!« Er schlug mit der Faust auf den Tisch. »Das braucht man, um ein Mann zu sein – und ein Christ.«

Der Rest der Mahlzeit wurde schweigend eingenommen. Den Nachmittag verbrachte man mit Lesen und Briefeschreiben. Der Abend war sogar noch schlimmer. Sie saßen herum und bemühten sich um eine Konversation, die dem Sabbat angemessen war, bis man Sybilla aufforderte, Klavier zu spielen, was sie ganz gut und mit offensichtlichem Vergnügen tat. Alle außer Emily wurden einbezogen, sangen Balladen und gelegentlich ernsthaftere Soli. Sybilla hatte eine ausgesprochen volle Stimme, ein bißchen heiser und leicht stokkend.

Endlich oben, die Kehle wund vor lauter Mühe, nicht weinen zu müssen, schickte Emily ihr Dienstmädchen fort und begann, sich allein auszuziehen. George kam herein und schloß die Tür mit unnötig lautem Geräusch.

»Hättest du dir nicht etwas mehr Mühe geben können, Emily?« sagte er kalt. »Deine mürrische Art grenzt an schlechtes Benehmen.«

Es war zuviel. Die Ungerechtigkeit war unerträglich.

»Schlechtes Benehmen!« stieß sie hervor. »Wie kannst du es *wagen*, mich des schlechten Benehmens zu bezichtigen! Du hast die vergangenen vierzehn Tage damit zugebracht, die Schwiegertochter deines Gastgebers zu verführen, vor den Augen aller, sogar der Diener. Und weil ich kein Interesse habe, dich dabei zu unterstützen, beschuldigst du mich, ungezogen zu sein!«

Röte stieg ihm ins Gesicht, aber er war vollkommen regungslos. »Du bist hysterisch«, sagte er leise. »Vielleicht solltest du besser allein sein, bis du dich gesammelt hast. Ich werde im Ankleidezimmer schlafen. Das Bett ist noch gemacht. Ich kann den anderen ohne weiteres sagen, daß du dich nicht wohl fühlst und ich dich nicht stören möchte.« Seine Nasenflügel bebten ganz leicht, und ein Anflug von Verärgerung zog über sein Gesicht. »Es dürfte ihnen kaum schwerfallen, es zu glauben. Gute Nacht.« Und einen Moment später war er verschwunden.

Emily stand da, betäubt von der Ungeheuerlichkeit. Es war so zutiefst unfair, daß sie einige Augenblicke brauchte, bis sie es in sich aufgenommen hatte. Dann warf sie sich auf das Bett, schlug mit aller Kraft in ihr Kissen und brach in Tränen aus. Sie weinte, bis ihre Augen brannten und die Lungen schmerzten, und immer noch fühlte sie sich nicht besser, nur zu müde, um großen Schmerz zu empfinden.

3

Früh am Morgen, noch vor den Hausmädchen, wachte Emily auf und überdachte ihre Situation. Die Auseinandersetzung des vergangenen Abends hatte die lähmende Unentschlossenheit mit sich fortgeschwemmt, das Abwehren der Gewißheit, die sich samt all ihrer Trübsal einstellen mußte. Sie faßte einen Entschluß. Sie würde kämpfen! Sybilla sollte nicht siegen, weil Emily nicht den Verstand oder die Kraft besaß, ihr die Stirn zu bieten, egal wie weit es schon gegangen war. Und sie sah sich genötigt zuzugeben, kurz und schmerzlich, daß es wahrscheinlich bis zum Äußersten gegangen war, wenn man bedachte, wie bereitwillig George die Ausrede provoziert hatte, im Ankleidezimmer zu schlafen. Dennoch wollte Emily ihre ganze Geschicklichkeit einsetzen, um ihn zurückzugewinnen. Und sie war ausgesprochen geschickt. Schließlich hatte sie ihn irgendwann einmal für sich gewinnen können, und das trotz beträchtlicher Widrigkeiten.

Wenn sie weiterhin so deprimiert auftrat, wie sie sich fühlte, würde sie den Rest des Haushalts in Verlegenheit bringen und sich einem Mitleid aussetzen, das man nicht ohne weiteres vergessen würde, auch wenn die Affäre vorüber wäre und sie gesiegt hätte. Am allerwichtigsten aber war, daß sie auf George nicht im mindesten attraktiv wirken würde. Wie die meisten Männer liebte George eine fröhliche und charmante Frau, die vernünftig genug war, ihre Probleme für sich zu behalten. Bei einem Gefühlsausbruch, besonders in der Öffentlichkeit, mußte er sich zutiefst unwohl fühlen. Anstatt ihn von Sybilla zurückzugewinnen, würde sie ihn so immer weiter in ihre Arme treiben.

Aus diesem Grunde würde Emily die Rolle ihres Lebens spielen. Sie würde so vollendet charmant und reizend sein, daß George in Sybilla nur einen blassen Abklatsch, einen Schatten und in Emily das einzig Wahre erkennen mußte.

Drei Tage lang hielt sie ihre Farce ohne erkennbaren Fehltritt aufrecht. Wenn sie wieder den Tränen nah war, ging sie sicher, daß kein anderer es sah, außer vielleicht Großtante Vespasia, die alles sah. Aber das machte ihr nichts. Hinter der unbeschreiblichen Eleganz und dem derben Humor war Tante Vespasia der einzige Mensch, der sich für sie interessierte.

Allerdings erwies es sich zu Zeiten als derart schwierig, daß sie beinah von der Sinnlosigkeit ihres Vorhabens übermannt wurde. Es mußte fehlschlagen. Sie wußte, daß ihre Stimme ausdruckslos klang, ihr Lächeln mußte gezwungen wirken. Aber da es nichts weiter gab, was Hoffnung auf Erfolg versprach, erneuerte sie nach einem Moment der Abgeschiedenheit, indem sie etwa von einem Raum in den nächsten ging, ihre Anstrengung, suchte mit aller Kraft, die sie besaß, amüsant, aufmerksam und liebenswürdig zu sein. Sie zwang sich sogar, der alten Mrs. March gegenüber höflich zu erscheinen, selbst wenn sie es nicht lassen konnte, in ihrer Abwesenheit Scherze über sie zu machen, unter dem ausgelassenen Gelächter Jack Radleys.

Bis zum Abendessen des dritten Tages war es extrem schwierig geworden. Alle waren höchst formell gekleidet, Emily in hellem Grün, Sybilla in Indigo, und saßen um den monströsen Mahagonitisch im Eßzimmer. Rostrote Samtvorhänge, schwer behängt und verziert, und zuviele Bilder an den Wänden gaben Emily das Gefühl, sie müßte ersticken. Es war ihr beinah unerträglich, sich ein Lächeln auf die Lippen zu zwingen, aus ihrer trägen und verängstigten Vorstellungskraft eine leichte und spritzige Bemerkung herauszuholen. Sie schob das Essen auf ihrem Teller herum, ohne davon zu kosten, und trank mehr und mehr Wein.

Sie durfte nicht etwas derart Offensichtliches wie einen Flirt mit William beginnen. Das würde man als Vergeltung auffassen. Selbst George, desinteressiert wie er war, würde es tun und ganz sicher alle anderen. Den stechenden Blicken der alten Mrs. March entging nichts. Seit vierzig Jahren war sie Witwe, herrschte mit eisernem Willen und unersättlicher Neugier über ihr heimisches Reich. Emily mußte zu jedem, Sybilla eingeschlossen, ebenso unterhaltsam wie zuvorkommend sein, wie es einer Frau in ihrer Stellung anstand, und wenn sie daran erstickte. Sie achtete darauf, die Geschichten anderer nicht zu übertrumpfen und zu lachen, wenn sie ihnen in die Augen sah, um glaubwürdig zu wirken.

Sie suchte nach einem passenden Kompliment, gerade wahr genug, daß man es glaubte, und lauschte aufmerksam Eustaces unendlich langweiligen Anekdoten über die athletischen Heldentaten seiner Jugend. Er war ein großer und lautstarker Verfechter ›eines gesunden Geistes in einem gesunden Körper‹ und hatte keine Zeit für Ästheten. Seine Enttäuschung schwang in jedem Satz mit, und als Emily Williams angespanntes Gesicht auf der anderen Seite des Tisches sah, fiel es ihr zunehmend schwer, die Ruhe zu bewahren und ihre Miene höflichen Interesses aufrechtzuerhalten.

Nach der Süßspeise, als nur noch Vanilleeis, Himbeerwasser und etwas Obst auf dem Tisch stand, sagte Tassie etwas von einer Soirée, bei der sie gewesen sei und wie sehr sie sich gelangweilt habe, was ihr einen strafenden Blick ihrer Großmutter einbrachte. Das rief in Emily eine plötzliche Erinnerung wach. Mit einem leisen Lächeln sah sie zu Jack Radley hinüber.

»Sie können entsetzlich sein«, stimmte sie zu. »Andererseits aber auch sehr superb.«

Tassie, die auf derselben Tischseite saß und Emilys Gesicht nicht sehen konnte, nahm nicht wahr, wie sie es meinte. »Dort hat eine schwergewichtige Sopranistin ziemlich schlecht gesungen«, erklärte sie. »Und so furchtbar ernst.«

»Die beste Soirée, bei der ich je gewesen bin, war genauso.« Die Bilder in Emilys Kopf wurden plastischer, je mehr sie sich an die Szenerie erinnerte. »Charlotte und ich haben Mama einmal mitgenommen. Es war wunderbar...«

»Tatsächlich?« sagte Mrs. March kalt. »Ich hatte keine Ahnung, daß du musikalisch bist.«

Emily behielt ihre freundliche Miene und sah direkt zu Jack Radley hinüber. Mit schmerzlichem Vergnügen merkte sie, daß sie seine Aufmerksamkeit in einem Maße erhielt, wie sie es sich von George gewünscht hätte, und mit exakt der gleichen Erregung.

»Sprechen Sie weiter!« drängte er. »Was kann an einer übergewichtigen Sopranistin, die ernst und schlecht singt, wunderbar sein?«

William erschauerte. Wie Tassie war auch er schmal und empfindsam, mit leuchtend rotem Haar, etwas dunkler vielleicht, und seine Züge waren schärfer, geformt von einem inneren Schmerz, der sie noch nicht erreicht hatte.

Emily erinnerte sich genau, wie es damals gewesen war. »Sie war eine umfangreiche Dame, ausgesprochen eifrig, mit rosafarbenem Gesicht. Ihr Kleid war über und über mit Perlen verziert und gefranst, daß es bebte, wenn sie sich bewegte. Miß Arbuthnot spielte für sie das Pianoforte. Sie war sehr hager und ganz in Schwarz. Sie steckten einige Minuten lang die Köpfe über den Noten zusammen, und dann kam die Sopranistin nach vorn und kündigte an, sie würde ›Home Sweet Home‹ singen, was bekanntermaßen schwer und ausgesprochen sentimental ist. Danach würde sie uns Yum-Yums entzückendes, heiteres Lied aus *The Mikado* vortragen, ›Three Little Maids‹.«

»Viel besser«, stimmte Tassie zu. »Das schreitet so wundervoll vor sich hin. Auch wenn sie sich nicht gerade wie meine Vorstellung von Yum-Yum anhört.« Und fröhlich summte sie einen oder zwei Takte.

»›Fabelhaft‹ hieße doch, es ernstlich zu übertreiben«, sagte Eustace kritisch. »Ein gutes Stück ist schnell ruiniert.«

Emily ignorierte ihn. »Sie baute sich vor uns auf«, fuhr sie fort, »ordnete ihre Miene zu einem Ausdruck tiefster Empfindung und begann langsam und sehr feierlich mit einem Ausbruch an Gefühlen. Nur das Piano tänzelte mit dem Trillern und Flöten ausgelassener Rhythmen auf und davon!«

Lediglich Jack Radleys Gesicht zeigte Verständnis.

»›Be it ever so hu-u-mble‹«, ahmte Emily volltönend nach, wild und klagend.

»Da-di-di-dum-dum, da da di di«, sang Jack freudig.

»Oh, nein!« Tassies Augen leuchteten vor Vergnügen, und sie fing an zu kichern. Sybilla schloß sich ihr an, und selbst Eustace mußte unwillkürlich lächeln.

»Sie verloren sich, puterrot«, erzählte Emily begeistert.

»Die Sopranistin stammelte ihre Entschuldigungen, fuhr herum und stürzte zum Piano, wo Miß Arbuthnot wild in den Notenblättern wühlte und sie dabei über den Boden verteilte. Sie sammelten alle wieder auf, murmelten wutentbrannt miteinander und drohten sich gegenseitig mit dem Finger, während wir alle dabei saßen und so zu tun versuchten, als hätten wir es gar nicht richtig bemerkt. Niemand sagte etwas, und Charlotte und ich wagten uns nicht anzusehen, aus Angst, die Kontrolle über uns zu verlieren. Schließlich kamen sie zu einer Einigung. Neue Noten wurden auf das Piano gestellt, und die Sopranistin trat wiederum entschlossen vorn an die kleine Bühne und sah uns an. Sie holte furchtbar tief Luft, die Perlenkette spannte sich um ihren Hals und zerplatzte beinah, und mit kolossalem Selbstbewußtsein begann sie ihren energischen Vortrag: ›Three Little Maids from school are we, filled to the brim with girlish glee...‹«, Emily zögerte einen Moment lang, starrte geradewegs in Jack Radleys dunkelblaue Augen. »Unseligerweise haute Miß Arbuthnot mit einem Ausdruck tiefster Sehnsucht die gewichtigen Akkorde von ›Home Sweet Home‹ in die Tasten.«

Diesmal zuckten sogar die Mundwinkel der alten Dame. Tassie wußte sich vor Kichern nicht zu helfen, und alle anderen glucksten vor Freude.

»Volle drei Minuten haben sie sich durchgekämpft«, sagte Emily schließlich, »wurden lauter und lauter, versuchten sich gegenseitig zu übertönen, daß die Kronleuchter rasselten. Charlotte und ich konnten es nicht länger aushalten. Wir sind im selben Moment aufgestanden und durch die Stuhlreihen hinausgeflüchtet, über die Füße der Leute gestolpert, bis wir in der Tür zusammenstießen und draußen beinah stürzten, so daß wir uns aneinander festhielten. Wir ließen uns gehen und lachten, bis uns die Tränen kamen. Sogar Mama konnte uns nicht böse sein, als sie uns eingeholt hatte.«

»Oh, wie ich das kenne!« sagte Vespasia mit einem breiten Lächeln und tupfte sich dabei die Tränen von den Wangen. »Ich bin schon bei so vielen entsetzlichen Soirées gewesen.

Ab jetzt kann ich keinem ernsthaften Sopran mehr zuhören, ohne daran denken zu müssen! Es gibt soviele furchtbare Sänger, denen ich etwas Derartiges wünsche – es wäre eine Gnade für uns alle.«

»Ich auch«, stimmte Tassie zu. »Angefangen mit Mr. Beamish und seinen Liedern über die unberührte Weiblichkeit. Ich nehme an, mit Überlegung ließe sich etwas Ähnliches arrangieren«, fügte sie hoffnungsvoll hinzu.

»Anastasia!« sagte Mrs. March mit eisiger Stimme. »Du wirst nichts dergleichen tun. Es wäre unverantwortlich und ein Zeichen denkbar schlechten Geschmacks. Ich verbiete dir, dich überhaupt mit dem Gedanken zu befassen.«

Aber Tassies Lächeln strahlte weiter, die Augen verträumt und glänzend.

»Wer ist Mr. Beamish?« fragte Jack Radley neugierig.

»Der Vikar«, sagte Eustace frostig. »Sie haben am Sonntag seine Predigt gehört.«

Großtante Vespasia erstickte ein tiefes Glucksen in ihrer Kehle und begann, emsig mit einem silbernen Messer und der Gabel die Kerne aus ihren Trauben zu entfernen und legte sie mit eleganten Bewegungen an den Rand ihres Tellers.

Mrs. March wartete ungeduldig. Schließlich stand sie auf, raschelte laut mit ihren Röcken und riß am Tischtuch, daß das Silber klapperte und George nach einem schwankenden Glas griff und es fing, kurz bevor es umkippte.

»Für die Damen wird es Zeit, sich zurückzuziehen«, verkündete sie laut, fixierte erst Vespasia und dann Sybilla mit eisigem Blick. Sie wußte, daß Tassie und Emily es nicht wagen würden, ihr den Gehorsam zu verweigern.

Vespasia erhob sich mit der Anmut, die sie nie verloren hatte, der Art und Weise, sich mit ihrer ureigensten Geschwindigkeit zu bewegen, und der Rest der Welt möge ihr folgen oder nicht, ganz nach Belieben. Widerstrebend erhoben sich auch die anderen: Tassie sittsam, Sybilla kultiviert, lächelte über ihre Schulter hinweg den Männern zu, Emily mit einem flauen Gefühl im Magen, dem Geschmack eines Pyrrhus-Sieges, der schnell seinen Reiz verlor.

»Ich bin mir sicher, irgend etwas ließe sich einrichten«, sagte Tante Vespasia leise zu Tassie. »Mit etwas Fantasie.«

Tassie sah verwirrt aus. »Weswegen, Großmama?«

»Mr. Beamish natürlich!« fuhr Vespasia sie an. »Seit Jahren schon möchte ich ihm dieses alberne Grinsen vom Gesicht reißen.«

Sie schwebten an Emily vorüber, Seite an Seite, flüsternd, dann in den Salon hinaus. Ausladend und kühl in hellem Grün war es einer der wenigen Räume im Haus, in dem Olivia March die Einrichtung der alten Dame hatte verändern dürfen, die noch von einem Zeitgeschmack diktiert worden war, als das Gewicht der Möbel die Bedeutung und die Ernsthaftigkeit ihres Besitzers dokumentieren sollte. Später hatte sich die Mode gewandelt, und Status und Modernität waren zu Kriterien geworden. Olivias Geschmack jedoch hatte während der Orientalischen Periode geblüht, um die Internationale Ausstellung 1862, und der Salon war vornehm, voll sanfter Farben und mit gerade genug Möbeln, um komfortabel zu sein, ganz anders als das Boudoir der alten Mrs. March. Das andere Wohnzimmer im Erdgeschoß war voll leuchtender Rosatöne, mit Draperien über Kaminsims und Piano, und Jardinieren, Fotografien und Sesselschonern.

Emily folgte ihnen und setzte sich auf ihren Platz, nachdem sie der alten Mrs. March symbolisch Beistand angeboten hatte. Sie mußte ihre Rolle in jedem Augenblick beibehalten, bis sie allein in ihrem Zimmer war. Besonders Frauen merkten alles. Sie würden das leiseste Flackern im Gesichtsausdruck oder im Tonfall der Stimme erkennen und es mit minuziösem Scharfsinn interpretieren.

»Danke«, sagte Mrs. March knapp, ordnete ihre Röcke, damit sie eleganter fielen, und drückte ihr Haar an. Es war dick und mausgrau, sorgfältig mit einer Kappe bedeckt, wie es vor dreißig Jahren, während des Krimkrieges, Mode gewesen war. Emily fragte sich flüchtig, wie lange das Dienstmädchen gebraucht hatte, es so hinzurücken. Keine Strähne war am falschen Platz und war es auch beim Frühstück oder beim Lunch nicht gewesen. Vielleicht handelte es sich um eine Perücke? Sie hätte gern daran gezogen, um es herauszufinden.

»Wirklich nett von dir«, fuhr Mrs. March fort. »Zu viele junge Leute haben die Achtung verloren, die man sich wünschen würde.« Sie sah niemand Bestimmtes an, aber ihre zusammengepreßten Mundwinkel verrieten, daß ihre Verärgerung keineswegs unpersönlich war. Emily wußte, daß Tassie eine kurze Lektion über die Pflichten einer guten Tochter erhalten würde, sobald sie allein waren, vor allem über den Gehorsam und die Aufmerksamkeit Älteren gegenüber, und darüber, alles nur Mögliche zu tun, die Familie dabei zu unterstützen, ihr eine angemessene Partie zu verschaffen. Zumindest stellte man sich solchen Bemühungen keinesfalls in den Weg. Und auch Sybilla würde einige erbitterte Zurechtweisungen erfahren.

Emily lächelte sie freundlich an, auch wenn es verstecktes Amüsement war und kein Mitgefühl. »Ich nehme an, sie sind nur zu beschäftigt«, sagte sie salbungsvoll.

»Sie sind nicht beschäftigter, als wir es waren!« gab Mrs. March in einem giftigen Blick zurück. »Wir mußten unseren Weg genauso finden. Ein Kind zu tragen ist eine Entschuldigung dafür, in Ohnmacht zu fallen und zu weinen, aber nicht für bloße Achtlosigkeit. Ich habe selbst sieben Kinder zur Welt gebracht. Ich weiß, wovon ich spreche. Nicht, daß ich nicht zufrieden wäre. Gott weiß, es wurde höchste Zeit! Wir fingen schon an zu verzweifeln. Was für eine Tragödie für eine Frau, unfruchtbar zu sein.« Sie warf einen kritischen Blick auf Emilys schlanke Taille. »Sie war dem armen Eustace sicher eine große Enttäuschung; er hatte sich so sehr einen Erben für William gewünscht. Die Familie, mein Kind, die Familie ist alles.« Sie schniefte.

Emily war still. Es gab nichts weiter zu sagen, und dieses seltsame Mitleid kehrte zurück, absolut unerwünscht. Sie wollte nicht daran erinnert werden, daß Sybilla in dieser Familie ebenfalls eine Außenseiterin gewesen war, ein Fehlschlag in Bezug auf die einzige Leistung, die zählte.

Mrs. March sank ein bißchen tiefer in ihren Sessel. »Besser spät als nie, würde ich sagen«, wiederholte sie. »Jetzt wird sie zu Haus bleiben und ihre Pflicht tun, die eigene Erfüllung finden, anstatt albernen Moden hinterherzujagen. So oberflächlich und unwürdig. Jetzt wird sie William glücklich machen und ihm ein Heim schaffen, wie er es haben sollte.«

Emily hörte nicht zu. Natürlich, wenn Sybilla schwanger war, mochte das ihr Benehmen zumindest teilweise erklären. Emily erinnerte sich recht deutlich an ihre eigene Mischung aus Erregung und Furcht, als sie Edward erwartete. Es brachte eine totale Veränderung in ihr Leben, etwas, das mit ihr geschah und unwiderbringlich war. Sie war nicht mehr allein. Auf einzigartige Weise waren aus ihr zwei Menschen geworden. Aber zu Georges Beruhigung hatte es eine gewisse Distanz zwischen ihnen aufgebaut. Und inmitten all dessen stand ihre Angst, plump und verwundbar zu werden, nicht länger attraktiv für ihren Mann zu sein.

Wenn sich Sybilla, die Mitte Dreißig war, dieser Verwirrung der Gefühle gegenübersah, und dazu vielleicht die Angst vor der Geburt, dem Schmerz, der Hilflosigkeit, der absoluten Erniedrigung und vielleicht sogar der vagen Möglichkeit des Todes kam, mochte dies sehr wohl eine Erklärung für ihre momentane Selbstsucht sein, ihren Drang, die männliche Aufmerksamkeit auf sich zu ziehen, solange sie meinte, es noch zu können, bevor ihre Matronenhaftigkeit sie unbeholfen machte und schließlich ans Wochenbett fesselte.

Aber das war keine Entschuldigung für George! Wut erstickte Emily, als säße ihr ein heißer Kloß in der Brust. Alle möglichen Schritte schossen ihr durch den Kopf. Sie konnte nach oben gehen und warten, bis er kam, und ihn dann beschuldigen, sich wie ein Dummkopf zu benehmen, sie in Verlegenheit zu bringen und zu beleidigen und nicht nur William zu kränken, sondern auch Onkel Eustace, in dessen Haus sie waren, und sogar alle anderen, denn sie waren Gäste wie er. Sie konnte von ihm verlangen, seine Aufmerksamkeit gegenüber Sybilla auf die üblichen Höflichkeiten zu beschränken, oder Emily würde augenblicklich nach Haus fahren und nichts mehr mit ihm zu tun haben wollen, bis er sich bei ihr in aller Form, und mit der gehörigen Wiedergutmachung, entschuldigt hatte!

Dann verrauchte die Wut. Eine Fehde konnte ihr kein Glück bringen. George würde sich entweder einschüchtern lassen und gehorchen, wofür sie, genau wie er, nur Verachtung übrig hätte, und ihr Sieg wäre bitter und ohne jede Genugtuung. Oder er würde sich noch weiter in die Jagd nach Sybilla treiben lassen, nur um Emily zu zeigen, daß sie nicht über ihn bestimmen konnte. Und das letztere war das bei weitem Wahrscheinlichere. Diese verfluchten Männer! Sie biß die Zähne zusammen und schluckte fest. Diese verfluchten Männer mit ihrer Dummheit, ihrer elenden Halsstarrigkeit und vor allem ihrer Eitelkeit!

Sie spürte, wie der Kloß in ihrem Hals immer größer wurde, unmöglich, ihn herunterzuschlucken. George hatte soviel an sich, was sie liebte: er war zärtlich, tolerant, großzügig, und man konnte soviel Spaß mit ihm haben! Warum mußte er ein solcher Dummkopf sein?

Sie schloß ihre Augen, öffnete sie nur mit Mühe wieder. Tante Vespasia starrte sie an. »Nun, Emily«, sagte sie munter. »Ich warte immer noch auf einen Bericht über deinen Besuch in Winchester. Du hast mir nichts davon erzählt.«

Es gab kein Entrinnen. Sie wurde in das Gespräch einbezogen. Sie wußte, daß Tante Vespasia es absichtlich getan hatte, und sie wollte sie nicht im Stich lassen, indem sie sich defätistisch verhielt. Tante Vespasia hätte niemals aufgegeben, sich in die Ecke gesetzt und geweint.

»Natürlich«, sagte sie mit künstlichem Eifer. Und sie stürzte sich in eine Geschichte, die sie größtenteils während des Erzählens erfand. Sie war noch immer mit deren Verästelungen beschäftigt, als die Herren sich früher als üblich zu ihnen gesellten.

Den ganzen Abend hatte sie es geschafft, die Farce aufrechtzuerhalten, und als es schließlich Zeit war, sich zurückzuziehen, hatte sie den kleinen Sieg errungen, die Aufgabe erfüllt zu haben, die sie sich gestellt hatte. Sie sah das Aufblitzen der Anerkennung in Tante Vespasias silbergrauen Augen und etwas in Tassies Gesicht, das Bewunderung gewesen sein mochte. Aber George hatte sie nur einmal angesehen, und sein Lächeln war so künstlich, daß es mehr schmerzte als ein finsterer Blick, denn es war, als sähe er sie gar nicht.

Das Gefühl der Nähe war aus einer Richtung gekommen, an die zu erwarten sie sich gewöhnt, die sie aber, wenn sie darüber nachdachte, nicht gern angenommen hatte. Es war Jack Radley, der in ihr Lachen einfiel, dessen schlagfertiger Humor dem ihren folgen konnte und der am Ende des Abends mit seiner Hand an ihrem Ellbogen die breite Treppe hinaufschritt.

Sie blieb auf dem Treppenabsatz stehen, nahm ihn kaum wahr, wartete auf Georges Schritte, hörte statt dessen das Rascheln von Seide am Geländer hinter sich. Sie wußte, daß es Sybilla war, und dennoch ließ sie ein unwiderstehlicher Drang, ein Hoffnungsschimmer, sich umdrehen, bis sie zu sehen waren, nur für den Fall, daß sie es nicht war. George lächelte. Die Gaslampe an der Wand beschien sein dunkles Haar und die weiße Haut auf Sybillas Schultern.

George zog sich von ihr zurück, als er Emily sah. Die Spontaneität auf seinem Gesicht erstarb, und an ihre Stelle trat eine Spur von Verlegenheit. Er sah Sybilla an.

»Gute Nacht, und vielen Dank für diesen wundervollen Abend«, sagte er unbeholfen, gefangen zwischen dem Wohlgefühl der Vertraulichkeit im Augenblick zuvor und der etwas lächerlichen Formalität, mit der er jetzt endete.

Sybillas Gesicht glühte. Sie war vollkommen von dem vereinnahmt, worüber sie gerade gesprochen, oder was sie getan hatten. Für sie existierte Emily nicht, und Jack Radley war kaum mehr als ein Schatten, Teil des Dekors dieses Wochenendes. Worte waren überflüssig. Ihr Lächeln sagte alles.

Emily wurde übel. All ihre Bemühungen waren reine Zeitverschwendung. Sie war eine Schauspielerin im leeren Theater gewesen, hatte nur für sich selbst gespielt. Soweit es George betraf, war sie gar nicht da gewesen. Ihr Verhalten war für ihn unerheblich.

»Gute Nacht, Mr. Radley.« Sie haspelte die Worte hervor,

dann tastete sie nach dem Griff ihrer Schlafzimmertür, öffnete sie, trat ein und schloß sie fest hinter sich. Wenigstens konnte sie die anderen bis morgen aussperren. Sie konnte neun Stunden in Einsamkeit verbringen. Wenn sie weinen wollte, würde es niemand erfahren, und wenn sie etwas von der Verwirrung und dem Schmerz herausgelassen hätte, der in ihr brannte, stünde die Flucht in den Schlaf vor der Notwendigkeit einer Entscheidung.

Das Dienstmädchen klopfte.

Emily schniefte fest und schluckte. »Ich brauche dich nicht, Millicent.« Ihre Stimme klang unnatürlich. »Du kannst ins Bett gehen.«

Es folgte ein Augenblick des Zögerns; dann: »Wie Sie wünschen, M'lady. Gute Nacht.«

»Gute Nacht.« Sie zog sich langsam aus, legte ihr Kleid über die Stuhllehne, dann zog sie die Nadeln aus ihrem Haar. Es war eine Erleichterung, das Gewicht nicht mehr auf dem Kopf zu haben.

Warum? Was hatte Sybilla an sich? Ihre Schönheit, ihr Verstand, ihr Charme? Oder lag der Fehler bei ihr selbst? Hatte sie sich verändert, eine Eigenschaft verloren, die George liebte? Sie durchforstete ihr Gedächtnis, versuchte sich zu erinnern, was sie in letzter Zeit gesagt und getan hatte. Worin unterschied es sich von der Art und Weise, wie sie sonst gewesen war? In welcher Hinsicht war sie weniger, als George sie wollte oder brauchte? Sie war nie kühl oder übellaunig gewesen, sie war nicht ausschweifend, sie war seinen Freunden gegenüber niemals rüde gewesen – und Gott im Himmel wußte, daß es sie gereizt hatte! Manche von ihnen waren so oberflächlich, so unglaublich dumm, und dennoch sprachen sie mit ihr, als wäre sie ein Kind.

Es war ein vergebliches Unterfangen, und am Ende verkroch sie sich im Bett und beschloß, statt dessen wütend zu sein. Das war besser als zu weinen. Wütende Menschen kämpfen, und manchmal siegen die Kämpfer!

Sie erwachte mit Kopfschmerzen und der hereinstürzenden Erinnerung an einen Fehlschlag. Es nahm ihr sämtliche Energie, und sie starrte zum Sonnenlicht an der Decke hinauf, empfand es als farblos und hart. Wenn nur noch Nacht wäre und sie mehr Zeit für sich hätte. Der Gedanke, hinunter ins Frühstückszimmer zu gehen und sich all den strahlend lächelnden Gesichtern gegenüber zu sehen, den neugierigen, den anmaßenden, den mitleidigen, und vorgeben zu müssen, daß alles in Ordnung sei... Was alle von George und Sybilla sehen konnten, war unerheblich. Sie wußte etwas, das die anderen nicht wußten, etwas, das alles erklärte.

Sie rollte sich kleiner zusammen, umfaßte ihre Knie und versteckte den Kopf noch einen Moment unter der Decke. Aber je länger sie blieb, desto mehr Gedanken drängten sich in ihrem Kopf zusammen. Die Fantasie ging ihr durch, ließ jede Bedrohung, jedes denkbare Unglück zur Realität werden, bis sie im Elend unterging. In ihrem Kopf pulsierte es, die Augen brannten, und es wurde höchste Zeit, aufzustehen. Millicent hatte bereits zweimal an der Tür geklopft. Der Morgentee würde kalt sein. Beim dritten Mal mußte sie sie hereinlassen.

Emily gab sich besonders große Mühe mit ihrem Äußeren. Je weniger es sie berührte, desto wichtiger war es. Sie haßte Farbe aus dem Topf, aber die war besser als gar keine Farbe.

Sie war nicht als Letzte unten. Sybilla fehlte, und Mrs. March hatte es vorgezogen, ihr Frühstück im Bett einzunehmen, wie auch Großtante Vespasia.

»Du siehst gut aus, meine liebe Emily«, sagte Eustace barsch. Natürlich war er sich der Situation zwischen George und Sybilla vollkommen bewußt, doch mochte sie es auch noch so sehr beklagen: eine wohlerzogene Frau behandelte solche Dinge diskret und gab vor, nichts bemerkt zu haben. Er akzeptierte Emily nicht, aber er gewährte ihr den Beistand seines Mitgefühls, es sei denn, sie machte ihm eine derart nachsichtige Betrachtung unmöglich.

»Es geht mir auch gut, danke.« Emily zwang sich, heiter zu wirken, und ihre Gereiztheit erleichterte es ihr. »Ich hoffe, du hast ebenfalls gut geschlafen?«

»Ausgezeichnet.« Eustace bediente sich verschwenderisch

aus mehreren Wärmepfannen auf der massiven, geschnitzten Eichenanrichte, stellte den Teller an seinen Platz, dann ging er hinüber, riß die Fenster auf und ließ eine Brise kühler Morgenluft herein. Er atmete tief ein, dann wieder aus. »Ausgezeichnet«, sagte er und schenkte dem Frösteln der anderen keine Beachtung, als er am Tisch Platz nahm. »Ich finde immer, für eine Frau ist die Gesundheit enorm wichtig, oder was würdest du sagen?«

Emily wollte kein Grund einfallen, warum das nur Frauen betreffen sollte, aber es schien wohl eher eine rhetorische Frage zu sein, und Eustace beantwortete sie selbst. »Kein Mann, besonders keiner aus gutem Hause, will eine kränkliche Frau.«

»Die Armen wollen es noch weniger«, sagte Tassie spitz. »Es ist sehr teuer, krank zu sein.«

Doch Eustaces ließ sich von derart unbedeutenden Kreaturen wie den Armen nicht belasten. Gütig winkte er ab. »Selbstverständlich tut es das, meine Liebe, aber wenn die Armen andererseits keine Kinder bekommen, macht es keinen Unterschied, nicht wahr? Bei ihnen geht es nicht darum, die Weitergabe eines Titels, sozusagen eine Erbfolge, zu sichern. Gewöhnliche Menschen brauchen nicht so dringend Söhne wie wir.« Er warf William einen säuerlichen Blick zu. »Und vorzugsweise mehr als einen, wenn man denn erleben möchte, daß der Name weiterbesteht.«

George räusperte sich und hob die Augenbrauen, und seine Augen blickten zu William, dann senkten sie sich wieder auf seinen Teller hinab. Williams Miene spannte sich.

»Krank zu sein, hält sie nicht davon ab, Kinder zu bekommen«, argumentierte Tassie mit Flecken auf den Wangen. »Ich glaube nicht, daß Gesundheit eine Tugend ist. Sie ist ein großer Schatz, der sich gewöhnlich bei denen findet, die besser situiert sind.«

Eustace holte tief Luft und stieß sie mit einer geräuschvollen Bekundung seiner Ungeduld aus. »Meine Liebe, du bist bei weitem zu jung, um zu wissen, wovon du redest. Das ist ein Thema, von dem du unmöglich etwas verstehen kannst, geschweige denn verstehen solltest. Es ist unfein für ein

Mädchen in deiner Stellung und überhaupt für jede wohlerzogene Frau. Deine Mutter hätte nicht im Traum daran gedacht. Aber ich bin mir sicher, Mr. Radley hat viel Verständnis.« Er lächelte zu Jack hinüber und bekam einen Blick zurück, der von absolutem Unverständnis zeugte.

Tassie beugte ihren Kopf ein wenig. Das Rosarot auf ihrem Gesicht wurde dunkler, Ausdruck einer Mischung aus Frustration darüber, herablassend behandelt zu werden und Verlegenheit, weil die Anspielung ihres Vaters auf sie offensichtlich unendlich viel unfeiner war als alles, was sie hatte sagen wollen.

Aber Eustace blieb unbarmherzig. Indirekt verfolgte er das Thema währen des gesamten Frühstücks. Zu Speisen und Gesundheit kamen die Feinheiten der Erziehung, Diskretion, Gehorsam, ein ausgeglichenes Gemüt und die angemessenen Fähigkeiten in Bezug auf Konversation und Haushaltsplanung. Das einzige Attribut, das man umging, war Reichtum, denn das wäre selbstverständlich vulgär gewesen. Und es war für ihn eine empfindliche Angelegenheit. Seine Mutter stammte aus einer feinen Familie, die ihre Mittel vergeudet hatte, was sie zwang, entweder ihren Lebensstil zu beschränken oder in eine Familie einzuheiraten, die ihr Vermögen während der Industriellen Revolution in den Minen und Walzwerken gemacht hatte. In der ›Geschäftswelt‹. Sie hatte das Letztere vorgezogen, mit einiger Verachtung. Das erstere war undenkbar.

Voll Zufriedenheit nickte er, als er sprach. »Wenn ich an mein eigenes Glück mit meiner geliebten Frau denke, möge sie in Frieden ruhen, sehe ich, wie viel all diese Dinge dazu beigetragen haben. Was für eine wunderbare Frau! Ich halte die Erinnerung an sie in Ehren. Ihr wißt nicht, wie sehr. Es war der traurigste Tag meines Lebens, als sie dieses Jammertal gegen einen besseren Ort eingetauscht hat.«

Emily sah zu William hinüber, der den Kopf gesenkt hatte, um sein Gesicht zu verbergen, und begegnete unabsichtlich Jack Radleys amüsiertem Blick. Er rollte ganz leicht mit den Augen und lächelte sie an. Es war ein heiterer, beunruhigender Blick, und sie war ohne Zweifel, daß, wenn auch ihre gewaltigen Bemühungen der letzten drei Tage bei George fehlgeschlagen hatten, sie bei ihm großartig ihre Wirkung taten. Es war eine bittere Befriedigung, und wertlos, es sei denn, sie konnte George am Ende zur Eifersucht provozieren.

Sie lächelte zurück, nicht warmherzig, doch zumindest mit einem Funken der Verschwörung.

Seltsamerweise wurde George von Eustace ins Gespräch einbezogen. Eustace sprach freundlich mit ihm, wollte seine Meinung hören, drückte eine Bewunderung für ihn aus, die Emily ausgesprochen unangemessen fand. Im Augenblick war George der letzte Mensch im Haus, den irgend jemand zu den Wonnen der Ehe befragen sollte. Aber Eustace verfolgte seine eigenen Interessen in Bezug auf Jack Radley und Tassie, und schenkte den Gefühlen anderer keinerlei Beachtung, ganz zu schweigen davon, daß es ihnen möglicherweise peinlich sein mochte.

Emily verbrachte den Morgen damit, an ihre Mutter zu schreiben, außerdem an einen Cousin, dem sie eine Antwort schuldig war, und Charlotte. Sie erzählte Charlotte alles über George, ihren Schmerz, das Gefühl des Verlustes, das sie überraschte, und die Einsamkeit, die sich wie eine graue, offene Weite vor ihr ausbreitete. Dann zerriß sie den Brief und warf ihn in das Wasserklosett.

Das Mittagessen war noch schlimmer. Sie saßen hinten im rostroten Speisezimmer, und alle waren anwesend, außer Großtante Vespasia, die es vorgezogen hatte, einen Bekannten in Mayfair zu besuchen.

»Also!« Eustace rieb sich die Hände und sah sich der Reihe nach die Gesichter an. »Und was haben wir für den Nachmittag geplant? Tassie? Mr. Radley?«

»Tassie hat einige Besorgungen für mich zu erledigen!« fuhr Mrs. March ihn an. »Wir haben alle unsere Pflichten, Eustace. Wir können nicht ewig herumspielen und uns amüsieren. Meine Familie hat eine gesellschaftliche Stellung. Sie hat immer schon eine gesellschaftliche Stellung gehabt.« Ob diese Bemerkung ein reiner Ausdruck persönlicher Eitelkeit oder ein Hinweis für Jack Radley war, daß sie ganz unbestreitbar mit ihm sozial gleichgestellt waren, wurde daraus nicht deutlich.

»Und Tassie scheint stets diejenige zu sein, die sie aufrecht erhält«, sagte George mit einer Gereiztheit, die bei ihm überraschte.

Mrs. Marchs Augen wurden eisig. »Und warum nicht, wenn ich fragen darf? Sie hat nichts weiter zu tun. Es ist ihre Funktion, ihre Lebensaufgabe, George. Eine Frau muß etwas zu tun haben. Möchtest du ihr das absprechen?«

»Natürlich nicht!« George wurde ärgerlich, und Emily empfand unwillkürlich etwas Stolz für ihn. »Aber ich könnte mir für sie ein paar sehr viel unterhaltsamere Dinge vorstellen als die gesellschaftliche Stellung der Marches aufrechtzuerhalten«, endete er.

»Das kann ich mir denken!« Die Stimme der alten Dame hätte Steine zerschlagen, Grabsteine, nach ihrer Miene zu urteilen. »Aber kaum etwas, von dem man sich wünschen würde, daß eine junge Dame es zu hören bekommt, geschweige denn zu spüren. Ich wäre dir dankbar, wenn du ihrem Gemüt nicht dadurch schaden würdest, indem du darüber sprichst. Du würdest sie nur aufregen und ihr Ideen in den Kopf setzen. Ideen sind schlecht für junge Damen.«

»Allerdings«, fügte Eustace nüchtern hinzu. »Sie erzeugen Hitze im Blut und Alpträume.« Er nahm eine enorme Scheibe Hühnerbrust und legte sie auf seinen Teller. »Und Kopfschmerzen.«

George war zwischen seinen angeborenen guten Manieren und seiner Entrüstung gefangen; der Konflikt war ihm anzusehen. Er warf Tassie einen Blick zu.

Sie streckte ihre Hand aus und berührte sanft seinen Arm. »Es macht mir wirklich nichts aus, den Vikar zu besuchen, George. Er ist entsetzlich blasiert, und seine Zähne sind feucht und stehen vor, aber eigentlich ist er ganz harmlos ...«

»Anastasia!« Eustace saß kerzengerade. »So spricht man nicht über Mr. Beamish. Er ist ein sehr ehrenwerter Mann, und er verdient eine ganze Menge mehr Respekt von einem Mädchen deines Alters.«

Tassie lächelte breit. »Ja, Papa, ich bin immer sehr nett zu

Mr. Beamish.« Dann hielt ihre Ehrlichkeit sie plötzlich im Zaum. »Na ja, fast immer.«

»Du wirst ihm heute nachmittag deine Aufwartung machen«, sagte Mrs. March kalt, wobei sie mit der Zunge schnalzte, »und fragen, ob du ihm helfen kannst. Es gibt sicher einige weniger Glückliche, die eines Besuches bedürfen.«

»Ja, Großmama«, sagte Tassie demütig. George seufzte und gab für den Augenblick auf.

Emily verbrachte den Nachmittag mit Tassie, tat Gutes. Wenn man sich selbst nicht vergnügen kann, sollen ruhig andere davon profitieren. Wie sich herausstellte, war es tatsächlich ganz angenehm, da Emily Tassie mit jedem Zusammensein lieber mochte, und ihr Besuch bei der Frau des Vikars war wirklich nur sehr kurz. Erheblich mehr Zeit verbrachten sie in Gesellschaft des Hilfspfarrers, eines großen, freundlichen Mannes namens Mungo Hare, der sich entschlossen hatte, seine Heimat im Westen der Grafschaft Inverness zu verlassen und seinen Lebensunterhalt in London zu verdienen. Er war voll Hingabe und hatte ausgesprochen freimütige Ansichten, die sich eher in Taten als in seinen Worten äußerten. Sie boten den Hinterbliebenen und Einsamen tatsächlich einigen Trost, und Emily kehrte mit dem Gefühl nach Cardington Crescent zurück, etwas Sinnvolles getan zu haben. Hinzu kam das Wissen darum, daß Sybilla ihre Zeit damit zugebracht hatte, mit der Mutter ihres Mannes Besuche abzustatten und davon unendlich gelangweilt sein mußte.

George jedoch sah Emily weder bei ihrer Rückkehr noch als sie sich zum Dinner umzog. Aus dem Umkleidezimmer hörte man keinen Laut, außer dem Kammerdiener, der hereinkam und dann wieder ging, und das Gefühl der Verlassenheit kehrte zurück.

Beim Abendessen wurde es schlimmer. Sybilla sah in Magentarot, das niemand sonst zu tragen gewagt hätte, einfach hinreißend aus. Ihre Haut war makellos mit nur einem Hauch von Rosa auf den Wangenknochen, und sie war trotz ihres Zustands noch immer schlank wie eine Gerte. Ihre Augen waren haselnußbraun. Zu Zeiten wirkten sie braun, zu anderen golden, wie Brandy im Licht. Ihr Haar war seidig, schwarz und dick.

Emily meinte neben ihr zu verblassen, eine Motte neben einem Schmetterling. Ihr Haar war honigblond, weicher, eher zart als voll, die Augen ein durchaus gewöhnliches Blau. Ihr Kleid hatte einen sehr modischen Schnitt, aber im Vergleich war die Farbe blaß. Sie brauchte allen Mut, den sie besaß, um sich ein Lächeln auf die Lippen zu zwingen, etwas zu essen, das wie Porridge schmeckte, obwohl es Seezunge, geschmortes Hammelfleisch und Fruchteis sein sollte.

Alle anderen waren fröhlich, außer der alten Mrs. March, die nicht so banal sein konnte. Sybilla strahlte. George konnte seinen Blick kaum von ihr lösen. Tassie wirkte ungewöhnlich glücklich, und Eustace redete mit salbungsvoller Zufriedenheit irgend etwas daher. Emily hörte nicht zu.

Stück für Stück verfestigte sich der Entschluß in ihrem Kopf. Passivität brachte keinen Erfolg: Es war Zeit zum Handeln, und es gab nur eine Handlungsweise, die ihr einfallen wollte.

Sie konnte nur wenig tun, bis sich die Herren nach dem Essen zu ihnen gesellten. Der Wintergarten erstreckte sich auf der Südseite über die volle Länge des Hauses, und vom Salon aus gab es Glastüren hinter hellgrünen Vorhängen, die zu Palmen, Weinreben und zwischen exotischen Blumen zu einem versteckten Pfad hinausführten.

Emilys Geduld war vollkommen erschöpft. Sie setzte sich neben Jack Radley und nahm die erste Gelegenheit wahr, ihn in ein Gespräch zu verwickeln, was ihr nicht im mindesten Schwierigkeiten bereitete. Er war nur allzu erfreut. Unter anderen Umständen hätte sie es genossen, denn ganz entgegen ihrem Willen mochte sie ihn. Er sah einfach zu gut aus, und er wußte es, aber er hatte Verstand und einen Sinn für das Absurde. Sie hatte es in den letzten Tagen wohl ein Dutzend Mal in seinen bemerkenswerten Augen gesehen. Und, dachte sie, er verbarg keinerlei Scheinheiligkeit, was ihr allein schon genügte, ihn nach drei Wochen in Cardington Crescent in ihr Herz zu schließen.

»Sie scheinen Mrs. March furchtbar nervös zu machen«, sagte er interessiert. »Als Sie das Wort ›entlarven‹ erwähnten, dachte ich, sie würde einen Anfall bekommen und unter den Tisch gleiten.« Der Anflug eines Lachens lag in seiner Bemerkung, und sie merkte, wie groß seine Abneigung gegen die alte Dame war. Vielleicht drängten ihn die Familie und die Umstände zu einer Geldheirat. Vielleicht wollte er eine solche Verbindung nicht mehr als die jungen Frauen, die von ihren Müttern so gnadenlos in eine Standesheirat manövriert wurden, um nicht als jene erbarmungswürdigsten aller Mitglieder der Gesellschaft zurückzubleiben: die unverheirateten Frauen jenseits ihrer Blüte, ohne die Mittel, für sich zu sorgen, ohne eine Beschäftigung, mit der sie ihre letzten Jahre verbringen konnten.

»Es sind nicht meine Fähigkeiten, die sie beunruhigen«, sagte sie mit dem ersten Lächeln, das sie ehrlich meinte. »Es ist die Art und Weise, wie ich sie erfahren habe.«

»Erfahren?« Seine Augenbrauen hoben sich. »War es etwas Schreckliches?«

»Schlimmer.« Sie lächelte verschmitzt.

»Anstößig?« fragte er weiter.

»Entsetzlich!«

»Was?« Er war kurz davor, in schallendes Gelächter auszubrechen.

Sie beugte sich zu ihm hinüber und hob ihre Hand. Er kam näher, um sie besser zu hören.

»Meine Schwester hat erschreckend unter ihrer Würde geheiratet«, flüsterte sie, die Lippen nah an seinem Ohr. »Einen Detective der Polizei!«

Ruckartig richtete er sich auf und sah sie voll Erstaunen und Begeisterung an. »Einen echten Detective? Scotland Yard und das alles?«

»Ja. Das alles und noch mehr.«

»Ich kann es nicht fassen!« Er genoß das Spiel ungeheuer, und es trug einen Hauch von Realität in sich, der es nur noch besser machte.

»Hat sie!« beteuerte sie. »Haben Sie nicht Mrs. Marchs Gesicht gesehen? Sie hat furchtbare Angst, daß ich es erwähne. Es ist eine Schande für die Familie.«

»Das möchte ich wetten!« Er gluckste vor Vergnügen. »Armer, alter Eustace – davon wird er sich nie erholen. Weiß Lady Cumming-Gould davon?«

»Tante Vespasia? Oh, ja. Fragen Sie sie, wenn Sie mir nicht glauben. Sie kennt Thomas ziemlich gut, trotz der Tatsache, daß er Kleidung trägt, die ihm nicht paßt, und absolut scheußliche Schals in den grellsten und unpassendsten Farben. Seine Taschen sind immer mit Notizen und Wachs und Streichhölzern und Stücken von Bindfäden und Gott weiß was ausgebeult. Und er hat noch nie in seinem Leben einen anständigen Friseur gesehen...«

»Und Sie mögen ihn auch«, unterbrach er froh. »Sie mögen ihn sogar sehr.«

»Oh, ja, das stimmt. Aber trotzdem ist er Polizist und wird in grauenhafte Mordfälle verstrickt.« Die Erinnerung daran ernüchterte sie einen Moment lang. Er sah es in ihrem Gesicht und ging augenblicklich auf ihre Stimmung ein.

»Wissen Sie davon?« Jetzt war er wirklich fasziniert. Sie hatte seine uneingeschränkte Aufmerksamkeit, und es wirkte auf sie ungeheuer belebend.

»Natürlich! Charlotte und ich stehen uns sehr nah. Manchmal habe ich schon dabei geholfen.«

Seine leuchtenden Augen trübten sich skeptisch.

»Habe ich wirklich!« beteuerte sie. Es war etwas, auf das sie heimlich stolz war: Es war etwas, das mit dem Leben draußen zu tun hatte, außerhalb beklemmender Salons. »Ich habe praktisch einige davon gelöst – zumindest Charlotte und ich zusammen.«

Er war nicht sicher, ob er ihr glauben sollte oder nicht, aber sein Gesicht zeigte keine Kritik. Seine Augen wirkten ehrlich. Wäre sie ein paar Jahre jünger gewesen, hätte sie sich in diesem Blick verlieren können. Selbst jetzt würde sie das Beste daraus machen. Mit einem leichten Zupfen an ihrem Kleid stand sie auf.

»Wenn Sie mir nicht glauben...«

Sofort war er an ihrer Seite. »Sie untersuchen Mordfälle?« Seine Stimme klang beinah ungläubig, forderte sie auf, ihn zu überzeugen.

Sie akzeptierte es, ging einen halben Schritt voraus zu den Türen des Wintergartens und den herabhängenden Reben und dem süßen Geruch von Erde. Drinnen stand die Luft heiß und regungslos zwischen den Lilien, trübe wie eine tropische Nacht.

»Wir hatten einen, bei dem die Leiche auf dem Kutschbock einer Droschke lag«, sagte sie bedächtig. Es war nur allzu wahr. »Nach einer Vorstellung von *The Mikado*.«

»Jetzt machen Sie Witze«, protestierte er.

»Nein, mach' ich nicht!« Sie wandte ihm ihr offenstes, unschuldigstes Lächeln zu. »Die Witwe hat ihn identifiziert. Es war Lord Augustus Fitzroy Hammond. Er wurde mit allen ihm zustehenden Ehren in der Familiengruft beigesetzt.« Sie gab sich Mühe, eine ehrliche Miene zu behalten und sah ihm in seine Augen mit diesen unglaublichen Wimpern. »Er tauchte in der Kirche im Familienstuhl wieder auf.«

»Emily, das ist grotesk!« Er stand ganz nah bei ihr, und für einen Augenblick kreisten nicht all ihre Gedanken um George. Sie wußte, daß sie zu lächeln begann, trotz der Tatsache, daß es absolut stimmte. »Wir haben ihn wiederum begraben«, sage sie mit einem leisen Kichern. »Es war alles sehr schwierig und ziemlich widerwärtig.«

»Das ist absurd. Ich glaube Ihnen nicht!«

»Oh, das war es – bei Gott! Wirklich höchst unangenehm. Sie können von der Gesellschaft nicht erwarten, zweimal in zwei Wochen zur Beerdigung desselben Mannes zu erscheinen. Es schickt sich nicht.«

»Das ist nicht wahr.«

»Doch! Ich schwöre! Wir hatten vier Leichen, bis wir fertig waren. Zumindest glaube ich, es waren vier.«

»Und alle waren Lord Augustus sonstwie?« Er versuchte, sein Lachen zu unterdrücken.

»Natürlich nicht. Seien Sie nicht albern!« protestierte sie. Sie war ihm so nah, daß sie die Wärme seiner Haut und die feine Schärfe seiner Seife riechen konnte.

»Emily!« Er beugte sich vor und küßte sie langsam, vertraut, als hätte er alle Zeit der Welt. Emily ließ sich gehen, legte die Arme um seinen Hals und erwiderte seine Zärtlichkeit.

»Ich sollte das nicht tun«, bemerkte sie danach. Aber es war eine sachliche Bemerkung, kein Tadel.

»Wahrscheinlich nicht«, stimmte er ihr zu, berührte sanft ihr Haar, dann ihre Wange. »Sag mir die Wahrheit, Emily.«

»Was?« flüsterte sie.

»Habt ihr wirklich vier Leichen gefunden?« Er küßte sie noch einmal.

»Vier oder fünf«, murmelte sie. »Und den Mörder haben wir auch gefaßt. Frag Tante Vespasia – wenn du den Mut hast. Sie war dabei.«

»Vielleicht tu' ich es.«

Mit leichtem Widerstreben löste sie sich von ihm. Es war schöner gewesen, als es hätte sein sollen: Sie machte sich an den Blumen und Reben vorüber auf den Rückweg zum Salon.

Mrs. March erging sich über die Ritterlichkeit der präraffaelitischen Maler, ihre Akribie im Detail und die Feinheit ihrer Farben, und William lauschte ihr.

Tassie und Sybilla saßen so, daß sie zuhören oder sich abwenden mußten, und die Gewohnheit schloß letzteres aus. Eustace dagegen war der Herr im Hause und war zu keiner derartigen Höflichkeit verpflichtet. Er saß mit dem Rükken zu der Gruppe und dozierte über die moralischen Verpflichtungen des Adels. George stellte eine Miene höflichen Interesses zur Schau, die seine vollkommene Abwesenheit verbarg. Er sah zu den Türen des Wintergartens hinüber. Er mußte Emily und Jack Radley gesehen haben.

Emily spürte eine plötzliche, etwas beunruhigende Erregung. Schließlich hatte sie die Krise doch noch provoziert!

Sie ging ein Stückchen vor Jack, war sich jedoch seiner Anwesenheit bewußt, seiner Wärme und der Zärtlichkeit seiner Berührung. Sie setzte sich neben Großtante Vespasia und gab vor, Eustace zuzuhören.

Der Rest des Abends verlief in ähnlichem Stil, und Emily wurde sich der Zeit erst um fünf nach halb zwölf bewußt. Sie kehrte aus dem oberen Badezimmer in den Salon zurück, kam an der Tür zum Morgenzimmer vorbei, als sie Stimmen hörte, die in eine leise, aufgebrachte Auseinandersetzung verstrickt waren.

»... du bist ein Feigling!« Es war Sybilla, und ihre Stimme war heiser vor Zorn und Verachtung. »Erzähl mir nicht...«

»Glaub, was du willst!« Die Antwort schnitt ihr das Wort ab.

Emily blieb stehen. Es war George, und er war wütend. Sie kannte diesen Ton genau. Er hatte dieselbe aufschäumende Wut gezeigt, als sein Jockey auf der Rennbahn eine Abfuhr erhalten hatte. Es war damals zur Hälfte seine eigene Schuld gewesen, und er wußte es. Jetzt redete er wütend auf Sybilla ein, und ihre Stimme antwortete ihm dumpf vor Zorn.

Die Tür zum Boudoir öffnete sich, und Eustace stand mit der Hand auf der Klinke da. Jeden Augenblick würde er sich umdrehen und sehen, daß Emily lauschte. Eilig ging sie weiter, erhobenen Hauptes, strengte sich an, die letzten Worte aus dem Morgenzimmer zu verstehen. Aber die Stimmen waren zu schneidend, zu sehr ineinander verwoben, um die Worte zu verstehen.

»Ah, Emily.« Eustace fuhr herum. »Zeit, sich zur Ruhe zu begeben, würde ich sagen. Du mußt müde sein.« Es war eine Erklärung, keine Frage. Eustace betrachtete es als Teil seiner Privilegien, zu entscheiden, wann jeder zu Bett ging, wie er es seit jeher für seine Familie getan hatte, als noch alle hier gelebt hatten. Er hatte fast alles entschieden und es für sein Privileg und seine Pflicht erachtet. Bevor sie gestorben war, hatte Olivia March ihm brav gehorcht und war dann mit einer Diskretion ihrer eigenen Wege gegangen, daß er nichts davon gemerkt hatte. Viele seiner besten Ideen stammten von ihr, aber man hatte sie ihm auf eine Art und Weise vermittelt, daß er sie für seine eigenen hielt.

Emily hatte nicht die Absicht, heute abend zu streiten. Sie kehrte in den Salon zurück, wünschte eine gute Nacht und ging erleichtert auf ihr Zimmer. Sie hatte sich ausgezogen, das Dienstmädchen mit Anweisungen für den Morgen entlassen und wollte gerade ins Bett gehen, als es an der Tür zum Ankleidezimmer klopfte.

Sie erstarrte. Es konnte nur George sein. Sie war erschrokken und wollte schweigen, so tun, als würde sie schon schlafen. Sie starrte den runden Griff an, als würde er sich von allein drehen und ihn hereinlassen.

Es klopfte erneut, härter. Vielleicht war es ihre einzige Chance, ihn hier einzulassen.

»Herein.«

Langsam öffnete sich die Tür. George stand im Durchgang, sah müde und verlegen aus. Sein Gesicht war gerötet. Emily wußte gleich warum. Sybilla hatte ihm eine Szene gemacht, und George haßte Szenen. Ohne nachzudenken wußte sie, was zu tun war. Es würde verheerend sein, ihm Vorhaltungen zu machen. Das letzte, was er jetzt wollte, war eine weitere empfindsame Frau.

»Hallo«, sagte sie mit einem sehr zurückhaltenden Lächeln, gab vor, dies wäre kein wichtiger Anlaß, keine Begegnung, die ihr gemeinsames Leben und alles, was ihr wichtig war, verändern konnte.

Zögernd kam er herein, gefolgt von Mrs. Marchs Spaniel, der zu ihrem Unwillen eine derartige Zuneigung zu ihm entwickelt hatte, daß er seine Herrin vernachlässigte. Er war unsicher, was er sagen sollte, aus Furcht, sie würde nur den rechten Augenblick abwarten, bevor sie ihm eine Anschuldigung entgegenschleuderte, eine berechtigte Klage, gegen die er sich nicht verteidigen konnte.

Sie wandte sich ab, um es ihm zu erleichtern, als wäre das alles ganz normal. Sie suchte nach Worten, die nichts von dem berührten, was quälend zwischen ihnen stand.

»Ich habe diesen Nachmittag mit Tassie wirklich genossen«, begann sie beiläufig. »Der Vikar ist furchtbar ermüdend, genau wie seine Frau. Ich kann verstehen, warum Eustace sie mag. Sie haben eine Menge gemein, gleiche Ansichten zur Schlichtheit der Tugend«, sie verzog das Gesicht, »und der Tugend der Schlichtheit. Besonders bei Frauen und Kindern, die sie für in etwa dasselbe halten. Aber der Hilfspfarrer war bezaubernd.«

George setzte sich auf den Hocker vor dem Toilettentisch, und sie betrachtete ihn mit einem Vergnügen, das sie selbstsicherer werden ließ. Es bedeutete, daß er zu bleiben beabsichtigte, zumindest für ein paar Minuten.

»Ich bin froh«, sagte er mit einem schiefen Lächeln, suchte nach etwas, mit dem er fortfahren konnte. Es war lächerlich. Vor einem Monat hatten sie wie alte Freunde miteinander gesprochen, hätten gemeinsam über den Vikar gelacht. Jetzt sah er sie an, die Augen weit und suchend, aber nur für einen Moment. Dann wandte er sich wieder ab, wagte nicht, zu sehr zu drängen, fürchtete eine Abfuhr. »Tassie habe ich immer gemocht. Sie ist so viel mehr wie die Cumming-Gould-Seite der Familie, nicht wie die Marches. Das trifft wohl auch auf William zu.«

»Das kann gut sein«, sagte Emily aufrichtig.

»Du hättest Tante Olivia gemocht«, fuhr er fort. »Sie war erst achtunddreißig, als sie starb. Onkel Eustace war am Boden zerstört.«

»Nach elf Kindern in fünfzehn Jahren war sie das sicher auch«, sagte Emily scharf. »Aber ich glaube kaum, daß Eustace daran gedacht hat.«

»Das glaube ich auch nicht.«

Sie drehte sich zu ihm um und lächelte, plötzlich froh, daß er so etwas absolut nicht von ihr erwartet hatte. Einen Augenblick lang war die alte Wärme wieder da, zaghaft, unsicher, aber da. Dann, bevor sie zuviel erwarten und enttäuscht werden konnte, wandte sie sich wieder ab.

»Ich habe immer geglaubt, daß Besuche bei den Armen für diese wahrscheinlich beleidigender sind, als sie unaufdringlich allein zu lassen«, fuhr sie fort. »Aber ich glaube, Tassie hat wirklich etwas Gutes getan. Sie wirkt so absolut ehrlich.«

»Das ist sie auch.« Er biß sich auf die Lippe. »Auch wenn sie noch nicht Charlottes Kaliber hat, Gott sei Dank. Aber vielleicht ist es nur eine Frage der Zeit. Sie hat noch nicht so viele Überzeugungen.« Er stand auf, hütete sich, seine Zeit zu überschreiten und das wertvolle Fragment zu riskieren, das zwischen ihnen wieder entstanden war. Er zögerte, und einen Moment lang zeigte sich die Unentschlossenheit auf seinem Gesicht. Durfte er es wagen, zu Kreuze zu kriechen und sie zu küssen, oder war es noch zu früh? Er streckte den Arm aus und berührte ihre Schulter, dann zog er die Hand zurück. »Gute Nacht, Emily.«

Ernst sah sie ihn an. Wenn er zurückkam, mußte es unter ihren Bedingungen geschehen, sonst konnte es wieder passieren, und freiwillig würde sie es nicht noch einmal erleiden. »Gute Nacht, George«, antwortete sie sanft. »Schlaf gut.«

Langsam ging er hinaus, der Hund trappelte hinterher, und die Tür fiel ins Schloß. Sie rollte sich auf dem Bett zusammen und umarmte ihre Knie, spürte, wie die Tränen der Erleichterung in ihren Augen brannten und ihr weich und schmerzlos über die Wangen liefen. Es war nicht vorüber, aber die entsetzliche Hilflosigkeit war nicht mehr da. Sie wußte, was sie tun mußte. Sie schniefte heftig, griff nach einem Taschentuch und putzte sich fest die Nase. Es war laut und keineswegs damenhaft, eindeutig ein Geräusch des Triumphes.

4

Zum ersten Mal seit Wochen schlief Emily gut und wachte erst auf, als die Sonne ins Zimmer fiel und Millicent an die Tür klopfte.

»Herein«, sagte sie undeutlich. George war noch immer im Ankleidezimmer. Es gab keinen Grund für Heimlichkeiten. »Komm rein, Millie.«

Die Tür öffnete sich, und Millicent kam ins Zimmer, balancierte das Tablett mit einer Hand, während sie die Tür hinter sich schloß. Dann trug sie das Tablett zur Frisierkommode und stellte es ab.

»Was für ein Durcheinander da oben in der kleinen Küche ist, M'lady«, sagte sie und schenkte vorsichtig den Tee ein. »So was hab' ich noch nicht gesehen. Erst sind sie alle da. Im nächsten Moment ist die ganze Bude voller Dampf von den Kesseln und keine Menschenseele in der Nähe, um sie abzunehmen. Was für ein Theater, und alles nur, weil seine Lordschaft Kaffee statt Tee trinkt, obwohl ich nicht weiß, wie er das morgens gleich kann. Albert hat ihm den Kaffee vor einer Viertelstunde gebracht und gesehen, daß der kleine Hund von Mrs. March noch bei ihm liegt. Hat einen echten Narren an seiner Lordschaft gefressen. Macht die alte Lady nur noch mürrischer.« Sie kam herüber und reichte ihr die Tasse.

Emily setzte sich auf, nahm den Tee und begann, daran zu nippen. Er schmeckte heiß und frisch. Der Tag begann vielversprechend.

»Was würden Sie heute morgen am liebsten tragen, M'lady?« Energisch zog Millicent die Vorhänge auf. »Wie wär's mit dem aprikosenfarbenen Musselin? Traumhaft schöne Farbe. Und nicht jedem steht sie!«

Emily lächelte. Millicent hatte sich offenbar entschieden.

»Gute Idee«, stimmte sie zu. »Ist es warm draußen?«

»Wird es werden, M'lady. Und wie wäre es mit dem Lavendelfarbenen, wenn Sie heute nachmittag ausgehen?«

Millicent war voller Idee. »Und das Weiße mit dem schwarzen Samtbesatz für heute abend. Sehr modisch und raschelt so schön, wenn Sie gehen.«

Emily ließ sie gewähren, trank ihren Tee und stand auf, um mit der Morgentoilette zu beginnen. Heute hatte alles etwas Siegreiches an sich.

Als sie fertig und Millicent fort war, trat sie an die Tür zum Ankleidezimmer und klopfte. Niemand antwortete. Sie zögerte, gerade im Begriff ein zweites Mal zu klopfen, aber plötzlich war sie befangen. Was sollte sie zu ihm sagen außer »Guten Morgen?« Sie sollte sich nicht wie eine alberne Braut benehmen! Sie würde George nur in Verlegenheit bringen und sich selbst lächerlich machen. Es war weitaus besser, natürlich zu bleiben. Außerdem hatte er nicht geantwortet; zweifellos war er längst unten.

Aber auch im Frühstückszimmer war nichts von ihm zu sehen. Eustace war wie immer, mondgesichtig und strotzend vor Gesundheit. Er hatte die Fenster aufgerissen, ungeachtet der Tatsache, daß das Zimmer nach Westen lag und daher ausgesprochen frostig wurde. Auf seinem Teller stapelten sich Würstchen, Eier, feinzerhackte, scharfe Nieren und Kartoffeln. Seine Serviette hatte er in die Weste gestopft, und um ihn herum standen frischer Toast, Butter, der silberne Gewürzständer, Milch, Zucker und die silberne Queen-Anne-Kaffeekanne.

Die alte Mrs. March nahm ihr Frühstück wie üblich im Bett ein. Sonst waren alle anwesend, außer George. Und Sybilla.

Emily verließ der Mut, und ihr ganzes Glück erstarb wie ein Kerzenlicht, das jemand ausdrückte. Ihre Hand fühlte sich taub an, als sie den Stuhl an der Lehne hervorzog. Sie mußte sich zusammennehmen.

Es war kein Traum. Sie hatte es nicht geträumt. George *hatte* mit Sybilla gestritten. Der Alptraum war vorüber. Natürlich würde sich die Vertrautheit zwischen ihnen nicht sofort wieder herstellen lassen. Es würde eine Weile dauern, vielleicht sogar zwei oder drei Wochen. Aber sie konnte es schaffen, sicher.

»Guten Morgen, meine Liebe«, sagte Eustace in exakt demselben Ton, in dem er es jeden Tag sagte. »Ich hoffe, es geht dir gut?« Es war keine Frage, lediglich eine Bestätigung, daß er ihre Ankunft wahrgenommen hatte. Er wünschte nicht, von weiblichen Unpäßlichkeiten zu hören. Sie waren sowohl uninteressant als auch unangenehm, besonders morgens, wenn man zu essen wünschte.

»Allerdings«, sagte Emily aggressiv. »Ich hoffe, dir auch?« Die Frage war angesichts der Überfülle auf seinem Teller absolut unnötig.

»Das kann man wohl sagen.« Seine Augen weiteten sich unter seinen kurzen, gerundeten Augenbrauen. Mit einem leisen Geräusch stieß er den Atem durch die Nase aus, und sein Blick fuhr ruckartig über den Rest des Tisches: Vespasia aß vornehm und schweigend ein gekochtes Ei, Tassie war so blaß wie ihre Sommersprossen und das flammend rote Haar es zuließen, mit Schatten unter den Augen. Jack Radley starrte Emily an, die Stirn gerunzelt, zwei farbige Flecken auf den Wangen, und William, am ganzen Körper gespannt, das Gesicht ganz schmal, packte seine Gabel mit beiden Händen, als wollte man sie ihm entreißen. »Mein Gesundheitszustand ist ausgezeichnet«, wiederholte Eustace mit vorwurfsvollem Unterton.

»Da bin ich aber froh.« Emily war fest entschlossen, das letzte Wort zu behalten. Mit Sybilla konnte sie nicht streiten, mit George wollte sie nicht streiten. Eustace kam ihr gerade recht.

Jetzt wandte er sich Tassie zu. »Und was beabsichtigst du, mit deinem Tag anzufangen, mein Kind?« Bevor sie etwas erwidern konnte, fuhr er fort. »Mitgefühl ist ein höchst wünschenswerter Zug an einer jungen Dame. Tatsächlich war deine liebe Mutter, sie soll in Frieden ruhen, stets damit beschäftigt.« Er griff nach dem Toast und bestrich abwesend einige Scheiben davon mit Butter. »Aber du hast noch andere Pflichten, vor unseren Gästen beispielsweise. Du solltest ihnen das Gefühl vermitteln, willkommen zu sein. Natürlich ist dein Zuhause in erster Linie eine Insel des Friedens und der Moral, welche die Schatten der Welt nicht erreichen können. Aber es sollte außerdem ein Ort behaglicher Gastlichkeit, schicklichen Vergnügens und erhebender Konversation sein.« Er schenkte Tassies wachsendem Unbehagen keine Beachtung, als würde er sie gar nicht wahrnehmen, was er tatsächlich auch nicht tat. Emily verachtete ihn für seine vollkommene Blindheit.

»Ich denke, du solltest mit Mr. Radley eine Kutschfahrt unternehmen«, fuhr er fort, als wäre ihm diese Idee eben erst gekommen. »Das Wetter ist für eine solche Unternehmung ganz ausgezeichnet. Ich bin sicher, deine Großmutter Vespasia würde sich glücklich schätzen, euch zu begleiten.«

»Nichts dergleichen würde sie!« herrschte Vespasia ihn an. »Ich habe heute nachmittag meine eigenen Besorgungen zu machen. Tassie darf mich gern begleiten, wenn sie möchte, aber ich werde nicht mit ihr gehen. Mr. Carlisle dürfte sie zweifellos interessieren, und auch Mr. Radley, wenn er mitkommen möchte.«

Eustace legte seine Stirn in Falten. »Mr. Carlisle? Ist das nicht dieser höchst ungehörige Mann, der sich mit politischer Agitation beschäftigt?«

Tassie zeigte augenblicklich Interesse. »Oh?«

Eustace funkelte sie an.

Vespasia wollte sich nicht auf Haarspaltereien über die Beschreibung einlassen, aber ihre kühlen, taubengrauen Augen sahen Emily an. Erinnerung blitzte auf, Bilder der Erregung, der entsetzlichen Armut und des Todes, und Emily spürte, wie sich ihre Wangen erhitzten, als der viel näherliegende Gedanke an den vergangenen Abend im Wintergarten wiederkehrte. Sie hatte damit begonnen, Jack Radley eben jene Affäre zu erzählen, bei der sie Somerset Carlisle kennengelernt hatte.

»Höchst ungehörig« sagte Eustace gereizt. »Es gibt bessere Möglichkeiten, den Unglücklichen zu helfen, als sich zum Gespött zu machen, indem man versucht, die Regierung zu untergraben und das gesamte Fundament der Gesellschaft zu verändern. Der Mann ist unverantwortlich, und du solltest klug genug sein, dich nicht mit ihm einzulassen, Schwiegermama.«

»Hört sich faszinierend an.« Jack Radley wandte sich zum

erstenmal von Emily ab und sah zu Vespasia. »Welches spezielle Sache bearbeitet er im Augenblick, Lady Cumming-Gould?«

»Das Wahlrecht für Frauen«, erwiderte Vespasia knapp.

»Lächerlich!« schnaubte Eustace. »Gefährliche, unsinnige Zeitverschwendung! Gebt den Frauen das Wahlrecht, und Gott weiß, was für ein Parlament wir bekämen. Sollte mich nicht wundern, wenn es voll von Hitzköpfen und Revolutionären und Nichtskönnern wäre. Dieser Mann ist eine Bedrohung für alles, was England ehrbar macht, alles, was das Empire geschaffen hat. Wir ziehen großartige Männer genau deswegen auf, weil unsere Frauen die heiligen Pflichten von Heim und Familie bewahren.«

»Unsinn und Wichtigtuerei«, sagte Vespasia forsch. »Wenn die Frauen so ehrbar sind, wie du sie einschätzt, werden sie genau die Abgeordneten wählen, die du so sehr schätzt.«

Eustace wurde ernstlich böse. Er hielt sich nur mit sichtlicher Mühe unter Kontrolle. »Meine liebe, gute Frau«, sagte er durch seine Zähne hindurch, »es ist nicht eure Ehrbarkeit, die in Frage steht, es ist euer Verstand.« Er holte tief Luft. »Das schöne Geschlecht ist von Gott ausersehen, Frauen und Mütter zu stellen, um zu trösten, zu nähren und aufzurichten. Es ist eine edle und ehrenvolle Berufung. Aber sie haben weder den Geist noch die Stärke im Temperament, um zu regieren, und der Glaube daran, daß sie es könnten, hieße, sich gegen die Natur zu stellen.«

»Eustace, ich habe Olivia schon bei eurer Hochzeit gesagt, daß du ein Schwachkopf bist«, erwiderte Vespasia. »Und im Laufe der Jahre hast du mir immer weniger Grund gegeben, meine Meinung zu revidieren.« Sie tupfte sich die Lippen leicht mit ihrer Serviette und stand auf. »Wenn du glaubst, ich wäre eine ungeeignete Anstandsdame für Tassie, warum bittest du dann nicht Sybilla, sie zu begleiten? Vorausgesetzt, sie kommt früh genug aus dem Bett.« Und ohne sich noch einmal umzusehen, stürmte sie aus dem Zimmer, und das Hausmädchen öffnete die Türen und schloß sie wieder hinter ihr.

Eustaces Gesicht war puterrot. Man hatte ihn in seinem eigenen Reich beleidigt, dem einzigen Ort auf der Welt, an dem er die absolute Autorität besaß und unantastbar sein sollte.

»Anastasia! Deine Schwägerin oder deine Großmutter March werden dich begleiten.« Er fuhr herum. »Du, Emily, nicht. Du bist kaum besser als deine Großtante. Was ich von deinem Benehmen bisher kenne, ist erbärmlich, aber das ist Georges Problem. Ich werde nicht zulassen, daß du Tassie verleitest.«

»Das würde mir im Traum nicht einfallen«, zischte sie mit einem Lächeln zurück. »Ich bin sicher, daß Sybilla sehr viel besser geeignet ist, Tassie ein Beispiel zu geben, wie schicklich und bescheiden sich eine Frau verhalten sollte, viel besser als ich es jemals könnte.«

Tassie hustete in ihr Taschentuch. Jack Radley mühte sich panisch, etwas zu finden, worauf er seinen Blick lenken konnte, und scheiterte. William, kalkweiß bis zu den Lippen, erhob sich unbeholfen, ließ seine Serviette fallen und klapperte mit Tasse und Untertasse.

»Ich mach' mich an die Arbeit«, sagte er schroff, »solange das Licht so gut ist.« Und er ging, ohne auf einen Kommentar zu warten.

Es tat Emily leid; indem sie zugelassen hatte, daß sie mit ihrem Zorn den eigenen Schmerz preisgab, hatte sie dabei auch William verletzt. Er mußte sich ähnlich fühlen wie sie; verwirrt, zurückgestoßen, schrecklich allein und vor allem gedemütigt. Ihn jedoch aufzusuchen und sich zu entschuldigen, würde es nur noch schlimmer machen. Man konnte nichts weiter tun, als vorzugeben, daß man nichts bemerkt hatte.

Sie würgte gerade soviel von ihrem Frühstück herunter, daß es den Anschein hatte, als sei alles ganz normal. Dann entschuldigte sie sich und lief entschlossen nach oben, um George zu finden und von ihm zu fordern, er möge zumindest Diskretion üben, wenn er schon keine Moral zeigen konnte oder wollte.

Sie klopfte energisch an die Tür des Ankleidezimmers und

wartete. Es kam keine Antwort. Sie klopfte erneut, dann, als nichts passierte, drehte sie den Türknauf und trat ein.

Die Vorhänge waren offen, und das Zimmer erstrahlte im Sonnenlicht. George war noch im Bett, die Laken zerlegen, das Tablett mit dem Morgenkaffee stand auf dem Bett, offensichtlich benutzt. Tatsächlich stand eine leere Untertasse am Boden neben dem Fußende des Bettes, wo er seinen Kaffee mit dem Spaniel der alten Dame geteilt zu haben schien.

»George!« sagte Emily böse. Sie verspürte absolut kein Bedürfnis, darüber nachzudenken, was er die ganze Nacht über getan hatte, daß er um zehn Uhr morgens noch schlief. »George?« Sie stand neben dem Bett, blickte auf ihn hinab. Er sah sehr blaß aus, und seine Augen waren eingesunken, als hätte er schlecht geschlafen, wenn überhaupt. Genaugenommen sah er ziemlich krank aus.

»George?« Sie war jetzt wirklich erschrocken. Sie streckte eine Hand aus und berührte ihn.

Er regte sich nicht. Nicht einmal seine Augenlider zuckten.

»George!« Sie schrie, was albern war. Er mußte sie doch hören können. Sie schüttelte ihn so grob, daß es jeden geweckt hätte.

Aber er blieb regungslos. Selbst seine Brust schien sich nicht zu heben und zu senken.

Entsetzt ahnte ihr Innerstes schon das Undenkbare, und zu Tode erschrocken lief sie zur Tür, wollte nach jemandem rufen. Aber nach wem?

Tante Vespasia! Natürlich. Tante Vespasia war die einzige, der sie trauen konnte, die einzige, die sich um sie kümmerte. Sie stürmte die Treppe hinunter und über den Flur, stieß beinah mit einem erschrockenen Hausmädchen zusammen und riß die Tür des Morgenzimmers auf. Vespasia schrieb Briefe.

»Tante Vespasia!« Ihre Stimme bebte und war viel lauter als beabsichtigt. »Tante Vespasia, George ist krank! Ich kann ihn nicht wecken! Ich glaube...« Sie atmete erstickt, konnte die Worte nicht sagen, die es real gemacht hätten.

Vespasia wandte sich mit ernster Miene von dem Schreibtisch aus Rosenholz ab, auf dem Papier und Umschläge ausgebreitet lagen.

»Vielleicht sollten wir besser gehen und nachsehen«, sagte sie leise, legte den Federhalter beiseite und erhob sich von ihrem Stuhl. »Komm, meine Liebe.«

Mit Herzklopfen, kaum in der Lage zu schlucken, aus Furcht vor dem, was sie diesmal finden mochte, folgte ihr Emily die Stufen hinauf. Vespasia klopfte forsch an die Tür des Ankleidezimmers, öffnete sie ohne zu warten und ging zum Bett hinüber.

George lag noch genauso, wie Emily ihn zurückgelassen hatte, nur sah sie die weiße Starrheit seiner Züge jetzt deutlicher und wunderte sich, wie sie sich jemals hatte glauben machen können, daß er noch am Leben wäre.

Vespasia berührte seinen Hals sanft mit der Rückseite ihrer Finger. Einen Moment später wandte sie sich Emily zu, das Gesicht müde, die Augen, als wollten sie vor Kummer überfließen.

»Wir können nichts mehr tun, mein Kind. Nach meinem beschränkten Wissen zu urteilen, würde ich sagen, es war sein Herz. Ich nehme an, es hat kaum mehr als einen Augenblick gedauert. Du solltest besser auf mein Zimmer gehen, und ich sage dem Mädchen, sie soll helfen, bis Millicent dir einen steifen Brandy bringt. Ich muß den Rest der Familie informieren.«

Emily sagte nichts. Sie wußte, daß George tot war, und dennoch konnte sie es nicht fassen. Sie war schon früher mit dem Tod konfrontiert worden. Ihre eigene Schwester war vom ›Cater-Street-Henker‹ ermordet worden. Alle Welt war an traurige Verluste gewöhnt: Pocken, Typhus, Cholera, Scharlach, Tuberkulose waren gang und gäbe, und allzu regelmäßig Boten des Todes, wie auch das Kindbett. Aber immer war es jemand anders. Hier hatte es keinerlei Vorwarnung gegeben. George war so *lebendig* gewesen!

»Komm.« Vespasia legte ihren Arm um Emilys Schulter, und ohne es zu merken, ging Emily wieder über den Treppenabsatz an den Farnen vorüber in Vespasias Zimmer, in dem das Dienstmädchen der alten Dame das Bett machte.

»Lord Ashworth ist tot«, sagte Vespasia. »Er scheint einen Herzanfall gehabt zu haben. Würden Sie bitte bei Lady Ashworth bleiben, Digby. Ich werde jemanden mit einem steifen Brandy heraufschicken und die Familie informieren.«

Das Dienstmädchen war eine ältliche Frau aus dem North Country, lebhaft im Gesicht, breit um die Hüften. Ein Leben in Diensten hatte sie diverse Trauerfälle erleben lassen, einige davon betrafen sie selbst. Sie erwiderte nur das Allernötigste, nahm Emily beim Arm, setzte sie auf die Chaiselongue, legte ihr die Füße hoch und strich ihr auf eine Weise über den Kopf, die Emily bei anderer Gelegenheit entsetzlich verärgert hätte. Jetzt war es menschlicher Kontakt und absurderweise beruhigend.

Vespasia verließ das Zimmer und ging langsam nach unten. Sie war gramerfüllt. Sie hatte George seit seiner Geburt gekannt, hatte ihn seine Kindheit und Jugend hindurch beobachtet, und sie kannte sowohl seine guten Eigenschaften als auch seine Fehler. Sie verzieh ihm durchaus nicht alles, was er getan hatte, aber er war großzügig, tolerant, gern bereit, andere zu loben, und innerhalb seiner Grenzen ehrlich. Diese Besessenheit mit Sybilla allerdings war eine Verirrung, ein Akt törichter Zügellosigkeit, die sie ihm nicht verzieh.

Aber nichts davon änderte etwas an der Tatsache, daß sie ihn geliebt hatte, und sie empfand tiefe Trauer, daß er so jung seines Lebens beraubt worden war, kaum halb so alt wie sie.

Sie öffnete die Tür zum Frühstückszimmer. Eustace saß noch immer mit Jack Radley am Tisch.

»Eustace, ich muß sofort mit dir sprechen.«

»Allerdings.« Noch immer war er wegen ihres Affronts gegen ihn böse, und seine Miene war eisig. Er machte keine Anstalten aufzustehen.

Vespasia warf Jack Radley einen starren Blick zu. Er sah augenblicklich, daß irgend etwas ganz und gar nicht stimmte, stand auf, entschuldigte sich und ging, wobei er die Tür hinter sich schloß.

»Ich wäre dir sehr verbunden, Schwiegermama, wenn du etwas höflicher zu Mr. Radley wärest«, sagte Eustace mit eisiger Stimme. »Es ist gut möglich, daß er Anastasia heiratet...«

»Das ist höchst unwahrscheinlich«, schnitt Vespasia ihm

das Wort ab, »und im Augenblick absolut unwichtig. Ich fürchte, George ist tot.«

Eustace fuhr herum, mit leerem Blick. »Wie bitte?«

»George ist tot«, wiederholte sie. »Er scheint einen Herzanfall gehabt zu haben. Ich habe Emily mit einem Dienstmädchen in meinem Zimmer gelassen. Ich glaube, du solltest besser den Arzt rufen.«

Er holte Luft, um etwas zu sagen, fand es dann unpassend. Die ansonsten gesunde Rötung war aus seinem Gesicht gewichen.

Vespasia läutete, und als der Butler kam, sprach sie mit ihm, überging Eustace.

»Lord Ashworth hat heute nacht einen Herzanfall gehabt, Martin. Er ist tot. Lady Ashworth ist in meinem Zimmer. Würden Sie jemanden mit einem steifen Brandy hinaufschikken. Und den Arzt rufen. Diskret natürlich. Es besteht kein Grund, das ganze Haus in Aufruhr zu versetzen. Ich selbst werde die Familie von dem Unglücksfall in Kenntnis setzen.«

»Jawohl, Mylady«, sagte er feierlich.»Darf ich bemerken, wie sehr es mir leid tut. Ich bin sicher, daß ich auch im Namen des restlichen Personals spreche, wenn ich Ihnen mein tiefempfundenes Mitgefühl zum Ausdruck bringe.«

»Danke, Martin.«

Er verneigte sich und ging.

Eustace stand unbeholfen auf, als wäre er plötzlich rheumatisch geworden.

»Ich werde es Mama sagen. Es wird ein furchtbarer Schock für sie sein. Gibt es etwas, was man für Emily, das arme Ding, tun könnte?«

»Ich glaube, ich werde nach Charlotte schicken«, antwortete Vespasia. »Ich muß zugeben, ich bin selbst sehr bedrückt.«

»Selbstverständlich bist du das.« Eustace ließ sich ein Stück weit erweichen. Schließlich war sie weit über siebzig. In seinem Kopf herrschte jedoch ein anderer Gedanke vor. »Ich glaube aber nicht, daß wir nach ihrer Schwester schicken sollten. Soweit ich weiß, ist sie ein eher unglückseliges Ding, dessen Anwesenheit alles andere als hilfreich wäre. Warum lassen wir nicht ihre Mutter kommen? Oder besser noch, wir bringen sie zu ihrer Mutter zurück, sobald sie einer Reise gewachsen ist. Das wäre doch sicher das beste.«

»Möglicherweise«, sagte Vespasia äußerst trocken. »Aber Caroline ist auf dem Kontinent, also werde ich vorläufig Charlotte kommen lassen.« Sie fixierte ihn mit einem derart finsteren Blick, daß der Protest auf seinen Lippen erstarb. »Ich werde ihr heute nachmittag meine Kutsche schicken.«

Vespasia verließ das Zimmer und ging nach oben. Sie hatte sich noch einer weiteren Pflicht zu entledigen, die schwierig werden würde. Und da sie Sybilla trotz des unentschuldbaren Verhaltens der jungen Frau in den vergangenen Wochen gern hatte, wollte sie es ihr lieber selbst sagen, bevor sie es von der Dienerschaft erfuhr, oder schlimmer noch, von Eustace.

Sie klopfte an die Schlafzimmertür und öffnete sie, ohne eine Antwort abzuwarten. Das Frühstückstablett stand benutzt auf einem Beistelltischchen. Sybilla saß aufrecht in dem großen Bett, ein spitzenbesetztes Tuch um sich geschlungen. Das pfirsichfarbene Seidenhemd war ihr ein wenig von der blassen Schulter gerutscht, ihr schwarzes Haar kringelte sich im Nacken und fiel über ihre Schulter auf die Brust herab. Selbst in einem solchen Augenblick setzte ihre Schönheit Vespasia in Erstaunen, überwältigte sie sogar ein wenig.

»Sybilla«, sagte sie leise, trat ein und setzte sich unaufgefordert auf den Rand des Bettes. »Es tut mir leid, mein Engel, aber ich habe eine sehr traurige Nachricht für dich.«

Sybillas Augen weiteten sich ängstlich, und sie setzte sich auf. »William...«

»Nein. George.«

»Was...?« Sybilla war offensichtlich überrascht, verblüfft. Ihr erster Gedanke hatte William gegolten, und sie hatte die Bedrohung, die sie im Sinn gehabt hatte, noch nicht verarbeitet. »Was ist passiert?«

Vespasia beugte sich vor und nahm die weiße Hand, drückte sie fest. »George ist tot, mein Herz. Er hatte irgendwann heute morgen einen Herzanfall. Du kannst nichts tun, außer dich so diskret zu verhalten, wie du es bisher versäumt hast – für Emily und William, wenn schon nicht um deiner selbst willen.«

»Tot?« flüsterte Sybilla, als hätte sie es nicht verstanden. »Das kann nicht sein. Er war so – so gesund! Nicht George...«

»Leider besteht kein Zweifel.« Vespasia schüttelte den Kopf. »Und jetzt schlage ich vor, du läßt dir von deinem Dienstmädchen ein Bad einlaufen, ziehst dich an und bleibst auf deinem Zimmer, bis du dich soweit beruhigt hast, daß du der Familie gegenübertreten kannst. Dann komm herunter und biete deinen Beistand an, wo immer er nützlich erscheint. Ich versichere dir, es ist das beste Mittel der Welt, seinen Kummer zu überwinden.«

Sybilla lächelte so scheu, daß es kaum mehr als ein Schatten war. »Ist es das, was du tust, Tante Vespasia?«

»Ich glaube schon.« Vespasia wandte sich ab, wollte ihren Schmerz nicht offenbaren, der so nah unter der Oberfläche lag. »Das sollte dir Empfehlung genug sein.«

Sie hörte das Rascheln der Laken, als Sybilla aufstand, dann eine Minute später das Geräusch des Klingelzugs. Es würde in der Gesindestube und dem Zimmer ihres Dienstmädchens läuten, und wo immer das Mädchen sein mochte, sie würde kommen.

»Ich muß zu William gehen und es ihm sagen«, fuhr Vespasia fort, versuchte zu überlegen, was es sonst noch zu tun gab. »Und zweifelsohne wird es Dinge zu erledigen geben, Briefe und so weiter.«

Sybilla setzte an, etwas zu sagen. Es sollte um Emily gehen. Aber sie verlor den Mut, bevor der Satz vollständig genug war, ihn auszusprechen, und Vespasia drängte sie nicht.

Der Arzt kam kurz vor Mittag, und Eustace nahm ihn in Empfang und geleitete ihn in das Ankleidezimmer, in dem George noch genauso lag, wie Emily und Vespasia ihn gefunden hatten. Man ließ den Arzt allein, bis auf einen Diener, der alles besorgen sollte, was benötigt wurde, etwa heißes

Wasser oder Handtücher. Eustace hegte keineswegs den Wunsch, bei einer derart bedrückenden Angelegenheit zugegen zu sein, und er wartete mit Vespasia im Morgenzimmer auf den Bescheid des Arztes. Emily und Sybilla blieben in ihren Zimmern. Tassie war vom Schneider zurück und saß tränenüberströmt im Salon. Die alte Mrs. March saß im überhitzten, rosafarbenen Boudoir, das ihr spezielles Reich war, und wurde von Jack Radley getröstet, dessen Aufmerksamkeit sie für sich beanspruchte. William saß im Wintergarten in der Ecke, die man ihm als Atelier freigeräumt hatte. Er war zu seiner Malerei zurückgekehrt, nachdem er darauf hingewiesen hatte, daß es keinen Sinn hätte, händeringend im Boudoir zu sitzen und es ihm weit tröstlicher sei, allein zu sein und mit Pinsel und Farbe zu arbeiten, um einige seiner Gefühle bildlich darzustellen. Er hatte zwei Werke in Arbeit, eine Landschaft, die ein Mäzen in Auftrag gegeben hatte, und ein Porträt von Sybilla, das er zu seinem eigenen Vergnügen malte. Heute arbeitete er an dem Landschaftsbild. Bäume im Frühling, April etwa, voll Sonnenlicht und plötzlicher, beißender Kälte. Es war eine Stimmung, die die Zerbrechlichkeit des Glücks und den ewig drohenden Schmerz plastisch darstellte.

Die Tür zum Morgenzimmer öffnete sich, und der Arzt kam zurück. Er hatte ein enorm faltiges Gesicht, aber es waren liebenswerte Falten, Zeichen von Gewandtheit und Gutmütigkeit. Im Augenblick wirkte er zutiefst unglücklich. Er schloß die Tür und wandte sich von Eustace zu Vespasia und wieder zurück.

»Es war sein Herz, wie Sie angenommen hatten«, sagte er ernst. »Der einzige Funken Trost, den ich Ihnen spenden kann, ist die Tatsache, daß es sehr schnell gegangen sein muß. Eine Sache von Sekunden.«

»Das ist in der Tat ein Trost«, bestätigte Eustace. »Ich bin Ihnen sehr zu Dank verpflichtet. Ich werde es Lady Ashworth mitteilen. Danke, Treves.«

Aber der Arzt rührte sich nicht von der Stelle. »Hatte Lord Ashworth einen Hund, einen kleinen Spaniel?«

»Du meine Güte, was um alles in der Welt macht das

schon?« Eustace war erstaunt über die Nichtigkeit dieser Frage zu einem solchen Zeitpunkt.

»Hatte er?« wiederholte der Arzt.

»Nein, meine Mutter. Warum?«

»Ich fürchte, der Hund ist ebenfalls tot, Mr. March.«

»Nun, das dürfte wohl kaum von großer Bedeutung sein, oder?« Eustace war verärgert. »Ich werde einen der Diener anweisen, ihn fortzuschaffen.« Mit Mühe erinnerte er sich an seine Manieren. »Ich danke Ihnen. Wenn Sie jetzt bitte alles Nötige veranlassen würden, können wir die notwendigen Vorbereitungen für das Begräbnis treffen.«

»Das wird nicht möglich sein, Mr. March.«

»Was soll das heißen, nicht möglich?« verlangte Eustace zu wissen, und seine Wangen färbten sich rot.

Vespasia sah in das grimmige Gesicht des Arztes.

»Was ist los, Dr. Treves?« sagte sie leise. »Warum erwähnen Sie den Hund? Und woher wissen Sie davon? Der Butler hat Sie nicht gerufen, damit Sie sich einen toten Hund ansehen.«

»Nein, Mylady.« Er seufzte tief, die Falten in seinem Gesicht zogen sich tief bekümmert zusammen. »Der Hund lag unter dem Fußende des Bettes. Er ist ebenfalls an einem Herzanfall gestorben, ich würde sagen, etwa zur selben Zeit wie Lord Ashworth. Es scheint, als ob er ihm etwas von seinem Morgenkaffee, der auf dem Tablett stand, gegeben hätte, und dann hat er selbst etwas davon getrunken. In beiden Fällen sehr kurz vor ihrem Tode.«

Eustace verlor alle Farbe im Gesicht. Er schwankte ein wenig. »Gütiger Gott! Was um alles in der Welt meinen Sie?«

Vespasia sank ganz langsam auf einen Stuhl. Sie wußte, was der Arzt sagen würde, und eine Finsternis ballte sich in ihrem Kopf zusammen.

»Ich meine, Sir, daß Lord Ashworth an einem Gift gestorben ist, das in seinem Morgenkaffee war.«

»Unsinn!« sagte Eustace wütend. »Absoluter Unsinn! Allein die Idee ist lachhaft! Der arme George hatte einen Herzanfall – und – und der Hund muß sich derart erregt haben – der Tod und das alles –, daß er auch starb. Zufall! Nur ein unglücklicher Zufall.«

»Nein, Sir.«

»Natürlich ist es das!« sprudelte Eustace hervor. »Großer Gott, warum um alles in der Welt sollte Lord Ashworth Gift nehmen? Sie haben den Mann nicht gekannt, sonst würden Sie etwas derart Verabscheuungswürdiges kaum annehmen. Und er hätte es sicher nicht erst an dem Hund ausprobiert! George liebte Tiere. Das verdammte Ding hing an ihm. Zum Ärger meiner Mutter. Es ist ihr Hund, aber er zog George vor. Er hätte nicht im Traum daran gedacht, ihn zu verletzen. Verdammt lächerlich, das zu behaupten. Und ich versichere Ihnen, er hatte keinen Grund, sich das Leben zu nehmen. Er war ein Mann, der«, er schluckte, funkelte Treves an, »voll und ganz glücklich war. Reichtum, Ansehen, eine großartige Frau und einen Sohn.«

Treves öffnete den Mund, um es noch einmal zu versuchen, aber Vespasia unterbrach ihn.

»Eustace, ich glaube nicht, daß Dr. Treves annimmt, George hätte das Gift wissentlich genommen.«

»Mach dich nicht lächerlich!« herrschte Eustace sie an, verlor vollkommen die Selbstbeherrschung. »Niemand begeht aus Versehen Selbstmord! Und außerdem besitzt in diesem Haus ohnehin niemand Gift.«

»Digitalis«, schob Treves mit stiller Müdigkeit dazwischen. »Ein ziemlich gängiges Mittel bei Herzbeschwerden. Nach Aussage des Mädchens von Mr. March, besitzt die Dame des Hauses selbst etwas davon, aber es ist auch absolut möglich, es aus Fingerhüten zu destillieren, wenn man will.«

Eustace Sarkasmus war nicht zu überhören. »Und Lord Ashworth ist um sechs Uhr morgens hinausgeschlichen, hat im Garten Fingerhüte gesammelt und Digitalis destilliert?« erkundigte er sich gewichtig. »Hat er es am Herd mit den Küchenmädchen gemacht oder oben in der Teeküche mit den Hausmädchen und Lakaien? Dann, wenn ich Ihre Anspielung richtig verstanden habe, ist er zurück in sein Schlafzimmer gegangen, hat versehentlich den Hund vergiftet und dann sich selbst? Sie sind ein wirrer Geist, Treves! Ein verdammter, inkompetenter Esel! Schreiben Sie eine Todesurkunde und verschwinden Sie!«

Vespasia empfand unerklärlicherweise Mitleid für Eustace. Er würde damit nicht fertig werden. Er war nie so stark gewesen, wie er glaubte.

»Eustace«, sagte sie leise und bestimmt, »Dr. Treves will nicht sagen, daß George es versehentlich genommen hat. Wie du bereits bemerkt hast, wäre es absurd. Die unausweichliche Schlußfolgerung daraus ist, daß irgendein anderer es in seinen Kaffee getan hat. Es wäre nicht schwierig, da alle anderen Tee nehmen. Und der arme George hatte weder eine Ahnung, daß der Kaffee vergiftet war, als er ihn dem Hund gab, noch als er ihn selbst trank.«

Eustace fuhr herum und starrte sie an, plötzlich ganz erhitzt vor Furcht. Seine Stimme war heiser und kam mit einem Krächzen hervor. »Aber das wäre – Mord!«

»Ja, Sir«, stimmte Treves gelassen zu. »Ich fürchte, das ist es. Ich habe keine andere Alternative, als die Polizei zu informieren.«

Eustace schluckte und stieß seinen Atem mit einem langen, schmerzerfüllten Seufzer aus. Der Widerstreit war in seinem Gesicht abzulesen, aber er fand keine Lösung.

»Natürlich«, stimmte Vespasia zu. »Wenn Sie vielleicht so freundlich wären, einen gewissen Inspektor Thomas Pitt zu rufen. Er ist erfahren und – und diskret.«

»Wie Sie wünschen, Mylady«, willigte Treves ein. »Es tut mir wirklich sehr leid.«

»Danke. Der Butler wird Ihnen das Telefon zeigen. Ich muß jetzt dafür sorgen, daß Lady Ashworths Schwester kommt und ihr beisteht.«

»Gut.« Treves nickte. »Das wäre das beste, sofern sie eine einfühlsame Frau ist. Hysterische Anfälle würden ihr nicht helfen. Wie geht es Lady Ashworth? Wenn Sie wünschen, daß ich ihr einen Besuch abstatte...?«

»Noch nicht. Vielleicht morgen. Ihre Schwester ist ausgesprochen einfühlsam. Ich kann mir nicht vorstellen, daß sie jemals in ihrem Leben hysterisch geworden wäre, und sie hätte ausreichend Anlaß dafür gehabt.«

»Gut. Dann komme ich morgen wieder. Danke, Lady Cumming-Gould.« Er neigte seinen Kopf ganz leicht.

Emily mußte es wissen. Es ihr zu sagen, würde äußerst quälend sein. Erst wollte Vespasia die alte Mrs. March informieren. Sie würde außer sich sein. Und das war der einzige hauchzarte Faden perverser Genugtuung bei allem, was geschehen war: Mrs. March hatte jetzt etwas Wichtigeres zu tun, als Tassie in Verlegenheit zu bringen.

Sie weilte in ihrem Boudoir. Das Wohnzimmer im Erdgeschoß war für die Damen reserviert, oder war es gewesen, zu den Zeiten, in denen sie über das Haus bestimmt hatte, über ihre Töchter, zwei Nichten und eine verarmte und insofern abhängige Cousine. Sie hatte an ihrer Herrschaft über dieses strategisch gelegene, achteckige Zimmer festgehalten, das erdrückende, rosafarbene Dekor erneuert, die Tücher auf dem Kaminsims und dem Pianoforte beibehalten, ebenso die Reihen von Fotos eines jeden denkbaren Familienmitgliedes und die zahlreichen, mit getrockneten Blumenarrangements verzierten Borde, die Wachsfrüchte, eine ausgestopfte Eule unter Glas und mannigfaltige Stickereien, Zierdeckchen, Tischläufer und Sesselschoner.

Jetzt saß sie da, die Füße auf der rosafarbenen Chaiselongue. Wäre sie in ihrem Schlafzimmer geblieben, hätte sie sich zu weit von der Mitte des Hauses entfernen müssen, und es wäre ihr vielleicht etwas entgangen. Vespasia schloß die Tür hinter sich und setzte sich auf das Sofa gegenüber.

»Soll ich dir einen frischen Tee holen lassen?« fragte Mrs. March und betrachtete sie prüfend. »Du siehst etwas mitgenommen aus – fast zehn Jahre älter.«

»Ich werde kaum Zeit haben, ihn zu trinken«, antwortete Vespasia. »Ich habe eine höchst beunruhigende Nachricht für dich.«

»Du kannst sicher ein Täßchen Tee dabei trinken«, fuhr Mrs. March sie an. »Du kannst ihn trinken und zur selben Zeit reden. Das hast du schon immer getan. Dein Gesicht wirkt fraglos abgespannt. Du warst George seit jeher wohlgesonnen, ungeachtet seines Betragens. Es muß dich sehr hart getroffen haben.«

»Das hat es«, erwiderte Vespasia knapp. Sie wollte nicht über ihren Schmerz sprechen, am allerwenigsten mit Lavinia March, gegen die sie seit vierzig Jahren eine Abneigung hatte. »Wie dem auch sei, wenn ich es dir gesagt habe, werde ich die anderen informieren, sie auf das vorbereiten, was geschehen wird.«

»Um Himmels willen, hör auf, darum herumzureden!« sagte Mrs. March scharf. »Du bist lächerlich eingebildet, Vespasia. Dies ist Eustaces Haus, und er ist sehr wohl in der Lage, mit den Vorbereitungen fertig zu werden. Und was Emily betrifft, so ist das natürlich deine Angelegenheit, aber ich persönlich glaube, je eher du sie zu ihrer Mutter zurückschickst, desto besser wird es sein.«

»Im Gegenteil, ich werde heute nachmittag nach ihrer Schwester schicken. Aber vorher gedenke ich noch ihren Schwager hierher holen zu lassen.«

Mrs. Marches Augenbrauen hoben sich. Sie waren rund und etwas wuchtig, wie bei Eustace, nur waren ihre Augen schwarz.

»Hat dir deine Trauer den Verstand geraubt, Vespasia? Du wirst in meinem Haus keinen ordinären Polizisten empfangen. Der Umstand, daß er mit Emily verwandt ist, mag bedauerlich sein, aber er ist mitnichten eine Last, die wir auf uns nehmen müssen.«

»Das wird die geringste Last sein«, sagte Vespasia rundheraus. »George wurde ermordet.«

Mrs. March starrte sie einige Minuten lang schweigend an. Dann nahm sie die geblümte Porzellanglocke vom Tisch und läutete kurz.

»Ich werde dafür sorgen, daß dein Mädchen sich um dich kümmert. Du solltest lieber mit Ptisane und etwas Riechsalz das Bett hüten. Du bist von Sinnen. Hoffen wir, daß es nur vorübergehend ist. Du solltest dir eine Gesellschafterin nehmen. Ich habe schon immer gesagt, daß du zuviel Zeit allein verbringst. Du bist ein Opfer bedauerlicher Einflüsse. Das alles ist äußerst bedauerlich. Wenn der Doktor noch da ist, werde ich ihn zu dir hinaufschicken.« Sie läutete die Glocke noch einmal so wütend, daß sie Gefahr lief, sie zu zerbrechen. »Wo um alles in der Welt ist dieses dumme Mädchen? Kommt denn keiner, wenn man es will?«

»Gott im Himmel, stell das weg und hör mit dem Spektakel auf!« schimpfte Vespasia. »Treves sagt, George wurde mit Digitalis ermordet.«

»Unsinn! Oder wenn doch, dann hat er sich in einem Anfall von Verzweiflung das Leben genommen. Jeder konnte sehen, daß er in Sybilla verliebt war.«

»Sie hatte ihm den Kopf verdreht«, berichtigte Vespasia, fast ohne nachzudenken. Es war eine bloße Tatsache und jetzt beinah ohne Bedeutung. »Das ist beim besten Willen nicht dasselbe. Männer wie George bringen sich nicht wegen einer Frau um, das solltest du wissen. Er hätte Sybilla haben können, wenn er sie gewollt hätte, und wahrscheinlich hat er das auch.«

»Sei nicht gewöhnlich, Vespasia! Schamlosigkeit ist hier doch eher unangebracht.«

»Er hat außerdem den Hund getötet«, fügte Vespasia hinzu.

»Wovon sprichst du? Welchen Hund? Wer hat einen Hund getötet?«

»Wer auch immer George getötet hat.«

»Welchen Hund? Was hat ein Hund damit zu tun?«

»Dein Hund, leider. Der kleine Spaniel. Tut mir leid.«

»Das beweist, daß du Unsinn redest. George würde niemals meinen Hund töten. Er hatte ihn ganz besonders gern – tatsächlich hat er ihn mir fast genommen!«

»Das will ich damit sagen, Lavinia. Irgend jemand hat sie beide ermordet. Martin hat die Polizei gerufen.«

Bevor Mrs. March darauf eine Entgegnung finden konnte, öffnete sich die Tür, und ein Diener erschien.

»Ja, Ma'am?«

Vespasia stand auf. »Ich brauche nichts, danke. Vielleicht bringen Sie Mrs. March besser eine frische Tasse Tee.« Sie schritt an ihm vorüber und über den Flur zur Treppe.

Emily erwachte aus einem derart tiefen Schlaf, daß sie anfangs ganz verwirrt war und sich nicht erinnern konnte, wo sie sich befand. Der Raum wirkte sehr orientalisch, alles Weiß- und Grüntöne, mit bambusgemusterten Tapeten und Brokatvorhängen mit Chrysanthemen. Die Sonne schien nicht in die Fenster, aber die Luft war voller Licht.

Dann erinnerte sie sich daran, daß es Nachmittag war – Cardington Crescent – sie und George waren zu Besuch bei Onkel Eustace... Alles fiel ihr wieder ein und umfaßte sie mit einer eisigen Woge: George war tot.

Sie lag da und starrte an die Decke, ohne zu sehen, die Augen auf die Verzierungen im Stuck gerichtet. Es hätten ebensogut Wellen im Meer oder Sommerblätter an einem Baum sein können.

»Emily.«

Sie antwortete nicht. Was sollte sie sagen?

»Emily?« Die Stimme klang beharrlich.

Sie setzte sich auf. Vielleicht würde ihr eine Antwort etwas Zerstreuung bringen, eine Flucht vor ihren Gedanken. Sie könnte einen Augenblick lang vergessen.

Tante Vespasia stand vor ihr, Vespasias Dienstmädchen gleich dahinter. Sie schien die ganze Zeit über dagewesen zu sein... Emily erinnerte sich daran, daß ihr weißes Käppchen, die Schürze und das schwarze Kleid das letzte gewesen waren, was sie gesehen hatte, bevor sie die Augen schloß. Sie hatte ihr ein Getränk gebracht, etwas Bitteres. Es mußte etwas Laudanum darin gewesen sein. Deshalb hatte sie geschlafen, obwohl sie es für unmöglich gehalten hatte.

»Emily!«

»Ja, Tante Vespasia?«

Vespasia setzte sich auf das Bett und umfaßte mit einer Hand Emilys Finger auf dem weichen, bestickten Rand der Decke. Sie wirkte sehr dünn und zerbrechlich, eine alte Hand, blauädrig, mit Altersflecken.

»Ich habe Charlotte rufen lassen, damit sie bei dir ist.« Vespasia sprach mit ihr. Emily gab sich Mühe, zuzuhören, zu verstehen. »Ich habe ihr meine Kutsche geschickt, und ich hoffe, sie wird heute abend hier sein.«

»Danke«, murmelte Emily automatisch. Es wäre wohl besser, Charlotte hier zu haben, dachte sie sich. Zwar schien es keinen echten Unterschied zu machen, denn niemand konnte etwas ändern, aber sie wollte nicht genötigt werden, irgend etwas zu tun, Entscheidungen zu fällen, etwas zu fühlen.

Vespasias Griff um ihre Hand wurde fester. Es schmerzte. »Vorher, mein Herz, wird Thomas da sein«, fuhr Vespasia fort.

»Thomas?« wiederholte Emily stirnrunzelnd. »Du hättest Thomas nicht rufen lassen sollen! Sie werden ihn niemals hereinlassen. Sie werden grob zu ihm sein! Warum um alles in der Welt hast du Thomas rufen lassen?« Sie starrte sie an. War Tante Vespasia so von Kummer geplagt, daß sie ihren gesunden Menschenverstand verloren hatte? Thomas war Polizist, in den Augen der Marches kaum besser als einer der weniger erwünschten Händler, auf einer Stufe mit so nützlichen Übeln wie Rattenfängern oder Abflußreinigern. Sie verspürte plötzlich Mitleid für sie, und die Wut, daß Tante Vespasia, die sie so sehr bewunderte, der Senilität anheimgefallen war, und das ausgerechnet im Hause der Marches. Fest packte sie ihre Hand. »Tante Vespasia...«

»Meine Liebe.« Vespasias Stimme klang sehr gedämpft, als ob ihr das Sprechen schwerfiele, und ihre Augen mit den schweren Lidern standen voller Tränen. »Meine Liebste, George wurde ermordet. Er kann kaum etwas gespürt oder Schmerz empfunden haben, aber es ist unstreitig. Ich habe Thomas in seiner Funktion als Polizist rufen lassen. Ich bete, daß er auch kommt.«

Ermordet! Sie formte das Wort mit den Lippen, aber ihre Stimme gab keinen Laut von sich. George? Der arme George! Aber warum sollte irgend jemand...

Dann brachen die entsetzlichen Antworten Woge für Woge über sie herein: Sybilla, weil er sie in jenem Streit zurückgewiesen hatte, dessen Zeuge Emily in der letzten Nacht geworden war, oder William aus Eifersucht, und das wäre nur allzu verständlich...

Oder im schlimmsten Falle Jack Radley. Falls er nach dieser lächerlichen Szene im Wintergarten der irrsinnigen Vorstellung nachhinge, daß es für Emily mehr als nur ein dummer

Flirt gewesen war, daß sie möglicherweise... Der bloße Gedanke war abscheulich, gräßlich. Sie wäre schuldig, ihn in die Irre geführt, ihn ermutigt zu haben, George zu ermorden!

Sie schloß die Augen, als könnte sie den Gedanken mit der Dunkelheit aussperren. Aber er blieb, häßlich und grauenhaft real, und die heißen Tränen, die ihr über das Gesicht liefen, wuschen nichts fort, selbst dann nicht, als sie den Kopf an Vespasias Schulter legte und spürte, wie sich deren Arme um sie legten und sie sich schließlich das Weinen zugestand, das sie schon viel zu lange zurückgehalten hatte.

5

Pitt kam über die heiße, staubige Straße zurück, mitten im Geklapper von Hufen, dem Rollen von Rädern und dem Geschrei von einem Dutzend verschiedener Händler sämtlicher vorstellbarer Waren von Blumen über Schnürsenkel und Streichhölzer bis zur Lumpensammlung. Neun- oder zehnjährige Jungen riefen, wenn sie eine Gasse durch den Pferdekot fegten, damit die Herren von einem Bürgersteig zum nächsten gelangen konnten, ohne ihre Stiefel zu beschmutzen, und die Damen die Säume ihrer Röcke sauber hielten.

Constable Stripe wartete am Eingang zum Revier. »Mr. Pitt, Sir, wir haben überall nach Ihnen gesucht! Ich hab' schon gesagt, daß Sie diesen Ganoven suchen.«

Pitt bemerkte seine Unruhe. »Was ist los? Haben Sie im Bloomsbury-Fall etwas herausgefunden?«

Stripes Gesicht war aschfahl. »Nein, Sir. Es ist viel schlimmer, wenn ich so sagen darf. Es tut mir leid, Sir. Tut es wirklich.«

Pitt überkam eine urplötzliche, grauenhafte Kälte. Charlotte!

»Was?« rief er, packte Stripe so fest, daß der Constable unwillkürlich zusammenzuckte. Aber der wandte sich nicht ab und zeigte auch keinen Anflug von Wut, was Pitt nur um so mehr ängstigte, so sehr, daß seine Kehle austrocknete und er keinen Laut von sich geben konnte.

»Es hat da einen Mord in Cardington Crescent gegeben, Sir«, sagte Stripe vorsichtig, machte keine Anstalten, Pitts schraubstockgleiche Finger abzuschütteln. »Ein Lord Ashworth ist tot. Und Lady Ves- Ves-, Lady Cumming-Gould hat extra gefragt, ob Sie nicht kommen könnten. Und hat gesagt, daß sie schon ihre eigene Kutsche zu Miß Charlotte geschickt hat. Und es tut mir furchtbar leid, Mr. Pitt, Sir.«

Erleichterung durchfuhr Pitt wie eine heiße Woge, daß ihm beinah übel wurde; dann schämte er sich für seine Selbstsucht und fühlte schließlich überwältigendes Mitgefühl für Emily. Er blickte in Stripes ernstes Gesicht und empfand es als außerordentlich gutwillig.

Er lockerte seine Finger. »Danke, Stripe. Sehr rücksichtsvoll von Ihnen, es mir selbst zu sagen. Lord Ashworth ist – war mein Schwager.« Es klang absurd. Lord Ashworth sein Schwager! Stripe hatte erstaunlich gute Manieren, nicht laut aufzulachen. »Die Schwester meiner Frau hat...«

»Ja, Sir«, stimmte Stripe eilig zu. »Sie haben darauf bestanden, daß Sie kommen. Und eine Kutsche wartet.«

»Dann sollten wir besser gehen.« Er folgte Stripe über den Bürgersteig, wo jenseits des Reviereingangs eine Droschke am Kantstein stand, das Pferd mit gesenktem Kopf, die Zügel lose. Stripe öffnete die Tür, Pitt kletterte hinein, und Stripe folgte ihm, nachdem er dem Kutscher gesagt hatte, wohin er fahren sollte.

Es war keine lange Fahrt, und Pitt blieb wenig Zeit zum Nachdenken. Seine Gedanken waren in Aufruhr, all seine Vernunft erstickte in Trauer für Emily. Er hatte George gemocht. Seine Offenheit, seine Großzügigkeit der Gedanken, seine Freude am Leben. Wer um alles in der Welt sollte George töten wollen? Einen Überfall auf der Straße hätte er verstehen können, sogar einen Streit in einem Herren-Club oder bei einer Sportveranstaltung, die außer Kontrolle geraten war. Aber es war in einem Stadthaus geschehen, bei seiner Familie!

Warum fuhr die Droschke so langsam? Es dauerte ewig, und dennoch war er überrascht, als sie ankamen.

»Mr. Pitt, Sir?« drängte Stripe.

»Ja.« Er stieg aus und stand auf dem heißen Asphalt vor der prachtvollen Fassade von Cardington Crescent. Die georgianischen Fenster waren perfekt gestaltet, drei Scheiben von einer Seite zur anderen, vier von oben nach unten, der quadratische Stein, die schlichten Querbalken und die geschmackvolle Tür. Es strahlte die Behaglichkeit und Sicherheit von Jahrhunderten aus. Das machte es nur noch schlimmer: Es gab nichts Unantastbares mehr.

Stripe stand neben ihm, wartete darauf, daß er sich rührte.

»Ja«, wiederholte er. Er zahlte den Kutscher und trat an die Haustür, zu Stripes Unbehagen. Die Polizei kam gewöhnlich durch den Dienstboteneingang. Aber das hatte Pitt stets verweigert, wenn Stripe dies auch nicht wissen konnte. Er hatte es bisher nur mit der Verbrechenswelt der Mietskasernen und Elendsquartiere zu tun gehabt, den rattenverseuchten Labyrinthen der Slums wie St. Giles, nur einen Steinwurf von Bloomsbury entfernt, oder den Kleinbürgern, Angestellten und Ladenbesitzern, den Handwerkern, die sich um Achtbarkeit bemühten, aber dennoch nur einen Eingang zur Straße aufzuweisen hatten.

Pitt zog an der Glocke, und einen Augenblick später stand der Butler in der Tür, würdevoll und gefaßt, natürlich. Vespasia würde ihm gesagt haben, daß Pitt niemals durch den Hintereingang kam. Er musterte Pitt von oben bis unten, das wirre Haar, die ausgebeulten Taschen, und kam sofort zu seinem Schluß.

»Inspektor Pitt? Bitte kommen Sie herein, und wenn Sie im Morgenzimmer warten wollen, wird Mr. March Sie gleich empfangen, Sir.«

»Danke. Aber ich werde Constable Stripe in die Gesindestube schicken, damit er dort mit den Ermittlungen beginnen kann, wenn Sie nichts dagegen einzuwenden haben.«

Der Butler zögerte einen Moment, sah jedoch ein, daß es unumgänglich war. »Ich werde ihn begleiten«, sagte er mit Bedacht, ließ sie beide wissen, daß die Dienerschaft seiner Verantwortung unterstand und er beabsichtigte, diese nach Kräften zu entlasten.

»Selbstverständlich«, stimmte Pitt nickend zu.

»Wenn Sie dann bitte hier entlangkommen wollen.« Er drehte sich um und führte Pitt durch die vornehme, reich verzierte Halle in ein eng möbliertes Zimmer. Maskuline, lederne Lehnsessel an einem Schreibtisch aus Rosenholz, japanische Lacktische in Rot- und Schwarztönen, dazu eine stattliche Reihe indischer Waffen, Relikte der Dienste eines Vorfahren für Queen und Empire, gegenüber einer chinesischen Seidenwand wahllos über die Tapeten verteilt.

Hier zögerte der Butler etwas unbeholfen, unentschlossen,

wie er mit einem Polizisten im vorderen Teil des Hauses umgehen sollte, und ließ ihn schließlich ohne ein weiteres Wort zurück. Er mußte Stripe am Eingang abholen und ihn zur Gesindestube führen, sicherstellen, daß er die jüngeren Mädchen nicht verschreckte, die nicht älter als dreizehn, vierzehn waren, und daß das Personal seine Pflicht in allen Ehren tat und keinesfalls unpassende Bemerkungen machte.

Pitt blieb stehen; das Zimmer war wie viele andere, die er gesehen hatte, typisch für die Stellung ihrer Besitzer und die Entstehungszeit, abgesehen davon, daß es ein ungewöhnliches Aufeinanderprallen von Stilen enthielt, als hätte es mindestens drei ausgeprägte Persönlichkeiten gegeben, deren Willen hier in Form verschiedenartiger Vorlieben aufeinanderstießen: wahrscheinlich einen robusten, starrsinnigen Mann, eine Frau mit einigem kulturellen Wagemut und einen Liebhaber von Tradition und Familienerbe.

Erneut öffnete sich die Tür, und Eustace March kam herein. Er war ein energischer, rüstiger Mann in den Fünfzigern, im Augenblick zerrissen von zutiefst einander entgegenlaufenden Gefühlen, und in eine Rolle gezwungen, die er nicht gewohnt war.

»Guten Tag, eh...«

»Pitt.«

»Guten Tag, Pitt. Tragödie im Haus. Der Arzt ist ein Idiot. Hätte sie nicht rufen sollen. Ganz und gar Privatangelegenheit. Neffe von mir, so was wie angeheirateter Cousin, um genau zu sein, Großneffe meiner Schwiegermutter...« Er sah Pitt in die Augen, und sein Gesicht verfärbte sich. »Aber ich nehme an, Sie wissen das. Jedenfalls ist der arme Mann tot.« Er holte Luft und fuhr hastig fort. »Ich bedaure, es sagen zu müssen, aber er hatte seine Ehe in eine hoffnungslose Lage gebracht. Scheint so, als ob er sich in einem Anfall von Depression das Leben genommen hat. Furchtbar. Ganze Familie etwas exzentrisch. Aber die anderen werden Sie nicht kennen...«

»Ich kannte George«, sagte Pitt kühl. »Ich habe ihn stets als außergewöhnlich vernünftig eingeschätzt. Und Lady

Cumming-Gould ist die zurechnungsfähigste Frau, die ich kenne.«

Das Blut stieg Eustace nur noch mehr auf die fleckigen Wangen. »Möglich!« knurrte er. »Aber Sie und ich, wir bewegen uns in sehr unterschiedlichen Kreisen, Mr. Pitt. Was in Ihren zurechnungsfähig sein mag, könnte man in meinen nicht ganz so wohlgesonnen beurteilen.«

Pitt spürte, wie eine unprofessionelle Wut in ihm aufstieg, die er sich verboten hatte. Er war Unverschämtheiten gewohnt. Sie sollten ihm nichts ausmachen. Und dennoch lagen seine Gefühle bloß, denn es war George, der tot war. Um so wichtiger war es, sich untadelig zu verhalten, Eustace March keinen Grund zu geben, ihn von diesem Fall suspendieren zu lassen, oder schlimmer noch, seinen eigenen Gefühlen zu erlauben, seine Urteilsfähigkeit derart zu trüben, daß er es versäumte, die Wahrheit herauszufinden und sie mit soviel Feingefühl wie möglich zu enthüllen. Jede Ermittlung deckte soviel mehr als das eigentliche Verbrechen auf. Es gab eine Menge kleinerer Sünden, schmerzlicher Geheimnisse, dummer und schmachvoller Vorkommnisse, deren Kenntnis zerstörte, was einst Liebe gewesen war, und Vertrauen lähmte, das ansonsten alle denkbaren Arten der Verwundung überstanden hätte.

Eustace starrte ihn an, wartete auf eine Reaktion, das Gesicht vor Ungeduld gerötet.

Pitt seufzte. »Können Sie mir sagen, Sir, was Lord Ashworth möglicherweise in eine derartige Notlage oder Verzweiflung gestürzt haben mag, daß er sich beim Aufwachen an diesem Morgen umgehend das Leben genommen hat? Wie hat er es übrigens gemacht?«

»Gütiger Gott, hat dieser Idiot Treves es Ihnen nicht gesagt?«

»Ich habe noch nicht mit ihm gesprochen, Sir.«

»Ach, nein, natürlich nicht. Digitalis. Das ist ein Herzmittel, das meine Mutter nimmt. Und er hat einigen Blödsinn über Fingerhüte im Garten erzählt. Ich weiß nicht mal, ob die jetzt überhaupt in der Blüte stehen. Und ich nehme an, er weiß es auch nicht. Der Mann ist inkompetent!«

»Digitalis wird aus den Blättern gewonnen«, erklärte Pitt. »Es wird gewöhnlich bei gefäßbedingten Herzleiden und Unregelmäßigkeiten im Herzrhythmus verschrieben.«

»Oh ... ah!« Eustace sank plötzlich in einen der Ledersessel. »Um Himmels willen, setzen Sie sich!« sagte er gereizt. »Furchtbare Sache. Äußerst bedrückend. Ich hoffe um der Damen willen, daß sie so diskret sind, wie Sie können. Meine Mutter und Lady Cumming-Gould sind beide einigermaßen fortgeschrittenen Alters und entsprechend empfindsam. Und natürlich ist Lady Ashworth außer sich. Wir alle hatten George ausgesprochen gern.«

Pitt starrte ihn an, wußte nicht, wie er den Schutzwall der Verstellung durchbrechen konnte. Er hatte es schon oft tun müssen. Die meisten Menschen weigerten sich, die Tatsache eines Mordes anzunehmen, aber es war noch anders, wenn die Menschen ihm so nah standen. Irgendwo oben in diesem Haus saß Emily, benommen vor Schmerz.

»Was hat Lord Ashworth so entsetzlich gequält, daß er sich das Leben genommen hat?« wiederholte er und beobachtete Eustaces Gesicht.

Eustace saß lange Zeit regungslos, Licht und Schatten fuhren über seine Züge, ein Kampf spielte sich in seinem Inneren ab. Pitt wartete. Wahrheit oder Lüge, es mochte aufschlußreicher sein, wenn er sie reifen ließ, selbst wenn sie nur etwas von Eustaces eigener Angst offenlegten.

»Es tut mir leid, das sagen zu müssen«, setzte Eustace schließlich an, »aber ich fürchte, es war Emilys Verhalten, und – und der Umstand, daß sich George vollkommen, oder darf ich sagen hoffnungslos, in eine andere Frau verliebt hatte.« Er schüttelte den Kopf, um seine Mißbilligung einer solchen Torheit zu bekunden. »Emilys Verhalten war unglückselig, und das ist das mindeste, was man darüber sagen kann. Aber lassen Sie uns nicht schlecht über Emily in ihrer Trauer sprechen«, fügte er hinzu, als er merkte, daß sich seine Nächstenliebe auch auf sie ausdehnen sollte.

Pitt konnte sich nicht vorstellen, daß George wegen einer Liebesaffäre Selbstmord begangen hätte. Es entsprach einfach nicht seiner Natur, sich so sehr auf eine emotionale Verwicklung einzulassen. Pitt erinnerte sich an sein Werben um Emily. Es war voller Romantik und Entzücken gewesen. Kein Schmerz, kein Streit, keine Preisgabe zwanghaften oder eingebildeten Mißtrauens.

»Was ist gestern abend geschehen, das eine derartige Verzweiflung heraufbeschworen haben könnte?« fragte er weiter, bemühte sich, Verachtung und Ungläubigkeit aus seiner Stimme zu verbannen.

Eustace war darauf vorbereitet. Er nickte etwas zittrig und spitzte die Lippen. »Ich habe schon befürchtet, daß Sie mich danach fragen würden. Ich ziehe es vor, nichts dazu zu sagen. Lassen wir es dabei bewenden, daß Emily ihre Gunst höchst schamlos vor den Augen des ganzen Hauses einem jungen Gentleman gegenüber offenbart hat, der wegen meiner jüngsten Tochter hier im Haus zu Gast ist.«

Pitts Augenbrauen hoben sich. »Wenn Emily es vor den Augen aller getan hat, kann es kaum besonders ernst gewesen sein.«

Eustaces Lippen wurden schmal, und seine Nasenflügel bebten, als er atmete. Er hatte Schwierigkeiten, die Ruhe zu bewahren. »Es waren meine Mutter und der arme George selbst, die Zeugen waren. Sie werden mein Wort dafür nehmen müssen, Mr.... eh, Pitt, daß verheiratete Damen der Gesellschaft nicht mit Herren von zweifelhaftem Ruf im Wintergarten verschwinden und einige Zeit später mit ungeordneten Kleidern und einem schiefen Lächeln im Gesicht zurückkehren.«

Einen kurzen Moment lang dachte Pitt, daß dies exakt das war, was sie taten. Dann wischte seine Wut auf Emily alles derart Unwichtige beiseite.

»Mr. March, wenn sich alle Gentlemen jedesmal umbringen würden, sobald eine Frau einen leisen Flirt mit einem netten Mann hat, stünde London bis zur Hüfte in Leichen, und die gesamte Aristokratie wäre schon vor Jahrhunderten ausgestorben. Wahrscheinlich hätten sie es nicht über die Kreuzzüge hinaus geschafft.«

»Ich bin mir sicher, daß Sie in Ihrer Stellung, besonders in Ihrem Gewerbe, nichts gegen eine gewisse Gewöhnlichkeit der Gedanken tun können«, sagte Eustace kalt. »Doch bitte bezähmen Sie sich, diese in meinem Haus zum Ausdruck zu bringen, besonders in dieser Zeit der Trauer. Es gibt hier für Sie wahrlich nichts zu tun, außer sich dessen zu versichern, daß niemand den armen George attackiert hat, was selbst dem größten Dummkopf uneingeschränkt deutlich sein muß! Er hat eine Dosis des Herzmittels meiner Mutter in seinen Morgenkaffee getan. Möglicherweise wollte er eine Bewußtlosigkeit hervorrufen und uns alle in Angst und Schrecken versetzen. Emily wieder zu Verstand bringe...« Er brach ab, war sich Pitts unverblümten Zweifels bewußt und kam bei dem Bemühen um eine bessere Lösung ins Schwimmen. Er schien vergessen zu haben, daß er gesagt hatte, Jack Radley wäre um Tassies willen hier und daß er sich dabei widersprochen hatte, als er ihn wegen seines schlechten Rufes verurteilte. Die moralischen Verrenkungen der Gesellschaft waren Pitt nach wie vor unklar.

Zu einem anderen Zeitpunkt hätte Pitt beinah Mitleid für Eustace empfinden können. Seine geistige Akrobatik war absurd. Aber für dieses Mal war seine Geduld am Ende. Er stand auf. »Danke, Mr. March. Ich werde jetzt mit dem Arzt sprechen, und dann werde ich nach oben gehen und mir den armen George ansehen. Wenn ich das getan habe, möchte ich mit dem Rest des Haushaltes sprechen, wenn ich darf.«

»Absolut nicht nötig!« sagte Eustace eilig, rappelte sich auf. »Würde nur unnötig Schmerz verursachen. Emily ist eben erst Witwe geworden! Meine Mutter ist alt und steht unter schwerem Schock; meine Tochter ist gerade neunzehn und natürlich empfindsam, was ihr Gefühlsleben betrifft, wie es sich für Mädchen gehört. Und Lady Cumming-Gould ist älter als sie zugeben möchte.«

Pitt verbarg ein bitteres Lächeln. Er war ziemlich sicher, daß Großtante Vespasia besser als Eustace wußte, wie alt sie in Wirklichkeit war, und mit Sicherheit war sie mutiger als er.

»Emily ist meine Schwägerin«, sagte er leise. »Ich hätte sie auch ungeachtet der Umstände von Georges Tod besucht. Aber erst möchte ich bitte mit dem Arzt sprechen.«

Eustace ging, ohne noch etwas zu sagen. Er ärgerte sich

über die Lage, in die er geraten war. Man war in sein Haus eingedrungen, und er hatte beinah die Kontrolle über die Ereignisse verloren. Es war ein einzigartiger und erschrekkender Vorgang. Er nahm Anweisungen von einem Polizisten entgegen, hier in seinem eigenen Morgenzimmer! Verfluchte Emily! Sie hatte mit ihrer ordinären Eifersucht all das über sie gebracht.

Treves kam schnell herein. Er mußte irgendwo abrufbereit gewartet haben. Er wirkte müde. Pitt hatte ihn noch nie zuvor gesehen, aber er mochte ihn vom ersten Augenblick an. Seine müden Gesichtszüge zeigten sowohl Humor als auch Mitgefühl.

»Inspector Pitt?« sagte er mit einer hochgezogenen Augenbraue. »Treves.« Er streckte seine Hand aus.

Pitt drückte sie kurz. »Könnte es Selbstmord gewesen sein?«

»Unsinn!« erwiderte Treves mürrisch. »Männer wie George Ashworth stehlen kein Gift und trinken es um sieben Uhr an einem Morgen im Haus eines anderen und sicher nicht wegen einer Liebesaffäre. Wenn er es überhaupt getan hätte, was ich bezweifle, dann in einem Anfall von Verzweiflung über Spielschulden, die er nicht bezahlen konnte, und er hätte sich das Hirn mit einer Pistole weggeblasen. Das wäre einem Gentleman angemessen gewesen. Und ganz bestimmt hätte er nicht gleichzeitig einen niedlichen kleinen Spaniel vergiftet.«

»Spaniel? Mr. March hat nichts von einem Spaniel erwähnt.«

»Würde er auch nicht. Er versucht sich immer noch glauben zu machen, es wäre Selbstmord gewesen.«

Pitt seufzte. »Dann sollten wir am besten nach oben gehen und uns die Leiche ansehen. Der Leichenbeschauer wird sie später untersuchen, aber Sie können mir wahrscheinlich alles sagen, was ich wissen muß.«

»Enorme Dosis Digitalis«, antwortete Treves, als er zur Tür ging. »Kaffee kann es kaschieren. Ich wage zu behaupten, daß Ihr Constable das bereits in der Küche herausgefunden hat. Der arme Kerl muß sehr schnell gestorben sein. Ich nehme an, wenn Sie jemanden umbringen wollten, wäre dies neben einer Kugel durch den Kopf die barmherzigste und wirkungsvollste Möglichkeit. Ich wette, daß der gesamte Digitalis-Bestand der alten Dame verschwunden ist.«

»Hatte sie viel davon?« fragte Pitt und folgte ihm durch die Halle die breite, flach ansteigende Treppe hinauf in das Ankleidezimmer. Betrübt stellte er fest, daß George offenbar von Emily getrennt in einem anderen Zimmer geschlafen hatte. Er wußte sehr wohl, daß es unter wohlhabenden Leuten Sitte war, daß jeder sein eigenes Schlafzimmer hatte, aber ihm selbst hätte das nicht gefallen. Nachts aufzuwachen und stets zu wissen, daß Charlotte neben ihm lag, war eine der süßesten Wurzeln in seinem Leben.

Aber jetzt war nicht der Zeitpunkt, über Unterschiede in der Lebensart nachzusinnen, und darüber, wieviel oder wie wenig sie zu bedeuten hatten. Treves stand neben dem Bett mit der bedeckten Leiche. Wortlos zog er das Tuch zurück, und Pitt starrte in das wächserne Gesicht hinab. Es waren Georges Züge – die gerade Nase, breite Stirn, aber die dunklen Augen waren geschlossen, und ein bläulicher Farbton lag um seine Augenhöhlen. Alles hatte die richtige Form, genau wie er es in Erinnerung hatte, und dennoch schien es nicht George zu sein. Der Tod war sehr real. Wenn man ihn so betrachtete, konnte man sich nicht vorstellen, daß seine Seele im Raum sein sollte.

»Keine Verletzung«, sagte er leise. George war nicht wirklich da, dies war nur eine Hülle, aber es schien trotzdem gefühllos, in seiner Gegenwart mit normaler Stimme zu sprechen.

»Keine einzige«, erwiderte Treves. »Es hat keinen Kampf gegeben, nur einen Mann mit einer Tasse Kaffee, in der genug Digitalis war, ihm einen schweren Herzanfall zuzufügen – und einen unglückseligen kleinen Hund, der seinen Anteil bekam und ebenso sterben mußte.«

»Was bedeutet, daß es kein Selbstmord war«, seufzte Pitt. »George hätte den Hund niemals getötet. Es war nicht einmal sein eigener. Stripe wird die Einzelheiten von den Dienern erfahren, herausfinden, wo der Kaffee war, wer Zugriff darauf haben konnte. Ich nehme an, George war der einzige, der zu dieser Tageszeit Kaffee getrunken hat. Die meisten Leute trinken Tee. Ich werde mit der Familie sprechen müssen.«

»Unangenehm«, sagte Treves mitfühlend. »Mord in der Familie ist eine der großen menschlichen Tragödien.« Er öffnete die Tür zum Treppenabsatz. »Die alte Dame ist eine selbstsüchtige, despotische alte Fregatte. Lassen Sie sich nicht vormachen, ihr Gesundheitszustand wäre bedenklich. Sie hat nur mit ihrem Alter zu kämpfen.«

»Warum dann Digitalis?«

Treves zuckte mit den Achseln. »Von mir hat sie es nicht bekommen. Sie ist von der Sorte, die Blähungen und Herzrasen vortäuscht, wenn sich die Familie gegen sie stellt. Es ist in etwa das einzige Machtmittel, das sie Tassie gegenüber hat. Ohne Gehorsam läuft Herrschaft ins Leere, also hat sie einen der anderen Ärzte aus der Gegend überredet, es ihr zu verschreiben. Sie läßt kaum eine Gelegenheit aus, mir zu erklären, wie er ihr das Leben gerettet hat. Gibt mir damit zu verstehen, daß ich sie hätte sterben lassen.« Er lächelte grimmig.

Pitt erinnerte sich an andere ältere Damen, die er kennengelernt hatte und die ihre Familien mit gnadenlosen Drohungen bevorstehender Zusammenbrüche regierten. Charlottes Großmutter war eine furchteinflößende, alte Frau, die mit einer Liste des Undanks, den sie zu erleiden hatte, ihren Schatten über jeden erdenklichen Vorgang innerhalb der Familie werfen konnte.

»Vielleicht sollte ich als nächstes mit ihr sprechen«, bemerkte er, reichte dem Arzt die Hand. »Auf jeden Fall vielen Dank.«

Treves schüttelte sie mit festem Griff. »Viel Glück«, sagte er knapp, und sein Gesicht verriet, daß er nicht daran glaubte.

Pitt schickte wegen des Digitalis eine Nachricht an Stripe im Gesindezimmer und machte sich an seine nächste Pflicht. Er bat den Diener, ihn zu Mrs. March zu bringen.

Sie saß noch immer in ihrem rosafarbenen Boudoir, und

trotz des ausgesprochen angenehmen Frühnachmittags brannte ein kräftiges Feuer im Kamin und ließ die Luft im Zimmer stickig werden, ganz im Gegensatz zum Rest des Hauses, in dem die Fenster aufgerissen waren.

Sie lag auf der Chaiselongue, ein Tablett mit Tee auf einem Rosenholztisch neben sich, außerdem eine verzierte Flasche mit Riechsalzen. Sie hielt sich ein Taschentuch an die Wange, als müßte sie jeden Augenblick in Tränen ausbrechen.

Das Zimmer war voller Möbel und Draperien, und Pitt schien es, als sollte es ihm den Atem rauben, ihn erdrücken. Aber die Augen der alten Frau über ihrer dicklichen Hand voll glitzernder Ringe waren so kalt wie Splitter eines Steins.

»Ich vermute, Sie sind der Polizist«, sagte sie voller Verachtung.

»Ja, Ma'am.« Sie bot ihm keinen Platz an, und er forderte keine Abfuhr heraus, indem er sich ungebeten setzte.

»Ich nehme an, Sie werden Ihre Nase in unsere Angelegenheiten stecken und eine Menge unangemessener Fragen stellen«, fuhr sie fort und nahm sein wildes Haar und die ausgebeulten Taschen in Augenschein.

Er konnte sie vom ersten Moment an nicht leiden, und Georges weißes Gesicht war ein allzu frischer Eindruck, als daß er seine übliche Selbstbeherrschung wahren konnte.

»Ich hoffe, außerdem einige angemessene Fragen zu stellen«, antwortete er. »Ich habe die Absicht herauszufinden, wer George ermordet hat.« Er verwendete absichtlich das Wort *ermordet*, ließ sich dessen Härte auf der Zunge zergehen.

Ihre Augen wurden schmal. »Nun, Sie wären ein Dummkopf, wenn Sie es nicht könnten! Aber ich wage zu behaupten, daß Sie auch ein Dummkopf sind.«

Er starrte sie an, ohne mit der Wimper zu zucken. »Ich gehe davon aus, daß es über Nacht keinen Eindringling in diesem Haus gegeben hat. Ma'am?«

Sie schnaubte. »Selbstverständlich nicht!« Ihr kleiner Mund zog sich verächtlich nach unten. »Aber ein Einbrecher würde auch kaum Gift verwenden.«

»Nein, Ma'am. Die einzig mögliche Schlußfolgerung daraus ist, daß es jemand war, der sich im Haus befand, und es ist höchst unwahrscheinlich, daß es sich dabei um einen Diener handelt. Bleiben die Familienmitglieder und Ihre Gäste. Würden Sie mir freundlicherweise etwas über die momentanen Bewohner dieses Hauses erzählen?«

»Die brauchen Sie nicht alle durchzugehen.« Sie rümpfte die Nase und verzog ihr Gesicht. Das Zimmer war entsetzlich stickig, die Sonne schien heiß vom wolkenlosen Himmel, aber die alte Dame schien es gar nicht wahrzunehmen. »Es handelt sich nur um meine nächsten Angehörigen: Lord Ashworth, er war ein Cousin. Lady Ashworth, von der ich gehört habe, sie wäre irgendwie mit Ihnen verwandt.« Sie ließ diesen Ausdruck ungeheurer Intelligenz in der heißen Luft hängen und schwieg einige Sekunden lang. Dann, als Pitt keine Bemerkung machte, endete sie scharf. »Und ein gewisser Mr. Jack Radley, ein eher enttäuschender Mensch, zumindest für meinen Sohn. Obwohl ich es ihm hätte vorher sagen können.«

Pitt nahm den Köder an. »Was sagen können, Ma'am?«

Ihre Augen leuchteten voll Zufriedenheit.

Pitt fühlte, wie ihm der Schweiß über die Haut lief, aber es war absolut unmöglich, in ihrem Boudoir das Jackett abzulegen.

»Unsittlich«, sagte die alte Dame barsch. »Kein Geld und bei weitem zu gutaussehend. Mr. March dachte, er wäre eine angemessene Partie für Anastasia. Unsinn! Sie muß nicht in eine gute Familie einheiraten, sie kommt selbst aus einer. Nicht, daß Sie davon etwas verstünden.« Sie sah zu ihm auf, verrenkte sich den Hals dabei, entschlossen, ihm keinen Platz anzubieten. Er war ein Untergeordneter, und man mußte dafür sorgen, daß er sich dessen bewußt blieb. Polizisten und seinesgleichen setzten sich nicht auf die guten Möbel im vorderen Teil des Hauses. Mit solcherart Erlaubnis hatte die Untergrabung aller Werte begonnen, die jetzt die gesamte Nation heimsuchte. Wenn dieser Mann sitzen mußte, sollte er es in der Gesindestube tun. »Jedenfalls«, fuhr sie fort, »sucht sich ein Mann wie Radley kein Mauerblümchen wie Anastasia aus. All das karottenfarbene Haar und die Haut voller Sommersprossen, das kommt nicht von unserer Seite der Familie! Und dürr wie ein Waschbrett. Kaum eine richtige Frau. Ein solcher Mann heiratet des Geldes wegen, will etwas Modisches, mit dem er sich in der Öffentlichkeit sehen lasen kann. Etwas Hübsches fürs Bett. Ha! Ich schockiere Sie!«

Pitt blieb vollkommen ungerührt. »Nicht im geringsten, Ma'am. Ich bin sicher, Sie haben recht. Es gibt viele Männer, die so sind, und viele ganz ähnliche Frauen. Nur daß sie außerdem noch einen Titel wollen, wenn er sich ihnen bietet.«

Die alte Dame funkelte ihn an. Wollte ihm für seine Frechheit über den Mund fahren, aber er hatte es auf genau den Punkt gebracht, den sie gemeint hatte, und im Augenblick war dieser Wunsch stärker.

»Hm-ha! Nun, Mr. Radley und Emily Ashworth sind ein ausgezeichnetes Paar. Haben sich gefunden wie zwei Magneten, und der arme George war das Opfer. Also, ich habe Ihre Arbeit für Sie getan. Gehen Sie jetzt. Ich bin müde und fühle mich krank. Ich habe heute einen schweren Schock erlitten. Wenn Sie die leiseste Ahnung hätten, wie man sich benimmt, würden Sie...« Sie brach den Satz ab, unsicher, was er tun würde.

Pitt verbeugte sich. »Sie halten sich großartig, Ma'am.«

Wütend sah sie ihn an, sicher, daß darin Sarkasmus lag, aber unfähig, diesen so genau zu bestimmen, daß sie es ihm heimzahlen konnte. Seine Miene war beinah beleidigend unschuldig. Niederträchtige Kreatur.

»Ha«, sagte sie widerwillig. »Sie können gehen.«

Zum ersten Mal lächelte er. »Danke, Ma'am. Sehr großzügig von Ihnen.«

In der großen Halle traf er einen Diener, der ihn erwartete.

»Lady Cumming-Gould ist im Frühstücksraum, Sir. Sie würde gern mit Ihnen sprechen«, sagte der Diener unsicher. »Hier entlang, Sir.«

Mit einem leichten Nicken folgte Pitt ihm zur Tür, klopfte und trat ein. Helles Sonnenlicht fiel auf die massive

Anrichte und den großen Frühstückstisch. Die Fenster standen offen, und aus dem Garten drang Vogelgezwitscher herein.

Vespasia saß am unteren Ende des Tisches, Olivias Platz, als sie noch gelebt hatte. Sie sah müde aus. Ihre Schultern waren gebeugt, wie er es bei ihr noch nie zuvor gesehen hatte, selbst in den beschwerlichen Zeiten, als sie darum gekämpft hatte, das Gesetz gegen die Kinderarbeit im Parlament durchzubringen. Als sie ihn sah, war die Erleichterung in ihren Augen so groß, daß es ihm einen schmerzhaften Stich versetzte, ihre Situation nicht lindern zu können. In der Tat fürchtete er, daß er sie eher verschlimmern mußte.

Mit Mühe richtete sie sich auf. »Guten Tag, Thomas. Ich bin froh, daß es dir möglich war, diesen Fall selbst zu übernehmen.«

Zum ersten Mal wußte er nicht, was er sagen sollte. Der Schmerz war zu groß für die wenigen Worte, die ihm einfallen wollten, und dennoch wäre es entsetzlich gewesen, nur als Polizist zu sprechen.

»Um Himmels willen, setz dich«, befahl sie. »Ich bin nicht in der Stimmung, mir das Genick zu brechen, weil ich zu dir aufsehen muß. Du hast sicher schon mit Eustace March und seiner Mutter gesprochen.«

»Ja.« Folgsam setzte er sich ihr gegenüber an den blankpolierten Tisch.

»Was haben sie gesagt?« fragte sie rundheraus. Es gab keinen Grund, die Wahrheit vorsichtig zu umkreisen, nur weil sie unangenehm war.

»Mr. March hat versucht, mich davon zu überzeugen, daß es Selbstmord war, weil George sich in eine andere Frau verliebt hatte...«

»Blödsinn!« unterbrach Vespasia scharf. »Sybilla hatte ihm den Kopf verdreht. Er hat sich wie ein Idiot benommen, aber ich glaube, gestern abend hatte er es eingesehen. Emily hat sich großartig verhalten und die Vernunft gezeigt, die ich mir von ihr erhofft hatte.«

Pitt senkte einen Moment lang den Blick, dann hob er den

Kopf. »Mrs. March sagte, Emily hätte eine Affäre mit dem andern Gast gehabt, Jack Radley.«

»Die boshafte alte Hexe!« sagte Vespasia aufgebracht. »Emilys Mann hat sich mit Sybilla wie ein Esel benommen und ohne die leiseste Diskretion, ein Ärgernis, mit dem sich auch Lavinia abfinden mußte, ohne es verhindern zu können. Natürlich hat Emily den Eindruck erweckt, als würde sie Interesse für einen anderen Mann zeigen. Welche Frau mit Verstand würde das nicht tun?«

Pitt machte keine Bemerkung zu Lavinia March. Das schmerzliche Dilemma war beiden bekannt. Ein Mann konnte sich wegen eines Ehebruchs von einer Frau scheiden lassen. Einer Frau war ein solches Privileg verwehrt. Sie mußte lernen, so gut wie möglich damit zu leben. Mit diesem Todesfall hatten die im Mißtrauen gewachsenen Befürchtungen zu wuchern begonnen, alle Gedanken für sich eingenommen, sämtliche häßlichen Merkmale gesucht und sie übergroß werden lassen.

»Wer ist Sybilla?« fragte er.

»Eustaces Schwiegertochter«, antwortete Vespasia müde. »William March ist Eustaces einziger Sohn, mein Enkel.« Sie sagte es, als versetzte sie diese Einsicht in Erstaunen. »Olivia hatte zehn Töchter, von denen sieben überlebt haben. Alle außer Tassie sind verheiratet. Eustace wollte sie mit Jack Radley verbinden. Deshalb ist er hier, um inspiziert zu werden.«

»Ich nehme an, daß er nicht Ihren Beifall findet?«

Ihre fein geschwungenen Brauen hoben sich, und in ihren Augen blitzte ein Fünkchen Humor auf, zu schwach, um bis zum Mund zu gelangen. »Nicht für Tassie. Sie liebt ihn nicht und er sie ebensowenig. Aber er ist ganz annehmbar, solange man nicht allzuviel erwartet. Er hat einen versöhnenden Zug an sich: Ich kann mir kaum vorstellen, daß er jemals langweilig würde, und das ist mehr, als man von den meisten gesellschaftlich akzeptablen jungen Männern behaupten kann.«

»Wer ist noch hier im Haus?« Er fürchtete die Antwort, denn falls noch weitere Fremde zu Gast wären, hätte ihm die alte Mrs. March sicher davon erzählt.

»Niemand«, sagte Vespasia ganz leise. »Lavinia, Eustace

und Tassie wohnen hier. William und Sybilla sind den Sommer über zu Besuch. George und Emily wollten für einen Monat bleiben, Jack Radley und ich drei Wochen.«

Ihm wollte nichts weiter einfallen. Georges Mörder mußte unter diesen acht sein. Er konnte nicht glauben, daß es Vespasia selbst sein sollte, und er hoffte bei Gott, daß es nicht Emily war!

»Ich sollte mit ihnen sprechen. Wie geht es Emily?«

Zum ersten Mal konnte Vespasia ihn nicht ansehen. Sie ließ den Kopf sinken und verbarg ihr Gesicht in den Händen. Er wußte, daß sie weinte, und er hätte ihr gern Trost gespendet. In der Vergangenheit hatten sie schon mancherlei Empfindungen geteilt: Wut, Mitleid, Hoffnung, Niederlage. Jetzt teilten sie die Trauer. Aber er war dennoch ein Polizist, dessen Vater ein Wildhüter gewesen war, und sie war die Tochter eines Earls. Er wagte nicht, sie zu berühren, und je mehr er sich um sie sorgte, desto tiefer würde es ihn verletzen, wenn er zu weit gehen und sie ihn zurückweisen sollte.

Hilflos und unbeholfen stand er da, betrachtete die alte Dame, gequält von Trauer und dem Beginn schrecklicher Befürchtungen.

Aber was konnte er sagen? Daß er die Dinge irgendwie verfälschen, die Wahrheit verbergen würde, wenn sie zu häßlich wäre? Sie würde es ihm weder glauben, noch wollen, daß er es täte. Sie würde nicht von ihm erwarten, sich untreu zu werden, und sie selbst hätte es an seiner Stelle ebensowenig getan.

Dann setzte sich sein Instinkt über die Vernunft hinweg, und er berührte sanft ihre Schulter. Sie war außergewöhnlich dünn für ihre Größe. Ihre Knochen fühlten sich zerbrechlich an. Ein leichter Duft von Lavendel lag in der Luft.

Dann wandte er sich um und ging hinaus.

In der Halle stand ein Mädchen von vielleicht zwanzig Jahren, das Haar leuchtend wie Orangenmarmelade, das Gesicht blaß unter den Tupfern ihrer Sommersprossen. Sie besaß kaum einen Funken jener Schönheit, mit der Vespasia eine ganze Generation in Erstaunen versetzt hatte, aber sie war ebenso dünn und zeigte vielleicht einen Abglanz der hohen Wangenknochen, der schweren Augenlider. Mit einer Mischung aus Entsetzen und Neugier starrte sie Pitt an.

»Miß March?« erkundigte er sich.

»Ja, ich bin Tassie March... Anastasia. Sie müssen Emilys Polizist sein.« Es war eine Feststellung, und so formuliert klang es überraschend unangenehm.

»Kann ich mit Ihnen sprechen, Miß March?«

Ein leichter Schauer erfaßte sie. Ihre Abscheu galt nicht ihm – ihre Augen waren zu direkt –, sondern der Situation. Es war ein Mord in ihrem Heim geschehen, und ein Polizist mußte sie befragen.

»Natürlich.« Sie drehte sich um und führte ihn durch das Eßzimmer in den Salon, der kühl und silbrig grün war, vollkommen anders als das erdrückende Boudoir. Wenn jenes der Geschmack der alten Dame war, mußte dies Olivias gewesen sein, und aus irgendeinem Grunde hatte Eustace zugelassen, daß es erhalten blieb.

Tassie bot ihm einen Sessel an und setzte sich auf eines der grünen Sofas, stellte unbewußt ihre Füße zusammen und hielt die Hände so, wie sie es gelernt hatte.

»Ich nehme an, ich sollte ehrlich sein«, bemerkte sie und betrachtete dabei den blassen Musselin ihres Kleides. »Was wollen Sie wissen?«

Jetzt war der Moment gekommen, und es gab nur wenig, was er sie fragen konnte, aber wenn es ihr wie den meisten wohlerzogenen jungen Damen erging, war sie einen Großteil ihrer Zeit an das Haus gebunden und hatte nicht viel zu tun, und vielleicht war sie ausgesprochen aufmerksam. Er überlegte, ob er sie zartfühlend, verblümt oder aufrichtig behandeln sollte. Dann sah er in die ruhigen, schieferblauen Augen und sagte sich, sie hätte wahrscheinlich eher Ähnlichkeit mit der Familie ihrer Mutter als mit der ihres Vaters.

»Glauben Sie, George war in Ihre Schwägerin verliebt?«

Ihre Augenbrauen schossen nach oben, aber sie wahrte ihre Haltung mit einem selbstsicheren Auftreten, das einer älteren Frau würdig gewesen wäre.

»Nein, aber er glaubte es«, erwiderte sie. »Er wäre darüber hinweggekommen. Man sagte mir, solche Dinge passieren von Zeit zu Zeit. Man müßte sich einfach damit abfinden, was Emily hervorragend gelungen ist. Ich glaube nicht, daß ich so gefaßt geblieben wäre, nicht, wenn ich jemanden lieben würde. Aber Emily ist furchtbar vernünftig, weit mehr als die meisten Frauen, und unendlich viel mehr als die meisten Männer. Und George war...« Sie schluckte, und Tränen standen in ihren Augen. »George war sehr nett, wirklich, verzeihen Sie bitte.« Sie zog die Nase hoch.

Pitt fischte in seiner Brusttasche herum und brachte sein einziges sauberes Taschentuch hervor. Er reichte es ihr.

Sie nahm es und putzte sich fest die Nase. »Danke.«

»Ich weiß«, stimmte er ihr zu und füllte das Schweigen aus, bevor es zu einem Hindernis zwischen ihnen wurde. »Was ist mit Mr. Radley?«

Mit einem wäßrigen Lächeln sah sie auf. »Ich glaube, er ist ganz erträglich. Um die Wahrheit zu sagen, solange ich ihn nicht heiraten muß,könnte er mir ganz gut gefallen. Er bringt mich zum Lachen, oder zumindest hat er es bisher getan.« Sie machte ein langes Gesicht.

»Aber Sie hegen nicht den Wunsch, ihn zu heiraten?«

»Nicht im geringsten.«

»Wünscht er sich eine Heirat mit Ihnen?«

»Das kann ich mir nicht vorstellen. Er liebt mich nicht, wenn Sie das meinen. Aber ich werde einiges Geld besitzen, und ich glaube kaum, daß er welches hat.«

»Wie überaus freimütig Sie sind.« Sie war beinah noch schlimmer als Charlotte, und er verspürte den Wunsch, sie vor all den Qualen zu bewahren, die ihr noch bevorstanden.

»Man sollte die Polizei in wichtigen Fragen nicht belügen«, sagte sie mit tiefem Ernst. »Ich habe George wirklich sehr gemocht, und ich mag auch Emily.«

»Irgend jemand in diesem Haus hat ihn ermordet.«

»Ja. Martin hat es mir gesagt. Er ist der Butler. Es scheint mir unmöglich zu sein. Ich kenne sie alle seit Jahren, außer Mr. Radley, und warum um alles in der Welt sollte er George umbringen?«

»Könnte er sich vorgestellt haben, daß Emily ihn heiraten würde, wenn George tot wäre?«

Sie starrte ihn an. »Nur wenn er geistesgestört wäre!« Dann drehte und wendete sie den Gedanken in ihrem Kopf, bedachte die einzigen anderen Möglichkeiten. »Aber ich nehme an, er könnte es sein. In den Gesichtern mancher Menschen kann man tatsächlich nur sehr wenig lesen, wenn man sie dabei beobachtet, wie sie wie alle anderen normale Dinge tun, ihre Mahlzeiten einnehmen, alberne Konversation betreiben, ein bißchen lachen, Spiele spielen, Briefe schreiben. Es gibt eine bestimmte Art und Weise, diese Dinge zu tun, und man lernt sie als Kind wie Tanzschritte. Das muß überhaupt nichts bedeuten. Darunter kann man jede nur erdenkliche Persönlichkeit verbergen.«

»Wie scharfsinnig Sie sind. Sie sind wie Ihre Großmutter.«

»Großmutter Vespasia?« fragte sie vorsichtig.

»Natürlich.«

»Danke.« Erleichtert atmete sie aus. »Ich bin nicht wie die Marches. Haben Sie schon etwas herausgefunden?«

»Bisher nicht.«

»Oh. Ist das alles? Ich möchte sehen, wie es Emily geht.«

»Bitte tun Sie das. Ich werde versuchen, Ihren Bruder zu finden.«

»Er wird im Wintergarten sein, auf der anderen Seite. Er hat sein Atelier dort.« Sie stand auf, und die Höflichkeit verlangte, daß auch er sich erhob.

»Malerei?«

»Er ist Künstler, ein sehr guter. Er hat mehrere Bilder in der Royal Academy gehabt.« Stolz lag in ihrer Stimme.

»Danke. Ich werde ihn schon finden.« Sobald sie gegangen war, wandte er sich der Reihe Glastüren und den Kletterpflanzen und Lilien dahinter zu. Der Wintergarten war feucht und wurde intensiv genutzt, heiß und schwer stand der Duft üppig wuchernder Blumen im Raum. Die Nachmittagssonne brannte durch die Scheiben, daß man im Dschungel zu sein glaubte. Im Winter hielt ein riesenhafter Ofen die Temperatur und ein Teich die Feuchtigkeit.

William March war exakt dort, wo Tassie ihn vermutet hatte, stand vor seiner Staffelei, den Pinsel in der Hand. Das Sonnenlicht ließ sein Haar erglühen. Sein schmales Gesicht wirkte angespannt, vollkommen versunken in das Bild auf der Leinwand, eine Landschaftsdarstellung voll gleißenden Sonnenlichts und zerbrechlicher, beinah unwirklicher Bäume, als wollte nicht nur der Frühling, sondern der Garten selbst vergehen. Selbst ohne seine gelegentliche Arbeit mit der Rückführung gestohlener Kunstgegenstände hätte Pitt erkannt, daß es gut war.

William hörte ihn erst, als er einen Meter entfernt war. »Guten Tag, Mr. March, verzeihen Sie mir die Unterbrechung, aber ich muß Ihnen verschiedene Fragen zu Lord Ashworths Tod stellen.«

Zuerst war William verwirrt, da er seine Konzentration ganz auf das Bild gerichtet hatte. Dann legte er den Pinsel beiseite und trat Pitt düster gegenüber.

»Natürlich. Was wollen Sie wissen?«

Unzählige Gedanken gingen in Pitts Kopf um, aber bei einem Blick auf das intelligente, verletzliche Gesicht, den zarten Mund, die lebhaften Träumeraugen, verwarf er sie als taktlos, sogar roh. Was sonst gab es zu sagen?

»Ich nehme an, Sie sind sich darüber im klaren, daß Lord Ashworth ermordet wurde«, setzte er zaghaft an.

»Vermutlich«, stimmte William mit offensichtlichem Widerwillen zu. »Ich habe nach Möglichkeiten für einen denkbaren Unfall gesucht. Ich bin gescheitert.«

»Einen Selbstmord haben Sie nicht in Betracht gezogen?« frage Pitt neugierig.

»George hätte sich nicht umgebracht.« William wandte sich ab und sah zur Leinwand auf der Staffelei. »So ein Mann war er nicht...« Seine Stimme erstarb, und sein Gesicht wirkte noch schmaler, verhärmt von einem Schmerz, der seinen ganzen Körper zu durchfahren schien.

Das war genau, wovon auch Pitt überzeugt war. William zeigte viel weniger Scheinheiligkeit und weniger Selbstsucht als sein Vater. Pitt stellte fest, daß er ihn mochte.

»Ja, das hatte ich mir auch gedacht«, stimmte er zu.

Einen Augenblick lang schwieg William, dann erhellte das Wiedererkennen seine Miene.

»Natürlich! Ich vergaß es. Sie sind Emilys Schwager, nicht

wahr?« sagte er so leise, daß seine Worte beinah verloren gingen. »Es tut mir leid. Das alles ist sehr...« Er suchte nach einem Ausdruck für das, was er empfand, aber er wollte ihm nicht einfallen. »Sehr hart.«

»Ich fürchte, es wird nicht leichter werden«, sagte Pitt aufrichtig. »Ich glaube fast, daß irgend jemand hier im Haus ihn ermordet hat.«

»Vermutlich. Aber ich kann Ihnen nicht sagen wer... oder warum.« William nahm seinen Pinsel wieder auf und begann zu arbeiten, tönte die Schatten eines Baumes mit gedämpftem, hellgelbem Ocker.

Aber Pitt war noch nicht bereit, sich fortschicken zu lassen. »Was wissen Sie über Mr. Radley?«

»Sehr wenig. Vater möchte ihn mit Tassie verheiraten, weil er glaubt, Jacks Familie könnte ihm einen Adelstitel verschaffen. Wir haben eine Menge Geld, wissen Sie, aus Geschäften. Vater möchte achtbar werden.«

»Sehr wahr.« Pitt war über seine Offenheit erstaunt. Er unternahm keinerlei Versuch, die Schwäche seines Vaters zu verbergen, kein Familienschutz. »Und würde Jacks Familie es tun?«

»Das nehme ich an. Tassie ist ein guter Fang. Jack könnte es kaum besser treffen. Adlige Erbinnen können einen Titel erübrigen, und Amerikaner geben sich nicht mit weniger zufrieden. Oder, um genau zu sein, ihre Mütter nicht.« Er setzte seine Arbeit an den Schatten fort, betrachtete das Van-Dyck-Braun, ließ es unberührt und preßte gebranntes Umbra hervor.

»Was ist mit Emily?« fragte Pitt. »Hat sie nicht mehr Geld als Miß March?«

Williams Hand erstarrte mitten in der Luft. »Ja, das wird sie haben, da George tot ist.« Er zuckte, als er es sagte. »Aber wenn nur die Hälfte seines Rufes gerechtfertigt ist, hat Jack zuviel Erfahrung mit Frauen, als daß er glauben könnte, Emily würde nach einigen Abenden des Liebäugelns erwägen, ihn zu heiraten – besonders nachdem sich George dermaßen zum Idioten machte. Emily hat es ihm nur heimgezahlt. Sie mögen sich vielleicht nicht darüber im klaren sein,

Mr. Pitt, aber Frauen haben in der feinen Gesellschaft nur wenig Besseres zu tun als zu tratschen, sich in der neuesten Mode zu kleiden und mit anderen Männern zu flirten. Es ist ihre einzige Unterhaltung. Nicht einmal ein Schwachkopf nimmt es ernst. Meine Frau ist sehr schön und flirtet, seitdem ich sie kenne.«

Pitt starrte ihn an, konnte jedoch keinen tieferen Schmerz entdecken, keine neuerliche Angst oder ein Bewußtsein von Furcht, als er es sagte. »Verstehe.«

»Nein, das tun Sie nicht«, sagte William trocken. »Ich nehme kaum an, daß Sie sich jemals in Ihrem Leben gelangweilt haben.«

»Nein«, gab Pitt zu. Dafür hatte er nie Zeit gehabt. Armut und Ehrgeiz erlaubten es nicht.

»Sie haben Glück, zumindest in dieser Beziehung.«

Pitt sah wieder auf die Leinwand. »Sie kennen doch auch keine Langeweile«, sagte er im Brustton der Überzeugung.

Zum ersten Mal lächelte William; dann war das Lächeln ebenso schnell verschwunden, verdrängt vom Wissen um die Tragödie.

»Danke, Mr. March.« Pitt trat einen Schritt zurück. »Ich werde Sie nicht länger stören, für den Augenblick.«

William antwortete nicht. Er arbeitete wieder.

Im Erdgeschoß war für Stripe auch nicht alles ganz einfach. Er war im Gesindezimmer nicht willkommener als Pitt es im Salon gewesen war. Die Köchin musterte ihn mit Mißfallen. Es war die Stunde nach dem Mittagessen, und sie wollte ein bißchen freie Zeit haben, bevor sie über das Abendessen nachdachte. Sie wünschte, sie hätte die Füße hochlegen und mit der Wirtschafterin und den Dienstmädchen schwatzen können. Es gab immer einen Skandal, von dem man berichten konnte, und heute drückte sie ganz besonders das Bedürfnis, ihre Gefühle in Worte zu fassen. Sie war eine große, tüchtige Frau, voller Stolz auf ihren Beruf, aber den ganzen Tag auf den Beinen zu verbringen, war mehr, als man von ihr verlangen konnte.

»Tut mir in der Seele weh, das alles«, vertraute sie der Wirtschafterin, einer rundlichen Frau ihres Alters an. »Das würde ich diesen zügellosen Stubenmädchen allerdings nicht erzählen! Steigt ihnen zu leicht zu Kopf. Nicht die Disziplin, wie sie in *meiner* Jugend herrschte. *Ich* weiß, wie man ein Haus führen müßte.«

»Alles geht den Bach hinunter«, stimmte die Wirtschafterin zu. »Und jetzt haben wir die Polizei im Haus. Ich frage Sie: Was kommt als nächstes?«

»Kündigungen.« Die Köchin schüttelte den Kopf. »Die Hälfte der Mädchen wird kündigen, denken Sie an meine Worte, Mrs. Tobias.«

»Sie haben recht, Mrs. Mardle«, stimmte die Wirtschafterin ihr zu.

Sie befanden sich im Wohnzimmer der Wirtschafterin. Stripe war noch im Gesindezimmer, in dem sie aßen und beisammensaßen, wenn ihre Pflichten es ihnen erlaubten. Er fühlte sich unbehaglich, denn es war eine Welt, in der er nicht heimisch war, und er blieb ein Eindringling. Alles war makellos sauber. Der Boden wurde jeden Morgen noch vor sechs Uhr von einem dreizehnjährigen Küchenmädchen geschrubbt. Die Geschirrschränke und Anrichten standen voller Porzellan, von dem jedes Service eines seiner Jahresgehälter wert war. Es gab Krüge mit Gewürzgurken und Eingemachtem, Behälter voll Mehl, Zucker, Hafergrütze und anderen Vorräten, und in der Spülküche sah er Haufen von Gemüse. Es gab dort einen breiten, graphitgeschwärzten Kochherd mit einer Reihe von Feuerstellen und daneben Nischen für Koks und Kohle.

Jetzt stand er mitten in dieser warmen, wohlriechenden Küche mit einer Schar Dienstmädchen und Lakaien vor sich, allesamt starr und steif in Grundstellung, makellos, Männer in Livrées, Mädchen in schwarzen Wollkleidern und schneeweißen, gestärkten Hauben und Schürzen, die der Stubenmädchen besetzt mit Spitzen, die viele Damen der Mittelklasse gern besessen hätten. Stripe befand, die bei weitem Hübscheste von allen war das Stubenmädchen der Dame des Hauses, Lettie Taylor, aber sie schien ihn mit noch mehr Abscheu zu betrachten als die anderen. Die zu Besuch weilenden Damen hatten selbstverständlich ihr eigenes Personal mitgebracht, und das war ebenfalls zugegen, abgesehen von Digby, der Angestellten von Lady Cumming-Gould. Sie war dazu auserkoren, bei der jungen Witwe zu bleiben, vielleicht weil sie die Älteste war und man sie für die Vernünftigste hielt.

Stripe fühlte sich unter ihren feindlichen Blicken unwohl, leckte an seinem Bleistift, stellte die nötigen Fragen, notierte ihre Antworten in seinem Buch. Dies alles brachte nur heraus, daß die Tabletts am Abend vorher gerichtet und in der oberen Teeküche belassen wurden, in die man die Kessel trug, um den Tee, oder in Lord Ashworths Fall den Kaffee, jeden Morgen frisch aufzubrühen. An diesem speziellen Morgen hatte es ein ungewöhnliches Durcheinander gegeben, und die Teeküche war voller Dampf und einige Minuten lang offenbar unbeaufsichtigt gewesen. Jeder hätte zumindest theoretisch hineinschleichen und den Kaffee vergiften können.

Er fragte nach einem abgeschiedenen Raum, und man führte ihn in die Anrichtekammer des Butlers, die in Wahrheit ein Wohnzimmer zu seiner persönlichen Verfügung war. Dort befragte er jeden Mitarbeiter einzeln. Er fragte mit, wie er meinte, angemessener Spitzfindigkeit nach Informationen, die sie über die Beziehungen innerhalb der Familie, das Kommen und Gehen, haben mochten, und er erfuhr absolut nichts, was er sich nicht von allein hätte denken können. Er begann sich zu fragen, ob sie ihre Herren und Herrinnen derart verteidigten, als ginge es um ihre eigene Ehre, ihren eigenen Status innerhalb der Gemeinschaft, die in diesem Haus existierte.

Schließlich, als man ihm Pitts Nachricht, das Digitalis betreffend, aushändigte, bat er Lettie, ihn nach oben zu bringen und ihm Mrs. Marchs Zimmer und ihr Medizinschränkchen zu zeigen und auch alle anderen Medizinschränkchen im Haus.

Sie hob ihre Hände, um sich das Haar ordentlicher hochzustecken, dann strich sie ihre Schürze über den schmalen Hüften glatt. Für Stripe, der ein wenig errötete und fürchtete, man würde ihm seine Gedanken ansehen, war sie die hübscheste, ansprechendste Frau, die er jemals gesehen hatte. Er ertappte sich dabei zu hoffen, daß diese Ermittlungen lange Zeit in Anspruch nehmen würden, mindestens mehrere Wochen.

Er folgte ihr ergeben die Hintertreppe hinauf, achtete auf die leichte Neigung ihres Kopfes und das Rascheln des Kleides und merkte plötzlich, daß er in den Tag hinein träumte, als sie die Teeküche erreichten. Sie hatte ihn schon zweimal angesprochen, als er seine Aufmerksamkeit endlich auf das naheliegende Thema lenkte und sich auf den Tischen umsah, an denen die Tabletts gerichtet wurden.

»Wo war Lord Ashworths Tablett mit dem Kaffee?« fragte er und räusperte sich.

»Hören Sie mir eigentlich zu?« fragte sie und schüttelte dabei den Kopf. »Ich habe Ihnen gerade gesagt, daß es dort war.« Sie deutete auf das Ende des Tisches gleich neben der Tür.

»War das so üblich? Ich meine...« Ihre Augen hatten die Farbe des Himmels über dem Fluß an einem Sommertag. Er hustete trocken und begann noch einmal. »Ich meine, haben Sie es jeden Morgen an denselben Platz gestellt, Miß?«

»Das eine ja«, erwiderte sie, war sich seines Blickes offenbar nicht bewußt. »Weil es Kaffee war und die andern Tee bekommen.«

»Erzählen Sie mir noch einmal, was jeden Morgen geschieht.« Er wußte, was sie bereits gesagt hatte, aber er wollte ihr weiter zuhören und ihm fielen keine wichtigen Fragen mehr ein.

Pflichtschuldig wiederholte sie die Geschichte, und er notierte sie ein weiteres Mal.

»Ich danke Ihnen, Miß«, sagte er freundlich, schloß sein Notizbuch und steckte es in die Tasche. »Wenn Sie mir jetzt bitte Mrs. Marchs Medizinschrank zeigen würden.«

Sie wirkte ein wenig blaß, vergaß bei dieser plötzlichen Erinnerung an den Tod ihr allgemeines Mißvergnügen an der Anwesenheit der Polizei im Haus.

»Ja, natürlich.« Sie ging durch die mit Leder bezogene Tür

voraus auf den Flur und hinüber in Mrs. Marchs Zimmer. Sie klopfte an die Tür, und als sie keine Antwort bekam, öffnete sie diese und trat ein.

Ein solches Zimmer hätte sich Stripe niemals träumen lassen, geschweige denn schon einmal gesehen. Es war so rosafarben und weiß wie eine Apfelblüte. Wohin er auch sah, fand er Verzierungen: Spitzen, Zierdeckchen, Borten, Fotografien in Satineinfassungen, ein erstickendes Meer an Kissen, rosafarbene Samtvorhänge, zugezogen und gerafft und darunter weiße Netzrüschen.

Stripe fehlten die Worte. Die Luft schien unbeweglich und heiß und verklebte ihm die Lungen. Unbeholfen, aus Angst, er könne einen großen Fußabdruck hinterlassen, lief er hinter Lettie auf Zehenspitzen über den rosafarbenen Teppich zu der verzierten, rosa und weiß bemalten Anrichte, an der sie eine kleine Schublade öffnete. Mit ernster Miene blickte sie hinein.

Stripe stand hinter ihr, roch ein leichtes Blumenparfüm in ihrem Haar und sah in das kleine Fach voller Flaschen, Papierstreifen und Pillenschachteln aus Pappe hinab.

»Ist das Digitalis da?« fragte er, brach das Schweigen.

»Nein, Mr. Stripe«, sagte sie ganz leise, und ihre Hand zitterte an der Schublade. »Ich weiß, was das hier alles ist, und das Digitalis ist nicht da.«

Sie fürchtete sich, und er wollte sie beruhigen, ihr versprechen, daß er sich um sie kümmern, sogar persönlich dafür sorgen würde, daß ihr niemand ein Leid zufügte. Aber es würde sie dermaßen kränken, daß ihm der bloße Gedanke schmerzlich war. Sie wäre außer sich über seine Frechheit. Zweifellos hatte sie bereits Verehrer. Auch dieser Gedanke war außerordentlich unangenehm. Er riß sich zusammen.

»Sind Sie sicher?« fragte er sachlich. »Könnte es in einer anderen Schublade liegen oder auf dem Nachtschränkchen?« Er sah sich in dem Zimmer um. Eine ganze Apotheke konnte in all diesen aufgebauschten Falten und Rüschen verborgen sein.

»Nein«, sagte Lettie mit hoher Stimme. »Ich habe dieses

Zimmer heute morgen gereinigt. Das Digitalis ist fort, Mr. Stripe. Ich...« Sie erschauerte.

»Ja?« sagte er hoffnungsvoll.

»Nichts.«

»Ich danke Ihnen, Miß.« Er zog sich an die Tür zurück, noch immer darauf bedacht, nichts umzustoßen. »Das wäre dann im Moment alles. Ich muß Mr. Pitt eine Nachricht schikken.«

Sie holte tief Luft. »Mr. Stripe?«

»Ja, Miß?« Er blieb stehen und drehte sich zu ihr um, spürte, wie ihm das Blut in die Wangen stieg.

Sie gab sich Mühe, ihre Angst zu verbergen, aber ihre Augen verrieten sie. »Mr. Stripe, ist es wahr, daß Lord Ashworth ermordet wurde?«

»Wir glauben es, Miß. Aber machen Sie sich keine Sorgen, wir kümmern uns um Sie. Und wir werden herausfinden, wer es getan hat, seien sie ganz sicher.« Jetzt hatte er es gesagt. Er wartete auf ihre Reaktion.

Erleichterung erfüllte ihr Gesicht. Dann erinnerte sie sich ihrer Stellung und ihrer Loyalität. Sie richtete sich auf und hob ihr Kinn ganz hoch. »Natürlich«, sagte sie würdevoll. »Danke, Mr. Stripe. Wenn es dann nichts weiter gibt, sollte ich wieder meinen Aufgaben nachkommen.«

»Ja, Miß«, sagte er mit Bedauern und ließ sich von ihr die Treppe hinunterführen, um wieder seine Pflichten im Butlerzimmer aufzunehmen.

Pitt sprach auch mit Sybilla March, und im Augenblick, als sie das Zimmer betrat, verstand er, warum George ihr mit derartiger Leidenschaft verfallen war. Sie war eine schöne Frau, lebhaft und sinnlich. Ihr Gesicht strahlte Wärme aus, ihre Bewegungen besaßen eine Anmut, so vollkommen anders als die kühle Eleganz der Mode. Trotz aller Rundungen ihres Körpers ließen ihr zarter Hals, die schmalen Handgelenke sie doch verletzlich wirken und nahmen ihm die Wut, die er hatte verspüren wollen.

Sie setzte sich genau dort auf das grüne Sofa, wo Tassie vor einer Stunde gesessen hatte. »Ich weiß nichts, Mr. Pitt«, sagte sie, bevor er Zeit gehabt hätte, sie zu fragen. Ihre Augen waren dunkel, als hätte sie geweint, aber sie vermittelte eine Anspannung, die er für Angst hielt. Allerdings hatte es einen Mord im Haus gegeben, und wer immer ihn begangen haben mochte, war noch da. Nur ein Dummkopf hätte keine Angst.

»Möglicherweise sind Sie sich des Wertes Ihres Wissens nicht bewußt, Mrs. March«, sagte er, als er sich setzte. »Ich denke, jeder hatte Gelegenheit, das Digitalis in Lord Ashworths Kaffee zu tun. Wir sollten es von der Überlegung her angehen, in wessen Interesse es vielleicht gewesen sein könnte.«

Sie sagte nichts. Die weißen Hände auf ihrem Schoß waren so fest ineinander verkrallt, daß die Knöchel schimmerten.

Er fand es unerwartet schwierig, fortzufahren. Er wollte nicht grob werden, und dennoch war es sinnlos, den peinlichen Themen aus dem Weg zu gehen. Es würde die Qualen nur noch verlängern.

»Hat Lord Ashworth Sie geliebt?« fragte er gerade heraus.

Ihr Kopf fuhr hoch, die Augen aufgerissen, als hätte sie die Frage überrascht, und doch mußte sie gewußt haben, daß sie unvermeidlich war. Es folgte ein langes Schweigen, bis sie antwortete, so lang, daß Pitt gerade noch einmal fragen wollte.

»Ich weiß nicht«, sagte sie mit rauher Stimme. »Was meint ein Mann damit, wenn er sagt ›Ich liebe dich‹? Wahrscheinlich gibt es darauf so viele Antworten wie Männer.«

Es war eine Antwort, die er absolut nicht vorhergesehen hatte. Er hatte ein schamrotes Eingeständnis erwartet oder ein trotziges oder auch ein Leugnen. Aber eine philosophische Antwort, die selbst eine Frage war, verblüffte ihn.

»Haben Sie ihn geliebt?« fragte er weit taktloser als beabsichtigt.

Ihr Mund rührte sich zu einem kleinen Lächeln, und er vermutete unendlich viele Bedeutungen dahinter, die er nie verstehen würde. »Nein. Aber ich hatte ihn wirklich gern.«

»Wußte Ihr Mann vom wahren Ausmaß Ihrer Zuneigung

für Lord Ashworth?« Er wurde unsicher und war sich dessen sehr wohl bewußt.

»Ja«, räumte sie ein. »Aber William war nicht eifersüchtig, falls es das ist, was Sie meinen. Wir verkehren oft in der Gesellschaft. George war nicht der erste Mann, der mich für attraktiv hielt.«

Das wollte Pitt gern glauben. Aber ob William eifersüchtig war oder nicht, war eine andere Frage. Wie weit war die Affäre gegangen und wußte William wirklich davon? War er nur unwissend oder tatsächlich ein entgegenkommender Ehemann? Oder gab es gar nichts zu bemänteln?

Es machte sicher keinen Sinn, Sybilla zu fragen.

»Danke, Mrs. March«, sagte er förmlich.

Jetzt konnte er es nicht länger aufschieben. Er mußte Emily besuchen, sich ihrem Kummer stellen.

Er stand auf und entschuldigte sich, ließ Sybilla im grünen Salon zurück.

In der Halle fand er einen Diener und bat ihn höflichst, ihn zu Emily zu führen. Anfangs zögerte der Mann, hatte mehr Respekt vor ihrem Schmerz als vor den Notwendigkeiten einer Ermittlung. Aber dann siegte sein gesunder Menschenverstand, und er führte ihn die breite Treppe hinauf und klopfte an Vespasias Schlafzimmertür.

Sie wurde von einer Dienstmagd mittleren Alters geöffnet, deren gescheites und offenes Gesicht von Mitgefühl gezeichnet war. Grimmig blickte sie zu Pitt auf, bereit, nicht von der Stelle zu weichen und ihm die Stirn zu bieten. Sie würde Emily um jeden Preis verteidigen, Pitt sah es an der Form ihrer Schultern und der Stellung ihrer Füße.

»Ich bin Thomas Pitt«, sagte er so laut, daß Emily hinter der Tür ihn hören konnte. »Meine Frau ist Lady Ashworths Schwester. Sie wird bald hier sein, aber ich muß vorher mit Lady Ashworth sprechen.«

Die Frau zögerte, musterte ihn von oben bis unten und fällte eine Entscheidung. »Also gut. Wahrscheinlich sollte ich Sie hereinlassen.« Sie trat zur Seite.

Emily saß aufrecht im Bett, vollständig bekleidet mit einem dunkelblauen Kleid. Ihr Haar war im Nacken offen, und sie war beinah so blaß wie die Kissen hinter ihr. Ihre Augen lagen tief in den Höhlen.

Er setzte sich auf das Bett und nahm ihre Hand, hielt sie in seinen. Sie fühlte sich kraftlos und klein an wie die eines Kindes. Es hatte keinen Sinn, ihr zu sagen, daß es ihm leid tat. Sie würde es wissen, es in seinem Gesicht sehen und an seiner Berührung spüren.

»Wo ist Charlotte?« fragte sie bebend.

»Auf dem Weg. Tante Vespasia hat ihre Kutsche geschickt; sie muß bald da sein. Aber ich muß dir ein paar Fragen stellen. Ich wünschte, ich müßte es nicht tun, aber der Wunsch ändert die Dinge nicht.«

»Ich weiß.« Tränen übermannten sie und liefen ihr über die Wangen. »Gott im Himmel, als wenn ich es nicht wüßte!«

Pitt spürte das Dienstmädchen hinter sich, wachsam und abwehrend, bereit ihn zu vertreiben, sobald er Emily drohte, und er liebte sie dafür.

»Emily, George wurde von irgend jemandem aus diesem Haus vorsätzlich ermordet. Du weißt, daß ich herausfinden muß, von wem.«

Sie starrte ihn an. Vielleicht hatte ein Teil ihres Verstandes dies längst begriffen oder zumindest alle anderen Möglichkeiten ausgeschaltet, aber derart schonungslos hatte sie es noch nicht betrachtet. »Das bedeutet... die Familie, oder Jack Radley!«

»Ja. Natürlich ist es auch vorstellbar, daß wir beim Dienstpersonal ein Motiv finden, aber ich glaube es kaum.«

»Sei nicht albern, Thomas! Warum um alles in der Welt sollte einer von Onkel Eustaces Dienern George umbringen? Vor einem Monat kannten sie ihn ja noch kaum. Warum sollte überhaupt ein Diener im Haus jemanden ermorden? Es ist ein verführerischer Gedanke, aber er ist dumm.«

»Dann ist es einer von euch acht«, sagte er und sah ihr ins Gesicht.

Langsam atmete sie aus. »Acht? Thomas! *Ich* nicht! Du kannst nicht...« Sie war so weiß, daß er fürchtete, sie würde ohnmächtig werden, selbst gegen die Kissen gelehnt.

Er drückte ihre Hand fester. »Nein, natürlich nicht. Ebensowenig glaube ich, daß Tante Vespasia es war. Aber ich muß herausfinden, wer es getan hat, und dazu gehört, die Wahrheit über eine Menge Dinge herauszufinden.«

Sie sagte nichts. Hinter sich hörte er, wie das Dienstmädchen unter ihrer Schürze die Hände rang. Schweigend segnete er sie und Vespasia, die sie zur Verfügung gestellt hatte.

»Emily, könnte sich Jack Radley vorgestellt haben, daß du ihn eines Tages heiraten würdest, wenn du frei wärst?«

»Nein...« Ihre Stimme erstarb, und ihr Blick löste sich von seinem, dann kehrte er zurück. »Ich – ich habe ein bißchen geflirtet, ein kleines bißchen. Das war alles.«

Er dachte sich, daß es nicht die volle Wahrheit sein konnte, aber das war jetzt nicht wichtig. »Gibt es da noch etwas?« beharrte er.

»Nein!« Dann merkte sie, daß er nicht länger nur auf Jack Radley, sondern auf alle anspielte. »Ich weiß nicht. Ich kann mir nicht vorstellen, warum jemand George umbringen sollte. Könnte es nicht vielleicht ein Unfall gewesen sein, Thomas?«

»Nein.«

Sie sah auf ihre Hand herab, die noch in seiner lag. »Könnte es jemand anderem gegolten haben, nicht George?«

»Wem? Trinkt sonst irgend jemand morgens als erstes Kaffee?«

Ihre Stimme war kaum noch ein Flüstern. »Nein.«

Es gab keinen Grund, die Schlußfolgerung weiterzuführen. Sie verstand ebensogut wie er.

»Was ist mit William March, Emily? Könnte er so eifersüchtig gewesen sein, daß er George wegen dessen Aufmerksamkeiten Sybilla gegenüber ermordet hat?«

»Das glaube ich nicht«, sagte sie offen. »Er hat durch nichts gezeigt, daß er es bemerkt hätte, geschweige denn, daß es ihm etwas ausmachen würde. Ich glaube, er hat nur Sinn für seine Bilder. Aber jedenfalls... Ihre Finger krallten sich um seine, erwiderten seinen Griff. »Thomas, ich schwöre, ich habe gehört, wie George und Sybilla gestern abend gestritten haben, und als George heraufkam, bevor er schlafen ging, war er noch bei mir und...« Einen Augenblick lang kämpfte sie darum, sich in der Gewalt zu behalten. »Und er ließ mich wissen, daß es mit Sybilla vorbei war. Nicht – nicht direkt natürlich. Das hätte bedeutet, zuzugeben, daß etwas gewesen wäre, aber wir haben uns verstanden.«

»Er hatte Streit mit Sybilla?«

»Ja.«

Es hatte keinen Sinn, sie zu fragen, ob der Streit heftig genug gewesen war, einen Mord nach sich zu ziehen: Sie konnte es nicht beantworten, und wenn doch, hätte es nichts zu bedeuten gehabt.

Er stand auf, ließ sanft ihre Hand los. »Wenn dir irgend etwas einfällt, ruf mich bitte.«

»Ich weiß. Ich werde es dir sagen.«

Er schenkte ihr einen aufmunternden Blick, um seinen Worten die Schärfe zu nehmen und ein dünnes Seil über die Kluft zwischen dem Polizisten und dem Mann zu werfen.

Sie schluckte fest, und ihre Mundwinkel hoben sich als Antwort zu einem matten Lächeln.

Eine Stunde später öffnete sich die Schlafzimmertür erneut, und Charlotte trat ein. Sie sagte kein Wort, kam nur herüber und setzte sich auf das Bett. Sie streckte ihre Hand nach Emily aus, legte ihre Arme um sie und ließ sie weinen, drückte sie fest und wiegte sie ein wenig vor und zurück, murmelte alte, bedeutungslose Worte des Trostes aus ihrer Kindheit.

6

Als sich Emily schließlich in die Kissen zurücklehnte, wirkte ihr Gesicht abgespannt, die Augen waren geschwollen, mit dunklen Schatten darunter, und ihr sonst schönes Haar hing zottelig in unordentlichen Strähnen herab. Ihr Anblick rief in Charlotte die Realität des Todes wach und eine weit tiefere Furcht, als sich mit Worten ausdrücken ließe oder auch mit tausend Tränen.

Sie begann mit dem quälenden, praktischen Beistand, von dem sie wußte, daß er die einzige Möglichkeit zu wirklicher Hilfe war. Sie läutete die Glocke neben dem Bett.

»Ich möchte nichts«, sagte Emily benommen.

»Doch.« Charlotte klang streng. »Du möchtest eine Tasse Tee, genau wie ich.«

»Ich nicht. Wenn ich etwas zu mir nehme, muß ich mich übergeben.«

»Nein, das mußt du nicht. Aber du wirst krank werden, wenn du noch mehr weinst. Es reicht jetzt. Wir haben einiges zu erledigen.«

Urplötzlich wurde Emily wütend. Der Schock und die Angst entluden sich im Zorn, denn Charlotte war in Sicherheit, behütet in ihrer Ehe, und dies war für sie lediglich ein weiteres Abenteuer. Sie saß voll nüchterner Selbstzufriedenheit auf dem Bett, und Emily haßte sie dafür. Man hatte George fortgebracht, weiß und kalt, vor einer Stunde erst, und Charlotte gab sich geschäftig! Sie hätte erschüttert und innerlich versteinert sein sollen, wie Emily es war.

»Mein Mann wurde heute morgen ermordet«, sagte sie mit angespannter, harter Stimme. »Wenn du nur Neugier und Wichtigtuerei zeigen kannst, dann würde ich mich weit besser fühlen, wenn du wieder nach Hause gehen und dich mit deiner Hausarbeit beschäftigen würdest, oder was immer du tun magst, wenn du niemanden hast, in dessen Leben du dich einmischen kannst.«

Einen Augenblick lang fühlte sich Charlotte, als wäre sie geschlagen worden. Blut schoß in ihre Wangen und ihre Augen brannten. Die Entgegnung erstarb nur auf ihren Lippen, weil sie keine Worte dafür fand. Dann holte sie tief Luft und dachte an Emilys Schmerz. Emily war jünger. In einem Taumel von Bildern kehrten all die Schutzinstinkte aus ihrer Kindheit zurück, immer war Emily die kleinste, die letzte beim Erreichen sämtlicher Meilensteine auf dem Weg zur Reife gewesen. Emily hatte sie beneidet, sie bewundert und verzweifelt mitzuhalten versucht, genau wie sie selbst stets einen Schritt hinter Sarah blieb.

»Wer hat George ermordet?« fragte sie laut.

»Ich weiß es nicht!« Emilys Stimme hob sich bedenklich.

»Meinst du nicht, wir sollten es lieber so schnell wie möglich herausfinden, bevor derjenige, der es getan hat, immer mehr den Eindruck erweckt, als hättest du es getan?«

Emily stockte der Atem, und ihr Gesicht sah noch grauer aus als vorher.

In diesem Moment öffnete sich die Tür, und Digby kam herein. Sobald sie Charlotte sah, verhärtete sich ihre Miene.

Aber Charlotte hatte all die Jahre im Hause ihrer Eltern nicht vergessen, und wie es war, ein Dienstmädchen zu haben, und die Gewohnheit kam automatisch wieder.

»Wären Sie so freundlich, uns etwas Tee zu bringen«, sagte sie zu Digby. »Und vielleicht etwas Süßes dazu.«

»Ich möchte nichts«, wiederholte Emily.

»Aber ich.« Charlotte zwang sich ein Lächeln auf ihre Lippen und nickte Digby zu, die sich gehorsam zurückzog, während sie ihr Urteil über Charlotte offensichtlich aufschob.

Charlotte setzte sich Emily gegenüber. »Möchtest du, daß ich dir noch einmal erkläre, wie sehr ich mit dir trauere, wie leid es mir tut, wie entsetzt ich bin?«

Emily betrachtete sie widerwillig. »Nein danke, dazu besteht kaum Veranlassung.«

»Dann hilf mir wenigstens, soviel von der Wahrheit zu erfahren, daß wir eine weitere Tragödie verhindern können. Denn wenn du glaubst, daß der Mörder davor zurückschreckt, dir die Verantwortung für Georges Tod zuzuschieben, dann träumst du.«

»Ich habe es nicht getan«, flüsterte Emily.

Charlotte hatte derart große Schwierigkeiten, sich zu beherrschen, daß ihr einen Moment lang der Atem stockte und ihr Tränen in die Augen stiegen.

»Ich weiß«, sagte sie mit zitternder Stimme, und sie hustete bei dem Versuch, es zu verbergen. »Hast du eine Ahnung, wer es getan hat? Was ist mit Sybilla? Könnten sie gestritten haben? Oder ihr Mann, du hast mir seinen Namen nicht genannt. Oder hatte sie noch einen anderen Liebhaber?«

Sie sah, daß Konzentration die Wut aus Emilys Blick verdrängte, dann wieder Schmerz und hemmungslose Tränen. Charlotte wartete, zwang sich, nicht tröstend die Arme um sie zu legen. Emily brauchte jetzt kein Mitgefühl, sie brauchte praktischen Beistand.

»Ja«, sagte Emily schließlich. »Sie haben gestern abend gestritten, kurz bevor wir zu Bett gegangen sind.« Sie putzte sich fest die Nase, dann noch ein zweites Mal, stopfte das Taschentuch unter das Kissen und streckte sich nach einem frischen. Charlotte reichte es ihr.

Die Tür öffnet sich, und Digby brachte auf einem Tablett eine Teekanne, einen Teller mit warmen, knusprigen Scones, Butter und Erdbeermarmelade herein. Vorsichtig stellte sie es ab.

»Soll ich einschenken, Ma'am?« fragte sie reserviert.

Charlotte nahm dankend an. »Ja, bitte. Und wenn Sie ein paar Taschentücher finden können, bringen Sie uns welche.«

»Ja, Ma'am.« Digbys Miene entspannte sich. Vielleicht war Charlotte doch nicht so übel, wie sie befürchtet hatte.

Charlotte reichte Emily eine dampfende Tasse Tee, strich Butter auf einen Scone und verteilte Marmelade darauf. »Iß das«, bestimmte sie. »Langsam. Und kau es gut durch. Wir werden unsere ganze Kraft brauchen.«

Emily nahm ihn gehorsam entgegen. »Er heißt William«, fuhr sie fort, indem sie die Frage beantwortete, sobald Digby hinausgegangen war. »Und ich glaube, er hätte George umbringen können, aber es hatte nicht den Anschein, als würde er sich um Sybilla kümmern. Ich weiß nicht einmal, ob er wirklich bemerkt hat, wie weit es ging. Vielleicht benimmt sich Sybilla immer so.«

»Weißt du es?« Charlotte haßte diese Frage, aber sie würde keine Ruhe haben, bis sie beantwortet war.

Emily zögerte einen Moment lang. »Ich kann es nur vermuten. Aber es war aus! Er kam in mein Zimmer, bevor er zu Bett ging, und wir haben miteinander gesprochen.« Sie atmete bebend, aber diesmal wollte sie die Kontrolle nicht verlieren. »Es wäre alles wieder gut geworden, wenn – wenn ihn nicht jemand ermordet hätte.«

»Also hätte es Sybilla sein können.« Charlotte ließ es wie eine Feststellung klingen, nicht wie eine Tatsache, die einen Zweifel zuließ. »Ist sie so eine Frau? Hat sie soviel Eitelkeit, soviel Haß?«

Emilys Augen weiteten sich. »Ich weiß es nicht.«

»Sei nicht albern! Sie hat versucht, dir George wegzunehmen. Du weißt alles über sie, was du überhaupt wissen kannst! Jetzt denk *nach*, Emily.«

Es folgten mehrere Minuten des Schweigens, in denen Emily an ihrem Tee nippte und zwei Scones aß, was sie selbst überraschte.

»Ich weiß es nicht«, sagte sie schließlich noch einmal. »Wirklich nicht. Ich bin nicht sicher, ob sie ihn geliebt hat oder ihn nur unterhaltsam fand und seine Aufmerksamkeit genossen hat. Wenn sie George nicht gehabt hätte, hätte es vielleicht auch ein anderer sein können.«

Charlotte empfand dies nicht als besonders hilfreich, aber sie sah ein, daß es alles war, was Emily ihr sagen konnte. Für den Augenblick beließ sie es dabei.

»Wer kommt noch in Frage?«

»Niemand«, sagte Emily leise. »Es ergibt keinen Sinn.« Sie sah auf, zu verletzt, um zu denken.

Charlotte streckte ihre Hand aus und berührte sie sanft. »Schon gut. Ich werde mir selbst ein Urteil bilden.« Sie nahm noch einen Scone und aß ihn geistesabwesend.

Emily setzte sich ein wenig auf, die Schultern steif, zog den dünnen Stoff ihrer Decke um sich. Es war beinahe, als erwartete sie einen Schlag und spannte sich, ihn abzuwehren.

»Ich weiß wirklich nicht, was George für Sybilla empfunden hat.« Sie starrte auf den bestickten Saum des Bettuches zwischen ihren Fingern. »Was das betrifft, bin ich auch nicht mehr so sicher, was er für mich empfunden hat, noch bevor wir hierher gekommen sind. Vielleicht habe ich ihn gar nicht so gut gekannt. Komisch, wenn ich an die Cater Street zurückdenke und all diese Dinge, die am Ende dort geschehen sind... Ich dachte, ich würde solche Fehler selbst nicht machen, wie Sarah und Mama: sich auf etwas verlassen, annehmen, daß man jemanden kennt, nur weil man ihn jeden Tag kommen und gehen sieht, manchmal sogar im selben Bett mit ihm schläft, ihn berührt...« Sie zögerte einen Augenblick, zwang sich zur Selbstbeherrschung. »Anzunehmen, daß man ihn kennt, man ihn versteht. Aber vielleicht ist es genau das, was ich getan habe. Ich habe eine Menge Dinge über George angenommen, und vielleicht habe ich mich getäuscht.« Sie wartete, ohne aufzusehen.

Charlotte wußte, daß sie auf Widerspruch hoffte und hätte ihm doch nicht geglaubt, wenn er gekommen wäre.

»Wir können einen anderen niemals ganz kennen«, sagte sie statt dessen. »Und wir sollten es auch nicht. Es wäre eine Einmischung. Ich möchte behaupten, daß es sogar quälend und zerstörerisch wäre. Und vielleicht langweilig. Wie lange würde man jemanden lieben, den man wie Glas durchschauen, dem man alles ansehen könnte? Man braucht immer ein Geheimnis, dem man nachspüren kann, warum sollte man sonst weitermachen?« Ihre Hand griff zärtlich nach Emilys. »Ich wollte nicht, daß Thomas alles weiß, was ich gedacht oder getan habe – einige meiner schwachen und selbstsüchtigen Momente. Ich möchte sie lieber allein bekämpfen und dann vergessen. Ich könnte es nicht, wen er davon wüßte. Ich würde mich ständig fragen, ob er sich daran erinnert. Es wäre für ihn nie mehr so einfach, mir zu vergeben, wenn er einige meiner Gedanken kennen würde.

Und es gibt manche Dinge, die man besser nicht weiß, denn wenn man sie wüßte, könnte man sie nie wieder aus den Gedanken verbannen.«

Emily sah auf, mit wütendem Gesicht. »Du meinst, ich habe mit Jack Radley geflirtet und ihn zu gewissen Erwartungen ermutigt!«

»Emily, ich höre diesen Namen das erste Mal!« Mit offenem Blick sah Charlotte sie an. »Du beschuldigst dich selbst, entweder weil Thomas etwas gesagt hat, oder weil du glaubst, daß er es tun wird, oder weil ein Fünkchen Wahrheit darin liegt.«

»Du bist so abscheulich tugendhaft!« Plötzlich geriet Emily in Wut und riß ihre Hand zurück. »Du sitzt da, als hättest du in deinem ganzen Leben noch nicht geflirtet! Was ist mit General Ballantyne? Du hast ihn nur wegen deiner Nachforschungen belogen, und er hat dich angebetet! Du hast ihn benutzt! So habe ich niemals jemanden behandelt!«

Charlotte errötete bei dem Gedanken, aber jetzt war nicht der richtige Zeitpunkt für Schuldgefühle oder Erklärungen. Nicht, daß es eine Erklärung gegeben hätte. Die Anschuldigung stimmte. Emilys Zorn schmerzte, aber Charlotte konnte sie verstehen, selbst wenn ihre Gefühle den Wunsch wachriefen, ihr an den Kopf zu werfen, daß es unfair wäre und nichts mit dem jetzigen Problem zu tun hätte. Aber mächtiger noch als diese oberflächliche Wunde war der tiefe Schmerz, den sie mit Emily empfand, das Wissen um einen größeren Verlust, als sie ihn jemals erfahren hatte. Manchmal, wenn Pitt Verbrechen in die dunklen Gassen der Elendsquartiere gefolgt war, hatte sie um sein Leben gebangt, bis ihr kalt und übel wurde. Aber es war niemals zu einer Realität geworden, die nicht schließlich in der überwältigenden Wärme seiner Arme und in der Sicherheit endete, daß alles – bis zum nächsten Mal – bloße Einbildung blieb, ein Alptraum, der mit dem Morgen verging. Für Emily würde es kein sonniges Erwachen geben.

»Manche Menschen sind unglaublich eitel«, sagte sie laut heraus. »Könnte sich Mr. Radley vorgestellt haben, daß du ihm mehr als bloße Freundschaft entgegenbringst?«

»Nur wenn er ein kompletter Idiot ist«, sagte Emily nicht mehr ganz so scharf. Sie schien noch etwas anderes sagen zu wollen, dann fehlten ihr die Worte.

»Dann bleiben William und Sybilla oder jemand anderes aus der Familie, der einen Grund hat, den wir bisher nicht einmal ahnen.«

Emily seufzte. »Es ergibt keinen Sinn, oder? Es muß etwas sehr Wichtiges sein und etwas sehr Häßliches, von dem ich nichts weiß. Etwas, das ich mir nicht einmal vorstellen kann. Es stellt sich mir die Frage, wieviel von meinem netten, sicheren Leben nichts als Lüge war.«

Charlotte hatte bei ihrer Ankunft außer Großtante Vespasia niemanden getroffen, und auch die nur kurz. Sie wußte, man würde ihr das Ankleidezimmer geben, in dem George geschlafen hatte, teils, weil es direkt neben Emilys Zimmer lag, aber auch weil niemand die Absicht hatte, seine Räumlichkeiten für sie aufzugeben. Georges Leiche wurde in aller Stille in einem der alten Kindermädchenzimmer im Personalflügel aufgebahrt. Charlotte graute davor, im selben Bett zu schlafen, in dem George nur ein paar Stunden vorher gestorben war, aber es gab keine Alternative.

Ihre wenigen dunklen Kleider, die für eine Trauer im Sommer geeignet waren, hatte man bereits für sie ausgepackt. Sie errötete, als ihr einfiel, wie abgetragen sie waren, wie schlicht die Unterwäsche, an manchen Stellen sogar ausgebessert, die Mode des letzten Jahres überarbeitet, damit sie nicht ganz so unmodern wirkten. Sie besaß nur zwei Paar Stiefel, und keines davon war wirklich neu. Zu anderen Zeiten hätte ihre Verlegenheit sie wütend gemacht, und sie wäre eher fortgeblieben, als daß sie Emily Grund gegeben hätte, sich für sie zu schämen. Es war nicht der richtige Zeitpunkt für derart engstirnige Gefühle. Sie mußte sich ihrer Reisekleider entledigen, sich das Gesicht waschen, ihr Haar richten und sich zum Abendessen einfinden, das entsetzlich verbissen, wenn nicht feindselig werden würde. Aber irgend jemand in diesem Haus war des Mordes schuldig.

Auf dem Weg nach unten zum Dinner hatte sie gerade die

letzte Stufe hinter sich gelassen, war an der dunklen Holztäfelung und Reihen von blassen Ölgemälden verblichener Marches vorübergekommen, als sie einer alten Frau in Schwarz unmittelbar gegenüberstand, an deren Hals und Brust pechschwarze Gagatperlen im Gaslicht glänzten. Ihr grauweißes Haar hatte sie auf eine Weise zurückgekämmt, die seit zwanzig Jahren aus der Mode war. Die kalten, blauen Marmoraugen fixierten Charlotte ungeniert.

»Ich vermute, Sie sind Emilys Schwester?« Sie musterte sie kurz von oben bis unten. »Vespasia sagte, sie hätte nach Ihnen geschickt – wenn ich auch der Ansicht bin, sie hätte uns vielleicht erst darüber informieren und eine Meinung einholen können, bevor sie die Angelegenheit in die Hand nimmt! Aber möglicherweise ist es auch gut, daß Sie hier sind. Sie könnten uns von Nutzen sein. Ich weiß leider nicht, was ich mit Emily anfangen soll. Etwas Derartiges hat es in unserer Familie noch nie gegeben.« Sie betrachtete Charlottes Kleid und die Spitzen ihrer Stiefel, die unter dem Saum herauslugten.

»Wie heißen Sie?« fragte sie gebieterisch. »Ich fürchte, man hat mir Ihren Namen gesagt, aber ich habe ihn vergessen.«

»Charlotte Pitt«, antwortete Charlotte kalt, und die erhobenen Augenbrauen signalisierten die Gegenfrage, wer denn die Fragestellerin selbst sein mochte.

Die alte Dame starrte sie gereizt an. »Ich bin Mrs. March. Ich vermute, Sie werden«, sie zögerte beinah unmerklich und warf einen erneuten Blick auf Charlottes Stiefel, »beim Abendessen zugegen sein?«

Charlotte schluckte die Erwiderung, die ihr auf den Lippen lag, herunter, denn dies war kaum der richtige Zeitpunkt für eine Unbeherrschtheit. Sie zwang sich zu einer weit unterwürfigeren Miene als ihrer wahren Empfindung entsprach, und nahm es, als wäre es eine Einladung gewesen. »Danke.«

»Nun, Sie sind zu früh!« fauchte die alte Dame. »Haben Sie keinen Chronometer?«

Charlotte spürte, wie ihre Wangen brannten. Sie verstand voll und ganz, warum so viele Mädchen jeden heirateten, der sie haben wollte, um nur ihr Zuhause hinter sich zu lassen und für immer das Schreckgespenst zu verbannen, den Rest ihres Lebens nach der Pfeife einer herrischen Mutter tanzen zu müssen. Es mußte Millionen liebloser Ehen geben, die aus solchen Gründen geschlossen wurden. Gebe Gott, daß sie nicht statt dessen eine ebensolche Schwiegermutter bekamen!

Sie schluckte trocken. »Ich dachte, ich hätte vielleicht vorher Gelegenheit, die Familie kennenzulernen«, erwiderte sie leise. »Es sind für mich alles Fremde.«

»Allerdings!« stimmte die alte Dame bedeutungsvoll zu. »Ich ziehe mich in mein Boudoir zurück. Ich schätze, im Salon dürften Sie jemanden finden.« Und damit ging sie. Charlotte betrat das Eßzimmer, das bereits für das Abendessen gedeckt, bisher jedoch leer war, und ging durch die Doppeltüren in den kühlen, grünen Salon dahinter.

In der Mitte des Raumes stand ein Mädchen von ungefähr neunzehn Jahren, sehr dünn unter ihrem Musselinkleid, das leuchtend rote Haar unordentlich hochgesteckt, der breite, feine Mund sehr ernst. Sie lächelte, als sie Charlotte entdeckt hatte.

»Sie müssen Emilys Schwester sein«, sagte sie sofort. »Ich bin so froh, daß Sie gekommen sind.« Sie sah zu Boden. »Weil ich nicht weiß, was ich tun soll – oder was ich sagen soll...«

Ich auch nicht, dachte Charlotte. Alles klingt banal und unehrlich. Aber das war keine Entschuldigung. Selbst unbeholfener Beistand war besser, als die Trauer zu ignorieren, als wäre sie eine Krankheit und man fürchtete, sich anzustekken.

»Ich bin Anastasia March«, fuhr das Mädchen fort. »Aber, bitte nennen Sie mich Tassie.«

»Ich bin Charlotte Pitt.«

»Ja, ich weiß. Großmama sagte, daß Sie kommen würden.« Sie verzog das Gesicht. Charlotte hatte Großmamas Meinung dazu bereits gehört.

Weitere Konversation wurde dadurch verhindert, daß die Türen sich erneut öffneten und William und Sybilla March hereinkamen. Sie zuerst, in schillerndes Schwarz gekleidet,

Spitzen um den weichen, weißen Hals, er einen Schritt dahinter. Charlotte verstand augenblicklich, warum George von ihr fasziniert gewesen war. Selbst schweigend, besaß sie eine Ausstrahlung, die Emily abging, einen Hauch von Geheimnis und Intensität, der viele Männer faszinieren würde. Sie mußte gar nichts tun. Es lag in ihrem Gesicht, in den dunklen, großen Augen, im Schwung ihres Mundes, in ihrer üppigen Figur. Charlotte konnte sich sehr gut vorstellen, wie schwer Emily hatte arbeiten, wie unaufhörlich sie ihren Charme hatte spielen lassen müssen, wie streng ihre Selbstbeherrschung gewesen sein mußte, um Georges Aufmerksamkeit zurückzugewinnen. Kein Wunder, daß sich Jack Radley davon angezogen gefühlt hatte! Aber wie sorglos war Emily gewesen, in Gedanken ganz bei George? Konnte sie weit mehr versprochen haben, als es ihre Absicht gewesen war und konnte sie zu beschäftigt gewesen sein, um zu bemerken, wie ernst er ihre Avancen genommen hatte?

Und William March, der etwas selbstgefällige Ehemann: Seine Miene war alles andere als teilnahmslos. Seine Gesichtszüge waren feinfühlig, asketisch, schmale Nase, feingeschnittener Mund. Trotzdem strahlte er Leidenschaft aus.

Ihr Nachsinnen wurde von Eustace March unterbrochen, als er, tadellos gekleidet, eintrat, die runden Augen huschten von einem zum anderen, er sah, wer fehlte, beruhigte sich, daß alles so war, wie er es wünschte. Sein Blick blieb an Charlotte hängen. Er schien sich schon entschieden zu haben, wie er sie behandeln wollte, und sein Lächeln war ölig und anmaßend.

»Ich bin Eustace March. Was für ein Glück, daß Sie kommen konnten, meine liebe Mrs. Pitt. Sehr passend. Die arme Emily braucht jemanden, der sie kennt. Wir werden selbstverständlich unser Bestes tun, aber wir können ihr nicht ihre Familie ersetzen. Höchst opportun, daß Sie da sind.« Seine Augen sahen zu Sybilla hinüber und zeigten ein leichtes, zufriedenes Lächeln. »Höchst opportun«, wiederholte er.

Die Tür öffnete sich ein weiteres Mal, und der einzige nicht zur Familie gehörige Gast kam herein, der Mann, der Charlotte die meisten Sorgen bereitete: Jack Radley. Sobald sie ihn anmutig im Bogen des Türrahmens stehen sah, verstand sie mehr von dem Problem als vorher und spürte, wie die Kälte in ihrem Inneren zunahm. Es war nicht allein die Tatsache, daß er gut aussah, wenn auch seine Augen ganz unglaublich sein mochten, sondern daß er eine Eleganz und Vitalität ausstrahlte, die einfach die Aufmerksamkeit einer Frau auf sich ziehen mußte. Zweifellos war er sich dessen vollauf bewußt. Sein Charme war sein wichtigstes Kapital, und er war intelligent genug, den bestmöglichen Gebrauch davon zu machen. Als sich ihre Blicke über den grünen Teppich hinweg trafen, konnte sie nur allzu gut verstehen, warum Emily ihn als Hintergrund benutzt hatte, vor dem sie Georges Aufmerksamkeit zurückgewinnen konnte. Ein Flirt mit diesem Mann konnte ungeheuer viel Spaß machen und wäre nur zu glaubhaft. Nur konnte er süchtiger machen, als sie es vorausgesehen hatte und war wesentlich schwieriger zu beenden, als zu beginnen. Vielleicht konnte George nach der berauschenden Erregung einer verbotenen Romanze, der Heiterkeit einer herrlich gespielten Posse möglicherweise ein nicht mehr so erstrebenswerter Preis sein. Mochte Emily, wenn auch unterbewußt, bereit gewesen sein, diese Affäre fortzusetzen? Und hatte Jack Radley schließlich darin seine Chance auf eine Frau gesehen, die hübscher und viel, viel reicher war als Tassie March?

Es war ein häßlicher Gedanke, aber da er schon in ihrem Kopf war, blieb er unauslöschlich, wenn ihn keine andere Lösung vertreiben konnte, um selbst den leisesten Verdacht zu zerstreuen.

Sie betrachtete Eustace, wie er im Raum stand, die Füße ein Stück weit auseinander, kraftstrotzend und zufrieden, die Hände hinter dem Rücken verschränkt. Etwaige Nervosität, die er verspüren mochte, hatte er unter Kontrolle. Er mußte sich selbst davon überzeugt haben, daß er die Aufsicht wieder übernommen hatte. Er war der Patriarch, der seine Familie durch eine Krise führte. Alle blickten auf ihn, und er würde sich der Lage gewachsen zeigen. Frauen würden sich von ihm stützen lassen und sich in seine Hände begeben.

Männer würden ihn bewundern, ihn beneiden. Schließlich war der Tod Teil des Lebens. Man mußte ihm mit Courage und allem Anstand begegnen. Und er hatte George nicht übermäßig gemocht.

Dann sah sie zu Tassie, die ihrem Vater so unähnlich wie nur möglich war: sie entsetzlich dürr und er dagegen dick, grobknochig, sie lebhaft und impulsiv, er von Natur aus ungerührt, gesetzt und seiner sicher.

Wollte er wirklich Tassie mit Jack Radley verheiraten, um mit Hilfe der Radleyschen Familienbande durch einen Titel allerhöchstes Ansehen zu erlangen, wie Emily es in ihren Briefen angedeutet hatte? Wenn man ihn so betrachtete, schien es überaus glaubhaft. Obwohl es wiederum nichts weiter als der Wunsch eines jeden Vaters sein konnte, seine Tochter aus dem heimischen Gefängnis entkommen zu sehen, damit sie einen anderen Mann fand, der ihr einen eigenen Haushalt sicherte, wenn er es selbst einmal nicht mehr konnte, außerdem den gesellschaftlichen Status einer Ehefrau, dazu den Lebenszweck und sicheren Hafen, den sich jede Frau erhoffte: eine Familie.

War es das, was Tassie wollte?

Charlotte ließ ihre Gedanken in eine Zeit zurückschweifen, in der sie mit anderen jungen Frauen ihres Alters auf Gesellschaften, Bälle und Soirées geführt worden war, in der verzweifelten Hoffnung, den richtigen Ehemann zu erwischen. Wenn man aus hinreichend vornehmen Hause kam, um zu ›debütieren‹, war es eine Katastrophe, die Saison ohne eine Verlobung abzuschließen, behaftet mit dem Stigma eines gesellschaftlichen Fehlschlages. Niemand heiratete, wenn die Absprache nicht schicklich war, der vorgeschlagene Kandidat der Familie nicht akzeptabel erschien. Sehr selten nur kannte man die Person, meist auf äußerst oberflächliche Weise. Es war unmöglich, gewisse Zeit allein miteinander zu verbringen oder über etwas anderes als Nichtigkeiten zu sprechen. Und war eine Verlobung erst bekanntgegeben, wurde sie nur selten gelöst und auch nur unter Schwierigkeiten und mit späteren Mutmaßungen über die erlittene Schmach.

Aber vielleicht war alles besser als ein Leben in dauernder

Knechtschaft, erst unter der alten Mrs. March und dann unter Eustace. Er wirkte robust genug, weitere dreißig Jahre zu überleben.

Man war einander inzwischen vorgestellt worden, und sie hatte es kaum wahrgenommen. Jetzt lamentierte Eustace über seine Gefühle, schaukelte leicht vor und zurück und legte seine kräftigen, quadratischen und makellos manikürten Hände zusammen.

»Wir entbieten Ihnen unser Beileid, meine liebe Mrs. Pitt. Es erfüllt mich mit Trauer, daß wir nichts tun können, um Ihnen Trost zu spenden.« Er gab eine Tatsachenerklärung ab, distanzierte sich und seine Familie von der Angelegenheit. Er hatte nicht die Absicht, weiter darin verstrickt zu werden, und er sorgte dafür, daß Charlotte dies verstand.

Aber Charlotte war hier, um Nachforschungen anzustellen, und sie hatte absolut keine Bedenken. Wenn dies alles vorüber war, mochte sie tiefes Mitgefühl empfinden, vielleicht sogar für Eustace, aber sie konnte sich jetzt kein Zartgefühl leisten, solange Emily am Rande einer solchen Gefahr stand. Für einen Mord hängte man Frauen ebenso schnell wie Männer, und dieser Gedanke vertrieb alle anderen aus ihrem Kopf.

Sie schenkte Eustace ein liebreizendes Lächeln. »Ich bin sicher, Sie unterschätzen sich, Mr. March. Nach Emilys Briefen zu urteilen halte ich Sie für einen Mann von ganz enormen Fähigkeiten, der in einer Krise seine natürliche Führungsposition einnimmt. Genau der Mann, dem sich jede Frau zuwenden würde, wenn die Situation sie übermannt.« Sie sah, wie ihm das Blut in den Kopf stieg und er bis zu den Augen puterrot wurde. Sie beschrieb ihn ganz genau so, wie er gesehen werden wollte, zu jedem anderen Zeitpunkt, nur nicht jetzt! »Und natürlich steht Ihre Loyalität zu Ihrer Familie für jeden außer Frage«, endete sie.

Eustace sog bebend Luft ein und ließ sie mit einem Zischen wieder heraus.

Tassie starrte sie entgeistert an, verstand die Ironie nicht, und Sybilla schneuzte wiederholt in ein Spitzentaschentuch.

»Guten Abend, Charlotte«, sagte Tante Vespasia von der

Tür her, wobei ihre Augen für einen kurzen Moment etwas von ihrem alten Feuer zeigten. »Ich hatte keine Ahnung, daß Emily so nett von Eustace geschrieben hat. Wie reizend.«

Eine hastige Bewegung ließ Charlotte herumfahren, und sie entdeckte einen finsteren, haßerfüllten Blick in Williams Augen, der so schnell wieder verschwand, daß sie fast glaubte, er wäre ein Trugbild gewesen. Tassie kam ihm einen Schritt weit näher, als wollte sie mit den Fingern einen Arm berühren, änderte aber ihre Absicht.

»Loyalität zur Familie ist eine wunderbare Sache«, bemerkte Sybilla mit einer Miene, die alles bedeuten konnte, nur nicht das, was sie sagte. »Ich nehme an, eine solche Tragödie wird uns zeigen, wer unsere wahren Freunde sind.«

»Ich bin mir sicher«, stimmte Charlotte zu, ohne dabei jemanden anzusehen, »daß wir Abgründe in den anderen entdecken, die wir uns niemals hätten träumen lassen.«

Eustace schien beinah ersticken zu müssen, Jack Radley stand wie versteinert, und die alte Mrs. March riß so heftig die Tür auf, daß diese gegen die Wand prallte und die Tapete beschädigte.

Das Abendessen war grauenhaft, wurde meist schweigend verbracht, da Mrs. March beliebte, jedes Gespräch im Keim zu ersticken, indem sie jeden, der sprach, mit eisigem Blick fixierte. Später erklärte sie, es sei angesichts der Ereignisse des Tages geboten, daß sich jeder früh zurückziehe. Sie warf erst Eustace und dann Jack Radley einen bösen Blick zu, damit ihnen nicht entging, wie sie es gemeint hatte. Dann erhob sie sich und wies die Damen an, ihr zu folgen. Gehorsam marschierten sie hinterher und saßen eine unerträgliche Stunde in dem rosafarbenen Boudoir, bevor sie sich entschuldigten und nach oben gingen.

Emily war auf ihr Zimmer gegangen. Charlotte, die erhitzt und durcheinander auf Georges Bett im Ankleidezimmer lag, war sich ihrer Nähe sehr wohl bewußt und fragte sich, ob sie aufstehen und zu ihr gehen sollte, oder ob dies einer jener Momente war, in denen Emily allein sein mußte, um ihre Trauer zu bewältigen.

Als Charlotte endlich aufwachte, war es schon etwas spät, die Luft war schwer und feucht und das Zimmer von fahlen, weißem Licht erfüllt. Ein Dienstmädchen stand mit einem Tablett in der Tür. Eine Flut gräßlicher Erinnerungen überschwemmte Charlotte. Einen Moment lang hielt sie es für unerträglich, in dem Bett zu sitzen und Tee zu trinken, in dem George ermordet worden war. Sie öffnete ihren Mund, um etwas dagegen einzuwenden, dann sah sie, daß es die kleine, empfindsame Gestalt von Digby war, und ihr Protest erstarb.

»Guten Morgen, Ma'am.« Digby stellte das Tablett ab und zog die Vorhänge auf. »Ich werde Ihnen ein Bad einlassen. Das wird Ihnen guttun.« Ihr Ton gestattete keinen Widerspruch. Es war offensichtlich eine Anordnung, die wahrscheinlich von Großtante Vespasia kam.

Charlotte setzte sich auf und blinzelte. Ihre Augen juckten, ihr Kopf schmerzte, und sie sehnte sich nach einem frischen, heißen Tee. »Haben Sie Lady Ashworth heute morgen schon gesehen?« fragte sie.

»Nein, Ma'am. Die Mistreß hat ihr gestern abend etwas Laudanum gegeben und gesagt, daß ich sie bis mindestens zehn Uhr schlafen lassen und ihr dann das Frühstück bringen soll. Sie werden Ihres sicher unten mit der Familie einnehmen wollen.« Wiederum war es keine Frage. Tatsächlich war es das letzte, wonach Charlotte zumute war, aber es war sicher ihre Pflicht. Und sie erwies Emily bestimmt keinen Dienst damit, im Bett herumzuliegen.

Das Frühstück war eine weitere beinah schweigend eingenommene Mahlzeit in einem entsetzlich kalten Zimmer, da Eustace ihnen zuvorgekommen war und sämtliche Fenster aufgerissen hatte. Niemand wagte, sie zu schließen, solange er anwesend war und sich mit unablässigem Appetit durch Porridge, Schinken, Kedgeree, Muffins und Toast mit Marmelade hindurchpflügte.

Danach entschuldigte sich Charlotte und ging ins Morgenzimmer, wo sie für Emily Briefe schrieb und einige entferntere Familienmitglieder über Georges Tod informierte. Das würde Emily zumindest einiges Leid ersparen.

Gegen elf hatte sie alles fertig, was ihr einfallen wollte, also beschloß sie, mit ihren Nachforschungen anzufangen.

Sie hatte die Absicht gehabt, mit William zu sprechen, um zu sehen, ob sie einen klareren Eindruck von ihm bekommen und herausfinden konnte, was diese ungewöhnliche Miene bedeutet haben mochte, die sie am Abend zuvor beobachtet hatte. Vom Stubenmädchen erfuhr sie, daß er sich wahrscheinlich in seinem Atelier am hinteren Ende des Wintergartens befände und daß sich die Polizei wieder im Haus eingefunden hätte, nicht der Inspektor, der am Tag zuvor da gewesen wäre, sondern der Constable. Die ganze Küche sei schon von seinem Aushorchen und dem Herumschnüffeln in Dingen, die ihn nichts angingen, aufgebracht. Die Köchin war außer sich und das Küchenmädchen in Tränen aufgelöst. Die Augen des Stiefelknechts traten hervor wie Orgelregister, die Wirtschafterin war in ihrem ganzen Leben noch nicht so beleidigt worden, und die Haushaltshilfe hatte ihre Kündigung eingereicht.

Allerdings kam sie nicht bis zum Atelier, denn gleich am Eingang zum Wintergarten traf sie auf Sybilla, die schweigend und regungslos auf einen Kamelienbusch starrte. Charlotte nahm allen Mut zusammen und nutzte diese Gelegenheit.

»Man könnte fast glauben, man wäre gar nicht in England«, bemerkte sie freundlich.

Sybilla wurde aus ihrer Träumerei gerissen und mühte sich, eine höfliche Erwiderung auf einen derart banalen Hinweis zu finden. »Wie wahr.«

In einigen Schritten Entfernung blühten Lilien. Sie erinnerten Charlotte an blutleere Gesichter. Sie wußte nicht, wie lange sie hier allein sein würden. Sie mußte die Zeit nutzen, und sie nahm an, daß Sybilla zu intelligent wäre, als daß ein versteckter Annäherungsversuch bei ihr fruchten konnte. Aber eine Überraschung vielleicht.

»Hat George Sie geliebt?« fragte sie unverblümt.

Sybilla stand so lange wie erstarrt da, daß Charlotte hören konnte, wie das Kondenswasser von den obersten Blättern unter dem Dach auf die unteren tropfte. Die Tatsache, daß sie es nicht augenblicklich abstritt, war an sich schon wichtig. Erwog sie die Wahrheit selbst oder nur die sicherste Antwort? Inzwischen mußten alle wissen, daß es Mord gewesen war und daher auf die Frage vorbereitet sein.

»Ich weiß es nicht«, sagte sie schließlich. »Ich bin versucht zu sagen, daß es eine Privatangelegenheit ist, Mrs. Pitt, und keineswegs Ihre Sache. Aber ich nehme an, da es sich bei Emily um Ihre Schwester handelt, können Sie nicht umhin, sich Sorgen zu machen.« Sie fuhr herum und sah Charlotte ins Gesicht, die Augen groß, das Lächeln verletzlich und seltsam verbittert. »Ich kann nicht für ihn antworten, und ich bin sicher, Sie werden nicht von mir erwarten, daß ich alles wiederhole, was er zu mir gesagt hat. Emily war eifersüchtig, das steht außer Zweifel. Aber sie hat sich großartig gehalten.«

Mit einem Blick war sich Charlotte der heftigen Gefühle in Sybillas Innerem bewußt, der Fähigkeit zu Leidenschaft und Schmerz. Sie konnte sie unmöglich so verachten, wie sie es beabsichtigt hatte.

»Es tut mir leid, daß ich gefragt habe«, sagte sie spröde. »Ich weiß, es klingt taktlos.«

»Ja«, stimmte Sybilla ihr trocken zu, »aber Sie müssen es mir nicht erklären.« Sybillas Gesicht zeigte keinen Zorn, nur eine Angespanntheit, einen Ausdruck der Ironie wie auch des Unglücks.

Charlotte war wütend auf sich selbst und gefangen in ihrer Verlegenheit. Diese Frau hatte Emily den Mann genommen, absichtlich oder nicht, vor den Augen des ganzen Hauses, und vielleicht hatte sie seinen Tod sogar direkt hervorgerufen. Sie wollte sie mit Haß strafen. Aber sie konnte sich Sybillas Gefühle auch bei sich selbst vorstellen, und sie war nicht mehr in der Lage, ihre Wut auf jemanden aufrechtzuerhalten, sobald sie in ihm die Fähigkeit zu einem Schmerzempfinden erkannte. Es zerstörte ihr Urteil und brachte sie zum Schweigen.

»Danke.« Dieses Wort kam plump heraus. Es war absolut

nicht, was sie sich von diesem Gespräch erhofft hatte. Aber sie mußte versuchen, etwas daraus mitzunehmen. »Kennen Sie Mr. Radley gut?«

»Nicht besonders«, erwiderte Sybilla mit einem leisen Lächeln. »Schwiegerpapa möchte, daß er die arme Tassie heiratet, und er ist hier, damit man diskret zu einer Einigung kommt. Obwohl nicht viel Diskretes an Jack ist, geschweige denn jemals war, nehme ich an.«

»Liebt Tassie ihn?« Sie verspürte ein stechendes Schamgefühl für Emily. Wenn sie es gewesen wäre und eine Heirat eingefädelt werden sollte, während Jack Radley sie öffentlich erniedrigte, indem er seine Schwäche für Emily preisgab, mußte sie sehr gelitten haben. Hätte die Möglichkeit einer Verwechslung bestanden, wäre Charlotte davon ausgegangen, daß das Gift für Emily gedacht war.

Sybilla lächelte kaum merklich. Sie streckte ihre Hand aus und berührte die Kamelienblätter. »Ich schätze, jetzt werden sie wohl braun werden«, bemerkte sie. »Sie tun es, wenn man sie berührt. Nein, sie liebt ihn tatsächlich nicht. Ich glaube kaum, daß sie ihn überhaupt heiraten wollte. Sie ist wohl eine kleine Romantikerin.«

Mit diesem einen Satz verriet sie so einige Dinge: eine Welt der Reue und der Verachtung mädchenhafter Unschuld, eine Zuneigung zu Tassie und das Bewußtsein, daß Charlotte aus einer niedrigeren sozialen Klasse als sie selbst stammen mußte, um eine solche Frage überhaupt zu stellen. Leute wie die Marches heirateten aus Familiengründen, um weiteren Reichtum anzuhäufen, um Wirtschaftsimperien abzusichern oder sich mit Konkurrenten zu verbinden, vor allem aber um kräftige Söhne großzuziehen, damit der Name bestehen blieb, niemals jedoch aus emotionalen Neigungen wie der Liebe. Sie verging zu schnell und ließ zuwenig übrig. Was bedeutete es überhaupt, sich zu verlieben? Die Rundung einer Wange, der Schwung einer Augenbraue, die Illusion der Anmut oder Schmeicheleien, ein Augenblick der Zweisamkeit.

Aber es fiel schwer, sich ohne Liebe auf eine derart vertraute und andauernde Bindung einzulassen, selbst wenn sie oft genug pure Illusion war. Nur eben manchmal war sie real! Die meiste Zeit über betrachtete Charlotte ihren Mann mit großer Selbstverständlichkeit wie einen guten Freund, aber es gab auch viele Momente, in denen ihr das Herz bis zum Halse schlug und sie ihn selbst in einer überfüllten Straße unter Hunderten von Menschen an seiner Art zu stehen erkannte oder mit einiger Aufregung seiner Schritte gewahr wurde.

»Und Mr. Radley, nehme ich an, ist ein Realist?« sagte sie laut heraus.

»Oh, ich glaube schon«, stimmte Sybilla ihr zu, drehte sich zu Charlotte um und biß sich auf die Lippe. »Ich glaube kaum, daß ihm die Umstände eine Wahl lassen.«

Charlotte öffnete den Mund, um zu fragen, ob er nicht dennoch von Emily besessen gewesen sein mochte, dann merkte sie, daß diese Frage alles andere als hilfreich wäre. Tassie March würde möglicherweise von beiden Großeltern eine angemessene Summe erben, aber die würde neben dem Vermögen der Ashworths verblassen, das jetzt Emily ganz allein gehörte. Wozu ein Motiv in der Liebe suchen, wenn das des Geldes so nah lag?

Sie standen in der Tür zum Wintergarten, und es gab nichts mehr zu sagen. Charlotte entschuldigte sich und flüchtete hinein. Sie hatte nichts in Erfahrung gebracht, was sie nicht schon vermutet hätte, abgesehen davon, daß sie sich in Sybilla March hineinversetzen konnte, was ihre vagen Theorien wieder durcheinanderwarf.

Das Mittagessen brachte nichts als Platitüden. Danach saß Charlotte eine Stunde bei Emily, immer nahe daran, sie zu Antworten zu drängen und es sich dann, wenn sie ihr weißes Gesicht sah, anders zu überlegen. Statt dessen machte sie sich auf die Suche nach William March, der noch immer im Wintergarten malte. Sie wußte ganz genau, daß sie ihn störte und daß es ihm mißfallen würde, aber sie hatte keine Zeit, Rücksicht auf derlei Empfindlichkeiten zu nehmen.

Sie fand ihn in dem Atelier, das man ihm hinter den Lilien und Kletterpflanzen freigeräumt hatte. Er stand mit der steifen Anmut eines Mannes dort, der seinen ganzen Körper gebrauchte und nicht ahnte, daß man ihn beobachtete. Er hatte keinerlei Pose an sich: Seine Ellbogen ragten hervor, sein Kopf lag zu einer Seite, und seine Füße standen weit auseinander. Dennoch hielt er perfekt das Gleichgewicht. Das oberste Fenster war geöffnet, und man hörte das Wispern des Windes in den Blättern wie Wasser auf den Kieseln eines Strandes. Er hörte Charlotte nicht kommen. Sie stand fast schon neben ihm, als sie ihn ansprach. Für gewöhnlich hätte sie bei dem Wunsch, mit ihm zu sprechen, eine Verlegenheit gespürt, die ihr die Kälte in den Bauch getrieben hätte, aber nachdem sie mit Sybilla gesprochen hatte, war ihr die Gefahr, in der sich Emily befand, nur um so bewußter. Für jeden unvoreingenommenen Betrachter mußte sie schuldig sein. Man hatte nur ihr Wort für den Streit zwischen George und Sybilla, wohingegen jeder Georges Affäre und die Tatsache wahrgenommen hatte, daß Emily die Aufmerksamkeit Jack Radleys genoß. Falls es einen Grund gab, warum sonst irgend jemand aus der Familie darin verwickelt sein sollte, so hatte sie dies noch nicht herausgefunden.

»Guten Tag, Mr. March«, sagte sie mit gezwungener Heiterkeit. Sie fühlte sich wie eine Närrin.

Er erschrak, und der Pinsel zuckte in seiner Hand, aber sie hatte sich einen Augenblick ausgesucht, in dem er weit genug von der Leinwand entfernt stand. Er wandte sich um und sah sie mit kaltem Blick an. Seine Augen waren überraschend dunkelgrau und lagen tief unter den roten Brauen.

»Guten Tag, Mrs. Pitt. Haben Sie sich verlaufen?« Das war unmißverständlich, beinah unverschämt. Er haßte es, gestört zu werden, und mehr noch eine Situation, in der er gezwungen war, ein nutzloses Gespräch mit einer Frau zu führen, die er nicht kannte.

Sie verlor alle Hoffnung darauf, ihn täuschen zu können. »Nein, ich bin absichtlich gekommen, weil ich mit Ihnen sprechen möchte. Ich bin mir darüber im klaren, daß ich Sie bei Ihrer Arbeit störe.«

Er war überrascht. Er hatte irgend eine alberne Ausflucht erwartet. Noch immer hielt er den Pinsel in die Höhe, und sein Gesicht wirkte gespannt vor Konzentration. »Tatsächlich?«

Sie blickte an ihm vorüber auf das Bild. Es war weit hintergründiger, als sie erwartet hatte. Ein Schauer lag in den Blättern, eher ein Eindruck als ein Umriß, und jenseits des gleißenden Sonnenlichts fand sich Eis, Wind, der in die Haut schnitt, eine Ahnung von Verlassenheit und Schmerz. Es war ebenso das Ende des Winters mit plötzlichem, tödlichem Frost wie auch ein Bote des Frühlings, und sie spürte es sowohl im Denken als auch in dem, was sie sah.

»Es ist sehr gut«, sagte sie ehrlich. Sie fand es viel zu gut für jemanden, der auf eine bloße Repräsentation seiner Besitztümer bedacht und der Gabe des Künstlers gegenüber blind war, selbst wenn er sie wie eine Flamme leuchten ließ. »Sie sollten es ausstellen, bevor Sie es weggeben. Es zeigt die Grausamkeit der Natur ebenso wie ihre Schönheit.«

Er zuckte zusammen, als hätte sie ihn verletzt. »Das hat Emily auch gesagt.« Seine Stimme war leise. Es war eher eine Bemerkung, die ihm selbst galt, nicht ihr. »Arme Emily.«

»Haben Sie George gut gekannt?« Sie stürzte sich mitten hinein, beobachtete seine Augen und den seltsamen, feingeschnittenen Mund. Aber sie entdeckte keine Veränderung, nur Trauer, kein Ausweichen.

»Nein«, sagte er leise. »Er war mein Cousin, daher habe ich ihn von Zeit zu Zeit getroffen, aber ich kann nicht sagen, daß ich ihn gekannt hätte.« Er lächelte ein wenig. »Wir hatten wenig gemeinsame Interessen, was aber nicht heißen soll, daß ich ihn nicht gemocht hätte. Im Gegenteil, ich habe ihn als äußerst angenehm empfunden. Er war fast immer freundlich und harmlos.«

»Emily glaubte, er hätte sich in Mrs. March verliebt.« Sie war freimütiger, als sie es bei einem anderen gewesen wäre, aber er wirkte zu intelligent, zu scharfsinnig, um sie mißzuverstehen.

Er starrte auf das Bild. »Verliebt? Ich schätze, der Ausdruck ist so richtig wie jeder andere. Es deckt so ziemlich alles ab, was man sagen will. Es war ein Abenteuer, aufregend und anders. Sybilla ist niemals langweilig. Sie hat viel Unergründliches in sich.« Er begann, die Farbe von einem Pinsel zu entfernen, sah Charlotte nicht an. »Aber er hätte sie vergessen, wenn er abgefahren wäre. Emily ist eine kluge Frau. Sie konnte warten. George hat sich kindisch aufgeführt, das war alles.«

Charlotte hatte George sieben Jahre gekannt. Was William March sagte, stimmte vollkommen, und er hatte es ebenso klar erkannt wie sie.

»Aber irgend jemand hat ihn ermordet«, beharrte sie.

Seine Hand erstarrte in der Bewegung. »Ja, ich weiß. Aber ich glaube nicht, daß Emily es war, und mit Sicherheit war es nicht Sybilla.« Er zögerte, betrachtete noch immer die ausgebreiteten Borsten des Pinsels. »Ich würde Jack Radley verdächtigen, wenn ich an Ihrer Stelle wäre. Emily ist jetzt eine junge und adlige Witwe mit erheblichem Vermögen und dazu eine höchst attraktive Frau. Sie hat ihm schon ihre Gunst erwiesen, und er könnte eitel genug sein, zu glauben, ihre Zuneigung könnte weiter wachsen.«

»Das wäre abscheulich!«

Er blickte auf, mit leuchtenden Augen. »Ja. Aber Abscheulichkeit ist eine Realität. Es scheint, als könnte uns nichts noch so Entsetzliches einfallen, was nicht irgendwo schon jemand erdacht hätte. Und getan hätte.« Sein Mund zuckte, und nur mit Mühe behielt er ihn unter Kontrolle. »Es tut mir leid, Mrs. Pitt. Ich bitte um Entschuldigung. Ich hatte nicht die Absicht, Ihnen zu nahezutreten.«

»Das haben Sie nicht, Mr. March. Wie Ihnen sicher nicht entgangen sein dürfte, ist mein Mann Polizist.«

Er fuhr herum, ließ den Pinsel fallen und starrte sie an, als wollte ein Teil von ihm über diesen Streich gegenüber der vornehmen Gesellschaft lachen. »Sie müssen großen Mut besitzen. War Ihre Familie entsetzt über die Heirat?«

Sie war viel zu sehr verliebt gewesen, um auf die Gefühle anderer besonders zu achten, aber es schien ihr auf seltsame Weise gefühllos, es diesem Mann gegenüber zu äußern, dessen Frau so vollkommen und in aller Öffentlichkeit auf George eingegangen war. Statt dessen erzählte sie ihm die einfachste Lüge.

»Sie waren so erfreut darüber, daß Emily Lord Ashworth geheiratet hat, daß sie mich ganz gut toleriert haben.«

Aber die Erwähnung von George und Emily brachte den schmerzlichen Verlust ihrer Schwester zurück. »Es tut mir so leid«, sagte er leise und wandte sich wieder seinem Bild zu.

Sie war entlassen, und diesmal akzeptierte sie es. Sie ging langsam durch den Dschungel der Gewächse zu ihrem Zimmer zurück.

Am Nachmittag bekamen sie Besuch von dem rotgesichtigen Hilfspfarrer. Er gab eine verlegene und reichlich zusammenhangslose Entschuldigung für den Vikar ab, der sich nicht in der Lage sah, persönlich zu erscheinen, offenbar aufgrund eines Notfalles, dessen Hintergrund im unklaren blieb.

»Ach wirklich?« sagte Vespasia mit unverhohlener Skepsis. »Wie bedauerlich.«

Der Hilfspfarrer war ein großer, junger Mann, der offensichtlich aus den Westhighlands stammte. Jugendlich schroff und mit einigem eigenen Urteilsvermögen ausgestattet, gab er sich keinerlei Mühe, die Ausrede zu beschönigen. Charlotte fühlte sich augenblicklich zu ihm hingezogen und war nicht überrascht zu beobachten, daß Tassie ihn ebenfalls annehmbar zu finden schien.

»Und wann können wir davon ausgehen, daß diese Krise vorüber sein mag?« erkundigte sich Mrs. March kalt.

»Wenn unser Ruf wieder hergestellt und dieses Haus nicht mehr Schauplatz eines Skandals ist«, sagte Tassie sofort und wurde rot, sobald die Worte heraus waren.

Der Hilfspfarrer holte tief Luft, biß sich auf die Lippen und errötete ebenfalls.

»Anastasia!« Mrs. Marchs Stimme überschlug sich. »Du wirst dich auf dein Zimmer zurückziehen, wenn du deine Zunge nicht hüten kannst. Ganz zu schweigen von Ungehörigkeiten. Ohne Zweifel hat Mr. Beamish seine Gründe, uns nicht seine Aufwartung zu machen, um uns persönlich Trost zu spenden.«

»Ich nehme an, Mr. Hare wird es ohnehin besser können«, murmelte Vespasia. »Ich finde den Vikar ganz besonders ermüdend.«

»Das tut nichts zur Sache!« herrschte Mrs. March sie an. »Es ist nicht die Aufgabe des Vikars, amüsant zu sein. Ich habe schon immer das Gefühl gehabt, daß du kein Gespür für die Religion besitzt, Vespasia. Du hast noch nie gewußt, wie man sich in einer Kirche verhält. Seitdem ich dich kenne, neigst du dazu, an den falschen Stellen zu lachen.«

»Weil ich einen Sinn für das Absurde habe, und du nicht«, erwiderte Vespasia. Sie wandte sich Mungo Hare zu, der auf der Kante eines harten Salonstuhls saß und sich Mühe gab, seine Miene zu beherrschen und die angemessene Mischung aus Pietät und Sorge an den Tag zu legen. »Mr. Hare«, fuhr sie fort, »bitte richten Sie Mr. Beamish aus, daß wir seine Gründe voll und ganz verstehen und daß wir sehr zufrieden sind, daß Sie seinen Platz einnehmen wollen.«

Tassie nieste, oder so hörte es sich zumindest an. Mrs. March machte ein schnalzendes Geräusch mit der Zunge, sichtlich verärgert darüber, daß Vespasia es verstanden hatte, den Vikar wirkungsvoller beleidigt zu haben, als sie selbst es geschafft hatte. Wie konnte es dieser erbärmliche, feige, kleine Mann wagen, den Marches seinen Hilfspfarrer zu schicken? Und Charlotte erinnerte sich lebhaft daran, warum sie Tante Vespasia vom ersten Tag an gemocht hatte.

Mungo Hare entledigte sich pflichtschuldig der Beileidsbezeigungen und des seelischen Beistandes, den man ihm aufgetragen hatte. Dann begleitete Tassie ihn nach oben, damit er dies alles noch einmal vor Emily wiederholen konnte, die es vorgezogen hatte, den Nachmittag allein zu verbringen.

Charlotte wollte später hinaufgehen und sehen, ob sie Emilys Erinnerungsvermögen bezüglich ihrer Beobachtungen auf die Sprünge helfen konnte, wie unbedeutend diese auch sein mochten, wenn sie nur eine Schwäche verrieten, eine Lüge, irgend etwas, dem man nachgehen konnte. Doch als sie die Halle durchquerte, trat Eustace aus dem Morgenzimmer, strich seine Jacke glatt, hustete laut und machte es ihr somit unmöglich, vorzugeben, sie hätte ihn nicht gesehen.

»Ah, Mrs. Pitt«, sagte er mit gekünstelter Überraschung, die runden, kleinen Augen weit aufgerissen. »Ich würde gern mit Ihnen sprechen. Vielleicht im Boudoir? Mrs. March zieht sich gerade zum Dinner um, und ich weiß, daß es im Augenblick leer steht.« Er war hinter ihr, die Arme ausgebreitet, beinah als wollte er sie wie ein Schafhirte in eine bestimmte Richtung treiben. Wollte sie nicht unerklärlich rüde sein, konnte sie es ihm nicht verweigern.

Für Charlotte war es das häßlichste Zimmer, das sie jemals gesehen hatte. Es barg den schlechtesten Geschmack der letzten fünfzig Jahre in sich, und alles, was es symbolisierte, erdrückte sie ebenso sehr wie das bloße Gewicht der Möbel, die schwüle Farbe und der Reichtum an Ornamenten und Draperien. Es schien eine Prüderie zum Ausdruck zu bringen, die gerade im Bewußtsein der Dinge, die sie zu verbergen suchte, vulgär wirkte. Eine Überfülle, der die wahre Pracht fehlte. Es fiel ihr schwer, ihren Abscheu zu verhehlen.

Eustace riß nicht wie sonst die Fenster auf, und dieses eine Mal hätte sie es gern für ihn getan. Er schien zu beschäftigt mit der Last, die seine Gedanken einnahm.

»Mrs. Pitt. Ich hoffe, Sie fühlen sich hier so wohl wie möglich unter den tragischen Umständen.«

»Durchaus. Danke, Mr. March.« Sie war verblüfft. Er hatte sie sicher nicht in dieses Zimmer geführt, um ihr ganz privat eine derart nichtige Frage zu stellen.

»Gut, gut.« Er rieb seine Hände aneinander und sah sie immer noch an. »Sie kennen uns natürlich nicht besonders gut. Oder irgend jemanden wie uns. Nein, nein, wohl kaum. Wir müssen Ihnen fremd vorkommen. Ich sollte es Ihnen erklären, damit wir Ihrer Trauer für Ihre Schwester nicht noch Verwirrung hinzufügen. Wenn ich Ihnen irgendwie helfen kann, meine Liebe, egal wie...?«

Charlotte öffnete den Mund, um zu sagen, daß sie nicht

verwirrter war, als es jeder andere gewesen wäre, aber er sprach eilig weiter, erstickte ihren Protest.

»Sie müssen Lady Cumming-Goulds Überspanntheit entschuldigen. Sie war einmal eine wahre Schönheit, wissen Sie, und so ließ man ihr die Unverschämtheiten durchgehen. Ich fürchte, sie ist dem nie entwachsen. Tatsächlich glaube ich, es hat im Alter eher zugenommen. Ich weiß, daß meine liebe Mutter sie zeitweilig sehr nervenaufreibend findet.« Er rieb seine Hände, lächelte und beobachtete Charlottes Gesicht, um zu sehen, wie sie auf diese Information reagierte. »Aber wir alle müssen Nachsicht üben!« fuhr er hastig fort, ahnte ihre Mißbilligung. »Das gehört dazu, wenn man eine Familie bildet. So wichtig! Eckpfeiler des Landes. Loyalität, Kontinuität, von einer Generation zur nächsten. Das ist es, was die Zivilisation ausmacht. Unterscheidet uns von den Wilden, was?«

Charlotte öffnete den Mund, um dagegenzuhalten, daß ihrer Ansicht nach die Wilden einen ausgezeichneten dynastischen Sinn besäßen und überaus konservativ wären, was genau der Grund war, warum sie Wilde blieben anstatt Neues zu erfinden und zu entdecken. Aber wieder fuhr Eustace achtlos fort, bevor sie ansetzen konnte.

»Und natürlich muß Ihnen die arme Sybilla grausam und unerzogen vorkommen, da Sie natürlich auf Emilys Seite stehen. Aber Sie wissen, daß weit mehr dahinter steckt. Oh ja, meine Liebe. Ich fürchte, es war George, der ihr nachstellte, wissen Sie, ziemlich eindeutig George. Und die gute Sybilla ist so sehr an Bewunderung gewöhnt, daß sie es versäumt hat, ihn angemessen zu entmutigen. Das war natürlich ein Fehler ihrerseits. Ich fühle mich verpflichtet, es ihr zu sagen. Und George hätte weit diskreter sein sollen.«

»Er hätte es überhaupt nicht tun sollen!« unterbrach Charlotte erbost.

»Ach, meine Liebe!« Eustaces Gesicht erhellte sich zu einem geduldigen und herablassenden Lächeln. Er wackelte ein wenig mit dem Kopf. »Lassen Sie uns nicht unrealistisch sein. Von Mädchen in Tassies Alter erwartet man romantische Illusionen, und der Himmel möge mich davor behüten, ihrer Anfälligkeit in einem so zarten Alter Wunden beizubringen, besonders kurz vor ihrer Verlobung. Aber eine verheiratete Frau in Emilys Alter muß sich mit der Natur des Mannes abfinden. Eine wirklich weibliche Frau besitzt in ihrem Wesen die Fähigkeit zur Vergebung unserer kleinen Launen und Schwächen wie auch wir Männer sie für die Fehlbarkeit der Frauen in uns tragen.« Er lächelte sie an, und legte kurz seine Hände über die ihren.

Charlotte war wütend. Am liebsten hätte sie ihm die Selbstzufriedenheit aus seinem Mondgesicht gerissen.

»Sie meinen, wenn Emily mit Mr. Radley geschlafen hätte, nur so als Beispiel, dann hätte George ihr verziehen?« fragte sie sarkastisch und riß ihre Hand an sich.

Sie hatte ihr Ziel erreicht. Eustace war ernstlich schockiert. Sie hatte ein Thema angesprochen, das er selbst niemals in Worte gefaßt hätte. Das Blut wich aus seinem Gesicht, dann kehrte es mit doppelter Röte zurück. »Ich muß schon sagen!« haspelte er. »Ich bin mir darüber im klaren, daß Sie einen schweren Schock erlitten haben, und wahrscheinlich fürchten Sie für Emily, verständlicherweise. Aber, meine liebe Mrs. Pitt, das ist kein Grund für Geschmacklosigkeiten! Ich werde Ihnen den Gefallen tun und vergessen, daß ich jemals gehört habe, wie Sie sich so sehr vergessen konnten, einen derart abscheulichen Gedanken zu äußern. Einigen wir uns darauf, nie wieder davon zu sprechen. Sie treffen damit alles Edle und Anständige im Leben an seiner Wurzel. Wenn sich Frauen so verhalten sollten, dann gnade uns Gott! Ein Mann wüßte nicht mehr, ob sein Sohn sein eigen wäre. Sein Heim wäre geschändet, das gesamte Gefüge unserer Gesellschaft würde zerfallen. Der bloße Gedanke daran ist schier unerträglich!«

Charlotte spürte, wie sie errötete, ebensosehr aus Wut wie aus Verlegenheit. Vielleicht machte sie sich lächerlich, und die Bewegung seiner Hand war wirklich bloße Anteilnahme gewesen.

»Ich habe es keineswegs angedeutet, Mr. March!« protestierte sie, hob das Kinn und starrte ihn an. »Ich habe nur gemeint, daß Emily vielleicht ebenso hohe Ansprüche an George gestellt hat, wie sie selbst einzulösen bereit war.«

»Wie ich sehe, sind Sie sehr unerfahren, Mrs. Pitt, und einigermaßen romantisch.« Eustace schüttelte wissend den Kopf, aber seine Miene löste sich zu einem Lächeln. »Frauen und Männer sind sehr verschieden, meine Liebe, sehr verschieden! Wir haben korrespondierende Eigenschaften des Intellekts, der Mannhaftigkeit und der Courage.« Unbewußt spannte er die Muskeln an seinem Arm. »Das Hirn eines Mannes ist ein weit wirkungsvolleres Instrument als das einer Frau.« Sein Blick fuhr sanft und genießerisch über ihren Hals und den Busen. »Denken Sie nur, was wir für die Menschheit erreicht haben, in jeder Hinsicht. Aber wenn eine Frau nicht Schamgefühl, Geduld und Keuschheit, eine liebenswerte Art hätte, was wäre sie dann? Wirklich, was wäre die ganze Welt ohne den Einfluß unserer Frauen und Mütter? Eine Barbarei, Mrs. Pitt. Genau das wäre sie.« Er starrte sie an, und sie begegnete seinem Blick gänzlich ungerührt.

»Ist es das, was Sie mir sagen wollen, Mr. March?« fragte sie.

»Ach, nein, mh...« Er schien aus dem Gleichgewicht geraten zu sein und zwinkerte mit den Augen. Er hatte vollkommen den Faden verloren, und sie hatte nicht die Absicht, ihm zu helfen.

»Ich wollte nur sicherstellen, daß Sie sich hier wohl fühlen«, sagte er schließlich. »Wir müssen der Welt gegenüber ein einheitliches Gesicht wahren. Sie sind eine von uns, meine Liebe, durch die arme Emily. Wir müssen das tun, was für die Familie am besten ist. Dies ist nicht der richtige Zeitpunkt für Egoismus. Ich bin sicher, Sie verstehen das.«

»Oh, absolut, Mr. March«, stimmte sie ihm zu und starrte ihn mit ernster Miene an. »Ich würde die Loyalität meiner Familie gegenüber niemals vergessen, dessen seien Sie versichert.«

Er lächelte voller Erleichterung, vergaß dabei offenbar, daß ihr nächster Verwandter Thomas Pitt war. »Ausgezeichnet. Natürlich würden Sie das nicht tun. Jetzt muß ich Sie aber verlassen. Zeit, sich zum Dinner umzuziehen und vielleicht die arme Emily zu besuchen. Ich bin mir sicher, Sie werden ihr eine enorme Hilfe sein. Ha!«

Nach dem Dinner zogen sich die Damen aus dem Eßzimmer zurück, bald schon gefolgt von den Herren. Die Konversation blieb gestelzt, da Emily zum erstenmal seit Georges Tod bei ihnen war und keiner wußte, was er sagen sollte. Von dem Mord zu sprechen schien unnötig grausam, und sich zu unterhalten, als wäre nichts geschehen, entstellte alle anderen Themen zu solcher Künstlichkeit, daß sie grotesk wirken mußten. Infolgedessen stand Charlotte um kurz nach neun auf und entschuldigte sich, indem sie sagte, sie wolle sich frühzeitig zurückziehen. Sie sei sicher, sie würden dies verstehen. Emily ging mit ihr, zur allgemeinen Erleichterung. Charlotte meinte, einen tiefen Seufzer gehört zu haben, als sie die Tür hinter sich schloß, und man sank ein wenig erleichtert in die Sessel zurück.

Mitten in der Nacht wachte sie auf, glaubte zu hören, daß Emily nebenan herumlief. Charlotte machte sich Sorgen, ob ihre Schwester vielleicht zu bedrückt wäre, um schlafen zu können. Vielleicht sollte sie nach ihr sehen.

Sie setzte sich auf und wollte gerade ihren Umhang nehmen, als sie merkte, daß die Geräusche aus einer anderen Richtung kamen, eher von der Treppe her. Warum sollte Emily um diese nachtschlafende Zeit nach unten gehen?

Sie schlüpfte aus dem Bett und lief, ohne nach ihren Pantoffeln zu suchen, zur Tür, öffnete sie und schlich hinaus, zum Treppenabsatz hinüber. Erst als sie um die Ecke sah, erkannte sie, was im Gaslicht am oberen Ende der Stufen geschah. Sie erstarrte, als bliebe ihr die Luft weg und ihre Haut wäre in kaltes Wasser getaucht.

Tassie March kam die Treppe herauf, das Gesicht ruhig und erschöpft, jedoch mit einer Gelassenheit, die Charlotte nie zuvor an ihr gesehen hatte. Die Ruhelosigkeit fehlte, alle Anspannung hatte sich gelöst. Die Hände waren ausgestreckt, die Ärmel verknittert, Blutstreifen schimmerten an den Aufschlägen und ein dunkler Fleck am Saum ihres Nachthemdes.

Sie erreichte die oberste Stufe in dem Augenblick, als sich Charlotte ihres Standortes bewußt wurde und in den Schatten zurückwich. Tassie lief in weniger als einem Meter Entfernung auf Zehenspitzen an ihr vorbei, noch immer mit diesem wohligen Lächeln im Gesicht, und ließ einen schweren, süßlichen und unverkennbaren Geruch hinter sich zurück.

Charlotte ging in ihr Zimmer zurück und zitterte am ganzen Körper. Dann wurde ihr übel.

7

Emily erwachte früh am Morgen. Es war der Tag, an dem George beerdigt werden sollte. Augenblicklich wurde ihr kalt, und das weiße Licht an der Decke wirkte kahl, ohne Wärme oder Farbe darin. Sie war von einer Trauer erfüllt, die von Zorn und unerträglicher Einsamkeit bestimmt war. Dies würde es endgültig machen. George war tot. Es gab keine Möglichkeit, die Zeit zurückzudrehen oder irgend etwas von der vergangenen Wärme wachzurufen, es sei denn in der Erinnerung.

Sie kauerte sich unter der Decke zusammen, aber es brachte keine Erleichterung. Es war zu früh, um aufzustehen, und außerdem wollte sie keine anderen Leute sehen. Sie würden vollauf mit ihren eigenen Angelegenheiten beschäftigt sein, eine Schau daraus machen, darüber nachdenken, welchen Hut man tragen, wie man sich benehmen sollte, wie sie aussahen. Und zu allem Überfluß würde man sie mißtrauisch beobachten. Die meisten von ihnen glaubten, sie hätte George ermordet, wäre vorsätzlich in Mrs. Marchs Zimmer geschlichen, hätte ihr Digitalis entwendet und es in die Kaffeekanne gegeben.

Außer einem. Einer von ihnen würde wissen, daß sie es nicht gewesen war. Der Mörder. Und dieser Mensch war bereit, dabei zuzusehen, wie sie verdächtigt wurde, vielleicht angeklagt, sogar verurteilt, und... Sie ließ ihren Gedanken freien Lauf, auch wenn es eine unnötige, selbstauferlegte Pein war. Und dennoch machte sie weiter, stellte sich den Gerichtssaal vor, sich selbst in düsterer Gefängniskleidung, das Haar zurückgebunden, fahlgesichtig und hohläugig, die Geschworenen, die sie nicht ansehen konnten, die seltsamen Frauen unter den Zuschauern, in deren Augen Mitleid lag, die vielleicht eine ebensolche Zurückweisung erlebt oder das Gefühl gehabt hatten, eine solche erfahren zu haben. Dann das Urteil und der Richter mit einem Gesicht aus Stein, der nach seiner schwarzen Mütze griff.

Hier hielt sie inne. Danach war es zu entsetzlich. In ihrer Fantasie spürte sie das Seil und eine feuchte, pechschwarze Dunkelheit. Es war nicht nur ein morbider Gedanke. Er konnte Wirklichkeit werden, ohne ihr warmes Bett, ohne das befreiende Erwachen.

Sie setzte sich auf und warf ihre Schlafkleider von sich, dann griff sie nach der Glocke. Lange, leere fünf Minuten vergingen, bis Digby klopfte und hereinkam, das Haar ein wenig hastig hochgesteckt und die Schürze ungleich gebunden. Sie wirkte nervös, aber entschlossen.

»Guten Morgen, M'lady. Hätten Sie gern jetzt gleich eine Tasse Tee oder soll ich Ihnen ein Bad einlassen?«

»Lassen Sie mir das Bad ein«, erwiderte Emily. Es gab keine Veranlassung darüber zu sprechen, was sie tragen wollte. Es konnte nur das formelle, schwarze Wollkleid mit schwarzem Hut und schwarzem Schleier sein, das sie sich hatte kommen lassen. Kein modischer, wehender Schleier, der sie mit einem Geheimnis umgab, sondern der Trauerflor einer Witwe, der das Gesicht verbarg, die Gramfurchen ihres Schmerzes verhüllte.

Digby verschwand und kam einige Minuten später zurück, die Ärmel aufgerollt, ein zaghaftes Lächeln auf den Lippen. »Es ist ein schöner Tag, M'lady. Wenigstens werden Sie nicht im Regen stehen.«

Eigentlich kümmerte es Emily nicht, aber vielleicht war es doch ein kleiner Segen. An einem Grab zu stehen, wenn einem das Wasser in den Nacken tropfte, die Füße durchnäßte, die Ränder ihres Kleides tränkte und beschwerte, würde der Trostlosigkeit ihrer Gedanken eine physische Dimension hinzufügen. Vielleicht wäre es ihr ganz recht gewesen. Es war leichter, an frierende Füße und feuchte Knöchel zu denken als an George, der steif und weiß in seinem verschlossenen Sarg lag, dann in die Erde gesenkt und begraben wurde, für den Rest ihres Lebens verloren. Er war so warm gewesen, so wichtig, so viele Jahre immerfort in ihre Gedanken verwoben. Selbst wenn er nicht bei ihr sein konnte, war das Wissen darum, daß er es nach kurzer Zeit wieder wäre, eine Sicherheit, die zu verlieren sie niemals in Betracht gezogen hatte.

Plötzlich kamen die Tränen, überraschten sie. Alles Schniefen und Schlucken hatte sie nicht unter Kontrolle halten können. Sie setzte sich wieder und legte ihr Gesicht in die Hände.

Unerwartet spürte sie, wie Digby ihre Arme um sie legte und ihr Kopf an Digbys steifer, abfallender Schulter ruhte. Digby sagte nichts. Sie wiegte Emily nur sanft vor und zurück, strich ihr über das Haar, als wäre sie ein kleines Kind. Es war so natürlich und Emily überhaupt nicht peinlich, und als der Schmerz in ihrem Inneren nachließ und die Erleichterung der Müdigkeit sie überkam, ließ sie los und ging in ihr Badezimmer, ohne irgend etwas erklären oder geltend machen zu müssen, daß sie die Herrin und Digby eine Angestellte war. Es gab keine Fragen oder Antworten. Digby wußte genau, was not tat, und die Stille war ein Schweigen des Verstehens.

Emily nahm das Frühstück allein mit Charlotte ein. Sie wollte niemand anderen sehen, außer vielleicht Tante Vespasia, aber die kam nicht.

»Sie hat nichts davon gesagt«, flüsterte Charlotte, als beide eine dünne Scheibe Toast nahmen und Butter darauf strichen, sich dann heißen, dünnen Tee aus der geblümten Kanne einschenkten, »aber ich glaube, sie ist dabei, eine Art Verteidigung zusammenzustellen.«

Emily fragte nicht, was sie damit meinte. Beide wußten, daß sich die Reihen der Familie gegenüber der Polizei schlossen, vor einer Einmischung und einem Skandal, und das bedeutete auch gegenüber Emily. Wenn sie schuldig war, konnte in ein paar Tagen alles vorüber sein. Keine weiteren Ermittlungen. Die anderen konnten eine angemessene Zeit in aller Stille trauern und schließlich ihr Leben wieder aufnehmen.

Charlotte lächelte betrübt. »Ich glaube, Mrs. March würde nicht einmal für Tante Vespasia ihre Zunge lösen. Ich habe das Gefühl, daß die beiden keine sonderliche Liebe füreinander empfinden.«

»Ich wünschte, ich könnte glauben, daß es Mrs. March war, die George vergiftet hat«, sagte Emily nachdenklich. »Ich habe versucht, irgendeinen Grund zu finden, warum sie es hätte tun sollen.«

»Warst du erfolgreich?«

»Nein.«

»Ich auch nicht. Aber es muß eine ganze Menge Dinge geben, von denen wir nichts wissen.« Charlottes Gesicht war düster und gespannt, als fürchtete sie sich. »Emily, ich bin heute nacht aufgewacht und dachte, ich hörte dich herumlaufen.«

»Tut mir leid.«

»Nein, du warst es nicht! Es kam von der Treppe, also bin ich aufgestanden, um nachzusehen, aber als ich auf den Treppenabsatz kam, sah ich, daß es Tassie war. Sie kam herauf und ging auf dem Weg zu ihrem Schlafzimmer an mir vorüber. Ich habe sie ganz deutlich gesehen, Emily. Ihre Ärmel waren blutverschmiert, und sie hatte Flecken vorn auf ihrem Nachthemd und unten am Saum. Sie hat gelächelt! Sie hat so einen Frieden ausgestrahlt! Ihre Augen haben geglänzt und waren weit aufgerissen, aber sie hat mich nicht gesehen. Ich habe mich in dem kleinen Durchgang zum Ankleidezimmer versteckt, und sie ist so nah an mir vorbeigekommen, daß ich sie hätte berühren können.« Wieder wurde ihr ein wenig übel, als sie sich an den Geruch erinnerte, widerwärtig und süß.

Emily war wie betäubt. Es war unglaublich. Sie äußerte die einzige Erklärung, die ihr einfallen wollte. »Du hast einen Alptraum gehabt.«

»Nein, hab' ich nicht«, beharrte Charlotte. »Es war wirklich so.« Ihre Miene war angespannt und unglücklich, aber sie ließ sich nicht beirren. »Ich dachte, ich könnte vielleicht geträumt haben, nach allem, was passiert ist, also bin ich heute morgen in die Waschküche gegangen und habe das Nachthemd in einem der Tröge zum Einweichen gefunden.«

»Und war es voll Blut?«

Charlotte schüttelte kaum merklich den Kopf. »Nein, es

war ausgewaschen. Aber das wäre auch normal. Sie würde es wohl kaum so lassen, damit die Mädchen es finden, oder?«

»Aber es ergibt keinen Sinn«, protestierte Emily immer noch. »Wessen Blut? Warum? Niemand ist auf diese Weise ermordet worden.« Sie schluckte. »Soweit wir wissen.«

Eine weitere grauenvolle Erinnerung ging Charlotte im Kopf herum, von Paketen auf einem Friedhof, aber sie wehrte den Gedanken ab. »Meinst du, sie könnte verrückt sein?« fragte sie deprimiert. Es schien die einzig mögliche Erklärung zu bieten, und es mußte eine gefunden werden um Emilys willen.

»Ich glaube schon«, sagte Emily widerstrebend. »Aber ich bin mir sicher, daß George nichts davon wußte, es sei denn, er hätte es gerade erst herausgefunden. Was für die alte Mrs. March ein Grund gewesen sein könnte, ihn ermorden zu lassen.«

»Meinst du?« Charlotte spitzte die Lippen. »Hätte George irgend jemandem davon erzählt?«

»Ja! Wenn sie gefährlich wäre – was sie sein muß, wenn es menschliches Blut war.«

Charlotte sagte nichts, aber sie sah zunehmend unglücklicher aus.

Emily wußte, warum: Sie mochte Tassie ebenso. Sie hatte so viel Ansprechendes an sich, Offenheit, Humor und Großzügigkeit. Aber sie hatte gesehen, wie sie mit Blut an den Ärmeln die Treppe heraufgekommen war und ihr Kleid befleckt hatte. Sie schauderte. Bitte, lieber Gott, laß es nicht Tassie sein!

»Sie muß es nicht gewesen sein«, sagte Charlotte leise. »Ich glaube, es müßte noch eine andere Erklärung geben. Ein Tier? Ein Unfall auf der Straße? Wir wissen nichts. Ich finde es einfach schwer zu glauben, daß Tassie ... Jedenfalls, wenn die Familie es wüßte, würde man sie in eine Anstalt sperren. Zu ihrer eigenen Sicherheit.«

»Vielleicht wissen sie nicht, wie krank sie ist«, sagte Emily leise. »Vielleicht ist es plötzlich schlimmer geworden.«

»Aber Jack Radley ist auch noch da«, hielt Charlotte dagegen. »Du darfst ihn nicht vergessen. Oder Sybilla. Und William ist ebenfalls eine naheliegende Alternative. Sogar Eustace könnte es gewesen sein. Ich weiß nicht, warum, aber vielleicht hat George etwas über ihn herausgefunden. Schließlich ist es sein Haus. Vielleicht tut er etwas Unrechtes, oder es gibt ein Geheimnis in seiner Vergangenheit, von dem niemand wissen darf.«

Emily sah auf. »Was zum Beispiel?«

»Ich weiß nicht. Vielleicht ein uneheliches Kind oder eine Affäre mit einer denkbar unschicklichen Person.«

Emilys zarte Augenbrauen hoben sich. »Eustace? Eine Liebesaffäre? Das stellt die Fantasie auf eine harte Probe! Kannst du dir Eustace verliebt vorstellen?«

»Nein«, räumte Charlotte ein. »Aber ich dachte auch weniger an Liebe als eher an Lust. Die unmöglichsten Leute können Lust empfinden, selbst aufgeblasene und salbungsvolle Männer mittleren Alters wie Eustace. Und außerdem muß es nicht vor kurzem gewesen sein. Es wäre möglich, daß es vor Jahren geschehen ist, als Tassies Mutter noch gelebt hat. Und es gibt noch andere, schlimmere Möglichkeiten. Menschen sind von den seltsamsten Dingen besessen, wie du weißt. Vielleicht hat Olivia es herausgefunden.«

»Du meinst, irgend etwas wirklich Abscheuliches?« sagte Emily langsam. »Wie ein uneheliches Kind etwa? Oder ein anderer Mann? Meinst du, Olivia könnte es herausgefunden haben, und er hat sie ermordet?«

»Oh...« Charlotte stieß ihren Atem mit einem Seufzer hervor. »Eigentlich hatte ich an etwas derartiges gar nicht gedacht. Eher an einen Diener oder ein Bauernmädchen. Ich habe von einem höchst angesehenen Mann gehört, der nur große, schmutzige Putzfrauen mochte.«

»Das ist Unsinn!« spottete Emily, nahm noch eine dünne Scheibe Toast und biß ohne jeglichen Appetit hinein.

»Nein, das ist es nicht, aber man würde nicht wollen, daß solche Dinge bekannt werden.«

»Niemand würde es glauben, oder? Nicht genug, daß es einen Mord wert wäre, um sie zum Schweigen zu bringen.«

»Vielleicht. Und ganz sicher, wenn er Olivia ermordet hätte.«

»Aber George hätte es nur jemandem erzählt, wenn Eustace tatsächlich Olivia ermordet hätte, und das glaube ich nicht. Er hätte ebensowenig wie Eustace gewollt, daß es bekannt wird. Schließlich gehört Eustace zur Familie.« Sie schluckte den Toast wie einen Kloß im Hals. »Und George war in solchen Dingen sehr konventionell.«

»Das ist wahr«, sagte Charlotte behutsamer. »Aber vielleicht hat Eustace George nicht soweit vertraut, daß er es nicht doch seinen Freunden erzählen würde, im Scherz etwa. George hat nicht immer nachgedacht, bevor er sprach. Oder vielleicht hat Eustace Druck auf ihn ausgeübt, damit er aufhört.«

»Das hätte er nicht getan!«

»Vielleicht nicht, aber möglicherweise konnte sich Eustace seiner Sache nicht sicher genug sein.« Sie schüttelte den Kopf. »Aber ich sage nur, daß wir es nicht wissen. Es könnte alles mögliche sein.«

Emily saß regungslos da. »Nun, besser wäre es, wir fänden für Constable Stripe mindestens ein Beweisstück, und zwar bald.«

»Ich weiß.« Charlotte biß sich auf die Lippe. »Ich weiß.«

Der Gottesdienst sollte in der Kirche abgehalten werden, wo auch die letzte Ruhestätte der Ashworths war, seitdem die Familie vor fast zweihundert Jahren ihr erstes Stadthaus im Pfarrbezirk erworben hatte.

Selbstverständlich hatte Emily nach Haus geschrieben. Es war der schwierigste Brief von allen gewesen, und der einzige, bei dem Charlotte ihr nicht helfen konnte. Wie erklärte man einem fünfjährigen Sohn, daß sein Vater ermordet worden war? Sie wußte, daß er den Brief noch nicht lesen konnte. Seine Amme würde es für ihn tun, die ausladende, gemütliche Mrs. Stevenson, die versuchen würde, es ihm zu erklären, ihm helfen würde, den Tod zu erfassen, damit sein Verstand die Bedeutung hinter dem Durcheinander großer und erschreckender Gefühle erfassen konnte. Emily wußte außerdem, daß die sanfte Frau sich bemühen würde, ihn zu trösten, damit er sich weder betrogen fühlte, weil sein Vater ihn zu früh verlassen hatte, noch schuldig, weil er meinte, er hätte sich auf unerklärliche Weise etwas zuschulden kommen lassen.

Emilys Brief sollte für später sein, wenn er älter wäre, etwas, das er behalten und in stilleren Momenten immer wieder lesen würde. Wenn aus ihm ein junger Mann geworden war, kannte er ihn auswendig. Daher hatte sie ihn nur einmal geschrieben, ihren eigenen Verlust und ihre rückhaltlose Trauer durchscheinen lassen. Ein Mangel an stilistischer Eleganz machte nur wenig aus. Unehrlichkeit würde im Laufe der Jahre wie eine falsche Note erklingen.

Heute würde Edward selbstverständlich anwesend sein, klein, frierend und ängstlich, aber er würde den Ritualen nachkommen, die von ihm erwartet wurden. Er war jetzt Lord Ashworth: Er mußte in der Kirche sitzen, aufrecht und wohlerzogen, dem Sarg seines Vaters zu dessen Grab folgen und trauern, wie es sich gehörte.

Edward würde mit Mrs. Stevenson von zu Hause kommen und danach mit ihr zurückfahren. Charlotte und Emily wollten nach Cardington Crescent zurückkehren. Die merkwürdigen Umstände des Todes machten es nötig. Sie fuhren mit Tante Vespasia und Eustace in der Familienkutsche, die zu diesem Anlaß schwarz verhüllt war und von schwarzen Pferden gezogen wurde. Der Leichenwagen wurde selbstverständlich vom Beerdigungsinstitut gestellt und war, wie stets, verhüllt und geschmückt.

Als nächstes kamen Mrs. March und Tassie in der zweitbesten Kalesche. Sowohl Charlotte als auch Emily starrten Tassie an, aber sie trug einen Schleier, und darunter war ihr Gesichtsausdruck nicht zu erkennen. Er mochte Kummer und Ehrfurcht zeigen, wie jeder vermutete, oder er konnte ebensogut das seltsame Glücksgefühl ausdrücken, das Charlotte auf der Treppe an ihr gesehen hatte. Ebenso möglich war eine vollständige Gedächtnislücke dem gegenüber und allen greulichen Ereignissen, die ihm vorausgegangen waren. Nichts davon ließ sich erahnen.

Es gab eine Auseinandersetzung darüber, mit wem Jack Radley fahren sollte. Am Ende ließ Mrs. March ihn widerwillig einsteigen, und William und Sybilla fuhren in ihrem eigenen Wagen.

Einer nach dem anderen stieg an dem überdachten Friedhofstor aus und ging den schmalen Pfad zu der alten, von Rauch gedunkelten Kirche mit dem steinernen Turm hinüber. Die Grabsteine zu beiden Seiten waren mit den Jahren verwittert und moosbewachsen, die Inschriften schon zu undeutlichen Zeichen geworden, daß man schon genau hinsehen mußte, um sie zu entziffern. Weit drüben bei den Eiben und dem hohen Gras standen weiße Steine wie neue Zähne. Hier und da ein Strauß Blumen von jemandem, der sich noch um ein Grab kümmerte.

Charlotte nahm Emily beim Arm und ging mit ihr. Sie spürte ihr Zittern. Emily wirkte dünner, kleiner, als Charlotte erwartet hatte. Keinen Augenblick konnte sie vergessen, daß sie die ältere Schwester war. Die Situation ähnelte der von Sarahs Beerdigung, als nur noch sie beide übrig waren, aber Emily war damals weit weniger verletzlich gewesen. Unter der Trauer hatte ein grenzenloser Optimismus gelegen, eine Selbstsicherheit, die stark genug war, sie zu überdauern.

Diesmal war es anders. Emily hatte nicht nur George verloren, den ersten Mann, den sie geliebt und an den sie sich gebunden hatte, sondern sie hatte das Vertrauen in ihre eigene Urteilskraft verloren. Selbst ihr Mut war wie gewandelt: nicht mehr instinktiv, sondern erzwungen. Ein verzweifeltes Festkrallen mit gebrochenen Nägeln.

Charlottes Finger spannten sich, und Emily griff nach ihrer Hand. Mr. Beamish, der Vikar, wartete an der Tür, ein schmales, starres Lächeln auf dem Gesicht. Seine Wangen waren rosig, und sein Haar war aufgeplustert, als wäre er nervös mit den Händen darin herumgefahren. Jetzt, da er Emily erkannte, trat er vor, streckte seinen Arm aus, dann zögerte er und ließ ihn wieder fallen. Er murmelte etwas Unverständliches, das in einer abfallenden Modulation seiner Stimme erstarb. In Charlottes Ohren klang es wie ein unpassender Psalm. Hinter ihm schüttelte seine Gemeindeschwester kaum merklich den Kopf und ließ ein leises

Schniefen hören. Zierlich berührte sie ihre Wange mit dem Taschentuch.

Sie waren peinlich berührt. Gerüchte und Mutmaßungen waren ihnen zugetragen worden. Sie wußten nicht, ob sie Emily als hinterbliebene Aristokratin behandeln sollten, der gegenüber es ihre soziale und religiöse Pflicht war, jedes nur erdenkliche Mitgefühl aufzubringen, oder als Mörderin, als eine dirnenhafte Frau, eine Person, von der man sich als gutes, christliches Vorbild fernhalten sollte, bevor man selbst sich an ihrer doppelten Sünde verunreinigte.

Charlotte erwiderte ihre Blicke ohne ein Lächeln. Zum Teil konnte sie sich in ihre mißliche Lage hineinversetzen, aber ein wesentlich größerer Teil von ihr verachtete sie. Sie war sich darüber im klaren, daß man es ihr ansah. So ging es ihr mit ihren Gefühlen immer.

In der Kirche hielt Mrs. Stevenson Edward bedrückt und zartfühlend bei der Hand. Sein Gesicht war blaß und sah Emily schmerzlich ähnlich. Er ließ Mrs. Stevensons Hand los und kam zu ihr herüber, unbeholfen erst, sich seiner neuen Bedeutung bewußt. Dann, als sie ihren Arm um ihn legte, entspannte er sich und schluchzte heftig, bevor er sich wieder aufrichtete und neben ihr einherschritt.

Mungo Hare stand vorn im Gang neben dem Familienstuhl der Marches. Er war ein großer Mann mit einem gefälligen, offenen Gesicht und derben Zügen. Er hob den Kopf, und seine Augen sahen Emily offen an.

»Geht es Ihnen gut, Lady Ashworth?« fragte er leise. »Ich habe Ihnen ein Glas Wasser unter den Sims gestellt, falls sie es brauchen sollten. Es wird kein langer Gottesdienst werden.«

»Danke, Mr. Hare«, sagte Emily abwesend. »Das ist sehr aufmerksam von Ihnen.« Sie schob sich mit Edward in den Stuhl, gefolgt von Charlotte, dann Tante Vespasia und Eustace. Sie hörte, wie Mrs. March im Stuhl hinter ihr gereizt mit etwas klapperte und das Gesangsbuch gegen das Holz schlug. Sie ärgerte sich offensichtlich darüber, daß sie nicht vorn saß, und beabsichtigte, ihr Mißfallen kundzutun.

Tassie saß neben ihr, den Kopf gesenkt, die Hände auf

ihrem Schoß gefaltet. Es war unmöglich, sie sich nicht so vorzustellen, wie sie gestern nacht gewesen war, ruhig, blutverschmiert, auf Zehenspitzen. Der Hilfspfarrer ging an ihr vorbei und sprach mit der alten Dame.

»Guten Morgen, Mistress March. Wenn ich Ihnen in irgendeiner Weise zu Diensten sein oder Trost spenden kann ...«

»Das möchte ich bezweifeln, junger Mann«, sagte sie knapp. »Es sei denn, Sie könnten meine Nichte so sehr mit guten Taten auslasten, daß sie nicht davonläuft, unter ihrem Stand heiratet und am Ende wegen ihres Geldes ermordet wird!«

»Das wäre ziemlich unsinnig«, murmelte Tassie. »Du würdest mir nichts hinterlassen, wenn ich es täte.«

»Falls dich jemand ermorden sollte, wäre es wegen deines Schnabels!« herrschte die alte Dame sie an. »Erinnere dich gütigst daran, daß du dich in der Kirche befindest und sei nicht respektlos.«

»Guten Morgen, Miß March.« Der Hilfspfarrer neigte den Kopf.

»Guten Morgen, Mr. Hare«, sagte Tassie sittsam. »Danke für Ihre Anteilnahme. Ich nehme an, Großmama wäre dankbar, wenn Sie ihr die Aufwartung machen würden.«

»Lieber hätte ich Mr. Beamish«, unterbrach die alte Dame. »Er steht dem Tod ein ganzes Stück näher als Sie. Er versteht die Trauer, den Verlust, wenn man sein eigen Fleisch und Blut in gottlose Leidenschaften verstrickt sieht, wie es ein Opfer seiner Manie wird und den Preis dafür zu zahlen hat.«

Der Hilfspfarrer rang nach Atem und machte daraus ein Niesen.

»Tatsächlich?« sagte Vespasia aus der vorderen Reihe ohne den Kopf zu drehen. »Wenn dem so wäre, wüßtest du eine Menge über Beamish, was ich nicht weiß.«

Tassie gab hinter ihrem Taschentuch ein eigentümliches, leises Gurgeln von sich, und der Hilfspfarrer ging weiter, um mit William und Sybilla zu sprechen. Charlotte wagte nicht, sich umzudrehen, um die beiden zu beobachten.

Der Gottesdienst war düster und erklang in dem sonderlichen Singsang formalisierter Trauer. In manchen Momenten allerdings hatte er etwas vage Tröstliches an sich, vielleicht nur ein Ausdruck dunklerer Empfindungen, die bisher unterdrückt worden waren. Es war ein Zugeständnis an die Dinge, die im Haus unaussprechlich waren. Hier wurden der Tod und körperlicher Verfall beim Namen genannt, anstatt in den Gedanken verschlossen und der Zunge verboten zu sein. Selbst die Orgeltöne bebten in den Ohren und vermittelten einen Hauch von Ewigkeit, so daß sie noch lange in den nächsten Ton hinüber klangen. Sie schienen direkt aus dem Gemäuer der Kirche zu kommen und wieder darin zu verklingen. Die Steine, die bunten Kirchenfenster und die Orgelpfeifen verschmolzen mit dem Klang.

Emily stand aufrecht und schwieg, und es war unmöglich, unter dem Schleier ihr Gesicht zu erkennen. Charlotte konnte ihre Gefühle nur erraten. Zwischen ihnen stand Edward steif und gerade, aber er drückte sich ganz nah an Emily, und seine Hand war fest zur Faust geballt.

Die letzten Orgeltöne verhallten in den hohen Steinbögen, und langsam wandte man sich dem Begräbnis zu. Sechs Männer in Schwarz, ohne jeglichen Ausdruck auf den Gesichtern, hoben den Sarg an, trugen ihn feierlich in das grelle Sonnenlicht hinaus. Paarweise folgte die Trauergemeinde, angeführt von Emily und Edward.

Das Grab war eine scharf ausgestochene Grube im feuchten Boden. Die Ashworths hatten nie Interesse an einer Familiengruft oder einem Mausoleum bekundet, sondern es vorgezogen, ihr Geld für die Lebenden anzulegen, aber natürlich würde es einen marmornen Grabstein geben, beizeiten vielleicht gemeißelt und vergoldet. Jetzt schien all das unerheblich, sogar unwürdig.

Beamish, noch immer mit rosigem Gesicht, das dicke, weiße Haar vom Wind zerzaust, bis es wie eine Papierkrause um seinen Kopf aussah, begann, vertraute Worte zu rezitieren. Er gab sich mit ihnen zufrieden, da sie ihm keine andere Möglichkeit ließen, keinen Raum, sich eigene auszudenken, aber dennoch wich er Emily aus. Einmal warf er Tante Vespasia einen Blick zu und versuchte ein Lächeln, aber sie wirkte so ausgezehrt und zerbrechlich, daß es ihm auf den Lippen erstarb. Unschlüssig fuhr er fort, die Gedanken umnebelt von aufkommendem Argwohn.

Charlotte sah in die Gesichter um sich herum. Einer von ihnen hatte George ermordet. War es ein Moment der Leidenschaft gewesen, die sich jetzt vielleicht zu Entsetzen und Gewissensbissen gewandelt hatte? Oder fühlte sich derjenige im Recht, vielleicht befreit von einer Gefahr? Oder hatte es der Mörder auf eine Belohnung abgesehen?

Der naheliegendste Verdächtige war Jack Radley. Konnte er sich vorgestellt haben, Emily würde... ihn heiraten? Es war die einzig mögliche Antwort. Wenn er sich zu dem Glauben verstiegen hatte, daß sie sich auf ihn einließ, dann doch nur als Liebhaber, und das mußte keineswegs den Mord an George nach sich ziehen. Falls Emily zur Witwe würde, dann wäre sie mit großer Wahrscheinlichkeit eine reiche Witwe, und mit dreißig Jahren und einem kleinen Kind eine äußerst verletzliche.

Charlotte trug ebenfalls einen dünnen Schleier, zum Teil aus Anstand, aber eher noch, um sich die Möglichkeit zu schaffen, die Leute zu beobachten, ohne daß sie dessen gewahr wurden. Jetzt sah sie über das Gras und die aufgeworfene Erde mit der offenen Grube zu Jack Radley auf der gegenüberliegenden Seite. Mit gefalteten Händen stand er da, sehr nüchtern, das Gesicht entsprechend feierlich. Aber sein Anzug war modisch geschnitten, seine Krawatte elegant, und sie meinte, den Schatten seiner Wimpern auf den Wangen sehen zu können, als er den Blick senkte. War seine Eitelkeit so umfassend, daß er meinte, George töten und dann seinen Platz einnehmen zu können? War der Neid der Versuchung gewichen und hatte die Gelegenheit sie schließlich zur Tat werden lassen?

Sie sah nichts in seinem Gesicht. Er hätte ein Chorknabe sein können. Wäre er allerdings eines solchen Planes schuldig, besäße er kein Gewissen, und sie durfte nicht erwarten, einen Ausdruck der Reue auf seinem Gesicht zu finden.

Eustaces Züge stellten gottesfürchtige Rechtschaffenheit dar und zeigten nur, daß er sich des Anlasses und seiner eigenen Rolle darin bewußt war. Was immer sonst noch in ihm schlummern mochte, es war kein Schuldgefühl und sicher keine Angst. Falls er den Mord begangen hatte, dann ohne jede Gewissensbisse. Selbst bei seinem Weltbild... Wie ließ sich so etwas rechtfertigen?

Blieben die letzten, die anderen naheliegenden Verdächtigen: William und Sybilla. Sie standen nebeneinander und waren doch nur im dürftigsten und buchstäblichsten Sinne beieinander. William sah geradewegs über das Grab hinweg an Eustace und Beamishs Umrissen vorbei zu den Eiben, den beständigen Wächtern des Todes hinüber, die den Friedhof von der Stadt der Lebenden trennten.

Solches Wissen mochte sich hinter Williams silbergrauen Augen abspulen, während er zuhörte. Kummer zeigte sich um seinen Mund, und die Haut an den Wangen war gespannt. Charlotte schmerzte es, ihn zu beobachten, als wäre seine reine Haut um eine Schicht dünner als die anderer Leute und als hätten die Wunden des Lebens es leichter, die Nerven darunter zu erreichen. Vielleicht war das nötig, um die Schatten und das überwältigende Licht des Himmels so zu malen, wie er es tat. Alles Talent auf der Welt kann nicht wiedergeben, was nicht zuvor gefühlt wurde.

Hatte diese zarte, kreative Hand auch das Digitalis gestohlen und es in die Kanne gegeben, damit George daraus trank – und starb? Warum? Die Antwort schrie zum Himmel: weil George um Sybilla gebuhlt und sie gewonnen hatte.

Automatisch wanderte Charlottes Blick zu Sybilla selbst. Sie war eine schöne Frau, und in konturlosem Schwarz sah sie besser aus als jeder andere hier. Die weiße Haut an ihrem Hals war perfekt, beinah leuchtend wie eine Perle, ihr Kiefer schmal. Die obere Gesichtshälfte war unter ihrem Schleier verborgen, und Charlotte hatte sie mehrere Minuten lang beobachtet und versucht, etwas darin zu lesen, als sie die Tränen auf ihrer Haut schimmern sah und die schwachen Spuren von Angespanntheit erkannte. Sybilla senkte den Blick. Die Hände in den schwarzen Handschuhen waren verkrampft, und sie hatte die Spitze von ihrem Taschentuch gerissen. Auch jetzt zupften die Finger an dem dünnen Stoff, rissen Baumwollstückchen heraus und ließen sie fallen, kleine Schneeflocken zerbrochener Spitze. Trauer? Oder Schuld? Weil sie den Mann einer anderen Frau verführt oder weil sie ihn ermordet hatte, als er ihrer müde war?

Plötzlich spürte Charlotte, wie sich eine Kälte ihrer bemächtigte, tief unten in der Magengrube. Beruhte Sybillas Schuldgefühl auf der Annahme, daß sie Emily zum Mord getrieben hatte? Wie sehr hatte George sie geliebt? Es gab nur Emilys Wort, was die Versöhnung betraf. Was war an diesem Abend in ihrem Schlafzimmer wirklich geschehen, als George hereingekommen war? Erinnerte sich Emily jetzt an die Wahrheit oder nur an ihren Stolz, und der Schmerz hieß sie sich erinnern?

Nein! Das war Unsinn ... treulos ... schwach ... Mach dich von diesem Gedanken frei! Weigere dich, so zu denken. Aber wie weigert man sich, etwas zu denken? Je mehr man es zurückweist, desto fester wird sein Griff, desto mehr belegt es einen mit Beschlag.

»Tante Vespasia!«

Aber Tante Vespasia nahm sie nicht wahr. Ihr Herz und ihr Verstand waren von einer endlosen Weite der Erinnerung vereinnahmt, der Kindheit und Jugend, altem Vertrauen und kleinen Freuden, die man geteilt hatte, albernen Hoffnungen, grenzenlosen Träumen, alles in eine harte, kalte Kiste gezwängt, so nah, daß sie die schmale Hand danach hätte ausstrecken und sie berühren können.

Dann wurde der Sarg in die Erde gelassen, und Beamish streute etwas auf den Deckel, der ein wenig schief in der Grube lag. Es sah unordentlich aus. Was machte es schon? George würde es nicht stören. Alles Reale an ihm war jetzt an einem hellen, warmen Ort, wo er die irdischen Ängste hinter sich gelassen hatte.

Emily bückte sich, nahm eine Handvoll Kiesel und warf sie mit einem Klappern hinein. Sie wollte etwas sagen, aber ihr versagte die Stimme.

Charlotte nahm ihren Arm, und sie wandten sich ab, behielten Edward zwischen sich.

Schweigend fuhren sie nach Haus. Emily hatte Edward auf Wiedersehen gesagt und ihn bei Mrs. Stevenson gelassen, damit er zurück in die sichere, vertraute Welt seines Kinderzimmers fuhr. In Gedanken war sie schon allein.

Sie hatte George nicht umgebracht. Jemand anderes war in die Teeküche geschlichen und hatte das Digitalis in die Kaffeekanne gegeben. Aber warum? Es war der letzte Akt am Ende einer lange Folge von Ereignissen und Emotionen. Vielleicht hatten viele Leute dazu beigetragen, jedes Wort eine kleine Zutat. Aber war es Emily gewesen, die selbst den Hauptteil dazu getan hatte?

Es wäre schön, glauben zu können, daß George ein Geheimnis gekannt hatte, wofür er sterben mußte. Es konnte die düsteren Gedanken vertreiben, die sich ihrer mehr und mehr bemächtigten. Es gab drei echte Verdächtige: William, Sybilla und Jack Radley. Und sie alle hatten denselben Grund: Georges Vernarrtheit in Sybilla.

Emily mußte ihren Anteil daran haben. Wäre sie liebevoll genug, interessant genug gewesen, großzügig, taktvoll, lebenslustig, geistreich, dann hätte Sybilla für George nicht mehr als eine flüchtige Schwärmerei sein können. Nichts Einschneidendes, nichts, was Emily oder William verletzt hätte und nichts, was Sybilla bei dem Gedanken, es zu verlieren, in Verzweiflung hätte stürzen können.

War sie es? War sie so sehr in George verliebt gewesen? Tante Vespasia hatte gesagt, Sybilla hätte viele Bewunderer gehabt, und William wäre niemals eifersüchtig gewesen. Sie war diskret, und wie weit es auch gegangen sein mochte, es blieb ihr Geheimnis. Und selbst was George betraf, hatte es keinen Anlaß gegeben, daß mehr geschehen sein mußte, als in der Öffentlichkeit zu sehen gewesen war. Sie hatte seine Bewunderung entgegengenommen, sogar ermutigt. Aber hatte sie ihn tatsächlich mit in ihr Bett genommen? Der Gedanke verletzte Emily tief. Es war ein Betrug all ihrer intimsten und kostbarsten Momente, aber der Versuch, den Gedanken auszusparen, war idiotisch. Emily kannte die Antwort nicht, und es gab keinen Grund zu der Annahme, daß William es tat.

Nein, er war weit wahrscheinlicher, daß es für Sybilla ein Spiel war, ein Schmeicheln ihrer Eitelkeit, und ein Hauch von Gefahr hatte dieses vielleicht noch spannender gemacht.

Wenn William plötzlich eifersüchtig geworden wäre, hätte er sich fraglos seinen Stolz bewahrt. All die Jahre war er entgegenkommend gewesen. Er hätte jetzt keinen Aufruhr veranstaltet, sich selbst zur Zielscheibe des Spottes gemacht, indem er George angriff. Man mochte Mitgefühl für den gehörnten Ehemann empfinden, aber ebenso war es Erleichterung, daß es einen anderen traf. Es gab obszöne Witze und Verleumdungen seiner Männlichkeit und dies war die schlimmste Beleidigung. Das Opfer war noch empfindungsfähig und seinem Verlust gegenüber wehrlos. Das hätte er sich selbst nie angetan, niemals. Weder im Zorn noch aus kaltblütiger Rache.

Nein. Sie glaubte nicht, daß William George ermordet hatte. Es würde ihm nur genau das einbringen, was jeder Mann als unerträglich empfand.

Sybilla?

George war charmant gewesen, unterhaltsam und großzügig. Aber nur wenn sie vollkommen hysterisch sein sollte, würde sie sich so sehr in einen Mann verlieben, daß ein Streit sie zur Mörderin machte. Sie hatte andere Affären gehabt, alle mußten auf die eine oder andere Weise zu Ende gegangen sein. Sicher wußte sie, wie man sie würdevoll beendete, wie man den nahenden Bruch erahnte, die Anzeichen erkannte und wie man die erste war, die Leidenschaft abkühlen zu lassen. Sie war keine achtzehn mehr und keineswegs unerfahren.

Konnte diese Affäre wirklich so vollkommen anders gewesen sein? Warum sollte sie? Emily wollte kein Grund dafür einfallen.

Blieb nur noch Jack Radley, und die Antwort darauf war der häßliche Gedanke, den sie die ganze Zeit über schon zu umgehen versucht hatte. Sie hatte ihn ermutigt, und sie hatte es genossen. Trotz des Schmerzes in ihrem Inneren, des Kummers über George, hatte sie Jack gemocht, es genossen, mit ihm zu flirten, und hatte sich im Recht gefühlt.

Im Recht! Vielleicht, soweit es George betraf. Was dem einen recht war, war dem anderen billig. Aber was war mit Jack selbst? Zunächst einmal hatte sie sich kaum die Mühe gemacht, ihn als Person zu betrachten, sondern nur als eine Gelegenheit. Er war außerordentlich charmant, mit einer warmen und männlichen Ausstrahlung. Sie hatte gehört, daß er sehr wenig Geld besaß, aber das hatte sie nicht interessiert. Es machte keinen Unterschied.

Oder doch? Hätte sie sich die Mühe gemacht, genauer hinzusehen, hätte sie dann einen Mann Mitte Dreißig gesehen, von vornehmer Abstammung, aber ohne Geld und Perspektiven, außer denen, die er allein mit seinem Verstand für sich selbst schaffen konnte? Hätte sie einen schwachen Mann gesehen, der sich an einen höchst eleganten Lebensstil gewöhnt hatte, neidisch gegenüber finanziell Bessergestellten und plötzlich von einer schönen Frau in Versuchung geführt, einer Frau, die in aller Öffentlichkeit von ihrem Mann ignoriert wurde und verletzlich war, weil sie die gesellschaftlichen Konventionen mit dem Verstand, aber nicht mit dem Herzen begriff?

Wie weit hatte sie ihn tatsächlich ermutigt? Konnte sie ihn ernstlich zu der Annahme verleitet haben, daß sie ihn heiraten würde, wenn es ihr freistünde? Sicher hatte er gemerkt, daß ihre Aufmerksamkeit nur eine List war, George zurückzugewinnen. Weniger noch als das: ein Nebenprodukt ihrer Bemühung, lieber charmant zu sein, als eine Szene zu machen, die George nur noch weiter verschreckte!

Vielleicht nicht. Vielleicht war Jack Radley noch weiter von Familien wie den Ashworths und Marches entfernt als sie selbst. Vielleicht hatten finanzielle Einschränkungen und wachsender Ehrgeiz alle anderen Empfindungen untergraben.

Sie hatte ihn für einen Mann gehalten, der zu eitel, zu sehr auf sein eigenes Vergnügen bedacht und sich seiner eigenen Interessen viel zu bewußt war, um sich zu verlieben. Körperliche Anziehungskraft war eine andere Sache, durfte aber nicht zu ernst genommen werden, durfte niemals Dinge von bleibender Bedeutung, wie Vermögen und Status, in Frage stellen. Selbst die Mittelklasse verstand diese Notwendigkeiten. Wegen einer Marotte warf man nicht alles weg. Sicher war ein Mann, der es bis zu seinem fünfunddreißigsten Lebensjahr geschafft hatte, klug genug, sich nicht seinen romantischen Veranlagungen oder Begierden hinzugeben.

Oder doch? Menschen verliebten sich. Einige, von denen man es am wenigsten erwartete, waren anfällig. War sie tatsächlich so übermäßig reizend gewesen, daß er seinen Verstand in den Wind geschrieben und George in einem Anfall von Leidenschaft ermordet hatte?

Nein. Es wäre berechnende Gier gewesen. Und er hatte diesen Augenblick so übereilt gewählt. Weil er irgendwie den Krach zwischen George und Sybilla belauscht und gewußt hatte, daß ihm die Gelegenheit entglitt. Einen Tag später wäre sie verloren gewesen.

Die Kutsche fuhr durch eine Birkenallee, und der Wind in den Blättern klang wie das Rascheln von Röcken, wie schwarzes Tuch auf dem Friedhofspfad, das Klimpern von Perlen und kaputtem Glas. Sie erschauerte. Sie fror innerlich. Das weiße Seidentaschentuch in ihrer Hand erinnerte sie an die Lilien und den Tod.

War sie im Grunde verantwortlich? Sie hatte es nicht gewollt, aber sie hatte es auch nicht bedacht. Die moralische Schuld würde bleiben, was die Polizei auch finden mochte. Und auch das gesellschaftliche Stigma. Der Umstand, daß sie nur höflich gewesen war, wäre bald vergessen. Die vornehme Gesellschaft würde sie als die Frau in Erinnerung behalten, deren Liebhaber ihren Mann ermordet hatte.

Und das Geld?

Sie hatte bereits eine kurze Notiz vom Anwalt bekommen, nur eine Beileidsbekundung, aber sie wußte, daß eine Menge Geld vorhanden war. Etwas davon wurde treuhänderisch für Edward verwahrt, aber sie selbst würde immer noch eine ansehnliche Summe erhalten, genug, um Jack Radley einen wahrhaft erstklassigen Lebensstil zu ermöglichen. Und natürlich würde sie die Häuser bekommen.

Der Gedanke war erschreckend. Eine kalte, klamme Übelkeit griff wie eine Hand nach ihrem Magen. Wenn er George ermordet hatte, mußte sie die Verantwortung mit auf sich nehmen. Falls man ihn entlarvte, würde sie im günstigsten Fall von der Gesellschaft ausgestoßen, schlimmstenfalls gemeinsam mit ihm gehängt.

Falls man ihn nicht entlarvte, würde das Mißtrauen ihr gegenüber auf ewig bleiben. Sie würde den Rest ihres Lebens mit Leuten verbringen, die über sie nachdachten und tuschelten. Und sie wäre vielleicht die einzige, die ohne jeden bohrenden Zweifel wußte, daß sie unschuldig war. Denn er war der Täter.

Konnte er es sich leisten, sie am Leben zu lassen, und Gefahr laufen, daß sie es eines Tages irgendwie beweisen konnte, daß er es getan hatte? Sie würde es versuchen müssen, um ihrer eigenen Ehre willen. Sicher würde sie eines Tages einen ›Unfall‹ haben oder sogar ›Selbstmord begehen‹. Die Zugluft in der Kutsche verursachte ihr eine Gänsehaut.

Das Mittagessen war eine bedrückende, formelle Angelegenheit, wie es ein Trauermahl sein sollte. Emily trug es mit aller erdenklichen Würde, danach jedoch entschuldigte sie sich und ging nicht in ihr Schlafzimmer, wo Charlotte oder Vespasia sie finden konnten, sondern weiter fort. Sie brauchte Zeit zum Nachdenken, ohne gestört zu werden, und sie wollte nicht, daß irgend jemand sie mit Fragen bedrängte.

Überall im Haus lief man Gefahr, auf einen der anderen zu treffen, der sie entweder zu einer offensichtlichen Ausrede zwang, um sie gehen zu lassen, oder sie in ein Gespräch verstrickte, wobei sie sehr wohl wußte, was die anderen von ihr dachten und daß man ihr nur Höflichkeit vorspielte.

Sie ging die Treppe hinauf, dann auch die zweite, schmalere Stiege in das Stockwerk, das vor Generationen den Kindern vorbehalten gewesen war, wo ihre Spiele und ihr Weinen den Rest des Hauses nicht stören konnten. Sie kam an den verschlossenen Schlafzimmern vorüber, am Zimmer des Kindermädchens, dem der Nachtschwester, das bis auf zwei zugedeckte Kinderbettchen und eine rosa und weiß gestrichene Kommode mit Schubladen jetzt leer stand, und trat am Ende des Korridors schließlich in das große Tageskinderzimmer.

Es war wie eine andere Welt, vor zehn Jahren wie in Bernstein gefangen, als Tassie, das letzte Kind, es hinter sich gelassen hatte. Die Vorhänge waren weit aufgezogen, und Sonnenlicht fiel golden auf die Wände, ließ die ausgeblichenen Stellen und die Staubschicht auf den oberen Rändern der Bilder sichtbar werden, die kleine Mädchen mit steifen Trägerkleidchen und einen Jungen im Matrosenanzug darstellten. Es mußte William sein, das Gesicht in seiner Kinderzeit weicher, die Knochen noch nicht ausgeformt, der Mund zögerlich, halb lächelnd. Bräunlich, ohne das Rot in seinem Haar, sah er seltsam anders aus. In seinem jungen Gesicht lag etwas, das dem Bild, das sie von Olivia gesehen hatte, erstaunlich ähnlich war.

Die kleinen Mädchen waren anders, aber mit Ausnahme von einem besaßen alle Eustaces rundes Gesicht, die runden Augenbrauen und den selbstsicheren Blick. Die Ausnahme war Tassie, schmaler, offener, William ähnlicher, abgesehen von ihrem Mund und der Schleife im Haar.

Am Fenster stand ein geschecktes Schaukelpferd, die Zügel gerissen, der Sattel verschlissen. Auf einer rosafarbenen, rüschen- und flickenbesetzten Ottomane saß eine ganze Reihe von Puppen, allesamt aufrecht, offensichtlich von der lieblosen Hand eines Dienstmädchens geordnet. Eine Schachtel Zinnsoldaten war sorgfältig verschlossen und stand neben farbigen Bauklötzen, einer Puppenstube, deren Vorderseite sich aufklappen ließ, zwei Spieluhren und einem Kaleidoskop.

Sie setzte sich auf den großen Sessel und wurde ihres eigenen, schwarzen Rockes auf dem rosafarbenen Kissen gewahr. Sie haßte Schwarz. Im Sonnenlicht sah es staubig und alt aus, als trüge sie etwas, das gestorben war. Man würde von ihr erwarten, daß sie es mindestens ein Jahr lang trug.

Lächerlich. George hätte es nicht gewollt. Er mochte fröhliche Farben, sanfte Farben, besonders helles Grün. Er hatte sie stets am liebsten in hellem Grün gesehen, wie schattige Flüsse oder junge Blätter im Frühling.

Schluß! Es bereitete nur unnötigen Schmerz, immer weiter an George zu denken, immer und immer wieder. Es war zu früh. In einem Jahr würde sie in der Lage sein, sich nur noch an die guten Dinge zu erinnern. Bis dahin wäre sie es gewohnt, allein zu sein, und die Wunde würde ihre scharfen Kanten verloren haben. Die Heilung konnte beginnen.

Das Zimmer war warm und voller Licht, und der Sessel war sehr bequem. Sie schloß die Augen und lehnte sich zurück, das Gesicht in der Sonne. Hier oben herrschte absolute Stille. Der Rest des Hauses schien gar nicht zu existieren. Sie konnte überall sein. Der Streit und die Boshaftigkeit, das Tuscheln, die Arglist und Furcht waren hundert Meilen entfernt in einer anderen Stadt. Hier regierte der Geruch von Staub und altem Spielzeug, vom Stoff der Puppenkleider, dem Holz des Pferdes, der scharfe, bittere Geruch von Blei und Blechkästen und Spielzeugsoldaten. Dies alles tat ihr gut, wohl weil es anders war, beinah eine Erinnerung an eine einfachere, unendlich viel behütetere Zeit in ihrem eigenen Leben.

Sie war halb eingeschlafen, als die Stimme zu ihr drang, ganz leise, aber so erschreckend, daß sie meinte, sie würde geschlagen.

»Konnten Sie uns nicht mehr ertragen? Ich kann es Ihnen nicht verübeln. Niemand weiß, was er sagen soll, aber man sagt es dennoch. Und die alte Frau scheint einem griechischen Drama entsprungen zu sein. Ich bin heraufgekommen, um nach Ihnen zu sehen, weil ich fürchtete, es ginge Ihnen nicht gut.«

Sie riß die Augen auf und hob den Kopf, blinzelte in die Sonne. Jack Radley stand anmutig vor ihr, lehnte sich ein wenig gegen den Türrahmen. Er hatte sein Trauerschwarz abgelegt und trug ein angenehmes Braun. Ihr wollte nichts einfallen, was sie ihm hätte antworten können. Die Worte gefroren in ihrem Hirn.

Er kam vor und setzte sich auf den Hocker zu ihren Füßen.

Die Sonne machte die Umrisse seiner Haare zu einem Heiligenschein und warf die Schatten der Wimpern auf seine Wangen. All das erinnerte sie an den Wintergarten, und ihr Gewissen versetzte ihr einen Stich. Da hatte George noch gelebt.

Schließlich fand sie doch noch eine Antwort. »Ich bin nicht in der Stimmung, mich zu unterhalten. Mir ist nicht danach, mich zu Höflichkeiten zu zwingen, wenn jeder unbeholfen versucht, den Mord nicht zu erwähnen, während alle gleichzeitig vollkommen deutlich machen, daß sie glauben, ich wäre es gewesen.«

»Dann werde ich dem Thema aus dem Wege gehen«, erwiderte er betreten, blickte sie mit derselben warmherzigen Aufrichtigkeit an, die sie an jenem Abend an ihm entdeckt hatte, als er sie so innig geküßt hatte. Es rief in ihr die Erinnerung an den Geschmack seines Mundes wach, den Geruch seiner Haut und die feste, weiche Beschaffenheit seines Haares unter ihren Händen. Ihr Schuldgefühl war überwältigend.

»Seien Sie nicht albern!« fuhr sie ihn mit unsinnigem Zorn an. Normalerweise hätte sie solch harmloses Geplänkel endlos austauschen können, aber diese Gabe war ihr abhanden gekommen. Sie wollte sich nicht mit Jack Radley unterhalten, egal worüber. Es war ihr einfach unmöglich, jene furchtbaren Gedanken aus ihrem Kopf zu verbannen, die er möglicherweise haben mochte, die Vorstellung, sie könne sich von ihm so sehr angezogen fühlen, daß sie nach Georges Tod bereit wäre, einen anderen zu heiraten, ganz zu schweigen von dem Mann, der ihn vielleicht ermordet hatte!

»Es tut mir leid«, sagte er leise. »Ich weiß, es ist unmöglich, nicht zu denken. Ich nehme an, Sie können es nicht einmal für eine halbe Stunde aus ihren Gedanken verbannen.«

Widerstrebend sah sie ihn an. Er lächelte und sah zwischen all diesen Kindersachen so liebenswürdig und unschuldig aus, daß sie sich absonderlich vorkam, an Mord zu denken. Und dennoch ließ sich das Wissen darum nicht leugnen. Es stimmte! Jemand hatte George ermordet. Sie hatte es nicht getan. Es fiel ihr schwer, zu glauben, daß es Sybilla war, denn sie hatte nichts zu gewinnen, nur zu verlieren gehabt. Unmöglich der Gedanke, William wäre es gewesen. Gern hätte sie geglaubt, die alte Mrs. March könne es getan haben, aber ihr wollte kein triftiger Grund einfallen. Und natürlich hatte sie noch das abscheuliche Bild von Tassie vor Augen, die in jener Nacht die Treppe heraufgeschlichen war, erschöpft und nach Blut riechend, wie Charlotte es ihr beschrieben hatte. Konnte sie George nicht in einem Anfall von Wahnsinn ermordet haben? Doch selbst Wahnsinn brauchte einen Anlaß!

Oder sogar das wildeste Extrem: Eustace, um Tassies Gebrechen zu verbergen? Vielleicht hatte sie zuvor etwas Schreckliches getan. Konnte er versucht haben, es zu kaschieren? Aber es ergab keinen Sinn. Falls Eustace wußte, daß Tassie wahnsinnig war, würde er kaum jemanden suchen, der sie heiratete. Er hätte sie eher eingesperrt.

Jack Radley mußte es sein, der hier einen halben Meter von ihr entfernt saß, dem die Sonne auf das Haar schien, dessen Hemd so strahlend weiß war. Sie konnte das saubere Leinen ebenso riechen wie den Staub und die Hitze der Sonne auf dem Sessel und den Zinnsoldaten.

Sie wich seinem Blick aus, fürchtete, er würde die Angst in ihren Augen lesen. Falls er ihre Gedanken ahnte und sie verstand... Wie mußte er sich fühlen? Verletzt, weil es ihn bestürzte, was sie von ihm dachte? Weil es ungerecht war und er sich besseres erhofft hatte? Wütend, weil sie ihn verkannte? Oder weil seine Pläne fehlschlugen? Wütend genug, auf sie einzuschlagen?

Oder schlimmer, weit schlimmer: ängstlich, daß sie ihn betrügen, eine Gefahr für seine Sicherheit darstellen könnte?

Sie wagte nicht aufzusehen. Wenn er all das in ihren Augen las? Wenn er George getötet hatte, würde er jetzt auch sie töten müssen. Aber man würde ihn fassen!

Nicht, wenn er es wie einen Selbstmord aussehen ließ. Die Marches wären nur allzu froh, es hinzunehmen, die ganze Sache fallenzulassen und die Polizei fortzuschicken. Auch Thomas würde gehen und das Offensichtliche akzeptieren müssen. Die Familie würde es kaum in Frage stellen oder aufbauschen, ganz im Gegenteil! Sie wären dankbar.

Charlotte würde es natürlich niemals glauben. Aber wer würde schon auf sie hören?

Sie saß in der Stille des sonnendurchfluteten Kinderzimmers. Es war so hell, daß es sie blendete. Ihr war ein wenig schwindlig, und der Sessel unter ihr wurde plötzlich ganz hart. Er schien kippen zu wollen. Es war lächerlich, sie durfte nicht in Ohnmacht fallen! Sie war mit ihm allein, außer Rufweite aller anderen. Wenn er sie hier umbrachte, konnte es Tage dauern, bis man sie fand, Wochen sogar! Erst wenn wieder ein Dienstmädchen kam, um ein bißchen Staub zu wischen. Man würde glauben, sie wäre fortgelaufen, ein Eingeständnis ihrer Schuld.

»Emily, geht es Ihnen nicht gut?« Seine Stimme klang besorgt. Sie fühlte seine Hand auf ihrem Arm, sehr kräftig, fest.

Sie wollte ihren Arm an sich reißen. Angstschweiß trat ihr auf die Haut, durchnäßte den schwarzen Stoff ihres Kleides und lief ihr kalt über den Rücken. Wenn sie sich von ihm losriß, würde er wissen, daß sie Angst hatte, und er würde wissen, warum. Sie würde kaum aufstehen und fortlaufen können, bevor er sie faßte. Es war möglich, daß sie die Tür hinter ihm erreichte und über den Gang zu der steilen Treppe lief. Es wäre so einfach, sie zu stoßen, ein Sturz mit dem Kopf zuerst. Sie konnte ihren eigenen, verkrümmten Körper schon am Boden liegen sehen, seine Stimme mit der Erklärung hören. So einfach, so traurig. Ein weiterer tragischer Unfall. Sie war vor Trauer und Schuld ganz außer sich gewesen.

Es gab nur eine Möglichkeit: Unschuld vortäuschen, ihn davon überzeugen, daß sie keinen Verdacht hegte, keine Ahnung hatte, sich nicht vor ihm fürchtete.

Sie schluckte tapfer und biß die Zähne zusammen. Sie zwang sich, zu ihm aufzusehen, seinem Blick zu begegnen, ohne mit der Wimper zu zucken, mit ihm zu sprechen, ohne sich auf die Zunge zu beißen oder sich sonstwie verdächtig zu machen.

»Ja. Ja, danke. Mir war einen Augenblick lang schwindlig. Hier drinnen ist es wärmer, als ich gedacht hatte.«

»Ich werde ein Fenster öffnen.« Er stand auf, während er es sagte, griff nach dem Haken, hob den schweren Fensterrahmen hoch. Das war es! Ein Sturz aus dem Fenster! Sie waren im zweiten Stock. Sie würde nur kurz auf den harten Bürgersteig prallen, und es wäre das Ende. Wer würde sie hören, wenn sie schrie? Hier oben niemand. Eben das war der Grund, warum sich hier das Kinderzimmer befand: damit das Schreien der Kinder niemanden störte.

»Ja. Ja, das könnte vielleicht helfen«, stimmte sie ihm zu.

Er drehte sich zu ihr um, hob sich als Silhouette gegen die Sonne, den blauen Glanz der Blätter und des Himmels im Fenster ab. Er kam herüber und beugte sich ein wenig vor, nahm ihre Hand. Sie war warm, und sie erschauerte darüber, wie sehr. Sie konnte jetzt unmöglich aus ihrem Sessel aufstehen. Er stand beinah über ihr, hielt sie gefangen.

»Emily?« Er sah in ihr Gesicht, genau genommen starrte er sie an. »Emily, haben Sie Angst vor ihnen?«

Sie fürchtete sich so sehr, daß es ihr Schmerzen bereitete und ihr der Schweiß über den Rücken und zwischen den Brüsten herablief.

»Angst?« Sie täuschte Arglosigkeit vor, versuchte den Eindruck zu vermitteln, als wäre sie nicht sicher, was er meinte.

»Machen Sie mir nichts vor.« Noch immer hielt er ihre Hand. »Eustace und diese schreckliche alte Frau sind ganz versessen darauf, Sie für den Mord verantwortlich zu machen. Aber sie tun es nur, damit die Sache vertuscht wird und die Polizei das Haus verläßt. Pitt weiß das sicher. Ist er nicht Ihr Schwager? Und ich bin überzeugt davon, daß Ihre Schwester keine Anschuldigungen gegen Sie zulassen wird, ohne ihr Bestes zu tun, diese in der Luft zu zerreißen, egal, wo die Fetzen auch landen mögen.«

Hatte er eine Ahnung von dem, was sie dachte? Konnte er ihre Angst wittern? Sicher wußte er, daß ihre Furcht unmittelbar und physisch war, nicht so vage wie die Verdächtigungen der Marches. Es war ein naheliegender, zwingender

Schritt von dort zu seiner Erkenntnis, daß sie glauben mußte, er hätte George ermordet.

»Ich empfinde es als äußerst unangenehm«, sagte sie mit einem trockenen Schlucken, das Gesicht ganz heiß. »Natürlich ist es nicht gerade erfreulich, wenn solche Leute, selbst solche wie Mrs. March, etwas Derartiges von einem glauben. Aber ich weiß, daß sie es tut, weil sie für sich selbst fürchtet.«

»Für sich selbst?« Er klang überrascht, aber sie sah ihn nicht an.

»Ich glaube, es wäre besser, wenn ich es nicht ansprechen würde«, sagte sie leise. »Aber es gibt da bestimmte Dinge in der Familie...«

»Wer? Tassie?« Jetzt lag Zweifel in seiner Stimme.

»Wirklich, Mr. Radley. Ich möchte lieber nicht darüber sprechen. Ich glaube nicht, daß es irgend etwas mit ihr zu tun hatte, aber Mrs. March könnte äußerst besorgt sein.« Endlich rührte sie sich, betete, er möge zurücktreten und ihr erlauben aufzustehen. Ihr wurde ganz schwach vor Erleichterung, als er es tat.

»Aber Sie glauben, es war Tassie?« drängte er weiter, doch sie weigerte sich, ihn anzusehen. Vorsichtig, den Atem angehalten, schob sie sich an ihm vorbei zur Tür.

»Nein. Wahrscheinlich, weil ich es nicht will. Ich möchte es von niemandem glauben, aber ich kann es nicht verhindern.« Sie war im Zimmer der Nachtschwester, und er stand ganz nah hinter ihr. »William hatte einen guten Grund, es zu tun, würde ich sagen.« Es war schändlich, so etwas zu äußern, aber sie konnte nur noch an ihr Entkommen denken, daran, die Treppe zu erreichen und nach unten zu gelangen, wo Menschen waren.

»Natürlich.« Noch immer war er neben ihr, ganz nah, bereit, sie zu halten, falls sie sich wieder einer Ohnmacht nah fühlte. »Falls es ihm etwas ausgemacht hat. Ich habe nie Anzeichen dafür gesehen. Und Sie wissen, daß George sicher nicht der erste Mann war, der in Sybilla vernarrt war.«

»Ich kann es mir vorstellen, aber es bedeutet nicht, daß es ihm nichts ausgemacht hätte!« Sie hatte es eilig, allzu eilig. Der Gedanke daran, daß ihre Sicherheit in nur wenigen

Metern Entfernung lag, war zu verlockend. Erleichterung stieg in ihr auf, schnürte ihr die Kehle zu. Sie mußte nur vor ihm die Treppe hinuntersteigen, damit er sie nicht stoßen oder stolpern lassen konnte. Sie wollte laufen, um ganz sicherzugehen.

Dann spürte sie mit beinah unerträglichem Entsetzen seine Hand gleich über ihrem Ellbogen. Sie wollte sie wegreißen, um Hilfe rufen, schreien. Aber vielleicht war niemand anderes da, selbst jenseits der Treppe. Dann hätte sie ihr Entsetzen preisgegeben und wäre mit ihm allein. Sie erstarrte.

»Emily!« sagte er eindringlich. »Sehen Sie sich vor!«

War es eine Drohung? Endlich sah sie ihn an, beinah unfreiwillig. Aber sie mußte es wissen.

»Hüten Sie sich vor William«, sagte er ernst. »Falls William es war und er merkt, daß Sie es wissen, könnte er Ihnen vielleicht etwas antun, und sei es nur, indem er versucht, Sie in irgendeiner Weise zu belasten.«

»Das werde ich tun. Am besten werde ich versuchen, möglichst gar nicht davon zu sprechen.«

Er lachte freudlos. »Ich meine es ernst, Emily.«

»Danke.« Sie schluckte und mußte beinah husten. Sie standen an der obersten Stufe der Treppe. Hier konnte sie nicht bleiben. Er würde wissen, daß sie erwartete, von ihm gestoßen zu werden, und dieses Wissen konnte genügen, daß es wahr wurde. Er konnte es nicht wagen, sie leben zu lassen, und eine bessere Gelegenheit als diese würde er nie mehr bekommen. Ein einfacher Fehltritt, und sie würde kopfüber hinunterstürzen, sich das Rückgrat brechen oder das Genick. Ihre Füße standen schon auf der zweiten Stufe. Sie zwang sich zitternd weiter, mit weichen Knien... die dritte, die vierte. Er war hinter ihr. Es war zu eng, neben ihr zu gehen. Die siebente Stufe, die achte... sie versuchte, nicht zu hetzen. Mit jeder Sekunde kam sie ihrem Ziel näher. Endlich war sie unten, in Sicherheit! Für den Augenblick.

Sie atmete tief durch, trat fest auf den Boden und hastete dann über den Flur zur Haupttreppe hinüber.

8

Pitt hatte an der Beerdigung teilgenommen, jedoch in so diskretem Abstand, daß ihn ganz sicher niemand aus der Familie hatte sehen können. Danach folgte er ihnen zurück nach Cardington Crescent, und diesmal trat er durch die Küche ein, brachte Stripe mit sich. Wieder und wieder waren sie die spärlichen Aussagen durchgegangen, hatten die wenigen Gespräche nachvollzogen, die sie hatten belauschen können, die Eindrücke, die sie ihnen vermittelt hatten, in der Hoffnung, jemanden bei einer unbedachten Enthüllung zu ertappen, aber in seiner Erinnerung war nichts haftengeblieben, das sich deutlicher abgezeichnet hätte als der Rest. Nichts wies ihm den Weg durch das Labyrinth.

Er ließ Stripe die Dienerschaft ein weiteres Mal befragen, in der Hoffnung, daß man sich eines vergessenen Bruchstückes entsinnen würde, daß ein Aufblitzen neuer Erinnerungen an die Oberfläche der Gedanken stieg.

Er wollte Charlotte wiedersehen. Keine noch so intensive Beschäftigung mit diesem Fall, dem in Bloomsbury oder irgendeinem anderen, konnte ihm über die Einsamkeit seiner Abende hinweghelfen, wenn er nach Haus kam, oft erst gegen Mitternacht, und nur das Nachtlicht im Flur brannte, wenn er die Küche leer und sauber vorfand, in der alles bis auf das Abendessen, das Gracie ihm sorgfältig zubereitet und auf den Tisch gestellt hatte, weggeräumt war.

Jeden Abend aß er schweigend beim verglühenden Feuer am Ofen. Dann zog er seine Stiefel aus und stieg auf Zehenspitzen die Treppe hinauf, sah erst nach den kleinen, reglosen Umrissen von Jemina und Daniel im Kinderzimmer, bevor er zu Bett ging. Er war so müde, daß er innerhalb weniger Minuten einschlief, aber am Morgen wachte er mit einem Gefühl der Verlassenheit auf.

Am Morgen unterbreitete ihm Gracie die Vorkommnisse des vorangegangenen Tages, die sie für wichtig erachtete, aber es war ein zaghafter und dürftiger Rapport, nicht zu vergleichen mit Charlottes Berichten, voller Einschätzungen, Details und Dramatik. Für gewöhnlich betrachtete er ihr unablässiges Reden beim Frühstück als Störung, als eine jener Geißeln, die Männer mit einer Ehe unweigerlich auf sich nehmen müssen. Ohne sie war es ihm jedoch unmöglich, sich auf die Zeitung zu konzentrieren, und diese bereitete ihm nur noch wenig Vergnügen.

Jetzt erkundigte er sich bei dem Diener, wo Charlotte sei, und wurde in ein übervolles Boudoir geführt, stickig wie ein Treibhaus, und man bat ihn zu warten. Es dauerte keine fünf Minuten, bis Charlotte hereinkam und, nachdem sie die Tür fest hinter sich geschlossen hatte, ihre Arme um ihn warf und sich fest an ihn drückte. Sie gab keinen Ton von sich, aber er fühlte, daß sie weinte, ein müdes, stockendes Loslassen der Tränen.

Er küßte sie, ihr Haar, die Stirn, die Wangen, dann reichte er ihr sein einziges annehmbares Taschentuch, wartete, während sie sich zweimal heftig die Nase putzte.

»Wie geht es den Kindern?« fragte sie, schluckte und sah zu ihm auf. »Hat Daniel inzwischen seinen Zahn bekommen? Ich hatte das Gefühl, als hätte er etwas Fieber.«

»Ihm fehlt nichts«, versicherte er ihr. »Du bist erst seit zwei Tagen weg.«

Aber damit gab sie sich nicht zufrieden. »Was ist mit dem Zahn? Bist du sicher, daß er kein Fieber hat?«

»Ja, vollkommen sicher. Gracie sagt, es geht ihm gut, und er ißt immer alles auf.«

»Er ißt keinen Kohl. Das weiß sie.«

»Kann ich mein Taschentuch zurückbekommen? Es ist das einzige, das ich habe.«

»Ich werde dir eines von – von George besorgen. Warum hast du keine Taschentücher? Kümmert sich Gracie nicht um die Wäsche?«

»Natürlich tut sie das. Ich habe es einfach vergessen.«

»Sie sollte es dir in die Tasche stecken. Geht es dir gut, Thomas?«

»Ja, danke.«

»Das freut mich.« Aber ihre Stimme klang zweifelnd. Sie zog die Nase hoch, dann änderte sie ihre Absicht und putzte sie ein zweites Mal. »Ich nehme an, du hast bis jetzt noch nichts über George herausgebracht. Ich jedenfalls nicht. Je länger ich hinsehe, desto weniger scheine ich zu erkennen.«

Er legte ihr sanft eine Hand auf die Schulter, spürte ihre Wärme unter seiner Berührung.

»Wir werden es schon herausfinden«, sagte er mit mehr Gewißheit, als angebracht war. »Es ist noch zu früh. Wie geht es Emily?«

»Sie ist krank und verängstigt. Ich glaube, für sie war es das Schwierigste, Edward und Mrs. Stevenson zurückfahren zu lassen. Er ist so furchtbar jung. Er versteht es nicht. Aber er wird es verstehen, bald. Er wird...«

»Laß uns erst unsere dringlichsten Probleme lösen«, unterbrach er sie. »Wir helfen Edward, wenn...«

»Ja, natürlich.« Wiederum schluckte sie und wischte sich unbewußt die Hände am Rock. »Wir müssen mehr über die Marches herausfinden. Einer von ihnen war es – oder Jack Radley.«

»Warum zögerst du, bevor du ihn nennst?«

Sie sah zu Boden, wich seinem Blick aus. »Ich glaube...« Sie hielt inne.

»Fürchtest du, Emily hätte ihn ermutigt?« fragte er und haßte sich dafür. Aber wenn er es nicht tat, würde es dennoch zwischen ihnen stehen. Sie kannten einander zu gut, um lügen zu können, selbst schweigend.

»Nein!« Aber sie wußte, daß er ihr nicht glaubte. Es war eine Antwort aus Loyalität, nicht aus Überzeugung. »Ich weiß nicht«, fügte sie hinzu, mühte sich, etwas zu finden, das der Wahrheit näherkam. »Ich glaube nicht, daß sie es beabsichtigt hatte.« Sie holte tief Luft. »Wie kommst du mit dem Bloomsbury-Fall weiter? Damit mußt du doch ebenso beschäftigt sein.«

»Bin ich nicht.« Er spürte eine Last, die ihn bedrückte, als er es sagte. Er hatte keinerlei Hoffnung, diesen Fall zu lösen, und eine Lösung würde nur weitere, alltägliche Tragödien zu Tage treten lassen, die er auch in Zukunft nicht würde verhindern können. Es war nur der bizarre Zustand der Leiche, der die Öffentlichkeit aufrüttelte.

Sie sah ihn an. Ihre Verwirrung wich plötzlichem Verständnis. »Gibt es gar nichts? Kannst du nicht einmal in Erfahrung bringen, wer sie war?«

»Noch nicht. Aber wir versuchen es noch. Sie könnte aus einem Dutzend verschiedener Gegenden stammen. Wenn sie ein Stubenmädchen war, das wegen unmoralischen Betragens entlassen wurde oder vielleicht sogar, weil der Herr des Hauses ihr Avancen gemacht und seine Frau es herausgefunden hat, dann könnte sie auf die Straße gegangen sein, um sich ihren Lebensunterhalt zu verdienen. Dann könnte sie von einem Freier, einem Zuhälter, einem Dieb – praktisch von jedem ermordet worden sein.«

»Arme Frau«, sagte Charlotte sanft. »Dann ist es hoffnungslos.«

»Wahrscheinlich. Aber wir machen noch ein bißchen weiter.«

Sie starrte ihn trotzig an. »Aber dies hier ist nicht hoffnungslos! Georges Mörder ist in diesem Augenblick mit uns in diesem Haus. Es ist Jack Radley oder einer von den Marches.« Sie legte ihre Stirn in Falten, kämpfte einen Moment lang mit sich selbst und kam dann zu einer Entscheidung. »Thomas, ich habe dir etwas sehr, sehr Häßliches zu erzählen.« Und ohne ihm in die Augen zu sehen oder eine Unterbrechung zuzulassen, berichtete sie ganz genau, was sie mitten in der Nacht oben an der Treppe beobachtet hatte.

Er war bestürzt. Hatte sie geträumt? Sicher hatte sie in den letzten Tagen genügend Anlaß zu Alpträumen gehabt. Selbst wenn sie tatsächlich wach gewesen und auf dem Treppenabsatz gewesen war, konnte nicht vielleicht das abrupte Hochschrecken aus dem Schlaf, das Flackern des trüben Gaslichtes sie so sehr in die Irre geführt haben, daß sie meinte, Blut zu sehen, wo nur Schatten waren?

Sie starrte ihn an, wartete, suchte in seinem Gesicht nach dem angemessenem Entsetzen.

Er versuchte, seine Zweifel mit Erstaunen zu verbergen. »Niemand wurde erstochen«, sagte er laut heraus.

»Das weiß ich!« Sie wurde wütend, weil sie sich fürchtete, und sie wußte, daß er ihr nicht glaubte. »Aber warum schleicht jemand in den frühen Morgenstunden die Treppe hinauf und riecht dabei nach Blut? Wenn es denn so harmlos war, warum hat dann niemand etwas gesagt? Heute morgen war sie vollkommen normal. Und sie war nicht betrübt, Thomas! Ich schwöre dir, sie war glücklich!«

»Sag nichts davon!« warnte er sie. »Wir werden nichts in Erfahrung bringen, indem wir offen angreifen. Falls du recht hast, geschieht tatsächlich etwas wirklich Furchtbares in diesem Haus, in dieser Familie. Um Gottes willen, Charlotte, sei vorsichtig.« Er nahm sie bei den Schultern. »Vielleicht sollte Emily besser nach Haus fahren, und du mit ihr.«

»Nein!« Sie sträubte sich, riß sich los, erhobenen Hauptes. »Wenn wir nicht herausfinden und beweisen, wer es ist, könnte Emily gehängt werden oder im günstigsten Fall den Rest ihres Lebens mit dem Makel des Zweifels zubringen, weil sich die Leute erinnern und einander zuflüstern, daß sie vielleicht ihren Mann ermordet hat. Und wenn dies für Emily noch zu ertragen wäre, so doch kaum für Edward!«

»Ich werde es auch ohne dich herausfinden«, setzte er grimmig an, aber ihr Gesicht war gespannt und ihre Augen fiebrig.

»Vielleicht. Aber ich kann beobachten und belauschen, wie du es niemals könntest, nicht in diesem Haus. Emily ist meine Schwester, und ich werde bleiben. Es wäre falsch, davonzulaufen, und du würdest an meiner Stelle auch nicht darüber streiten. Und du würdest ebensowenig davonlaufen.«

Er dachte einen Moment lang nach. Was würde geschehen, wenn er sie nach Haus schickte? Sie würde nicht gehen. Ihre Loyalität gegenüber Emily war in diesem Augenblick größer, mit Recht. All seine Gefühle wollten, daß sie vor der Gefahr flüchtete. Sein Verstand wußte, daß es pure Feigheit war, Furcht vor seinem eigenen Schmerz, falls ihr etwas zustoßen sollte. Aber falls er dieses Verbrechen nicht aufklärte, falls Emily gehängt wurde, dann hätte er in seinem Verhältnis zu Charlotte alles verloren, das ihm Feuer und Bedeutung verlieh.

»Also gut«, sagte er schließlich. »Aber um Himmels willen, sei vorsichtig! Irgend jemand in diesem Haus ist ein Mörder. Vielleicht mehr als nur einer!«

»Ich weiß«, sagte sie ganz leise. »Ich weiß, Thomas.«

Am späteren Nachmittag ließ Eustace Pitt zu sich in das Morgenzimmer kommen. Er stand vor dem Kamin, die Hände in den Taschen vergraben, noch immer in denselben Kleidern, die er bei der Beerdigung getragen hatte.

»Nun, Mr. Pitt?« begann er, sobald die Tür geschlossen war. »Wie kommen Sie voran? Haben Sie schon etwas Wissenswertes in Erfahrung gebracht?«

Pitt hatte keineswegs die Absicht, sich auf irgend etwas festlegen zu lassen, geschweige denn, etwas von Charlottes Geschichte über Tassie zu sagen.

»Eine ganze Menge«, erwiderte er gelassen. »Aber ich bin mir über seine Bedeutung noch nicht recht im klaren.«

»Keine Verhaftung?« beharrte Eustace, und seine Miene hellte sich auf, die breiten Schultern entspannten sich, ließen das vortrefflich geschnittene Jackett ohne jede Spannung im Stoff noch gleichmäßiger sitzen. »Sie überraschen mich nicht. Interne Tragödie. Habe es Ihnen gleich gesagt. Ich möchte annehmen, man müßte doch ein Privatsanatorium für sie finden. Sie wird nicht unter Einbußen ihrer Mittel leiden müssen, so daß sie sich bequem einrichten kann. Das beste für uns alle. Keine Beweise. Nicht nachweisbar. Kein Vorwurf an Ihre Person, mein lieber Freund. Mißliche Lage, in der Sie stecken.«

Eustace bereitete sich also schon darauf vor, daß der Fall abgeschlossen wurde und sich weitere Nachforschungen wirksam verhindern ließen. Es wäre so einfach für die Marches, sich zu schützen, indem sie Emily beschuldigten. Sie hatten kaum gewartet, bis die Leiche unter der Erde war, als sie begannen, zu ihrer aller Nutzen hier und da mit einer kleinen Lüge eine äußerst diskrete Verschwörung zu inszenieren, daß es tatsächlich Emily gewesen war, die George in einem Anfall von Eifersucht ermordet hatte. Und, ob sie nun verraten wurde oder nicht, es wäre das allerbeste, wenn man sich Emilys in aller Stille entledigte, ihr die Schuld zuwies und den Fall somit schloß.

Schlimmer noch als die Verschwörung der Marches war dieser Anflug von Mißtrauen, der in Pitts Hinterkopf nagte, denn es war nicht unmöglich, daß Emily es getan hatte. Er hätte es vor Charlotte nicht so gesagt, und er spürte ein brennendes Schuldgefühl bei diesem Gedanken. Aber niemand sonst hatte die angebliche Versöhnung erwähnt, und ohne diese hatte sie eines der ältesten und besten Motive der Menschheit: das einer Frau, die lächerlich gemacht und dann betrogen worden war. Sie war schon früher Zeugin der Folgen einiger Morde gewesen, durch Charlotte und ihn selbst, vielleicht war ihr die Idee geläufiger, als sie ahnten.

»Höchst bedauerlich«, erwiderte Eustace mit wachsender Zufriedenheit. »Zweifellos haben Sie alles getan, was Sie konnten.«

Das Salbungsvolle im Ton, die Unterstellung seiner Blindheit, seiner Bereitschaft, sich zu fügen, waren beleidigend.

»Ich habe kaum angefangen«, sagte Pitt barsch. »Ich werde noch eine ganze Menge mehr herausfinden. Um die Wahrheit zu sagen, werde ich nicht ruhen, bis ich weiß, wer George ermordet hat.«

»Um Himmels willen, warum?« protestierte Eustace, die Augen ob derart unsinnigen Verhaltens weit aufgerissen. »Sie können nur nutzlosen Schmerz hervorrufen, nicht zuletzt bei Ihrer Frau. Zeigen Sie ein bißchen Gefühl, ein bißchen Einfühlungsvermögen!«

»Ich bin keineswegs sicher, daß Emily es war!« Pitt sah ihn düster an, aufgebracht und hilflos, und er wünschte, er hätte diese entsetzliche Selbstgefälligkeit aus Eustace herausprügeln können. Er stand direkt vor dem erloschenen Kamin, all seine Besitztümer beruhigend um sich geschart, entledigte sich Emilys, als wäre sie ein Haustier, das ihm lästig war. »Es gibt keinen Beweis!« sagte Pitt laut.

»Dann können Sie auch nicht davon ausgehen, einen zu

finden, oder?« Eustace gab sich unendlich vernünftig. »Machen Sie sich keinen Vorwurf. Ich möchte behaupten, daß Sie ungemein tüchtig sind, aber Sie können keine Wunder bewirken. Lassen Sie uns keinen Skandal daraus machen, um Emilys willen und wegen des Kindes.«

»Sein Name ist Edward!« Pitt war wütend, und er merkte, daß er die Kontrolle über sich verlor, die der Kern einer jeden intelligenten Suche nach der Wahrheit war, aber vergeblich bemühte er sich darum mit lauter werdender Stimme. »Warum glauben Sie, Emily wäre es gewesen? Haben Sie Beweise, die Sie mir vorenthalten?«

»Mein lieber Junge!« Eustace schaukelte sanft vor und zurück, die Hände noch immer in den Taschen. »George hatte eine Affäre mit Sybilla! Emily wußte davon und konnte ihre Eifersucht nicht mehr beherrschen. Dessen sind Sie sich doch bewußt?«

»Das ist ein ausgezeichnetes Motiv.« Pitt gab sich Mühe, leise zu sprechen. »Für Emily und für Mr. William March. Ich sehe da keinen Unterschied, es sei denn, Sie schenken Emilys Geschichte Glauben, daß sie und George sich wieder versöhnt hatten, was bedeuten würde, daß Mr. March ein noch stärkeres Motiv hätte!«

Eustace lächelte breit, die Miene gänzlich ungerührt. »Nicht im mindesten, mein lieber Freund. Zuallererst glaube ich keineswegs an diese Geschichte mit der Versöhnung. Wunschdenken oder ganz verständliche Angst. Aber dennoch befindet sich Emily in einer vollkommen anderen Situation als William. Emily wollte George, brauchte ihn, um es genau zu sagen.« Er nickt ein- oder zweimal. »Wenn ein verheirateter Mann Affären hat, bleibt der Frau nur, diese auf bestmögliche Weise hinzunehmen. Eine kluge Frau wird vorgeben, nichts zu merken. Auf diese Weise braucht sie überhaupt nichts zu tun. Ihr Heim und ihre Familie werden durch eine kleine Dummheit nicht in Gefahr gebracht. Ohne ihren Mann hat sie gar nichts. Wohin soll sie gehen, was soll sie tun?« Er zuckte mit den Schultern. »Sie wäre von der Gesellschaft ausgestoßen und hätte keinen Penny, um sich und die Kinder zu ernähren und anzukleiden.

Für einen Mann ist es da ganz anders. Ich kann Ihnen ruhig verraten, daß es Sybilla schon bei anderen Gelegenheiten an Diskretion gemangelt hat und daß der arme William beschlossen hatte, sich nicht länger damit abzufinden. Hinzu kam, daß sie ihm keine Kinder schenken konnte, wenn ich auch zugeben muß, daß die arme Frau nichts für dieses Unglück kann, was dennoch ein Unglück ist. Er wollte sich von ihr scheiden lassen und sich eine passendere Frau suchen, die ihre Rolle als Ehefrau erfüllen würde und ein Quell der Familienfreuden sein sollte. Er war sehr froh, daß Sybilla ihm schlußendlich die nötige Rechtfertigung geliefert hat, damit er in den Augen anderer nicht ungerecht wirkte, als würde er sie abschieben, nur weil sie unfruchtbar ist.«

Pitt war verblüfft. Es war etwas, das er niemals in Betracht gezogen hatte. »William wollte sich von Sybilla scheiden lassen?« wiederholte er stumpfsinnig. »Das hat mir niemand gesagt.«

»Ach, nein.« Eustaces Lächeln wurde noch vertraulicher, und er beugte sich ein wenig vor, nahm die Hände aus den Taschen und stützte eine auf die Lehne des Sessels, um sein Gleichgewicht zu halten. »Ich nehme an, dies war der Streit, den Emily belauscht zu haben glaubt. Da Sybilla nun doch ein Kind erwartet, ändert sich die Lage dadurch selbstverständlich. Um des Kindes willen hat William ihr vergeben und nimmt sie wieder auf. Und natürlich kehrt sie dankbar und reumütig zurück. Ich denke, ihr zukünftiges Verhalten wird nichts zu wünschen übrig lassen.« Auf seinem Gesicht glänzte ungeheure Zufriedenheit.

Pitt war sprachlos. Er hatte keine Ahnung, ob es stimmte, aber er wußte aus seiner Kenntnis der Scheidungsgesetze, daß Eustace recht hatte: Ein Mann konnte sich wegen Ehebruchs von seiner Frau scheiden lassen und sie auf die Straße setzen, aber nach dem Gesetz konnte eine Frau das nicht tun. Ein Ehebruch war unerheblich, solange er es war, der ihn beging, nicht sie.

»Ich sehe, Sie verstehen«, sagte Eustace, und die Worte zogen wie tosendes Wasser über Pitts Kopf hinweg. »Sehr weise. Je weniger davon gesprochen wird, desto besser.

Habe Ihnen zu einer Vertraulichkeit verholfen. Weiß, daß Sie es nicht weitersagen werden. Vertraue auf Ihre Diskretion. Solche Angelegenheiten sollten zwischen einem Mann und seiner Frau bleiben.« Er spreizte seine Hände, die Handflächen zu einer vertraulichen Geste zwischen vernünftigen Männern nach oben gewandt. »Habe es Ihnen nur gesagt, damit Sie verstehen. Der arme William hat eine Menge durchmachen müssen, aber er sollte jetzt am Beginn seines Glückes stehen. Tragisch, daß die arme Emily nicht einen kühlen Kopf behalten konnte. Ein paar Tage später wäre alles wieder gut gewesen. Tragisch.« Er zog die Nase hoch. »Aber seien Sie versichert, daß wir uns um sie kümmern werden. Sie wird die allerbeste Pflege erhalten.«

»Noch gehe ich nicht«, sagte Pitt und fühlte sich albern. Er mußte lächerlich wirken in diesem bedrückenden Raum mit seiner Sammlung von Familienreliquien und Eustace so ungerührt wie die Ledersessel. Pitts Haar war struppig, seine Krawatte saß schief, der Mantel hing offen, und er hatte zwei von Georges Taschentüchern in der Hose. Eustaces Stiefel wurden täglich vom Stiefelknecht poliert, Pitts waren an der Sohle geflickt und wurden von Gracie geputzt, wenn sie daran dachte und die Zeit dafür hatte. »Ich bin noch nicht fertig«, sagte er ein weiteres Mal.

»Wie Sie wünschen.« Eustace war enttäuscht, aber nicht besorgt. »Tun Sie, was Sie für nötig halten. Achten Sie unbedingt darauf, daß es im angemessenen Rahmen geschieht. Möchte nicht, daß Sie Ihren Job verlieren. In der Küche werden Sie sicher Mittagessen bekommen, wenn Sie möchten. Und Ihr Freund Stripe natürlich auch.«

Stripe war hocherfreut, sein Mittagessen in der Küche zu bekommen, nicht weil er Hoffnung hatte, daß er etwas Wertvolles den Fall betreffend, erfahren würde, sondern weil auch Lettie Taylor dort war, sauber und adrett wie ein Blumengarten und nach Stripes Ansicht in jeder Beziehung erfreulich. Absichtlich behielt er die Augen bei seinem Teller, sehnte sich danach, sie anzusehen, war jedoch ganz entsetzlich befangen. Er war es nicht gewohnt, in derart förmlicher, sogar hierarchischer Gesellschaft zu speisen. Der Butler saß wie der Vater einer großen Familie am Kopfende des Tisches und die Wirtschafterin ihm gegenüber wie eine Mutter. Der Butler führte die Aufsicht, als hätte er eine Funktion von enormer Wichtigkeit auszuführen, und strenge Regeln waren zu beachten. Die jungen Diener und die jüngsten Mädchen sagten nur etwas, wenn sie angesprochen wurden. Die Dienstmädchen der Damen, sowohl die ansässigen als auch die durchreisenden, schienen eine ganze Klasse weit auseinanderzustehen, sowohl nach Einschätzung des Hauspersonals als auch nach ihrer eigenen. Die älteren Diener, Küchenmädchen und Stubenmädchen saßen in der Mitte und bestritten den Großteil der Konversation.

Die Tischmanieren waren so vornehm wie im vorderen Eßzimmer und die Gespräche mit Sicherheit ebenso gestelzt, aber hier herrschte doch eine häuslichere Atmosphäre. Das Essen wurde, während man es auftrug, aß und fortbrachte, Teller für Teller mit Komplimenten bedacht. Die Manieren der Jüngeren wurden mit fürsorglicher Ungezwungenheit sanft gerügt. Es gab Kichern, Erröten, Schmollen, genau wie Stripe es von seinem eigenen Zuhause her kannte, als er klein war. Nur waren die Gesetze seltsam und streng: Ellbogen an die Seiten, alles grüne Gemüse mußte gegessen werden, sonst gab es keinen Pudding, niemals Erbsen auf dem Messer. Das Sprechen mit vollem Mund wurde augenblicklich getadelt, unaufgeforderte Meinungsäußerungen unterdrückt. Hätte er vom Tod gesprochen, wäre dies ein Ausdruck unerträglich schlechten Geschmacks gewesen, vom Mord ganz zu schweigen.

Unwillkürlich warf Stripe einen Blick auf Lettie, proper in weißer Spitze über ihrem schwarzen Kleid, und er merkte, daß auch sie ihn ansah. Selbst im Gaslicht waren ihre Augen noch genauso blau. Schnell blickte er zur Seite und war zu befangen, um zu essen, fürchtete, er würde Erbsen von seinem Teller auf das perlweiße Tuch schieben.

»Trifft das Essen nicht Ihren Geschmack, Mr. Stripe?« fragte die Wirtschafterin kühl.

»Oh, ausgezeichnet, Ma'am, danke«, antwortete er. Dann,

als sie ihn immer noch ansahen, spürte er, daß noch etwas von ihm erwartet wurde, und er sprach weiter. »Ich – ich nehme an, ich war einfach mit meinen Gedanken woanders.«

»Nun, ich hoffe, Sie werden sie nicht hier diskutieren wollen!« Die Köchin schnaubte verächtlich durch die Nase. »Ich muß schon sagen! Rosie hat bereits hysterische Anfälle, und Marigold hat gekündigt und ist sonstwohin gegangen. Ich weiß nicht, wohin das noch führen soll, ich weiß es wirklich nicht!«

»Ich bin noch nie in einem Haus tätig gewesen, in das Polizisten gekommen sind«, sagte Sybillas Mädchen steif. »Niemals. Nur meine Loyalität hält mich noch an diesem Ort.«

»Wir auch nicht!« antwortete Lettie so eilig, daß die Worte über ihre Lippen kamen, bevor sie Zeit hatte, darüber nachzudenken. »Aber was wollen Sie? Daß wir Gefahr laufen, in unseren Betten ermordet zu werden und niemand da ist, der uns beschützt? Ich bin sehr *froh*, daß Sie da sind.«

»Ha! Daß *Sie* froh sind, kann ich mir vorstellen«, sagte die Wirtschafterin.

Lettie errötete. »Ich weiß absolut nicht, was Sie meinen.« Sie sah auf ihren Teller, und neben ihr kicherte eines der Stubenmädchen aus dem Obergeschoß, erstickte es jedoch in der Serviette, als der Butler ihr einen bösen Blick zuwarf.

Stripe verspürte einen unwiderstehlichen Drang, Lettie zu verteidigen. Wie konnte es jemand wagen, sie zu beleidigen und in Verlegenheit zu bringen!

»Sehr lobenswert von Ihnen, Miß«, sagte er und sah sie direkt an. »Eine Notlage zu verstehen und sie mit Ruhe zu nehmen. Gesunder Menschenverstand ist das beste Mittel in Zeiten wie diesen. Eine Menge Unheil ließe sich vermeiden, wenn sich mehr Leute darauf besinnen würden.«

»Danke, Mr. Stripe«, sagte Lettie geziert. Aber die Röte auf ihren Wangen verdunkelte sich, und er wagte zu hoffen, es sei aus Freude geschehen.

Der Rest der Mahlzeit verging mit Konversation über Banalitäten, aber als Stripe keine weiteren Fragen einfallen wollten und sich Pitts Pflichten im vorderen Teil des Hauses erschöpft hatten, wurde es Zeit zu gehen. Er ging mit einigem Bedauern, das kindischer Hochstimmung wich, als Lettie unter einem nichtigen Vorwand in die Küche herunterkam, ihm in die Augen blickte, einen schönen Tag wünschte und dann mit zierlichen Schritten und raschelndem Rock über die Treppe nach oben lief und im Korridor verschwand.

Stripe öffnete den Mund, um etwas zu erwidern, aber es war zu spät. Er drehte sich herum, sah, daß Pitt lächelte und wußte, daß ihm die Bewunderung – denn so hätte er es nach wie vor genannt – in seinem Gesicht geschrieben stand.

»Sehr hübsch«, sagte Pitt beifällig. »Und vernünftig.«

»Äh, ja, Sir.«

Pitts Lächeln wurde immer breiter. »Aber verdächtig, Stripe, sehr verdächtig. Ich glaube, Sie sollten sie eingehender verhören, um herauszufinden, was sie weiß.«

»Oh, nein, Sir! Sie ist so... Oh.« Er sah Pitts Blick. »Ja, Sir. Das werde ich tun, Sir. Morgen früh, als allererstes, Sir.«

»Gut. Und viel Glück, Stripe.«

Aber Stripe war viel zu sehr in seinen Gefühlen gefangen, um antworten zu können.

Oben im Eßzimmer verlief das Mittagessen schlimmer, als selbst Charlotte es sich hätte vorstellen können. Alle waren da, Emily eingeschlossen, aschfahl vor Gram. Alle Frauen trugen entweder Schwarz oder Grau, außer Tante Vespasia, die sich stets weigerte. Sie trug Violett. Der erste Gang wurde in fast vollständiger Stille aufgetragen. Als sie die Suppe hatten kalt werden lassen und den Weißfisch in Soße von einer Seite des Tellers zur anderen geschoben, wurde der Druck unerträglich.

»Ein impertinenter, kleiner Mann!« platzte Mrs. March plötzlich heraus.

Alle erstarrten vor Entsetzen, fragten sich erschrocken, wen sie ansprach.

»Wie sagten Sie?« Jack Radley sah auf, die Augenbrauen hochgezogen.

»Der Polizist, Spot, oder wie er heißen mag«, fuhr Mrs. March fort. »Stellt den Dienern alle möglichen Fragen über Angelegenheiten, die nicht seine Sache sind.«

»Stripe«, sagte Charlotte sehr leise. Es war eigentlich nicht so wichtig, aber sie war dankbar für jede Möglichkeit zu kontern.

Mrs. March warf ihr einen wütenden Blick zu. »Wie bitte?«

»Stripe«, wiederholte Charlotte. »Der Name des Polizisten ist Stripe, nicht Spot.«

»Stripe, Spot, das ist doch dasselbe. Ich hätte gedacht, es gäbe Wichtigeres, an das Sie sich erinnern müßten, als ausgerechnet an den Namen eines Polizisten.« Mrs. March starrte sie an, mit kalter Miene, die Augen bläulich grün wie Murmeln. »Was wollen Sie mit Ihrer Schwester anfangen? Sie können nicht von uns erwarten, daß wir die Last der Verantwortung auf uns nehmen. Gott weiß, was sie als nächstes tut!«

»Das war unangemessen«, sagte Jack Radley böse. Es folgte eine eisige Stille, aber er blieb unerschrocken. »Emily hat schon genug Kummer, auch ohne daß wir unseren boshaften und schlecht unterrichteten Spekulationen freien Lauf lassen.«

Mrs. March schnaufte und räusperte sich. »Ihre Spekulationen mögen schlecht unterrichtet sein, Mr. Radley, wenn ich dies auch bezweifle. Meine sind es mit Sicherheit nicht. Sie mögen Emily weit intimer kennen als ich, aber Sie kennen sie noch nicht so lange.«

»Um Himmels willen, Lavinia!« sagte Vespasia heiser. »Hast du denn jeden Rest deiner guten Manieren vergessen? Emily hat heute ihren Mann begraben, und wir haben Gäste am Tisch.«

Zwei puterrote Flecken traten auf Mrs. Marchs weiße Wangen. »Ich werde mich in meinem eigenen Haus nicht kritisieren lassen!« sagte sie wutschnaubend, und ihre Stimme überschlug sich.

»Da du es kaum noch verläßt, scheint mir dies der einzig zur Verfügung stehende Ort dafür zu sein«, herrschte Tante Vespasia sie an.

»Ich hätte es mir von dir denken sollen!« Mrs. March fuhr herum, funkelte Vespasia an und stieß ein Glas Wasser um. Es rollte über das Tuch und ließ Wasser auf Jack Radleys Schoß tropfen, durchnäßte ihn bis auf die Haut. Er war von diesem Vorfall wie gelähmt, konnte sich nicht rühren.

»Du bist sicher daran gewöhnt, daß die ordinärsten Menschen durch dein Haus streunen«, fuhr Mrs. March fort, »daß sie spionieren und herumschnüffeln und von Obszönitäten und Gott weiß was noch für Angelegenheiten der kriminellen Klassen sprechen.«

Sybilla rang nach Luft und riß ihr Taschentuch hervor. Jack Radley sah fasziniert Vespasia an.

»Das ist Unsinn!« warf Tassie zur Verteidigung ihrer liebsten Großmutter dazwischen. »Vor Großmama ist niemand ordinär. Das würde sie nicht zulassen! Und Constable Stripe tut nur seine Pflicht.«

»Und wenn nicht jemand George ermordet hätte, müßte er seine Pflicht nicht in Cardington Crescent tun«, führte Eustace ärgerlich aus. »Und benimm dich deiner Großmutter gegenüber nicht impertinent, Anastasia, sonst muß ich dich bitten, dein Mittagessen oben in deinem Zimmer zu beenden.«

Der Zorn brannte auf Tassies Wangen, aber sie sagte nichts weiter. Ihr Vater hatte sie schon früher fortgeschickt, und sie wußte, daß er es sehr wohl wieder tun würde.

»Georges Tod ist nicht Tante Vespasias Schuld«, sagte Charlotte. »Es sei denn, Sie wollen andeuten, sie hätte ihn ermordet?«

»Kaum.« Mrs. March schnaufte erneut, ein Geräusch voll Ärger und Geringschätzung. »Vespasia mag exzentrisch sein, sogar ein wenig senil, aber sie ist immer noch eine von uns. Etwas derart Scheußliches würde sie niemals tun. Und sie ist nicht Ihre Tante.«

»Du hast dein Wasser über unsere Gäste verschüttet«, sagte Vespasia barsch. »Der arme Mr. Radley ist triefend naß. Achte doch bitte darauf, was du tust, Lavinia.«

Es war so banal und idiotisch, daß es Mrs. March tatsächlich zum Schweigen brachte, und es folgten einige friedliche Augenblicke, während der nächste Gang serviert wurde.

Eustace holte tief Luft. Seine Brust schwoll an. »Wir haben eine überaus unangenehme Zeit vor uns«, sagte er und sah der Reihe nach jeden an. »Was immer eure individuellen Schwächen sein mögen, keiner von uns wünscht sich einen *Skandal.*« Er ließ das Wort im Raum stehen. Vespasia schloß die Augen und seufzte leicht. Sybilla saß immer noch stumm da, beachtete niemanden, war vollkommen in sich versunken. William sah Emily an, und tiefes, beinah kränkendes Mitleid blitzte in seinem Gesicht auf.

»Ich sehe nicht, wie wir es verhindern können, Papa«, sagte Tassie in die Stille hinein. »Falls es tatsächlich Mord war. Ich persönlich glaube, daß es wahrscheinlich eine Art Unfall gewesen ist, trotz allem, was Mr. Pitt sagt. Warum um alles in der Welt sollte jemand George ermorden?«

»Du bist sehr jung, mein Kind«, sagte Mrs. March mit leicht gekräuselten Lippen. »Und sehr unerfahren. Es gibt eine Vielzahl von Dingen, die du nicht weißt und wahrscheinlich nie wissen wirst, es sei denn, du würdest etwas fülliger und brächtest es fertig, all diese Sommersprossen zu verbergen. Uns anderen ist es absolut offensichtlich, wenn nicht sogar ausgesprochen widerlich.« Wiederum wandte sie ihre wasserblauen Augen Emily zu.

Tassie machte den Mund auf, um etwas dagegenzuhalten, schloß ihn aber wieder. Charlotte spürte, wie plötzlich Wut in ihr aufwallte. Es reizte sie in ihrem Innersten, wenn man sie herablassend behandelte.

»Ich weiß auch keinen Grund, warum jemand George ermorden sollte«, sagte sie schroff.

»Das müssen Sie wohl sagen, nicht wahr?« Feindselig starrte Mrs. March sie an. »Ich habe schon immer gesagt, daß George schlecht geheiratet hat.«

Feuerrot flammten Charlottes Wangen auf, und das Blut pochte in ihren Schläfen. Der harte, vorwurfsvolle Blick in den Augen der alten Frau war nur zu deutlich. Sie glaubte,

Emily hätte George ermordet und beabsichtigte, dafür zu sorgen, daß sie dafür bestraft wurde.

Charlotte bekam einen lauten Schluckauf. Alle sahen sie an, die Gesichter ein fahles Meer, in dem sich Augen spiegelten, entsetzt, verlegen, mitfühlend, anklagend. Und wieder dieser Schluckauf.

Neben ihr beugte sich William vor, schenkte ihr ein Glas Wasser ein und reichte es ihr. Schweigend nahm sie es entgegen, zuckte noch einmal, dann trank sie ein wenig und versuchte, den Atem anzuhalten, hielt sich die Serviette an die Lippen.

»Zumindest war Georges Frau seine eigene Wahl.« Vespasia füllte die Leere mit eisiger Stimme. »*Seine* Familie war ihm ein Hindernis, da sie keine Rücksicht auf seine Wünsche nahm, und ich glaube, es gab Zeiten, in denen sie ihm ungemein zur Last gefallen ist.«

»Du hast keine Ahnung von Loyalität, Schwiegermama!« sagte Eustace mit leicht bebenden Nasenflügeln und warnendem Unterton in der Stimme.

»Absolut keine«, stimmte sie ihm zu. »Ich habe es schon immer als unsinniges Prinzip erachtet, etwas zu verteidigen, was falsch ist, nur weil man mit den Verursachern verwandt ist.«

»Ganz recht.« Eustace wich Charlottes Blick aus und sah Emily an. »Falls wir herausfinden sollten, daß der – Übeltäter – dieser Familie entstammt, werden wir dennoch unsere Pflicht tun, so schmerzlich sie auch sein mag, und dafür sorgen, daß er eingesperrt wird. Aber diskret. Wir wollen nicht, daß die Unschuldigen gleichfalls darunter zu leiden haben, und deren gibt es viele. Die Familie muß beschützt werden.« Er warf Sybilla ein Lächeln zu. »Manche Leute«, fuhr er fort, »ungebildete Leute, können äußerst rücksichtslos sein. Sie neigen dazu, uns alle über denselben Kamm zu scheren. Und da uns Sybilla nun schließlich ein Kind schenken wird...«, seine Stimme begann plötzlich zu jubilieren, und er warf William einen verschwörerischen Blick zu, »...das erste von vielen, wie wir hoffen, müssen wir in die Zukunft blicken.«

Emily hatte das erstickende Gefühl, bedrängt zu werden. Sie sah zu Mrs. March, die sich abwandte und stumpfsinnig das Wasser auf dem Tischtuch auftupfte, das längst eingesikkert war. Jack Radley versuchte zu lächeln, aber es erstarb auf seinen Lippen, als er sich eines Besseren besann.

William hatte nur wenig gegessen, aber jetzt ließ er es ganz. Sein Gesicht war so weiß wie die Sauce auf dem Fisch. Emily kannte ihn inzwischen gut genug, um sich darüber im klaren zu sein, daß er ein ausgesprochen zurückgezogener Mann war und eine derart offene Diskussion eines so persönlichen Themas ihn quälen mußte. Sie wandte sich von ihm ab und sah über den Tisch zu Sybilla.

Aber Sybilla starrte William an, dann Eustace, ihre Miene war so haßerfüllt, daß er es unmöglich übersehen konnte.

Tassie nahm ihr Weinglas auf. Es glitt ihr aus der Hand, zerbrach, und der Wein ergoß sich über den Tisch. Emily zweifelte keinen Augenblick daran, daß sie es absichtlich getan hatte. Ihre Augen waren weit aufgerissen, wie Höhlen in der bleichen Haut ihres Gesichtes.

Sybilla faßte sich als erste. Sie zwang sich zu einem Lächeln. »Macht nichts«, sagte sie heiser. »Es ist nur Weißwein. Ich nehme an, er wird sich leicht herauswaschen lassen. Möchtest du noch etwas?«

Tassie öffnete den Mund, ohne einen Ton von sich zu geben, dann schloß sie ihn wieder.

Emily sah William an, und er starrte zurück, aschfahl und voll undurchschaubarer Gefühle. Es hätte alles sein können, höchstwahrscheinlich Mitleid mit ihr. Vielleicht glaubte auch er, daß sie ihren Mann in einem Anfall besessener Eifersucht ermordet hatte, und dies war der Grund für sein Mitgefühl. Vielleicht meinte er, sie sogar zu verstehen. Hatte Eustace mit seiner Selbstgefälligkeit, seiner grenzenlosen Energie, seiner Manneskraft, die Olivia schließlich aufgerieben hatte, Williams Ehe so lange Zeit überschattet? Fürchtete er, Sybilla würde wie seine Mutter an endlosen Geburten sterben? Oder hatte er Sybilla ohnehin niemals wirklich geliebt? Vielleicht liebte er sogar eine andere. Die vornehme Gesellschaft war voll unausgefüllter Ehen jeden Grades. Da die Ehe der einzig annehmbare Status für eine Frau war, konnte man es sich nicht leisten, pingelig zu sein.

Emily sah Eustace an, aber er war wieder mit seinem Essen beschäftigt. Er hatte einige Probleme zu bedenken: seine Familie vor einer Hysterie zu bewahren, einen Skandal in der Gesellschaft zu verhindern und den Ruf der Marches zu erhalten, besonders den von William und Sybilla, jetzt, da der langersehnte Erbe erwartet wurde. Emily war ein Hemmnis, das, wenn man der alten Dame Glauben schenkte, schon bald drohte, zu etwas weitaus Schlimmerem zu werden. Wütend schnitt er eine Scheibe Fleisch ab, das Messer kreischte auf dem Teller, und seine Miene blieb vollkommen konzentriert.

Emily sah über den Tisch hinweg zu Jack Radley. Sein Blick war ehrlich und verwirrend sanft. Er hatte sie schon beobachtet, bevor sie ihn ansah. Sie merkte, wie oft sie diesen Ausdruck in letzter Zeit an ihm gesehen hatte. Er fühlte sich zu ihr hingezogen, sehr sogar, und es war ein tieferes Gefühl als nur eine banale Liebelei.

Oh, Gott! Hatte er George für sie getötet? Stellte er sich tatsächlich vor, sie würde ihn jetzt heiraten?

Der Raum um sie herum begann zu schwanken, und sie hatte ein Rauschen in den Ohren, als wäre sie unter Wasser. Die Wände verschwanden, und plötzlich konnte sie nicht mehr atmen. Es war zu heiß – erstickend...

»Emily! Emily!« Die Stimme dröhnte in weiter Ferne und war doch nah bei ihr. Sie saß auf einem der seitlichen Stühle, halb zurückgelehnt. Es war unbequem und gefährlich. Sie hatte das Gefühl, als müßte sie zur Seite abgleiten, wenn sie sich bewegte. Es war Charlottes Stimme gewesen. »Es ist alles in Ordnung«, sagte sie leise. »Du bist in Ohnmacht gefallen. Wir haben dir zuviel zugemutet. Mr. Radley wird dich nach oben tragen und in dein Bett bringen.«

»Ich werde dir von Digby einen Heiltrank bringen lassen«, fügte Tante Vespasia von irgendwo über ihr aus undeutlicher Ferne hinzu.

»Ich muß nicht nach oben getragen werden!« protestierte Emily. »Es wäre lächerlich. Und warum kann mir nicht Millicent eine Ptisane bringen, ganz abgesehen davon, daß ich keine möchte?«

»Millicent ist vollkommen durcheinander«, erwiderte Vespasia. »Sie weint bei dem geringsten Anlaß und ist sicher das, was du jetzt am wenigsten brauchen kannst. Ich habe sie in den Servierraum geschickt, bis sie sich wieder im Griff hat. Und du wirst tun, was man dir sagt, und dir die Aufregung einer weiteren Ohnmacht ersparen.«

»Aber Tante Vespasia...« Bevor sie ihren Einwand formuliert hatte, sah sie sich von einem schwarzen Anzug umfaßt. Jack Radley hatte seine Arme um sie gelegt und sie hochgehoben. »Das ist völlig unnötig«, sagte sie gereizt. »Ich bin absolut in der Lage zu gehen!«

Er ignorierte sie. Charlotte ging voraus, um die Türen zu öffnen, und Emily wurde aus dem Raum getragen, dann über den Korridor und die Treppe hinauf in ihr Schlafzimmer. Er legte sie auf ihr Bett, sagte nichts, berührte nur sanft ihren Arm und ging.

»Ich schätze, es ist ein bißchen spät, jetzt darüber nachzudenken«, sagte Charlotte, als sie Emilys Kleid aufknöpfte. »Aber dein ausschweifender Charme, mit dem du George zurückgewinnen wolltest, mußte auch andere ansprechen. Es sollte dich wirklich nicht wundern.«

Emily starrte auf das Muster der Tagesdecke und ließ Charlotte weiter an den Knöpfen herumnesteln. Sie wollte nicht, daß sie ging.

»Ich habe Angst«, sagte sie leise. »Mrs. March glaubt, ich hätte George ermordet, weil er Sybilla geliebt hat. Sie hat es so gut wie gesagt.«

Charlotte erwiderte nichts, bis Emily schließlich herumfuhr und sie anstarrte. Ihr Gesicht war ernst, ihr Blick verschwommen und traurig.

»Deshalb müssen wir genau wissen, was passiert ist, so schmerzlich es auch sein mag, und schwierig. Ich muß morgen heimlich mit Thomas sprechen und sehen, was er herausgefunden hat.«

Emily sagte nichts. Sie fühlte, wie die Angst in ihr übermächtig wurde, sich der Abgrund eines Lebens ohne George vor ihr auftat. Der heftige, umklammernde Schmerz war wie Eis. Sie sah sich von Gefahr umgeben. Wenn sie nicht bald die Wahrheit erfuhr, würde sie ihr nicht entgehen können, vielleicht nie mehr.

Charlotte wachte in der Nacht auf. Ihre Haut kribbelte vor Entsetzen, sie lag starr unter der Decke, die Fäuste geballt. Irgend etwas Entsetzliches hatte sie aus dem dunklen Kokon des Schlafes gerissen.

Dann hörte sie es wieder, einen hohen, scharfen Schrei, der durch die Stille des Hauses gellte. Sie setzte sich auf, riß die Bettdecke an sich, als wäre es kalt im Zimmer, obwohl Hochsommer war. Sie konnte nichts mehr hören, überhaupt nichts.

Langsam stieg sie aus dem Bett, und schaudernd berührten ihre Füße den Teppich. Sie stieß gegen einen Stuhl und brauchte länger als sonst, ihre Augen an die Finsternis des abgedunkelten Zimmers zu gewöhnen. Was würde sie draußen auf dem Treppenabsatz vorfinden? Tassie? Grauenvolle Bilder von Blut und Gaslicht, das oben an der Treppe Messer glänzen ließ, stürmten auf ihre Fantasie ein, und sie blieb mitten im Zimmer stehen und hielt die Luft an.

Endlich hörte sie wieder ein Geräusch, Schritte, irgendwo weit entfernt, und eine Tür, die sich leise öffnete und schloß. Dann wieder Schritte und die verworrenen Geräusche des Herumtappens einiger Leute, die noch vom Schlaf benommen waren.

Sie nahm ihren Umhang vom Stuhl und legte ihn um ihre Schultern, dann öffnete sie schnell die Tür. Am Ende des kleinen Verbindungsganges war der Treppenabsatz hell erleuchtet. Jemand hatte die Lampen hochgedreht. Als sie die oberste Stufe erreicht hatte, stand Tante Vespasia neben der Jardiniere mit dem Farn. Sie sah alt und sehr schmal aus. Charlotte konnte sich nicht erinnern, sie jemals mit offenem Haar gesehen zu haben. Es wirkte wie eine alte, silberne Schneckenverzierung, die so oft poliert worden war, daß sie sich abgenutzt hatte. Jetzt schien das Licht hindurch, und es wirkte wie ein Schleier.

»Was ist los?« Charlottes Stimme überschlug sich. Ihre Kehle war zu trocken, die Worte zuzulassen. »Wer hat geschrien?«

Wieder hörte man Schritte, und Tassie tauchte auf der Treppe zum oberen Stockwerk auf. Sie starrte sie an, das Gesicht weiß und erschrocken.

»Ich weiß es nicht«, antwortete Vespasia leise. »Ich habe zwei Schreie gehört. Charlotte, bist du bei Emily gewesen?«

»Nein.« Es war nur ein Flüstern. An Emily hatte sie nicht einmal gedacht. Sie hatte geglaubt, das Geräusch wäre aus der gegenüberliegenden Richtung gekommen und von weiter weg. »Ich glaube nicht...«

Aber bevor sie weitersprechen konnte, öffnete sich Sybillas Schlafzimmertür, und Jack Radley kam heraus, bekleidet nur mit einem seidenen Pyjama.

Charlotte wurde von einer Woge des Abscheus der Enttäuschung ergriffen, und augenblicklich kam ihr die Überlegung: Wie konnte sie verhindern, daß Emily davon erfuhr? Sie würde sich ein zweites Mal betrogen fühlen. Wie wenig sie auch für ihn empfinden mochte, hatte er doch vorgegeben, sich etwas aus ihr zu machen.

»Es gibt keinen Grund zur Besorgnis«, sagte er mit einem leisen Lächeln, fuhr sich mit den Händen durch das Haar. »Sybilla hatte einen Alptraum.«

»Tatsächlich?« Vespasias silberne Augenbrauen hoben sich ungläubig.

Charlotte faßte sich. »Welchen Inhalts?« sagte sie sarkastisch, verbarg nicht ihre Verachtung.

William öffnete seine Schlafzimmertür und trat peinlich berührt und verwirrt auf den Treppenabsatz. Sein Gesicht war vom Schlaf zerknittert, und er blinzelte, als hätte man ihn aus einem Nichts gerissen, das er unendlich bevorzugte.

»Geht es ihr gut?« fragte er, wandte sich Jack Radley zu und ignorierte die anderen.

»Ich glaube schon«, erwiderte Jack. »Sie hat nach ihrem Mädchen geläutet.«

Vespasia ging langsam an ihnen vorbei, ohne einen von beiden anzusehen und trat in Sybillas Zimmer, indem sie die

Tür weiter aufschob. Charlotte folgte ihr, zum Teil mit der vagen Vorstellung, sie könne helfen, aber ebenso aus Neugier. Wenn Sybilla jemals die Wahrheit dessen, was geschehen war, preisgeben würde, dann jetzt, wenn sie noch zu verwirrt war, sich eine Lüge auszudenken.

Sie folgte Vespasia hinein und war total erstaunt. All ihre Vorstellungen wurden durcheinandergeworfen, als sie Eustace in einem Morgenrock aus blauem Paisley gekleidet am Fußende des Bettes sitzen sah.

»Aber, aber, meine Liebe«, sagte er ruhig. »Laß dir von deinem Mädchen ein heißes Getränk bringen, vielleicht noch etwas Laudanum, und du wirst wunderbar schlafen. Du mußt diese Dinge aus deinen Gedanken verbannen, sonst werden sie dich krank machen. Es sind nur Einbildungen. Du brauchst unbedingt Ruhe. Keine Alpträume mehr!«

Sybilla wurde gegen die Kissen gelehnt. Das Bett war einigermaßen in Unordnung geraten, die Laken verschoben und die Decken verdreht, als hätte sie diese im Schlaf herumgeworfen. Ihr volles Haar lag wie ein Fluß auf dem schwarzen Satin, und ihr Gesicht war kreidebleich, die Augen vor Entsetzen weit aufgerissen. Sprachlos starrte sie Eustace an, als verstünde sie seine Worte nicht.

»Vollkommen in Ordnung«, wiederholte er. Er drehte sich um, und halb entschuldigend sah er Charlotte und Vespasia an. »Frauen scheinen so lebhafte Träume zu haben, aber einen Heiltrank und eine Dosis Laudanum, und am Morgen wirst du alles vergessen haben. Schlaf, meine Liebe«, sagte er wieder zu Sybilla gewandt. »Laß dir dein Frühstück heraufbringen.« Er stand auf, lächelte mild, aber an seinen Mundwinkeln zeigte sich die Anspannung, und seine Wangen hatten eine ungewohnte Farbe angenommen. Er wirkte erschüttert, und Charlotte konnte es ihm kaum verdenken. Mitten in der Nacht hatte es einen entsetzlichen Schrei gegeben, und Jack Radleys Benehmen war durch nichts zu entschuldigen. Vielleicht war es klug von Eustace, ihr einzureden, daß alles pure Einbildung war, aber ihr verkniffenes Gesicht und die flammenden Augen verrieten ihre entschiedenen Zweifel daran.

»Verbanne den Gedanken aus deinem Kopf«, sagte Eustace vorsichtig. »Weit weg.«

Unwillkürlich sah Charlotte zur Tür. William stand draußen, das Gesicht voll Sorgenfalten, starrte an seinem Vater und Vespasia vorbei zu Sybilla hinüber.

Sie lächelte ihn an, und ihre Züge bekamen eine Sanftmut, die Charlotte an ihr noch nicht gesehen hatte. Charlotte war sicher, daß es keine plötzliche Anwandlung war und William keineswegs davon überrascht wurde.

»Geht es dir gut?« fragte er leise. Die Worte waren einfach, fast banal, aber es lag eine Klarheit darin, die sich von Eustaces Beteuerungen unterschied. Eustace sprach für sich selbst. William sprach für sie.

Ihre Hände entspannten sich, und sie lächelte zurück. »Ja, danke. Ich glaube nicht, daß es noch einmal geschehen wird.«

»Das wollen wir hoffen«, sagte Vespasia kalt, drehte sich zum Treppenabsatz um, auf dem Charlotte noch immer Jack Radley stehen sah.

»Wird es nicht!« sagte dieser etwas lauter als nötig. Er blickte an Vespasia vorbei in das Schlafzimmer und sah Sybilla in die Augen. »Aber wenn Sie wieder Angst bekommen – Träume haben«, er betonte das Wort besonders, dann schreien Sie einfach wieder. Wir kommen dann, ich verspreche es Ihnen.« Dann drehte er sich um, ging davon, und verschwand in seinem Zimmer, ohne sich noch einmal umzudrehen.

»Gütiger Gott!« flüsterte Vespasia.

»Nun«, setzte Eustace unbeholfen an und rieb sich die Hände. »Nun. Wir alle haben einen leichten Schock bekommen. Ah.« Er räusperte sich. »Je weniger wir davon sprechen, desto eher ist alles wieder gut. Wir werden kein Wort mehr darüber verlieren. Geht alle wieder in eure Betten und versucht, ein wenig zu schlafen. Danke, daß Sie gekommen sind, Mrs. Pitt, sehr aufmerksam von Ihnen, aber es gibt nichts, was Sie tun können. Wenn Sie einen Heiltrank oder ein Glas Milch möchten, läuten Sie einfach einem der Mädchen. Gott sei Dank ist Mama nicht gestört worden. Die arme

Frau hat mehr als genug zu ertragen, mh…« Er hielt inne, sah niemand bestimmten an. »Also. Gute Nacht.«

Charlotte ging zu Vespasia und legte, ohne einen Gedanken an die plumpe Vertraulichkeit der Geste zu verschwenden, einen Arm um sie, erschrocken darüber, wie dürr und steif sie unter ihrem Umhang war, wie ungeschützt die Knochen.

»Kommen Sie«, sagte sie sanft. »Sybilla ist versorgt, aber Sie sollten etwas Heißes trinken. Ich werde Ihnen etwas holen.«

Vespasia schüttelte den Arm nicht ab. Sie schien ihn beinah zu begrüßen. Ihre eigene Tochter war tot, jetzt war auch George tot. Tassie war zu jung und zu ängstlich. Aber sie war an Personal gewöhnt. »Ich werde Digby läuten«, sagte sie automatisch. »Sie wird mir etwas Milch bringen.«

»Dazu besteht kein Anlaß.« Charlotte ging mit ihr über den Treppenabsatz. »Ich kann Milch aufwärmen, wissen Sie. Ich mache es bei uns zu Hause auch, und ich tue es gern.«

Vespasias Mund hob sich zu der Ahnung eines Lächelns. »Danke, meine Liebe. Ich wäre Ihnen sehr verbunden. Es war eine anstrengende Nacht, und Eustaces übermäßige Zuversicht kann mich nicht beruhigen. Er ist doch eher ratlos. Ich fürchte, wir alle werden es bald sein.«

Am Morgen erwachte Charlotte spät und mit rasenden Kopfschmerzen. Der heiße Tee, den Lettie ihr gebracht hatte, half nicht.

Lettie zog die Vorhänge auf und fragte, ob sie bestimmte Kleider herauslegen und ob sie ein Bad einlassen sollte.

»Nein, danke.« Charlotte lehnte hauptsächlich ab, weil sie sich nicht soviel Zeit lassen wollte. Sie mußte sehen, wie es Vespasia ging, und Emily, und, wenn sie Gelegenheit dazu hätte, Sybilla. Hinter den Ereignissen der letzten Nacht stand weit mehr als ein böser Traum. Sybillas Blick war voller Haß gewesen, und in ihrer Stimme hatte eine Bedachtsamkeit gelegen, die über die Reste eines Alptraumes hinausgingen, wie grauenerregend dieser auch gewesen sein mochte.

Aber Lettie blieb mitten auf dem sonnenbeschienenen

Teppich stehen. Ihre Hände kneteten den Rock unter ihrer Schürze.

»Ich nehme an, der Inspektor weiß eine Menge Dinge, die wir nicht wissen, Ma'am«, sagte sie leise.

Charlottes erster Gedanke war, daß Lettie sich fürchtete. Unter den Umständen wäre es kaum verwunderlich gewesen.

»Da bin ich mir sicher.« Sie bemühte sich, beruhigend zu klingen, auch wenn ihr keineswegs danach war.

Aber Lettie rührte sich nicht. »Es muß sehr interessant sein...« Sie zögerte. »Mit einem Polizisten verheiratet zu sein.«

»Ja.« Charlotte griff nach dem Wasserkrug, und Lettie goß mechanisch ein. Charlotte begann sich zu waschen.

»Ist es sehr gefährlich?« fuhr Lettie fort. »Wird er – verletzt, manchmal?«

»Manchmal ist es gefährlich. Aber er ist noch nie schlimm verletzt worden. Gewöhnlich ist es nur harte Arbeit.« Charlotte griff nach dem Handtuch, und Lettie reichte es ihr.

»Wünschen Sie sich oft, er täte etwas anderes, Ma'am?«

Es war eine zudringliche Frage, und jetzt erst merkte Charlotte, daß Lettie fragte, weil sie einen persönlichen Grund dafür hatte. Sie legte das Handtuch beiseite und sah Lettie neugierig in die blauen Augen.

»Es tut mir leid, Ma'am.« Lettie errötete und wandte sich ab.

»Nein, das wünsche ich mir nicht«, sagte Charlotte ehrlich. »Anfangs war es schwer, sich daran zu gewöhnen, aber jetzt möchte ich nicht, daß er irgend etwas anderes täte. Es ist seine Arbeit, und er macht sie gut. Wenn man jemanden liebt, will man ihn nicht davon abhalten, etwas zu tun, woran er glaubt. Das macht niemanden glücklich. Warum fragst du?«

Letties Schamröte verdunkelte sich. »Oh, kein Grund, Ma'am. Nur alberne Gedanken.« Sie wandte sich ab und begann, an dem Kleid herumzuzupfen, das Charlotte tragen wollte, zog unnötig Petticoats glatt und entfernte imaginäre Staubfussel.

Von Digby erfuhr Charlotte, daß Emily noch schlief. Sie hatte Laudanum genommen und war in der Nacht nicht aufgewacht. Selbst Sybillas Schreie und das Kommen und Gehen auf dem Treppenabsatz hatten sie nicht gestört.

Charlotte hatte erwartet, daß Tante Vespasia sich ihr Frühstück aufs Zimmer schicken ließ, traf sie jedoch oben an der Treppe, aschfahl und hohläugig, an der Geländersäule festgeklammert, mit erhobenem Haupt und steifem Rücken.

»Guten Morgen, meine Liebe«, sagte sie ganz leise.

»Guten Morgen, Tante Vespasia.« Charlotte hatte die Absicht gehabt, in Sybillas Zimmer zu gehen, sie, wenn nötig, zu wecken und zur vergangenen Nacht zu befragen. Irgendeine vorgeschobene Besorgnis ließe sich sicher finden. Aber Vespasia wirkte so zerbrechlich, daß sie ihr instinktiv den Arm anbot, was sie sich noch vor einer Woche nicht erträumt hätte. Vespasia nahm ihn mit einem leisen Lächeln.

»Es hat keinen Sinn, mit Sybilla zu sprechen«, sagte Vespasia trocken, als sie hinuntergingen. »Wenn sie etwas hätte sagen wollen, dann hätte sie es heute nacht getan. Sybilla hat eine Menge an sich, das ich nicht verstehe.«

Charlotte faßte den erstbesten Gedanken in Worte. »Ich wünschte, wir könnten verhindern, daß Emily etwas erfährt. Ich könnte Jack Radley höchstpersönlich erwürgen, mit Freuden. Er ist so abgrundtief – billig!«

»Ich gebe zu, ich bin enttäuscht«, stimmte Vespasia mit einem bedrückten Kopfschütteln zu. »Ich hatte gerade angefangen, ihn zu mögen. Wie du schon sagtest: er ist bemerkenswert schäbig.«

Das Frühstück war ungewöhnlich, weil Eustace fehlte. Nicht nur waren sämtliche Fenster fest verschlossen, auch die Silberteller auf der Anrichte blieben unangetastet. Er hatte sich ein Tablett auf sein Zimmer schicken lassen. Jack Radley war ebenfalls abwesend. Wahrscheinlich schämte er sich zu sehr, ihnen gegenüberzutreten, vermutete Charlotte. Dennoch war sie verärgert. Sie wollte ihn ihre Verachtung spüren lassen.

Es war schon nach elf, als sie in das Morgenzimmer ging, um sich etwas Notizpapier zu holen. Sie fand Eustace am

Schreibtisch sitzend vor, das silberne Tintenfaß geöffnet, einen Federhalter in der Hand, aber das Blatt vor ihm war weiß und unberührt. Beim Geräusch ihrer Schritte drehte er sich um, und ungläubig sah sie, daß sein rechtes Auge geschwollen und dunkel verfärbt war. Außerdem hatte er eine Schürfung auf der einen Seite seines Gesichtes. Sie war zu überrascht, um etwas sagen zu können.

»Äh, mh...« Er wirkte unbeholfen. »Guten Morgen, Mrs. Pitt. Ich, mh, ich hatte einen kleinen Unfall. Ein Sturz.«

»Ach du je«, sagte sie albernerweise. »Ich hoffe, Sie haben sich nicht ernstlich verletzt. Haben Sie den Arzt rufen lassen?«

»Nicht nötig! Ist schon in Ordnung.« Er schloß das Tintenfaß und stand auf, zuckte zusammen, als er sein Gewicht auf das linke Bein stützte. Scharf stieß er seinen Atem aus.

»Sind Sie sicher?« sagte sie besorgter als sie eigentlich war. Ihr vordringliches Gefühl war Neugier. Wann hatte sich dieser außergewöhnliche Unfall ereignet? Um sich derartige Verletzungen zuzuziehen, mußte er die Treppe hinuntergefallen sein, mindestens. »Es tut mir so leid«, fügte sie hastig hinzu.

»Sehr freundlich von Ihnen«, antwortete er, und seine Augen ruhten einen Moment lang voll Dankbarkeit auf ihr. Dann, als wollte er sich einen drängenderen Gedanken in Erinnerung rufen, humpelte er zur Tür und auf den Flur hinaus.

Beim Mittagessen eröffnete sich eine vollkommen neue Dimension, die Charlotte verblüffte und weit besser von Eustace denken ließ als sie wollte. Jack Radley kam mit einer verletzten rechten Hand zu Tisch, dazu mit einer aufgeschlagenen und geschwollenen Lippe. Allerdings bot er keinerlei Erklärung, und niemand fragte ihn danach.

Charlotte war zu dem Schluß gezwungen, daß Eustace ihn früh am Morgen besucht und wegen der schändlichen Affäre mit Sybilla verdroschen hatte. Und dafür bewunderte sie ihn zum ersten Mal.

Bemerkenswerterweise sprach Sybilla selbst mit Jack Radley ausgesprochen höflich, sogar liebenswürdig, auch wenn sie sehr angestrengt wirkte. Ihre Schultern hielt sie angespannt, starr unter dem Stoff ihres Kleides, und die sehr wenigen Bemerkungen, die sie machte, klangen wirr. Offensichtlich war sie mit ihren Gedanken woanders. Vielleicht traf sie eine Mitschuld. Hatte sie ihm, wie versteckt auch immer, zu verstehen gegeben, daß er ihr willkommen wäre?

Charlotte versuchte, sich so natürlich wie möglich zu geben, hauptsächlich weil sie nicht wollte, daß Emily erfuhr, was geschehen war, zumindest jetzt noch nicht. Eine solche Desillusionierung käme noch früh genug, wenn sie zu Haus wäre und Jack Radley nicht wiedersehen würde.

Vorerst sollte sie ruhig an einen Unfall glauben.

Emily wußte nichts von den merkwürdigen Ereignissen der letzten Nacht, und erst am frühen Nachmittag kam sie die Treppe herunter, setzte sich in den Salon und betrachtete das Sonnenlicht im Wintergarten. Sie sah William kurz, als er in sein Atelier ging. Er blickte sie mit leisem Schmerz an, den sie als Mitleid nahm, sagte jedoch nichts.

Tassie hatte sich wieder mit dem Hilfspfarrer zu guten Taten aufgemacht, besuchte die Kranken oder tat etwas Ähnliches. Ihre Großmutter sagte, es wäre unnötig. Unter den gegebenen Umständen könne man sie entschuldigen. Aber Tassie hatte darauf bestanden. Es gab bestimmte Aufgaben, auf die sie nicht verzichten wollte. Offensichtlich hatte sie ein Versprechen gegeben und ignorierte die Einwände. Eustace war nicht im Raum gewesen, um sein Gewicht zum Tragen zu bringen, und dieses Mal verlor die alte Dame den Disput und zog sich schmollend in ihr Boudoir zurück.

Charlotte war bei Tante Vespasia, ließ Emily sich die Zeit am Nachmittag allein vertreiben. Aber Emily konnte sich nicht auf typisch weibliche Beschäftigungen wie Malerei, Stickerei und Musik einlassen. Sie hatte alle Briefe geschrieben, die man von ihr erwartete, und Besuche standen so kurz nach einem Todesfall in der Familie außer Frage.

Daher war sie untätig, als Eustace hereinkam und merklich humpelte. Aber erst als er sich zu ihr umwandte, sah sie die purpurne Prellung um sein Auge, das jetzt fast geschlossen war und ihn zu schmerzen schien.

»Oh!« Sie holte tief Luft. »Was ist Ihnen denn passiert? Geht es Ihnen gut?« Emily stand auf, ohne nachzudenken, als würde er in irgendeiner Weise ihren körperlichen Beistand benötigen.

Er lächelte unsicher. »Ach, ich bin gestolpert«, sagte er, ohne ihr in die Augen zu sehen. »In der Dunkelheit. Nichts, worum Sie sich Sorgen machen müßten. Ich nehme an, William ist da drinnen...« er deutete auf den Wintergarten, »...und pfuscht an seinen verdammten Bildern herum. Es scheint, als könnte er sie keine fünf Minuten allein lassen. Gütiger Gott, bei all dem Kummer in der Familie sollte man meinen, er könnte sich etwas nützlich machen, oder? Aber William ist schon immer vor allem davongelaufen.« Er drehte sich um, zuckte vor Schmerz, als er sein Gewicht auf das verletzte Bein stützte. Dann ging er zu den Türen des Wintergartens hinüber und ließ Emily mit einer Antwort auf den Lippen zurück.

Sie setzte sich wieder, spürte ihre Einsamkeit noch tiefer.

Es dauerte einige Minuten, bis sie Stimmen wahrnahm, bruchstückhaft durch die Entfernung, die Kletterpflanzen und Blätter und die schweren Girlanden der Vorhänge an den Türen. Aber der Zorn, der in ihnen steckte, war nicht zu überhören, die scharfe, verletzende Klinge alten Hasses.

»Wenn du verdammt noch mal... wo du sein solltest, dann hättest du es gewußt!« Es war Eustaces Stimme. Williams Antwort war nicht zu verstehen.

»...dachte, du hättest dich daran gewöhnt!« brüllte Eustace zurück.

»Was *du* denkst, wissen wir alle!« Diesmal war Williams Antwort deutlich zu hören, sie bebte vor unaussprechlicher Verachtung.

»...Fantasie... brauchte niemals... deine Mutter!« Eustaces Widerrede war zusammenhanglos, gedämpft vom Gewirr der Pflanzen.

»... Mutter ... um Gottes willen!« schrie William wutentbrannt.

Emily stand auf, konnte es nicht mehr ertragen, sich, wenn auch unfreiwillig, in eine offenbar höchst private Angelegenheit einzumischen. Sie zögerte, ob sie durch das Eßzimmer gehen und in einen anderen Teil des Hauses flüchten oder den Mut und die Unverschämtheit aufbringen sollte, den Streit zu unterbrechen und zu beenden, zumindest vorerst. Sie wandte sich dem Wintergarten zu, dann wieder dem Eßzimmer und war überrascht, Sybilla in der Tür stehen zu sehen. Zum ersten Mal, seitdem sie nach Cardington Crescent gekommen war, machte der gepeinigte Blick auf Sybillas Gesicht Emilys alten Haß ihr gegenüber zunichte und weckte ein Mitgefühl, das sie sich noch am Tag zuvor niemals hätte vorstellen können.

»... du es wagen: ich werde nicht ...« Wieder erhob sich Williams Stimme, gepreßt vor Zorn.

Sybilla rannte beinahe, blieb mit ihren Röcken an einer Stuhllehne hängen, riß ungeduldig an ihnen und verschwand im Wintergarten, wobei sie gegen Pflanzen stieß und in ihrer Eile neben den Pfad in den feuchten Lehm trat. Einen Augenblick später erstarben die Stimmen hinter den Blättern, und es war vollkommen still.

Emily atmete tief durch, mit zusammengekrampftem Magen, löste ihre Hände mit Bedacht und ging zur Eßzimmertür hinüber. Sie wollte nicht hier sein, wenn die anderen zurückkamen. Sie würde vollkommene Ahnungslosigkeit vortäuschen. Es war die einzige Möglichkeit.

Im Flur traf sie Jack Radley. Seine Lippe war geschwollen. Etwas getrocknetes Blut war daran, und er hielt seine rechte Hand auf seltsame Weise. Er lächelte sie an, und atmete zischend ein, als die Lippe aufplatzte.

»Ich nehme an, Sie sind ebenfalls in der Dunkelheit gestürzt?« sagte sie eisig, bevor sie sich zurückhalten konnte. Dann wünschte sie, sie hätte ihn ignoriert.

Er leckte sich die Lippe und fuhr sanft mit der Hand darüber, aber noch immer hatte er denselben feinen Ausdruck in den Augen.

»Das hat er gesagt?« nuschelte er. »Nein, keineswegs. Ich hatte Krach mit Eustace und habe ihn geschlagen – und er mich.«

»Offensichtlich«, erwiderte Emily ohne die beabsichtigte Verachtung. »Ich bin überrascht, daß Sie noch hier sind.« Sie wollte an ihm vorüber zur Treppe stürmen, aber er tat einen Schritt zur Seite und stellte sich ihr in den Weg.

»Wenn Sie sich von mir eine Erklärung erhoffen, warten Sie umsonst. Es ist nicht Ihre Angelegenheit«, sagte er mit scharfem Unterton. »Ich breche meine Versprechen nicht, auch nicht für Sie. Aber ich muß zugeben, daß ich von Ihnen am allerwenigsten erwartet hätte, daß Sie vorschnelle Schlüsse ziehen würden.«

Das versetzte ihr einen Stich. »Es tut mir leid«, sagte sie ganz leise. »Ich habe mir oft gewünscht, ich könnte Eustace ein paar Schläge versetzen. Es scheint, als hätten Sie ihn wohl besiegt.«

Er grinste, ungeachtet des Blutes an seinen Zähnen. »Nach besten Kräften«, stimmte er ihr zu. »Emily...«

»Ja?« Dann, als er nichts sagte, fügte sie hinzu: »Sie bluten im Gesicht. Sie sollten sich lieber waschen und eine Salbe finden, sonst wird Ihre Lippe wieder austrocknen und aufplatzen.«

»Ich weiß.« Er legte ihr sanft eine Hand auf den Arm, und durch den Musselin ihres Ärmels konnte sie seine Wärme spüren. »Emily, bewahren Sie sich Ihren Mut. Wir werden herausfinden, wer George ermordet hat. Ich verspreche es Ihnen.«

Plötzlich bekam sie scheußliche Halsschmerzen, und sie merkte, wie tief ihre Angst saß, wie nah sie den Tränen war. Nicht einmal Thomas hatte ihr bisher helfen können.

»Natürlich«, sagte sie heiser, als sie sich von ihm löste. Es war lächerlich. Sie wollte nicht, daß er ihre Schwäche sah, und vor allem wollte sie nicht, daß er wußte, wie äußerst ansprechend sie ihn fand, trotz ihres Mißtrauens. »Danke. Ich weiß, daß Sie es gut meinen.« Eilig lief sie die Treppe hinauf, ließ ihn allein im Flur stehen. Dann bog sie auf den Treppenabsatz ein, ohne sich noch einmal umzusehen.

9

Emily schlief schlecht. Es war eine Nacht voll ausschweifender und häßlicher Träume, blutbespritzter Kleider, dem Rasseln von Steinen auf Georges Sargdeckel, dem rosigen Gesicht des Vikars, dessen Mund sich wie der eines Fisches öffnete und schloß. Und jedesmal, wenn sie aufwachte, sah sie das Bild Jack Radleys vor sich, wie er im Kinderzimmer auf dem Hocker gesessen und sie angesehen hatte, die Sonne im Haar und die Überzeugung in seinen Augen, daß sie um seine Schuld wußte und es kein Entrinnen gab. Schwitzend und frierend gleichzeitig erwachte sie und starrte in die schwarze Leere der Decke über sich.

Als sie wieder einschlief, wurden ihre Träume noch schlimmer, wogten ineinander, schwollen an und barsten, dann wichen sie in die Dunkelheit zurück. Stets sah sie Gesichter: Eustace, selbstgefällig und lächelnd, stierte sie mit seinen runden Augen an, die alles sahen und nichts verstanden, sich nicht darum kümmerten, ob sie George ermordet hatte oder ob jemand anderes es getan hatte, entschlossen nur, daß sie die Verantwortung übernehmen mußte, damit der Name March unbefleckt blieb. Und Tassie, zu verrückt, um irgend etwas zu verstehen. Die Augen der alten Mrs. March wie gläserne Murmeln, blind vor Bosheit. Sie kreischte ohne Unterlaß. William mit einem Pinsel in der Hand, und Jack Radley mit der Sonne wie einem Heiligenschein um seinen Kopf lächelte, weil Emily aus Liebe zu ihm ihren Mann ermordet hatte, wegen eines Kusses im Wintergarten.

Schließlich lag sie wach und beobachtete, wie das Licht langsam über die Decke kroch. Wie lange würde es dauern, bis Thomas keine andere Wahl hatte, als sie zu verhaften? Jede Sekunde, die verging, zehrte an ihrem Leben, der Rest entglitt ihr in die Ewigkeit. Allein und nutzlos lag sie herum.

Was hatte Sybilla so sehr in Angst versetzt? Was hatte ihr

die gewohnte Maske vom Gesicht gerissen, um darunter solchen Haß zu offenbaren, und das zweimal? Einmal beim Abendessen vor zwei Tagen, dann noch einmal im Salon, als sie den Streit im Wintergarten belauscht hatte.

Sie konnte es nicht länger ertragen und stieg aus dem Bett. Es war schon so hell, daß man sehen konnte, wohin man ging. Sie warf sich einen Umhang über ihr Nachthemd und lief auf Zehenspitzen durch das Zimmer zur Tür. Sie würde sie fragen! Sie würde jetzt in Sybillas Zimmer gehen, wenn sie allein war und keine höfliche Ausflucht anbringen oder eine dringende Verpflichtung vorschieben konnte. Und niemand würde sie stören.

Langsam öffnete sie die Tür, hielt den Griff fest, damit er kein Geräusch machte. Draußen war nichts zu hören. Sie überblickte den Korridor. Das Licht der Morgendämmerung fiel kühl und grau durch die Fenster auf das Bambusmuster der Tapete gegenüber. Eine Blumenschale leuchtete gelb. Niemand war da.

Sie trat heraus und ging eilig zu dem Zimmer, von dem sie wußte, daß es Sybillas war. Sie wußte genau, was sie sagen wollte. Sie würde Sybilla erklären, daß sie den Blick auf ihrem Gesicht gesehen hatte, und wem ihr Mitgefühl auch gelten, wem gegenüber sie sich zur Loyalität verpflichtet sehen mochte, wenn sie Emily nicht erzählen wollte, welches Ereignis in der Vergangenheit eine so tiefe Verachtung in ihr hervorgerufen hatte, würde sie zu Thomas Pitt gehen und es ihn mit Hilfe von Ermittlungen und Fragen herausbringen lassen, die weitaus härter ausfallen würden. Nach der Wut, mit der sie am Abend zuvor den Raum verlassen hatte, war sie bereit, mit allem zu drohen. Es war zu spät, auf Empfindlichkeiten oder Peinlichkeiten Rücksicht zu nehmen.

Sie merkte, daß ihre Hand zitterte, als sie sie hob, um Sybillas Türknauf zu umfassen und langsam zu drehen. Vielleicht war abgeschlossen, und sie würde bis zum Tagesanbruch warten müssen. Sie konnte die unausweichlichen Antworten noch ein paar Stunden hinausschieben. Aber er ließ sich leicht drehen. Natürlich. Warum sollte jemand in einem Haus wie diesem abschließen? Es würde bedeuten, daß man aufstehen müßte, um das Dienstmädchen hereinzulassen. Wer wollte das schon? Einer der Gründe, ein Mädchen zu haben, war es, nicht aufstehen, die Vorhänge öffnen und Wasser im Bad einlassen zu müssen. Wenn man auf Verlangen aus dem warmen Bett steigen mußte, noch halb im Schlaf, dann war der ganze Luxus umsonst.

Sie war drinnen. Es war einigermaßen hell. Die Vorhänge leuchteten gelblich im matten Sonnenlicht. Sybilla war schon wach, saß aufrecht an dem nächstgelegenen, geschnitzten Bettpfosten, mit dem Gesicht zum Fenster, das schwarze Haar vorn und hinten zu dicken Zöpfen geflochten. Emily ging der Gedanke durch den Kopf, daß es eine seltsame Art war, es so zu tragen.

»Sybilla«, sagte sie leise. »Es tut mir leid, wenn ich dich störe, aber ich konnte nicht schlafen. Ich muß mit dir sprechen. Ich glaube, du weißt, wer George ermordet hat, und...« Sie stand am Ende des Bettes und konnte Sybilla deutlicher sehen. Ungelenk saß sie aufrecht, den Rücken gegen den Bettpfosten gelehnt und den Kopf ein wenig zur Seite gelegt, als wäre sie eingeschlafen.

Emily ging um die gegenüberliegende Seite des Bettes herum und beugte sich vor.

Dann sah sie Sybillas Gesicht und spürte, wie Entsetzen in ihr aufstieg, den Atem raubte, ihr Herz beinah zum Stehen brachte. Sybilla stierte mit blinden, quellenden Augen aus einem geschwollenen Gesicht hervor, der Mund war offen, die Zunge ausgestreckt. Das schwarze Haar war fest um ihren Hals geknotet, nach hinten um den Bettpfosten gewikkelt und dort festgebunden.

Emily öffnete ihren Mund, um zu schreien, aber es kam kein Laut heraus, nur ein heftiger, trockener Schmerz in der Kehle. Sie fühlte, daß sie sich die Hände an die Lippen hielt, und sie hatte Blut an den Knöcheln, wo sie sich gebissen hatte. Sie durfte nicht in Ohnmacht fallen! Sie mußte Hilfe holen! Schnell! Und sie mußte hier weg. Sie durfte nicht allein sein.

Zuerst zitterte sie so sehr, daß ihre Beine nicht gehorchen wollten. Sie stieß hart an die Ecke des Bettes, tastete nach dem Stuhl, um das Gleichgewicht wiederzufinden, und warf ihn beinah um. Es war keine Zeit für Unpäßlichkeiten. Jemand konnte kommen und sie hier finden. Man machte sie schon für Georges Tod verantwortlich. Sicher würde man ihr auch dies ankreiden.

Der Türknauf blieb starr. Zweimal drehte sie ihn, und ihre verschwitzten Finger ließen ihn zurückgleiten, bis sie die Tür aufziehen konnte und beinah auf den Flur hinaus stolperte. Gott sei Dank war niemand da, kein Hausmädchen, das vorübereilte, um Kamine zu reinigen oder das Eßzimmer herzurichten. Sie rannte zum Ankleidezimmer, in dem Charlotte war, und ohne zu klopfen tastete sie nach dem Griff und warf die Tür auf.

»Charlotte! Charlotte! Wach auf. Wach auf und hör mir zu... Sybilla ist tot!« Undeutlich erkannte sie Charlottes Umrisse, ihr Haar eine dunkle Wolke auf dem weißen Kissen.

»Charlotte!« Sie hörte, wie ihre Stimme hysterisch lauter wurde, aber sie konnte nichts dagegen tun.« *»Charlotte!«*

Charlotte setzte sich auf, und ihr Flüstern kam aus dem dunklen Grau. »Was ist, Emily? Bist du krank?«

»Nein... nein...« Sie schluckte mühsam. »Sybilla ist tot! Ich glaube, sie ist ermordet worden... mit ihrem eigenen Haar erdrosselt!«

Charlotte sah zu der Uhr auf dem Nachtschränkchen. »Emily, es ist erst fünf Uhr. Bist du sicher, daß du keinen Alptraum hattest?«

»Ja! Oh, Gott! Sie werden mich für diesen Mord ebenso verantwortlich machen!« Und trotz all der Willenskraft, die sie zu haben glaubte, begann sie zu weinen, sackte am Ende des Bettes langsam zu einem kleinen Häufchen zusammen.

Charlotte stand auf und ging zu ihr, legte ihre Arme um sie und hielt sie fest, wiegte sie wie ein kleines Kind. »Was ist passiert?« sagte sie leise, bemühte sich, ihre Stimme ruhig zu halten. »Was hast du so früh am Morgen in Sybillas Zimmer gemacht?«

Emily verstand Charlottes Drängen. Sie wagte nicht, sich Trauer und Furcht zuzugestehen. Nur Überlegung, rational und diszipliniert, konnte helfen. Sie versuchte, das Grauen in ihrer Erinnerung auszumerzen und sich auf die wichtigen Dinge zu konzentrieren.

»Ich habe ihr Gesicht vorgestern abend beim Essen gesehen. Einen Moment lang lag ein so haßerfüllter Blick darin, als sie Eustace ansah. Ich wollte wissen, warum. Was wußte sie über ihn, oder fürchtete sie, er würde etwas tun? Charlotte, sie sind überzeugt davon, daß ich George ermordet habe, und sie werden dafür sorgen, daß Thomas keine andere Wahl hat, als mich festzunehmen. Ich muß herausfinden, wer es getan hat – um mich selbst zu retten.«

Einen Augenblick lang schwieg Charlotte. Dann stand sie langsam auf. »Ich werde nachsehen, und falls du recht hast, werde ich Tante Vespasia wecken. Wir werden die Polizei rufen müssen.« Sie legte sich ihre Stola um. »Armer William«, sagte sie beinah flüsternd.

Als sie fort war, saß Emily in sich gesunken am Fußende des Bettes und wartete. Sie wollte nachdenken, Schlußfolgerungen ziehen, aber es war zu früh. Sie fröstelte, nicht vor Kälte, denn die Luft war warm. Wer immer die Schuld an Georges Tod trug, hatte Sybilla ermordet, mit großer Wahrscheinlichkeit, weil Sybilla wußte, wer es war.

Hatte es etwas mit Eustace und Tassie zu tun? Oder nur mit Eustace? Oder war es am Ende doch Jack Radley?

Die Tür ging auf, und Charlotte kam zurück, das Gesicht gespannt und bleich im weichen Morgenlicht, das durch die Fenster fiel. Ihre Hände zitterten.

»Sie ist tot«, sagte sie und schluckte. »Bleib hier und verschließ die Tür hinter mir. Ich werde es Tante Vespasia erzählen.«

»Warte!« Emily stand auf und verlor das Gleichgewicht. Ihre Beine waren schwach, als wollten ihre Knie nachgeben. »Ich möchte lieber mitkommen. Außerdem solltest du nicht allein gehen.« Sie versuchte es wieder. Diesmal gehorchte ihr Körper, und wortlos schlichen sie und Charlotte Schulter an Schulter über den Treppenabsatz, die Schritte lautlos auf dem Teppich. Die Jardiniere mit ihren gespreizten Farnen wirkte fast wie ein Baum, warf krakenartige Schatten über die Tapete.

Sie klopften an Vespasias Tür und warteten. Niemand antwortete. Charlotte klopfte noch einmal, dann drehte sie versuchsweise den Türknauf. Es war nicht abgeschlossen. Sie öffnete die Tür, und beide schoben sich hinein, schlossen sie mit einem leisen Klicken hinter sich.

»Tante Vespasia«, sagte Charlotte deutlich hörbar. Das Zimmer war dunkler als Emilys, hatte schwerere Vorhänge, und in der Dunkelheit konnten sie das große Bett und Vespasias Kopf auf dem Kissen sehen. Das silbrig helle Haar fiel ihr in Locken über die Schultern. Sie sah sehr zerbrechlich aus, sehr alt.

»Tante Vespasia«, sagte Charlotte noch einmal.

Vespasia öffnete die Augen.

Charlotte trat in das verschleierte Licht, das durch das Fenster schien.

»Charlotte?« Vespasia setzte sich ein wenig auf. »Was ist? Ist Emily bei dir?« Ihre Stimme bekam einen besorgten Unterton. »Was ist passiert?«

»Emily erinnerte sich an etwas, das sie gesehen hatte, einen Ausdruck auf Sybillas Gesicht, vorgestern abend beim Essen«, begann Charlotte. »Sie dachte, wenn sie es verstünde, könnte es einiges erklären. Sie ist zu Sybilla gegangen, um sie zu fragen.«

»Im Morgengrauen?« Jetzt setzte sich Vespasia auf. »Und hat es – etwas geklärt? Habt ihr etwas erfahren? Was hat Sybilla gesagt?«

Charlotte schloß die Augen und preßte die Hände fest ineinander. »Nichts. Sie ist tot. Sie wurde mit ihrem eigenen Haar am Bettpfosten erdrosselt. Ich weiß nicht, ob sie selbst es hätte tun können oder nicht. Wir werden Thomas rufen müssen.«

Vespasia schwieg so lange, daß Charlotte begann, sich Sorgen zu machen. Dann schließlich griff sie nach oben zum Klingelzug und zog dreimal. »Würdest du mir bitte meinen Umhang geben?« fragte sie. Als Charlotte dies tat, stieg sie steif aus dem Bett und stützte sich auf Charlottes ausgestreckten Arm. »Wir sollten lieber die Tür abschließen. Wir wollen nicht, daß jemand anderes hineingeht. Und ich nehme an, wir müssen es Eustace sagen.« Tief und lang holte sie Luft. »Und William. Ich nehme an, um diese Tageszeit ist Thomas doch zu Haus? Gut. Dann solltest du ihm besser eine Nachricht schreiben und einen Diener schicken, der ihn und seinen Constable holt.«

Energisches Klopfen an der Tür ließ sie aufschrecken, und bevor jemand antworten konnte, trat Digby ein, wirkte abgespannt und ängstlich. Als sie sah, daß Vespasia nichts fehlte, verging die Angst und wich tiefer Sorge. Sie schob sich das strähnige Haar aus den Augen, bereit, ärgerlich zu werden.

»Ja, M'Lady?« sagte sie argwöhnisch.

»Tee, bitte, Digby«, antwortete Vespasia und bemühte sich, würdevoll zu wirken. »Ich hätte gern Tee. Bring genug für uns alle. Du solltest dir selbst auch etwas nehmen. Und wenn du den Kessel aufgesetzt hast, weck einen der Diener und sag ihm, er soll aufstehen.«

Digby starrte sie an, rundäugig, grimmig.

Vespasia gab ihr die Erklärung, auf die sie wartete. »Die junge Mrs. March ist tot. Vielleicht weckst du besser gleich zwei Diener. Einen für den Arzt.«

»Wir können den Doktor antelefonieren, M'Lady«, sagte Digby.

»Oh, ja, das habe ich vergessen. Ich bin noch nicht daran gewöhnt, wer diese neumodischen Apparate besitzt und wer nicht. Ich nehme an, Treves hat einen.«

»Ja, M'Lady.«

»Dann schick einen Diener zu Mr. Pitt. Er hat sicher kein Telefon. Und bring Tee.«

Die folgenden Stunden vergingen wie ein Fiebertraum. Wie konnte der Frühstücksraum exakt genauso aussehen wie sonst, die Anrichte mit Speisen überladen, die Fenster aufgerissen? Pitt war oben bei Treves, beugte sich über Sybillas Leiche, die von ihrem eigenen Haar gefesselt war, und versuchte, sich zu entscheiden, ob sie sich selbst getötet hatte oder jemand anderes hereingeschlichen war und diese tödlichen Schlingen geknüpft hatte. Charlotte konnte die Überlegung nicht aus ihren Gedanken verbannen, ob dies der Grund sein konnte, warum Jack Radley in der Nacht zuvor bei ihr gewesen war, also wegen keineswegs amouröser Absichten, nur daß sie zu früh aufgewacht war und Alarm geschlagen hatte. Sie wußte, daß der Gedanke auch Vespasia gekommen sein mußte.

Es war spät, als sie sich setzten, weit nach zehn, und alle saßen um den Tisch. Selbst William, aschfahl, mit zitternden Händen und wildem Blick, zog den Lärm und die Ablenkung der Gesellschaft anderer offensichtlich der Einsamkeit seines Zimmers neben Sybilla vor.

Emily saß starr und steif. Ihr Magen war so fest verkrampft, daß sie nichts essen konnte. Sie nippte ein wenig heißen Tee und spürte, wie er ihre Zunge verbrühte und schmerzhaft die Kehle hinablief. Die Geräuschkulisse von abwechselnd Geschirr und Gerede empörte und verunsicherte sie, umschwirrte sie wie leeres Gedröhn.

Charlotte aß, weil sie wußte, sie würde die Kraft brauchen, aber die sorgsam gekochten Eier und der dünn geschnittene Toast hätten ebensogut kaltes Porridge in ihrem Mund sein können. Das Sonnenlicht schimmerte auf Silber und Glas, und das Geklapper der Bestecke wurde lauter, als sich Eustace durch Fisch und Kartoffeln kämpfte, doch auch er fand nur wenig Vergnügen daran. Das Tischtuch war so weiß, daß es Emily an Schneefelder erinnerte, glitzernd und kalt, mit toter Erde darunter.

Es war albern. Sie war vor Entsetzen wie gelähmt, hart und kalt wie Eis. Sie mußte sich zwingen, ihnen zuzuhören, nachzudenken, ihr Hirn arbeiten und kombinieren zu lassen. Es war alles da, wenn sie nur den Nebel von ihren Gedanken ziehen konnte. Es sollte ihr inzwischen vertraut sein. Sie hatte schon genug Morde erlebt, den Schmerz, die Furcht, die zur Gewalt führte. Wie konnte sie der Wahrheit so nah sein und sie dennoch nicht erkennen?

Sie sah jeden einzelnen am Tisch an. Die alte Mrs. March preßte die Lippen zusammen, und neben ihrem Teller hatte sie eine Hand zur Faust geballt. Vielleicht war die Wut über die Ungerechtigkeit des Schicksals die einzige Möglichkeit, nicht von der Tragödie überwältigt zu werden, die ihre Familie verschlang, der ihr ganzes Leben gegolten hatte.

Vespasia schwieg. Sie war in sich zusammengesunken. Sie wirkte kleiner, als Charlotte sich erinnerte, die Handgelenke knochiger, die Haut dünn wie Papier.

Tassie und Jack Radley sprachen über irgend etwas absolut Unerhebliches, und selbst, ohne zuzuhören, wußte sie, daß sie es taten, um zu helfen, damit sich die Stille nicht ausbreitete und sie alle erstickte. Es war egal, was geredet wurde, und wenn es über das Wetter war. Sie alle, jeder gefangen auf seiner eigenen kleinen Insel des Schreckens, versuchten, sich etwas aus der vergangenen Woche wachzurufen, der Zeit, als die Welt so alltäglich, so sicher, gewesen war. Mit Freuden hätten sie die Ängste auf sich genommen, die sie damals bedrückt hatten und die jetzt so unendlich belanglos wirkten.

Charlotte hatte sich kurz mit Pitt getroffen. Er hatte sie in Sybillas Schlafzimmer beordert. Zuerst schreckte sie davor zurück, aber er hatte ihr gesagt, daß die Leiche in aller Stille hingelegt, das Haar entwirrt, ein Tuch über ihr entstelltes Gesicht gelegt worden war.

»Bitte!« hatte er verdrossen gesagt. »Du mußt mit hinein kommen!«

Widerstrebend, schauernd hatte sie gehorcht, und mit den Armen umschlungen hatte er sie beinah durch die Tür geschoben. »Setz dich auf das Bett«, hatte er befohlen. »Nein, wo Sybilla war.«

Sie hatte wie angewurzelt auf einem Fleck gestanden, ihn an sich gezogen. »Warum?« Es war unsinnig, grotesk. »Warum?«

»Bitte tu es für mich«, hatte er wieder gesagt. »Charlotte, bitte. Ich muß wissen, ob sie es selbst hätte tun können.«

»Natürlich hätte sie!« Sie hatte sich nicht gerührt, hielt sich kräftig an ihm fest, und sie blieben stehen, mitten auf dem sonnenbeschienenen Teppich in ein Tauziehen verstrickt.

Pitt wurde ärgerlich, weil er hilflos war.

»Natürlich hätte sie es tun können!« Charlotte hatte am ganzen Körper gebebt. »Sie hat es sich um den Hals gelegt. Dann um den Bettpfosten. Es ist, als wenn man seinen Schal um den Hals legt oder sein Kleid hinten zuschnürt. Sie hat den Bettpfosten benutzt, um es eng genug zu bekommen. Die Schnitzereien haben es noch ein bißchen enger gemacht, als sie etwas heruntergerutscht ist. Es muß Absicht gewesen sein, sonst wäre sie nicht dort geblieben. Sie hätte sich bewegt, solange sie die Kraft dazu hatte. Ich glaube nicht, daß man sofort bewußtlos wird. Laß mich los, Thomas! Ich werde mich nicht dorthin setzen!«

»Sei nicht albern!« Langsam hatte er die Kontrolle verloren, weil er merkte, was er von ihr verlangte und er keine andere Möglichkeit sah. »Willst du, daß ich eines der Mädchen bitten muß? Emily werde ich nicht fragen!«

Erschrocken hatte sie ihn angestarrt. Dann, als sie die Verzweiflung in seinen Augen sah, hörte, wie sie seine Stimme schärfer machte, hatte sie einen Schritt zum Bett getan, sich jedoch immer noch geweigert, einen Blick auf die Stelle zu werfen, an der sie Sybilla gesehen hatte.

»Nimm den anderen«, hatte er ihr eingeräumt und auf den Bettpfosten an der gegenüberliegenden Seite gedeutet. »Setz dich hin und greif hinter deinen Hals, um den Pfosten herum.«

Langsam und steif hatte sie getan, was er sagte, die Arme hinter dem Kopf ausgestreckt hatte sie den Pfosten berührt, gespürt, wie sich die Finger darum legten und taten, als würden sie etwas festbinden.

»Tiefer«, hatte er sie angewiesen.

Sie beugte sich etwas tiefer.

»Jetzt zieh«, hatte er gesagt. »Zieh fester.« Er hatte ihre Hände genommen und sie weiter hinabgezogen.

»Ich kann nicht!« hatte sie gesagt. Ihre Arme schmerzten, die Muskeln überdehnt. »Es ist zu weit unten. Ich kann sie nicht so weit herunterziehen. Thomas, du tust mir weh!«

Er hatte sie losgelassen. »Das habe ich mir gedacht«, hatte er heiser gesagt. »Keine Frau hätte sich so weit über den Rükken ziehen können.« Er hatte neben ihr auf dem Bett gekniet, seine Arme um sie gelegt und sein Gesicht in ihrem Haar vergraben, sie sanft geküßt und immer fester an sich gedrückt. Es hatte für beide keinen Grund gegeben, etwas zu sagen. Sybilla war ermordet worden.

Charlottes Gedanken kehrten in die Gegenwart zurück, an den Frühstückstisch und die quälende Farce der Normalität. Sie wollte liebenswürdig, besänftigend sein, aber sie hatten keine Zeit. Sie trank ihren Tee aus und sah sich in der Runde um.

»Wir haben unsere Sinne beisammen und besitzen einigen Verstand«, sagte sie deutlich. »Einer von uns hat George ermordet und jetzt Sybilla. Ich glaube, wir sollten besser herausfinden, wer es ist, bevor es noch schlimmer wird.«

Mrs. March schloß die Augen und krallte sich in Tassies Arm, die dürren Finger wie Klauen, überraschend braun, fleckig vom Alter. »Ich glaube, ich falle in Ohnmacht!«

»Leg deinen Kopf zwischen die Knie«, sagte Vespasia müde.

Die alte Frau riß ihre Augen auf. »Mach dich nicht lächerlich!« schnarrte sie. »Du magst ja mit den Beinen an den Ohren am Frühstückstisch sitzen. Das sähe dir ähnlich. Aber ich nicht!«

»Nicht sonderlich praktikabel.« Zum ersten Mal blickte Emily auf. »Ich glaube kaum, daß sie es könnte.«

Vespasia machte sich nicht die Mühe, von ihrem Teller aufzusehen. »Ich habe etwas Riechsalz, wenn du willst.«

Eustace ignorierte sie, starrte Charlotte an. »Glauben Sie, das wäre klug, Mrs. Pitt?« sagte er, ohne mit den Augen zu zwinkern. »Die Wahrheit könnte äußerst qualvoll sein, besonders für Sie.«

Charlotte wußte genau, was er meinte, sowohl was die Art von Wahrheit betraf, an die er glaubte, als auch die Art wie er sie der Polizei präsentieren wollte.

»Oh, ja.« Ihre Stimme bebte, und sie war wütend auf sich selbst, aber sie spürte, daß sie es nicht verhindern konnte. »Ich habe weniger Angst vor dem, was vielleicht entdeckt wird, als davor, es im Verborgenen zu belassen, wo es wieder zuschlagen und jemanden töten könnte.«

William erstarrte. Vespasia legte ihre Hand an die Augen und beugte sich über den Tisch.

»Unreines Blut«, sagte Mrs. March barsch und packte ihren Löffel so fest, daß sie Zucker auf dem Tisch verstreute.

»Am Ende verrät es sich immer. Egal wie feingeschnitten das Gesicht, wie gut die Manieren sein mögen, das Blut zählt. George war ein Dummkopf! Ein unverantwortlicher, illoyaler Dummkopf. Unbedachte Ehen sind der Auslöser für die Hälfte allen Unglücks auf der Welt.«

»Angst«, hielt Charlotte entschlossen dagegen. »Ich hätte gedacht, es wäre die Angst, die das meiste Unglück hervorruft, die Angst vor Schmerz, die Angst, lächerlich zu wirken, unzulänglich zu sein. Und vor allem die Angst vor der Einsamkeit, die Furcht, von keinem geliebt zu werden.«

»Du sprichst von dir selbst, Mädchen!« herrschte Mrs. March sie an, wandte sich um, kreidebleich, mit funkelnden Augen. »Die Marches müssen nichts fürchten!«

»Sei nicht idiotisch, Lavinia.« Vespasia richtete sich auf, schob sich das Haar aus der Stirn. »Die einzigen Menschen, die keine Angst kennen, sind die Auserwählten Gottes, deren Wunschbild des Himmels stärker ist als das Fleisch, und die Einfältigen, die nicht genügend Vorstellungskraft besitzen, sich den Schmerz vorzustellen. Wir an diesem Tisch sind allesamt starr vor Entsetzen.«

»Vielleicht ist Mrs. March eine von Gottes Auserwählten?« sagte Jack Radley sarkastisch.

»Hüten Sie Ihre Zunge!« zischte Mrs. March. »Je eher dieser inkompetente Polizist Sie mitnimmt, desto besser. Wenn Sie den armen George nicht ermordet haben, dann haben Sie mit Sicherheit Emily dazu angestiftet. In beiden Fällen sind Sie schuldig und sollten gehängt werden.«

Das Blut stieg ihm ins Gesicht, aber er wandte sich nicht ab. Es folgte ein Moment des Schweigens. Irgendwo auf der anderen Seite des Korridors waren laut die Schritte eines Dieners zu hören, bis sie hinter der mit Leder bezogenen Tür verschwanden. Nicht einmal Eustace rührte sich.

Vespasia erhob sich steif, als täte ihr der Rücken weh. Mit wildem Blick stand auch William auf, zog ihren Stuhl zurück und stützte sie.

»Ich nehme an, Mr. Beamish wird wieder Mr. Hare schikken, um uns Trost zu spenden«, sagte sie leise mit kaum merklichem Beben in der Stimme. »Was ebenso gut ist. Er wird uns unendlich viel nützlicher sein. Wenn er kommt, bin ich in meinem Zimmer. Ich möchte ihn gern sprechen.«

»Möchtest du, daß wir den Arzt rufen, Großmama?« William hatte Schwierigkeiten, seine Stimme zu finden. Er sah aus, als bewegte er sich in einem Alptraum, den er die ganze Nacht über durchlebt hatte, nur um dann aufzuwachen und festzustellen, daß er immer noch da war und sich in eine endlose, unabänderliche Realität ausdehnte.

»Nein, danke, mein Lieber.« Vespasia tätschelte seine Hand. Dann ging sie langsam hinaus, hatte Mühe, das Gleichgewicht zu halten.

»Entschuldigen Sie mich.« Charlotte legte ihre Serviette neben den Teller und folgte Vespasia hinaus, holte sie im Korridor ein und stützte sie die lange, breite Treppe hinauf beim Ellbogen. Vespasia wehrte sich nicht.

»Möchten Sie, daß ich bei Ihnen bleibe?« fragte sie an der Tür zum Schlafzimmer.

Vespasia sah sie ruhig an, das Gesicht müde und sorgenvoll. »Wissen Sie etwas Neues, Charlotte?«

»Nein«, sagte Charlotte ehrlich. »Aber nach Emilys Einschätzung hat Sybilla Eustace gehaßt, warum, weiß ich nicht.«

Vespasias Mund wurde schmal, und ihre Augen wirkten noch unglücklicher. »Williams wegen, denke ich«, sagte sie mit kaum mehr als einem Flüstern. »Eustace hat noch nie gewußt, wann er seine Zunge hüten muß. Er ist kein feinfühliger Mensch.«

Charlotte zögerte, kurz davor zu fragen, ob es noch etwas anderes gäbe, scheute aber davor zurück, weiter zu bohren. Sie versuchte zu lächeln und ging.

Die Idee verfestigte sich in ihr, und sobald sie sicher sein konnte, daß niemand auf dem Treppenabsatz war, ging Charlotte zu Sybillas Zimmertür und versuchte, den Knauf zu drehen. Natürlich hatte man der Dienerschaft gesagt, was geschehen war, und keines der Mädchen würde sich hier hinein wagen. Pitt hatte Sybilla für sein Experiment auf dem Bett vorher auf die Chaiselongue am Fenster umgebettet, aber vielleicht hatte er sie zurückgelegt, damit sie in friedlicher Haltung ruhte, vorausgesetzt, man konnte das Gesicht nicht sehen.

Die Tür war nicht verschlossen. Vielleicht gab es keine Veranlassung dazu, denn wer sollte schon herkommen, außer aus Trauer und purer Menschlichkeit? Pitt und Treves mußten schon alles gesehen haben, was es zu sehen gab, und waren sicher unten im Zimmer des Butlers, um sich zu beratschlagen.

Noch einmal sah sie sich auf dem Treppenabsatz um, dann drehte sie den Knauf und trat ein. Das Zimmer ging nach Süden hinaus und war voller Licht. Auf dem Bett waren Umrisse zu sehen, unter einem Laken. Sie sah nicht hin, obwohl sie ganz genau wußte, was sie sehen würde, wenn sie es zurückschlug. Sie mußte ihre Fantasie und eine bedrückend heftige Anwandlung von Mitleid im Zaum halten. Sybilla hatte Emily furchtbaren Kummer bereitet, und wunderlicherweise konnte sie sie nicht verachten, wie sie es wollte, selbst wenn sie noch gelebt hätte. Sie war sich des harten, schmerzenden Knotens in Sybillas Innerem sehr wohl bewußt. Sie konnte nur die Bequemen, die Unbeleckten hassen, weil sie sich ihnen fremd fühlte. In dem Augenblick, in dem sie die Wunde sah und an den Schmerz glaubte, verlief ihre Wut wie Sand in einem Sieb. So war es mit Sybilla gewesen, und jetzt hatte sie die Absicht, nach einer Spur dessen zu suchen, was der Grund dafür gewesen sein mochte.

Sie sah sich um. Wo sollte sie anfangen? Wo bewahrte Sybilla ihre privaten Dinge auf, die ihre Schwächen verraten würden? Nicht im Schrank. Dort würden nur die Kleider hängen, und private Dinge verwahrte man nicht in Taschen. Das Nachtschränkchen hatte eine kleine Schublade, aber die würde vielleicht von den Stubenmädchen geputzt. Es gab kein Schloß. Dennoch zog sie die Lade für alle Fälle auf und fand nur zwei Handschuhe, ein Lavendelsäckchen, das süß und trocken roch, ein aufgedrehtes Papier, das Kopfschmerzpulver enthalten hatte, und eine Flasche mit Riechsalzen. Nichts.

Als nächstes untersuchte sie den Schminktisch und fand all die Dinge, die sie erwartet hatte: Bürsten und Kämme, Seidentücher, Haarnadeln, Parfums und Kosmetika. Eines Tages hätte sie gern gelernt, sie so gekonnt zu benutzen wie Sybilla. Der Gedanke an die Schönheit der Ermordeten war eigentümlich quälend, als all diese kleinen Kunstgriffe so nutzlos ausgebreitet vor ihr lagen. Es war albern, sich so sehr mit ihr zu identifizieren, und dennoch zerstreute das Wissen darum nicht die Gefühle.

Sie fand Unterwäsche, wie erwartet, unendlich viel hübscher und neuer als ihre eigene, wahrscheinlich eher wie Emilys. Aber es gab nichts, in dem sie eine tiefere Bedeutung entdeckt hätte, weder Papiere noch Artikel waren darunter versteckt. Sie versuchte es mit dem Schmuckkästchen und hielt sich einen Augenblick lang voller Neid mit einer Perlenkette und einer Smaragdspange auf. Aber wiederum brachten die Gegenstände allein sie nicht weiter, lieferten keinen Hinweis darauf, ob sie mehr als Schmuckstücke waren, wie sie jede reiche und umworbene Frau haben mochte.

Sie stand mitten im Zimmer, betrachtete die Bilder um sich herum, die Vorhänge, das riesenhafte Himmelbett. Mit Sicherheit mußte da irgendwo etwas sein.

Unter dem Bett! Hastig kniete sie nieder und warf die lange Tagesdecke hoch, um nachzusehen. Sie fand eine Truhe für Kleider und daneben im Schatten einen kleinen Kosmetikkoffer. Augenblicklich riß sie ihn hervor und versuchte auf Knien, den Deckel zu öffnen. Er war verschlossen.

»Verdammt!« fluchte sie wütend. »Verdammt!« Einen Augenblick lang dachte sie nach, betrachtete den Koffer. Er hatte ein gewöhnliches Schloß, klein und leicht. Eine Metallzunge hielt den Haken. Wenn sie ihn nur hätte bewegen können! Wo war der Schlüssel? Sybilla mußte einen gehabt haben...

Wo verwahrte sie ihre eigenen Schlüssel? Im Schmuckkästchen natürlich, im Fach unter dem Einsatz für Ohrringe. Dort bewahrte sie ihre eigenen Kofferschlüssel auf, wenn sie auch in letzter Zeit nicht gerade oft verreist war. Sie raffte sich auf, stolperte über ihren Rock und landete halb auf dem Hocker des Schminktisches. Er war da, ein kleiner Messingschlüssel, knapp drei Zentimeter lang, an einem Goldkettchen.

Sie öffnete den Kosmetikkoffer am Boden, und mit aufgeregt herumtastenden Händen klappte Charlotte den Deckel zurück und sah einen Stapel von Briefen. Daneben lagen zwei kleine, weiße, in Ziegenleder gebundene Bücher. Auf dem Deckel des einen stand ADRESSEN. Zuerst sah sie sich die Briefe an. Es waren Liebesbriefe von William, und nach dem ersten prüfte sie nur noch die Namen. Sie waren leidenschaftlich, zärtlich, voll feinsinniger Worte, die ihr das Gemälde auf der Staffelei im Wintergarten in Erinnerung riefen, das soviel mehr als Wind in den frühlingshaften Bäumen ausdrückte. All die Zwischentöne der Jahreszeiten waren darin enthalten gewesen, Blüte und Eis, und das Bewußtsein der Veränderung.

Sie haßte sich dafür, daß sie die Briefe las. Sie alle waren von William. Es gab keine anderen, nichts von George, aber George war auch kein Mann gewesen, der Liebesbriefe schrieb, und die eines jeden anderen Mannes hätten neben diesen hier unbeholfen und sprachlos gewirkt.

Sie nahm das unbeschriftete Buch. Es war ein Tagebuch, das vor einigen Jahren in einem gewöhnlichen Notizbuch begonnen worden war, ohne Daten, ohne Überschriften, außer denen, die Sybilla selbst geschrieben hatte.

Charlotte öffnete es aufs Geratewohl und sah die Eintragung *Heiligabend 1886*. Vor ein paar Monaten. Voller Entsetzen begann sie zu lesen.

William hat den ganzen Tag über gemalt. Ich sehe, daß es großartig ist, aber ich wünschte, er würde nicht soviel Zeit damit verbringen und mich mit der Familie allein lassen. Die Alte fragt mich immer noch, wann ich gedenke, eine ›richtige Frau‹ zu werden, eine Familie zu gründen und den Marches einen Erben zu gebären. Zeitweise hasse ich sie so sehr, daß ich sie mit Freuden ermorden könnte, wenn ich nur wüßte, wie. Vielleicht müßte ich es hinterher bereuen, aber das könnte kaum schlimmer sein als mein jetziges Befinden. Und Eustace sitzt da und redet davon, was für ein Nichtsnutz William ist, weil er das Leben malt anstatt es zu leben. Und er sieht mich schmierig an. Die ganze Zeit habe ich das Gefühl, als würde er durch meine Kleider hindurchsehen. Er hat eine so ungeheure Mannes-

kraft! Wie konnte ich jemals so verrückt gewesen sein, mich auf ihn einzulassen? Ich würde alles auf der Welt geben, wenn ich es rückgängig machen könnte. Aber das ist eine sinnlose Überlegung. Wir sind beide darin gefangen, und ich wage nicht, es jemandem zu erzählen. Tassie wäre entsetzt, nicht wegen ihres Vaters (für den sie, glaube ich, ohnehin keine Zuneigung empfindet), sondern wegen William, den sie so sehr liebt, mit solcher Wärme, mehr als die meisten Schwestern, glaube ich.

Großer Gott! Ich bin so unglücklich, ich weiß nicht, was ich tun soll. Aber Feigheit wird mir nicht helfen. Ich habe Männer schon immer umgarnen können. Ich werde einen Ausweg finden.

Charlotte zitterte, und trotz der Hitze in dem geschlossenen Raum lief ihr der Schweiß kalt über den Körper. War das alles, was es mit George auf sich hatte? Keine große Leidenschaft, nicht einmal die Eitelkeit einer schönen Frau, sondern nur ein Schutz vor Eustace? Der Gedanke bereitete ihr Übelkeit.

Sie blätterte einige Seiten weiter, bis sie zum Ende kam. Sie las den letzten Eintrag.

Ich kann es kaum glauben! Nichts scheint seinen Trieb zu erschüttern oder ihm angst zu machen! Ich komme beinah selbst zu der Überzeugung, daß es ein Alptraum war, wie er es uns allen weismachen wollte. Ich muß Jack ansehen, um mich zu vergewissern.

Armer Jack. Großmutter Vespasia sieht ihn so furchtbar enttäuscht an. Ich glaube, sie mochte ihn wirklich. Ich schätze, er ist genau die Art von Mann, der sie einen ihrer seltenen Tänze geschenkt hätte, als sie jung war. Und Charlotte! Sie ist angewidert, und es ist ihr so deutlich anzusehen. Ich nehme an, es ist wegen Emily. Ich wünschte, ich hätte eine Schwester, die sich so sehr um mich sorgen würde. Ich habe noch nie das Gefühl gehabt, jemanden zu brauchen, jemanden, dem ich vertrauen kann, der mich verteidigen würde. Aber jetzt.

Vielleicht habe ich genug geschrien. Bitte, lieber Gott. Eustace sah wirklich entsetzt aus, zumindest einen Augenblick lang, bis er sich überlegt hatte, was er sagen sollte, wenn die anderen kamen. Ich glaube kaum, daß er geglaubt hat, ich würde schreien, bis ich den Mund aufgemacht habe.

Und so wahr mir Gott helfe – wenn er wieder kommt, werde ich wieder schreien. Es ist mir egal, was die anderen denken – und ich habe ihm gesagt, daß ich es tun würde.

Jetzt hat er ein blaues Auge und Jack eine aufgeschlagene Lippe. Jack muß in sein Zimmer gegangen sein und ihn verprügelt haben. Der gute Jack.

Aber was um alles in der Welt kann ich tun, wenn er abfährt? Bitte, lieber Gott, hilf mir.

Und das war das Ende. Es hatte für Sybilla keinen Morgen mehr gegeben, an dem sie hätte schreiben können.

Aber warum hatte sie es nicht William gesagt?

Weil William ohnehin keine Liebe für seinen Vater übrig hatte, und sie sich vor dem fürchtete, was er aus Wut, Abscheu und tiefem Schmerz tun würde. Oder vielleicht weil sie fürchtete, daß in jeder Auseinandersetzung zwischen William und Eustace der Vater stets den Sieg davontragen würde. Kein Wunder, daß sie ihn haßte.

An der Tür war ein Geräusch zu hören, nicht das leichte Trippeln eines Hausmädchens, sondern schwere Schritte. Schritte eines Mannes.

Ihr blieb keine Zeit zur Flucht. Die Schritte blieben stehen, und jemand faßte an den Türknauf. In Panik stieß sie den Kosmetikkoffer unter das Bett und rollte hinterher, stieß gegen etwas Hartes, raffte ihre Röcke zusammen und zog gerade in dem Augenblick die Tagesdecke herunter, als die Tür geöffnet und kurz darauf wieder geschlossen wurde. Er war im Zimmer, wer immer es auch war.

Sie kauerte sich gegen die Truhe. Der Kosmetikkoffer bohrte sich ihr in den Rücken, aber sie wagte sich nicht zu rühren. Sie dachte an Sybilla, die nur wenige Zentimeter über ihr kalt und steif auf dem Bett lag. Nur die dicken Federn und die Matratze waren zwischen ihnen.

Wer war es? Er öffnete und schloß Schubladen, durchsuchte sie. Sie hörte, wie die Schranktür knarrte, genau wie bei ihr, und dann das Knistern von Taft, das Rascheln von Seide. Dann wurde sie wieder geschlossen.

Gütiger Gott! Suchte er nach dem kleinen Buch, das sie

noch in Händen hielt? Seine Füße kamen zu ihr herüber. Sie hätte eine Menge dafür gegeben, zu wissen, wer es war, aber sie wagte nicht, die Tagesdecke auch nur wenige Zentimeter weit anzuheben. Wer es auch sein mochte, er sah vielleicht in ihre Richtung und würde sie bestimmt entdecken. Und was dann? Bestenfalls konnte er sie hervorzerren und beschuldigen, die Tote beraubt zu haben...

Die Ecken des Schminkkoffers bohrten sich ihr tiefer in den Rücken. Die Füße rührten sich nicht. Sie hörte ein leises Geräusch. Gewicht wurde verlagert, Stoff raschelte. Was war es?

Die Antwort folgte sogleich. Die Tagesdecke wurde zurückgeschlagen. Sie starrte wie gelähmt in Eustaces rotes Gesicht und seine noch roteren Augen.

Eine grauenhafte Sekunde lang war er so versteinert wie sie. Dann sprach er, und seine Stimme war eine Parodie seiner selbst.

»Mrs. Pitt! Haben Sie mir irgend etwas zu sagen, das als Erklärung herhalten könnte?«

Hatte er eine Ahnung, was in Sybillas Buch geschrieben stand? Sie klammerte sich so fest daran, daß ihre Knöchel weiß wurden. Sie versuchte zu sprechen, aber ihre Kehle war trocken, und sie hatte solche Angst, daß sie sich nicht bewegen konnte. Sie konnte nicht einmal rückwärts kriechen, wegen der Truhe. Wenn er beschloß, sie anzugreifen, um das verdammte Buch zu bekommen, was mit Sicherheit das war, wonach er gesucht hatte, dann blieb ihr nur die Möglichkeit, zu bleiben, wo sie war, wo er sie nicht erreichen konnte. Es war zu niedrig für seine Körperfülle.

Es war absurd. Sie konnte kaum so lange unter dem Bett bleiben, bis jemand gerufen wurde und sie überredete, herauszukommen.

»Mrs. Pitt!« Eustaces Züge waren hart, seine Augen drohend. Ja, er hatte das kleine, weiße Lederbuch in ihrer Hand gesehen und erraten, was es war, falls er es nicht schon gewußt hatte. Wie ein Kaninchen starrte sie ihn an.

»Mrs. Pitt, wie lange beabsichtigen Sie, unter dem Bett zu bleiben? Ich habe Sie in mein Haus eingeladen, damit Sie

Ihrer Schwester in ihrer Trauer beistehen, aber Sie zwingen mich zu der Annahme, daß Sie ebenso geistig instabil sind wie sie!« Er streckte seine Hand aus, breit und kräftig. Selbst jetzt fiel ihr auf, wie sauber sie war, wie makellos manikürt die Nägel. »Und geben Sie mir das Buch«, fügte er mit kaum merklichem Stottern hinzu. »Ich werde so tun, als wüßte ich nicht, daß Sie es genommen haben. Es wird das beste sein, aber ich glaube, Sie sollten umgehend nach Haus zurückkehren. Sie sind offensichtlich ungeeignet, sich in einem Haushalt wie dem unseren aufzuhalten.«

Sie rührte sich nicht. Wenn sie ihm das Buch gab, würde er es zerstören, und es gäbe nur ihr Wort dafür, das auch bisher nicht schwerer als seines gewogen hatte.

»Kommen Sie!« sagte er böse. »Sie machen sich lächerlich! Kommen Sie da heraus!«

Langsam griff sie sich in den Nacken und löste die drei obersten Knöpfe ihres Kleides.

Mit einer Mischung aus Faszination und Entsetzen starrte er sie an, und unwillkürlich wanderte sein Blick auf ihren Busen, immer schon eine ihrer hübschesten Waffen.

»Mrs. Pitt!« sagte er heiser.

Ganz vorsichtig schob sie sich das kleine weiße Buch vorn in ihr Kleid und knöpfte es wieder zu. Es fühlte sich unbequem an und sah zweifellos lächerlich aus, aber er würde ihr Mieder zerreißen müssen, um es ihr wegzunehmen, und das wäre für ihn wahrlich schwer zu erklären.

Noch immer sah sie ihn an. Seine Augen waren erhitzt und zornig. Vielleicht war seine Angst so groß wie ihre. Unbeholfen kroch sie unter dem Bett hervor und stand auf, zerwühlt und unbeweglich, mit zitternden Knien.

»Dieses Buch gehört nicht Ihnen, Mrs. Pitt«, sagte er grimmig. »Geben Sie es mir!«

»Ihnen gehört es ebensowenig«, antwortete sie mit allem Mut, den sie besaß. Er war sehr kräftig, mit starkem Brustkorb und breiten Hüften, und er stand zwischen ihr und der Tür. »Ich werde es der Polizei übergeben.«

»Nein, das werden Sie nicht.« Er packte sie beim Arm. Seine Hand schloß sich um sie, unnachgiebig.

Ihr Atem schien sie ersticken zu wollen. »Werden Sie mir das Kleid herunterreißen, um es zu bekommen, Mr. March?« Sie versuchte, ihre Stimme unbeschwert klingen zu lassen, aber es mißlang ihr. »Das zu erklären, dürfte für Sie ausgesprochen unangenehm werden, und ich werde schreien – und diesmal können Sie es nicht als Alptraum abtun!«

»Und wie wollen Sie erklären, was Sie hier in Sybillas Zimmer tun?« fragte er. Aber er hatte Angst, und sie witterte es, spürte es im schmerzhaften Druck seiner Hand.

»Und Sie?«

Sein Mund zuckte und zeigte ein angewidertes Lächeln. »Ich werde sagen, ich hätte ein Geräusch gehört, wäre hereingegangen und hätte Sie dabei erwischt, wie Sie Sybillas Schmuckkästchen durchwühlten. Der Grund dafür dürfte jedem offenbar sein.«

»Dann werde ich dasselbe sagen!« hielt sie dagegen. »Nur war es nicht das Schmuckkästchen, sondern der Kosmetikkoffer unter dem Bett. Und ich werde sagen, daß Sie das Tagebuch gefunden haben, und dann werden alle lesen, was darin steht.«

Seine Hand wurde schwächer. Sie sah, wie sich die Furcht in sein Gesicht grub und ihm der Schweiß aus den Poren seiner Oberlippe und der Stirn trat.

»Lassen Sie mich gehen, Mr. March, sonst werde ich schreien. Es müssen Dienstmädchen in der Nähe sein, und Tante Vespasia ist in ihrem Zimmer gegenüber.«

Langsam, zentimeterweise nahm er seine Hand zurück, und sie wartete, bis er ganz losgelassen hatte, für den Fall, daß er seine Meinung änderte. Dann drehte sie sich um und ging mit schlotternden Knien zur Tür und auf den Treppenabsatz hinaus. Sie war benommen, und ihr wurde ein wenig übel vor Erleichterung. Sie mußte sofort Thomas finden.

10

Charlotte fand Pitt im Butlerzimmer, riß die Tür weit auf und unterbrach Constable Stripe mitten im Satz, ohne sich viel Zeit für eine Entschuldigung zu nehmen.

»Thomas! Ich habe die Antwort gefunden, oder wenigstens eine der Antworten – entschuldigen Sie, Constable – in Sybillas Tagebuch. Etwas, das ich niemals gedacht hätte.« Abrupt blieb sie stehen. Jetzt, da beide sie anstarrten, spürte sie die Schande, die ihr Geheimnis in sich barg. Nicht für Eustace, denn mit Freuden hätte sie dafür gesorgt, daß er gedemütigt wurde. Sybillas wegen fühlte sie sich unerklärlich nackt.

»Was hast du gefunden?« fragte Pitt besorgt, da er mehr die Röte in ihrem Gesicht sah als auf ihre Worte zu hören. Sie strahlte keinerlei Genugtuung aus.

Sie sah Stripe an, nur einen Moment lang, aber er sah ihr in die Augen, und sofort bereute sie ihren Blick. Sie drehte sich um und wandte ihm den Rücken zu, knöpfte ihr Kleid gerade so weit auf, daß sie das Tagebuch hervorziehen konnte, und reichte es Pitt.

»Heiligabend«, sagte sie ganz leise. »Lies die Eintragung am Heiligen Abend, letztes Jahr, und dann die allerletzte.«

Er nahm das Buch und schlug es auf, blätterte darin herum, bis er schließlich zum Dezember kam, dann ging er die Seiten einzeln durch. Endlich hielt er inne, und sie beobachtete sein Gesicht, während er las, die Mischung aus Wut und Abscheu, die langsam verwischte und sich unentwirrbar mit Anteilnahme paarte. Er las das Ende.

»Und ihretwegen hat er George ermordet.« Er sah zu Charlotte auf und reichte Stripe das Buch ohne eine Erklärung. »Ich nehme an, die arme Sybilla wußte es oder ahnte es.«

»Ich frage mich, warum er nicht gleich nach dem Buch gesucht hat, nachdem er sie ermordet hatte«, sagte sie betreten.

»Vielleicht hat er etwas gehört«, erwiderte Pitt. »Jemand anderen, der wach war, möglicherweise sogar Emily. Und er wagte nicht zu warten.«

Charlotte erschauerte. »Wirst du ihn festnehmen?«

Er zögerte, wog die Frage ab, sah Stripe an, dessen Gesicht rot und niedergeschlagen wirkte.

»Nein«, sagte er tonlos. »Noch nicht. Das ist kein Beweis. Er könnte alles abstreiten, sagen, daß alles nur Sybillas Einbildung war. Ohne weitere Beweise steht ihr Wort gegen seines. Es jetzt bekannt zu machen, würde William nur verletzen und vielleicht noch mehr Gewalt und Unglück mit sich bringen.« Sein Mund zuckte, als wollte er lächeln. »Lassen wir Eustace eine Weile warten und sich Sorgen machen. Sehen wir, was er tut.« Er sah Charlotte an. »Du hast gesagt, da wäre noch ein anderes Buch mit Adressen?«

»Ja.«

»Wir sollten es besser holen. Vielleicht kommt nichts dabei heraus, aber wir sehen uns die Leute an, prüfen nach, wer sie sind.«

Gehorsam ging Charlotte zur Tür zurück. Pitt zögerte, sah Stripe mit einem leisen Lächeln an. »Tut mir leid, Stripe, aber ich werde Sie dafür brauchen, und es dürfte einige Zeit dauern.«

Einen Moment lang verstand Stripe den Grund für diese Entschuldigung nicht. Dann zog er ein langes Gesicht, und die Röte kroch ihm über die Wangen.

»Ja, Sir. Ähm...« Er hob den Kopf. »Ob noch Zeit bliebe, Sir...?«

»Aber natürlich«, willigte Pitt ein. »Aber machen Sie nicht zu viele Worte. Seien Sie in einer Viertelstunde zurück.«

»Ja, Sir!« Stripe wartete gerade solange, bis Charlotte und Pitt um die Ecke im Flur verschwunden waren, dann stürmte er hinaus, hielt das erstbeste Mädchen an, bei dem es sich zufällig um das Stubenmädchen handelte, und fragte sie, wo sich Miß Taylor im Augenblick aufhalte.

In seiner Uniform wirkte er so wichtig und eindrucksvoll, daß sie sofort antwortete, ohne ihre üblichen Ausflüchte Fremden gegenüber, besonders solchen aus den unteren

Schichten wie Polizisten, Schornsteinfegern und dergleichen.

»Im Servierraum, Sir.«

»Danke sehr!« Er fuhr auf dem Absatz herum und machte sich an den anderen kleinen Räumen vorbei auf den Weg zum Servierraum, den man ehemals zur Herstellung von Likören und Parfums benutzt hatte und der jetzt hauptsächlich der Zubereitung von Tee und Kaffee und der Lagerung von Süßigkeiten vorbehalten war.

Lettie legte gerade einen großen Früchtekuchen in eine Blechdose, und beim Geräusch von Stripes schweren Schritten drehte sie sich um. Sie war noch hübscher als beim letzten Mal. Ihm war noch gar nicht aufgefallen, wie ihr das Haar in die Stirn fiel oder wie zart ihre Ohren waren.

»Guten Morgen, Mr. Stripe«, sagte sie mit einem leisen Schnauben. »Falls Sie gekommen sind, sich den Kaffee anzusehen, sind Sie dazu herzlich eingeladen, aber es hat keinen Sinn. Es ist alles neu in...«

Stripe brachte seine Gedanken wieder zusammen. »Nein, bin ich nicht«, sagte er entschlossener als er es für möglich gehalten hätte. »Wir haben ein paar neue Beweise gefunden.«

Unwillkürlich war sie neugierig und besorgt. Sie sagte sich gern, sie sei unabhängig, aber in Wahrheit empfand sie eine tiefe Loyalität gegenüber dem Haus, besonders gegenüber Tassie, und sie hätte viel dafür gegeben, wenn sich verhindern ließe, daß ihnen Schmerz zugefügt wurde, besonders von Fremden. Sie stand still, blickte starr zu Stripe auf, und in Gedanken ging sie eilig durch, was er sagen mochte und wie sie antworten sollte.

Sie schluckte. »Haben Sie?«

Er wünschte, er hätte sie trösten, sie beruhigen können, aber er wagte es nicht. Noch nicht.

»Ich werde weg müssen, um es mir genauer anzusehen.«

»Oh!« Sie sah bestürzt aus, dann enttäuscht. Dann, als sie die Freude auf seinem Gesicht sah und merkte, daß sie sich verraten hatte, richtete sie sich auf, bis ihr Rücken steif wie ein Stock und ihr Kinn so hoch war, daß ihr der Hals schmerzte. »Ach wirklich? Ich nehme an, das ist Ihre Pflicht, Mr. Stripe.« Sie wagte nicht, weiterzusprechen. Es war albern, sich ausgerechnet über einen Polizisten aufzuregen!

»Es könnte eine ganze Weile dauern«, fuhr er fort. »Vielleicht finde ich sogar die Lösung und komme nicht wieder.«

»Hoffen wir das Beste. Wie schrecklich wäre es, wenn so furchtbare Dinge geschehen und niemand gefaßt würde.« Sie machte eine Bewegung, als wollte sie sich wieder ihrer Kuchendose und den Reihen von Teebüchsen zuwenden, aber sie änderte ihre Absicht. Sie war unsicher, ob sie ihm böse sein sollte oder nicht.

Pitts Ermahnung klang noch in seinen Ohren. Die Zeit lief ab. Er mußte alles auf eine Karte setzen. Er sammelte seinen ganzen Mut zusammen und stürzte sich hinein, starrte auf das chinesische Blumenmuster auf der Kanne hinter ihr. »Also bin ich gekommen, um Ihnen zu sagen, daß ich mich freuen würde, wenn ich Ihnen meine Aufwartung machen dürfte, privat, vielleicht.«

Hastig atmete sie ein, aber da er sie nicht ansah, konnte sie nicht wissen, wie er es meinte.

»Würden Sie vielleicht mit mir im Park spazierengehen, wenn die Kapelle spielt? Es könnte...« Wieder zögerte er und sah ihr endlich in die Augen, »äußerst kurzweilig sein«, endete er mit erhitzten Wangen.

»Danke schön, Mr. Stripe«, sagte sie eilig. Eine Hälfte in ihr sagte, sie sei verrückt, mit einem Polizisten spazierenzugehen! Was hätte ihr Vater wohl dazu gesagt? Die andere Hälfte wurde ganz unruhig vor Freude. Es war das, was sie sich seit drei Tagen am meisten gewünscht hatte. Sie schluckte angestrengt. »Das klingt sehr amüsant.«

Er strahlte vor Erleichterung. Dann sammelte er sich, erinnerte sich seiner Würde und stand in Grundstellung.

»Ich danke Ihnen, Miß Taylor. Sollten mich meine Pflichten an einen anderen Ort führen, werde ich Ihnen einen Brief schreiben und«, auf einer Woge des Triumphes, »Sie am Sonntagnachmittag um drei Uhr abholen.« Und er ging, bevor sie Einspruch erheben konnte.

Sie wartete nur solange, bis seine Schritte verhallt waren.

Dann schüttete sie den Rest des Tees, den sie sortiert hatte, in eine Büchse und rannte nach oben, um Tassie davon zu erzählen, von deren Geheimnissen sie selbst eine beachtliche Menge kannte.

Charlotte saß auf dem Rand ihres Bettes und kämpfte mit ihrem wachsenden Verlangen, dem Abendessen gänzlich fernzubleiben. Pitt war mit dem Adreßbuch gegangen, um die Namen darin zu überprüfen, und ohne ihn verlor sie den Mut. Eustace am Tisch gegenüber zu sitzen, mußte entsetzlich sein. Fraglos würde er wissen, daß sie Pitt das Tagebuch gezeigt hatte und daß Pitt sich fragte, ob er es bekanntmachen sollte.

Und was war mit William? Sein eigener Vater, der ihn so offensichtlich verachtete, mit der Frau, der er solche Liebesbriefe geschrieben hatte! Es wäre unerträglich. Dies war der Grund, warum sich in ihren Gedanken die ohnehin längst halbwegs getroffene Entscheidung verfestigte, Emily nichts davon zu erzählen. Es sollte niemand wissen, der es nicht wissen mußte. Es war sicher kaum im Bereich des Vorstellbaren, daß Eustace George in einem Anfall von Eifersucht ermordet hatte. Schließlich konnte er keinen Anspruch auf Sybilla erheben. Falls ihn die Eifersucht getrieben hatte, war dies nur denkbar, weil sie ihn zu Georges Gunsten zurückgewiesen hatte.

Dann durchfuhr sie ein Frösteln. Natürlich. Sybilla wagte nicht, sich an William zu wenden, weil sie nicht wollte, daß er jemals von ihrer Schwäche erfuhr, ihrem Wahnsinn, wie sie es genannt hatte. Und weil sie Angst um ihn hatte, falls er und Eustace sich streiten sollten. Eustace konnte aus purer Gehässigkeit dafür sorgen, daß alle anderen erfuhren, wie er seinem eigenen Sohn Hörner aufgesetzt hatte. Sie konnte sich das Gesicht der alten Frau vorstellen, wenn sie davon hörte, und Tassie, die William mit soviel Feingefühl liebte.

Weit besser, weit klüger war es für Sybilla gewesen, Schutz bei George zu suchen, der zuweilen so erstaunlich zuvorkommend sein konnte, wenn er die Verletzung erkannte. Er war loyal, ohne zu verurteilen. Er hätte ihr geholfen und geschwiegen.

Nur hatte er das Unvorhergesehene getan und sich selbst von ihr verzaubern lassen, und von da an war der ganze Plan durcheinander geraten.

Und dann Jack. Jack hatte sie verstanden und ihr ebenfalls geholfen. Aber wieviel hatte er verstanden?

Sie würde Emily nichts davon sagen. Noch nicht.

Aber, Gott im Himmel, sie wollte diesem Abendessen entgehen! Wie konnte sie sich entschuldigen? Den Anwesenden gegenüber wäre es einfach. Sie hätte Kopfschmerzen, sie fühlte sich unwohl. Es gäbe keinen Grund, dies zu erklären. Frauen bekamen ständig Kopfschmerzen, und sie hatte sicher ausreichend Grund, dies zu rechtfertigen.

Tante Vespasia würde sich Sorgen um sie machen und Digby mit Medizin und Ratschlägen schicken. Emily würde sie am Tisch vermissen, aber welche Entschuldigung mochte Thomas zufriedenstellen? Kopfschmerzen würde er nicht akzeptieren. Er würde von ihr erwarten, daß sie hinunterging, aufpaßte und zuhörte. Das war schließlich der Grund, den sie ihm für ihr Bleiben genannt hatte. Damen mit Personal mochten bei Schwermut das Bett hüten, von arbeitenden Frauen erwartete man, daß sie selbst bei Fieber oder Schwindsucht weitermachten. Er würde darin einen Anfall von Feigheit sehen, was es auch war. Alles in allem war Eustace das kleinere Übel.

Zumindest glaubte sie dies, bis sie sich an den Tisch setzte, entschlossen, ihn nicht anzusehen, und ausgerechnet als sie sich seiner Gegenwart am meisten bewußt war, hob sie den Blick und sah ihm, da er sie anstarrte, direkt in die Augen. Augenblicklich wandte sie sich ab, aber es war zu spät. Das Hühnchen in ihrem Mund schmeckte wie feuchtes Sägemehl, ihre Hände waren klamm, und beinah ließ sie ihre Gabel fallen. Sicher starrten auch all die anderen sie an und fragten sich, was um alles in der Welt in sie gefahren war. Es konnte nur die reine Höflichkeit sein, die sie daran hinderte, zu fragen. Sie starrte auf die weiße Fläche des Tischtuchs, heller als die blendenden Facetten des Kronleuchters und das

Licht im geschliffenen Glas auf den Menagen, aber in Gedanken sah sie nur Eustace vor sich.

»Ich glaube, das Wetter wird umschlagen«, sagte die alte Mrs. March freudlos. »Ich hasse feuchte Sommer. Im Winter kann man wenigstens an einem ordentlichen Feuer sitzen, ohne sich dabei lächerlich vorzukommen.«

»Du hast doch ohnehin das ganze Jahr über ein Feuer an«, erwiderte Vespasia. »In deinem Boudoir würde jede Katze ersticken!«

»Ich halte keine Katzen«, gab Mrs. March umgehend zurück. »Ich mag sie nicht. Anmaßende Kreaturen, kümmern sich nur um sich selbst, und es gibt ohnehin schon genug Egoismus auf der Welt, auch ohne Katzen. Aber einen Hund habe ich gehabt...« Sie warf Emily einen abgrundtief haßerfüllten Blick zu. »...bis jemand ihn vergiftet hat.«

»Wenn er nicht George dir vorgezogen hätte, wäre es nicht passiert.« Angewidert schob Vespasia ihren Teller von sich. »Armes, kleines Ding.«

»Und wenn George Sybilla nicht Emily vorgezogen hätte, wäre nichts von alledem geschehen.« Mrs. March durfte nicht übertroffen werden, besonders nicht an ihrem eigenen Tisch vor Fremden, die sie verachtete, und nicht von Vespasia, über die sie sich seit vierzig Jahren ärgerte.

»Bisher hatten Sie gesagt, es wäre geschehen, weil Emily Mr. Radley vorzog«, unterbrach Charlotte und betrachtete die alte Dame mit hochgezogenen Augenbrauen. »Haben Sie etwas herausgefunden, aufgrund dessen Sie Ihre Meinung revidiert haben?«

»Ich glaube, je weniger Sie zu sagen haben, desto besser wäre es, junge Frau!« Mrs. March ließ ihren Blick verächtlich auf ihr ruhen, dann aß sie weiter.

»Ich dachte, Sie hätten vielleicht etwas Neues in Erfahrung gebracht«, murmelte Charlotte. Dann sah sie, von einem inneren Impuls getrieben, seitwärts zu Eustace.

Ein ungewöhnlicher Ausdruck lag auf seinem Gesicht, nicht eigentlich Furcht, sondern etwas, das diese überdeckte, fast Neugier. Er war der absolute Heuchler, eingebildet und gefühllos, besessen von seinem Traum einer Dynastie, und er achtete nicht darauf, ob er dabei zarte und intime Gefühle niedertrampelte. Aber mit unbehaglichem Staunen merkte sie, daß er nicht ohne Courage war. Er begann, sie auf eine Art und Weise zu betrachten, die sich von der uninteressierten Gönnerhaftigkeit, die er ihr bisher entgegengebracht hatte, erheblich unterschied. In diesem einen Blick las sie, daß sie für ihn nicht nur zum Widersacher, sondern gleichzeitig zur Frau geworden war. Ein Satz aus dem Tagebuch stand ihr so plastisch vor Augen, als läge das Buch vor ihr auf dem Tisch. *Er hat so ungeheure Manneskraft!* Und sie spürte, wie ihr Gesicht aufflammte. Der Gedanke war so zutiefst abstoßend, daß ihre Hände zitterten, die Gabel klappernd auf den Teller fiel. Vielleicht hatte Sybilla noch andere Hinweise gegeben, indirekt, vielleicht sogar detailliert! Ihr Gesicht schien zu brennen. Sie fühlte sich, als hätte sich vor aller Augen, besonders vor Eustaces, ihr Kleid geöffnet. Vielleicht wußte er sogar, was sie gelesen hatte, und mehr. Vielleicht wiederholte er die Worte in Gedanken und teilte sie mit ihr, stellte sich ihre Reaktion vor. Sie schauerte. Dann sah sie auf, weil die Höflichkeit es gebot, und stellte fest, daß Jack Radley, der neben Emily saß, sie sorgenvoll beobachtete.

»Haben *Sie* denn etwas herausgefunden?« fügte Tassie quälend scharfsinnig hinzu.

»Nein!« leugnete Charlotte vorschnell. »Ich weiß nicht, wer es war. Ich weiß es wirklich nicht!«

»Dann sind Sie eine Närrin«, sagte Mrs. March boshaft. »Oder eine Lügnerin. Oder beides.«

»Dann sind wir allesamt Narren oder Lügner.« William legte seine Serviette neben den unbenutzten Teller. Während andere das Essen vor sich herumgeschoben und ein oder zwei Bissen gegessen hatten, war er nicht gewillt, Appetit vorzutäuschen.

»Wir sind allesamt keine Narren.« Eustace sah Charlotte keineswegs an, aber auch, wenn er es nicht tat, wußte sie, daß er mit ihr sprach. »Zweifellos weiß einer von uns, wer George und Sybilla ermordet hat, aber der Rest von uns besitzt genug Verstand, nicht laut über jeden Gedanken zu spekulieren, der ihm in den Sinn kommt. Das kann nur unnötigen Schmerz bereiten. Wir sollten uns christlicher Nächstenliebe und rechtschaffener Empörung befleißigen.«

»Wovon in Gottes Namen redest du?« herrschte Vespasia ihn mit alarmierendem Zorn an. »Christliche Nächstenliebe wem gegenüber? Und warum? In deinem ganzen Leben hast du keinen Funken Nächstenliebe gezeigt. Woher die plötzliche Kehrtwendung? Stehst du ausnahmsweise einmal auf der anderen Seite?«

Eustace sah aus, als wäre er geohrfeigt worden. Er suchte nach einer Erwiderung, fand jedoch nichts, was ihn vor ihrer treffenden Vermutung geschützt hätte.

Nicht, weil sie sich viel aus Eustace machte, sondern weil sie William vor der Erniedrigung bewahren mußte, hauptsächlich vor Eustace selbst, ging Charlotte mit dem ersten, was ihr in den Sinn kam, dazwischen.

»Wir alle haben bestimmte Dinge zu verbergen«, sagte sie übermäßig laut. »Dummheit, wenn nicht sogar Schuld. Ich habe genug Ermittlungen gesehen, um es beurteilen zu können. Vielleicht fängt Mr. March gerade an zu lernen. Ich bin sicher, er würde seine Familie gern beschützen, ob er sich um den Rest von uns Gedanken macht oder nicht. Vielleicht meint er, Emily werde keine Vergeltung üben, egal was über sie gesagt wird, aber ich glaube kaum, daß er mich ebenso unterschätzt.«

Vespasia schwieg. Falls sie etwas dachte, zog sie es vor, es einstweilen für sich zu behalten.

William sah sie mit dem Anflug eines Lächelns an, so kraftlos, daß es schmerzte, und Jack Radley legte Emily eine Hand auf den Arm.

»Tatsächlich?« Mrs. March betrachtete Charlotte mit spitzen Lippen. »Und was um alles in der Welt könnten Sie wohl sagen, was meinen Sohn auch nur im geringsten kümmern würde?«

Charlotte zwang sich zu einem Lächeln. »Sie fordern mich zu eben dem auf, von dem wir uns gerade fernhalten wollten: mit Mutmaßungen unnötigen Kummer bereiten. Ist es nicht so, Mr. March?« Sie hob den Blick und sah Eustace in die Augen.

Er war überrascht, und eine Reihe von Gedanken blitzten so lebhaft in seinem Blick auf, daß sie diese wie Bilder sehen konnte: Bestürzung, zuweilen Sicherheit, aufkeimende Ironie, was eine ihm bis dato fremde Wahrnehmung war, und schließlich widerstrebende Bewunderung.

Sie hatte das schreckliche Gefühl, daß sie in diesem Augenblick, hätte sie es nur gewollt, den Platz der eben erst verstorbenen Sybilla hätte einnehmen können, aber diesmal hielt sie seinem Blick stand, und er war es, der seine Augen senkte.

Dennoch schlief sie schlecht. Sie hatte Tante Vespasia für ihre ungewöhnliche Auseinandersetzung mit Eustace keine Erklärung gegeben, und deshalb fühlte sie sich schuldig. Emily war nach wie vor zu sehr mit ihrer Trauer und der drückenden Angst beschäftigt, als daß sie etwas bemerkt hätte.

Weit nach Mitternacht hörte sie draußen Geräusche, ganz leise, als fielen Kieselsteine zu Boden. Dann wieder, und sie wurde sich ihrer Sache sicherer. Sie stieg aus dem Bett und ging zum Fenster, achtete darauf, daß sie die Vorhänge so wenig wie möglich berührte, und lugte hinaus. Sie sah nur den vertrauten Garten im diesigen Licht des halben Mondes.

Dann hörte sie wieder das Geräusch. Ein leise klirrendes *Plink*. Ein Kieselstein fiel von oben herab, berührte das Fensterbrett und hüpfte hinaus in die Dunkelheit. Sie hörte nicht, wie er landete. Immer noch konnte sie niemanden sehen. Er mußte so nah an einem der Zierbüsche stehen, daß er im Schatten verschwand.

Ein heimliches Rendezvous eines der Dienstmädchen? Sicher nicht! Ein Mädchen, das bei einer solchen Tat erwischt wurde, verlor nicht nur ihre Stellung und das Dach über dem Kopf, sondern außerdem ihr Zeugnis, was zukünftige Stellungen ebenfalls ausschloß. Ihr bliebe nur die bittere Wahl zwischen einer Fabrik und der Straße, wo sie vom Stehlen oder der Prostitution leben mußte. Selbst das heiße Aufwallen romantischer Gefühle provozierte nur selten eine derart gefahrvolle Hingabe. Es gab bessere Möglichkeiten.

Wessen Fenster lag über ihrem? Alle hatten ihre Schlafzimmer in diesem Stock, alle außer Tassie! Tassie hatte ihr altes Zimmer im Kindertrakt des oberen Stockwerks behalten, damit genügend Gästezimmer frei blieben.

Charlotte faßte ihren Entschluß augenblicklich. Ließ sie sich Zeit zum Nachdenken, würde sie der Mut verlassen. Sie nahm ihr wärmstes, schlichtestes, dunkles Kleid, stieg hinein und zog ihre Stiefel an, schnürte sie in der Dunkelheit eilig zu. Sie wagte nicht, eine der Lampen anzuzünden. Selbst bei zugezogenen Vorhängen würde man sie von außen vielleicht sehen können. Ihr blieb gerade genug Zeit, ihr Haar nach hinten zu binden. Dann, als sie ihren Mantel gefunden hatte, wartete sie hinter der Tür, strengte ihre Ohren an, bis sie kaum hörbare Schritte auf dem Treppenabsatz vernahm.

Sie wartete noch einen Augenblick, dann öffnete sie die Tür und trat leise hinaus, schloß sie hinter sich. Sie erreichte die oberste Stufe der Treppe gerade noch rechtzeitig, um zu sehen, wie unten ein Schatten um die Ecke bog und verschwand, nicht zur Vorderseite des Hauses hin, sondern zu der lederbezogenen Tür und den Küchen. Natürlich, die Haustür hatte Schlösser, die sich von außen nicht verriegeln ließen. In der Spülküche würde man jemandem vom Personal die Schuld geben.

So schnell sie konnte, lief sie hinunter, hielt ihre Röcke fest. Sie mußte aufpassen, daß sie kein Geräusch machte oder so nah kam, daß Tassie sich umdrehte und sie sah.

Schlafwandelte sie? Oder war sie von zeitweiligem Wahn befallen? Oder sehr wohl zurechnungsfähig, aber mit einem grausigen Vorhaben beschäftigt, das sie mit Blut besudelte?

Einen Moment lang zögerte Charlotte. Es war ein Irrtum zu glauben, es könne sich nicht um etwas Bizarres handeln. Greueltaten waren real, sie wußte es nur allzu gut. Vor Georges Tod war Pitt zu einem Mordfall gerufen worden, der so grauenhaft war, daß selbst er mit bleichen Lippen und krank vor Übelkeit nach Haus gekommen war: eine Frau, die jemand zerteilt und in Päckchen über Bloomsbury und St. Giles verteilt hatte.

Sie stand regungslos, allein im Korridor. Die bespannte

Tür von ihr hatte fast aufgehört zu schwingen. Tassie mußte schon in der Spülküche sein. Es blieb keine Zeit zum überlegen. Entweder folgte sie ihr und erfuhr die Wahrheit oder sie ging zurück in ihr Bett.

Die Tür stand völlig still. Wenn sie sich nicht beeilte, würde sie Tassie aus den Augen verlieren. Sie gestattete sich keinen weiteren Gedanken, brachte die letzten Schritte durch den Korridor hinter sich und schob sich durch die Tür in den Personaltrakt. Die Küchen lagen verlassen da, rochen sauber und warm. Gerüche von geschrubbtem Holz, Mehl und, als sie an den Öfen vorüberkam, Kohlenstaub. Sie konnte den schwachen Schein der Straßenlaternen auf den Luken sehen. In der Spülküche stapelte sich das Gemüse, standen Eimer und Scheuerbesen herum. Ihr Rock verfing sich am Griff eines Kübels, und sie blieb gerade noch rechtzeitig stehen, bevor er umkippte und scheppernd auf den Steinboden schlug. Die Außentür vor ihr war geschlossen. Tassie war fort. Charlotte drehte am Türknauf und stellte fest, daß er sich leicht bewegen ließ.

Draußen war die Nacht nur wenig kühler als drinnen. In dem von hohen Mauern umgebenen Hof regte sich kein Windhauch. Der Himmel war von langgestreckten Federwolken in Fetzen gerissen, aber im milchigen Licht des Mondes konnte sie die hinteren Fenster sehen, die Nische für den Schacht in die Kohlenkeller, mehrere Behälter für Abfall, dann auf der gegenüberliegenden Seite das Tor zum Lichthof und der Allee und oben an der Wand die gelbe Kugel einer Lampe. Tassie war irgendwo draußen auf der Straße.

Vorsichtig hob Charlotte den Riegel mit beiden Händen an, damit er nicht herunterfiel, dann zog sie das Tor auf und lugte hinaus. Zu ihrer Linken sah sie nur Kopfsteinpflaster, zu ihrer Rechten schritt Tassies schlanke Gestalt eilig die Crescent hinunter.

Charlotte folgte ihr, schloß das Tor und eilte ein Dutzend Meter weit hinterher, bis Tassie um eine Ecke zur Allee hin verschwand. Jetzt konnte Charlotte laufen, ohne fürchten zu müssen, daß sie ihre Aufmerksamkeit erregte. Es war niemand zu sehen, und wenn sie zögerte, war Tassie vielleicht verschwunden, wenn Charlotte die Allee erreichte. Dann würde sie niemals erfahren, welches grausige Geheimnis eine neunzehnjährige Erbin in den frühen Morgenstunden hinausführte und sie nach Blut riechend nach Haus kommen ließ.

Aber als sie an die Ecke kam und abrupt stehen blieb, für den Fall, daß ihre Schuhe auf den Kieselsteinen zu laut wären und Tassie herumfahren ließen, sah sie auf der ganzen Breite der baumumsäumten Straße keinen einzigen Menschen. Charlotte stand da, Enttäuschung stieg in ihr auf, und dann sah sie Tassie in fünfzig Metern Entfernung mit schnellem Schritt aus dem Schatten eines Ahornbaumes hervortreten.

Charlotte war zu langsam gewesen. Derartige Eile hatte sie nicht für nötig erachtet, und jetzt mußte sie rennen, wenn sie Tassie in Sichtweite behalten wollte, so behende wie es ging und so weit wie möglich in den Schatten. Falls Tassie merken sollte, daß sie verfolgt wurde, wäre im günstigsten Fall jede Chance verloren, ihr Geheimnis zu enthüllen, und an den ungünstigsten Fall wagte sie kaum zu denken; ein Kampf mit einer Wahnsinnigen, allein auf mitternächtlicher Straße.

Wenn Pitt davon erführe, wäre er außer sich. Wahrscheinlich würde er es ihr niemals verzeihen. Der bloße Gedanke an die Worte, die er dabei verwenden mochte, ließ sie zusammenfahren. Aber es war schließlich nicht seine Schwester, auf die ein Prozeß und, wenn dieser fehlschlug, der Galgen wartete. Selbst als vernünftiger und gerechter Mensch würde man zugeben müssen, daß Emily wie jede andere Frau in ihrer Situation ein echtes Motiv hatte, ihren Mann umzubringen.

Tassie eilte noch immer die Allee hinunter, und Charlotte war jetzt nur noch zehn Meter hinter ihr. Aber als sie ohne Vorwarnung in eine Seitenstraße einbog, schmaler und ärmlicher, wurde Charlotte davon überrascht. Sie war ganz in Gedanken gewesen, und es kam ihr auf unangenehme Weise zu Bewußtsein, wie nah sie daran gewesen war, Tassie aus den Augen zu verlieren und daß diese dann Gott weiß wohin verschwunden wäre.

Diese neue Straße gehörte ebenfalls zu einem Wohngebiet, aber die Häuser waren schäbiger, standen enger zusammen.

Sie waren am Ende der Straße angekommen, und immer noch ging Tassie zügig, als wüßte sie genau, wohin sie wollte. Sie befanden sich jetzt in einer Straße, die kaum mehr als eine Gasse war, schmutzig und mit eng zusammenstehenden Mauern, mit durchsackenden Häusern, die sich aneinander lehnten, dunklen, bedrohlichen Durchgängen auf Höfe und Schatten wie unergründliche, stehende Gewässer. Außer einem mageren Knirps, der mit seiner riesenhaften Mütze auf dem Kopf ein paar Meter vor Tassie in dieselbe Richtung lief, war niemand zu sehen. Charlotte schauerte, obwohl sie sich beim Laufen aufgewärmt hatte und die Nacht mild war. Sie wagte nicht daran zu denken, wie sehr sie sich fürchtete, sonst würde sie den Mut verlieren und kehrt machen, so schnell ihre Beine sie trugen, zurück auf die breite, saubere, vertraute Allee.

Aber Tassie schien gänzlich ohne Furcht zu sein. Ihre Schritte waren schnell, und den Kopf trug sie hoch. Sie wußte, wohin sie ging, und freute sich, dorthin zu gelangen. Außer dem Knirps, Tassie und Charlotte selbst war niemand zu sehen, aber Gott allein wußte, was in den Eingängen lauern mochte. Wohin um alles in der Welt konnte Tassie in diesem übelriechenden Labyrinth von Mietshäusern und schmutzigen Krämerläden wollen? Sie konnte hier doch nicht allen Ernstes jemanden kennen. Oder doch?

Charlottes Herz wollte stehenbleiben, und ein kalter Lufthauch durchfuhr sie. War George ebenfalls eines Nachts aufgewacht oder vielleicht aus Sybillas Zimmer zurückgekommen, hatte Tassie gesehen und war ihr gefolgt? Tat Charlotte genau das, was auch er getan hatte? Hatte George ihr abscheuliches Geheimnis entdeckt? Und war dafür gestorben?

Unbegreiflicherweise wollten ihre Beine nicht anhalten. Ein anderer Teil ihres Verstandes schien sie zu beherrschen, und wie automatisch liefen sie weiter, hasteten beinah lautlos die naßkalte Straße hinab. In den Hauseingängen nahm sie zusammengesunkene Gestalten wahr, Bewegungen zwischen Haufen von Abfällen in den schwarzen Durchgängen. Ratten oder Menschen? Beides. In Gassen wie diesen hatten

Pitts Leute vor weniger als einem Monat die zerstückelten Teile des Mädchens gefunden.

Charlotte wurde übel, aber der Gedanke ließ sich nicht verdrängen. Es war diese Gestalt, die auf Zehenspitzen die Stufen hinaufschlich, das Blut und diese entsetzliche Gelassenheit.

Wie weit waren sie von Cardington Crescent entfernt? Wie oft waren sie abgebogen? Tassie lief immer noch vor ihr, nur zehn oder zwölf Meter entfernt. Sie wagte nicht, den Abstand größer werden zu lassen, falls Tassie plötzlich abbog und Charlotte sie aus den Augen verlor. Sie war von schlanker Statur, beinah so dürr wie der Knirps vor ihr und die anderen abgerissenen Schatten, die sie nur aus den Augenwinkeln wahrnahm.

Es war zu spät, zurückzugehen. Wohin Tassie auch gehen mochte, Charlotte würde auf sie warten müssen. Allein konnte sie den Weg aus diesem Elendsviertel heraus nicht finden.

Eine große Gestalt nahm Formen an, löste sich von den hervorspringenden, ungleichmäßigen Mauern. Ein Mann mit breiten Schultern. Weit entfernt davon, Angst zu zeigen, ging Tassie mit einem leisen, erfreuten Murmeln zu ihm hin und hob ihre Arme, empfing seine Umarmung so natürlich wie einen süßen und vertrauten Segen. Der Kuß war innig, so unbefangen, wie Leute einander gegenüber sind, die sich mit bedingungslosem Vertrauen lieben, aber er war auch flüchtig, und im nächsten Augenblick verschwand Tassie im nächstgelegenen Eingang, und der Mann folgte ihr. Sie ließen Charlotte allein auf dem dunklen, abbröckelnden und schmierigen Pflaster stehen. Der Knirps war anscheinend verschwunden.

Jetzt fürchtete sie sich wirklich. Sie spürte, wie die Dunkelheit näherkam, Gestalten sich mit schlurfenden Füßen fortbewegten, ein Huschen in den Gassen, undeutliche Lichter und das Tropfen von Wasser, das aus verborgenen Rinnen lief. Wenn sie hier beraubt und umgebracht wurde, konnte nicht einmal Pitt sie finden.

Was war dies für ein Ort? Es sah aus wie ein ganz gewöhnliches, schäbiges Haus. Was barg es in seinem Inneren, das Tassie anlockte, und das um Mitternacht? Charlotte würde hier warten müssen, bis sie herauskam, ihr dann wieder folgen, bis...

Sie spürte eine Hand auf ihrer Schulter, und ihr Herz tat einen solchen Satz, daß ihr spitzer Schrei in einem schrillen Heulen sprachlosen Entsetzens erstickte.

»Was woll'n Sie'n hier, Frollein?« knurrte eine Stimme an ihrem Ohr. Heißer, ranzig riechender Atem. Sie versuchte zu sprechen, aber ihre Kehle war so zugeschnürt, daß die Worte erstarben. Die Hände vor ihrem Mund waren grob, und die Haut hatte den beißenden Geruch von Schmutz an sich. »Na, Zwerg Naseweis?« Die Stimme war so nah, daß der Atem ihr durch das Haar fuhr. »Was woll'n Sie denn? Wohl spionier'n, wa'? Damit Sie was zu erzählen ham, wa'? Zu Papa rennen und alles erzähl'n, ja? Dann werd' ich ma' dafür sorgen, daß Sie auch was zu erzählen ham!« Und er zerrte wie wild an ihr herum, riß ihren Kopf zurück und brachte sie aus dem Gleichgewicht.

Noch immer zitterte sie vor Angst, aber auch Wut kochte in ihr hoch, und sie stieß ihren Ellbogen heftig zurück und trat gleichzeitig mit dem Absatz zu, legte ihr ganzes Gewicht hinein. Sie traf den Mann am Spann, und vor Wut und Schmerz heulte er auf.

Gerade wollte die Auseinandersetzung eine noch häßlichere Entwicklung nehmen, als eine Frauenstimme ihnen wütend Einhalt gebot.

»Hören Sie auf! Mr. Hodgekiss, lassen Sie sie augenblicklich in Ruhe!« Eine Laterne leuchtete grell, ließ Charlotte zusammenzucken und die Augen schließen. Der Mann stotterte etwas und ließ sie los, knurrte wortlos tief in seiner Kehle.

»Mrs. Pitt!« Es war Tassies Stimme, hell und überrascht. »Was machen Sie denn hier? Geht es Ihnen gut? Sind Sie verletzt? Sie sehen schrecklich blaß aus.«

Es gab außer der Wahrheit keine glaubwürdige Erklärung. Tassies Gesicht wirkte so unschuldig wie eine Flasche Milch, als sie die Laterne senkte, die Augen weit aufgerissen, von Sorge verdüstert.

»Ich bin dir gefolgt«, sagte Charlotte zögernd. Es klang lächerlich. Und gefährlich.

Aber Tassies Miene zeigte keine Wut. »Dann sollten Sie besser hereinkommen.« Sie wartete nicht auf Antwort, sondern wandte sich dem Haus zu und ließ die Tür offen stehen.

Charlotte stand auf dem Straßenpflaster, kämpfte mit ihrer Unentschlossenheit. Einerseits wollte sie fliehen, so schnell davonlaufen, wie ihre Beine sie trugen, fort aus diesen engen, übelriechenden Straßen, dem gähnenden Hauseingang, vor dem sie stand, dem Blut und dem Wahnsinn, der sich dahinter verbergen mochte. Andererseits wußte sie, daß sie es nicht tun konnte. Sie hatte keine Ahnung, wo sie war, und konnte ebensogut immer weiter in das Elendsviertel geraten.

Sie konnte nicht länger warten. Es war weniger der Entschluß, hineinzugehen, als der fehlende Mut, davonzulaufen. Sie folgte Tassie durch die Tür, einen so engen Flur hinunter, daß sie bei ausgestreckten Ellbogen beide Wände berühren konnte, dann eine steile Treppe hinauf, die unter ihrem Gewicht knarrte. Ihr Weg ins Ungewisse war nicht von Gas beleuchtet, sondern vom flackernden Licht einer Kerze, die man vor ihr trug. Sie wagte sich nicht vorzustellen, wohin sie ging.

Das Schlafzimmer war jedoch ausgesprochen gewöhnlich. Dünne Vorhänge, die am Boden auf den Teppich durchhingen, ein kahler Holztisch mit einem Krug und einer Schüssel, ein großes Ehebett, das man für den Anlaß zurechtgemacht hatte. Darin lag ein Mädchen von kaum vierzehn oder fünfzehn Jahren, das Gesicht blaß und angespannt vor Angst, das Haar war ihr aus der Stirn gekämmt und fiel in dunklem Gewirr auf ihre Schultern herab. Sie lag ganz offensichtlich in den Wehen und hatte furchtbare Schmerzen.

Auf der anderen Seite des Bettes stand ein Mädchen, das wohl ein oder zwei Jahre älter war und ihr so ähnlich sah, daß es sich um Schwestern handeln mußte. Neben ihr, mit aufgekrempelten Ärmeln und bereit zu assistieren, wenn die Zeit kam, stand Mr. Beamishs Hilfspfarrer Mungo Hare und hielt dem Mädchen die Hand.

Die Erkenntnis traf Charlotte wie ein Blitz. Es war alles so offensichtlich, daß keine Frage offen blieb. Auf die eine oder andere Weise war Tassie damit beschäftigt, bei der Geburt von Kindern der Armen oder Alleinstehenden zu helfen. Wahrscheinlich war es Mungo Hare, der ihr diese Notlage nahegebracht hatte. Die Vorstellung, daß der rosige und fromme Mr. Beamish eine solche Sache organisierte, war absurd.

Und dieser kurze, herzliche Kuß stand für sich selbst und erklärte außerdem Tassies unterwürfigen Gehorsam gegenüber der Order ihrer Großmutter, sie möge sich mit guten Taten beschäftigen. Ein ungeheures Glücksgefühl stieg in Charlotte auf. Sie war so erleichtert, daß sie laut auflachen wollte.

Aber Tassie hatte keine Zeit für solche Empfindungen. Das Mädchen auf dem Bett bekam den nächsten Wehenkrampf und quälte sich vor Furcht und Schmerzen. Tassie war damit beschäftigt, einem weißgesichtigen Jungen mit einer Stoffmütze, wahrscheinlich dem Knirps, der sie mit dem Stein gegen ihr Fenster benachrichtigt hatte, Anweisungen zu geben, und schickte ihn fort, Wasser und soviel sauberen Stoff zu holen, wie er bekommen konnte, vielleicht nur, um ihn aus dem Zimmer zu schicken. Hätte sich das Mädchen nicht so sehr gefürchtet und wäre es nicht um Leben oder Tod gegangen, hätte auch Mungo Hare das Zimmer verlassen müssen. Geburt war Frauensache.

Charlotte erinnerte sich an ihre eigenen beiden Niederkünfte, besonders an die erste. Die Ehrfurcht und der Stolz, schwanger zu sein, waren nackter Angst gewichen, die einem den Mund austrocknete, wenn die Schmerzen einsetzten und der Körper seinen gnadenlosen Zyklus begann, der erst mit der Geburt endete. Oder mit dem Tod. Und sie war eine erwachsene Frau gewesen, die ihren Mann liebte und ihr Kind wollte, und hatte eine Mutter und eine Schwester gehabt, die sie gepflegt hatten, als der Arzt seinem Beruf Genüge tat. Das Mädchen hier war selbst kaum mehr als ein Kind. In ihrem Alter war Charlotte noch zur Schule gegangen, und hier gab es nur Tassie und einen jungen Hilfspfarrer aus den Highlands, die ihr helfen konnten.

Sie trat vor und setzte sich auf das Bett, nahm die Hand des Mädchens.

»Halt dich an mir fest«, sagte sie lächelnd. »Es tut nur noch mehr weh, wenn du dich dagegen sträubst. Und schrei, wenn du willst. Dazu hast du allen Grund, und niemand wird sich daran stören. Im Nachhinein wird es die Sache wert sein, das verspreche ich dir.« Es war ein etwas vorschnelles Versprechen, und sobald die Worte heraus waren, bereute sie diese beinah. Zu viele Kinder wurden tot geboren, und selbst wenn alles gut ging... Wie sollte sich das Mädchen um das Baby kümmern?

»Sie sind sehr nett, Miß«, sagte das Mädchen unter schwerem Keuchen. »Ich weiß nicht, warum Sie sich die Mühe machen, wirklich nicht.«

»Ich habe auch zwei bekommen«, erwiderte Charlotte, hielt die dürre, kleine Hand fester und spürte, wie sie sich bei einer weiteren Wehe verspannte. »Ich weiß genau, wie du dich fühlst. Aber warte, bist du dein Baby im Arm hältst, dann wirst du all das vergessen.« Und wieder verfluchte sie ihr voreiliges Mundwerk. Was war, wenn das Mädchen es nicht behalten konnte, was, wenn es adoptiert wurde oder in ein anonymes Waisenhaus kam, der Gemeinde zur Last fiel und in einem Armenhaus aufwuchs, hungrig und ungeliebt?

»Ich und meine Schwester«, beantwortete das Mädchen ihre unausgesprochene Frage, »wir wollen es aufziehen! Annie hat eine richtig gute Stelle, putzen und so. Mr. Hare hat sie ihr besorgt.« Sie warf Mungo Hare einen Blick von so unendlichem Vertrauen zu, daß es fast beängstigend war.

Dann verhinderten regelmäßigere Wehen jedes Gespräch, und es wurde Zeit, daß Tassie ihre Arbeit mit Anweisungen und Ermutigungen, vielen Handtüchern und schließlich Wasser aufnahm. Charlotte half, ohne eigentlich den Entschluß dazu gefaßt zu haben. Und um halb vier ging in dem engen, schäbigen Zimmer das alte Wunder in Erfüllung, und ein gesundes Kind wurde geboren. Das Mädchen, in einem sauberen Nachthemd, erschöpft, mit nassem Haar, aber mit roten Wangen vor Freude, hielt ihren Sohn in den Armen und fragte Charlotte schüchtern, ob es ihr etwas ausmachen würde, wenn das Baby Charlie getauft würde, nach ihr. Ganz ehrlich sagte sie, daß sie es als große Ehre betrachten würde.

Um Viertel nach vier, als der Sommermorgen den Himmel über dem Irrgarten schräger, schmutz- und rußgrauer Dächer perlfarben erglänzen ließ, verließen Charlotte und Tassie das Haus und wurden von dem Knirps, der dabei einen kleinen Tanz aufführte, an die Allee zurückgeführt, von der aus sie den Weg zurück nach Cardington Crescent finden konnten. Mungo Hare kam nicht mit ihnen. Er hatte sich an der Ecke zur Allee von Tassie verabschiedet. Für ihn gab es noch andere Aufgaben zu erledigen, bevor er sich bei Mr. Beamish zur Morgenandacht meldete.

Auch Charlotte war nach Tanzen zumute, nur wollten ihre Beine einer derart hektischen Aufforderung nach all den außergewöhnlichen Beanspruchungen, die man ihnen bereits zugemutet hatte, nicht mehr Folge leisten. Aber aus purer Freude sang sie ein Stück aus dem Varieté, und einen Augenblick später fiel Tassie in das Lied mit ein. Seite an Seite marschierten sie die Allee hinunter, dem schimmernden Morgengrauen entgegen, blutbespritzt, das Haar verworren, als die Vögel in den Platanen längst den Tag begrüßten.

In Cardington Crescent stellten sie fest, daß die Tür zur Spülküche noch immer unverschlossen war, und schlichen an den Haufen von Gemüse und den Reihen von Pfannen an den Wänden vorüber, die Steinstufen hinauf in die Küche. In einer halben Stunde würden die ersten Mädchen herunterkommen, um den Ofen zu fegen, die Schwärze zu erneuern, die Feuer zu entzünden, damit die Öfen für das Frühstück bereit waren, wenn die Köchin kam. Kurz darauf standen auch die Dienstmädchen auf und würden das Eßzimmer vorbereiten und mit ihrer täglichen Runde beginnen.

»Hast du noch nie jemanden getroffen?« flüsterte Charlotte.

»Nein. Ein- oder zweimal mußte ich mich in der Vorratskammer verstecken.« Ängstlich sah Tassie sie an. »Sie werden doch niemandem von Mungo erzählen, oder? *Bitte.*«

»Natürlich nicht!« Charlotte war entsetzt, daß der Gedanke Tassie überhaupt durch den Kopf ging. »Was hältst du von mir, daß du meinst, mich fragen zu müssen? Willst du ihn heiraten?«

Tassies Kinn hob sich. »Ja! Papa wird außer sich sein, aber wenn er mir sein Einverständnis nicht gibt, werde ich eben ohne ihn auskommen müssen. Ich liebe Mungo mehr als irgend jemanden sonst auf der Welt – abgesehen von Großmama Vespasia und William. Aber das ist etwas anderes.«

»Gut!« Charlotte umfaßte ihren Arm mit einer Geste der Zusammengehörigkeit. »Wenn ich helfen kann, werde ich es tun.«

»Danke.« Tassie meinte es ehrlich, aber sie hatte jetzt keine Zeit für Konversation. Sie konnten es sich nicht erlauben, zu bleiben. Sie waren später dran, als gut für sie war. Auf Zehenspitzen folgte Charlotte ihr über den Flur, am Wohnzimmer der Wirtschafterin und dem Butlerzimmer vorbei zu der lederbezogenen Tür und zur Eingangshalle hinüber.

Sie befanden sich am Fuß der breiten Treppe, als sie die Tür zum Morgenzimmer und Eustaces Stimme hinter sich hörten.

»Mrs. Pitt, Ihr Betragen ist unzumutbar. Sie werden Ihre Habseligkeiten packen und mein Haus noch heute morgen verlassen.«

Einen Augenblick lang erstarrten Charlotte und Tassie, bebten vor Entsetzen. Dann drehten sie sich gleichzeitig langsam um. Er stand drei oder vier Meter entfernt, gleich an der Tür zum Morgenzimmer, eine Kerze in der Hand, von der heißes Wachs in den Halter tropfte. Er trug sein Nachthemd mit einem Mantel darüber, der an der Taille gebunden war, dazu eine Nachtmütze auf dem Kopf. Draußen ging die Sonne auf, hier drinnen jedoch waren die Samtvorhänge noch zugezogen, und man brauchte die Flamme der hochgehaltenen Kerze, um ihre Gesichter und die dunklen Flecken der Nachgeburt auf ihren Röcken zu sehen. Obwohl dieser

Moment schrecklich war, konnte Charlotte die unendlich viel größere Freude in sich nicht unterdrücken, das triumphale Erschaffen neuen, unbefleckten Lebens, das sie miterlebt hatte.

Eustaces Gesicht erbleichte im gelben Kerzenlicht, und seine Augen wurden immer größer. »Oh, mein Gott!« keuchte er entsetzt. »Was hast du getan?«

»Ein Baby zur Welt gebracht«, sagte Tassie mit demselben Lächeln, das Charlotte in jener ersten Nacht auf der Treppe an ihr gesehen hatte.

»Du – d-du was?« Eustace war entgeistert.

»Ein Baby zur Welt gebracht«, wiederholte Tassie.

»Sei nicht albern! Was für ein Baby? Wessen Baby?« stotterte er. »Kind, du hast den Verstand verloren!«

»Ihr Name tut nichts zur Sache«, antwortete Tassie.

»Er tut sehr wohl etwas zur Sache!« Eustaces Stimme wurde höher und lauter. »Sie hatte kein Recht, dich um diese nachtschlafende Zeit zu rufen! Eigentlich hatte sie überhaupt kein Recht, dich zu rufen. Wo ist ihr Sinn für Anstand? Es gibt keinen – keinen Grund für eine unverheiratete Frau, etwas von diesen Dingen zu wissen. Das ist einfach unschicklich! Wie soll ich dich jetzt angemessen verheiraten... jetzt, wo du... Wer ist es, Anastasia? Ich verlange eine Erklärung! Ich werde sie ernstlich rügen und außerdem ein paar sehr unangenehme Worte mit ihrem Mann wechseln müssen. Es ist vollkommen unverantwortlich...« Der Satz erstarb, als ihm ein neuer Gedanke kam. »Ich habe keine Kutsche gehört.«

»Es war keine da«, erwiderte Tassie. »Wir sind gelaufen. Außerdem gibt es keinen Ehemann, und ihr Name ist Poppy Brown, falls es dir etwas nützt.«

»Ich habe noch nie von ihr gehört. Was soll das heißen, ihr seid gelaufen? Es gibt keine Browns in Cardington Crescent!«

»Gibt es nicht?« Tassie klang absolut gleichgültig. Mit Zartgefühl ließ sich nichts retten, und sie war zu euphorisch, zu erschöpft und zu müde, um sich auf eine Verteidigung einzulassen.

»Nein, gibt es nicht«, sagte er mit wachsendem Zorn. »Ich

kenne jeden, zumindest dem Leumund nach. Es ist meine Aufgabe, sie zu kennen. Wie heißt diese Frau, Anastasia? Und diesmal sagst du mir besser die Wahrheit, sonst sehe ich mich gezwungen, dich zu disziplinieren.«

»Soweit ich weiß, ist ihr Name Poppy Brown«, wiederholte Tassie. »Und ich habe nie behauptet, daß sie in Cardington Crescent lebt. Sie wohnt mindestens drei Meilen von hier, vielleicht mehr, in einem der Elendsviertel. Ihr Bruder hat mich geholt, und ich hätte den Weg dorthin nicht allein gefunden, selbst wenn ich es gewollt hätte.«

Er schwieg bestürzt. Sie standen im Licht der tropfenden Kerze am Fuße der Treppe wie Figuren in einem Maskenspiel. Irgendwo weit oben hörte man, wie sich etwas rührte. Ein junges Dienstmädchen hatte unachtsam eine Tür zufallen lassen. Überall sonst war es so still, daß dieses Geräusch durch das ganze, weite Haus hallte.

»Je eher du Jack Radley heiratest, desto besser«, sagte Eustace schließlich. »Wenn er dich haben will, wovon ich ausgehe. Schließlich braucht er das Geld. Laß ihn sich mit dir befassen. Dir deine eigenen Kinder schenken, mit denen du dich dann amüsieren kannst!«

Tassies Miene wurde steinern, und ihre Hand spannte sich um das Treppengeländer. »Das kannst du nicht tun, Papa. Vielleicht hat er George ermordet. Du willst doch keinen Mörder in der Familie haben. Denk an den Skandal.«

Das Rot auf Eustaces Wangen verdunkelte sich, und die Kerze zitterte in seiner Hand. »Unsinn!« sagte er vorschnell. »Emily hat George vergiftet. Jeder Dummkopf kann sehen, daß es in ihrer Familie eine Neigung zum Wahnsinn gibt.« Er warf Charlotte einen verächtlichen Blick zu, dann widmete er sich wieder seiner Tochter. »Du wirst Jack Radley so bald heiraten, wie es sich einrichten läßt. Jetzt geh hinauf in dein Zimmer!«

»Wenn du das tust, werden die Leute sagen, daß ich ihn heiraten mußte, weil ich ein Kind von ihm erwarte«, hielt sie dagegen. »Es ist unschicklich, übereilt zu heiraten. Besonders einen Mann mit Jacks Ruf!«

»Du verdienst es, dein Ansehen zu verlieren!« sagte er

wütend. »Du würdest weit mehr davon verlieren, wenn die Leute erführen, wo du heute nacht gewesen bist!«

Sie wollte nicht nachgeben. »Aber ich bin deine Tochter. Mein Ruf wird auf dich abfärben. Und außerdem, wenn Emily George getötet hat, ist Jack mit Sicherheit darin verwikkelt. Zumindest werden die Leute es behaupten.«

»Welche Leute?« Das war der entscheidende Punkt, und er wußte es. »Außer der Familie weiß niemand von diesem Flirt, und wir werden es mit Sicherheit niemandem erzählen. Jetzt tu, was ich dir gesagt habe, und geh auf dein Zimmer.«

Aber sie rührte sich nicht, abgesehen vom Zittern ihrer Hand, mit der sie sich am Geländer festhielt.

»Vielleicht will er mich gar nicht heiraten. Emily hat viel mehr Geld, und sie hat es jetzt schon. Ich werde meines erst bekommen, wenn meine Großmütter sterben.«

»Ich werde dafür sorgen, daß du angemessen versorgt bist«, gab er zurück. »Du und dein Mann. Emily zählt nicht. Sie wird in aller Stille irgendwo untergebracht, in einer Privatklinik für Geisteskranke, wo sie niemandem schaden kann.«

Ihr Kinn hob sich, und ihr Gesicht war angespannt und ängstlich. »Ich werde Mungo Hare heiraten, egal, was du dazu sagst!«

Einen eisigen Moment lang war er sprachlos. Dann brach der Sturzbach los.

»Das wirst du nicht, mein Kind! Du wirst denjenigen heiraten, den ich dir aussuche! Und ich sage, du wirst Jack Radley heiraten. Und wenn er sich als unpassend herausstellt, dann werde ich einen anderen finden. Aber du wirst mit absoluter Sicherheit nicht diesen mittellosen jungen Mann ohne Familie heiraten. Was in Gottes Namen glaubst du eigentlich, Mädchen? Meine Tochter heiratet keinen Hilfspfarrer! Einen stellvertretenden Bischof vielleicht, aber keinen Hilfspfarrer! Und dieser hat nicht einmal irgendwelche Perspektiven. Ich verbiete dir, dich noch einmal mit ihm zu treffen oder mit ihm zu sprechen! Ich werde mit Beamish reden und dafür sorgen, daß dieser Hare in Zukunft unser Haus nicht mehr betritt, und du wirst keine weitere Gelegenheit bekommen, in der

Kirche mit ihm zu sprechen. Und wenn du mir nicht dein Wort darauf gibst, werde ich Beamish erzählen, daß Hare dir Avancen gemacht hat, und dann wird ihm sein geistliches Amt entzogen. Hörst du, was ich sage, Anastasia?«

Tassie war so überwältigt, daß sie zu schwanken schien.

»Geh jetzt auf dein Zimmer und bleib dort, bis ich dir sage, daß du herunterkommen sollst!« fügte Eustace hinzu. Er fuhr zu Charlotte herum. »Und Sie, Mrs. Pitt, dürfen Abschied nehmen, sobald Sie gepackt haben, was Ihnen gehören mag.«

»Aber vorher würde ich gern mit Ihnen sprechen, Mr. March.« Charlotte hatte noch einen Trumpf, den sie ausspielen konnte, und ohne zu zögern faßte sie den Entschluß. Gelassen begegnete sie seinem Blick. »Wir haben etwas zu besprechen.«

»Ich...« Er war kurz davor, sich ihr zu widersetzen, sein Mund ein schmaler Strich, die Wangen puterrot. Aber es fehlte ihm der Mut. »Geh auf dein Zimmer, Anastasia!« bellte er wütend.

Mit einem kurzen Lächeln wandte sich Charlotte ihr zu. »Ich komme in ein paar Minuten zu dir«, sagte sie leise. »Mach dir keine Sorgen.«

Tassie wartete einen Moment mit weit aufgerissenen Augen. Dann entdeckte sie etwas in Charlottes Gesicht, ließ das Geländer los, drehte sich langsam um, stieg die Stufen hinauf und verschwand auf dem Treppenabsatz.

»Also?« drängte Eustace, aber seine Stimme bebte, und die Streitlust auf seinem Gesicht war gespielt. Charlotte fragte sich einen Augenblick lang, ob sie es geschickt anstellen oder so direkt sein sollte, daß er sie unmöglich mißverstehen konnte. Sie wußte um ihre Schwächen und entschied sich für das letztere.

»Ich finde, Sie sollten Tassie erlauben, ihre Arbeit für die Armen fortzuführen«, sagte sie so ruhig wie sie konnte. »Und Sie sollten erlauben, daß sie Mr. Hare heiratet, sobald es sich einrichten läßt, ohne daß es überhastet wirkt und unfreundliche Bemerkungen provoziert.«

»Kommt nicht in Frage.« Er schüttelte den Kopf. »Das

kommt überhaupt nicht in Frage. Er hat kein Geld, keine Familie und keine Perspektiven.«

Sie machte sich nicht die Mühe, Mungo Hares Tugenden aufzuzählen. Sie würden bei Eustace nur wenig bewirken. Sie traf ihn, wo er am verwundbarsten war.

»Falls Sie es nicht tun«, sagte sie langsam und deutlich mit ruhigem Blick in seine Augen, »werde ich dafür sorgen, daß Ihre Affäre mit der Frau Ihres Sohnes öffentlich bekannt wird. Bisher weiß nur die Polizei davon, und auch wenn es widerwärtig sein mag, ist es dennoch kein Verbrechen. Aber falls die Gesellschaft davon erführe, wäre Ihre Stellung nicht zu halten. Beinah jeder würde vor einer diskreten Tändelei beide Augen verschließen, aber in Ihrem eigenen Haus die Frau Ihres Sohnes zu verführen – an Weihnachten! Und sie dann weiterhin zu zwingen…«

»Hören Sie auf!« Ein Aufschrei entfuhr ihm. »Hören Sie auf!«

»Die Queen dürfte es kaum billigen«, fuhr sie gnadenlos fort. »Sie ist eine eher prüde, alte Dame, besessen von der Tugend, besonders der ehelichen Tugend und dem Familienleben. Sie hätten keine Aussicht auf einen Adelstitel, wenn sie davon wüßte. Tatsächlich würde man Sie von sämtlichen Gästelisten Londons streichen.«

»Also gut!« Beinah erstickte die Kapitulation in seiner Kehle. Er flehte sie an. »Also gut! Sie kann den verfluchten Hilfspfarrer heiraten! Um Gottes willen erzählen Sie nur niemandem von Sybilla! Ich habe sie nicht ermordet, auch George nicht. Ich schwöre es!«

»Möglich.« Sie wollte ihm gegenüber kein Zugeständnis machen. »Die Polizei ist im Besitz des Tagebuchs, und solange Sie sich keines Verstoßes gegen ein Gesetz schuldig gemacht haben, gibt es keinen Grund, warum man es bekanntmachen sollte. Ich werde meinen Mann bitten, es zu zerstören, wenn der Mord aufgeklärt ist. Um Williams willen, nicht um Ihretwegen.«

Er schluckte trocken, und das Sprechen fiel ihm schwer. Er haßte jede Silbe. »Geben Sie mir Ihr Wort darauf?«

»Das habe ich gerade getan. Wenn Sie mich jetzt entschuldigen würden, ich möchte gern zu Bett gehen. Es war eine sehr lange und anstrengende Nacht. Und ich möchte Tassie gern die gute Nachricht bringen. Sie wird sehr glücklich sein. Ich glaube, sie liebt Mr. Hare von ganzem Herzen. Eine ausgezeichnete Wahl. Wir werden uns beim Frühstück nicht sehen. Ich glaube, ich werde meines im Bett einnehmen, wenn Sie so freundlich wären, die Anweisung dafür zu geben. Aber wir sehen uns beim Lunch und beim Abendessen.«

Er gab ein ersticktes Geräusch von sich, das sie als Einverständnis nahm.

»Gute Nacht, Mr. March.«

»Ah... aaah!« stöhnte er.

11

Während sich Charlotte über ihr Frühstück im Bett freute und Emily von den Ereignissen der letzten Nacht erzählte, untersuchte Pitt ein weiteres Mal das Adreßbuch aus Sybillas Kosmetikkoffer. Am späten Vormittag hatten er und Stripe für sämtliche Einträge, bis auf einen, Erklärungen gefunden. Es waren Adressen, wie man sie bei einer Dame der Gesellschaft erwarten würde: Verwandte, meist ältere, eine Reihe von Cousins, Freunde, von denen einige geheiratet hatten und in andere Teile des Landes gezogen waren, andere, bei denen es sich nur um gesellschaftliche Bekanntschaften handelte, mit denen ein Umgang von Vorteil sein konnte, und dann die üblichen Geschäftsleute: zwei Damenschneider, ein Kräuterhändler, eine Hutmacherin, eine Korsettmacherin, ein Florist, ein Parfümeur und ähnliche Gewerbe.

Die Adresse, die er nicht zuordnen konnte, war die einer gewissen Clarabelle Mapes in No. 3 Tortoise Lane. Die einzige Tortoise Lane, die er kannte, war eine schmuddelige, kleine Straße in St. Giles, kaum eine Gegend, der Sybilla March einen Besuch abstatten würde. Möglicherweise war es eine Art Stiftung, die sie unterstützte, ein Waisen- oder Arbeitshaus. Die Überprüfung war eine Frage der Gewissenhaftigkeit, übermäßig pedantisch und wahrscheinlich pure Zeitverschwendung. Sein Vorgesetzter war ganz sicher dieser Meinung und sagte es in vernichtendem Ton, aber Pitt beschloß, der Tortoise Lane No. 3 dennoch einen Besuch abzustatten. Es war immerhin möglich, daß Mrs. Clarabelle Mapes irgend etwas wußte, das zu dem geschlossenen und dennoch undeutlichen Bild, welches er von den Marches hatte, beitrug.

Ein Großteil von St. Giles war zu eng, um hindurchzufahren, und er ließ seine Droschke etwa eine halbe Meile von der Tortoise Lane entfernt stehen und lief. Die Gebäude waren schäbig und grau, die oberen Stockwerke ragten auf die Straße hinaus, und es stank nach heißer Luft und alten Abwässern. Spindeldürre Sekretäre mit Zylindern und glänzenden Hosen hasteten vorüber, Zeitungen unter den Armen. Ein Pflastermaler mit einer Drahtbrille auf der Nase trat schlurfend beiseite, um Pitt passieren zu lassen. Die Sonne brannte vom glanzlosen, windlosen Himmel, und Rauch hing in der Luft.

Ein einbeiniger Mann mit einer Krücke verkaufte Streichhölzer, ein Junge hielt ein Tablett mit Schnürsenkeln, ein Mädchen bot winzige, selbstgenähte Kinderkleider feil. Pitt kaufte ihr etwas ab. Es war zu klein für seine eigenen Kinder, aber er konnte es nicht über sich bringen, an ihr vorbeizugehen, auch wenn er wußte, daß Dutzende anderer es taten und daß es nichts gab, was man daran ändern konnte.

Ein Straßenhändler schob seinen Karren mit Gemüse die Straße hinunter, und die Räder rüttelten lärmend über die Steine. Das Mädchen lief eilig zu ihm hinüber, gab alle Münzen aus, die Pitt ihr gegeben hatte und verschwand mit dem Gemüse in ihrer Schürze.

Hatte Eustace March George tatsächlich umgebracht, um die Affäre mit seiner Schwiegertochter geheimzuhalten, und diese dann ermordet, als sie seine Tat erkannte? Gern hätte er es geglaubt. Fast alles an Eustace stieß ihn ab. Seine Selbstgefälligkeit, die vorsätzliche Blindheit der Not und dem Leid anderer gegenüber, seine schmierige, anmaßende Art, seine Virilität und sein dynastischer Hochmut. Aber vielleicht war er nicht eigentlich untypisch für viele gesellschaftlich ambitionierte Patriarchen, die von Körperkraft und Geld besessen waren. Er war egozentrisch, eher gefühllos und absichtlich böswillig. Die meiste Zeit über war er überzeugt davon, in allen wichtigen Fragen und auch in vielen unwichtigen, vollkommen im Recht zu sein. Pitt sah in ihm weder das Ungestüm noch die Furcht, die ihn zu einem Doppelmord treiben würden, am allerwenigsten in seinem eigenen Haus.

Dann war da noch Charlottes schauerliche Geschichte von Tassie, die blutbespritzt die Treppe heraufgeschlichen kam. Und trotz ihres Protestes war er nach wie vor nicht völlig sicher, daß sie nicht einen Alptraum gehabt hatte. Die ganze Vorstellung war einfach absurd. Vielleicht mochte im trüben Schein der Nachtlichter gewöhnliches Wasser oder sogar Wein auf einem Kleid für eine verängstigte Fantasie wie Blut ausgesehen haben. Außerdem gab es natürlich den grauenhaften Mord in Bloomsbury, aber es gab keinen Grund zu der Annahme, daß eine Verbindung zu Cardington Crescent bestünde.

Der andere Gedanke, der ihm kam, als er durch die elenden Straßen zur Tortoise Lane lief, war die Möglichkeit, daß diese Clarabelle Mapes eine Abtreiberin war und Sybilla die Adresse für Tassie besorgt hatte, daß Charlotte Tassies Heimkehr nach einer übereilten, verpfuschten Operation beobachtet hatte. Und was sie als den Ausdruck reinster Freude mißverstanden hatte, war in Wahrheit eine schmerzverzerrte Miene gewesen, vermischt mit äußerster Erleichterung, in Sicherheit zu sein, wieder daheim und von unerträglicher Schande erlöst.

Es war ein unangenehmer Gedanke, und er hoffte mit überraschender Intensität, daß es nicht wahr wäre. Aber er war mit den menschlichen Schwächen vertraut genug, um davon auszugehen, daß nichts unmöglich war.

Die andere Antwort fußte auf Georges Affäre mit Sybilla: William als verletzter Ehemann, trotz Eustaces Behauptung, daß er sich von Sybilla hatte scheiden lassen wollen, bis er von dem Kind erfuhr. Aber Pitt glaubte nicht, daß William March sein ungeborenes Kind getötet hätte, egal, wie aufgebracht er über die Treulosigkeit seiner Frau gewesen sein mochte. Und noch wußte Pitt nicht, wie weit diese Affäre gegangen war. Möglicherweise war es nur Eitelkeit und eine alberne Demonstration der Macht gewesen.

Oder stammte das Kind von Eustace und nicht von William?

Nein. Wäre es so gewesen und hätte William davon gewußt, hätte er Eustace ermordet, nicht George, und vielleicht wäre er überzeugt gewesen, im Recht zu sein. Sicher würde es viele geben, die ihm im stillen zustimmten, egal wie sie sich in öffentlichen Erklärungen äußern mochten.

Aber die Schwangerschaft ging Georges Ankunft in Cardington Crescent voran, daher konnte ihm niemand einen Vorwurf machen.

Blieben also Emily und Jack Radley. Sie mochten gemeinsam oder getrennt gehandelt haben, aus Liebe oder Habgier oder beidem. An Emily zu denken weigerte er sich, bis es keine andere Möglichkeit mehr gab und er sich dazu gezwungen sah. Und falls dies geschah, dann gebe Gott, daß Charlotte es von allein erfuhr, und er nicht derjenige sein würde, der es ihr sagte.

Er bog um die letzte Ecke und war in der Tortoise Lane. Sie war ebenso schäbig und verkommen wie die anderen, nur für jene auszumachen, die mit dem Labyrinth vertraut waren und die in der schweren Luft ihre eigenen Reihen verrottender Molen und windschiefer Dächer am Gestank erkannten. Zwei schmutzige Kinder von etwa vier oder fünf Jahren spielten vor der Hausnummer drei mit Steinen. Pitt blieb stehen und beobachtete sie einen Moment lang. Sie hatten ein Muster aus Rechtecken auf das Pflaster gekratzt, das etwa zehn Platten umfaßte, und warfen den Markierungsstein auf ein bestimmtes Feld, dann vollführten sie einen einstudierten kleinen Tanz in den Rechtecken und darum herum, bückten sich ungelenk auf einem Bein, um den Stein aufzusammeln, wenn sie fertig waren.

»Kennt ihr die Dame da drinnen?« Pitt deutete auf die Tür von Nummer drei.

Verwirrt sahen sie ihn an. »Welche Dame?« fragte das größere Kind.

»Sind da viele Damen?«

»Ja.«

»Kennt ihr Mrs. Mapes?«

»Mrs. Mapes«, sagte das Kind ernsthaft. »Klar kennen wir die!«

»Wohnt ihr hier?« Pitt war überrascht. Er war schon halbwegs davon überzeugt, daß sie eine Abtreiberin war, und Kinder paßten nicht zu seiner vorgefaßten Meinung.

»Ja.« Das ältere Kind antwortete. Das kleinere Kind zog verängstigt am Ärmel des anderen, und Pitt wollte sie wegen der wenigen Informationen, die sie ihm vielleicht geben konnten, nicht in Schwierigkeiten bringen.

»Danke sehr.« Er lächelte, strich dem Kind über das verfilzte Haar und trat an die Tür. Er klopfte vorsichtig, fürchtete, ein gebieterisches Klopfen würde nach Obrigkeit klingen und möglicherweise eine Antwort verhindern oder die Frau günstigstenfalls auf der Hut sein lassen.

Nur wenige Augenblicke später wurde die Tür von einem kleinen, mageren Mädchen geöffnet, das zwischen zwölf und zwanzig jeden Alters sein konnte. Sie trug ein braunes Wollkleid, das um einiges abgenäht worden war, eine Morgenhaube, die kaum die Hälfte ihres Haars zurückhielt, dazu eine übergroße Schürze. Ihre Hände waren naß, und sie trug ein Küchenmesser bei sich. Offenbar hatte Pitt sie bei ihrer Hausarbeit gestört.

»Ja?« sagte sie überrascht, die Augen müde, blau wie verwaschenes Porzellan.

»Ist Mrs. Mapes zu Hause?« erkundigte sich Pitt.

»Ja!« Das Mädchen schluckte, steckte das Messer in die Tasche und wischte sich die Hände an der Schürze. »Kommen Sie rein.« Sie drehte sich um und ging durch einen dunklen, mit Binsenmatten ausgelegten Korridor voraus, an einer schmalen Treppe vorüber, auf der ein Kind von etwa sieben Jahren saß, das einen Säugling im Arm hatte und ein Kleinkind an der Hand hielt, das gerade alt genug war, um stehen zu können. Große Familien waren gang und gäbe, aber die Kindersterblichkeit war immens hoch.

Das Mädchen klopfte an der letzten Tür am Ende des Ganges, bevor dieser um eine Biegung zu den riesigen Küchen führte, die er in etwa zehn Metern Entfernung ausmachen konnte.

»Herein!« rief eine kehlige Stimme von drinnen.

»Danke.« Pitt ließ das Mädchen gehen und zog an der Tür. Sie ließ sich leicht und geräuschlos öffnen und führte in ein Wohnzimmer, das beinah eine Parodie des Boudoirs der alten Mrs. March war. Es überraschte in doppelter Hinsicht: einmal, wenn man den Kontrast zu der schäbigen Umgebung und den anderen Zimmern bedachte, in die Pitt beim

Vorübergehen einen Blick hatte werfen können, und zum zweiten durch das Vorgaukeln einer familiären Atmosphäre.

Die Fenster blickten auf die nackten Wände einer Gasse hinaus, nicht auf den geschmackvollen Garten der Marches, aber die Vorhänge waren im selben hektischen Rosa gehalten und wirkten im dämmrigen, von Schmutz gefilterten Licht umso matter. Wahrscheinlich hatte man die Vorhänge seit Jahren nicht bewegt. Der Kaminsims war ebenfalls verhüllt. In eleganteren Häusern hatte die Mode feine Hölzer oder Steine längst von solchem Schmuck und destruktiver Prüderie befreit. Ein Klavier war auf die gleiche Weise zugedeckt, und auf sämtlichen Tischen drängten sich Fotografien. Lampenschirme waren gefranst und geknüpft und mit Sinnsprüchen übersät. ›Home Sweet Home‹, ›Gott sieht alles‹ und ›Mutter, ich liebe Dich‹.

Auf dem größten der rosafarbenen Sessel thronte eine Frau mit üppigem, gewaltsam eingeschnürtem Busen und enormen Hüften, in ein Kleid gehüllt, das einer Frau von der Hälfte ihres Umfanges besser gestanden hätte. Sie besaß fette, stummelige Hände mit kräftigen Fingern, und als sie Pitt sah, legte sie diese mit einer Geste der Überraschung an den Mund. Ihr schwarzes Haar war dick, die dunklen Augen groß und glänzend, Nase und Mund wie die eines Raubtieres.

»Mrs. Mapes?« fragte Pitt höflich.

Sie deutete auf das rosafarbene Sofa ihr gegenüber, dessen Sitzfläche dort abgewetzt war, wo schon zahllose andere gesessen hatten.

»Die bin ich«, erklärte sie. »Und wer sind Sie, Sir?«

»Thomas Pitt, Ma'am.« Er hatte nicht die Absicht, ihr seinen Beruf preiszugeben. In Vierteln wie St. Giles waren Polizisten nicht willkommen, und wenn sie einem illegalen Gewerbe nachging, würde sie alles tun, dieses zu verbergen, wahrscheinlich mit Erfolg. Er befand sich auf feindlichem Gelände, und er wußte es.

Sie betrachtete ihn mit erfahrenem Blick, erkannte sofort, daß er nur wenig Geld besaß. Sein Hemd war gewöhnlich und keineswegs neu, die Stiefel geflickt. Aber sein Jackett war, trotz der abgewetzten Ellbogen und Manschetten, ursprünglich von teurem Schnitt, und seine Sprache war makellos. Er hatte seinen Unterricht gemeinsam mit dem Sohn des Gutsbesitzers bekommen, bei dem sein Vater angestellt gewesen war, und diesen Tonfall und die Ausdrucksweise hatte er nie verlernt. Sie sah in ihm einen Gentleman in schlechten Zeiten, allerdings immer noch besser gestellt als sie selbst und möglicherweise mit Aussicht auf Besserung.

»Also, Mr. Pitt? Was sollte ich wohl für Sie tun können? Sie wohnen nicht in dieser Gegend. Was wollen Sie also?«

»Ich habe Ihre Adresse von einer gewissen Mrs. Sybilla March.«

Ihre schwarzen Augen wurden schmal. »Ach, haben Sie? Nun, Mr. Pitt, meine Geschäfte sind streng vertraulich. Ich bin sicher, Sie verstehen das.«

»Davon bin ich ausgegangen, Mrs. Mapes.« Er hoffte, wenn er fortführe, würde er etwas von ihr erfahren, dem er nachgehen konnte, wie dürftig die Spur auch sein mochte. Selbst aus einem Hinweis auf Mrs. Mapes' Gewerbe mochte sich etwas über Sybilla ergeben, das er noch nicht wußte. Zumindest hatte sie die Bekanntschaft mit ihr noch nicht abgestritten.

»Klar tun Sie das!« pflichtete sie ihm von ganzem Herzen bei. »Sonst wären Sie ja wohl kaum hier, hm?« Sie lachte, ein tiefes Gurgeln in ihrer Kehle, dann sah sie ihn schelmisch an.

Pitt konnte sich nicht erinnern, wann er jemals so angewidert gewesen wäre. Er zwang sich zu einem bestätigenden Lächeln, das kraftlos wirken mußte.

»Tasse Tee mit 'nem kleinen Schuß Gin?« bot sie an. »Natürlich!« Sie griff nach einem schmuddeligen Klingelzug. »Ich könnte auch einen gebrauchen. Und ist ja nur höflich, wenn ich Ihnen dabei Gesellschaft leiste.«

Pitt blieb keine Zeit, abzulehnen, denn die Tür öffnete sich und ein weiteres Mädchen lugte um die Ecke, mit großen Augen und ausgemergeltem Gesicht. Es mochte gerade fünfzehn sein.

»Ja, Mrs. Mapes, Ma'am?«

»Bring Tee, Dora«, orderte Mrs. Mapes. »Und paß auf, daß Florrie die Kartoffeln zum Abendbrot macht.«

»Ja, Mrs. Mapes, Ma'am.«

»Und bring die gute Kanne!« rief ihr Mrs. Mapes hinterher, dann wandte sie sich wieder lächelnd Pitt zu. »Also, was haben Sie auf dem Herzen, Mr. Pitt? Sie können mir vertrauen. Ich kann schweigen wie ein Grab.« Sie hielt sich einen Finger an die Nase. »Clarabelle Mapes hört alles und sieht nichts.«

Er hatte schon bemerkt, daß sein Vorhaben von vornherein zum Scheitern verurteilt war, wenn er hoffte, sie überlisten oder einschüchtern zu können. Sie hatte gelernt, in dieser Welt zu überleben, eine Hasardeuse, keineswegs ein leichtes Opfer. Hinter all dem Fleisch, den Locken und dem Lächeln war sie so vorsichtig wie ein Geizkragen und mißtrauisch wie ein Hund auf fremdem Territorium. Er beschloß, ihre Habgier anzusprechen und zu warten, welche Wirkung eine Überraschung auf sie haben mochte. Schuldgefühle konnte er sich bei ihr nicht vorstellen, sah jedoch ein gewisses Maß an Furcht, die ihr sicher etwas bedeutete und weit tiefer ging als bloße Vorsicht.

»Ich fürchte, Mrs. March ist tot«, sagte er und beobachtete sie dabei genau.

Aber ihre Miene änderte sich um keinen Deut. Sie zeigte nicht die leiseste Regung. »Wie schade«, sagte sie ausdruckslos, und ihre schwarzen Augen blickten ihn offen an. »Hoffe, sie hatte keine Schmerzen, das arme Ding.«

»Sie ist nicht leicht von uns gegangen«, hielt er dagegen.

Aber ihre Stimme zeigte keine Rührung. »Wie die meisten von uns.« Sie schüttelte den Kopf, und die schwarzen Lokken tanzten. »Sehr freundlich von Ihnen, mir das alles zu erzählen, Mr. Pitt.«

Er drängte weiter. »Es wird eine Obduktion geben.«

»Wird es? Und was ist das?«

»Die Ärzte werden ihre Leiche untersuchen, um herauszufinden, woran genau sie gestorben ist. Sie aufschneiden, wenn nötig.« Er sah ihr in die Augen, versuchte, in sie hineinzublicken, hinter das derbe, joviale Äußere zu sehen, aber es mißlang.

»Wie schrecklich«, sagte sie, ohne mit der Wimper zu zukken. Ihre scharfe, gebogene Nase kräuselte sich ein wenig, aber ihr Abscheu war gespielt. Sie hatte schon unendlich viel Schlimmeres gesehen. Wie alle, die in St. Giles wohnten. »Sollte man nicht meinen, Ärzte hätten Besseres zu tun, als jemanden aufzuschneiden, der schon tot ist? Die können ihr nicht mehr helfen, armes Ding. Sollten besser die verarzten, die noch leben, nicht daß es viel nützen würde, meistens jedenfalls.«

Pitt spürte, daß er rapide an Boden verlor.

»Sie müssen es«, drängte er weiter. »Die Umstände ihres Todes liegen noch im dunklen.« Das war buchstäblich die Wahrheit, auch wenn die Folgerung daraus es nicht war.

»Ist oft so.« Wieder nickte sie, und es war ein Klopfen an der Tür zu hören, dem ein weiteres Mädchen von etwa zehn Jahren folgte, das auf einem bemalten, an mehreren Stellen angeschlagenen Lacktablett den erwarteten Tee brachte. Den Ehrenplatz jedoch hatte eine silberne Teekanne, die Pitt nach seinen Erfahrungen in bezug auf Raubdelikte als echt georgianisch einschätzte. Das Mädchen wankte unter dem Gewicht unbeholfen, mit zitternden Armen. Sogar als es wieder ging, waren die Augen ohne Hoffnung auf die Korinthenkekse auf dem Porzellanteller gerichtet.

»Einen Tropfen zur Erfrischung?« bot Mrs. Mapes an, als die Tür wieder verschlossen war, und angelte in einem Schrank neben sich herum, wälzte ihren feisten Wanst auf dem Sessel, bis er knarrte. Sie brachte eine nicht gekennzeichnete grüne Flasche hervor, aus der sie etwas einschenkte, was dem Geruch nach nur Gin sein konnte.

Pitt lehnte hastig ab. »Nein, danke. Zu früh. Ich nehme nur Tee.«

»Bleibt oft ein Geheimnis, der Tod«, sagte sie, um ihren vorangegangenen Gedankengang zu beenden. »Bedienen Sie sich, Mr. Pitt.« Und sie gab einen großzügigen Schuß in ihre Tasse, bevor sie Tee, Milch und Zucker hinzufügte. Sie reichte Pitt eine wertvolle Porzellantasse und forderte ihn auf, sich zu bedienen, wie es ihm beliebte. »Aber nur die Reichen haben Ärzte, die sie hinterher aufschneiden. Blödsinn, würde ich sagen! Als ob man das Geheimnis von Leben und Tod ergründen könnte, wenn man Leichen aufschlitzt!«

Er gab die Obduktion auf. Offensichtlich ängstigte sie der Umstand keineswegs, und er verlor den Glauben, daß sie an einer Abtreibung beteiligt war, die sich bis zur Familie March zurückverfolgen ließ. Und dennoch hatte Sybilla ihre Adresse behalten, und es war unmöglich vorstellbar, daß es sich bei ihr um eine Bekannte aus der Gesellschaft handelte. Was tat diese gräßliche Frau, um sich ihren Lebensunterhalt zu verdienen?

Er sah sich im Zimmer um. Nach den Maßstäben, die in St. Giles galten, war es komfortabel, wenn nicht sogar luxuriös, und Mrs. Mapes war unübersehbar wohlgenährt. Aber die Kinder, die er gesehen hatte, sahen halb verhungert aus und trugen schäbige, abgelegte Kleider, die nicht paßten und noch weniger gepflegt waren.

»Sie führen eine gute Küche, Mrs. Mapes«, setzte er vorsichtig an. »Mr. Mapes ist ein glücklicher Mann.«

»Es gibt schon seit zehn Jahren keinen Mr. Mapes mehr.« Mit leuchtenden Augen sah sie ihn an. Dann entdeckte sie die ordentlichen Flicken an den Ärmeln seines Jacketts und holte tief Luft, wobei sie sich in die Nase zwickte. Es war das Werk einer Frau, nicht zu übersehen. »Ist an der Ruhr gestorben. Aber er hat mich gemocht, als er noch da war.«

»Mein Fehler«, sagte er gleich. »Ich dachte, bei all den Kindern...«

Ihre Augen wurden hart, und ihre Hand spannte sich ganz leicht auf ihrem fetten Schoß.

»Ich bin eine weichherzige Frau, Mr. Pitt«, sagte sie mit zurückhaltendem Lächeln. »Nehm sie haufenweise auf, wenn sie niemanden haben. Kümmer mich für Nachbarn und Verwandte um sie. Bin immer für andere da. Die ganze Tortoise Lane wird Ihnen das bestätigen, wenn es ehrliche Leute sind.«

»Wie lobenswert.« Pitt konnte nicht allen Sarkasmus aus seiner Stimme verbannen, auch wenn er es versuchte. Mit

Mrs. Mapes war er noch lange nicht fertig. Eine häßliche Idee begann sich in seinen Gedanken zu formen. »Mr. Mapes muß Sie wohlsituiert zurückgelassen haben, daß Sie die Mittel und die Zeit haben, so wohltätig zu sein.«

Ihr Kinn hob sich, und ihr Lächeln wurde breiter, zeigte harte, weißgelbe Zähne. »Das stimmt, Mr. Pitt«, sagte sie. »Ich war sein ein und alles, dem Mr. Mapes.«

Pitt setzte seine Tasse ab und schwieg einen Moment lang, unfähig, sich einen nächsten Schritt einfallen zu lassen. Sie hatte keine Angst mehr, und er sah es in jeder Rundung ihres kräftigen, wulstigen Körpers. Er konnte es in der heißen Luft riechen.

»Nett von Ihnen, daß Sie den ganzen Weg gekommen sind, um mir von Mrs. Marchs Tod zu erzählen, Mr. Pitt.« Sie bereitete sich darauf vor, ihn zu entlassen. Es blieb nur wenig Zeit. Er hatte keinen Anlaß, die Räumlichkeiten zu durchsuchen, und wonach sollte er auch suchen, selbst wenn er mit Männern und einem Gerichtsbeschluß wiederkam?

Dann fiel ihm eine Lüge ein, die vielleicht ihre Wirkung tun konnte. Er mußte die Angst außer acht lassen und es mit ihrem allumfassenden Charakterzug versuchen: der Habgier.

»Es ist nur meine Pflicht«, erwiderte er, beinah ohne zu zögern. Gebe Gott, daß die Metropolitan Police die Schulden beglich, die er eingehen wollte. »Mrs. March hat Sie in Ihrem Testament bedacht, für – erwiesene Dienste. Sie sind doch Clarabelle Mapes, oder?«

Der Kampf ihres Mißtrauens mit der Habgier auf ihrem Gesicht war auf groteske Weise komisch, und er wartete, ohne sie zu unterbrechen, während sie versuchte, sich zu einem Kompromiß zu bewegen. Mit einem langen, ungestümen Seufzen stieß sie ihren Atem aus. Ihre Augen glänzten. »Wirklich großzügig von ihr.«

»Sie sind doch die richtige Person?« beharrte er. »Sie haben ihr einen Dienst erwiesen?«

Aber so einfach ließ sie sich nicht überlisten. Sie hatte die Falle längst entdeckt. »Privat«, sagte sie und sah ihn dreist an. »Unter Damen, wie Sie sicher verstehen werden. Wäre indiskret, weiterzubohren.«

Ein Ausdruck des Zweifels fuhr über sein Gesicht. »Ich habe die Verantwortung...«

»Sie haben meine Adresse, sonst wären Sie nicht hier«, erklärte sie. »Außer mir gibt es keine andere Clarabelle Mapes. Da muß ich wohl die Richtige sein, oder? Und ich kann beweisen, wer ich bin, keine Sorge. Was ich für sie gemacht habe, geht Sie überhaupt nichts an. Vielleicht war es ein freundliches Wort, als sie es am nötigsten hatte.«

»In der Tortoise Lane?« Pitt lächelte übellaunig.

»Ich bin ja nicht immer in der Tortoise Lane gewesen«, sagte sie und bereute es im selben Augenblick. Sie wußte, daß sie einen Fehler gemacht hatte, und es zeigte sich in ihren plötzlich erschlafften Zügen, der veränderten Art und Weise, wie sie saß. »Ich geh' eben manchmal aus!« sagte sie und versuchte, den Schaden wieder gutzumachen.

»Bestimmt nicht nach Cardington Crescent.« Er wurde mutiger, selbst wenn er noch keine Vorstellung davon hatte, wohin es ihn führen mochte. »Und Sie sind schon eine ganze Weile hier.« Er sah sich um. »Bestimmt schon, seit sie Ihnen geschrieben hat. Wie Sie bereits erwähnt haben, stand dieses Haus in ihrem Adreßbuch.«

Diesmal wurde sie wirklich blaß. Die Farbe wich aus ihrem Raubtiergesicht und ließ nur das Rouge auf ihren Wangen zurück, wobei der Fleck auf ihrer linken Wange ein paar Zentimeter höher saß als der Fleck auf der rechten. Sie sagte kein Wort.

Pitt stand auf. »Ich werde mir den Rest des Hauses ansehen«, kündigte er an, und ging zur Tür, bevor sie ihn zurückhalten konnte. Er öffnete sie und trat in den gewundenen Durchgang, näherte sich zügig der Küche, fort von der Eingangstür. Eines der Mädchen, die er schon gesehen hatte, hockte mit einem Eimer Wasser und einer Bürste auf Händen und Knien am Boden. Es machte ihm Platz.

Die Küche selbst war für ein Haus dieser Art immens groß, zwei Räume waren zu einem geworden, entweder absichtlich oder durch eine verrottete Wand, die zusammengefallen war und entfernt werden mußte. Der Boden war aus Holz und geschrubbt, bis die Bohlen wellig geworden waren. Nägel ragten wie kleine Inseln daraus hervor, und man hatte groben Sand in die Risse gestreut. Zwei riesige Herde standen voll großer Kochtöpfe, und ein Kessel spie Dampf aus, wohl um Mrs. Mapes Teekanne nachzufüllen. Neben den Feuerstellen befanden sich Luken für Kohlenstaub und Koksrückstände, nah genug, daß die Mädchen sie mit ihren spindeldürren Armen anheben und nachfüllen konnten. An der gegenüberliegenden Wand standen in sich zusammengesunkene Säcke mit Getreide und Kartoffeln, daneben ein Bündel mit verdrecktem Kohl. Auf der anderen Seite stand ein riesiger Geschirrschrank voller Teller und Pfannen und Becher, mit schiefen Schubladen, aus denen Papier hervorragte. Ein Knäuel Schnur lag teilweise abgewickelt am Boden. Ein zur Hälfte eingeschlagenes Paket lag auf dem Küchentisch, daneben eine Schere. Über allem, mit einer Winde an die Decke gehoben, hing eine Trockenstange, an der alle möglichen Lumpen und Laken hingen, in denen sich die Küchendünste fingen.

Drei weitere Mädchen waren mit verschiedenen Hausarbeiten beschäftigt. Eines schälte über der Spüle Kartoffeln, eines rührte in einem Topf mit Haferschleim, das dritte kniete mit einer Kehrichtschaufel am Boden. Keines von ihnen konnte älter als vierzehn sein. Das jüngste sah eher wie zehn oder elf aus. Offensichtlich war die Einrichtung dafür gedacht, regelmäßig eine beträchtliche Menge von Leuten zu versorgen.

»Wie viele von euch sind hier?« fragte er, bevor Mrs. Mapes ihn einholen konnte. Er hörte, wie ihr Rock hinter ihm rauschte und raschelte.

»Weiß nicht«, flüsterte ein bleichgesichtiges Mädchen. »Da sind die Kleinen alle, die Babys. Die kommen und gehen, ich weiß nicht.«

»Pscht!« warnte die Älteste scharf, mit Augen schwarz vor Angst.

Pitt tat alles, was in seiner Macht stand, damit seine Miene ihn nicht verriet. Jetzt wußte er, was dieses Haus war, und er konnte es nicht ändern. Und wenn er seinen Zorn zeigte, Mitleid oder Abscheu, würde er es nur noch schlimmer machen. Die Natur schürte das Bedürfnis, und Armut erzwang seine Befriedigung.

»Was wollen Sie hier drinnen, Mr. Pitt?« fragte Mrs. Mapes hinter ihm mit schriller Stimme. »Ich wüßte nicht, was Sie hier zu suchen hätten!«

»Nein, absolut nichts«, stimmte er ihr grimmig zu, ohne sich von der Stelle zu rühren. Es gab keinen Punkt, an dem er ansetzen, geschweige denn mit dem er etwas erreichen konnte. Er würde nur Schaden anrichten, und dennoch ging er nur sehr widerwillig.

»Wieviel?« fragte sie.

»Was?« Er hatte keine Ahnung, wovon sie redete. Sein Blick fuhr über die Kessel: Haferschleim, leicht zu machen und billig, für die Kinder, Kartoffeln, um das Fleisch im Eintopf zu sparen.

»Mit wieviel hat mich Mrs. March denn bedacht?« sagte sie ungeduldig. »Sie haben gesagt, sie hätte mir was hinterlassen!«

Er sah zu Boden, dann auf den großen Holztisch. Sie waren ungewöhnlich sauber. Das zumindest sprach für sie. »Ich weiß nicht. Ich nehme an, man wird es Ihnen zuschicken.« Es würde davon abhängen, wozu er seine Vorgesetzten überreden konnte. Vielleicht würde er es ohnehin vergessen.

»Sie haben es nicht dabei?«

Er antwortete nicht. Wenn er es täte, blieb kein Grund mehr zu bleiben, und irgend etwas in seinem Hinterkopf hielt ihn fest, eine Ahnung nur, daß es Sinn machte, den Grund zu finden.

Was hatte Sybilla March von dieser Frau wollen können? Hatte sie das Kind eines Dienstmädchens übernommen, als es in Schwierigkeiten war? Es schien die einzig vernünftige Erklärung zu sein. Lohnte es sich, die Sache bis zu Sybillas Haus zurückzuverfolgen, um nachzusehen, ob ein Mädchen aus unerklärlichem Grund gefehlt hatte, möglicherweise wegen einer Entbindung? War es wichtig? Das Leben war voll von solchen privaten Tragödien, von Mädchen, die ihren

Lebensunterhalt verdienen mußten und es sich nicht leisten konnten, ein uneheliches Kind zu behalten. Und Dienstboten heirateten nur selten, aus eben jenem Grunde. Sie lebten im Hause ihres Herrn, in dem Familien keinen Platz hatten.

Mrs. Mapes' Stimme krächzte hinter ihm. »Dann sollten Sie sich besser wieder um Ihre eigenen Angelegenheiten kümmern, und meine mir überlassen!«

Langsam drehte er sich um, ließ ein letztes Mal seinen Blick durch das Zimmer schweifen. Dann wurde ihm klar, was ihn hielt: das Paket. Das Paket in braunem Papier auf dem Küchentisch, halb verschnürt, neben der Schere. Er hatte das Papier, die seltsame, gelbe Schnur schon einmal gesehen, zweimal der Länge und Breite nach gewickelt, an jeder Verbindungsstelle geknotet und mit einer Schleife und zwei losen Enden zusammengebunden. Plötzlich wurde ihm eiskalt, als wehte ein Lufthauch aus dem Leichenschauhaus über seine Haut. Er dachte an das Blut und die Fliegen, die dicke Frau mit ihrer zerdrückten Tournüre und ihrem glupschäugigen Hund. Das konnte kein Zufall sein. Das Papier war weit verbreitet, aber die Schnur war ungewöhnlich, die Knoten ausgefallen, charakteristisch, die Kombination einzigartig. Sie waren mindestens anderthalb Meilen von Bloomsbury entfernt. Welche Reste waren in dieses kleine Paket gewickelt? Wo war das erste Paket, das größere? In der Küche konnte er es nirgendwo sehen.

»Ich gehe«, sagte er laut, selbst überrascht vom Klang seiner Stimme. »Ja, Mrs. Mapes, ich werde Ihnen das Geld persönlich bringen, nachdem ich jetzt weiß, daß es Ihnen gehört.«

»Wann?« Sie lächelte wieder, war sich des Paketes auf dem Tisch und dessen Knoten gar nicht bewußt. »Ich möchte nur sichergehen, daß ich auch da bin«, fügte sie erklärend hinzu, als könnte dies ihre Gier verbergen.

»Morgen«, erwiderte er. »Schon früher, wenn ich rechtzeitig in meinem Büro bin.« Er mußte eines dieser Kinder allein sprechen und zu den Paketen befragen. Wohin sie gingen, wie oft, und wer sie beförderte. Aber es mußte an einem anderen Ort geschehen, damit sie ihn nicht belauschen konnte, sonst wäre das Leben der Kinder in Gefahr. »Haben Sie jemanden Verläßliches, der eine Nachricht für mich überbringen könnte? Jemanden, dem Sie vertrauen?« fragte er.

Sie überdachte die Vor- und Nachteile und entschied sich zu seinen Gunsten.

»Ich hab Nellie. Die macht das für Sie«, sagte sie widerwillig. »Worum geht's?«

»Vertraulich«, antwortete er. »Ich werde es ihr draußen sagen. Dann komme ich zurück, sobald ich kann. Dessen seien Sie versichert, Mrs. Mapes.«

»Nellie!« kreischte sie, so laut sie konnte. Ihr Schreien ließ das Porzellan auf dem Geschirrschrank erzittern.

Einen Moment lang war es still, dann hörte man das Weinen eines Säuglings, der irgendwo im oberen Stockwerk aufgewacht war, das Klappern von Schuhen, dann erschien Nellie in der Tür, mit struppigem Haar, schief sitzender Schürze und verängstigtem Blick. »Ja, Mrs. Mapes, Ma'am?«

»Geh mit diesem Gentleman und mach eine Besorgung für ihn«, orderte Mrs. Mapes. »Dann komm wieder her und mach deine Arbeit zu Ende. Es gibt im Leben nichts zu essen, wenn man nicht dafür arbeitet.«

»Nein, Mrs. Mapes, Ma'am.« Nellie machte einen kurzen Knicks und wandte sich Pitt zu. Sie mußte etwa fünfzehn sein, wenn sie auch so dünn und unterentwickelt war, daß man dessen schwerlich sicher sein konnte.

»Danke, Mrs. Mapes«, sagte Pitt und haßte sie, wie er nur wenige Menschen in seinem Leben gehaßt hatte, wobei er wußte, daß es wohl nur ein Ventil für seinen Zorn über die Armut selbst war. Sie war ein Geschöpf ihrer Zeit und dieses Viertels. Sollte er sie dafür hassen, daß sie überlebte? Diejenigen, die starben, taten es nur, weil sie nicht ihre Kraft besaßen. Und dennoch haßte er sie.

Er schob sich an ihr vorbei in den Korridor, den feuchten, mit Binsen ausgelegten Schlauch hinunter, an den Kindern vorüber, die noch immer auf den Stufen hockten, und durch das Vorderzimmer hinaus auf die Tortoise Lane. Nellie blieb einen Schritt hinter ihm. Er ging weiter, bis er um eine Ecke kam, außer Sichtweite der Hausnummer drei.

»Was für eine Besorgung soll ich machen, Mister?« fragte Nellie, als sie stehenblieben.

»Machst du oft Besorgungen für Mrs. Mapes?«

»Ja, Mister. Sie können mir vertrauen. Ich kenn' mich hier aus.«

»Gut. Lieferst du Pakete für sie aus?«

»Ja. Und ich hab' noch nie eins verloren. Sie können mir vertrauen, Mister.«

»Ich vertraue dir ja, Nellie«, sagte er mit sanfter Stimme und wünschte bei Gott, er hätte etwas für sie tun können, und wußte doch, daß er es nicht konnte. Wenn er es dennoch täte, würde es mißverstanden werden und sie wahrscheinlich ängstigen und verwirren. »Hast du das große Paket vom Küchentisch genommen?«

Ihre Augen wurden groß. »Mrs. Mapes hat es mir gesagt, ehrlich!«

»Das hat sie sicher«, sagte er schnell. »Hast du vor ungefähr drei Wochen mehrere Pakete für sie weggebracht?«

»Ich hab' nichts Unrechtes getan, Mister. Ich hab' sie bloß dahin gebracht, wohin ich sie bringen sollte!« Langsam begann sie sich zu fürchten. Seine Fragen ergaben für sie keinen Sinn.

»Ich weiß das, Nellie«, sagte er leise. »Wo war das? Hier in der Gegend und in Bloomsbury?«

Ihre Augen wurden immer größer. »Nein, Mister. Ich hab' sie zu Mr. Wigge gebracht. Wie immer.«

Langsam atmete er aus. »Dann bring mich zu Mr. Wigge, Nellie. Bring mich gleich zu ihm.«

12

Nellie führte Pitt durch ein Labyrinth von engen Gassen und Treppen, bis sie auf einen kleinen, verwahrlosten Hof kamen, auf dem sich alte Möbel stapelten, viele davon schimmlig und von Würmern zerfressen, dazwischen Scherben von Steingut und Fetzen von Stoffen, mit denen sich nicht einmal Lumpensammler befaßt hätten. An der gegenüberliegenden Seite, hinter den windschiefen Stapeln und Haufen, befand sich der Eingang zu einem großen Keller.

»Hierhin hab' ich sie gebracht«, sagte Nellie und sah ängstlich zu Pitt auf. »Ich schwör's Ihnen, Mister.«

»Wem hast du sie gegeben?« fragte er, blickte sich um und sah niemanden.

»Mr. Wigge.« Sie deutete die Stufen hinab in den düster klaffenden Kellereingang.

»Komm, zeig es mir«, bat er. »Bitte.«

Widerstrebend bahnte sie sich einen Weg durch das Gerümpel zum Rand der Treppe und stieg langsam hinunter. Unten drehte sie sich um und klopfte an die Holztür, die offen stand und an den Scharnieren festgerostet war. Ihre Hände machten kaum ein Geräusch.

»Mr. Wigge? Sir?«

Beinah im selben Augenblick erschien ein knochiger, alter Mann, bekleidet mit einer schmutzigen Jacke, deren Taschen vom Gewicht des Plunders, den er über die Jahre darin gesammelt haben mochte, eingerissen waren. Seine Hosen waren dreckverschmiert. Trotz des warmen Tages trug er fingerlose Handschuhe und auf seinem dünnen, zotteligen Haar einen glänzenden, schwarzen Zylinder. Wie neu. Als wäre er erst vor einer Stunde aus dem Laden des Hutmachers gekommen.

Das hohlwangige Gesicht verzog sich zu einem erwartungsvollen, höhnischen Grinsen, und er blinzelte zu Pitt auf.

»Mr. Wigge?« fragte Pitt.

Der alte Mann verbeugte sich ruckartig. Er heuchelte eine Vornehmheit, die ihm wohl gefiel. »Septimus Wigge zu Ihren Diensten, Sir. Womit kann ich Ihnen helfen? Ich habe ein wunderschönes Bettgestell aus Messing. Ich habe eine tanzende Dame aus echtem Porzellan.«

»Ich werde hereinkommen und mich umsehen.« Pitt ahnte, daß er enttäuscht sein würde. Falls Clarabelle Mapes nur Hausrat verkauft hatte, ihren eigenen oder den anderer, um ein bißchen Geld zusammenzubringen, lohnte es sich nicht, die Spur weiterzuverfolgen. Und dennoch waren die Knoten merkwürdig gewesen, identisch mit denen des gräßlichen Paketes auf dem Kirchhof und all den anderen.

Was sollte er mit Nellie machen? Wenn er sie in die Tortoise Lane zurückschickte, würde sie dann Mrs. Mapes erzählen, was er sie gefragt und wohin sie ihn gebracht hatte? Ihm blieb keine große Hoffnung, daß sie gegen Mrs. Mapes' Drängen bestehen konnte, falls diese mißtrauisch geworden war. Nellie lebte in einem Kokon aus Hunger und Angst.

Aber was sollte er mit ihr machen, wenn er sie bei sich behielt? Die Tortoise Lane war ihr Zuhause, wahrscheinlich alles, was sie kannte. Er hatte sie mit hineingezogen. Sie wußte von den Paketen, und falls Clarabelle Mapes die furchtbaren, blutigen Bündel ebenso verschnürt hatte wie die harmlosen, war Nellies Leben in Gefahr, wenn sie zurücklief und erzählte, wie sie Pitt zu Septimus Wigge geführt hatte. Er mußte sie mitnehmen.

»Nellie, komm mit hinein und hilf mir suchen.«

»Ich trau' mich nicht, Mister.« Sie schüttelte den Kopf. »Ich muß an die Arbeit. Ich krieg' Ärger, wenn ich zu spät komm. Mrs. Mapes wird böse.«

»Nicht, wenn du mit dem Geld von Mrs. March wiederkommst«, hielt er dagegen. »Damit hat sie es sehr eilig.«

Nellie sah ihn zweifelnd an. Sie fürchtete das Unmittelbare mehr als das Fragwürdige. Ihre Vorstellungskraft reichte nicht weit genug.

Pitt hatte keine Zeit für Diskussionen. Sie war daran gewöhnt zu gehorchen.

»Das ist ein Befehl, Nellie«, sagte er schroff. »Du bleibst bei mir. Mrs. Mapes wird wütend sein, wenn ihr Geld zu spät kommt.« Er wandte sich dem wartenden Mann zu. »Nun, Mr. Wigge, werde ich mir Ihre Messingbetten ansehen.«

»Sehr vernünftig, Sir, sehr vernünftig.« Wigge drehte sich um und trat ins Innere des Kellers. Dieser war größer als Pitt erwartet hatte, er reichte weiter in die Tiefe, und die Decke war wesentlich höher. An einer Wand gab es einen großen Ofen, dessen Eisentür offenstand und Hitze in die steinigen Räume hinausschickte. Trotz des milden Tages war seine Wärme unter der Erde angenehm, da es hier kein Sonnenlicht gab.

Der alte Mann zeigte ihm mehrere ansehnliche Bettgestelle, ein paar Stücke annehmbaren Porzellans und verschiedene wertlose Gegenstände, an denen Pitt Interesse vortäuschte, während er sich die ganze Zeit über umsah und suchte, jedoch nichts weiter fand als Dinge, die vielleicht oder vielleicht auch nicht gestohlen sein mochten. Während er jedoch mit ihm um eine kleine grüne Vase feilschte, die er schließlich für Charlotte kaufte, sah er sich Mr. Septimus Wigge selbst sehr genau an. Als er, gefolgt von Nellie, ging, hätte er Mr. Wigge so genau beschreiben können, daß ein Maler ihn von den schauderhaften Stiefeln bis zu seinem makellosen Hut hätte zeichnen können, sogar jeden Zug seines höhnisch grinsenden Gesichtes.

Pitt verabschiedete sich, hielt die Vase in der Hand, nahm Nellie mit. Er hatte keine Wahl. Er mußte Sybilla vergessen, deren Verbindung zu Clarabelle Mapes er nicht verstehen konnte, da sie höchstwahrscheinlich zufällig war und nichts mit ihrer Ermordung zu tun hatte. Er mußte zurück zum Kirchhof von Bloomsbury, jetzt, da er wußte, nach wem er suchen sollte, und er mußte alle Anlieger und regelmäßigen Besucher fragen, ob sich vielleicht einer von ihnen erinnerte, Septimus Wigge vor drei Wochen gesehen zu haben. Das konnte eine langwierige Aufgabe werden.

Zuerst mußte er einen sicheren Ort für Nellie finden, an dem Mrs. Mapes sie nicht finden konnte. Es war nach zwei, und sie hatten noch nichts gegessen.

»Hast du Hunger, Nellie?« Er fragte nur aus Höflichkeit. An den tiefliegenden Augen und ihren eingefallenen Wangen sah er, daß sie ständig Hunger hatte.

»Ja, Mister.«

»Ich auch. Gehen wir essen.«

»Ich hab' nichts.« Diesmal sah sie ihn ängstlich an.

»Du bist mir eine große Hilfe gewesen, Nellie. Ich glaube, du hast dir ein Mittagessen verdient.« Sie war fünfzehn, alt genug, herablassendes Benehmen zu erkennen, und das hatte sie nicht verdient. Ihr war ohnehin nur wenig Würde geblieben, und er war entschlossen, ihr diese nicht noch zu nehmen. Ebensowenig wollte er sie zu dem Haus in der Tortoise Lane befragen. Er wußte, was es war. Er mußte sie nicht dazu verführen, es zu verraten. »Ich kenne ein sehr gutes Wirtshaus, wo wir frisches Brot, kaltes Fleisch, saure Pickles und Pudding bekommen.«

Sie konnte es noch nicht fassen. »Danke, Mister«, sagte sie, aber ihre Miene änderte sich nicht.

Der Pub, den er im Sinn hatte, war nur eine Meile entfernt, und sie gingen schweigend dorthin, was ihm nicht unlieb war. Der Wirt erkannte Pitt sofort, als er eintrat. Er war ein einigermaßen gesetzestreuer Bürger, zumindest die meiste Zeit über, und den fragwürdigen Teil seiner Geschäfte ließ Pitt in Ruhe. Dieser Teil hatte mit gewilderten Tieren zu tun, der gelegentlichen Umgehung von Gewerbesteuern auf Tabak und ähnlichen Waren, außerdem eine ganze Menge mit wohlüberlegter Blindheit. Was Pitt beschäftigte, war Mord.

»Guten Tag, Mr. Tibbs«, sagte er leutselig.

»Guten Tag, Mr. Pitt, Sir.« Tibbs kam ihm eilig entgegen, wischte die Hände an den Hosen ab, eifrig bemüht, sich auf der rechten Seite des Gesetzes zu halten. »Mittagessen für Sie, Mr. Pitt, Sir? Ich hab' ein schönes Stück Hammel oder guten Chester oder einen Double Gloucester? Und meine besten Pickles, hab' ich letzten Sommer angesetzt, schmekken jetzt genau richtig. Was soll's sein?«

»Hammel, Mr. Tibbs«, erwiderte Pitt. »Für mich und die Lady. Und für jeden einen Krug Ale. Und dann Pudding.

Und Tibbs, es gibt ein paar sehr unangenehme Leute, die vielleicht nach der Lady suchen könnten, um ihr etwas anzutun. Ich möchte, daß Sie sie eine Weile bei sich aufnehmen. Sie ist eine gute, kleine Arbeiterin, wenn man sie füttert. Finden Sie einen Ort, an dem man sie nicht sieht, irgendwo in der Küche. Sie kann am Herd schlafen. Es wird nicht lange dauern, es sei denn, Sie würden sich entschließen, sie zu behalten. Sie wird sich schon nützlich machen.«

Tibbs sah sich zweifelnd Nellies mageren, kleinen Körper und das schmale Gesicht an. »Was hat sie gemacht?« fragte er und sah Pitt aus zusammengekniffenen Augen an.

»Sie hat etwas gesehen, was sie nicht sehen sollte«, erklärte Pitt.

»Also gut«, sagte Tibbs widerwillig. »Aber Sie bürgen für alles, was sie einsteckt, Mr. Pitt.«

»*Sie* füttern sie anständig und schlagen sie nicht«, gab Pitt zurück, »und ich bürge für ihre Ehrlichkeit. Und falls ich sie hier nicht finde, wenn ich komme, um sie wieder abzuholen, bürgen Sie mir mit weit mehr als nur Geld. Haben wir uns verstanden?«

»Ich tue Ihnen damit einen Gefallen, Mr. Pitt.« Tibbs wollte darauf hinweisen, daß er sich in Zukunft auf eine Gegenleistung einstellte.

»Das tun Sie«, räumte Pitt ein. »Ich vergesse kaum etwas, Mr. Tibbs. Gutes wie Schlechtes.«

»Ich hole Ihnen den Hammel.« Tibbs verschwand zufrieden.

Pitt und Nellie setzten sich an einen der kleinen Tische, er erleichtert, sie behutsam, noch immer ungläubig.

»Was reden Sie mit dem da über mich?« fragte sie, verzog das Gesicht und starrte ihn mit furchtsamem Blick an.

»Weil ich dich hier lassen werde, damit du in seiner Küche arbeitest«, antwortete er. »Du bist in der Tortoise Lane nicht mehr sicher, bis ich in Erfahrung gebracht habe, was ich wissen muß.«

»Mrs. Mapes wird mich rauswerfen!« Jetzt hatte sie entsetzliche Angst. »Dann weiß ich nicht, wohin ich soll!«

»Du kannst hierbleiben.« Er beugte sich vor. »Nellie, du

weißt etwas, das du nicht wissen solltest. Ich bin Polizist, ein Kriminaler. Weißt du, was mit Leuten passiert, wenn sie Geheimnisse kennen, die sie nicht kennen sollten?«

Sie nickte schweigend. Sie wußte es. Die verschwanden. Seit fünfzehn Jahren lebte sie in St. Giles. Sie kannte die Überlebensregeln sehr genau.

»Sie sind Kriminaler, wirklich? Sie haben kein Cape, keinen Helm und keine von diesen kleinen Lampen.«

»Die habe ich früher gehabt. Jetzt kümmere ich mich nur noch um schwere, ernste Verbrechen, und ich habe ein paar Bobbies mit Helmen, die für mich arbeiten.«

Tibbs brachte das Essen selbst. Knuspriges Brot, dicke Scheiben Hammelrücken und würzige, dunkle Pickles, zwei Krüge Ale und zwei Portionen scheckigen Dick, dampfenden Pudding mit Rosinen. Nellie war sprachlos, als die Hälfte davon vor ihr abgestellt wurde. Pitt hoffte nur, ihr würde bei der ungewohnten Menge nicht schlecht werden. Vielleicht wäre es klüger gewesen, ihrem geschrumpften Magen vorerst nur wenig zu geben, aber er hatte keine Zeit, und außerdem hatte er Hunger.

»Iß soviel, wie du magst«, sagte er wohlwollend. »Aber denk nicht, daß du alles aufessen mußt. Heute abend bekommst du mehr und morgen auch.«

Nellie starrte ihn nur an.

Er holte sich einen Constable vom örtlichen Revier und ging mit ihm ein weiteres Mal von Tür zu Tür. Den ganzen Nachmittag arbeiteten sie sich durch das Areal fünfhundert Meter um die Fundorte der gräßlichen Pakete herum. Zuerst näherten sie sich dem Kirchhof von Bloomsbury, dann den Außenbezirken von St. Giles, in denen man die späteren Entdekkungen gemacht hatte. Er hatte dem Constable eine präzise Beschreibung von Septimus Wigge gegeben, sowohl von seiner Person als auch der Kleidung, die er in seinem unterirdischen Lagerhaus getragen hatte.

Um sechs Uhr abends trafen sie sich am Kirchtor wieder.

»Und?« fragte Pitt, auch wenn ihm die Antwort nur wenig bedeutete. Er hatte bereits gefunden, was er brauchte. Er war zu ungeduldig, zu wütend gewesen, um feinsinnig vorzugehen. Aber trotz seiner ungewohnten Taktlosigkeit hatte er einen Diener gefunden, der frühmorgens von einem verbotenen Rendezvous heimgekehrt war und hundert Meter vor der Kirche einen knochigen, hohlwangigen, alten Mann mit einem Zylinder gesehen hatte, der sehr in Eile gewesen war und einen kleinen Handkarren mit einem ziemlich großen Paket vor sich hergeschoben hatte. Er hatte dies nicht erwähnt, als die Leichenteile gefunden wurden, weil er nicht zugeben wollte, daß er außer Haus gewesen war. Es würde mit einiger Sicherheit seine Entlassung bedeuten, und er hatte den alten Mann für einen Hausierer gehalten, wahrscheinlich mit Diebesgut, da er um diese Uhrzeit unterwegs war. Selbst für die Straßenhändler war es zu früh, die mit Gemüse aus den Außenbezirken oder mit Meeresschnecken, Aalen und anderen Delikatessen von den Docks oder vom Fluß heraufkamen.

Aber Pitt hatte ihn soweit eingeschüchtert, daß er glaubte, das Zurückhalten solcher Informationen würde ihn zum Mordkomplizen machen, und dies wäre unendlich viel schlimmer, als seine Stellung wegen eines kurzen Flirts mit einem Hausmädchen zu verlieren.

Außerdem war er zufällig auf eine Prostituierte gestoßen, weiter nach St. Giles hin, wo man eines der grauenhaften Pakete, ein Bein, gefunden hatte. Jetzt, da er Septimus Wigge so genau beschreiben konnte, daß er wußte, was er fragen mußte, und nachdem er es bei mehreren Mädchen versucht hatte, fand er eine, die ihn und seinen Handkarren gesehen hatte. Sie erinnerte sich an den feinen Zylinder, dessen Glanz im Mondlicht schimmerte, als er um die Ecke bog. Er war ihr aufgefallen, aber die drei in Papier gewickelten Pakete in seinem Karren hatte sie nicht beachtet.

Und es hatte noch andere gegeben, Männer, die er nicht in den Zeugenstand rufen wollte, die ihm aber nichtsdestoweniger allesamt halfen, seiner Sache sicher zu werden: ein schielender kleiner Hehler, der nach Lieferanten Ausschau gehalten hatte, ein Zuhälter in einer Messerstecherei um eine seiner Huren, und ein Einbrecher, der sich ein Fenster angesehen hatte, um in ein Haus einzubrechen.

»Zwei«, antwortete der Constable. Er machte seinen Job gut, und mit Verbrechen kannte er sich aus, aber er war nicht so wütend wie Pitt und daher mit seinen Drohungen vorsichtiger gewesen. Er sah enttäuscht aus, glaubte, seinen Vorgesetzten im Stich gelassen zu haben. »Werden vor Gericht nicht viel nützen. Ein rattengesichtiger kleiner Bauernfänger, der die Nacht über beim Kartenspiel betrogen hatte, und ein zwölfjähriger Klettermaxe, der durch ein Hinterfenster einsteigen wollte, um seinen Herrn hereinzulassen. Ich weiß, wo ich die beiden wiederfinden kann.«

»Was haben sie gesehen?« Pitt war keineswegs aus der Fassung gebracht. Kein Bürger würde um diese nachtschlafende Zeit in St. Giles einer ehrbaren Beschäftigung nachgehen, außer vielleicht ein Priester oder eine Hebamme, und ersterer war eher unerwünscht und letztere konnten sich nur wenige leisten. Gott allein wußte, wie viele Kinder durch Schmutz und Unwissenheit im Augenblick ihrer Geburt starben und die Mütter mit ihnen.

»Ein spindeldürrer, alter Mann mit speckigen Haaren unter einem schimmernden Zylinderhut, der einen Handkarren schob und es eilig hatte«, antwortete der Constable. »Der Klettermaxe hat ihn ganz sicher aus der Gasse kommen sehen, in der man den Kopf gefunden hat.«

»Gut. Dann gehen wir jetzt zu Septimus Wigge und verhaften ihn«, erwiderte Pitt entschlossen.

»Aber wir können sie nicht als Zeugen vor Gericht holen!« protestierte der Constable. »Kein Richter in London würde ihre Aussagen beachten.«

»Braucht er auch nicht«, gab Pitt zurück. »Ich glaube nicht, daß Wigge die Frau getötet hat. Er hat nur die Pakete weggeschafft. Wenn wir ihn verhaften und ihm ordentlich Angst machen, wird er uns sagen, wer es getan hat, auch wenn ich ziemlich sicher bin, wer es war. Aber ich will, daß er es beschwört.«

Der Constable verstand nur wenig von dem, was Pitt erzählte, aber er war zufrieden, wenn Pitt es war. Sie liefen durch die engen, verdreckten Straßen, vorüber an Fabriken, Mietskasernen und einem Gewirr aus baufälligen Häusern. Bettler standen müßig herum oder hockten in Eingängen. Kinder mühten sich mit endlos trübsinnigen Arbeiten ab, sammelten Lumpen, machten Besorgungen, stahlen aus Taschen oder von Wagen. Frauen bettelten, plagten sich, tranken.

Pitt bog nur einmal falsch ab, dann fand er Septimus Wigges Keller mit seinen Stapeln von Gerümpel und dem Ofen wieder. Er wies den Constable an, im Verborgenen zu warten, während er sicherstellte, daß der alte Mann da war und ihm kein Hinterausgang blieb, durch den er flüchten konnte, womöglich ein Labyrinth von Gängen, das Gott weiß wohin führen mochte.

Forsch schritt er über den Hof und die Stufen hinab, so leise er konnte. Er fand den Mann beim Durchstöbern einer Kiste mit Löffeln, über die er sich beugte, die er eingehend untersuchte, ein breites Grinsen auf dem Gesicht.

»Gut, daß Sie da sind, Mr. Wigge«, sagte Pitt sanft, als er kaum noch einen Meter von ihm entfernt war.

Wigge fuhr auf, erschrocken und verblüfft, bis er sah, daß es ein Kunde war. Sein Gesicht glättete sich, und er lächelte mit braunen, unregelmäßigen Zähnen, von denen mehr fehlten als übrig waren.

»Nun, Sir, und was kann ich diesmal für Sie tun? Ich hätte da ein paar wunderschöne Silberlöffel.«

»Das glaube ich wohl, aber im Augenblick habe ich kein Interesse.« Er stellte sich zwischen Wigge und der Rückseite des Ladens. Der Constable sollte oben an der Treppe stehen und die Flucht durch den Vordereingang verhindern.

»Was wollen Sie dann? Ich hab' alles mögliche da.«

»Hätten Sie vielleicht braune Pakete mit Teilen einer weiblichen Leiche?«

Wigges Gesicht erstarrte, so blutleer vor Entsetzen, daß der graue Schmutz darauf noch deutlicher wurde. Er versuchte zu sprechen, aber seine Stimme versagte. Seine Kehle schnürte sich zusammen, der Adamsapfel hüpfte auf und ab. Er schluckte, hustete und schluckte wieder. Der Geruch von Schweiß hing in der drückenden, heißen Luft.

»Das ist n-nicht komisch!« sagte er heiser, mühte sich verzweifelt, die Panik zu beherrschen, die sein Innerstes durchbohrte. »Das ist überhaupt n-nicht komisch!«

»Ich weiß«, stimmte Pitt ihm zu. »Ich habe eines davon gefunden. Die obere Hälfte des Rumpfes, um genau zu sein. Blutgetränkt. Haben Sie eine Mutter gehabt, Mr. Wigge?«

Wigge wollte gekränkt sein, aber die Absicht drang nicht bis an seine Lippen vor.

»Natürlich habe ich eine gehabt!« jammerte er. »Kein Grund zu – ich...« Er sackte in sich zusammen, starrte Pitt wie hypnotisiert vor Entsetzen an.

»Sie erwartete ein Kind«, antwortete Pitt und packte ihn an seiner knochigen Schulter. »Diese Frau, deren Leiche Sie in Stücke gehauen und verteilt haben.«

»Hab' ich nicht!« Wigge wand sich unter Pitts Griff, und seine Stimme klang so hoch und schrill, daß es schmerzte. »So wahr mir Gott helfe, ich hab' es nicht getan! Sie müssen mir glauben, ich hab' sie nicht umgebracht!«

»Ich glaube Ihnen nicht«, log Pitt ungeschickt. »Wenn Sie es nicht gewesen wären, hätten Sie sie nicht zerhacken und über halb London verteilen müssen.«

»Ich hab' sie nicht umgebracht! Sie war schon tot, ich schwöre es!« Wigge war so entsetzt, daß Pitt fürchtete, er könne einen Herzanfall bekommen und das Bewußtsein verlieren, sogar sterben.

»Kommen Sie, Wigge. Wenn sie tot war und Sie sie nicht umgebracht haben, warum sollten Sie sie dann in Stücke hauen und die Pakete mitten in der Nacht verteilen? Und versuchen Sie nicht, es abzustreiten. Wir haben mindestens sieben Leute, die Sie gesehen haben und es beschwören würden. Wir haben eine Weile dafür gebraucht, aber jetzt haben wir Sie. Ich kann Sie noch in dieser Sekunde verhaften und nach Newgate bringen lassen oder nach Coldbath Fields.«

»Nein!« Der kleine Mann kreischte und krümmte sich, stierte mit einer Mischung aus Wut und Machtlosigkeit zu Pitt auf. »Ich bin ein alter Mann! Das würde mich umbringen!

Da gibt es nichts zu essen, und ich würde an Flecktyphus sterben, würde ich bestimmt.«

»Möglich«, sagte Pitt kühl. »Aber wahrscheinlich würde man Sie vorher köpfen. Flecktyphus bekommt man nicht immer sofort. Es sind nur noch ein paar Wochen bis zur nächsten Hinrichtung.«

»Gott steh mir bei, ich hab' sie nicht umgebracht!«

»Und warum haben Sie die Leiche dann zerhackt und versteckt?« drängte Pitt.

»Hab' ich nicht!« wimmerte er. »Ich hab' sie nicht zerhackt! Sie ist so hier angekommen, ich schwöre es bei Gott!«

»Warum haben Sie sie über Bloomsbury und St. Giles verteilt?« Pitt betrachtete den Ofen. »Warum haben Sie sie nicht verbrannt? Sie müssen doch gewußt haben, daß wir sie finden würden. Auf einem Kirchhof! Wirklich, Wigge. Nicht besonders clever.«

»Natürlich hab' ich gewußt, daß Sie sie finden, Sie Simpel!« Ein Anflug seiner alten Verachtung kehrte zurück, wurde jedoch sogleich von dem Grausen getilgt, das ihm im Magen rumorte. »Aber Knochen von Erwachsenen verbrennen nicht, schon gar nicht in einem Ofen wie dem da.«

Pitt wurde übel. »Aber Kinderknochen tun es«, sagte er ganz leise. Er packte Wigges Schulter, bis er spürte, wie er das magere Fleisch unter seiner Hand zerquetschte und die dünnen, alten Knochen knirschten, aber Wigge brachte vor Entsetzen keinen Ton heraus.

Wigge nickte. »Ich hab' nie Lebendige genommen, ich schwör's bei Gott! Ich hab' nur die weggeschafft, die tot waren, die armen, kleinen Dinger.«

»Erstickt. Oder verhungert.« Pitt sah ihn an, als betrachtete er einen Bazillus.

»Keine Ahnung, ich hab' nur jemandem einen Gefallen getan. Ich bin unschuldig!«

»Das Wort aus Ihrem Mund ist Blasphemie.« Pitt schüttelte ihn, bis seine Füße abhoben und die Stiefel am Boden zappelten. »Sie wußten, daß es diesmal kein Kind war! Haben Sie die Pakete geöffnet, um nachzusehen?«

»Nein! Hören Sie auf, mir weh zu tun! Sie brechen mir die

Knochen! Zwei von den Paketen waren voller Blut, als ich sie ins Feuer legen wollte. Da hab' ich einen schönen Schrecken bekommen! Hat mich fast umgebracht, ehrlich! Da hab' ich gewußt, daß ich sie loswerden muß. So was kann ich nicht ertragen, und damit will ich nichts zu tun haben. Kann ich ja nicht hier im Ofen behalten, bis die Bullen es finden, wenn sie mich wegen Hehlerei schnappen. Manchmal hab' ich nämlich ein paar wirklich gute Sachen hier!« Es war ein absurder Augenblick für seinen perversen Stolz. »Echtes Gold und Silber, manchmal!«

»Sie wollten die Knochen also nicht in Ihrem Ofen behalten«, sagte Pitt bissig. »Sehr klug. Wir Polizisten können bei solchen Sachen sehr unangenehm werden.« Sein Griff wurde so hart, daß Wigge keine Gegenwehr leistete. »Woher sind sie gekommen?«

»Ich – ich, äh...«

»Ich werde irgend jemanden dafür hängen lassen«, sagte Pitt mit zusammengebissenen Zähnen. »Wenn es nicht derjenige ist, der Ihnen diese Pakete geschickt hat, dann kommen Sie mir gerade recht.«

»Ich hab' sie nicht umgebracht! Es war Clarabelle Mapes! Ich schwöre bei Gott! Tortoise Lane Nummer drei. Sie nimmt gewerbsmäßig Kinder in Pflege. Zieht fremde Kinder auf, uneheliche und so. Sagt, sie zieht sie groß wie ihre eigenen, wenn man sie bezahlt. Aber manchmal sterben sie. Sind ziemlich schwach, die Kinder. Ich schaff' ihr bloß die Leichen weg. Sie kann sich keine Beerdigung leisten. Wir sind arm hier in St. Giles, das wissen Sie doch!«

»Beschwören Sie das vor einem Richter? Clarabelle Mapes hat Ihnen die Pakete geschickt?«

»Ja! Ja! Ich schwöre. Es ist die Wahrheit, bei allem, was mir heilig ist!«

»Gut. Ich glaube Ihnen. Allerdings möchte ich nicht, daß Sie verschwunden sind, wenn ich Sie brauche. Und es ist ein Verbrechen, einen Menschen zu beseitigen, selbst wenn er tot ist. Also werde ich Sie in Gewahrsam nehmen. Constable!«

Der Constable kam die Treppe herunter. Mit blassem

Gesicht rieb er den Schweiß seiner Hände an den Hosen ab.

»Ja, Mr. Pitt, Sir?«

»Bringen Sie Mr. Septimus Wigge zum Revier und zeigen Sie ihn der illegalen Beseitigung einer Leiche an und passen Sie auf, daß Sie ihn gut festhalten. Er wird gegen eine Mörderin aussagen, wahrscheinlich die Mörderin einer ganzen Anzahl von Kindern, selbst wenn wir es niemals beweisen können. Sehen Sie sich vor, Constable, er ist ein zappeliger, kleiner Strolch. Am besten setzen Sie ihn fest.«

»Bestimmt, Sir, ganz bestimmt.« Der Constable holte seine Handschellen unter dem Mantel hervor und schloß sie um Wigges knochige Handgelenke. »Kommen Sie, und wenn Sie Ärger machen, muß ich grob werden, und das wollen wir doch nicht, oder wollen wir, Mr. Wigge?«

Wigge gab ein entsetztes Kreischen von sich. Der Constable hievte ihn mit merklich mangelndem Zartgefühl die Treppe hinauf und ließ Pitt allein im Keller zurück. Plötzlich schien die Luft schwer zu werden, beißend vom Geruch ungezählter, winziger Körper, die im heißen, grauen Ofen brannten. Ihm würde übel.

Er holte sich vom nächstgelegenen Revier zwei weitere Constables für den Fall, daß Mrs. Mapes nicht allein sein und Widerstand leisten sollte. Sie war eine große Frau und nach Pitts Einschätzung eine Kämpfernatur. Es wäre dumm, allein in die Tortoise Lane zu gehen und das große Haus ganz allein zu durchsuchen, in dem es männliche Gehilfen oder Hörige geben mochte, wie auch mindestens ein halbes Dutzend Mädchen, von dem er wußte, dazu eine ungeklärte Anzahl von Kleinkindern.

Es war nach sieben Uhr abends, als er wieder auf dem abfallenden Straßenpflaster stand und an die schwere Tür klopfte. Ein Constable stand halb verborgen in einer Gasse, gut zehn Meter entfernt, der andere in der Straße, die parallel verlief und in der Pitt den Hintereingang vermutete.

Er hob die Hand und klopfte einmal, dann noch einmal. Es dauerte einige Minuten, bis die Tür sich öffnete, zuerst nur einen Spalt breit. Aber als das Kind sah, wer er war und ihn vom Morgen her wiedererkannte, öffnete sie sich weit. Es war das Mädchen, das er auf der Treppe mit den Säuglingen gesehen hatte.

»Kann ich Mrs. Mapes sprechen?« Er trat ein, dann blieb er stehen, erinnerte sich daran, daß er seinen Zorn nicht zeigen durfte, sonst würde er sich verraten, und sie würde ihm vielleicht entkommen. »Bitte?«

»Ja, Sir. Hier entlang, Sir.« Sie drehte sich um und lief den Korridor hinunter, schmutzig und mit nackten Füßen. »Wir haben Sie schon erwartet.« Sie sah sich nicht um und bemerkte nicht, daß der andere Constable Pitt ins Haus gefolgt war und die Tür geschlossen hatte. Am Ende des Ganges kam sie zu dem überladenen Wohnzimmer, in dem Pitt am Morgen gewesen war, und klopfte zaghaft.

»Herein!« hörte man Mrs. Mapes' Stimme deutlich. »Was ist?«

»Mrs. Mapes, Ma'am, der Herr mit dem Geld möchte zu Ihnen, Ma'am.«

»Schick ihn rein!« Ihre Stimme wurde merklich sanfter. »Schick ihn rein, Kindchen.«

»Danke.« Pitt schob sich an dem Mädchen vorbei ins Wohnzimmer und schloß die Tür, damit Mrs. Mapes nicht sehen konnte, wie der Constable auf seinem Weg zur Küche und weiter zur Hintertür vorüberging, um seinen Kollegen hereinzulassen. Sie hatten Anweisung, das Haus zu durchsuchen.

Mrs. Mapes trug ein braunrotes Kleid, das sich stramm über ihren mächtigen Busen spannte, und ihre ausladenden Röcke füllten den ganzen Sessel mit Taft, der jedesmal raschelte, wenn sie atmete. Der Umstand, daß sie ihr Fleisch derart gnadenlos zu einer weiblichen Figur zusammenschnürte, war ein Ausdruck ihrer Eitelkeit und ihrer Fähigkeit, akute und andauernde Unbequemlichkeiten erdulden zu können. An ihren feisten Fingern glänzten Ringe, und an ihren Ohren baumelte unter schwarzen Ringellöckchen Gold.

Ihr Gesicht leuchtete vor Freude, als sie Pitt sah. Er bemerkte, daß an einem speziell dafür geräumten Platz auf der Anrichte ein Tablett stand, eine Karaffe Wein, der Farbe nach zu urteilen Madeira, daneben zwei Gläser, deren Preis, falls sie so gut waren, wie sie aussahen, den gesamten Haushalt vierzehn Tage lang mit weit Besserem als dem Haferschleim ernährt hätte, den sie jetzt bekamen.

»Na, Mr. Pitt, Sir, Sie haben sich ja höllisch beeilt«, sagte sie mit breitem Grinsen. »Man könnte fast glauben, Sie wollten unbedingt wiederkommen. Mein Geld haben Sie doch dabei, oder?«

Sie war so normal, so arglos gierig, daß er mit Gewalt die Erinnerung an die blutigen Pakete wachrufen mußte, an die Tatsache, daß sie regelmäßig Leichen von Kindern, die in ihre Obhut gegeben waren, in Packpapier wickelte und an Septimus Wigge schickte, damit er sie in seinem Ofen beseitigte. Wie viele von ihnen waren eines natürlichen Todes gestorben, wie viele an Unterernährung und Krankheiten, die durch die Verwahrlosung entstanden waren? Wie viele hatte sie eigenhändig ermordet? Er würde es nie herausfinden, geschweige denn beweisen können.

»Ich habe gerade einen Freund von Ihnen besucht«, antwortete er, um der Frage auszuweichen. »Oder sollte ich vielleicht sagen: einen Compagnon. Geschäftlicherseits.«

»Ich hab' keine Compagnons«, sagte sie vorsichtig, und etwas vom Glanz auf ihrem Gesicht verschwand. »Auch wenn's ein paar gibt, die's gern wären.«

»Der, den ich meine, tut Ihnen hin und wieder einen Gefallen. Und zweifellos belohnen Sie ihn dafür.«

»Ich zahl' immer«, stimmte sie ihm mißtrauisch zu. »Kein Grund, es nicht zu tun. So läuft das Leben.«

»Ein gewisser Mr. Septimus Wigge.«

Einen Augenblick lang war sie starr wie ein Stein. Dann fuhr sie fort, als wäre nichts gewesen. »Nun, falls ich was von ihm hab', was gestohlen ist: Ich hab's ehrlich gekauft. Ich wußte nicht, daß der kleine Gauner ein Betrüger ist.«

»Ich dachte weniger an Waren, Mrs. Mapes, als an Dienstleistungen«, sagte Pitt vernehmlich.

»Der ist keinem zu Diensten!« Ihre Mundwinkel sanken verächtlich herab.

»Er ist Ihnen sehr wohl zu Diensten«, berichtigte er sie, wobei er stehenblieb und sich sorgsam zwischen ihr und der Tür hielt. »Er hat Sie nur einmal im Stich gelassen.«

Ihre feisten Hände neben dem monströsen Rock waren geballt, aber ihr Blick war noch immer herausfordernd. Mit plumpen Zügen starrte sie zu ihm auf.

»Er hat die Leiche der Frau nicht verbrannt, die Sie ihm in den üblichen Paketen geschickt haben und von denen er glaubte, es wären Säuglinge, die unter Ihrer Obhut gestorben waren. Als er die Pakete in seinen Ofen schieben wollte, war das Blut durchgesickert, und er hat eines davon ausgewickelt und entdeckt, was es wirklich war. Knochen von Erwachsenen brennen nicht so leicht, Mrs. Mapes, nicht wie die von kleinen Kindern. Man braucht ungeheure Hitze, um einen menschlichen Schenkelknochen zu zerstören oder einen Schädel. Wigge wußte das, und er wollte sie nicht in seinem Ofen haben, also hat er die Pakete so weit weg abgeladen, wie er sie in einer Nacht allein transportieren konnte. Er meinte, er wäre in Sicherheit, und beinah wäre er es auch gewesen.«

Unter ihrem Rouge wurde sie blaß, aber sie hatte noch nicht gemerkt, wieviel er eigentlich wußte. Ihr Körper war gespannt, hart unter dem strammen Taft, und ihre Hände zitterten ein wenig, so wenig, daß er es kaum sehen konnte.

»Wenn der eine Frau umgebracht hat, hab' ich doch nichts damit zu tun. Und wenn er das sagt, ist er ein Lügner! Verhaften Sie ihn, aber kommen Sie nicht zu mir, wenn Sie jemanden schikanieren wollen! Sie sehen für mich nicht wie ein Kriminaler aus. Normalerweise erkenn' ich die am Geruch. Von hier hat er keinen ermordet, also kümmern Sie sich um Ihre Sachen und lassen Sie mich in Ruh. Abgesehen von Mrs. Marchs Geld. Ich nehm' kaum an, daß Sie es bei sich haben, was?«

»Es gibt kein Geld.«

»Sie verlogener Saukerl!« Ihre Stimme wurde schrill. Ruckartig kam sie aus ihrem Sessel hoch und stand ihm mit funkelnden Augen gegenüber. »Verlogener Hundsfott! Gottverfluchter Lump!« Ihre Hände kamen hoch, als wollte sie ihn schlagen, aber sie faßte sich rechtzeitig. Sie war eine massige Frau, ungeheuer schwer, aber klein. Pitt war ein ganzes Stück größer als sie und kräftig. Es war das Risiko nicht wert. »Sie haben mich angelogen!« wiederholte sie ungläubig.

»Das stimmt«, gab er zu. »Zuerst wollte ich nur herausfinden, was Sie über Mrs. March wußten. Dann habe ich die Pakete auf dem Küchentisch gesehen und das Papier und die Knoten wiedererkannt. Sie haben die Pakete eingewickelt, in denen die Leichenteile gefunden wurden, nicht Septimus Wigge. Er sagt, er hätte sie von Ihnen, und wir glauben ihm. Clarabelle Mapes, ich verhafte Sie wegen Mordes an der Frau, deren Leiche auf dem Kirchhof von St. Mary in Bloomsbury gefunden wurde. Und machen Sie nicht den Fehler, mich anzugreifen. Ich habe zwei Constables bei mir im Haus.«

Sie starrte ihn an, und eine ganze Folge von Empfindungen waren auf ihrem Gesicht zu sehen: Furcht, Entsetzen, Zweifel und schließlich Entschlossenheit. Sie gab sich keineswegs geschlagen.

»Sie haben recht«, räumte sie widerwillig ein. »Sie ist hier gestorben. Aber es war kein Mord. Es war Notwehr, und daraus kann man mir keinen Strick drehen! Eine Frau muß sich doch verteidigen dürfen.« Ihre Stimme wurde immer selbstsicherer. »Ich will Ihre Beschuldigungen überhört haben, gegen mich und meine Arbeit für die Kinder, die ihre Mütter nicht bei sich behalten können, weil sie nicht verheiratet sind oder schon mehr als genug durchbringen müssen. Das ist eine bösartige Beschuldigung, die außer acht läßt, was ich alles für sie tu'.« Sie sah den Ausdruck auf Pitts Gesicht und fuhr hastig fort. »Aber ich hatte keine Wahl, sonst hätte ich tot am Boden gelegen, so wahr mir Gott helfe. Ist wie eine Wahnsinnige auf mich losgegangen, diese Frau!« Sie sah zu Pitt auf, erst durch ihre Wimpern hindurch, dann offener.

Pitt wartete.

»Sie wollte eins von den Babys. Manche Frauen sind so. Hat eins von ihren eigenen verloren und kommt her, um sich ein neues zu holen, als wären es Kleider oder so was. Ich konnte ihr natürlich keins geben.«

»Warum nicht?« fragte Pitt eisig. »Ich dachte, Sie wären nur zu glücklich, wenn Sie ein nettes Zuhause für ein Waisenkind finden könnten. Sie müßten sich nicht mehr so abarbeiten und vor lauter Sorge einschränken!«

Sie ignorierte seinen Sarkasmus. Sie konnte sich keine Erwiderung leisten, aber er sah die Wut in ihren Augen, schwarz und glühend.

»Diese Kinder stehen unter meiner Obhut, Mr. Pitt! Und sie wollte nicht irgendeins. Oh, nein. Sie wollte ein bestimmtes, eins, dessen Mutter zeitweise mittellos war und mir das kleine Mädchen überlassen mußte, bis es ihr wieder besser ging. Und als diese Frau den Verstand verloren hatte und darauf bestand, daß sie das eine Baby und kein anderes wollte, mußte ich es ihr verweigern. Na, und dann ist sie wie eine Wahnsinnige auf mich losgegangen! Ich mußte mich verteidigen, sonst hätte sie mir die Kehle durchgeschnitten!«

»Ach ja? Womit?«

»Mit einem Messer natürlich. Wir waren in der Küche, und sie hat ein Tranchiermesser vom Tisch genommen und mich angegriffen. Na, und dann mußte ich um mein Leben kämpfen, und das hab' ich auch getan! Es war so was wie ein Unfall, daß sie dabei umgekommen ist. Ich wollte mich nur retten wie jeder andere auch!«

»Also haben Sie sie zerteilt und in Pakete verpackt, die sie Septimus Wigge gebracht haben, damit er sie verbrennt«, sagte Pitt bissig. »Warum das? Scheint mir eine Menge unnötiger Aufwand zu sein.«

»Sie haben eine böse Zunge, Mr. Pitt.« Sie hatte ihr Selbstvertrauen wiedergefunden. »Und eine gemeine Fantasie. Weil ich nicht das Risiko eingehen wollte, daß verfluchte Schnüffler wie Sie mir nicht glauben. Als wenn Sie das nicht wüßten. Beweist doch irgendwie, daß ich recht hatte, oder?«

»Absolut, Mrs. Mapes. Ich glaube Ihnen kein Wort, abgesehen davon, daß Sie wohl wirklich mit dem Messer zugestochen und sie getötet haben. Und dann haben Sie mit dem Messer weitergemacht, vielleicht auch mit einem Hackbeil.«

»Sie mögen mir vielleicht nicht glauben, Mr. Pitt.« Sie legte die Hände an die Hüften. »Aber nichts davon können Sie beweisen. Mein Wort steht gegen Ihres, und kein Gericht in London wird eine Frau hängen, weil einer wie Sie ihr nicht glaubt, und das ist eine Tatsache.«

Sie hatte recht, und das war eine bittere Einsicht.

»Ich werde Sie trotzdem für das Beseitigen der Leiche anzeigen«, sagte er tonlos. »Und dafür sitzen Sie eine hübsche Zeit ein.«

Sie stieß einen heiseren Fluch aus. »Halb St. Giles rennt nicht gleich zur Schmiere, wenn einer stirbt. Andauernd sterben Leute.«

»Warum haben Sie sie dann nicht einfach begraben, wie all die anderen, von denen Sie reden?«

»Weil sie erstochen wurde natürlich, Dummkopf! Welcher Priester würde wohl eine Frau begraben, die erstochen wurde? Und sie war nicht aus St. Giles. Sie war fremd hier. Es hätte Fragen gegeben. Aber das Gesetz gilt für alle gleich. Wenn Sie mich anzeigen, müssen Sie auch alle anderen anzeigen. Ich nehme an, wenn der Richter hört, wie sie auf mich losgegangen ist und wie furchtbar leid es mir getan hat, als sie aus Versehen im Streit selbst in das Messer gefallen ist, wird er verstehen, warum ich den Kopf verloren und sie weggeschafft habe.«

»Na, wir werden es erfahren, Mrs. Mapes. Ich verspreche es Ihnen«, sagte er verbittert. »Denn Sie werden Gelegenheit bekommen, es ihm zu erzählen.« Seine Stimme wurde laut. »Constable!«

Augenblicklich öffnete sich die Tür, und der stämmigere der beiden Constables kam herein.

»Ja, Sir?«

»Bleiben Sie bei Mrs. Mapes und sorgen Sie dafür, daß sie das Zimmer nicht verläßt. Sie hat eine seltene Gabe, was Messer betrifft. Ihr passieren Unfälle, bei denen Leute, die sie bedrohen, am Ende in kleine Stücke geschnitten und in Päckchen über halb London verteilt werden. Also passen Sie auf sich auf!«

»Ja, Sir.« Seine Miene wurde hart. Er kannte St. Giles, und ihn konnte nicht mehr viel überraschen. »Ich werde gut auf sie achtgeben, Sir.«

»Gut.« Pitt ging auf den Korridor hinaus und in die Küche hinüber. Fünf Mädchen saßen dort, der andere Constable in ihrer Mitte. Er stand auf, als Pitt hereinkam, und auch die Mädchen taten es, aus Gewohnheit gegenüber Erwachsenen, nicht aus Respekt, sondern aus Angst.

Pitt trat ein und setzte sich auf den Rand des großen Holztisches in der Mitte. Die Mädchen nahmen eins nach dem anderen wieder ihre Plätze ein, kauerten sich aneinander.

»Mrs. Mapes hat mir erzählt, daß vor ungefähr drei Wochen eine junge Frau hier war, um ein kleines Mädchen abzuholen und daß sie sehr wütend geworden ist, als sie ein bestimmtes nicht bekommen konnte. Erinnert sich jemand daran?«

Ihre Gesichter waren leer, die Augen groß.

»Sie war hübsch«, fuhr er fort und bemühte sich, den Zorn in seiner Stimme zu verbergen, den schneidenden Unterton der Verzweiflung. Niemals hatte er jemanden dringender überführen wollen als Clarabelle Mapes, und sie würde ihm entkommen, wenn er ihr den Mord nicht nachweisen konnte. Die Geschichte mit der Notwehr war sicher frei erfunden, wenn auch nicht unmöglich. Die Geschworenen würden ihr vielleicht glauben. Seine Vorgesetzten wußten dies ebenso genau wie Clarabelle selbst. Vielleicht würde sie nicht einmal angeklagt. Nur selten hatte er sich bei seiner Arbeit persönlichem Haß hingegeben, aber diesmal konnte er ihn nicht unterdrücken. Und wenn er sich selbst gegenüber ehrlich war, versuchte er es auch nicht mehr.

»Bitte überlegt genau«, drängte er. »Sie war jung und ziemlich groß, mit blondem Haar und schöner Haut. Sie war nicht aus dieser Gegend.«

Eines der Mädchen stieß seine Nachbarin an und wich Pitts Blick aus.

»Fanny…« flüsterte sie zögernd.

Fanny sah zu Boden.

Pitt wußte, was ihr Sorgen machte. Wäre er ein Kind in Mrs. Mapes Obhut gewesen, hätte er es auch nicht gewagt, ihren Zorn zu riskieren.

»Mrs. Mapes hat mir erzählt, daß sie hier war«, sagte er

sanft. »Ich glaube ihr. Aber es würde helfen, wenn sich noch jemand daran erinnern könnte.«

Fanny drehte ihre Finger ineinander und atmete tief. Jemand hustete.

»Ich erinnere mich an sie, Mister«, sagte Fanny schließlich. »Sie war an der Tür, und ich hab' sie reingelassen.« Sie schüttelte den Kopf. »Sie war nicht von hier. Sie war schön und sauber. Wurde aber furchtbar böse, als sie das kleine Mädchen nicht haben durfte. Hat gesagt, es gehöre ihr, und Mrs. Mapes hat gesagt, sie sei verrückt, die Ärmste.«

»Welches kleine Mädchen?« fragte Pitt. »Weißt du, welches?«

»Ja, Mister. Ich weiß es noch, weil es wirklich hübsch war, blondes Haar und so ein Lächeln. Alle haben Faith zu ihr gesagt.«

Pitt atmete tief durch. »Was ist mit ihr passiert?« sagte er so leise, daß er es wiederholen mußte.

»Sie ist adoptiert worden, Mister. Eine Lady ohne Kinder war da und hat sie mitgenommen.«

»Ich verstehe. Und war diese junge Frau, die nach Faith gefragt hat, immer noch böse, als sie ging?«

»Weiß nicht, Mister. Keine von uns hat gesehen, wie sie gegangen ist.«

Pitt gab sich Mühe, seiner Stimme einen beiläufigen, warmen Klang zu geben, damit er sie nicht ängstigte, aber er wußte, daß der schneidende Unterton noch da war. »Hat sie dir ihren Namen gesagt, Fanny?«

Fannys Miene blieb ungerührt, die Augen blickten glasig.

Pitt sah zu Boden, wollte, daß sie sich erinnerte, ballte seine Fäuste in den Taschen, um sie vor ihr zu verbergen.

»Prudence«, sagte Fanny deutlich. »Sie hat gesagt, ihr Name sei Prudence Wilson. Ich habe sie reingelassen und Mrs. Mapes gesagt, daß sie da sei. Mrs. Mapes hat mich zurückgeschickt, um zu fragen, was sie wollte.«

»Und was wollte sie?« Pitt spürte, wie neuer Mut in ihm aufkeimte, doch gleichzeitig wurde der Mord, wenn man den Namen der gräßlich entstellten Toten erst kannte, von ihren Liebschaften und Hoffnungen erfuhr, nur zu einem noch scheußlicheren Verbrechen.

Fanny schüttelte den Kopf. »Weiß nicht, Mister«, wollte sie nicht sagen, nur zu Mrs. Mapes.«

»Und Mrs. Mapes hat es dir nicht erzählt?«

»Nein.«

Pitt stand auf. »Schön. Danke, Fanny. Bleib hier und paß auf die Kleinen auf. Der Constable bleibt auch hier.«

»Wer sind Sie denn, Mister, und was ist eigentlich los?« fragte das älteste Mädchen mit verkniffenem Gesicht. Sie fürchtete die Veränderung. Gewöhnlich bedeutete so etwas einen Verlust, den Anfang eines neuen Kampfes.

Pitt hätte gern geglaubt, es würde diesmal anders werden, aber er konnte sich nichts vormachen. Sie waren zu jung, um sich durch eine Beschäftigung zu ernähren, von denen es für Frauen ohnehin nicht viele gab, abgesehen von Anstellungen als Dienstboten, für die sie keinerlei Empfehlungen hatten. Fabriken ermöglichten kaum das Überleben. Und wenn Clarabelle Mapes nicht monatlich Geld von verzweifelten Frauen veruntreute und erschwindelte, unter dem Vorwand, sich um Kinder zu kümmern, für die sie selbst nicht sorgen konnten, gab es keine Möglichkeit, diesen kleinen Trupp von Kindern in der Tortoise Lane zu ernähren. Wahrscheinlich wartete auf die meisten von ihnen das Armenhaus.

Er wußte nicht, ob er sie belügen und ihnen die Angst noch ein wenig ersparen sollte oder ob auch das wiederum nur herablassendes Benehmen war, eine Mißachtung ihrer Würde. Am Ende siegte die Feigheit. Seine Gefühle hatten sich einfach abgenutzt.

»Ich bin Polizist, und bevor ich nicht noch mit ein paar Leuten gesprochen habe, bin ich auch nicht sicher, was los ist. Ich muß mehr über Prudence Wilson herausfinden. Fanny, hat sie gesagt, woher sie gekommen ist?«

Fanny schüttelte den Kopf. »Nein.«

»Nicht so schlimm, ich werde es schon in Erfahrung bringen.« Er ging an die Tür, gab dem Constable Anweisung, dort zu bleiben, bis er zurückkäme oder eine Ablösung schickte.

Draußen in der Tortoise Lane machte er sich eilig auf den Weg nach Bloomsbury. Es lag nah, dort anzufangen, und es war denkbar, daß Prudence Wilson zum nächstgelegenen Kinderhort dieser Art gegangen war. Sicher hatte sie auch in dem Haus gewohnt, in dem sie als Dienst- und Stubenmädchen arbeitete, wie es der Leichenbeschauer vermutet hatte.

Daher lief Pitt zum Polizeirevier von Bloomsbury, und gegen zehn nach acht stand er einem müden und leicht aufbrausenden Sergeant gegenüber, der den ganzen Tag über auf den Beinen gewesen und so durstig auf einen großen Krug Ale war, daß er schon einen staubigen Geschmack im Mund hatte.

»Ja, Sir?« sagte er, ohne die Augen von dem gewaltigen Ordner zu nehmen, der vor ihm lag.

»Inspektor Pitt, Metropolitan Police«, sagte Pitt förmlich, um dem Mann Zeit zu lassen, seine Haltung entsprechend zu korrigieren.

»Nicht hier, Sir. Gehört nicht zu diesem Revier. Ich hab' schon von ihm gehört. Kümmert sich um Mord und so was. Versuchen Sie es an der Bow Street, Sir. Wenn er da nicht ist, wissen die vielleicht, wo.«

Pitt lächelte abgespannt. Dieses Mißverständnis drückte einen derart gesunden Menschenverstand aus, daß Pitt diesen als beinah beruhigend empfand. »Ich bin Inspektor Pitt, Sergeant«, erwiderte er. »Und ich bin wegen eines Mordes hier. Ich wäre dankbar für Ihre Aufmerksamkeit.«

Der Sergeant wurde puterrot und sprang auf und zuckte nicht einmal zusammen, als er mit der Stiefelspitze gegen das Stuhlbein stieß. Mit großen Augen stand er Pitt gegenüber, brachte keine Entschuldigung zustande.

»Ich suche nach der Akte einer gewissen Miß Prudence Wilson, wahrscheinlich eine Hausangestellte, vielleicht aus dieser Gegend. Ich hoffe, sie ist als vermißt gemeldet worden, vor etwa drei oder vier Wochen. Kommt Ihnen der Name bekannt vor?«

»Die Leute melden Hausangestellte normalerweise nicht

als vermißt, Mr. Pitt, Sir.« Der Sergeant schüttelte den Kopf. »Kommt den Leuten eher verdächtig vor. Und normalerweise haben sie damit auch recht. Die glauben dann, sie ist mit einem Mann durchgebrannt, und meistens sind sie das auch und...« Er ließ seine Meinung unausgesprochen. Es war allzu indiskret. Er persönlich wünschte ihnen alles Gute. Seine eigene Ehe war glücklich, und er konnte es sich nicht vorstellen, wie jemand an ein Leben in Diensten eines Fremden gebunden war, anstatt seine eigene Familie zu gründen. »Könnte aber sein.« Er zeigte seine Bereitschaft, indem er nach dem Ordner griff, in dem solche Dinge notiert wurden. Pflichtschuldig blätterte er vier Wochen zurück und begann, vorwärts zu lesen. Nach sechs Seiten hielt er an und deutete mit dem Finger auf eine Eintragung. Er sah zu Pitt auf, überrascht und mit traurigem Blick.

»Ja, Sir. Hier ist es. Ein junger Mann namens Harry Croft war da und hat gesagt, sie wär seine Verlobte und wär irgendwohin gegangen, um ihre kleine Tochter von jemandem abzuholen, der sie bei sich aufgenommen hätte, um sich um sie zu kümmern, und von da wär sie nie zurückgekommen. War furchtbar aufgebracht und überzeugt davon, daß ihr was zugestoßen war, denn sie wollten heiraten, und sie freute sich sehr darauf. Natürlich haben wir nichts gefunden. Wir können keine jungen Frauen suchen, die von einem Mann vermißt werden, der nicht ihr Mann, ihr Vater oder ihr Arbeitgeber ist, selbst wenn wir es wollten. Und wir wußten ja nicht, ob sie nicht vielleicht allein mit dem kleinen Mädchen weggelaufen war.«

»Nein«, stimmte Pitt zu. Das war so üblich, und selbst wenn sie es gewußt hätten, wäre es inzwischen schon zu spät gewesen. »Nein, natürlich konnten Sie das nicht.«

Der Sergeant schluckte. »Ist sie tot, Sir?«

»Ja.«

Der Sergeant löste seinen Blick nicht von Pitt. »War sie – war sie, was wir in den – in den Paketen gefunden haben, Sir?«

»Ja, Sergeant.«

Der Sergeant schluckte wieder. »Haben Sie den Mann, der es getan hat, Mr. Pitt?«

»Es war eine Frau, und, ja, wir haben sie. Ich will sie in Gewahrsam nehmen.«

»Mein Dienst ist jeden Augenblick zu Ende, Sir. Ich wäre Ihnen sehr dankbar, wenn ich mitkommen könnte, Sir. Bitte.«

»Sicher. Ich könnte Verstärkung brauchen. Sie ist kräftig, und da ist ein ganzer Haufen Kinder, die irgendwohin müssen. Ins Armenhaus, nehme ich an.«

»Ja, Sir.«

Als sie wieder in der Tortoise Lane ankamen, war es Viertel vor neun. Noch immer war die Luft klar, und um diese hochsommerliche Zeit blieb es noch etwa eine Stunde und zwanzig Minuten hell, bis die Dämmerung hereinbrach.

Vor der Hausnummer drei blieben sie stehen, und Pitt trat ein, ohne zu klopfen. Es wollte sich bei ihm kein Gefühl des Triumphes einstellen. Er spürte nur eine Rachsucht, die er von sich nicht kannte. Er ging durch den Korridor zu Mrs. Mapes Wohnzimmer und riß die Tür auf. Der Constable stand noch ebenso unbequem, wie er ihn zurückgelassen hatte, und Mrs. Mapes saß auf ihrem Stuhl, den Taftrock um sich ausgebreitet. Ihre schwarzen Löckchen schimmerten, und sie zeigte ein zufriedenes Lächeln.

»Nun, Mr. Pitt?« sagte sie barsch. »Was jetzt, eh? Wollen Sie da die ganze Nacht rumstehen?«

»Nein, keiner von uns wird die ganze Nacht hier verbringen«, erwiderte er. »Ehrlich gesagt bezweifle ich, daß wir jemals wieder hierher zurückkommen werden. Clarabelle Mapes, ich verhafte Sie wegen Mordes an Prudence Wilson, als Sie zu Ihnen kam, um ihr Kind abzuholen, das Sie inzwischen verkauft hatten.«

Einen Augenblick lang wollte sie sich noch mit Unverfrorenheit retten.

»Warum? Warum sollte ich sie vorsätzlich umbringen? Macht doch keinen Sinn!«

»Weil sie gedroht hat, Ihren Handel öffentlich zu machen!« sagte er verbittert. »Sie haben zu viele Babys ermordet, die man Ihnen anvertraut hatte, anstatt sie zu füttern. Sie hätten Ihr Geschäft aufgeben müssen, wenn es bekannt geworden wäre.«

Diesmal war ihr Selbstvertrauen erschüttert. Schweiß trat ihr auf Oberlippe und Stirn. Alle Röte wich aus ihrem Gesicht.

»Gut, Constable«, sagte Pitt. »Nehmen Sie sie mit.« Er drehte sich um und ging abermals durch die Tür und den Gang in die Küche. »Constable Wyman! Ich schicke Ihnen eine Ablösung. Sorgen Sie dafür, daß diese Kinder für heute nacht versorgt sind. Morgen werden wir die Behörden der Gemeinde informieren müssen.«

»Sperren Sie sie ein, Sir?«

»Ja, wegen Mordes. Sie wird erst...«

Plötzlich hörte man einen Aufschrei aus dem vorderen Teil des Hauses, den dumpfen Aufschlag eines menschlichen Körpers, dann wütende Schreie. Pitt fuhr auf dem Absatz herum und stürmte hinaus.

Im Durchgang kam der Constable gerade wieder auf die Beine, staubig und voller Binsen, den Helm in der Hand, und an der offenen Tür sah man die Rockschöße des Sergeants verschwinden.

»Sie ist weg!« rief der Constable wütend. »Sie hat mich niedergeschlagen!« Er rannte hinaus. Pitt blieb ihm auf den Fersen und überholte ihn schließlich.

Clarabelle Mapes rannte bereits in zwanzig Metern Entfernung mit einer überraschenden Leichtfüßigkeit die Tortoise Lane hinunter. Pitt achtete nicht auf den Sergeant und hastete so schnell er konnte hinterher, scheuchte eine alte Frau mit einem Bündel Lumpen und einen heimkehrenden Straßenhändler in den Rinnstein. Wenn er sie jetzt aus den Augen verlor, würde er sie vielleicht niemals wiederfinden. Im Labyrinth der engen Straßen Londoner Elendsviertel konnten sich Flüchtige jahrelang verstecken, wenn sie schlau waren und bei einer Festnahme genug zu verlieren hatten.

Es hatte keinen Sinn zu schreien. Es wäre nur eine Vergeudung von Atemluft. Niemand in St. Giles hielt einen Dieb auf. Von tödlichem Entsetzen getrieben, hetzte sie voran, und er sah gerade noch, wie sie scharf abbog und in einem offenen Eingang verschwand. Wäre er zehn Meter weiter zurück gewesen, hätte er nicht mehr sagen können, welcher Eingang es gewesen war. Er stürmte hinter ihr hinein, stieß mit einem alten Mann zusammen und nahm noch wahr, wie dieser mit einem Schwall von Beschimpfungen zu Boden ging, aber Pitt hatte nur noch Augen für die plumpe, schwarzgelockte Gestalt von Clarabelle Mapes, deren Taftröcke glitzerten, als wären sie aufgeblähte Segel. Er folgte ihr durch einen Raum, in dem er verschwommen wahrnahm, daß etliche Menschen über einen Tisch gebeugt saßen, lief einen dunklen Korridor hinunter, in dem seine Schritte hallten, dann hinaus in die säuerlich riechende Halle einer mit Sägemehl ausgestreuten Schankstube.

Sie fuhr herum, starrte ihn mit giftsprühenden Augen an, stieß eine Kellnerin zur Seite, daß diese der Länge nach auf dem Boden landete, durchnäßt vom Bier, das sie getragen hatte. Pitt mußte warten, damit er nicht über sie fiel, denn seine Füße hatten sich schon in ihren strampelnden Beinen verfangen. Dann stolperte er über einen Stuhl und stürzte beinah hin, bekam gerade noch rechtzeitig den Türrahmen zu fassen, um sich daran festzuhalten. Hinter sich hörte er brüllendes Gelächter und ein Poltern, als der Sergeant auftauchte, die Jacke aufgeknöpft, den Helm schief auf dem Kopf.

Als Pitt durch die Eingangstür kam, vorbei an einer Bande von Tagedieben, sah er, daß sie eilig zu einer Gasse auf der gegenüberliegenden Straßenseite hetzte, kaum mehr als ein Spalt im grauen Gemäuer zwischen zwei Häusern. Sie lief tiefer in den Irrgarten aus kleinen Fabriken, Kneipen und Mietshäusern, und wenn er sie nicht bald faßte, würde sie Hunderte Verbündeter finden, und er könnte froh sein, wenn er überhaupt zurückkehrte, geschweige denn sie gefangennahm.

Am Ende der Gasse führte eine Stiege in einen breiten, schlecht beleuchteten Raum, in dem Frauen beim Licht von Öllampen nähten. Clarabelle kümmerte es nicht, wen sie zu Boden warf, wessen Hemden sie zerriß oder in den Staub schleuderte, und auch Pitt konnte es sich nicht erlauben hinzusehen. Wütendes Geschrei klang ihm in den Ohren.

Am hinteren Ende des Raumes bekam er die Tür vor die Brust, und er wurde einen Augenblick lang aufgehalten, denn der Schlag raubte ihm den Atem. Aber er war ihr zu dicht auf den Fersen, um sich vor Schmerz bremsen zu lassen. Seine Gedanken galten nur einem, und er war besessen davon, sie zu fassen, sie physisch in der Hand zu haben und zu zwingen, vorauszugehen, die Hände hinter dem Rücken gefesselt, durchdrungen von der Gewißheit, daß sie sich auf dem letzten Abschnitt ihrer unabänderlichen Reise an den Galgen befand.

Im Kellervorhof teilten sich drei alte Frauen eine Flasche Gin, und ein Kind spielte mit zwei Steinen.

»Hilfe!« kreischte Clarabelle Mapes. »Haltet ihn auf! Er ist hinter mir her!«

Aber die alten Frauen waren zu wacklig auf den Beinen und zu verschlafen, um zu reagieren, und Pitt sprang über sie hinweg, ohne daß sie ernstlich Widerstand leisteten. Er holte auf. Noch ein paar Meter in dem Tempo, und er hätte sie eingeholt. Seine Beine waren weit länger, und er trug keine Röcke, die ihn hemmten.

Aber sie war jetzt unter ihresgleichen, und sie kannte den Weg. Die nächste Tür wurde ihm ins Gesicht geschlagen und ließ sich nicht öffnen, als er es versuchte. Er war gezwungen, sich mit seinem ganzen Gewicht dagegen zu werfen und prellte sich die Schulter. Erst als der Sergeant ihn einholte, schafften sie es, die Tür gemeinsam aufzubrechen.

Der Raum dahinter lag in trübem Licht und war voller Menschen jeden Alters und beiderlei Geschlechts. Der Gestank von Schweiß, verdorbenem Essen und Tierkot nahm ihm den Atem.

Sie rannten hindurch, stießen und traten gegen am Boden liegende Körper, dann durch die Tür am anderen Ende auf eine verfallene Straße hinaus, die so eng war, daß die oberen Stockwerke beinah aneinanderstießen. Die offene Abflußrinne in der Mitte war von getrockneten Abwässern verkrustet. Eine Unmenge geduckter Eingänge – in jedem davon konnte sie verschwunden sein. Sämtliche Türen waren verschlossen. Hier und da lehnten Gruppen von Leuten, halb schlafend oder besoffen. Keiner nahm auch nur im geringsten Notiz von ihm oder dem Sergeant, abgesehen von einem alten Mann, der die Situation beobachtete und Pitt anfeuerte, da er ihn für den Flüchtigen hielt. Er warf eine leere Flasche nach dem Sergeant, die ihn verfehlte, an der Mauer zerschellte und deren Splitter meterweit flogen.

»Wohin ist sie gelaufen?« rief Pitt zornig. »Einen Sixpence für jeden, der mir hilft, sie zu fassen.«

Zwei oder drei rührten sich, aber niemand antwortete.

Er war so wütend über seinen Mißerfolg, daß er sie trotz ihrer Benommenheit angegriffen hätte, wenn es für ihn von irgendeinem Vorteil gewesen wäre.

Dann kam ihm ein anderer, weitaus klügerer Gedanke. Er war nur ein paar Meter hinter Clarabelle gewesen, als sie in den großen Schlafsaal gelaufen war. Selbst wenn es einige Zeit gedauert hatte, die Tür aufzubrechen, hätte er sehen müssen, wie die Tür am anderen Ende zufiel und wie ihr fuchsienrotes Kleid über die schmutzige Straße huschte.

Er fuhr herum und stürmte in den großen Raum zurück, packte den erstbesten, den er finden konnte, zerrte ihn am Revers hoch und sah ihn düster an. »Wohin ist sie gelaufen?« knirschte er durch die Zähne hindurch. »Wenn sie noch hier ist, zeig ich euch allesamt wegen Beihilfe zum Mord an, hörst du, was ich sage?«

»Die ist nicht hier!« quiekte der Mann. »Laß mich los, verdammt! Die ist weg, Gott schütze sie! Hat euch reingelegt, ihr Schweine!«

Pitt ließ ihn fallen und taumelte zu der aufgebrochenen Tür zurück. Der Sergeant war noch immer direkt hinter ihm. Draußen in der Gasse war nichts von ihr zu sehen, und die Möglichkeit, daß sie entkommen war, trieb ihm den Schweiß vor Wut und Ohnmacht auf die Stirn. Er konnte verstehen, warum Kinder über ihre eigene Hilflosigkeit weinten.

Er mußte sich zwingen, klarer zu denken. Sein Zorn änderte nichts. Sie hatte ein blühendes Geschäft und einige Besitztümer in der Tortoise Lane. Was würde er an ihrer

Stelle tun? Angreifen! Den einzigen Mann loswerden, der von ihrem Verbrechen wußte. Würde Clarabelle Mapes soweit denken? Oder wäre die Flucht alles, was jetzt zählte? War die Panik größer als ihre Gerissenheit?

Er erinnerte sich an ihre funkelnden, schwarzen Augen und konnte es sich nicht vorstellen. Wenn er sich angreifbar machte, sich als Köder anbot, würde sie zurückkommen, um ihn umzubringen. Ihr Instinkt ließ sie angreifen, töten.

»Warten Sie!« sagte er schroff.

»Aber sie ist nicht da!« zischte der Sergeant zurück. »Sie kann nicht weit gekommen sein, Sir! Wir dürfen so eine nicht entkommen lassen! Eine abgrundtief böse Frau.«

»Finde ich auch, Sergeant, finde ich auch.« Pitt sah auf, suchte die verschmierten Fenster an den glatten Mauern über sich ab. Es wurde immer dunkler, die Dämmerung setzte ein. Ihm blieb nicht mehr lang. Dann sah er es, das blasse Leuchten eines Gesichtes hinter einer Scheibe, und schon war es wieder verschwunden.

»Warten Sie hier!« sagte er knapp. »Falls ich mich täusche.« Er drehte sich um und lief in die nächste Tür, an den Bewohnern vorüber, eine wacklige Treppe hinauf und über einen düsteren Flur. Er hörte, wie sich dort am Ende etwas bewegte, dann das Rascheln von Taft. Ein feister Körper zwängte sich durch einen schmalen Gang. Er wußte, daß sie es war, als könnte er sie wittern. Sie wartete, nur wenige Meter von ihm entfernt. Was würde sie bei sich haben? Prudence Wilson hatte sie mit einem Messer ermordet und dann ihre Leiche zerschnitten, als wäre sie nur ein Stück Fleisch.

Leise schlich er ihr nach, lief auf Zehenspitzen. Aber die Dielen waren morsch und verrieten ihn. Er hörte sie vor sich. Oder war er es selbst? Hockte sie hinter einer halb verborgenen Tür, wartete sie, das ganze Gewicht ihres fetten Körpers so im Gleichgewicht, daß sie ihm das Messer tief ins Herz stoßen konnte?

Ohne es zu merken, war er stehengeblieben. Angst brannte in ihm, seine Kehle war zu, die Zunge trocken. Hier konnte er nicht bleiben. Er hörte jemanden, der sich weiter und immer weiter von ihm entfernte, nach oben.

Widerwillig, mit rasendem Herzen schlich er vorwärts, eine Hand ausgestreckt, um die Wand zu fühlen und ihre feste Oberfläche zu ertasten. Er kam zu einer weiteren Stiege, noch schmaler als die letzte, und er wußte, daß sie ganz nah über ihm war. Wie ein Prickeln auf der Haut konnte er spüren, daß sie da war. Er meinte sogar, hören zu können, wie sie irgendwo in der Dunkelheit schnaufte.

Dann plötzlich folgte ein Schlag, ein wütender Aufschrei und ihre Schritte am oberen Ende der Trittleiter über ihm. Er fuhr auf und sah einen Moment lang, wie sich ihr Wanst über das Rechteck aus gelblichem Licht beugte, wo das Dachgeschoß begann. Sie war halb im Schatten, aber dennoch konnte er ihre funkelnden Augen sehen, die Locken lose wie Bettfedern, der glänzende Schweiß auf ihrer Haut. Beinah hatte er sie. Er war vorgewarnt, erwartete ein Messer. Sie zog sich zurück, als fürchtete sie sich vor ihm, erschrocken, ihn so nah zu wissen.

Er konnte die letzten vier Stufen mit zwei Schritten leicht überwinden und bei ihr sein, bevor sie Zeit hatte, zuzuschlagen. Wenn er zu einer Seite sprang, sobald er sich durch das Rechteck geschoben hatte...

Dann war er buchstäblich gelähmt vor Entsetzen, stand wie erstarrt auf der Stufe und erinnerte sich an das Geheimnis dieser alten Häuser. Absichtlich ließ er das Geländer los und stürzte rückwärts zu Boden, stieß und verletzte sich, kurz bevor die Falltür mit ihren scharfen, fest verankerten Speerspitzen herabfiel und durch die Luft schnitt, wo er noch einen Augenblick zuvor gestanden war, gefolgt vom schrillen Kreischen ihres Gelächters.

Er kämpfte sich auf die Beine, sein Blut kochte, der Schmerz war vergessen. Er kletterte die Stufen hinauf, schlug mit der Hand zwischen die Spitzen und stieß die Klappe auf. Er sprang durch die Öffnung und landete auf dem Dachboden, nur einen Meter von der Stelle entfernt, an der sie hockte. Bevor sie vor Schreck merkte, was geschah, hatte er mit geballter Faust und allem aufgestauten Haß fest zugeschlagen, und sie rollte zur Seite und verlor das Bewußtsein. Es interessierte ihn wenig, ob es schwierig wurde, sie hinunterzuschaffen oder ob seine Vorgesetzten ihn zur Verantwortung ziehen würden, falls er ihr den Unterkiefer gebrochen hatte. Er hatte Clarabelle Mapes gefaßt, und er war zufrieden.

13

Am späten Vormittag des folgenden Tages kehrte Pitt nach Cardington Crescent zurück. Die Euphorie, Clarabelle Mapes gefaßt zu haben, hatte sich verflüchtigt, und im warmen, glanzlosen Licht des Tages erinnerte er sich daran, daß er in der Tortoise Lane gewesen war, um herauszufinden, was Sybilla dort gewollt hatte. Und er hatte nichts in Erfahrung gebracht, und keines der Kinder hatte je eine Dame wie Sybilla gesehen.

Der Butler ließ ihn ein, und er bat, man möge Charlotte rufen. Man gestattete ihm, im Morgenzimmer zu warten. Es war bedrückend, die Vorhänge halb zugezogen, Bilder schwarz behängt. An den unmöglichsten Stellen hingen schwarze Trauerflore wie verrußte Spinnweben.

Charlotte kam herein, gewandet in höchst modisches Lavendel. Der Gedanke kam ihm kurz, daß es ein Kleid von Tante Vespasia sein mußte, am Busen etwas abgenäht, damit es Charlotte paßte. Vespasia trug niemals schwarz, auch nicht, wenn sie trauerte.

Charlotte war blaß. Dunkle Schatten lagen unter ihren Augen. Aber ihr Gesicht leuchtete vor Freude, als sie ihn sah, und er fand sie außerordentlich hübsch. In gewisser Hinsicht würde er sich, ungeachtet der Umgebung oder etwaiger Besitztümer, überall heimisch fühlen, wo sie war.

»Oh, Thomas, ich bin so froh, daß du da bist«, sagte sie gleich. »Es wird alles immer schlimmer. Wir beobachten einander mit den entsetzlichsten Hintergedanken und sagen Worte, die wir meinen wollen, aber nicht können.« Sie drehte sich um, schloß die Tür hinter sich, sah ihn an, biß sich auf die Lippen, die Hände fest geballt. »Tassie ist es nicht. Ich hab' herausgefunden, was sie nachts treibt, wohin sie geht und warum sie blutbespritzt wiederkommt.«

Ungeheure Wut wallte in ihm auf, denn er hatte in erster Linie Angst, nicht nur um sie, auch um sich selbst, Angst, alles zu verlieren, was ihm lieb und teuer war, die tiefe, warme Geborgenheit, die all seinen Mut und seine Träume stützte.

»Du hast was?« rief er unwillkürlich.

Angespannt schloß sie die Augen. »Schrei mich nicht an, Thomas.«

Er trat einen Schritt vor und nahm sie beim Arm, zog sie von der Tür fort und zu sich, so daß sie ihm in der Mitte des Zimmers gegenüberstand. Er tat ihr weh, und er wußte es.

»Du hast was?« wiederholte er schneidend. Der bloße Umstand, daß sie an der Tür geblieben war, anstatt zu ihm zu kommen und ihm einen Kuß zu geben, daß sie nicht mit gerechtem Zorn geantwortet hatte, zeigte, daß sie sich ihrer Schuld bewußt war. »Du bist ihr gefolgt!« sagte er ihr auf den Kopf zu.

Ihre Augen weiteten sich, aber er sah keine Entschuldigung in ihnen.

»Ich mußte wissen, wohin sie ging«, erklärte sie. »Und es war vollkommen in Ordnung. Sie hilft dabei, Babys auf die Welt zu bringen! Eine Menge armer oder unverheirateter Frauen können sich keine Hebamme leisten. Deshalb sterben so viele. Thomas, es ist eine wundervolle Sache, was sie da tut, und die Menschen lieben sie.«

Er war zu wütend über das idiotische Risiko, das sie auf sich genommen hatte, um erleichtert darüber sein zu können, daß Tassie unschuldig war, obwohl er Entsetzliches befürchtet hatte. Ohne es zu merken, schüttelte er Charlotte.

»Du bist ihr in das Haus irgendeiner fremden Frau gefolgt, allein, bei Nacht?« Noch immer schrie er sie an. »Du – du Kindskopf! Dumme Gans! Sie hätte dich sonstwohin führen können! Was, wenn sie für den Tod dieser Frau verantwortlich gewesen wäre, deren Leiche in blutige Stücke zerhauen über Bloomsbury verteilt war? Du hättest die nächste sein können!« Er war so wütend, daß er den Wunsch verspürte, sie zu schlagen, wie man es mit einem geliebten Kind tut, das gerade dem Tod unter einer Kutsche entkommen ist. In der plötzlichen Erleichterung stellt man sich sämtliche Gefahren vor, die gedroht haben könnten. Die Erinnerung an Clarabelle Mapes und das entsetzliche Labyrinth, das er gerade erst hinter sich gelassen hatte, war ihm deutlicher als dieses komfortable, kultivierte Haus. »Du dumme, unverantwortliche Gans! Muß ich dich einsperren, wenn ich das Haus verlassen will, damit ich sicher sein kann, daß du dich wie eine erwachsene Frau benimmst?«

Was als Schuld begonnen hatte, wich bei Charlotte einem Gefühl der Kränkung. Er war ungerecht, und sie wurde entsprechend böse. »Du tust mir weh«, sagte sie kalt.

»Du hättest es verdient, Prügel zu beziehen!« gab er zurück, ohne seinen Griff im mindesten zu lockern.

Sie antwortete, indem sie ihm mit der Schuhspitze heftig gegen das Schienbein trat. Er war so überrascht, daß er nach Luft schnappte und sie losließ. Sofort machte sie einen Schritt zurück.

»Wag es nicht, mich wie ein Kind zu behandeln, Thomas Pitt!« sagte sie wütend. »Ich bin nicht eine von deinen verwöhnten Damen, die den ganzen Tag über nichts tun und sich auf ihre Zimmer schicken lassen, wenn dir nicht gefällt, was sie sagen. Emily ist meine Schwester, und wenn ich es irgendwie verhindern kann, wird sie für den Mord an George nicht hängen. Tassie liebt Mungo Hare, Beamishs Hilfspfarrer. Er hilft ihr bei den Geburten, und sie wird ihn heiraten.«

Er klammerte sich an das einzige weitere Beispiel männlicher Herrschaft und Vernunft, das ihm einfallen wollte.

»Ihr Vater wird es nicht zulassen. Er wird es niemals erlauben.«

»Oh doch, das wird er!« gab sie zurück. »Ich habe ihm versprochen, daß du niemandem von Sybilla erzählst, wenn er zustimmt, und wenn er es nicht tut, werde ich gründlich dafür sorgen, daß die feine Gesellschaft en detail davon erfährt. Er wird Tassie seinen Segen geben, sei versichert.«

»Ach ja?« Er war empört. »Du nimmst eine ganze Menge als gegeben an. Und was wäre, wenn ich keineswegs die Absicht hätte, dieses Versprechen einzulösen, das du ihm so freizügig in meinem Namen gegeben hast?«

Sie zögerte, schluckte, dann sah sie ihm in die Augen. »Dann wird Tassie den Mann, den sie liebt, nicht heiraten können, weil er nicht die passende, gesellschaftliche Stellung einnimmt und kein Geld hat«, sagte sie schroff. »Sie wird allein bleiben und an diese selbstsüchtige, alte Frau gefesselt sein, ihr Gesellschaft leisten, bis sie stirbt, und dasselbe für ihren Vater tun. Entweder das, oder sie wird jemanden heiraten, den sie nicht liebt.«

Sie brauchte nicht hinzuzufügen, daß ihr selbst eben das hätte passieren können, wenn ihr Vater nicht ein zugänglicherer Mensch als Eustace gewesen wäre und sich ihre Mutter nicht mit aller Macht für sie eingesetzt hätte. Pitt war sich dessen bewußt, und das Wissen darum nahm ihm die Rechtfertigung für seinen Zorn. Sie hatte genau das getan, was er gewollt hätte. Es war die Tatsache, daß man ihm zuvorgekommen war, die ihn ärgerte, allein das. Aber es laut herauszuposaunen, wäre lächerlich. Eigentlich war die ganze Klage lächerlich.

Er zog es vor, das Thema zu wechseln und seine beste Karte auszuspielen. »Ich habe den Mord an der Frau vom Kirchhof von Bloomsbury gelöst«, sagte er statt dessen. »Und die Mörderin nach einer Verfolgungsjagd gefaßt. Mit ausreichenden Beweisen, um sie zu hängen.«

Charlotte war beeindruckt. Staunen und Bewunderung zeigten sich auf ihrem Gesicht. »Wie hast du das geschafft?«

Er setzte sich auf die Lehne eines der Ledersessel. Nach der Prellung, die er sich bei der Jagd auf Clarabelle Mapes zugezogen hatte, fühlte er sich steif und hatte unerwartet Schmerzen.

»Es war eine Frau, die ein Säuglingsheim hatte.«

Sie sah ihn fragend an. »Ein was?«

»Ein Säuglingsheim.« Er haßte es, ihr von solchen Dingen zu erzählen, aber sie hatte danach gefragt. »Eine Frau macht diskret bekannt, daß sie Kinder liebt und sich freuen würde, sich um alle Kinder zu kümmern, deren Mütter sich wegen Krankheit oder anderweitiger Verpflichtungen außerstande sehen, sich selbst darum zu kümmern. Oft fügen sie hinzu, daß besonders kränkliche Kinder willkommen sind und gepflegt würden, als wären es die eigenen.

Natürlich ist für anfallende Erfordernisse eine kleine finanzielle Rücklage nötig.«

Charlotte war verblüfft. »Es muß viele Frauen geben, die nur allzu glücklich sind, sich eines solchen Angebotes zu bedienen. Klingt wie ein wohltätiges Unternehmen. Warum sagst du es so abfällig? Viel zuviele Frauen müssen arbeiten und können sich nicht um ihre Kinder kümmern, besonders wenn sie als Dienstboten arbeiten und das Kind unehelich ist...« Ihre Stimme erstarb. »Warum?«

»Weil die meisten von ihnen, wie Clarabelle Mapes, die Gebühr von den Müttern kassieren und dann die Kränklichen eher verhungern lassen oder sie buchstäblich umbringen, als das Geld aufzubringen, sie zu versorgen. Die Kräftigen und Hübschen verkaufen sie.« Er sah ihr Gesicht. »Tut mir leid. Du hast gefragt.«

»Warum der Mord in Bloomsbury?« fragte sie nach kurzem Schweigen. »War sie die Mutter eines der Kinder, das ermordet worden ist oder hat sie die Wahrheit herausgefunden?«

»Ihr Kind war verkauft worden.«

»Oh.« Sie setzte sich, rührte sich einige Minuten lang nicht, und er faßte sie nicht an. Dann endlich streckte er sanft eine Hand nach ihr aus. »Warum bist du dort gewesen?« fragte sie schließlich.

»Die Adresse stand in Sybillas Buch.«

Sie war bestürzt. »Das Säuglingsheim? Aber das ist lächerlich. Warum?«

»Ich weiß es nicht. Ich habe es nicht herausgebracht. Ich nehme an, Sybilla hat sie für ein Dienstmädchen besorgt, ihr eigenes oder eines ihrer Freundinnen. Ich kann mir nicht vorstellen, daß sich jemand aus ihrem eigenen Kreis einer solchen Hilfe bedienen würde. Selbst wenn sie ein uneheliches Kind hätten, würden sie andere Vorkehrungen treffen. Eine Verwandte auf dem Lande, ein Gefolgsmann der Familie mit einer Tochter.«

»Ich schätze, es war ein Dienstmädchen«, stimmte Charlotte ihm zu. »Oder sie kannte die Frau aus einem ganz anderen Grund. Arme Sybilla.«

»Das hilft mir bei der Suche nach ihrem Mörder oder dem Motiv nicht weiter.«

»Die Frau hast du gefragt?«

Er stieß ein scharfes, kehliges Lachen aus. »Du hast Clarabelle Mapes nicht gesehen, sonst würdest du nicht fragen.«

»Hast du keine Idee, wer George ermordet haben könnte?« Sie sah ihn an, die Augen düster vor Besorgnis. Wieder merkte er, wie erschöpft sie war, wie beunruhigt.

Sanft und zögernd strich er ihr über die Wange. »Nein, Liebste, keine richtige Idee. Es bleiben nur William, Eustace, Jack Radley und Emily. Es sei denn, die alte Frau wäre es gewesen, was ich gern glauben würde. Aber mir will kein Grund einfallen, warum sie es hätte tun sollen. Keinen einzigen kann ich mir vorstellen, und glaub mir, ich habe es versucht.«

»Du rechnest Emily dazu!«

Er schloß die Augen, öffnete sie langsam, unglücklich. »Ich muß.«

Es hatte keinen Sinn zu streiten. Sie wußte, daß es so war. Ein Klopfen an der Tür bewahrte sie davor, etwas erwidern zu müssen.

»Herein«, sagte Pitt unwirsch.

Es war Stripe, der kleinlaut wirkte und eine Nachricht in der Hand hielt.

»Tut mir leid, Mr. Pitt, Sir. Der Leichenbeschauer schickt Ihnen das hier. Es macht keinen Sinn.«

»Geben Sie es mir.« Pitt streckte die Hand aus und nahm es entgegen, öffnete das einzelne Blatt und las.

»Was ist es?« wollte Charlotte wissen. »Was steht da?«

»Sie wurde erdrosselt«, antwortete er, und seine Stimme wurde immer leiser. »Mit ihrem Haar, kurz und heftig. Sehr wirkungsvoll.« Er merkte, daß Charlotte erschauerte, und im Augenwinkel sah er, wie Stripe sich auf die Lippe biß. »Aber sie hat kein Kind erwartet«, endete er.

Charlotte war verblüfft. »Bist du sicher?«

»Natürlich bin ich sicher!« sagte er gereizt. »Sei nicht dumm. Das ist von dem Arzt, der die Obduktion vorgenommen hat. So etwas kann man kaum falsch verstehen!«

Charlotte verzog das Gesicht, als hätte man ihr physischen Schmerz zugefügt, und legte den Kopf in die Hände. »Arme Sybilla. Sie muß eine Fehlgeburt gehabt haben und hat nicht gewagt, es jemandem zu erzählen. Wie sie es gehaßt haben muß, daß Eustace immer und immer wieder davon anfing, wie großartig es wäre, daß sie William nach all der Zeit endlich einen Erben schenken wollte. Kein Wunder, daß sie ihn so haßerfüllt angesehen hat. Und diese furchtbare, alte Frau mit ihren flammenden Reden über die Familie! Oh Gott, was für Wunden Menschen einander zufügen!«

Pitt sah Stripe an, der von einem derart persönlichen Thema offensichtlich peinlich berührt war und den das Mitleid schmerzte, das er fühlte, jedoch nur halb verstand. Er merkte, daß der Kummer zu groß war, ihn zu erfassen.

»Danke.« Pitt nickte. »Ich glaube nicht, daß es uns weiterhilft, und ich sehe keinen Grund, warum wir es der Familie sagen sollten. Es wäre nur eine unnötige Belastung. Lassen wir ihr das Geheimnis.«

»Ja, Sir.« Erleichtert zog sich Stripe zurück.

Charlotte sah auf und lächelte. Sie mußte ihn nicht loben. Er wußte, daß ihr Zuspruch in all den ungesagten Worten zwischen ihnen lag.

Das Mittagessen war so schrecklich wie das Frühstück, und Emily saß eher aus Trotz am Eßzimmertisch, obwohl es erträglicher gewesen wäre, allein auf ihrem Zimmer zu essen. Ein weiterer Antrieb war die wachsende Überzeugung, daß sich der Ring um sie schloß und sie des Mordes angeklagt würde, wenn sie ihre Rettung nicht selbst in die Hand nähme.

Charlotte hatte ihr erzählt, daß sie Tassie gefolgt war und das Geheimnis ihrer mitternächtlichen Ausflüge und des Blutes auf ihrem Kleid ergründet hatte. Kein Wunder, daß Tassie diesen Ausdruck seligen Entzückens gehabt hatte! Sie war Zeugin der Entstehung neuen Lebens geworden. Konnte irgend etwas weiter von dem Wahnsinn entfernt sein, dessen man sie verdächtigt hatte?

Thomas war am Morgen dagewesen, hatte mit Charlotte

gesprochen und war wieder gegangen, ohne eine Erklärung und offenbar ohne irgendwelche Ermittlungen vorzunehmen. Allerdings wollten Emily, das mußte sie fairerweise zugeben, keine weiteren Fragen einfallen, die er hätte stellen können.

Damit niemand es bemerkte, sah sie sich unter ihren Wimpern hindurch am Tisch um. Sie schob ein Stück gekochten Huhns auf ihrem Teller herum. Tassie war unscheinbar, aber aus ihrem Inneren leuchtete eine Glückseligkeit, die der Kummer anderer nicht zum Erlöschen bringen konnte. Emily merkte, daß sie sich zum größten Teil für sie freute. Nur ein winziger Kern, den sie liebend gern entfernt hätte, brannte vor Neid. Dann spürte sie ein ungetrübtes Gefühl der Erleichterung, daß es keinen Grund auf der Welt gab, Tassie irgendeiner Schuld zu verdächtigen, weder an Georges Tod noch an Sybillas. Niemals hatte Emily etwas Derartiges glauben wollen. Die Annahme war durch Charlottes außergewöhnlichen Bericht über die Vorkommnisse auf der Treppe zwingend geworden. Nun hatte sich dafür eine bessere Erklärung gefunden, als sie sich je hätte träumen lassen.

Am unteren Ende des Tisches, auf dessen schneeweißem Tuch feines, georgianisches Silber, jedoch trotz der Farbenpracht im Garten keinerlei Blumen standen, saß die alte Frau, mit gestrenger Miene, in Schwarz. Ihre wasserblauen Augen stierten geradeaus. Es war anzunehmen, daß man ihr weder von Tassies Absicht, den Hilfspfarrer zu heiraten, noch von Eustaces Kapitulation in dieser Frage, geschweige denn seinen Gründen dafür, erzählt hatte. Und ganz sicher hatte sie nichts von Tassies mitternächtlichen Exkursionen erfahren. Dann hätte sich ihre momentane Laune durch weit mehr als nur kalte Verachtung gezeigt. Schließlich war es jemand aus diesem Haus gewesen, der zweimal gemordet hatte. Selbst Lavinia March konnte sich nicht weismachen, daß es eine fremde Macht war, die in ihr Heim eingedrungen war. Es war etwas innerhalb der Mauern dieses Hauses, ein Teil von ihnen.

Sie schien jedoch mit ihren Gefühlen allein zu sein. Ihr

Herz hatte sich nicht erweichen lassen, zeigte kein Verständnis für die Ängste anderer. Irgendwo in ihrem Hinterkopf wußte Emily, daß dies vielleicht die größte Tragödie von allem war, schlimmer noch, als kein Mitgefühl nötig zu haben: die Unfähigkeit, solches zu empfinden. Und dennoch brachte sie kein Erbarmen für jene auf, die selbst keines übrig hatten.

Sie hätte liebend gern geglaubt, daß die alte Frau des Mordes schuldig war, aber ihr wollte kein Grund dafür einfallen, ganz zu schweigen von irgendwelchen Beweisen, die dies nahelegten. Mrs. March war die einzige im ganzen Haus, deren Schuld Emily keineswegs betrübt hätte. Sie marterte ihr Hirn, um irgend etwas zu finden, den Wunsch zu untermauern, aber sie scheiterte.

Und als wüßte sie um Emilys Gedanken, sah die alte Frau von ihrem Teller auf und starrte sie eisig an. »Ich denke, nach der Beerdigung morgen werden Sie nach Hause zurückkehren, Emily«, sagte sie mit hochgezogenen Augenbrauen. »Die Polizei dürfte Sie dort ebenso leicht finden wie hier... wenn auch alles andere über ihren Horizont zu gehen scheint!«

»Ja, das werde ich sicher«, antwortete Emily scharf. »Ich bin ausschließlich zur Erleichterung der polizeilichen Ermittlungen so lang geblieben und um etwas Familiensolidarität zu zeigen. Aber es gibt keinen Grund, dem Rest der Gesellschaft zu zeigen, wie wenig wir den Umgang miteinander zu schätzen wissen und wie wenig Trost wir einander spenden können.« Sie nahm einen kleinen Schluck Wein. »Obwohl ich nicht weiß, warum Sie glauben, die Polizei wäre unfähig, die Morde aufzuklären.« Absichtlich sagte sie das häßliche Wort und freute sich zu sehen, daß die alte Frau angewidert zusammenzuckte. »Zweifellos wissen sie eine ganze Menge, was sie uns lieber nicht mitgeteilt haben. Sie dürften uns kaum ins Vertrauen ziehen. Schließlich ist es einer von uns, den sie verhaften werden.«

»Wirklich!« sagte Eustace böse. »Besinnen Sie sich, Emily! Solche Bemerkungen sind höchst unnötig.«

»Natürlich ist es einer von uns, Dummkopf!« herrschte die

alte Frau ihn an, und ihre Hand zitterte so sehr, daß der Wein über den Rand des Glases auf das Tischtuch schwappte. »Emily selbst ist es, und wenn du es nicht weißt, bist du sicher der einzige hier!«

»Du redest Unsinn, Großmama.« William sprach zum ersten Mal, seitdem sie ins Eßzimmer gekommen waren. Tatsächlich konnten sich weder Emily noch Charlotte daran erinnern, daß er beim Frühstück etwas gesagt hätte. Er sah aus wie ein Geist, als hätte Sybillas Tod ihm all seine Lebenskraft geraubt. Charlotte hatte es schon früher bemerkt: Er wirkte dermaßen ausgezehrt, daß sie fürchtete, er könne bei der Beerdigung einen Zusammenbruch erleiden.

Die alte Frau fuhr zu ihm herum, öffnete ihren Mund, aber dann sah sie den Ausdruck auf seinem Gesicht und schloß ihn wieder.

»Ich für meinen Teil weiß, daß Emily es nicht war«, fuhr er fort. »Das Motiv der Eifersucht, das man ihr nachsagt, könnte ebenso für mich gelten, auch wenn es tatsächlich nicht zutrifft. Die Affäre war bestenfalls belanglos und ohnehin zu Ende, was sowohl Emily als auch ich wußten. Ihr wußtet es vielleicht nicht, aber es war auch nicht eure Angelegenheit.« Er nahm einen Schluck aus seinem Glas Wasser. Seine Stimme war rauh, als täte ihm der Hals weh. »Und das andere Motiv, das ihr euch für sie denkt, besagt, sie wäre in Jack vernarrt – wobei sie keineswegs seine erste Eroberung wäre...«

»William!« rief Eustace und schlug mit der Hand flach auf den Tisch, um soviel Lärm wie möglich zu machen. Silber und Geschirr zitterten. »Dieses Gespräch zeugt von denkbar schlechtem Geschmack. Wir alle sind bereit, deiner Trauer ihren Spielraum zu gewähren, aber das ist unerträglich!«

Mit leuchtenden Augen und voll brennenden Hasses sah William zu ihm hinüber, verkniff den Mund zu einem Ausdruck roher Gewalt, die er schon viel zu lang zurückgehalten hatte.

»Geschmack ist eine sehr persönliche Sache, Vater. Ich finde viele deiner Gespräche so geschmacklos wie alles, was ich je in meinem Leben gesagt habe. Oft finde ich deine Scheinheiligkeit so obszön wie diese vulgären Bildpostkarten von nackten Frauen. Die sind zumindest ehrlich.«

Eustace atmete schwer, war aber nicht schnell genug, die sich aufbäumende Wut einzudämmen. Er war daran erinnert worden, daß Charlotte neben ihm saß, weil sie ihren Fuß unter dem Tisch ausgestreckt hatte, um ihn fest an den Knöchel zu treten. Die lächerliche Szene unter Sybillas Bett durfte keinen Augenblick lang aus seiner Erinnerung weichen. Er biß die Zähne zusammen und schwieg.

»Aber als Motiv wäre es wohl kaum einen Mord wert«, fuhr William fort. »Sie hätte Jack ohne weiteres bekommen können, wenn sie ihn gewollt hätte – und es gibt keinen Beweis dafür, daß sie ihn wollte. Wohingegen er, wenn er sie beziehungsweise Georges Geld gewollt hätte, dann wäre dies für ihn ein ausgezeichneter Grund, George zu ermorden.«

Emily saß stocksteif, spürte, daß sich Jack Radley neben ihr aufgerichtet hatte. War es sein Schuldgefühl oder pure Angst? Manchmal wurden auch unschuldige Leute gehängt. Emily hatte selbst Angst, warum nicht auch er?

William jedoch war noch nicht fertig. »Ich persönlich«, fuhr er fort, »favorisiere Vater. Er hat ausgezeichnete Gründe, die ich für den Fall, daß er unschuldig sein sollte, hier nicht diskutieren möchte.«

Es folgte absolute Stille am Tisch. Vespasia legte Messer und Gabel beiseite, tupfte sich leicht mit der Serviette den Mund und legte sie neben ihren Teller. Sie sah zu William hinüber, dann auf das Tischtuch, aber sie sagte nichts.

Eustace war aschfahl geworden, und Charlotte konnte sehen, daß er die Fäuste auf dem Schoß geballt hatte. Die Adern an seinem Hals traten hervor, bis sie fürchtete, sein Kragen würde ihn erdrosseln, doch auch er sagte kein Wort.

Tassie verbarg ihr Gesicht. Mrs. March war puterrot, fürchtete jedoch aus irgendeinem Grunde, das Schweigen zu brechen. Vielleicht war nichts von dem, was sie zu sagen wagte, ihrer Wut angemessen.

Jack Radley wirkte elend und zutiefst verlegen. Es war das

erste Mal, daß Charlotte sah, wie er vollkommen die Fassung verlor. Selbst wenn sie wußte, wie wahrscheinlich es war, daß er sich schuldig gemacht hatte, und zwar nicht nur eines Doppelmordes, sondern auch des höchst gefühllosen Mißbrauchs der Gefühle einer Frau, und daß er zweifellos beabsichtigt hatte, diese auch weiterhin zu mißbrauchen, konnte sie ihn besser leiden, wenn sie ihn in Verlegenheit sah. Er wurde dadurch etwas realer hinter seinem charmanten Lächeln und diesen erstaunlichen Augen.

Emily starrte vor sich hin.

Schließlich war es der Diener mit dem nächsten Gang, der die Stille durchbrach, und die Mahlzeit ging mit einem Hammelrücken, den niemand kostete, und einem Gespräch weiter, an das sich schon einen Augenblick später niemand mehr erinnern konnte.

Nach dem Dessert entschuldigte sich Emily und zog sich auf die schlichte Bank im Garten zurück, nicht weil es ein so schöner Tag gewesen wäre, denn tatsächlich war es bedeckt und würde wahrscheinlich regnen, sondern weil sie meinte, hier am ehesten allein sein zu können, und es gab niemanden, dessen Gesellschaft sie sich wünschte.

Am nächsten Tag sollte Sybillas Beerdigung sein. Emily blieb, weil sie daran teilnehmen wollte. Seit Sybillas Tod war ihr Haß auf sie verflogen. Die alberne Affäre mit George hatte erheblich an Bedeutung verloren. Er hatte es bereut. Er war der Gelegenheit beraubt worden, es ungeschehen zu machen, also würde sie es an seiner Stelle tilgen und die guten Erinnerungen pflegen. Sie hatten eine ganze Menge gemeinsam gehabt. Wenn sie zuließ, daß Sybilla ihr all diese Dinge nahm, dann war sie dumm und verdiente, sie zu verlieren.

Seit Pitts Besuch am Morgen hatte sie nicht mit Charlotte gesprochen, abgesehen von einem kurzen Moment, als sie über den Korridor zum Eßzimmer gegangen waren. Es hatte jedoch genügt, um zu wissen, daß er noch immer nicht einmal im Ansatz wußte, wer George vergiftet hatte oder warum. Es war anzunehmen, daß es sich um dieselbe Person handelte, die daraufhin Sybilla ermordet hatte. Sie mußte etwas gewußt haben, von dem der Mörder nicht riskieren konnte, daß sie es jemals weitergab.

Das schloß niemanden aus. Sybilla war eine intelligente und aufmerksame Frau gewesen. Vielleicht hatte sie ein Wort oder eine Handlung bemerkt, die allen anderen entgangen war, oder vielleicht hatte sogar George ihr etwas erzählt.

Was konnte George gewußt haben? Emily saß zusammengekauert im feuchten, aufkommenden Wind, zog ihren Schal um sich und überdachte jede Möglichkeit, die ihr einfallen wollte, vom Absurden bis zum Grausigen. Am Ende blieben Jack Radley und ihre eigene, unbeholfene Mitschuld, ansonsten nur Williams wirrer Versuch, Eustace zu beschuldigen, und sie mußte zugeben, daß dieser ihrer Ansicht nach eher dem Haß als der Vernunft entsprang.

Sie hörte Jack Radley nicht kommen, und erst als er beinah neben ihr war, bemerkte sie ihn. Er war der letzte Mensch, mit dem sie reden, geschweige denn, mit dem sie allein sein wollte. Sie zog ihren Schal noch fester um sich und erschauerte.

»Ich wollte gerade wieder hineingehen«, sagte sie eilig. »Es ist nicht besonders schön. Es würde mich nicht überraschen, wenn es anfinge zu regnen.«

»So bald wird es nicht regnen.« Er setzte sich neben sie, wollte sich nicht fortschicken lassen. »Aber es ist kalt.« Er zog seine Jacke aus und legte sie um ihre Schultern. Sie war noch warm von seinem Körper. Seine Hand schien einen Augenblick länger als nötig zu verweilen.

Sie machte den Mund auf und wollte protestieren, ließ es jedoch, da sie fürchtete, sich lächerlich zu machen. Schließlich waren sie vom Haus aus gut zu sehen, und sie hatte keinen Grund, sich dorthin zu wünschen. Das Mittagessen war schauderhaft gewesen, und niemand würde glauben, sie wollte diese Gespräche fortsetzen. Und er hatte ihr die Ausrede genommen, daß ihr kalt wäre.

Er unterbrach ihren Gedankengang. »Emily, hat die Polizei tatsächlich eine Ahnung, wer George ermordet hat? Oder wollten Sie nur der alten Frau die Stirn bieten?«

Warum fragte er? Sie wollte ihm so gern Vertrauen schenken können. Sie verspürte in seiner Gesellschaft ein Glücksgefühl wie beim Anblick des Sonnenlichtes, das durch eine Gartentür am Ende eines langen Ganges fiel. Dennoch quälte sie die entsetzliche Befürchtung, es wäre trügerisch.

»Ich weiß nicht«, sagte sie ehrlich. »Ich habe Thomas heute morgen nicht getroffen und nur kurz mit Charlotte gesprochen, als wir zum Mittagessen gingen. Ich habe keine Ahnung.« Sie zwang sich, ihn anzusehen.

Sein Gesicht war voller Sorge. Um sie oder um sich selbst?

»Was hat Eustace gemeint?« drängte er. »Emily, um Himmels willen, denken Sie nach! Ich weiß, daß ich es nicht war, und ich weigere mich anzunehmen, daß Sie es waren. Es muß einer von den anderen sein! Lassen Sie mich Ihnen helfen, bitte. Versuchen Sie, nachzudenken. Erklären Sie mir, was Eustace gemeint hat.«

Emily saß wie versteinert. Er wirkte so ernsthaft, aber er zehrte schon seit Jahren von seinem Charme. Er war ein hervorragender Schauspieler, wenn es um seine eigenen Interessen ging. Falls er George ermordet hatte, würde man ihn hängen. Die Tatsache, daß sie ihn mochte, konnte ihre Vernunft nicht trüben. Manche ausgesprochen tugendhaften Menschen konnten ebenso ausgesprochen langweilig sein, und mochte man sie noch so sehr bewundern, schrak man doch vor ihrer Gesellschaft zurück. Und die grausamsten Menschen konnten überaus lustig sein – bis ihre eigentliche Schändlichkeit zu Tage trat.

Noch immer redete er, sah ihr ins Gesicht. Konnte sie ihn ansehen und ihm gleichzeitig keinen Glauben schenken? Schon immer hatte sie Verstand gehabt, weit mehr als Charlotte. Und sie war auch die bessere Schauspielerin, geübter darin, ihre Gefühle zu verbergen.

Offen begegnete sie seinem Blick. »Ich weiß nicht. Ich glaube, William haßt Eustace nur und hätte gern, daß er es wäre.«

»Dann bleibt nur die alte Mrs. March«, sagte er ganz leise. »Es sei denn, Sie glauben, Tassie wäre es gewesen oder Großtante Vespasia. Aber das tun Sie nicht.«

Sie wußte, was er jetzt dachte. Man mußte nur einen Schritt weiterdenken, einen unausweichlichen Schritt. Es mußte Jack sein oder sie selbst. Sie wußte, daß sie George und Sybilla nicht ermordet hatte, aber sie fürchtete zunehmend, er hätte es getan. Schlimmer noch, sie fürchtete, er hätte nach wie vor die Absicht, ihr den Hof zu machen.

Er nahm ihre Hände. Er war nicht groß, aber weit kräftiger als sie, und er war nicht gewillt, sie loszulassen.

»Emily, um Himmels willen, denken Sie nach! Es gibt irgend etwas in der Familie March, von dem wir nichts wissen, etwas, das gefährlich oder niederträchtig genug ist, dafür einen Mord zu begehen, und wenn wir nicht herausfinden, was es ist, könnten Sie oder ich dafür gehängt werden!«

Sie wollte schreien, er solle still sein, aber sie wußte, daß es stimmte, was er sagte. Jetzt in Panik zu verfallen wäre dumm und schädlich, vielleicht sogar tödlich. Charlotte hatte nichts erreicht, abgesehen von Tassies Geheimnis, das sich als unwesentlich herausgestellt hatte. Emily würde sich selbst retten müssen. Falls Jack Radley unschuldig war, mochten sie vielleicht gemeinsam etwas herausfinden. Falls er schuldig war und sie mitspielte, konnte sie ihn vielleicht dazu verleiten, etwas zu verraten, und wäre es noch so gering. Es konnte ihr Überleben bedeuten.

»Sie haben ganz recht«, sagte sie ernst. »Wir müssen nachdenken. Ich werde Ihnen alles erzählen, was ich weiß, und dann Sie mir. Unter uns könnten wir am Ende tatsächlich die Wahrheit herausbringen.«

Sie gab sich Mühe, ihre Furcht zu verleugnen, nicht nur die große, alles überschattende Gefahr, die ihr durch das Gesetz und das bleibende Urteil der Gesellschaft drohte, sondern ebenso die innere Einsamkeit und die trügerische Wärme, die er ihr entgegenbrachte und die so leicht anzunehmen wäre. Wenn sich nur das zersetzende Mißtrauen in ihren Gedanken zerstreuen ließe. Sie mußte sich zwingen, daran zu denken, daß er nach wie vor der wahrscheinlichste Mörder war. Der Gedanke schmerzte mehr, als sie erwartet hatte.

»Tassie geht nachts allein aus und bringt in den Slums Babys zur Welt«, sagte sie etwas abrupt.

Wenn sie gehofft hatte, ihn zu verblüffen, so war ihr dies großartig gelungen. Er starrte sie an, und seine Empfindungen standen ihm ins Gesicht geschrieben: Skepsis, Furcht, Bewunderung und letztlich reine Freude.

»Das ist wundervoll! Aber woher in Gottes Namen wissen Sie davon?«

»Charlotte ist ihr gefolgt.«

Er beugte sich vor, stieß Luft zwischen den Zähnen hindurch und schloß die Augen.

»Ich weiß«, sagte sie leise. »Ich nehme an, Thomas war sehr ungehalten.«

»Ungehalten!« Seine Stimme wurde laut. »Ist das nicht eher eine Untertreibung?«

Sofort ging sie in die Defensive. »Nun, wenn sie es nicht getan hätte, würden wir immer noch glauben, Tassie hätte die Morde begangen! Charlotte hat gesehen, wie sie mitten in der Nacht mit Blut an ihren Händen und ihrem Kleid die Treppe heraufkam! Was sollte Charlotte sonst tun? Es ein Geheimnis bleiben lassen? Sie weiß, daß ich niemanden ermordet habe...«

»Emily!« Er nahm ihre Hände.

»...und wenn wir nicht herausfinden, wer es war, könnte ich verhaftet und eingesperrt werden...«

»Emily! Hören Sie auf!«

»...und verurteilt und gehängt!« endete sie barsch. Trotz seiner Nähe und der kräftigen Hände, die sie hielten, zitterte sie. »Es sind schon Leute fälschlicherweise gehängt worden.« Erinnerungen, Schilderungen drängten sich in ihren Gedanken. »Charlotte weiß es, und ich weiß es auch!« Sie war erleichtert, es in Worte zu fassen, das abgrundtiefe Entsetzen aus dem Dunkel in ihrem Hinterkopf hervorzuholen und mit ihm zu teilen.

»Ich weiß«, sagte er ruhig. »Aber Ihnen wird nichts geschehen. Charlotte wird es nicht zulassen – ebensowenig wie ich. Es muß irgend jemand aus diesem Haus sein. Vespasia hätte den Mut, wenn sie eine solche Tat für nötig halten würde. Aber sie hätte sie niemals gemordet, und ich glaube kaum, daß sie körperlich die Kraft besäße, Sybilla zu töten, nicht so, wie es geschehen ist. Sybilla war eine junge, gesunde Frau...« Er zögerte, dachte an sie.

»Ich weiß«, sagte sie, ohne ihre Hände von ihm zu nehmen. »Und Tante Vespasia ist nicht jung und nicht mehr kräftig.«

Er lächelte freudlos. »Ich wünschte, mir würde ein Grund einfallen, aus dem die alte Mrs. March es hätte tun können«, sagte er lebhaft. »Sie ist doppelt so schwer wie Vespasia. Sie hätte die Kraft.«

Emily betrachtete ihre ineinander verschlungenen Hände. »Aber warum sollte sie?« sagte sie ohne Hoffnung, und Wut und Enttäuschung stiegen in ihr auf. »Es müßte einen Grund geben.«

»Ich weiß nicht«, räumte er ein. »Es sei denn, jemand wußte etwas über sie.«

»Was zum Beispiel?«

Er schüttelte den Kopf. »Irgend etwas über die Marches? Sie erstickt beinah vor Familienstolz. Ich möchte nur wissen, warum. Sie haben viel Geld, aber absolut keine Kinderstube. Alles beruht auf dem Handel.« Dann lachte er über sich selbst. »Nicht, daß ich nicht froh wäre, selbst ein bißchen davon zu besitzen! Meine Mutter war eine de Bohun. Ihre Familie läßt sich bis zur normannischen Eroberung zurückverfolgen. Aber damit kann man nicht einmal eine vernünftige Mahlzeit kaufen, geschweige denn ein Haus führen.«

Eine Reihe hitziger Überlegungen prallten in ihrem Kopf aufeinander. Hatte er Georg ermordet, um über sie an das Geld der Ashworths zu kommen? Aber was war mit Tassie? Jeder Mann mit etwas Verstand hätte sich auf die Heirat eingelassen. Es war unendlich viel sicherer und für ihn mühelos zu bekommen, oder zumindest mußte er das angenommen haben. Er wußte nichts von Mungo Hare. Oder doch? War er über die Nachricht von Tassies mitternächtlichen Ausflügen wirklich so erstaunt, wie er vorgab? Wenn Charlotte ihr gefolgt war, dann hatte auch er es tun können, zumindest so weit, bis er den jungen Hilfspfarrer sah und erkannte, daß Tassie niemals einen anderen heiraten würde. Oder vielleicht hatte Tassie es ihm sogar selbst gesagt? Ehrlich genug war sie. Sie mochte es vorgezogen haben, ihn nicht zu falschen Hoffnungen zu verleiten, nicht was die Liebe betraf, sondern das Geld.

Emily erschauerte. Sie wollte ihn ansehen. Sicher hatte sie sich noch etwas Urteilsfähigkeit bewahrt. Und doch fürchtete sie, was sie sehen und was sie von sich preisgeben würde. Aber solange es ungetan blieb, würde es sämtliche anderen Gedanken aus ihren Überlegungen verdrängen. Es war wie ein Schwindelanfall, wenn man am Rande eines hohen Balkons stand, unweigerlich hinabsehen mußte und diese Leere in sich spürte.

Schnell blickte sie auf und sah, daß seine Augen besorgt und ernst wirkten. Eine Hinterlist war in ihnen nicht zu entdecken. Es änderte nichts. Dort etwas Häßliches zu finden, hätte vielleicht befreiend gewirkt, sie das Schlimmste von ihm annehmen lassen und die Hoffnung erstickt, daß – das was?

Sie weigerte sich, es in Worte zu fassen. Es war zu früh. Aber der Gedanke blieb, etwas, auf das sie hinarbeiten konnte, das sie lockte wie ein warmes Zimmer am Ende einer Winterreise.

»Emily?«

Sie sammelte sich. Sie hatten von der alten Frau gesprochen. »Vielleicht hat sie in ihrer Jugend irgend etwas Skandalöses getan«, sagte sie zögernd. »Oder möglicherweise ihr Mann. Vielleicht sollten wir mehr darüber in Erfahrung bringen, wie die Marches zu all dem Geld gekommen sind. Es könnte etwas sein, das jedem Gedanken an einen Adelstitel ein Ende bereitet. Vielleicht wußte George davon. Schließlich war es ihre...« Sie schluckte. »Ihre Medizin, mit der er vergiftet wurde.«

Scharf und kalt kehrte die Erinnerung an den Tod zurück, verbunden mit körperlichen Qualen, und Tränen brannten in ihren Augen. Sie merkte, daß sie sich so fest an seine Hand klammerte, daß sie ihm weh tun mußte, aber er zog sich nicht zurück. Statt dessen legte er seinen Arm um sie und hielt sie fest, berührte ihr Haar mit seinen Lippen, flüsterte Worte, die ohne Bedeutung waren, deren Güte sie jedoch mit einem solchen Wohlgefühl in sich aufnahm, daß es sie nicht schmerzte, zu weinen, sondern ihr eine Erleichterung von den Qualen war und die harten, furchtsamen Knoten in ihrem Inneren löste.

Sie merkte, daß sie sich die Aufklärung des Verbrechens in seinem Interesse beinah so sehr wünschte wie in ihrem eigenen. Sie sehnte sich nach der Gewißheit, er möge unbelastet, unschuldig sein.

Auch Charlotte war froh, allein zu sein und etwas Zeit in der Ankleidekammer zu verbringen, die ihr Schlafzimmer war. In Gedanken wiederholte sie alles, was sie herausgefunden hatte, von dem Zeitpunkt an, als sie von Georges Tod erfahren hatte bis zu Pitts Abschied am Morgen.

Es war halb vier, als sie nach unten ging, im Kopf die eine Idee, die sie nicht wahrhaben wollte. Der Gedanke war häßlich und traurig, und doch beantwortete er sämtliche Widersprüche.

Sie war im Salon, beinah an den Vorhängen, welche die Glastüren zum Wintergarten halb verdeckten, als sie die Stimmen hörte.

»Wie kannst du es wagen, so etwas vor allen anderen zu sagen!« Es war Eustace, laut und wütend. Sein breiter Rükken war den Türen zugewandt, und hinter ihm konnte sie das Sonnenlicht auf Williams flammend rotem Haar sehen. »Ich kann dir in deiner Trauer eine Menge verzeihen«, fuhr Eustace fort. »Aber diese Anspielung war widerlich! Du hast so gut wie gesagt, ich wäre des Mordes schuldig!«

»Du warst froh und glücklich, daß man Emily oder Jack beschuldigte«, erklärte William.

»Das ist etwas vollkommen anderes. Sie gehören nicht zu uns.«

»Um Himmels willen, was hat das damit zu tun?« rief William erbittert.

»Es hat alles damit zu tun!« Eustace wurde immer zorniger, und ein häßlicher Unterton lag in seiner Stimme, als warteten eine Menge düsterer und gänzlich unkultivierter Gedanken allzu nah unter der zerbrechlichen Oberfläche seiner

Umgangsformen. »Du hast in Gegenwart von Fremden die Familie verraten! Du hast angedeutet, es gäbe etwas Geheimnisvolles und Verwerfliches, von dem du wüßtest und die anderen nicht. Machst du dir denn gar keinen Begriff davon, was für eine aufdringliche und neugierige Frau dieses Pitt-Weib ist? Dieses dumme Ding mit ihren schmutzigen Gedanken wird nicht eher ruhen, bis sie etwas findet oder erfindet, das zu deinem wüsten Gerede paßt. Gott weiß, was für einen Skandal sie auslösen kann!«

William trat einen Schritt zurück. Sein Gesicht war von Haß und Gram verzerrt. »Sie muß allerdings sehr schmutzige Gedanken haben, um in die Tiefen deiner Seele vorzudringen, wenn das kein allzu großes Wort dafür ist. Vielleicht wäre *Unterleib* angemessener?«

»Es gibt nichts daran auszusetzen, wenn ein Mann Appetit hat«, sagte Eustace höhnisch. »Manchmal denke ich, wenn du mehr Appetit und weniger überspannte Ideen hättest, wärst du eher ein Mann! Du tänzelst mit dem Pinsel in der Hand um deine Klecksereien herum und träumst wie ein liebeskrankes Mädchen von Sonnenuntergängen! Wo ist deine Courage? Wo ist dein Schneid, deine Männlichkeit?«

William antwortete nicht. Jenseits von Eustace, der mit dem Rücken zu ihr stand, konnte Charlotte den fahlen, beinah totenähnlichen Ausdruck auf Williams Gesicht sehen, und sie fühlte den Schmerz in der Luft wie das Kondenswasser auf den Blättern der Lilien und Reben.

»Großer Gott!« rief Eustace mit unaussprechlichem Ekel. »Kein Wunder, daß Sybilla angefangen hat, mit George Ashworth zu flirten! Der hatte wenigstens außer seinen Beinen noch was in der Hose!«

William zuckte so angewidert zusammen, daß Charlotte einen Augenblick lang dachte, er wäre geschlagen worden. Sie war so empört, daß ihr ganz übel wurde. Ihre Hände waren klamm und schmerzten unter der Kraft ihrer geballten Fäuste. Dennoch stand sie noch immer wie angewurzelt, lauschte, ahnte Entsetzliches.

Williams Antwort kam leise, mit beißender Ironie.

»Und du erwartest von mir, daß ich Mrs. Pitt gegenüber

diskret bleibe? Vater, du hast keinen Sinn für das Lächerliche, geschweige denn das Groteske.«

»Ist es grotesk, ein bißchen Verantwortungsgefühl von dir zu erwarten?« rief Eustace. »Loyalität der Familie gegenüber? Das bist du uns schuldig, William.«

»Ich schulde dir nichts weiter als meine Existenz!« sagte William mit zusammengebissenen Zähnen. »Und das auch nur, weil du für deine eigene Eitelkeit einen Sohn brauchtest. Das hatte nichts mit mir zu tun. Du willst, daß dein Name weiterbesteht. Bis in alle Ewigkeit eine endlose Reihe von kleinen Eustace Marches. Das ist deine Vorstellung von Unsterblichkeit. Für dich sollte sie fleischlich sein! Kein Ideal, keine Schöpfung, sondern eine endlose Reproduktion von Körpern!«

»Ha!« sagte Eustace aufbrausend, mit herrlichem Spott. »Na, mit dir habe ich meine Chance wohl vertan, was? In zwölf Jahren Ehe konntest du bis jetzt kein Kind zeugen. Und jetzt ist es zu spät! Wenn du weniger mit Farben und mehr im Schlafzimmer herumgespielt hättest, wärst du vielleicht eher ein Mann geworden, und diese ganze verfluchte Tragödie wäre nicht geschehen. George und Sybilla wären am Leben, und wir hätten nicht die Polizei im Haus.«

Nichts rührte sich im Wintergarten. Selbst das Wasser schien nicht mehr zu tropfen.

Charlotte erkannte die traurige Wahrheit. Die Worte waren klar wie das harte, weiße Tageslicht des frühen Morgens, das jede Schwäche, jeden Makel und Kummer offenbarte. Ohne sich die Zeit zum Nachdenken zu nehmen oder die Konsequenzen abzuwägen, packte sie eine Porzellanvase vom nächstgelegenen Tischchen und zerschlug sie auf dem Parkett, so daß die Scherben laut über den weitläufigen Boden splitterten. Dann drehte sie sich um und durchquerte den Salon, rannte durch das Eßzimmer und auf den Korridor hinaus, wo der Telefonapparat installiert war.

Sie nahm ihn und ruckte hastig an der Gabel herum. Sie war nicht daran gewöhnt, den Apparat zu benutzen, und wußte nicht genau, wie er funktionierte. Sie lauschte, ob Eustaces Schritte ihr folgten.

Die Stimme einer Frau drang durch den Hörer an ihr Ohr.

»Ja!« sagte sie eilig. »Ich möchte das Polizeirevier, ich möchte mit Inspektor Pitt sprechen. Bitte!«

»Wollen Sie das örtliche Polizeirevier, Ma'am?« fragte die Stimme gelassen.

»Ja! Ja, bitte!«

»Bleiben Sie bitte in der Leitung.«

Es schien ewig zu klicken und zu summen, während sie die Tür zum Eßzimmer hinter sich spürte. Jedes winzige Knarren der Dielen nahm sie wahr, sogar das Flüstern, das von einer Tür stammen mochte oder auch das Geräusch weicher Schuhe auf dem Teppich sein konnte. Schließlich hörte sie eine männliche Stimme am anderen Ende der Leitung.

»Ja, Ma'am. Tut mir leid, Inspektor Pitt ist nicht hier. Soll ich ihm eine Nachricht übermitteln, wenn er kommt? Oder kann Ihnen sonst jemand helfen?«

Der Gedanke, daß er vielleicht nicht da sein konnte, war ihr gar nicht gekommen. Sie fühlte sich hilflos, abgeschnitten.

»Sind Sie noch da, Miß?« Die Stimme klang besorgt.

»Wo ist er?« Sie begann in Panik zu verfallen. Es war dumm von ihr, und dennoch schien sie sich nicht selbst helfen zu können.

»Das kann ich Ihnen nicht genau sagen, Miß, aber er ist vor etwa zehn Minuten in einer Droschke abgefahren. Kann ich Ihnen helfen?«

»Nein.« Sie war so sicher gewesen, daß sie ihn erreichen würde, daß der Gedanke, jetzt allein damit fertig werden zu müssen, um so bedrückender war. »Nein, danke.« Und mit steifen, zitternden Fingern hängte sie das Gerät wieder an seinen Haken.

Sie hatte ohnehin keinen Beweis, nur ihre eigene Gewißheit. Aber jetzt, da sie Bescheid wußte, würden sich Möglichkeiten finden. Der Leichenbeschauer... Deshalb war Sybilla zu Clarabelle Mapes gegangen. Nicht, um ein Baby loszuwerden, sondern um eines zu kaufen, das William ihr nicht schenken konnte, um das Bohren, die bösen Zungen der Familie, die gönnerhafte Art und den Anspruch auf Befriedigung der rücksichtslosen, unersättlichen, dynastischen Eitelkeit zu befriedigen.

Charlotte wurde übel, aus Trauer um Sybilla, ihre Verlassenheit, ihre Not, dieses hoffnungslose Gefühl der Ablehnung. Kein Wunder, daß sie Affären hatte, daß sie sich zu George hingezogen fühlte. War dies der Grund, warum George sterben mußte? Nicht, weil er sie geliebt oder ihre Zuneigung gewonnen hatte, sondern weil sie dem großzügigen, indiskreten George gegenüber in einem unüberlegten Augenblick, aus einer Notwendigkeit sich zu rechtfertigen heraus, jenes Geheimnis verraten hatte, das zu quälend war, als daß man auch nur einen Gedanken daran verwenden durfte, geschweige denn, es vor anderen laut zu äußern, damit sie ihn bemitleideten, damit sie obszöne und erniedrigende Witze darüber machten? Immer würde es Sticheleien und höhnische Bemerkungen geben. Die schamlose Männlichkeit wäre dem Gelächter preisgegeben. Für Männer wie Eustace war die Zeugungskraft mehr als ein physischer Akt. Sie war Beweis seiner Existenz, seiner Potenz und seines Wertes in allen Zusammenhängen des Lebens.

Und William hatte Sybilla geliebt. Charlotte wußte es nicht nur aus den Worten seiner Briefe in dem Kosmetikkoffer. Er hatte sie mit einer weit wertvolleren Liebe verehrt als Eustaces enge, physische Gedankenwelt erfassen konnte. Aber in diesem einen Moment der Schwäche hatte sie Williams Glauben an sich selbst herausgefordert, den Respekt, den jeder Mann zum Überleben braucht. Nicht innerlich, denn er hatte gelernt, es zu ertragen, aber vor der Gesellschaft, und was das Schlimmste war, vor seiner Familie. Eustace war der Wahrheit schon so nah gekommen, grausam und bohrend, eingedrungen, als wollte er die Seele seines Sohnes vergewaltigen. Was würde er tun, wenn er es wirklich wußte? Sich auf ewig einmischen, bis keine Würde mehr übrig war, nichts mehr, das von seinen ständigen Bemerkungen unberührt blieb, von diesen lüsternen, spöttischen Augen, diesem Bewußtsein der Überlegenheit.

Und so war auch Sybilla gestorben, erdrosselt mit ihrem

eigenen, schönen Haar, bevor sie ihn ein weiteres Mal betrügen konnte, womöglich mit Jack.

Das gekaufte Kind hätte William vermutlich akzeptiert, sogar verstanden, möglicherweise leichter, als man es von einem anderen Mann erwarten würde. Aber niemals hätte er die Schande akzeptiert.

Charlotte stand noch im Korridor und fragte sich, was sie tun sollte. Sowohl Eustace als auch William mußten sie gesehen haben. Sie hatte die Vase gerade deshalb zerschlagen, damit sie wissen sollten, daß sie da war, und damit sie mit diesen entsetzlichen Kränkungen aufhörten. Wußten sie, wieviel sie gehört hatte? Oder waren sie so sehr damit beschäftigt, einander zu verletzen, daß sie die kurze Unterbrechung für nebensächlich hielten und Charlotte vergessen hatten, sobald sie gegangen war?

Ohne zu wissen, ob sie noch etwas anderes beabsichtigt hatte als Eustace zum Schweigen zu bringen, lief sie abermals ins Eßzimmer, am leuchtenden, sonnenbeschienenen Tisch vorüber, durch die Doppeltüren in den Salon, in dem das helle Grün und blasse Satin im Licht erstrahlte, dann zurück zum Eingang des Wintergartens. Alles war still, keine Spur von Eustace oder William. Die Glastüren standen weit offen, und der Geruch von feuchter Erde drang in den Salon.

Eilig trat sie ein und stand auf dem kleinen Weg zwischen den Weinreben. Sie hätte nicht hierher kommen müssen. Es gab nichts weiter für sie zu tun als zu warten, bis sie Pitt finden und es ihm erzählen konnte. Ginge es nicht um Emily und die Angst, die auf ewig drohend über ihr schweben würde, wäre sie versucht gewesen, nichts von alledem zu erzählen. Sie verspürte keineswegs den Wunsch, ein Werkzeug der Gerechtigkeit zu sein, kein Gefühl der Befriedigung oder befreiten Zornes wollte sich einstellen.

Der Kamelienbusch war voll makelloser Blüten, perfekten Rosetten. Sie mochte ihn nicht. Das indische Blumenrohr war ihr lieber, unregelmäßig, asymmetrisch. Das Kondenswasser tropfte laut in den Teich. Jemand hätte die Fenster öffnen sollen, auch wenn es ein trüber Tag war.

Sie kam zu der Stelle, die man am hinteren Ende freigeräumt hatte, wo William sein Atelier hatte, und blieb abrupt stehen. Sie wollte weinen, aber sie war zu müde, und in ihrem Inneren wurde ihr eisig kalt.

Zwei Staffeleien waren aufgebaut. Auf einer stand das fertige Bild des Frühlingsgartens voll feinsinniger Schönheit, voller Träume und unerwarteter Grausamkeit. Das andere war ein Portrait von Sybilla, realistisch, ohne Schmeichelei und doch angefüllt von einem Zartgefühl, das eine Schönheit offenlegte, die zu Lebzeiten nur wenige an ihr so deutlich wahrgenommen hatten.

Am Boden davor lag William, seltsam zusammengekrümmt. Das Palettenmesser war ihm aus der Hand geglitten, die Klinge blutrot, nur wenige Zentimeter neben der Wunde an seinem Hals. Mit dem anatomischen Wissen eines Malers hatte er sich mit einer kurzen Bewegung die Halsschlagader aufgeschnitten. Er hatte die Bedeutung der zerschlagenen Vase verstanden und sich die letzte gräßliche Konfrontation erspart.

Sie stand da und starrte ihn an, wollte sich bücken und ihn ausstrecken, als machte es jetzt noch einen Unterschied, aber sie wußte, daß sie nichts anrühren durfte. Sie blieb, schwieg, hörte, wie Wasser auf die Blätter tropfte, dann das Geräusch einer herabfallenden Blüte, deren Blätter welk waren.

Schließlich drehte sie sich um, schritt langsam unter den Reben hindurch, passierte die Glastüren und sah Eustace aus dem Eßzimmer kommen. Mit erschreckender Deutlichkeit zeichnete sich die Entwicklung dieser Tragödie vor ihren Augen ab. Die Jahre der Forderungen, der Erwartungen, der subtilen Grausamkeiten. Ihre Wut explodierte.

»William ist tot«, sagte sie schroff. »Es tut mir leid. Es tut mir wirklich leid. Ich mochte ihn, wahrscheinlich weit mehr als Sie ihn je gemocht haben.« Sie sah sein erschrockenes Gesicht, den offenen Mund und die bleiche Haut ohne jede Milde. »Er hat sich umgebracht«, fuhr sie fort. »Er hatte nichts mehr zu erwarten, nur noch seine Verhaftung und den Galgen.« Sie merkte, wie ihre Stimme erstickte, als sie es sagte. All ihre überschäumenden Gefühle ergossen sich über Eustace.

»Ich, ich weiß nicht, was Sie meinen?« sagte er hilflos. »Tot? Warum? Was ist passiert?« Er kam näher, begann ein wenig zu haspeln. »Stehen Sie nicht so da, tun Sie was! Helfen Sie ihm! Er kann doch nicht tot sein!«

Sie versperrte ihm den Weg. »Er ist es«, wiederholte sie. »Verstehen Sie immer noch nicht, Sie dummer, blinder Mann?« Sie spürte, wie sich ihr die Kehle zuschnürte. Sie wollte, daß er wußte, wie er seinen Sohn zum Krüppel gemacht hatte, daß er es in sich aufnahm und eins damit wurde.

Er starrte sie an, als hätte sie ihn geschlagen. »Sich umgebracht!« wiederholte er verständnislos. »Sie sind hysterisch. Das kann nicht sein!«

»Das kann es sehr wohl. Wissen Sie nicht, warum?« Sie bebte.

»Ich! Wie sollte ich das wissen?« Sein Gesicht war aschfahl. In seinen Augen begann sich ein erster Schmerz der Gewißheit zu zeigen.

»Weil Sie es waren, der ihn dazu getrieben hat.« Sie sprach jetzt leiser, als wäre er ein starrköpfiges Kind. »Indem Sie versucht haben, aus ihm etwas zu machen, was er nicht war, nicht sein konnte, und alles ignoriert haben, was er war. Sie mit Ihrer Familienbesessenheit, Ihrem Hochmut, Ihrer Schamlosigkeit. Ihrer...« Sie hielt inne, wollte William nicht seiner Verachtung preisgeben, nicht einmal jetzt.

Er war verwundert. »Ich verstehe nicht...«

Sie schloß die Augen, fühlte sich hilflos.

»Nein. Nein, ich nehme an, daß Sie es nicht verstehen. Aber eines Tages vielleicht.«

Er setzte sich auf den nächsten greifbaren Stuhl, zusammengekauert, als hätten seine Beine unter ihm nachgegeben, blickte noch immer zu ihr auf.

»William?« wiederholte er ganz leise. »William hat George ermordet? Und Sybilla... Er hat Sybilla ermordet?«

Jetzt brannten ihr die Tränen in den Augen. Sie sah Vespasia in der Tür zum Eßzimmer stehen, weiß wie die Wand in ihrem Rücken, und hinter ihr, liebenswert und unordentlich, wartete Pitt.

Sie faßte ihren Entschluß. »Er glaubte, sie hatte eine Affäre«, sagte sie langsam an alle gewandt. Die Worte fielen ihr schwer. Die Lüge kam ihr kaum über die Lippen. »Er hatte sich getäuscht – aber da war es schon zu spät.«

Eustace starrte die Umstehenden an, begann langsam zu begreifen, ahnte, was sie vorhatte, und sogar warum. Es war eine Welt, die er sich nicht hatte vorstellen können, und er fürchtete sich vor seiner eigenen Grobheit.

In der Tür legte Pitt seinen Arm um Vespasia, stützte sie, blickte jedoch über seine Schulter zu Charlotte. Er lächelte, und seine Miene zeigte Mitgefühl.

»Das stimmt«, sagte er bedachtsam. »Für uns gibt es jetzt nichts mehr zu tun.«

»Danke«, flüsterte Charlotte. »Ich danke dir, Thomas.«

Die Frau in Kirschrot

Für Tante Ina,
die die Großtante Vespasia
zum Leben erweckt hat

1

»Hier ist das Polizeirevier, Sir«, sagte der Kutscher laut, noch ehe die Pferde anhielten. Seine Stimme klang belegt vor Widerwillen, denn er konnte Polizeiwachen nicht ausstehen. Daß diese hier im aristokratisch-eleganten Stadtgebiet von Mayfair lag, machte keinen Unterschied.

Pitt stieg aus, bezahlte den Mann, ging ein paar Steinstufen hinauf und durch die Tür.

»Ja, Sir?« fragte ihn der Wachtmeister hinter dem Schreibtisch uninteressiert.

»Ich bin Kommissar Pitt aus der Bow Street«, erklärte Thomas Pitt knapp. »Ich möchte mit Ihrem diensthabenden Vorgesetzten reden.«

Der Wachtmeister holte tief Luft und betrachtete Pitt kritisch, denn er entsprach nicht dem Bild, das sich der Wachtmeister von einem Polizeiinspektor machte — dafür war seine Kleidung zu lässig. Eigentlich wirkte sie sogar ungepflegt und schlampig mit den ausgebeulten Taschen voller Kram. Der Mann blamierte die Polizei. Er sah aus, als sei ihm eher eine Gartenschere als die eines Friseurs zu Leibe gerückt. Doch der Wachtmeister kannte Pitts Namen und sprach nun mit einigem Respekt.

»Ja, Sir. Das ist Kommissar Mowbray. Ich werde ihn informieren. Kann ich ihm sagen, worum es geht, Sir?«

Pitt lächelte kühl. »Nein, leider nicht. Es handelt sich um eine vertrauliche Angelegenheit.«

»In Ordnung, Sir.« Der Wachtmeister erhob sich

gleichmütig und ging hinaus. Nach wenigen Minuten kehrte er zurück. »Bitte die zweite Tür links. Dort erwartet Sie Kommissar Mowbray.«

Mowbray war ein sehr dunkler Typ mit beginnender Glatze und einem intelligenten Gesicht. Er blickte Pitt ausgesprochen neugierig entgegen.

Thomas Pitt stellte sich vor und streckte die Hand aus.

»Ich habe von Ihnen gehört.« Mowbray ergriff die dargebotene Hand mit festem Druck. »Was kann ich für Sie tun?«

»Ich brauche die Unterlagen über einen Raub in Hanover Close vor drei Jahren — am siebzehnten Oktober 1884, um genau zu sein.«

Mowbrays Züge drückten bekümmertes Erstaunen aus. »Das war eine böse Sache. In dieser Gegend kommt es nicht oft vor, daß bei einem Einbruch ein Mord passiert. Abscheulich, wirklich abscheulich. Es kam nie etwas heraus.« Seine Augenbrauen hoben sich hoffnungsvoll. »Haben Sie eine Spur gefunden? Einen der gestohlenen Gegenstände?«

»Nein, gar nichts. Es tut mir leid«, sagte Pitt bedauernd. Er fühlte sich schuldig, weil er dem Mann seinen Fall wegnahm, und es ärgerte ihn, daß er die Gründe dieser späten und vermutlich überflüssigen Nachforschungen verschleiern mußte.

Pitt haßte die Art, wie er mit diesem Fall betraut worden war, der eigentlich Mowbrays Sache gewesen wäre. Doch weil es um den Ruf einer Frau ging, die einer einflußreichen Familie angehörte, und vor allem weil eventuell Landesverrat im Spiel war, hatte das Außenministerium seinen Einfluß geltend gemacht und Ballarat eingeschaltet, dem es die nötige Diskretion zutraute. Polizeichef Ballarat war ein Mann, der außerordentlich gut beurteilen konnte, was seine Vorgesetzten erwarteten, und dessen Ehrgeiz darin bestand, so hoch aufzusteigen, daß er gesellschaftliche Anerkennung finden würde. Er erkannte nicht, daß diejenigen, die er am meisten beeindrucken wollte, immer imstande waren, die Herkunft eines Mannes zu beurteilen, allein schon durch sein Auftreten und die Art, sich auszudrücken.

Pitt war der Sohn eines Wildhüters und auf einem weitläufigen Landsitz groß geworden. Er hatte die gleiche Erziehung genossen wie der Sohn des Hauses und sich ein Benehmen angeeignet, das vom Adel akzeptiert wurde. Zudem hatte er weit über seinem Stand geheiratet und Zutritt zur gesellschaftlichen Oberschicht gefunden, die den meisten gewöhnlichen Polizisten verschlossen war. Ballarat mochte Pitt nicht; er hielt ihn für anmaßend, doch er mußte zugeben, daß der Kommissar zweifellos der beste Mann für diese Ermittlungen war.

Mowbray sah Pitt leicht enttäuscht an, doch der Ausdruck verschwand gleich wieder. »Oh ... Sie sprechen wohl am besten zuerst mit dem Polizisten Lowther; er fand die Leiche. Und natürlich können Sie die Berichte lesen, die wir damals geschrieben haben. Aber es ist nicht viel.« Er schüttelte den Kopf. »Wir haben uns sehr bemüht, aber es gab keine Zeugen, und von den gestohlenen Gegenständen tauchte nie einer auf. Wir dachten an die Möglichkeit eines hausinternen Verbrechens, doch die Befragung des gesamten Personals brachte nichts zutage.«

»Mir wird es wohl nicht besser ergehen«, meinte Pitt, und es klang wie eine indirekte Entschuldigung.

»Möchten Sie eine Tasse Tee, während ich Lowther rufen lasse?« fragte Mowbray. »Es ist ein scheußlicher Tag. Es würde mich nicht wundern, wenn es vor Weihnachten noch Schnee gäbe.«

Pitt nickte. »Danke, ich trinke gern einen Tee.«

Zehn Minuten später saß Pitt in einem anderen kleinen kalten Raum mit einer Gaslampe, die an der Wand über einem zerkratzten Holztisch zischelte. Ein dünner Stapel Papiere lag auf der Tischplatte, und Pitt gegenüber stand ein linkischer befangener Polizist, dessen Uniformknöpfe glänzten.

Pitt forderte ihn auf, sich zu setzen und zu entspannen.

»Ja, Sir«, erwiderte Lowther nervös. »An diesen Mord in Hanover Close kann ich mich gut erinnern. Was wollen Sie wissen?«

»Alles.« Pitt ergriff die Teekanne und füllte einen weißen Emailbecher, ohne zu fragen. Er reichte ihn Lowther, der ihn überrascht entgegennahm. »Danke, Sir.« Der Mann schluckte dankbar das heiße Getränk, dann begann er mit leiser Stimme. »Es war fünf Minuten nach drei Uhr morgens am siebzehnten Oktober vor etwas mehr als drei Jahren. Ich hatte damals Nachtdienst und kam an Hanover Close vorbei...«

»Wie oft?« unterbrach Pitt.

»Alle zwanzig Minuten, Sir. Regelmäßig.«

Pitt lächelte leicht. »Ich weiß, das ist die Vorschrift. Sind Sie sicher, daß Sie in jener Nacht nicht irgendwo aufgehalten worden sind?« Er gab Lowther bewußt die Chance, sich, falls nötig, herausreden zu können, ohne die Wahrheit zu vertuschen. »Gab es anderswo keine Probleme?«

»Nein, Sir.« Lowther sah ihn mit völlig arglosen

blauen Augen an. »Manchmal werde ich aufgehalten, aber nicht in jener Nacht. Ich war fast auf die Minute pünktlich. Deshalb bemerkte ich auch gleich das zerbrochene Fenster in Nummer zwei, das zwanzig Minuten vorher noch ganz gewesen war. Seltsamerweise war es ein Fenster an der Vorderfront. Diebe bevorzugen gewöhnlich die Rückfront. Sie haben meist einen besonders mageren Burschen dabei, der sich durch die Gitterstäbe zwängt und von innen öffnet.«

Pitt nickte.

»Ich ging zur Tür von Nummer zwei und klopfte«, fuhr Lowther fort. »Ich mußte einen Höllenlärm veranstalten, ehe jemand herunterkam. Nach ungefähr fünf Minuten machte ein Diener die Tür auf. Er trug einen Mantel über dem Nachthemd und war total verschlafen. Ich erzählte ihm von dem zerbrochenen Fenster, und er war sehr erschrocken. Sofort führte er mich in das Zimmer an der Vorderseite — es war die Bibliothek.« Der Polizist atmete schwer, doch sein Blick heftete sich ruhig auf Pitts Gesicht. »Ich bemerkte gleich, daß etwas Schlimmes passiert war. Zwei schwere Stühle waren umgekippt, Bücher lagen verstreut auf dem Boden, das Wasser einer Karaffe hatte sich über den Tisch ergossen, und die Scherben der Fensterscheibe glitzerten im Licht.«

»Welches Licht?« fragte Pitt.

»Der Diener hatte die Gaslampen angedreht«, erklärte Lowther. »Er stand unter Schock, das könnte ich beschwören.«

»Was geschah dann?«

»Ich ging tiefer in den Raum hinein.« Die Züge des Polizisten verdüsterten sich bei der Erinnerung an das Geschehene. »Ich sah einen Mann auf dem Boden liegen, Sir, das Gesicht halb verdeckt, die Beine ein wenig angezogen, als sei er von hinten überrascht worden. Sein Kopf war blutverschmiert ...« Lowther berührte seine eigene rechte Schläfe am Haaransatz. »Dicht daneben lag ein großes Bronzepferd auf dem Teppich. Der Mann trug einen Morgenmantel über dem seidenen Nachthemd und Pantoffeln an den Füßen.

Ich trat zu ihm, um zu sehen, ob ich etwas für ihn tun könnte, doch im Grunde hielt ich ihn von Anfang an für tot. Der Diener, der wohl keine zwanzig Jahre alt war, ließ sich leichenblaß auf einen Sessel fallen. »Oh Gott«, stöhnte er. »Es ist Mister Robert! Arme Mrs. York!«

»Und der Mann war tot?« fragte Pitt.

»Ja, aber er war noch warm.«

»Was haben Sie dann gemacht?«

»Nun, zweifellos handelte es sich um Mord. Jemand mußte eingebrochen sein, denn die Glasscherben lagen alle im Zimmer, und der Fensterriegel war noch geschlossen. Der Einbrecher hatte sich nicht mit einer Verklebung aufgehalten ...«

Pitt wußte, was Lowther meinte. Viele Einbruchsexperten benutzten den Trick, Papier über die Scheiben zu kleben, um die Scherben festzuhalten, während sie ein kreisrundes Loch in das Glas schneiden, durch das sie mit der Hand greifen und den Riegel öffnen können. Ein Profi verrichtete diese lautlose Tätigkeit in fünfzehn Sekunden.

»Ich fragte den Diener, ob ein Telefon im Haus sei«, fuhr Lowther fort. »Er bejahte, und ich rief das Revier an, um das Verbrechen zu melden. Dann kam der Butler herunter. Er identifizierte den Toten formell als Mr. Robert York, Sohn des Honorablen Piers York, des

Hausherrn. Dieser war verreist, deshalb konnten wir nur die Mutter des Opfers, die ältere Mrs. York, informieren. Sie war sehr gefaßt und bewahrte ihre Würde.« Er seufzte bewundernd. »Daran erkennt man wahre Klasse. Die Dame war totenbleich und wirkte wie leblos, aber sie weinte nicht in unserer Gegenwart und stützte sich nur leicht auf ihre Zofe.«

Pitt kannte viele großartige Frauen, deren Erziehung sie gelehrt hatte, körperlichen Schmerz, Einsamkeit und schwere Verluste zu ertragen, ohne ihr Leid in der Öffentlichkeit zu zeigen. Sie vergossen ihre Tränen nur, wenn sie allein waren. Diese Frauen hatten ihre Ehemänner und Söhne in den Kampf geschickt, auf die Schlachtfelder von Waterloo und Balaklava, oder in den Hindukusch und zur Quelle des Blauen Nils, um sich dort niederzulassen und das Imperium zu verwalten. Viele der edlen Damen waren selbst in unbekannte Länder gereist, hatten schreckliche Entbehrungen auf sich genommen und vertraute Lebensumstände hinter sich gelassen. Pitt hielt Mrs. York für solch eine Frau.

Lowther sprach ruhig weiter, während er sich an die düstere und traurige Situation erinnerte. »Ich mußte nachfragen, ob etwas fehlte, und die Dame des Hauses prüfte langsam alle Gegenstände. Sie sagte, sie vermisse zwei silbergerahmte Miniaturporträts aus dem Jahr 1773, einen Kristallbriefbeschwerer mit Schnörkel- und Blumenverzierung, eine kleine Silberkanne und die Erstausgabe eines Buches von Jonathan Swift.«

»Wo wurde das Buch aufbewahrt?«

»Auf dem Bord zwischen den anderen Büchern, Mr. Pitt — und das bedeutet, daß der Dieb davon wußte. Mrs. York erklärte, der Einband habe sich nicht von den übrigen unterschieden.«

»Ah.« Thomas Pitt atmete langsam aus. Er wechselte das Thema. »War der Tote verheiratet?«

»O ja. Aber ich wollte seine arme Frau nicht wecken. Ich dachte, es sei besser, wenn ihre Familie ihr das Furchtbare mitteilen würde.«

Pitt konnte ihm das nicht übelnehmen. Die Angehörigen des Opfers zu informieren war eine der schwersten Aufgaben in einem Mordfall. Noch schwerer war es nur, die Gesichter derjenigen zu sehen, die den Täter liebten und begreifen mußten, wozu er fähig war.

»Gab es brauchbare Spuren?« fragte der Kommissar laut.

Lowther schüttelte den Kopf. »Nein, Sir, keine Fußabdrücke, keine Haare, nichts. Am nächsten Tag fragten wir alle Bediensteten im Haus, aber sie hatten nichts gehört. Allerdings schlafen sie oben unter dem Dach.«

»Haben Sie draußen etwas gefunden?«

Lowther schüttelte erneut den Kopf. »Nichts, Sir. Der Boden war steinhart gefroren. Nicht einmal ich habe Fußabdrücke hinterlassen, und ich wiege nicht wenig.«

»Irgendwelche Zeugen?«

»Nein, Mr. Pitt. Es hat sich niemand gemeldet. Wissen Sie, Hanover Close ist eine Sackgasse. Einer, der nicht da wohnt, hat überhaupt keinen Grund, dort herumzulaufen, vor allem nicht mitten in einer Winternacht. Und es ist auch keine Gegend für eine Hure.«

Pitt hatte kaum etwas anderes erwartet. Nun erkundigte er sich nach der letzten Möglichkeit. »Was ist mit den gestohlenen Gegenständen?«

Lowther schnitt eine Grimasse. »Nichts. Dabei haben wir uns sehr bemüht, weil es sich um Mord handelte.«

»Keine weiteren Informationen?«

»Nein, Mr. Pitt. Mr. Mowbray sprach mit der Familie. Vielleicht kann er Ihnen mehr sagen.«

»Ich werde ihn fragen. Vielen Dank.«

Lowther machte ein erstauntes Gesicht. »Ich danke Ihnen.«

Thomas Pitt fand Mowbray in seinem Büro.

»Haben Sie erfahren, was Sie wissen wollten? Lowther ist ein guter Polizist, sehr zuverlässig«, meinte der Inspektor.

Pitt setzte sich in die Nähe des Ofens und verfolgte weiter sein Thema. »Sie gingen nach der Mordnacht in das Haus?«

Mowbray runzelte die Stirn. »Ja. Ich hasse diese Aufgabe, mit den Leuten reden zu müssen, bevor sie ihren Schock überwunden haben. York selbst war nicht da, nur seine Frau und die Schwiegertochter, die Witwe des Toten ...«

»Erzählen Sie mir von ihnen«, unterbrach Pitt. »Nicht nur die Tatsachen, auch Ihre persönlichen Eindrücke.«

Mowbray atmete tief durch und seufzte. »Die ältere Mrs. York war eine beachtenswerte Frau. Ich denke, sie muß früher einmal eine Schönheit gewesen sein, immer noch gutaussehend, sehr ...«

Pitt wartete, er wollte Mowbrays eigene Worte hören.

»Sehr weiblich.« Der Inspektor war mit seiner Beschreibung nicht zufrieden. Er blinzelte. »Sanft wie ... wie eine Blume im botanischen Garten. Wie eine Kamelie, blasse Farben, perfekte Form. Nicht so wild und unordentlich wie Feldblumen oder späte Rosen, die auseinanderfallen.«

Pitt mochte späte Rosen: Sie waren herrlich, üppig,

doch das war eine Frage des Geschmacks. Mowbray fand sie vielleicht ein wenig vulgär.

»Und die Witwe?« fragte Thomas Pitt mit gleichmütiger Stimme. Er wollte kein besonderes Interesse bekunden.

Doch Mowbray war scharfsinnig. Er lächelte leicht. »Sie war totenblaß und sprach kaum ein Wort, so, als sei sie halb betäubt. Sie blickte uns nicht an, wie Lügner sich verhalten. Ich glaube, es war ihr egal, was wir von ihr dachten.«

Nun lächelte auch Pitt. »Also keine Kamelie?«

Ein Hauch freudlosen Humors zeigte sich in Mowbrays Augen. »Eine ganz andere Art Frau, viel... viel empfindsamer und verletzlicher. Vielleicht auch, weil sie jünger war. Aber ich hatte das Gefühl, daß sie nicht die innere Stärke ihrer Schwiegermutter besaß. Doch trotz des Schocks war sie eine der schönsten Frauen, die ich je gesehen habe, groß und sehr schlank, wie eine Frühlingsblume, jedoch dunkel. Zerbrechlich, könnte man sagen, mit einem jener Gesichter, die man nicht vergißt, weil sie sich von den meisten anderen unterscheiden. Hohe Wangenknochen, zarter Körperbau.« Er schüttelte den Kopf ein wenig. »Ein Gesicht voller Gefühl.«

Pitt saß einen Moment still da und versuchte sich die Frau vorzustellen. Was fürchtete das Außenministerium wirklich – Mord, Landesverrat oder nur einen Skandal? Was war der wahre Grund dafür, daß Ballarat diesen Fall nun wieder aufrollen mußte? War es nur, um sicherzugehen, daß sich später nichts Schmutziges herausstellte, das einen Botschafter ruinieren konnte? Selbst bei diesem kurzen Gespräch hatte Pitt Achtung vor Mowbray gewonnen. Er war ein guter, professioneller Polizist. Wenn er glaubte, Veronica York sei durch den Schock betäubt gewesen, dann hätte Pitt vermutlich auch nichts anderes gedacht.

»Was sagte die Familie aus?«

»Die beiden Damen waren mit Freunden beim Essen gewesen. Sie waren ungefähr um elf Uhr nachts heimgekommen und gleich zu Bett gegangen«, erwiderte Mowbray. »Die Dienerschaft bestätigte das. Robert York war geschäftlich unterwegs gewesen. Er arbeitete im Außenministerium und hatte oft abends zu tun. Er kam häufig nach den Damen heim; sie wußten nicht, wann. Auch das Personal wußte es nicht. York hatte selbst bestimmt, daß niemand aufbleiben sollte.

Offenbar war er noch wach, als der Einbrecher erschien. Er muß die Treppe heruntergekommen sein, den Dieb in der Bibliothek überrascht haben und dann getötet worden sein.« Mowbray hielt inne. »Ich weiß nicht, warum. Ich meine, warum versteckte sich der Einbrecher nicht, oder, noch besser, warum verschwand er nicht wieder durch das Fenster? Der Totschlag war völlig überflüssig.«

»Was haben Sie schließlich gefolgert?«

Mowbray hob die Augenbrauen. »Ein ungelöster Fall.« Er zögerte ein paar Sekunden, als wolle er noch etwas hinzufügen.

Pitt nickte. »Ein seltsamer Fall. Der Täter weiß genau, daß Lowther alle zwanzig Minuten vorbeikommt, trotzdem benützt er statt der Rückseite des Hauses ein Fenster an der Vorderfront, das er nicht einmal beklebt, um den Lärm zu vermeiden. Er kennt die Erstausgabe von Swift, die nicht auffällig war, und greift den Hausherrn so brutal an, daß dieser stirbt.«

»Und er verkauft nichts von seiner Beute«, fügte

Mowbray hinzu. »Sehr eigenartig. Ich überlegte schon, ob York den Eindringling persönlich kannte – irgendeinen Gentleman, der seine Freunde beraubte. Ich habe mich sehr diskret in dieser Richtung erkundigt und auch die Bekannten der jungen Mrs. York ein wenig unter die Lupe genommen. Da hat man mir von oben bedeutet, mich zurückzuhalten und den Kummer der Betroffenen nicht noch zu vermehren. Man hat mich nicht direkt aufgefordert, den Fall als ungelöst abzulegen – nicht so plump. Doch ich habe es begriffen, man muß mir nicht mit dem Zaunpfahl winken.«

So hatte Pitt es sich vorgestellt – er selbst hatte schon Ähnliches erlebt. Es bedeutete nicht unbedingt, daß die Drahtzieher schuldig waren, nur, daß sie der feinen Gesellschaft, dem Geld und der grenzenlosen Macht, die damit verbunden war, ihre Hochachtung erwiesen.

»Ich denke, ich sollte jetzt weitere Nachforschungen anstellen.« Pitt erhob sich zögernd. Draußen regnete es. Er sah, wie die Nässe in Streifen über das Fenster rann und die Schatten der Dächer und Giebel verzerrte. »Danke für Ihre Hilfe und für den Tee.«

»Ich beneide Sie nicht«, meinte Mowbray aufrichtig.

Pitt lächelte liebenswürdig. Er mochte den Mann, und es war ihm zuwider, dessen Schritte zurückzuverfolgen, als sei der Inspektor irgendwie unzulänglich. Verdammter Ballarat, verdammtes Außenministerium!

Auf der Straße stellte Pitt den Mantelkragen hoch, zog den Schal dichter um den Hals und senkte den Kopf gegen den Regen. Nach einer Weile rann ihm das Wasser über die Stirn. Er dachte darüber nach, was er gerade erfahren hatte. Was bezweckte das Außenministerium? Suchten sie die dezente Lösung eines Falles, der einen der ihrigen betraf? Robert Yorks Witwe war, wenn auch nicht formell, mit einem Julian Danver verlobt. Falls Danver einen Botschafterposten oder sogar Höheres anstrebte, durfte keinem Mitglied seiner Familie ein Makel anhaften, vor allem nicht seiner Frau. Oder hatte man bezüglich Robert Yorks Ermordung etwas Neues entdeckt, das auf Hochverrat hinwies und das Pitt enträtseln sollte? Ihm würde dann die Verantwortung zugeschoben werden für die Tragödie und den Skandal, die unweigerlich folgen und Karrieren zerstören würden.

Es war eine häßliche Aufgabe, und alles, was Mowbray berichtet hatte, machte die Sache noch häßlicher. Wer war die zweite Person in der Bibliothek gewesen, und was hatte sie dort gewollt?

Pitt wanderte vom Piccadilly durch die St. James und quer über die Mall, dann die Horse Guards' Parade hinunter, vorbei an den kahlen Bäumen und dem windgepeitschten Gras des Parks, anschließend die Downing Street hinauf zur Whitehall und zum Außenministerium.

Er brauchte eine Viertelstunde, bis er schließlich zu der Abteilung vordrang, in der Robert York gearbeitet hatte. Dort begrüßte ihn ein distinguierter Herr in den späten Dreißigern mit schwarzem Haar und ebenso dunklen Augen, die sich jedoch bei Licht überraschend als leuchtend grau erwiesen. Er stellte sich als Felix Asherson vor und bot jede Hilfe an, die in seiner Macht stand.

»Danke, Sir. Wir haben uns den tragischen Tod von Mr. Robert York vor drei Jahren jetzt noch einmal vorgenommen.«

Asherson Gesicht drückte sofort Betroffenheit aus, wie man es bei den tadellosen Sitten, die im Außenministerium herrschten, erwarten konnte. »Haben Sie jemand festgenommen?«

Pitt ging das Thema indirekt an. »Nein, leider nicht, aber damals wurden einige Gegenstände gestohlen, und es erscheint möglich, daß der Dieb kein gewöhnlicher Einbrecher, sondern eine gebildete Person war, die etwas Bestimmtes suchte.«

Asherson wartete geduldig. »Tatsächlich? Haben Sie das damals nicht vermutet?«

»Doch, Sir. Aber von höherer Stelle ...« Er hoffte, Ashersons diplomatische Schulung in Diskretion würde ihn davon abhalten, nach Namen zu fragen, »wurde mir aufgetragen, den Fall noch einmal zu durchleuchten.«

»Oh.« Ashersons Züge verschlossen sich kaum merkbar. »Wie können wir Ihnen helfen?«

Es war interessant, wie er den Plural benützte und sich dadurch zum Vertreter des Ministeriums machte, der sich nicht persönlich einmischte.

Pitt wählte seine Worte sorgfältig. »Nachdem der Täter die Bibliothek bevorzugte und nicht das Speisezimmer, in dem das Silber aufbewahrt wurde, liegt nahe, daß er vielleicht Dokumente suchte, vielleicht etwas, an dem Mr. York zu der Zeit arbeitete.«

Asherson blieb unverbindlich. »Tatsächlich?«

Pitt wartete.

Asherson atmete tief durch. »Das ist schon möglich, ich meine, er mag gehofft haben, etwas zu finden. Ist das jetzt noch wichtig? Das Geschehen liegt immerhin drei Jahre zurück.«

»Einen Mordfall geben wir niemals völlig auf«, erklärte Pitt höflich. Und doch hatten sie diesen nach sechs fruchtlosen Monaten begraben.

»Nein, nein, natürlich nicht«, meinte Asherson. »Wie kann das Außenministerium Ihnen helfen?«

Pitt beschloß, schonungslos offen zu sein. Er lächelte leicht und sah Asherson in die Augen. »Sind hier irgendwelche Informationen verlorengegangen, seit Mr. York bei Ihnen zu arbeiten anfing?«

Asherson zögerte. »Sie halten uns wohl für ziemlich unfähig, Kommissar! Wir pflegen Informationen nicht zu ›verlieren‹, dafür sind sie viel zu wichtig.«

»Wenn also eine Information unbefugte Stellen erreicht, wurde sie freiwillig abgegeben?« fragte Pitt unschuldig.

Asherson atmete langsam aus, um Zeit zu gewinnen. Im Moment verriet sein Gesicht deutliche Verwirrung. Er wußte nicht, worauf Pitt hinauswollte.

»Es gab eine Information...«, sagte Pitt sanft und so unbestimmt, daß es sowohl eine Frage als auch eine Feststellung sein konnte.

Asherson reagierte mit Unwissenheit. »Wirklich? Dann wurde der arme Robert vielleicht deshalb ermordet. Falls er Papiere nach Hause mitgenommen hat, und irgend jemand wußte das...« Er ließ den Satz unvollendet.

»Dann hätte Mr. York also jederzeit solche Papiere mitnehmen können? Oder wollen Sie andeuten, daß es eventuell nur einmal der Fall war und daß der Dieb ausgerechnet diese Nacht wählte?«

Es war eine absurde Idee, das wußten beide.

»Nein, natürlich nicht.« Asherson lächelte schwach. Er saß in der Klemme, doch falls er sich ärgerte, verbarg er es ausgezeichnet. »Ich weiß wirklich nicht, was damals geschah. Doch sollte Robert unzuverlässig gewesen sein oder die falschen Freunde gehabt haben, so ist das heute kaum mehr von Bedeutung. Der arme Mann ist tot, und die Information kann unsere Feinde nicht erreicht haben, sonst hätten wir längst die Folgen gespürt. Und das ist nicht der Fall, das kann ich Ihnen versichern. Wenn es tatsächlich solch einen Versuch gegeben hat, dann schlug er fehl. Können Sie das Andenken des Mannes nicht in Frieden lassen, ganz zu schweigen von seiner Familie?«

Pitt erhob sich. »Danke, Mr. Asherson. Sie waren sehr offen. Guten Tag, Sir.« Er ließ den unsicher dreinblickenden Asherson in der Mitte des leuchtend blauen türkischen Teppichs einfach stehen.

Als er in der eisigen Dämmerung wieder in der Bow Street angelangt war, stieg Thomas Pitt die Stufen zu Ballarats Büro hinauf und klopfte an die Tür. Gleich darauf wurde er hereingebeten.

Ballarat stand vor dem Feuer und verdeckte mit seinem Körper die Flammen. Sein Dienstraum unterschied sich von dem der einfachen Streifenpolizisten. Der große Schreibtisch war mit grünem Leder bezogen, der Stuhl dahinter gepolstert und bequem schwenkbar. In einem steinernen Aschenbecher lag ein Zigarrenstummel. Ballarat war mittelgroß, untersetzt und ein wenig kurzbeinig. Doch sein üppiger Backenbart wirkte tadellos gestutzt, und der Mann duftete nach Kölnisch Wasser. Seine Kleidung war untadelig gepflegt, von den glänzenden ochsenblutfarbenen Stiefeln bis zur passenden Krawatte und dem steifen weißen Kragen. Der Polizeichef bildete einen krassen Gegensatz zu dem schlampigen Kommissar mit dem zerdrückten Mantel und dem handgestrickten Schal, der den weichen Hemdkragen halb verdeckte.

»Nun?« sagte Ballarat reizbar. »Schließen Sie die Tür, Mann! Ich möchte nicht, daß das halbe Revier lauscht. Die Angelegenheit ist vertraulich, wie Sie bereits wissen. Also, was haben Sie erfahren?«

»Sehr wenig«, erwiderte Pitt. »Damals wurde gründlich recherchiert.«

»Das weiß ich, zum Teufel! Ich habe die Berichte über den Fall gelesen.« Ballarat schob die Fäuste tiefer in die Hosentaschen und wippte auf den Fußsohlen vor und zurück. »War es ein zufälliger Einbruch, irgendein Amateur, der erwischt wurde und in Panik geriet? Ich bin sicher, daß das Geschehnis nichts mit dem Außenministerium zu tun hat. Ich erfuhr von höchster Stelle...« Er wiederholte die Worte und ließ sie auf der Zunge zergehen. »... von höchster Stelle, daß unsere Feinde keine Kenntnis von Yorks Tätigkeit haben.«

»Eher hat ein verschuldeter Freund von York den Diebstahl begangen«, meinte Pitt unverblümt und sah den Ausdruck von Mißfallen in Ballarats Gesicht. »Er wußte, wo die Erstausgabe von Swift stand.«

»Er bekam interne Hilfe«, sagte Ballarat sofort, »durch Bestechung eines Dieners oder einer weiblichen Angestellten.«

»Möglich, angenommen, eine Bedienstete konnte eine Erstausgabe erkennen. Denn der Honorable Piers York diskutierte wohl kaum den Wert seiner Bücher mit dem Hauspersonal.«

Ballarat wollte sich schon über den sarkastischen Ton beschweren, doch dann ließ er es bleiben. »Nun, falls der Täter ein Bekannter Yorks war, müssen Sie bei der Befragung verdammt vorsichtig sein, Pitt! Wir sind da mit einer sehr heiklen Aufgabe betraut worden. Ein unbedachtes Wort, und Sie können einen guten Ruf vernichten, von Ihrer eigenen Karriere ganz zu schweigen.« Er wirkte zunehmend ungemütlicher, und sein Gesicht lief rot an. »Das einzige, was das Außenministerium von uns wünscht, ist festzustellen, daß Mrs. Yorks Haltung absolut integer war. Es ist nicht Ihre Aufgabe, den Namen eines toten Mannes zu beschmutzen, eines ehrenhaften Mannes, der seiner Königin und seinem Vaterland treu diente.«

»Aus dem Außenministerium sind Informationen verschwunden«, erklärte Pitt mit erhobener Stimme, »und der Einbruch im York-Haus verlangt viel mehr Aufklärung, als bisher geleistet wurde.«

»Dann kümmern Sie sich darum, Mann!« sagte Ballarat unfreundlich. »Finden Sie heraus, welcher der Freunde es war, oder, noch besser, beweisen Sie, daß es überhaupt kein Bekannter gewesen ist. Belegen Sie, daß Veronica Yorks Charakter über jeden, auch den geringsten, Zweifel erhaben ist, dann wird man uns allen dankbar sein.«

Pitt öffnete den Mund, um zu widersprechen, doch dann sah er in Ballarats schwarzen Augen, daß das zwecklos war. Er schluckte seinen Zorn hinunter. »Ja, Sir.«

Die kalte Luft und der Regen, der ihm in das heiße Gesicht peitschte, beruhigten ihn ein wenig. Passanten rempelten ihn an, er hörte Pferdekarren über das Pflaster rattern und sah beleuchtete Schaufenster. Gaslampen brannten in den Straßen, und in Kohlenpfannen geröstete Kastanien dufteten. Pitt hörte, wie jemand ein Weihnachtslied sang, und seine Umgebung nahm ihn gefangen. Er stellte sich die Gesichter seiner Kinder am Weihnachtsmorgen vor. Sie waren nun alt genug, um aufgeregt zu sein; Daniel fragte schon jeden Abend, ob morgen Weihnachten sei, und die sechsjährige Jemima erklärte ihm mit der Überlegenheit einer älteren Schwester, daß er noch warten müsse. Thomas Pitt lächelte. Er hatte für Daniel eine hölzerne Eisenbahn geschnitzt, mit einer Lokomotive und sechs Wagen. Für Jemima hatte er eine Puppe gekauft, und Charlotte nähte winzige Kleider, Unterröcke und ein hübsches Häubchen für diese Puppe. Kürzlich hatte er bemerkt, daß seine Frau ihr Nähzeug schnell unter einem Kissen versteckte, als er unerwartet heimkam, und ihn mit viel zu unschuldiger Miene anblickte.

Sein Lächeln vertiefte sich. Er wußte, daß sie etwas für ihn machte. Über das Geschenk, das er für sie ausgewählt hatte, freute er sich besonders — eine hohe rosafarbene Alabastervase, einfach und perfekt in der Form. Für dieses schöne Stück hatte er sieben Wochen gespart. Das einzige Problem bedeutete Emily, Charlottes verwitwete Schwester. Sie hatte aus Liebe geheiratet. Ihr Mann George war adelig und sehr reich gewesen. Nach dem Schock über den Verlust im letzten Sommer war es selbstverständlich, daß sie und ihr fünfjähriger Sohn Edward Weihnachten mit Charlottes Familie verbringen würden.

Doch was sollte Pitt mit seinen geringen finanziellen Mitteln für sie kaufen, das ihr gefallen würde?

Er hatte dieses Problem noch nicht gelöst, als er zu Hause ankam. Als erstes hängte er seinen nassen Mantel auf, zog die Stiefel aus und ging auf Socken durch den Korridor.

Dort lief ihm Jemima mit heißen Wangen und leuchtenden Augen entgegen. »Papa, ist es noch nicht Weihnachten?«

»Nein, noch nicht!« Er hob sie hoch und drückte sie an sich.

»Bist du sicher?«

»Ja, mein Liebling, ich bin sicher.« Er trug sie in die Küche und stellte sie auf den Boden. Gracie, das Dienstmädchen, beschäftigte sich im oberen Stockwerk mit Daniel. Charlotte war allein und gerade dabei, den Weihnachtskuchen aus dem Ofen zu holen. Eine Locke fiel ihr in die Stirn. Sie lächelte Thomas zu. »Gibt es einen interessanten Fall?«

»Nein, nur einen alten, der zu nichts führen wird.« Er küßte sie zuerst einmal, dann öfter mit wachsender Zärtlichkeit.

»Nichts?« fragte sie erneut.

»Nichts, nur eine Formalität.«

2

Anfangs gab sich Charlotte mit Thomas' kurzer Auskunft zufrieden, weil die Weihnachtsvorbereitungen sie voll in Anspruch nahmen. Zu jeder anderen Zeit wäre sie viel wißbegieriger und auch hartnäckiger gewesen. In der Vergangenheit hatte sie sich intensiv mit einigen von Thomas' spektakulärsten und tragischsten Fällen befaßt, teils aus Neugierde, teils auch aus Wut über irgendein Geschehnis. Erst letzten Sommer war der Mann ihrer Schwester Emily ermordet worden, und Emily war die Hauptverdächtige gewesen. George hatte ein kurzes, aber heftiges Liebesverhältnis mit Sybilla March gehabt, und Emily war die einzige, die wußte, daß es in der Nacht vor seinem Tod ein Ende gefunden hatte. Wer sollte ihr Glauben schenken, nachdem der Augenschein gegen sie sprach? Zumal Emily bei ihren Bemühungen, Georges Aufmerksamkeit zurückzugewinnen, mit Jack Radley geflirtet und damit selbst den Eindruck erweckt hatte, in eine romantische Affäre verstrickt zu sein.

Charlotte war nie so verängstigt gewesen wie zu dieser Zeit, und nie zuvor hatte sie wahre Tragik so hautnah gespürt. Als ihre ältere Schwester Sarah gestorben war, hatte das einen plötzlichen, herben Verlust bedeutet, doch es war ein rein zufälliges Unglück gewesen, das jedem hätte zustoßen können. Georges Tod war etwas anderes; eine innere Entfremdung war ihm vorausgegangen. Emilys Gefühle der Sicherheit und Liebe waren durch Georges Untreue zerstört und alle Gemeinsamkeiten mit einem Schatten des Zweifels belegt worden. Welchen Defekt wies Emily auf, wieviel Leere steckte in dem Vertrauen, das sie so tief empfunden hatte, daß George einer anderen Frau mit solcher Leidenschaft verfallen konnte? Die Versöhnung danach war so kurz, so zerbrechlich und so geheim gewesen, daß niemand davon gewußt hatte. Und am nächsten Morgen war George tot.

Im Gegensatz zu Sarahs Tod hatte es kein Mitgefühl und keine Rücksichtnahme von seiten der Freunde gegeben, eher Argwohn und sogar Haß. Alter Groll und Mißverständnisse wurden aufgerührt, Schuldzuweisungen kursierten, und jeder fürchtete, der Fall könnte eigene Geheimnisse und Verfehlungen ans Licht der Öffentlichkeit zerren.

Das war nun sechs Monate her, und Emily hatte sich von dem Schock erholt. Sie wurde wieder von der Gesellschaft akzeptiert, und die Leute überschlugen sich in dem Bemühen, ihr früheres Benehmen wiedergutzumachen. Dennoch wurde erwartet, daß Witwen ihre Trauer zeigten, vor allem solche, deren Männer aus alten vornehmen Adelsfamilien stammten wie die Ashworths. Die Tatsache, daß Emily noch keine dreißig war, entband sie keinesfalls von der Pflicht, daheim zu bleiben, nur Verwandte zu empfangen und ununterbrochen Schwarz zu tragen. Sie durfte keine gesellschaftlichen Aufgaben übernehmen, die in irgendeiner Weise angenehm oder vergnüglich gewesen wären, und sie mußte jederzeit eine ernste Miene zur Schau stellen.

Emily fand das beinahe unerträglich. Zunächst, als Georges Mörder gefunden und der Fall abgeschlossen war, hatte sie sich mit Edward aufs Land begeben, um allein zu sein und dem Jungen über den Verlust hinwegzuhelfen. Im Herbst war sie in die Stadt zurückgekehrt, doch alle Zusammenkünfte, Opern, Bälle und Abendgesellschaften waren tabu für sie. Die Freunde, die sie besuchten, benahmen sich todernst bis zur Albernheit, niemand erzählte ihr den neuesten Klatsch oder plauderte mit ihr über Mode, weil diese Themen für eine trauernde Witwe zu oberflächlich waren. Emily empfand die Zeit zu Hause, die sie mit Briefeschreiben, Klavierspielen und Sticken verbrachte, als haarsträubend und frustrierend.

Natürlich hatte Charlotte ihre Schwester und Edward zu Weihnachten eingeladen, und für den Jungen würde das Spielen mit anderen Kindern das schönste Geschenk sein.

Doch was war nach Weihnachten? Emily würde wieder in ihre Villa zurückkehren und sich wie vorher langweilen.

Sosehr Charlotte ihre Kinder und ihr Heim liebte, empfand auch sie die familiäre Trauerzeit mit dem dazugehörigen Hausarrest allmählich als belastend. Deshalb lag ihr besonders daran, an Thomas' neuem Fall teilzunehmen und ein wenig Ablenkung darin zu finden.

Am folgenden Abend näherte sich Charlotte dem Thema ihres Anliegens etwas sorgfältiger. Sie saßen nach dem Abendessen vor dem Kamin im Wohnzimmer. Die Kinder waren längst im Bett. Charlotte stickte Schmetterlingsornamente für den Christbaum.

»Thomas«, begann sie ungezwungen, »wenn dein gegenwärtiger Fall wirklich so unwichtig ist, könntest du ihn dann über Weihnachten nicht ruhen lassen?« Sie schaute nicht auf, sondern richtete den Blick auf ihre feine Handarbeit.

»Ich...« Er zögerte. »Ich denke, es könnte mehr dahinter sein, als ich zuerst vermutete.«

Charlotte unterdrückte ihre Neugier mit großer Anstrengung. »Oh, wieso?«

»Ein nächtlicher Einbruch, der kaum zu verstehen ist.«

»Oh.« Diesmal brauchte sie ihre Interesselosigkeit nicht zu heucheln. Einbrüche waren unpersönlich, der Verlust von Besitztümern berührte sie wenig. »Was wurde gestohlen?«

»Zwei Miniaturbilder, eine Vase, ein Briefbeschwerer und eine Erstausgabe.«

»Was ist daran so schwer zu verstehen?« Sie blickte auf und sah, wie er lächelte. »Thomas!« Sofort wußte sie, daß er noch eine geheimnisvolle Information zurückhielt.

»Der Sohn des Hauses überraschte den Dieb und wurde getötet.« Er betrachtete sie und amüsierte sich über ihren Versuch, gleichmütig zu erscheinen. »Und die gestohlenen Gegenstände tauchten niemals auf.«

»Und?« Ohne es zu merken, hatte sie ihr Nähzeug fallen lassen. »Thomas!«

Er machte es sich in seinem Stuhl bequem, schlug die Beine übereinander und erzählte ihr, was er wußte. Er vergaß auch nicht zu erwähnen, was Ballarat gesagt hatte. Charlotte nahm ihre Näharbeit wieder auf. »Was willst du tun?«

»Den Diebstahl verfolgen, soweit ich kann«, erwiderte er.

»Was für eine Frau ist die Witwe?« fragte Charlotte. Sie wollte mehr erfahren. Vielleicht konnte sie Emily etwas Interessantes erzählen.

»Ich weiß es nicht. Ich konnte sie bisher noch nicht

aufsuchen, ohne ihren Verdacht zu erwecken, und das ist das letzte, was das Außenministerium möchte. Übrigens, du hast Jack Radley schon lange nicht mehr erwähnt. Hat Emily noch Kontakt zu ihm?«

Diese Angelegenheit lag Charlottes Herz viel näher, und sie war bereit, dafür Thomas' unbefriedigenden Fall sausen zu lassen. Jack Radley, der Emily anfangs nur dazu gedient hatte, George eifersüchtig zu machen, hatte sich als verläßlicher Freund entpuppt; er war lange nicht so oberflächlich und egoistisch wie sein Ruf. Er besaß kein Geld und keine aussichtsreiche Position; deshalb lag der Gedanke nahe, daß er Emily wegen des Reichtums, den sie von George geerbt hatte, hofierte. Sein Erfolg bei Frauen war bekannt. Kurze Zeit hatte er unter dem Verdacht gestanden, George ermordet zu haben, um Emily später zu heiraten und an ihr Vermögen heranzukommen.

Doch seine Unschuld hatte sich bald herausgestellt. Dennoch war er keineswegs der Freier, den sich die Gesellschaft — zu gegebener Zeit — für Emily gewünscht hätte. Ihre Mutter wäre entsetzt gewesen.

Allerdings störte das Charlotte wenig. Die Empörung der Leute konnte nicht schlimmer sein als bei ihrer eigenen Hochzeit mit einem Polizisten. Jack Radley war trotz seiner Mittellosigkeit ein Gentleman. Polizisten galten kaum mehr als Gerichtsdiener und Rattenfänger. Aber war Jack Radley wahrer Liebe fähig? Die Annahme, jeder Mensch könne lieben, wenn er dem richtigen Partner begegnete, war ein romantischer Trugschluß. Viele suchen nur das Herkömmliche — ein Heim, eine gesellschaftliche Stellung, Kinder, die weitere Familie. Sie wollen ihre Gedanken und Mußestunden nicht teilen, ihr Innerstes nicht bloßlegen, ihre Träume nicht verraten, um unverwundbar zu bleiben. Sie gehen kein Risiko ein. Sie bieten keine Großzügigkeit der Seele, nur Sicherheit. Diese Menschen sind unfähig zu geben, weil sie die Kosten scheuen. Ungeachtet seines Charmes, seiner Intelligenz und liebenswürdigen Art — falls Jack Radley zu diesen gehörte, würde er Emily letzten Endes nur Leid bringen. Und das wollte Charlotte um jeden Preis verhindern.

»Charlotte?« Thomas Pitt unterbrach ihre Gedanken ein wenig ungeduldig. Auch ihm war Emilys Wohlergehen wichtig, denn er mochte seine Schwägerin sehr.

»Ich glaube schon«, sagte Charlotte schnell. »Wir haben wegen der Weihnachtsvorbereitungen kaum über ihn gesprochen. Emily bringt eine Gans und Fleischpasteten mit.«

Er streckte die Füße zum Feuer hin aus. »Ich meine, wenn du schon Detektiv spielen willst, solltest du dein Beurteilungsvermögen lieber an Jack Radley ausprobieren, als Spekulationen über Mrs. York anzustellen.«

Sie erwiderte nichts. Er hatte zweifellos recht, und obwohl er sehr sanft gesprochen hatte, war ihr seine Bemerkung fast wie ein Befehl vorgekommen. Trotz seiner bequemen Haltung und lässigen Art war Thomas Pitt bekümmert.

Charlotte jedoch hatte die Absicht, beide Anliegen zu kombinieren.

Sie legte sich einen Plan zurecht, der bereits fertig war, als Emily am nächsten Morgen kurz nach elf Uhr zu Besuch kam. Sie stürmte sofort in die Küche, umschmeichelt von einem eleganten schwarzen Mantel mit schwarzem Fuchsbesatz bis zum Kinn; ihr helles Haar kringelte sich unter einem schwungvollen schwarzen Hut. Einen Augenblick lang war Charlotte neidisch — der teure Mantel sah so unbeschreiblich schick aus. Dann erinnerte sie sich daran, warum ihre Schwester Schwarz trug, und schämte sich. Abgesehen von den roten Flecken auf den Wangen, die der eisige Wind verursacht hatte, war Emily blaß und hatte tiefe dunkle Ringe unter den Augen. Man brauchte Charlotte nicht zu sagen, daß ihre Schwester rastlos war und zu wenig schlief. Langeweile ist durchaus nicht das schlimmste von allen Übeln, doch sie bringt eine Art von Entkräftung mit sich. Weihnachten würde rasch vorbei sein, und was wollte Emily danach anfangen?

»Möchtest du eine Tasse Tee?« fragte Charlotte und wandte sich dem Ofen zu, ohne eine Antwort abzuwarten. »Warst du schon einmal in Hanover Close?«

Emily zog den Mantel aus und setzte sich an den Küchentisch. Ihr Kleid war ebenfalls hochelegant, doch sie füllte es nicht mehr an allen Stellen aus wie früher.

»Nein, aber ich weiß, wo es ist. Warum?«

Charlotte erwähnte gleich den interessantesten Punkt. »Dort ist ein Mord passiert.«

»In Hanover Close?« Plötzlich war Emily höchst aufmerksam. »Gütiger Himmel! Das ist eine total exklusive Gegend — nur bester Geschmack und eine Menge Geld. Wer ist tot?«

»Robert York. Er arbeitete im Außenministerium.«

»Wie wurde er umgebracht? Ich habe nichts davon gelesen.«

Normalerweise las eine Dame von Emilys Stand überhaupt keine Zeitung, höchstens die Gesellschafts- und Hofnachrichten. Doch im Gegensatz zu ihrem Vater war George in diesen Dingen sehr nachsichtig gewesen, solange Emily die Aktualitäten nicht mit anderen Leuten besprach. Außerdem tat sie nach seinem Tod natürlich das, was ihr gefiel.

Charlotte stellte die Teekanne, ein Sahnekännchen und zwei ihrer besten Tassen auf den Tisch. »Es geschah vor drei Jahren«, sagte sie möglichst gelassen. »Thomas wurde jetzt gebeten, den Fall wieder aufzurollen, weil die Witwe erneut einen Mann aus dem Außenministerium heiraten will.«

Emily wurde munter. »Ist sie schon verlobt? Davon habe ich nichts gehört, obwohl ich die Gesellschaftsseiten immer lese. Das ist der einzige Weg für mich, irgend etwas zu erfahren. Niemand erzählt mir Neuigkeiten, so, als dürfte man mich nicht mehr an die Beziehungen zwischen Mann und Frau erinnern.« Unbewußt ballte sie die Fäuste.

Charlotte bemerkte es. »Das ist der Punkt«, meinte sie rasch. »Thomas soll Nachforschungen anstellen, ob sie die angemessene Partnerin für Mr. Danver ist, einen Mann, der einmal eine wichtige Rolle spielen wird.«

»Kann man denn an ihrer Integrität zweifeln?« fragte Emily erstaunt. »Bitte schenk den Tee ein, ich bin so ausgetrocknet wie die Sahara. Hat die Frau einen guten Ruf? Ich wünschte, ich wüßte mehr. Ich bin so abgeschnitten von allen, als hätte ich die Lepra. Die Hälfte meiner Bekannten geht mir aus dem Weg, die andere Hälfte sitzt feierlich in meinem Salon und flüstert, als läge ich im Sterben.«

Charlotte schüttelte den Kopf. »Leider weiß ich auch nicht mehr — nur, daß das Verbrechen ungeklärt blieb.« Sie schob ihrer Schwester die Tasse mit dem duftenden Getränk hin und schnitt einen frischen Ingwerkuchen an. »Es ist eine seltsame Geschichte.«

Und sie erzählte Emily alles, was Thomas ihr berichtet hatte.

»Sehr seltsam«, stimmte Emily schließlich zu. »Ich überlege, ob sie einen Liebhaber hatte und ein Streit stattfand. Vermutlich möchte das Außenministerium das wissen, aber man scheut sich, es direkt zu sagen, denn wenn Mr. Danver das erführe, gäbe es einen fürchterlichen Stunk. Zudem würde es ihm sehr schaden — er könnte diesen Schandfleck nie mehr ganz tilgen.«

»Ebensowenig wie sie. Wenn es nicht stimmen würde, geschähe den beiden himmelschreiendes Unrecht. Ich weiß nur nicht, wie Thomas es anstellen will, etwas herauszufinden. Ein Polizist kann wohl kaum die feinen Bekannten der Dame ausfragen.«

Emily lächelte. »Meine liebe Charlotte, du brauchst nicht mit dem Zaunpfahl zu winken! Selbstverständlich werden wir uns der Sache annehmen. Wir haben lange genug zu Hause gesessen. Wir werden Veronica Yorks untadeligen Ruf beweisen oder ihn gänzlich ruinieren. Wo fangen wir an?«

Charlotte hatte die Schwierigkeiten schon durchdacht. Emily konnte sich in der Gesellschaft nicht mehr so bewegen wie zu Lebzeiten ihres Mannes, und Charlotte, als Ehefrau eines Polizisten, hatte weder das Geld für passende Garderobe noch den Freundeskreis, an den sie sich wenden konnte. Es blieb nur noch Georges Großtante Vespasia, die verstehen und helfen würde, aber sie war schon über Achtzig und hatte sich seit Georges Tod von den meisten Aktivitäten ferngehalten. Sie widmete sich vielfach sozialen Aufgaben und glaubte, daß der Kampf gegen Armut und Ungerechtigkeit durch Gesetzesreformen gewonnen werden könnte. Zur Zeit bemühte sie sich um Verbesserungen der Arbeitsbedingungen in Fabriken, die Kinder beschäftigten, vor allem Kinder unter zehn Jahren.

Charlotte schenkte sich noch einmal Tee ein und trank einen Schluck. »Stehst du noch mit Jack Radley in Verbindung?« fragte sie unschuldig, als hätte das mit dem Thema Veronica York zu tun.

Emily nahm sich noch ein Stück Ingwerkuchen. »Er besucht mich ab und zu. Meinst du, er sollte uns unterstützen?«

»Vielleicht könnte er uns helfen, ein... ein Treffen zu vereinbaren.«

»Nicht uns.« Emily rümpfte die Nase. »Dir.«

Charlotte nickte. »Ich weiß, daß ich es diesmal machen muß. Und du könntest mich anweisen! Ich werde jede Information, die ich ergattern kann, sammeln, und wir beide werden dann herausfinden, welche Bedeutung dahintersteckt.«

Emily wollte nicht warten, bis Jack Radley sich meldete. Er machte aus seiner Bewunderung kein Hehl. Emily zweifelte nicht an seinem Interesse, jedoch an dessen Motiven. Verehrte er sie um ihrer selbst willen oder weil sie Georges Witwe war, mit Georges Position und Georges Geld? Sie genoß seine Gesellschaft sehr, trotz ihres Verdachtes, und das wunderte sie. Aber wie nahe sind sich Sympathie und Liebe?

Als Emily George geheiratet hatte, war er der große Fang auf dem Heiratsmarkt gewesen. Sie hatte seine Fehler wohl erkannt, wegen der guten Partie, die sie gemacht hatte, jedoch großzügig darüber hinweggesehen. Und er hatte all ihre Hoffnungen erfüllt und ihre

Schwächen niemals kritisiert. Was als perfektes gegenseitiges Verstehen begonnen hatte, entwickelte sich zu einer warmen Beziehung. Ihr erster Eindruck von ihm war der des hübschen unbekümmerten Lord George Ashworth, des idealen Ehemannes, gewesen. Im Lauf der Zeit waren ihre Gefühle für George zu einer zärtlichen und treuen Liebe herangereift, da sie erkannt hatte, daß er tüchtig im Sport und in Finanzangelegenheiten, charmant in Gesellschaft, charakterlich ohne jede Falschheit oder Raffinesse war. Emily hatte immer genug Klugheit besessen, ihn nicht merken zu lassen, daß sie wahrscheinlich intelligenter und auch mutiger war als er. Auch besaß sie weniger Toleranz und Großzügigkeit im Urteil. George konnte aufbrausend sein, doch immer nur vorübergehend. Er hatte die Schwächen seines Standes ebenso wie die der anderen gesellschaftlichen Gruppen ignoriert. Das brachte Emily nicht fertig. Ungerechtigkeit machte sie wütend, jetzt noch mehr als in ihrer Jugendzeit. Im Laufe der Jahre wurde sie Charlotte immer ähnlicher, die stets eigensinnig, schnell verärgert und kämpferisch gewesen war, wenn sie etwas für falsch hielt, obwohl sie in ihrer Reaktion auch manchmal weit über das Ziel hinausschoß. Emily war immer etwas sensibler gewesen — jedenfalls bisher.

Nun setzte sie sich hin und schrieb einen Brief an Jack Radley, in dem sie ihn bat, sie baldmöglichst zu besuchen. Sobald das Schreiben versiegelt war, schickte sie einen Diener damit weg.

Radleys Antwort kam befriedigend rasch. Er erschien am frühen Abend zu der Stunde, da Emily sich in glücklicheren Zeiten für ein großes Abendessen, einen Ball oder das Theater umgezogen hätte. Nun saß sie vor dem Feuer und las das Buch »Dr. Jekyll und Mr. Heyde« von Robert Louis Stevenson, das im Vorjahr herausgekommen war.

Jack Radley betrat das Zimmer sofort, nachdem das Stubenmädchen ihn angekündigt hatte. Er war lässig gekleidet, doch seine tadellos geschnittene Hose und die perfekt sitzende Jacke verrieten einen hervorragenden Schneider. Emily blickte ihm jedoch in die bemerkenswert schönen Augen, die Besorgnis ausdrückten.

»Emily, geht es dir gut?« fragte er und betrachtete sie forschend. »Dein Brief klang dringend. Ist etwas passiert?«

Sie kam sich ein wenig dümmlich vor. »Es tut mir leid, wenn ich mein Schreiben mißverständlich formuliert habe. Es geht mir sehr gut, danke. Aber ich langweile mich furchtbar, und Charlotte hat ein Geheimnis entdeckt.« Es hatte keinen Sinn, ihn anzulügen.

Seine Züge entspannten sich zu einem Lächeln, und er nahm ihr gegenüber Platz auf einem Stuhl. »Ein Geheimnis?«

Sie versuchte, ihrer Stimme einen unbekümmerten Klang zu geben, denn sie erkannte plötzlich, daß er vielleicht dachte, sie habe einen Vorwand gesucht, um ihn zu rufen. »Einen alten Mord, hinter dem möglicherweise ein Skandal steckt, der eine unschuldige Frau ruinieren und ihr die Chance nehmen könnte, den Mann zu heiraten, den sie liebt.«

Er sah verblüfft aus. »Aber was kannst du tun? Und wie kann ich helfen?«

»Natürlich kann die Polizei einige Fakten entdecken«, erklärte sie. »Aber sie vermag sich nicht so einzumischen wie wir, denn die Angelegenheit muß völlig diskret behandelt werden.« Sie merkte entzückt, daß sie sein Interesse geweckt hatte. »Und niemand wird vor der Polizei so frei reden wie vor uns.«

»Aber wie sollen wir es anstellen, diese Leute zu beobachten?« meinte er ernst. »Du hast mir nicht gesagt, um wen es sich handelt, aber davon abgesehen, Emily, du kannst dich noch nicht wieder in der Gesellschaft blicken lassen.« Seine Züge verschlossen sich, und für einen kurzen Moment glaubte sie Mitleid darin zu entdecken. Von jemand anderem hätte sie Mitleid vielleicht akzeptiert, aber von Jack schmerzte es wider Erwarten.

»Ich weiß, daß ich das nicht kann«, erklärte sie heftig. »Aber Charlotte könnte, wenn du ihr helfen würdest.«

Er lächelte matt. »Ich habe ein großes Talent, Bekanntschaften zu machen. Wer sind die Leute?«

Sie sah ihn an und dachte, wie hübsch seine Wimpern sein Gesicht beschatteten. Wie viele andere Frauen hatten das wohl auch schon festgestellt? Emily rief sich zur Ordnung. Was waren das für dumme Gedanken? Charlotte hatte recht — sie brauchte eine Beschäftigung, ehe sie völlig überschnappte.

»Der Ermordete war Robert York«, sagte sie forsch. »Die Witwe ist Veronica York und wohnt in Hanover Close.« Sie hielt inne, denn er lächelte breit.

»Kein Problem, ich habe sie gekannt, ich ...« Er zögerte und war offenbar unsicher, wie indiskret er sich zeigen durfte.

Emily spürte einen untypischen Stich der Eifersucht. Sie wußte, daß das äußerst albern war, denn sie kannte Jacks Ruf. Überdies hatte sie sich niemals einer Selbsttäuschung hingegeben. Sie wußte genau, daß Männer an sich selbst ganz andere Maßstäbe anlegten als an Frauen. Männer achteten nur darauf, sich nicht direkt erwischen zu lassen — was gemutmaßt wurde, war unwichtig. Allen realistischen Menschen waren diese Tatsachen bekannt. Nur mit Scheuklappen konnte man sich seelischen Frieden erkaufen. Allerdings entwickelte Emily einen zunehmenden Widerwillen diesen Gegebenheiten gegenüber.

»War deine Bekanntschaft derart, daß du sie problemlos erneuern kannst?« fragte sie spitz.

Er machte ein langes Gesicht. »Selbstverständlich.«

Sie senkte den Blick, um ihre Gefühle zu verbergen. »Würdest du das dann tun — mit Charlotte?«

»Natürlich«, erwiderte er langsam. »Aber wird das Pitt recht sein? Und ich kann sie nicht als Polizistenfrau vorstellen, da müssen wir uns etwas einfallen lassen.«

»Thomas braucht es nicht zu wissen. Sie kann zuerst hierherkommen, sich ein Kleid von mir leihen und als ... als deine Cousine vom Land auftreten, so daß du sie ohne weiteres ohne Anstandsdame mitnehmen kannst.«

»Wird sie damit einverstanden sein?«

»O ja«, antwortete Emily bestimmt. »Das wird sie ohne Zweifel.«

Zwei Tage später saß Charlotte hübsch gekleidet in einer eleganten Kutsche neben Jack Radley. Er hatte sich gleich nach seinem Besuch bei Emily im York-Haus angemeldet und fragen lassen, ob er seine Cousine, Miß Elizabeth Barnaby, vorstellen dürfe. Sie habe ihre kranke Tante auf dem Land lange gepflegt und benötige nach deren Genesung ein wenig Ablenkung.

Die Antwort war kurz, aber höflich und positiv ausgefallen.

Charlotte zog die Decke fester um ihre Knie. Es war bitter kalt in der Kutsche, und draußen regnete es in Strömen. Die Lederpolster fühlten sich feucht an, und Charlotte fror. Emilys Kleid war schön und passend für den Anlaß. Ihr Mädchen hatte es über dem Busen weiter gemacht und die Ärmel ein Stück verlängert, und es war ein Modell, wie es eine junge gediegene Frau vom Land wohl tragen mochte.

Die Kutsche hielt an. Charlotte warf Jack Radley einen raschen Blick zu und schluckte. Plötzlich kam ihr zu Bewußtsein, wie unbesonnen ihr Handeln war. Wenn Thomas davon gewußt hätte, wäre er wütend gewesen. Die Möglichkeit, entdeckt zu werden, lag nahe. Wie leicht könnte Charlotte sich versprechen, einen entscheidenden Fehler begehen oder auch jemand treffen, der sie von früher her kannte, als sie noch in diesen Kreisen verkehrte.

Jack half ihr beim Aussteigen, und sie duckte sich vor dem peitschenden Regen, der sie wie mit eiskalten Nadeln traf. Jetzt konnte sie Jack nicht einfach sagen, sie habe ihr Vorhaben geändert. Sie wog ihre innere Warnung und die Vorstellung von Thomas' Zorn gegen die prickelnde Aufregung ab, die sie bei der Diskussion des Planes mit Emily verspürt hatte.

In ihr kämpften noch immer zwiespältige Gefühle, als das Stubenmädchen öffnete und Jacks Karte in Empfang nahm. Er hatte mit der Hand »Miß Elizabeth Barnaby« unter seinen Namen geschrieben. Nun war es zu spät für einen Rückzug, die Würfel waren gefallen. Charlotte setzte ihr charmantestes Lächeln auf und trat ein.

Das Stubenmädchen besaß eine Pfirsichhaut und dunkles Haar. Sie war recht schnippisch — mit ihren großen Augen und der Wespentaille —, aber Stubenmädchen wurden meistens wegen ihres Aussehens gewählt. Wenn sie sehr hübsch waren, deutete dies auf den gesellschaftlichen Status und guten Geschmack der Brotgeber hin.

Charlotte hatte kaum Zeit, die weiträumige Empfangshalle zu betrachten. Der Treppenaufgang war breit und bemerkenswert elegant, mit schön geschnitztem Geländer, und der Kronleuchter erhellte den dunklen Winternachmittag mit warmem Licht.

Sie wurden in den Salon geführt, wo sich zwei Frauen in übertrieben prunkvollen roten Sesseln gegenübersaßen. Die jüngere, bei der es sich um Veronica York handeln mußte, war groß und für die gegenwärtige Mode viel zu schlank, doch die zarte Linie ihres Halses und ihrer Schultern verriet ausgesprochene Weiblichkeit. Ihr weiches schwarzes Haar war hochgesteckt und gab ein feines Gesicht frei, mit hübschen Brauen, leicht hohlen Wangen und einem überraschend sinnlichen Mund.

Die ältere Frau hatte dickes hellbraunes Haar, dessen starke Locken sichtlich eine Gabe der Natur darstellten. Obwohl von kleinerer Statur und kräftiger gebaut, wirkte diese Frau äußerst anmutig in einem gestickten hochmodischen Kleid. Ihre regelmäßigen Züge verrieten frühere Schönheit, die sie noch nicht lange hinter sich gelassen hatte, denn ihre rosa und weiße Haut zeigte wenig verräterische Linien. Es war ein Gesicht von fesselnder Strenge. Das mußte Loretta York sein, die Mutter des Toten, deren Würde in der Nacht der Tragödie den Polizeibeamten so tief beeindruckt hatte.

Als Hausherrin hieß sie die Gäste willkommen und reichte Jack die Hand. »Guten Tag, Mr. Radley, wie nett von Ihnen, uns aufzusuchen und Ihre Cousine mitzubringen.« Sie wandte sich Charlotte mit einem prüfenden Blick zu. »Miß Barnaby, nicht wahr?«

Charlotte machte ein absolut unschuldiges Gesicht und knickste nur. Sie mußte scheu und dankbar wirken, wie eine unverheiratete Person im kritischen Alter, die in der Londoner Gesellschaft verzweifelt nach einem Heiratskandidaten Ausschau hielt.

»Guten Tag, Mrs. York. Es ist sehr freundlich von Ihnen, uns zu empfangen.«

»Wir hoffen, daß Sie sich so gut fühlen, wie Sie aussehen, Madam.« Jacks Schmeichelei kam automatisch; sie war sein gewohntes Wechselgeld, eine Währung, auf der er sein Erwachsenenleben aufgebaut hatte. »Sie lassen mich vergessen, daß draußen Winter ist und wir uns mehrere Jahre nicht gesehen haben.«

»Wie ich merke, hat sich Ihr Benehmen nicht verändert«, meinte sie ein wenig scharf, doch nicht ganz ohne Wohlgefallen. »Natürlich kennen Sie meine Schwiegertochter.« Sie warf der jüngeren Frau lediglich einen kurzen Blick zu.

Jack verneigte sich erneut — nur sehr knapp, aber der Höflichkeit genügend. »Ja, und ich war sehr betroffen, als ich von Ihrem schweren Verlust hörte. Ich hoffe, daß die Zukunft mehr Glück für Sie bereithält.«

»Danke.« Ein winziges Lächeln umspielte Veronica Yorks Lippen. Charlotte sah sofort, daß eine alte Vertrautheit zwischen den beiden bestand, die mit Leichtigkeit wiederaufgenommen wurde. Ein kurzer Gedanke an Emily streifte sie, aber sie schob ihn beiseite. Dieses Problem mußte sie sich für später aufheben.

Veronica musterte nun Charlotte, beurteilte den Schnitt ihres Kleides, seine Mode und den Preis, und

Loretta tat dasselbe. Charlotte war zutiefst befriedigt, denn ihre Garderobe entsprach perfekt der Rolle, die sie zu spielen hatte.

»Ich hoffe, daß Ihnen London zusagt, Miß Barnaby«, erklärte Veronica liebenswürdig. »Sie können hier viel Zerstreuung finden, müssen aber natürlich auch vorsichtig sein, damit Sie nicht an die falschen Leute geraten.«

Charlotte packte die Chance beim Schopf. Sie lächelte scheu. »Ihre Warnung ist sehr freundlich, Mrs. York. Ich werde sie beherzigen. Der Ruf einer Frau kann so schnell zerstört werden.«

»Richtig«, stimmte Loretta zu. »Nehmen Sie doch Platz, Miß Barnaby.«

Charlotte dankte ihr und setzte sich behutsam auf einen Stuhl mit hoher steifer Rückenlehne, während sie ihren Rock glattstrich. Für einen Augenblick wurde sie unangenehm an die Zeit vor ihrer Hochzeit erinnert, als sie ähnliche Situationen oft erlebt hatte. Ihre Mutter hatte sie zu gesellschaftlichen Zusammenkünften begleitet, herausgeputzt und dargestellt in der Hoffnung, einen reichen Mann zu beeindrucken und eine standesgemäße Hochzeit zu arrangieren. Charlotte hatte sich jedesmal widerspenstig gezeigt, bis sie sich in den Ehemann ihrer ältesten Schwester verliebt hatte. Wie weit entfernt und wie kindisch ihr das alles heute erschien! Dennoch hafteten die Strenge der Anstandsregeln, die Jagd nach modischer Kleidung noch fest in ihrem Gedächtnis — und das alles war darauf ausgerichtet gewesen, einen wohlhabenden Ehemann zu finden.

»Waren Sie früher schon einmal in London, Miß Barnaby?« fragte die ältere Mrs. York, während ihre kühlen grauen Augen Charlottes reizvolle Figur musterten und die winzigen Nadelstiche entdeckten, wo das Büstenteil erweitert worden war.

Charlotte machte das nichts aus. Sie spielte doch nur ihre Rolle. »O ja, aber nur kurz, wegen der Krankheit meiner Tante. Gott sei Dank hat sie sich jetzt erholt, und ich kann wieder mein eigenes Leben führen. Aber ich habe das Gefühl, eine Menge versäumt zu haben. Sicher ist inzwischen in der Gesellschaft viel passiert.«

»Zweifellos«, sagte die ältere Mrs. York mit einem leichten Lächeln. »Obwohl sich die Ereignisse immer wieder gleichen, nur die Namen ändern sich.«

»Oh, ich glaube, auch die Menschen verändern sich«, wandte Veronica ein. »Und das Theater ebenfalls.«

Mrs. York warf ihr einen Blick zu, den Charlotte mit Interesse registrierte — er war kritisch und ohne jede Wärme. »Du weißt sehr wenig vom Theater, bis zu diesem Jahr hast du kaum eines besucht.« Sie sah Charlotte an. »Meine Schwiegertochter wurde erst kürzlich Witwe und war lange in Trauer.«

Charlotte hatte sich vorgenommen, vollkommene Unwissenheit vorzutäuschen. Sie machte sofort ein betroffenes Gesicht. »Das tut mir so leid. Bitte akzeptieren Sie mein ernstgemeintes Mitgefühl. Ich hätte Sie nicht gestört, wenn ich das gewußt hätte.« Sie schaute zu Jack hinüber, der tunlichst ihren Blick vermied.

»Es ist drei Jahre her«, sagte Veronica in das peinliche Schweigen hinein. Sie sah auf ihren Brokatrock herunter, dann hob sie den Kopf. »Auch wir nehmen unser Leben wieder auf.«

»*Du* tust es.« Mrs. Yorks Ton machte die Unterscheidung deutlich. Es lagen Emotionen darin, die Charlotte nicht definieren konnte. Wollte die ältere Frau damit sagen, daß der Verlust eines Sohnes schlimmer war als der eines Ehemannes, da Veronica plante, wieder zu heiraten? Loretta Yorks kleine kräftige Hände lagen weiß in ihrem Schoß, die Augen funkelten scharf. Wäre die Idee nicht lächerlich gewesen, hätte Charlotte aus diesem Gesicht irgendeine Art von Warnung herausgelesen. Natürlich verwarf sie solch einen abwegigen Gedanken sofort wieder.

Veronicas volle Lippen verzogen sich zu einem winzigen Lächeln. Selbstverständlich hatte sie die Bemerkung ihrer Schwiegermutter begriffen.

»Tatsächlich, Mr. Radley, Sie können mir gratulieren«, meinte sie und sah ihn an. »Ich werde wieder heiraten.«

In diesem Moment prägte sich Charlotte die Überzeugung ein, daß Veronica York und Jack Radley gewiß nicht nur eine rein freundschaftliche Beziehung gehabt hatten.

Jack lächelte, als sei das eine wundervolle Überraschung für ihn. »Ich hoffe, daß Glück und Segen Ihren Weg begleiten werden.«

»Dieser Hoffnung schließe ich mich an«, erklärte Charlotte. »Mögen Sie die Trauer für immer hinter sich lassen.«

»Sie sind wohl recht romantisch, Miß Barnaby«, sagte Mrs. York mit gehobenen Augenbrauen. Sie lächelte halb, aber es war eine Kälte um sie, die man fast greifen konnte, irgend etwas Hartes, Ungelöstes tief in ihrem Inneren. Vielleicht handelte es sich um eine alte Wunde, die mit der gegenwärtigen Situation gar nichts zu tun hatte. Charlotte nahm sich vor, den Honorablen Piers York irgendwann kennenzulernen, möglicherweise konnte sie dann einiges besser verstehen.

Sie schenkte Mrs. York ihr strahlendstes Lächeln. »Ja, das bin ich. Und wenn die Wirklichkeit nicht so ist, wie ich sie mir wünsche, hoffe ich auf bessere Zeiten.« War das die richtige Art von Naivität, oder hatte sie übertrieben? Charlotte durfte nicht die kurze halbe Stunde, die gesellschaftlich tragbar war, vertrödeln, ohne etwas erfahren zu haben. Es würde länger dauern, bis sie erneut hier aufkreuzen konnte.

»Genau wie ich«, stellte Veronica fest. »Sie sind sehr liebenswürdig. Und Mr. Danver ist ein fabelhafter Mann; ich bin sicher, sehr glücklich zu werden.«

»Malen Sie, Miß Barnaby?« fragte Mrs. York und wechselte somit abrupt das Thema. »Vielleicht könnte Mr. Radley Sie in die Winterausstellung in der Königlichen Akademie mitnehmen. Ich denke, das würde Sie interessieren.«

»Ich male nicht sehr gut.« Das mochten sie als Bescheidenheit oder als die Wahrheit auffassen, wie es ihnen gefiel. Tatsächlich hatte sie wie alle Mädchen aus gutem Hause Malunterricht gehabt, aber ihr Pinsel war ihrer Phantasie nie gewachsen gewesen. Da sie Thomas geheiratet und zwei Kinder zur Welt gebracht hatte, war nun ihr einziges Hobby, sich in die Fälle ihres Mannes einzumischen und eine Menge zu entdecken. Sie besaß ein Talent dafür — das mußte sogar Thomas zugeben —, doch hier konnte sie kaum damit glänzen.

»Ich hatte nicht gemeint, daß Sie ein Gemälde beginnen sollten, Miß Barnaby, sondern daß Sie sich welche anschauen könnten«, erklärte Mrs. York, als sei Charlotte mit Dummheit geschlagen. Das verletzte sie, doch in ihrer Rolle als Miß Barnaby durfte sie sich nicht rächen. »Dafür brauchen Sie kein Talent«, fuhr Mrs. York fort, »Sie müssen nur elegant aussehen und bescheiden auftreten. Ich denke, beides dürfte Ihnen nicht schwerfallen.«

»Ich danke Ihnen«, sagte Charlotte mit mühsam beherrschter Höflichkeit.

Veronica lehnte sich nach vorn. Sie war wirklich eine schöne Frau. In ihrem Gesicht vereinigte sich die Zartheit der Form mit der Kraft des Mundes und der Augen. Sie benahm sich Charlotte gegenüber, als kennten sie sich schon längere Zeit. Charlotte hoffte, daß diese junge Frau den Ansprüchen des Außenministeriums würde gerecht werden können. Der Gedanke an die Überprüfung, die sich dieses Amt erlaubte, ärgerte sie.

»Vielleicht mögen Sie mit mir kommen«, meinte Veronica. »Ich würde mich über Ihre Gesellschaft sehr freuen. Wir könnten völlig offen miteinander plaudern und sagen, was uns gefällt und was nicht.« Sie sah ihre Schwiegermutter nicht an.

»Ich wäre entzückt«, erklärte Charlotte ehrlich. »Es wäre das größte Vergnügen für mich.« Sie merkte, daß Jack hustete und nach einem Taschentuch griff, um sein Lächeln zu verbergen.

»Dann ist das ausgemacht«, stellte Veronica entschlossen fest. »Meine Schwiegermutter geht sowieso nicht gern dorthin. Sie wird froh sein, daß ihr dieses Jahr der Besuch der Kunstakademie erspart bleibt.«

»Ich habe dich schon oft zu Veranstaltungen begleitet, die mir nicht liegen«, sagte Mrs. York mit kalten Augen. »Und das wird sich zweifellos in Zukunft nicht ändern. Familienverpflichtungen sind etwas, dem man nie entfliehen kann. Da stimmen Sie mir doch zu, Miß

Barnaby?« Sie wandte sich an Charlotte, doch vorher streifte ihr Blick Veronica. Charlotte hatte plötzlich das intensive Gefühl, daß die beiden Frauen sich nicht mochten, vielleicht sogar haßten.

Veronica versteifte sich, die Starre teilte sich der langen Linie ihres Halses und dem leidenschaftlichen Mund mit. Sie sagte nichts. Charlotte glaubte, die Frauen sprächen eigentlich von etwas ganz anderem, und trotz aller Spannung und Abwehr zwischen ihnen verstanden sie einander perfekt.

»Natürlich«, erwiderte Charlotte leise. Schließlich glaubte man von ihr, sie habe die letzten beiden Jahre eine kranke Verwandte gepflegt. Konnte eine unverheiratete Frau ein größeres Opfer bringen? »Familien werden durch die Bande der Liebe und der gegenseitigen Verantwortung zusammengehalten.« Es war schon beinahe Zeit zu gehen. Charlotte mußte noch etwas Interessanteres erfahren, abgesehen von dem unglücklichen Eindruck einer heimlichen Feindschaft. Sie blickte sich diskret in dem Raum um und entdeckte eine Uhr aus Goldbronze. Wenn schon gelogen werden mußte, dann gleich im großen Stil!

»Oh, was für eine bezaubernde Uhr«, sagte sie bewundernd. »Meine Cousine besaß eine ähnliche, nur etwas kleiner, und eine der Figuren war anders gekleidet. Unglücklicherweise wurde das schöne Stück gestohlen. So ein schreckliches Erlebnis!« Sie ignorierte Jacks entsetztes Gesicht und fuhr fort. »Ebenso schlimm wie der Verlust war das Gefühl, daß jemand in das Haus eingebrochen war und vielleicht vor der Schlafzimmertür stand, während man schlief. Wir alle haben ewig gebraucht, bis wir wieder einigermaßen unbesorgt zu Bett gehen konnten.« Heimlich beobachtete Charlotte die Damen. Sie wurde belohnt. Veronica stöhnte kaum hörbar, und Mrs. Yorks Körper erstarrte unter den Falten des kostbaren Seidenkleides.

»Natürlich haben wir die Polizei gerufen«, fügte sie schonungslos hinzu. »Aber es wurde niemand geschnappt, und auch die geraubten Kostbarkeiten tauchten nie wieder auf.«

Veronica öffnete den Mund, schloß ihn jedoch wieder, ohne ein Wort zu sagen.

»Was für ein Pech«, bemerkte Mrs. York mit seltsam belegter Stimme, die innere Erregung verriet. »Ich fürchte, solche Erfahrungen gehören zum Alltagsleben. Man ist selten so geschützt, wie man glaubt. Seien Sie dankbar, Miß Barnaby, daß nur Besitztum gestohlen wurde.«

Charlotte bewahrte die Fassade der Unschuld, obwohl ihr Gewissen sich regte. Sie sah Mrs. York verwirrt an. Jack hatte bereits so getan, als wisse er nichts von der Begebenheit, also konnte er sich auch nicht dazu äußern. Charlotte sah, wie alle Farbe aus Veronicas Blick wich. Veronica York suchte den Blick ihrer Schwiegermutter, sah aber dann zu Boden, ehe ihre Blicke sich trafen.

Schließlich brach die ältere Mrs. York das lastende Schweigen.

»Mein Sohn wurde von einem Einbrecher getötet, Miß Barnaby. Das ist etwas, was uns immer noch zu sehr schmerzt, um darüber zu reden. Und es ist der Grund, warum ich sagte, Sie seien glücklich, wenn nur materielle Werte verlorengingen.«

»Oh, es tut mir so leid«, sagte Charlotte schnell. »Bitte verzeihen Sie mir, wenn ich Ihren Kummer aufgewühlt habe. Wie konnte ich nur so ungeschickt sein!«

Sie empfand echtes Schuldgefühl. Nicht jedes Mittel darf recht sein, wenn Geheimnisse aufgeklärt werden müssen.

»Sie konnten das nicht wissen«, meinte Veronica heiser. »Bitte haben Sie kein schlechtes Gewissen. Wir nehmen Ihnen nichts übel, das verspreche ich Ihnen.«

»Ich bin sicher, daß Ihr Feingefühl Sie daran hindert, dieses Thema noch einmal zu erwähnen«, sagte Mrs. York ruhig, und Charlotte spürte, wie ihr die Röte in die Wangen stieg.

Veronica sah ihre Verlegenheit und versicherte rasch: »Das muß wohl nicht extra betont werden, Schwiegermama.« In ihrem Ton lag ein Vorwurf, und eine Abneigung wurde wieder spürbar, die in diesem eleganten und komfortablen Raum besonders hart und bedrückend wirkte. Das war kein plötzlicher Widerwille, sondern ein langgehegter bitterer Groll, der auf einmal an die Oberfläche kam. »Miß Barnaby konnte von unserer ... unserer Tragödie nichts wissen. Man kann nicht auf jedes Gespräch verzichten, aus Angst, schmerzliche Erinnerungen in einem der Anwesenden wachzurufen.«

»Ich glaube, das war der Kern meiner Bemerkung.« Mrs. York fixierte ihre Schwiegertochter mit beinahe hypnotischer Konzentration.

Veronica streckte Charlotte die Hand hin. »Ich hoffe, daß Sie wieder zu uns kommen werden, Miß Barnaby, und daß Sie mit mir die Akademie besuchen. Ich habe meine Einladung ganz ernst gemeint, sie ist keine Höflichkeitsfloskel.«

»Ich freue mich sehr«, erklärte Charlotte mit Wärme und ergriff die dargebotene Hand. »Es wird mir ein Vergnügen sein, und ich sehe der Ausstellung erwartungsvoll entgegen.« Sie erhob sich. Es war nun Zeit zu gehen. Auch Jack stand auf. Beide bedankten sich und drückten ihre guten Wünsche aus, und fünf Minuten später saßen sie wieder in der eisigen Kutsche, mit dem Klappern der Hufe und dem Rauschen des Regens als Begleitgeräusch. Charlotte zog die Decke eng um sich, doch nichts vermochte die Kälte abzuhalten.

»Ich vermute, daß Sie mit Veronica die Kunstakademie besuchen wollen«, meinte Jack nach einer Weile.

»Selbstverständlich.« Sie wandte den Kopf und sah ihn an. »Finden Sie nicht auch, daß es zwischen Veronica und Mrs. York einiges gibt, was die Polizei nie herausfinden könnte? Ich glaube, daß die beiden etwas über die Nacht des Einbruchs wissen! Aber ich kann mir nicht vorstellen, wie wir das je erfahren sollen.«

3

Thomas Pitt hatte keine Ahnung, daß seine Frau zum Hanover Close gefahren war. Er wußte von Charlottes Fürsorge für Emily und konnte sie auch nachvollziehen. Er erwartete von Charlotte, daß sie all ihr Urteilsvermögen einsetzen würde, um herauszubekommen, wie Emily zu Jack Radley stand und ob er es wert wäre, falls sie ihn gern hatte. Sollte er kein ehrlicher Mensch sein, wäre die größte Herausforderung, entweder Emily zur Vernunft zu bringen oder Radley selbst abzuschrecken. Thomas Pitt vermutete, daß Charlotte sehr viel Geschick würde aufwenden müssen, um die Affäre so zu lenken, daß Emily am wenigsten Kummer daraus erwuchs. Deshalb erwähnte er seiner Frau gegenüber nichts mehr von dem Einbruch oder Robert Yorks Tod.

Ballarat rückte nicht mit dem wahren Grund heraus, warum der Fall wiederaufgenommen werden sollte. Vielleicht wollte man zweifelsfrei feststellen, daß das Verbrechen damals ein einfacher Einbruch mit einer ungeplanten Gewalttat gewesen war. Oder man mutmaßte, daß Veronica York irgendwie beteiligt war, als unwissender Anlaß eines Verbrechens aus Leidenschaft, das als Diebstahl getarnt war? Oder kannten die Leute im Außenministerium die Wahrheit und wollten durch einen Polizeitest nur sichergehen, daß sie für immer begraben bleiben würde?

Pitt fand diese letzte Möglichkeit besonders widerlich, und wahrscheinlich tat er seinen Vorgesetzten mit der Idee unrecht, doch er war entschlossen, alles zu bedenken, bis er Ballarat eine Antwort präsentieren konnte, die über jeden Zweifel erhaben war.

Er begann bei den gestohlenen Gegenständen und der seltsamen Tatsache, daß keiner von ihnen im Laufe der Jahre bei den entsprechenden Händlern und Hehlern aufgetaucht war.

Pitt gehörte seit beinahe zwanzig Jahren der Metropolitan Polizei an und kannte Leute, von denen Ballarat noch nie etwas gehört hatte. Es waren verschlossene, gefährliche Leute, die Pitt wegen vergangener oder zukünftiger Gefälligkeiten tolerierten. Zu ihnen ging er, während Charlotte Hanover Close aufsuchte.

Er verließ die Bow Street und marschierte ostwärts zur Themse hin, wo er in einem der weitläufigen Hafenslums verschwand. Er kam an windschiefen Häusern vorbei, die dunkel unter den tiefen Wolken lagen, und atmete den säuerlichen Gestank des Nebels ein, der von dem langsam fließenden, grauschwarzen Wasser des Flusses aufstieg. Hier gab es keine Kutschen mit Lampen und Dienern, nur düstere Karren, die mit Ballen für die Kaianlagen beladen waren oder mit welkem Gemüse zum Verkauf. Ein Kesselflicker ratterte mit seinen Pfannen über das unebene Pflaster, und ein Kleiderverkäufer rief: »Alte Kleider! Alte Kleider!« in einem klagenden durchdringenden Tonfall. Die Hufe seines Pferdes gaben kein Echo in dem feuchten Dämmerlicht.

Pitt ging schnell, mit gesenktem Kopf und eingezogenen Schultern. Er trug alte Stiefel mit losen Sohlen und eine schmutzige Jacke, die auf dem Rücken zerrissen war und für solche Ausflüge reserviert war. Er stellte den dünnen Kragen hoch, doch der Regen rann ihm den Hals hinunter und über den Rücken — ein wandernder eisiger Finger, der ihn schaudern ließ. Keiner beachtete Pitt, abgesehen von ein paar Straßenhändlern, die ihn mit kurzen Blicken streiften, doch er wirkte nicht wie ein Mann, der das Geld hatte, etwas zu kaufen. Frierend drang er immer tiefer in das Straßengewirr ein.

Schließlich fand er die Tür, die er suchte. Ihr Holz war schwarz vor Alter und Schmutz, der Metallknauf blank von vielen Händen. Thomas Pitt klopfte zweimal scharf, dann noch zweimal.

Nach wenigen Sekunden wurde die Tür einen Spaltbreit geöffnet, bis die Sicherheitskette sich straff spannte. Obwohl es Vormittag war, drang das Tageslicht kaum in diese schmalen Gassen, deren oberste Stockwerke sich fast berührten. Aus den Dachrinnen tropfte es unaufhörlich in ungleichmäßigem Rhythmus. Eine Ratte quietschte und rannte davon. Jemand stolperte über einen Haufen Unrat und fluchte. Aus der Ferne klang der Ruf: »Alte Kleider!«, und vom Fluß her ertönte ein Nebelhorn. Der Gestank von Fäulnis stieg Pitt in Nase und Hals.

»Mr. Pinhorn«, sagte er ruhig. »Eine geschäftliche Angelegenheit.«

Ein Schweigen folgte, dann flammte eine Kerze auf. Thomas Pitt konnte nur eine scharfe Nase und zwei schwarze Augenhöhlen sehen. Doch er wußte, daß Mr. Pinhorn immer selbst die Tür öffnete, in der Angst, seine Lehrlinge könnten auf eigene Faust einen Handel abschließen und ihm die paar Groschen vorenthalten.

»Sie sind es«, sagte Pinhorn mürrisch. »Was wollen Sie? Ich habe nichts für Sie!«

»Information, Mr. Pinhorn, und eine Warnung.«

Pinhorn räusperte sich tief im Rachen, als wolle er spucken, dann stieß er bellende Laute aus, die unbeschreibliche Verachtung zum Ausdruck brachten.

»Diebstahl ist eine Sache, Mord eine andere«, stellte Pitt ungerührt fest. Er kannte Pinhorn schon seit über zehn Jahren und hatte sich genau solch einen Empfang ausgemalt. »Und Hochverrat ist schlimmer als beides.«

Wieder entstand ein Schweigen. Pitt wußte, daß es klug war, sich Zeit zu lassen. Pinhorn war seit vierzig Jahren als Hehler tätig; er war sich des Risikos wohl bewußt, sonst wäre er nicht mehr am Leben gewesen. Er war nur ein Gefangener von Armut, Unwissenheit und Habgier. Leicht hätte er in einem der Gefängnisse Ihrer Majestät einsitzen können, wie in Coldbath Fields, wo die Arbeit in der Tretmühle selbst seinen massigen zähen Körper zerbrochen hätte.

Die Kette rasselte, und die Tür öffnete sich lautlos in den geölten Angeln.

»Kommen Sie herein, Mr. Pitt.«

Der Mann ging voraus durch einen Korridor, der mit alten Möbeln vollgestellt war und nach Schimmel roch, bog um eine Ecke und betrat einen Raum, der erstaunlich warm war. Das Feuer in einem offenen Kamin warf flackerndes Licht auf die fleckigen Wände. Ein schwerer roter Teppich, der zweifellos aus einem Einbruch stammte, lag zwischen zwei Plüschsesseln vor dem Kamin. An den Wänden stapelten sich geschnitzte Stühle, Bilder, Kisten, Uhren, Krüge, Kannen und Geschirr. Von einem Spiegel wurde das Licht der Flammen reflektiert.

»Was wollen Sie, Mr. Pitt?« fragte Pinhorn erneut. Er war groß, mit breiter Brust und einem runden Schädel, das graue Haar kurz geschoren wie bei einem Gefangenen, obwohl er noch nie verurteilt worden war. In seiner Jugend war er als Schläger bekannt gewesen, und noch heute konnte er einen Mann bewußtlos prügeln, wenn ihn die Wut packte, was von Zeit zu Zeit passierte.

»Haben Sie zwei Miniaturbilder gesehen?« fragte Pitt. »Siebzehntes Jahrhundert, ein Mann und eine Frau? Oder eine Silbervase, einen Briefbeschwerer mit Blumenmuster und eine Erstausgabe von ›Gullivers Reisen‹?«

Pinhorn sah überrascht aus. »Ist das alles? Sind Sie den Weg hierher gekommen, um mich das zu fragen? Das Zeug ist nicht viel wert.«

»Ich will die Sachen nicht haben, sondern wissen, ob Sie davon gehört haben — wahrscheinlich vor ungefähr drei Jahren.«

Pinhorn furchte ungläubig die Stirn. »Vor drei Jahren? Das darf doch nicht wahr sein! Glauben Sie vielleicht, ich würde mich an die Beute von damals erinnern?«

»Sie erinnern sich an alles, was Sie je gekauft oder veräußert haben, Pinhorn«, stellte Pitt ruhig fest. »Sie sind der beste Hehler auf dieser Seite des Flusses, und Sie kennen den Wert jeder Sache bis auf den Pfennig. Sie würden so etwas wie eine Swift-Erstausgabe nicht vergessen.«

»Gut, ich hatte nie eine.«

»Wer sonst? Ich will sie nicht haben, ich will es nur wissen.«

Pinhorn richtete seine kleinen schwarzen Augen auf Pitts Gesicht und rümpfte argwöhnisch die große Nase. »Sie würden mich doch nicht anlügen, Mr. Pitt, oder? Das wäre sehr unklug, denn dann könnte ich Ihnen nicht mehr helfen.«

Pitt lächelte. »Dasselbe gilt für Sie. Haben Sie von dem Buch gehört?«

»Sie haben etwas von Mord und Landesverrat gesagt — das sind harte Anklagen.«

»Anklagen, für die man gehenkt wird«, meinte Pitt unmißverständlich. »Mord ist ganz gewiß im Spiel, Hochverrat nur vielleicht. Hat irgend jemand etwas über den Swift erzählt? Ihnen kommt doch hier fast alles zu Ohren.«

»Ich weiß nichts«, erklärte Pinhorn mit einer Miene, die äußerste Konzentration verriet. »Wenn hier ein Hehler am Werk war, hat er ganz heimlich gehandelt — oder nur in seinem engsten Bekanntenkreis. Allerdings kann ich mir nicht vorstellen, wer so ein wertloses Zeug haben will. Sie sagten Erstausgabe, also nicht handgeschrieben?«

»Nein, ein erster Druck.«

»Ich kann Ihnen nicht helfen.«

Thomas Pitt glaubte ihm, denn er wußte, daß Pinhorn ihn in Zukunft auf seiner Seite haben wollte. Pinhorn war zu mächtig, um seine Rivalen zu fürchten, und Loyalität kannte er nicht. In seinem eigenen Interesse hätte er Pitt in diesem Fall weitergeholfen, wenn er gekonnt hätte.

»Falls ich etwas höre, werde ich es Ihnen sagen«, fügte Pinhorn hinzu. »Jetzt schulden Sie mir wieder etwas.«

»Das tue ich, Mr. Pinhorn«, entgegnete Pitt trocken. »Aber nicht viel.« Er wandte sich um und ging zurück zu der Holztür und in den Regen hinaus.

Er kannte viele Händler, die gestohlenes Gut verschacherten; er kannte auch die ärmsten der Pfandleiher, die ein paar Pfennige verliehen an Leute, die so verzweifelt waren, ihre Töpfe und Pfannen oder ihr Handwerkszeug wegzugeben, um sich Nahrungsmittel zu kaufen. Er haßte solche Stätten, und das Mitleid, das er empfand, war wie ein Faustschlag in die Magengrube. Weil er hilflos war, empfand er Wut, anstatt zu weinen. Er hätte am liebsten das Parlament, die Reichen, jeden, der satt und komfortabel lebte, angebrüllt, um auf Zehntausende aufmerksam zu machen, deren Leben an einem hauchdünnen Faden hing, die nicht erzogen worden waren, um sich Moral leisten zu können — höchstens eine ganz grobe, rohe Moral.

Diesmal konnte er eine Begegnung mit diesen Menschen vermeiden, auch mit den Diebesschulen, in denen Kinder zum Stehlen abgerichtet wurden, die dann ihre Profite an die sogenannten Lehrer abliefern mußten. Auch brauchte er sich nicht mit den Lumpenhändlern zu befassen, die alte Kleider und abgetragene Schuhe auseinandernahmen und zu neuen verarbeiteten — für die Armen, die sich nichts Besseres erlauben konnten. Oft wurden die schlimmsten Fetzen mühsam aufgetrennt und die Fasern zu Kunstwolle verwoben, einem Schund, der diejenigen bedecken sollte, die sonst nackt gewesen wären.

Die Gegenstände aus dem York-Haus waren von einem Dieb mit Geschmack entwendet worden und würden einen entsprechenden Weg gehen. Es waren Luxusgüter, mit denen die ärmsten unter den Pfandleihern nichts anfangen konnten.

Thomas Pitt wanderte zurück in die Richtung nach Mayfair und Hanover Close. Nachdem er die gestohlene Ware nicht auftreiben konnte, mußte er sich an die Leute wenden, die das Pflaster kannten. Irgend jemand würde Bescheid wissen, denn die Polizei hatte vor drei Jahren ganz offen nach dem Diebesgut gefahndet und auch kein Geheimnis aus dem Raub gemacht.

Nachdem Pitt Mayfair erreicht hatte, brauchte er noch eine halbe Stunde, bis er den Mann aufgespürt hatte, den er suchte — einen mageren, hinkenden kleinen Typen namens William Winsell, der ausgerechnet den Spitznamen »Wiesel« trug. Er saß in der dunkelsten Ecke einer übel beleumdeten Kneipe und starrte säuerlich auf den schmuddeligen, halb gefüllten Bierkrug, der vor ihm stand.

Pitt setzte sich auf den leeren Platz neben dem Mann. Das »Wiesel« musterte ihn wütend.

»Was machen Sie hier, Sie verdammter Schnüffler? Wer wird mir noch trauen, wenn man mich neben Ihnen sieht?« Er betrachtete Pitts zerlumpte Kleidung. »Glauben Sie, man würde Sie in diesen Lappen nicht erkennen? Sie sehen immer noch wie ein Schnüffler aus — mit Ihren sauberen Händen, die noch nie gearbeitet haben. Sie werden mich ruinieren!«

»Ich bleibe nicht hier«, sagte Pitt ruhig. »Ich gehe ins Gasthaus ›Hund und Ente‹ zum Essen, eine Meile von hier entfernt. Ich dachte, Sie möchten mich dort vielleicht treffen, in, sagen wir, einer halben Stunde. Ich werde Steak und heiße Nierchen bestellen, Mrs. Billows macht das köstlich. Und Korinthenpudding, schön fett mit viel Sahne. Dazu eventuell ein paar Gläser Apfelwein, der von der Westküste kommt.«

Das »Wiesel« schluckte hart. »Sie sind grausam, Mr. Pitt. Sie müssen einem armen Bastard den Tod wünschen!« Er machte eine Bewegung, als habe er eine Schlinge um den Hals.

»Möglicherweise — zum Schluß«, stimmte Pitt zu. »Aber vorerst will ich nur eine Information über einen Diebstahl. ›Hund und Ente‹, in einer halben Stunde! Seien Sie dort, Wiesel, oder ich muß Sie an einem weniger angenehmen und auch nicht so geheimen Ort treffen.« Er erhob sich und verließ die Kneipe.

Fünfunddreißig Minuten später saß er in der gemütlicheren Gaststube des Gasthofes »Hund und Ente« und hatte ein Glas Apfelwein vor sich stehen, der so klar und leuchtend war wie ein Altweibersommertag. Gleich darauf kam »Wiesel« nervös hereingehuscht, griff sich in den schmutzigen Kragen, als wolle er ihn lockern, und schlängelte sich auf den Platz gegenüber Pitt. Ein- oder zweimal blickte er sich um, doch er sah nur langweilige achtbare Händler und Angestellte, niemand, den er kannte.

»Steak und heiße Nierchen?« meinte Thomas Pitt überflüssigerweise.

»Was wollen Sie von mir?« fragte der Mann argwöhnisch, doch seine Nasenflügel weiteten sich bei dem anregenden Aroma frischer Speisen. »Wonach suchen Sie?«

»Nach jemand, der vor drei Jahren in ein Haus in Hanover Close eingebrochen ist«, erwiderte Pitt und nickte dem Wirt über William Winsells Kopf hinweg zu.

Winsell fuhr wütend herum. »Wem geben Sie ein Zeichen?«

»Dem Wirt. Wollen Sie nichts essen?«

Der Mann beruhigte sich wieder, noch leicht gerötet unter seiner grauen Gesichtshaut.

»Ein Raub vor drei Jahren in Hanover Close«, wiederholte Pit.

Winsell schnaubte. »Vor drei Jahren? Sie sind ein bißchen langsam, oder? Was wurde gestohlen?«

Pitt beschrieb die Gegenstände.

»Und die suchen Sie?« Das »Wiesel« verzog ungläubig die Lippen.

»Ich interessiere mich dafür«, gab Thomas Pitt zu. »In erster Linie möchte ich die Unschuld von jemand beweisen.«

»Sie packen aber aus!« stellte Winsell höhnisch fest. »Wohl ein Freund von Ihnen?«

Pitt lächelte. »Haben Sie Hunger?« Der Wirt erschien mit zwei dampfenden Schüsseln voller Fleisch und duftender Soße, ihm folgte ein Mädchen mit dem Apfelweinkrug.

»Wiesels« Augen glänzten.

»Mord ist nicht gut fürs Geschäft«, sagte Pitt leise. »Er bringt den Diebstahl in Verruf.«

»Stimmt. Mord ist ungeschickt und nicht nötig.« Winsell beobachtete voll Entzücken, wie der Teller vor ihn hingestellt wurde, und leckte sich die Lippen, als das Mädchen den Apfelwein kredenzte.

»Was wissen Sie darüber, ›Wiesel‹?«

Winsells Augen öffneten sich weit. Sie waren von einem klaren Grau – ein ausgleichendes Moment in einem sonst unattraktiven Gesicht, sie mußten einmal schön gewesen sein.

Er schob ein Stück Fleisch in den Mund und kaute genüßlich.

»Nichts«, sagte er schließlich. »Gar nichts. Gewöhnlich hört man etwas, wenn nicht gleich, dann nach Monaten, oder, wenn der Täter sich vor der Polizei verstecken muß, spätestens nach einem Jahr. Aber der hier ist einfach verschwunden.«

»Wüßten Sie denn sonst etwas von ihm?«

»Wiesel« schob sich erneut eine Portion in den Mund. »Selbstverständlich! Ich kenne jeden Unterschlupf, jede Absteige, jeden Ganoventreffpunkt weit und breit.« Er nahm einen kräftigen Schluck Apfelwein. »Und ich sage Ihnen eins: Das war kein Profi! Ich habe gehört, daß er keinen Komplizen und niemand gehabt hat — außerdem kann nur ein Idiot in einer Gegend wie Hanover Close an der Vorderfront einsteigen, wo alle zwanzig Minuten ein Bulle vorbeikommt!«

Pitt hatte schon von dem Polizisten Lowther gehört, daß der Dieb kein Profi gewesen war, doch es war interessant, daß Winsell dasselbe sagte.

Der Mann lehnte sich zurück und tätschelte seinen Bauch. »Das war ein prima Essen, Mr. Pitt«, stellte er fest und schaute auf seinen leeren Teller. »Ich würde Ihnen helfen, wenn ich könnte.« Er zog die Platte mit dem Korinthenpudding zu sich heran und tauchte den Löffel hinein. Dann blickte er plötzlich auf. »Vielleicht hatte die Dame des Hauses einen Liebhaber, der den Ehemann umbrachte, und die Geschichte hat gar nichts mit Diebstahl zu tun. Haben Sie daran schon gedacht, Mr. Pitt?«

Pitt nickte und schob ihm die Schüssel mit der Sahne hin. »Ja, ›Wiesel‹, das habe ich.«

Winsell grinste und entblößte eine Reihe scharfer lückenhafter Zähne. Er verteilte großzügig Sahne über dem Pudding.

»Sie sind gar nicht dumm — für einen Bullen«, meinte er mit widerwilliger Anerkennung.

Thomas Pitt glaubte Winsell, daß er nichts wußte, aber er fühlte sich verpflichtet, bis Weihnachten noch weitere Versuche zu unternehmen. Doch er fand nichts heraus. Er marschierte meilenweit durch düstere Gassen hinter den pompösen Fassaden der großen Straßen, er befragte Zuhälter, Hehler, Straßenräuber und Bordellbesitzer, doch keiner konnte ihm irgendeinen Fingerzeig geben.

Es war ein schöner frostiger Abend, schon dunkel seit halb fünf Uhr nach einem blaßgrünen Sonnenuntergang. Gaslampen verströmten ihr gelbes Licht, Kutschen ratterten über den glänzenden Eisfilm auf dem Pflaster. Die Leute tauschten Grüße aus, Kutscher fluchten, und Straßenverkäufer priesen ihre Ware an: heiße Kastanien, Zündhölzer, Schuhbänder, alten Lavendel, frische Pasteten, billige Pfeifen, Spielzeugsoldaten. Hin und wieder sangen ein paar junge Leute Weihnachtslieder; ihre Stimmen klangen dünn und ein wenig scharf in der frostigen Luft.

Thomas Pitt spürte, wie ihn ein wohliges Gefühl der Sauberkeit durchflutete, als er den Geruch der Verzweiflung hinter sich ließ und die Düsterkeit frohen Farben wich. Die Vorfreude ringsum steckte ihn an und half ihm, die Schuldgefühle zu vergessen, die ihn gewöhnlich überfielen, wenn er aus den Elendsvierteln in sein gemütliches Haus zurückkehrte. Heute empfand er nur Dankbarkeit. Er sperrte die Tür auf und rief: »Hallo!«

Nach einem Augenblick der Stille hörte er, wie Jemima von ihrem Stühlchen sprang und ihm mit trappelnden Schritten entgegenlief.

»Papa, Papa, es ist Heiligabend!«

Er nahm sie in die Arme und hob sie hoch. »Ja, mein

Liebling, heute ist Heiligabend.« Er küßte sie und hielt sie fest, während er in die Küche ging. Alle Lichter waren angezündet. Charlotte und Emily saßen am Küchentisch und vollendeten den Zuckerguß auf einem großen Kuchen. Gracie stopfte die Gans. Emily war vor einer Stunde mit einem Diener im Schlepptau angekommen, beladen mit Schachteln, buntem Papier und Bändern. Edward, Daniel und Jemima hatten ihn sprachlos vor Aufregung umringt. Der silberblonde Edward war von einem Fuß auf den anderen gehüpft, Daniel hatte einen Tanz vollführt, bis er umfiel.

Pitt stellte Jemima auf den Boden, küßte Charlotte und begrüßte Emily sowie Gracie. Er zog die Stiefel aus und setzte sich vor den Ofen, um sich Füße und Beine zu wärmen. Zufrieden sah er Gracie zu, wie sie den Wasserkessel auf den heißen Herd stellte, dann Thomas' große Frühstückstasse und die Teekanne brachte.

Nach dem Abendessen konnte er es kaum erwarten, bis die Kinder im Bett waren und er seine sorgsam versteckten Geschenke ausbreiten durfte. Er, Emily und Charlotte saßen um den geschrubbten Küchentisch. Immer wieder verschwand jemand im Wohnzimmer, wollte nicht gestört werden und kehrte mit strahlenden Augen zurück.

Die Bescherung der Kinder fand am nächsten Tag nach dem Kirchenbesuch und einem wunderbar üppigen Essen statt. Gracie war nach Hause zu ihrer Mutter gefahren.

Alle Geschenke fanden begeisterten Anklang. Charlotte freute sich sehr über die Vase und die Granatbrosche von Emily, wie Emily sich ebenfalls über den Spitzenkragen freute, den Charlotte und Thomas ihr gaben. Pitt wußte die Hemden, die Charlotte für ihn genäht hatte, sehr zu schätzen, und er dankte Emily herzlich für die glänzenden Lederstiefel, die sie ihm gekauft hatte. Er war dankbar für ihr Taktgefühl, nicht zuviel zu schenken, denn sein ganzes Monatsgehalt entsprach nicht einmal der Summe, die sie in diesem Zeitraum für Garderobe ausgab.

Emily ihrerseits war dankbar für die Wärme und das Gefühl der Zusammengehörigkeit, die sie im Haus ihrer Schwester empfing, und sie ließ beide ihr Glücksempfinden deutlich spüren.

Als die Kinder am Abend todmüde, die Geschenke im Arm, ins Bett gegangen waren, saßen die Erwachsenen noch gemütlich bis Mitternacht beisammen.

Zwei Tage später, als ein kalter Nordwind den Schneematsch auf dem Pflaster zu glatten knisternden Wellen gefrieren ließ, nahm Pitt seine Arbeit wieder auf.

Er gab in seiner Dienststelle verschiedene Instruktionen, die die üblichen Einbrüche betrafen, und machte sich dann auf den Weg von der Bow Street zur Hanover Close. Er war sehr neugierig, die Yorks kennenzulernen, und er hatte eine Idee.

Der Kutscher wunderte sich über die vornehme Adresse und setzte Pitt in der ruhigen eleganten Close mit den georgianischen Fassaden ab.

Pitt ging zur Eingangstür, die beinahe sofort von einem Diener geöffnet wurde. Der junge Bedienstete machte ein leicht erstauntes Gesicht.

»Mein Name ist Thomas Pitt«, sagte der Kommissar und erwähnte seinen Dienstgrad noch nicht. »Möglicherweise habe ich eine Information für Mr. York, die ihn interessieren könnte. Ich wäre Ihnen dankbar, wenn Sie ihn fragen würden, ob ich mit ihm sprechen darf.«

Der Diener wagte es nicht, solch eine höfliche Bitte abzuschlagen — eine Tatsache, mit der Pitt gerechnet hatte.

»Wenn Sie im Frühstückszimmer warten wollen, werde ich fragen.« Der Diener trat zurück und ließ Thomas Pitt ein.

Der Frühstücksraum war geräumig und gemütlich, eigentlich die Stätte eines Mannes, mit kühlen grünen Möbeln und Sportdrucken an den Wänden. In zwei Glasvitrinen standen ledergebundene Bücher. Auf einem Tisch neben dem Fenster befand sich ein fein gearbeiteter Globus, den ein graviertes Messingband umspannte.

Der Diener zögerte. »Kann ich Mr. York sagen, um was es sich handelt?«

»Um den Tod von Mr. Robert York«, erwiderte Pitt, indem er die Wahrheit nur ein wenig verzerrte.

Der Diener wußte hierauf keine Antwort. Er verbeugte sich etwas umständlich und verschwand.

Thomas Pitt überlegte noch einmal, was er sagen wollte. Er war darauf vorbereitet, einen Mann anzulügen, mit dem er tiefes Mitleid empfand und der ihm vielleicht sympathisch sein würde.

Der Honorable Piers York erschien innerhalb von fünf Minuten. Er war groß und besaß die Gestalt eines Mannes, der früher einmal schlank gewesen war. Er näherte sich den Siebzig und hielt sich gerade, abgesehen von einer leichten Rundung der Schultern. Sein schmales Gesicht verriet einen tief verwurzelten Humor, den Kummer und jahrelange Selbstbeherrschung verdeckten.

»Mr. Pitt?« meinte er neugierig und deutete einladend auf einen der Sessel. »John sagte, Sie wüßten etwas über den Tod meines Sohnes. Stimmt das?«

Pitt schämte sich mehr, als er erwartet hatte, doch nun war es für einen Rückzug zu spät. »Ja, Sir. Es ist möglich, daß einige der gestohlenen Gegenstände entdeckt wurden. Könnten Sie mir eine genaue Beschreibung der Vase und des Briefbeschwerers geben?«

Yorks Augen drückten Verblüffung aus, zudem Trauer und einen Hauch von etwas, das man vielleicht als Spott bezeichnen konnte, als der Honorable Pitts glänzende Stiefel betrachtete. »Sind Sie von der Polizei?«

Pitt spürte Hitze in den Wangen. »Ja, Sir.«

York nahm trotz einer leichten Rückensteifheit mit einer eleganten Bewegung Platz. »Was haben Sie gefunden?«

Pitt hatte seine Story vorbereitet. Er setzte sich York gegenüber und vermied dessen Blick. »Wir haben kürzlich eine Menge gestohlenen Gutes entdeckt. Darunter sind Gegenstände aus Silber und Kristall.«

»Ich verstehe.« York lächelte freudlos. »Aber das ist jetzt doch nicht mehr von Bedeutung. Die Sachen waren nicht wertvoll. Und Sie haben sicher Wichtigeres zu tun.«

»Möglicherweise führen die Gegenstände zu dem Dieb und somit zum Mörder Ihres Sohnes«, erklärte Pitt ernst.

York blieb höflich, aber er wirkte müde. Er hatte das Ereignis aus seinem Gefühlsleben verbannt. »Nach drei Jahren, Mr. Pitt? Gewiß haben die Dinge inzwischen öfter den Besitzer gewechselt.«

»Das glaube ich nicht, Sir. Wir haben immer Kontakte zu den Hehlern.«

York seufzte. »Ist Ihr Vorstoß notwendig? Mir ist die Vase wirklich gleichgültig, und meiner Frau bestimmt auch. Robert war unser einziger Sohn, können wir nicht...« Seine Stimme erstarb.

War es notwendig? Würde diese Farce zu irgendeiner Information über den Mörder führen? Würde sie wenigstens klarstellen, ob die Witwe in die Tragödie verstrickt war? Oder wurde hier nur eine bereits zutiefst verletzte Familie weiter gequält?

Es stand fest, daß es sich bei dem Einbruch nicht um einen alltäglichen handelte, also nicht um einen Dieb aus der Unterwelt. Vielleicht hatte Robert York einen Bekannten überrascht und war deshalb getötet worden. Oder Robert York hatte seine Frau mit einem Liebhaber ertappt, und der Täter nahm die Gegenstände mit, um das wahre Verbrechen zu verschleiern. Oder, noch schlimmer, der Mord war geplant gewesen.

Natürlich gab es auch noch die Möglichkeit, die das Außenministerium fürchtete: daß York geheime Papiere nach Hause mitgenommen hatte, die dem Dieb in die Hände gefallen waren. Dann hätte es sich nicht nur um Mord, sondern auch noch um Landesverrat gehandelt.

»Ja, unsere Nachforschungen sind notwendig«, erklärte Pitt bestimmt. »Es tut mir leid, Sir, aber ich glaube, daß Mrs. York nicht einmal in ihrem Kummer möchte, daß der Mörder frei bleibt, wenn es eine Chance gibt, ihn zu fangen.«

York sah ihn ein paar Sekunden lang ruhig an, dann stand er auf. »Ich denke, daß Sie wissen, was Sie tun, Mr. Pitt.« Es war keine Geringschätzung in seiner Stimme, er sprach von Gentleman zu Gentleman. Er zog an der Klingelschnur neben der Tür und trug einem eintretenden Diener auf, Mrs. York zu holen.

Pitt erhob sich sofort, als sie hereinkam, und betrachtete sie interessiert. Sie war von mittlerer Größe, schlank, aber ein wenig rundlich um die Taille, und trug kostbare französische Spitze um die Schultern, wie Großtante Vespasia sie bevorzugt hätte. Ihr Gesicht war glatt, die Nase fast griechisch, der Mund fein ausgeprägt. Sie musterte Thomas Pitt mit kaltem Staunen.

»Mr. Pitt ist von der Polizei«, sagte Piers York erklärend. »Möglicherweise hat er einige unserer gestohlenen Artikel gefunden. Kannst du die Silbervase beschreiben? Ich würde sie nicht einmal wiedererkennen, wenn ich sie sähe.«

Ihre Augen weiteten sich. »Nach drei Jahren wollen Sie mir eine Silbervase zurückgeben? Das beeindruckt mich nicht, Mr. Pitt.«

Die Kritik war unverkennbar. Pitts Stimme klang schärfer, als er beabsichtigte. »Die Gerechtigkeit arbeitet häufig langsam, Madam, und manchmal müssen die Unschuldigen leiden. Ich bedaure das.«

Sie zwang sich zu einem Lächeln, und Thomas Pitt zollte ihr Achtung dafür.

»Die Vase war ungefähr dreiundzwanzig Zentimeter hoch, quadratisch, mit einem gerillten Rand und aus schwerem Silber. Ich benützte sie gewöhnlich für Rosen — es paßten fünf bis sechs hinein.«

Das war eine sehr präzise Beschreibung. Pitt sah die Dame genau an. Sie war intelligent und völlig beherrscht, dennoch drückte ihr Gesicht Gefühl und Leidenschaft aus. Ihre kleinen kräftigen Hände wirkten etwas starr, doch nicht verkrampft.

»Danke, Madam. Und der Briefbeschwerer?«

»Kugelförmig, mit zwei eingravierten Tudorrosen und einigen Schnörkeln, ungefähr neun Zentimter hoch und schwer, natürlich.« Ihre Brauen zogen sich zusammen. »Haben Sie den Dieb gefunden?« Nun bebte ihre Stimme leicht, und ein winziger Muskel zuckte unter der bleichen Haut ihrer Schläfe.

»Nein, Madam.« Wenigstens das war die Wahrheit. »Nur Gegenstände, durch einen Hehler. Aber er führt uns vielleicht zu dem Dieb.«

York stand ein Stück von ihr entfernt, und Pitt glaubte, er wolle seine Frau mit einer tröstlichen Geste berühren. Als er es dann nicht tat, nahm Thomas Pitt an, er habe die kleine Bewegung mißdeutet. Was lag hinter dem schmerzlichen patriarchalischen Gesicht, was hinter Mrs. Yorks gleichmäßiger, sorgfältig konservierter Schönheit? Argwöhnten die beiden, daß ihre Schwiegertochter einen Liebhaber gehabt hatte? Oder daß ihr Sohn wegen politischer Geheimnisse ermordet worden war?

Jedenfalls würde Pitt nichts erfahren, wenn er die beiden nur beobachtete. Ihre strenge Erziehung in der Aristokratie hatte sie Selbstdisziplin und Verpflichtung zur Würde gelehrt. Mochten Angst oder Kummer diese Menschen quälen — kein Zittern der Stimme oder der Hände würde einem Polizisten je das geringste verraten.

Thomas Pitt wünschte beinahe, Charlotte könnte das Ehepaar sehen; sie hätte deren Benehmen vielleicht eher deuten können.

Er brauchte drei Tage, um eine Vase aufzutreiben, die Mrs. Yorks Beschreibung einigermaßen entsprach —

an einen ähnlichen Briefbeschwerer war gar nicht zu denken. So etwas gab es bei keinem Diebesgut.

Es war Silvester und schneite stark. Thomas Pitt fuhr durch die weiß verhüllten Straßen und stieg kurz nach drei Uhr vor Hanover Close Nummer zwei aus. Vom diensthabenden Streifenbeamten hatte er gehört, daß das die beste Zeit war, die jüngere Mrs. York allein anzutreffen, während die ältere Besuche machte.

Diesmal öffnete ein junges hübsches Stubenmädchen mit frischer Spitzenschürze und einer Haube auf dem dunklen Haar die Tür. Sie musterte Pitt mißtrauisch vom zerzausten Haar unter dem großen Hut über den zerknitterten, aber gut geschnittenen Mantel bis zu Emilys schönen Stiefeln.

»Ja, Sir?«

Er lächelte ihr zu. »Ich habe mich bei Mrs. York angemeldet. Sie erwartet mich dieser Tage.«

»Mrs. York hat im Moment Besuch, aber wenn Sie ins Frühstückszimmer kommen wollen, sage ich ihr Bescheid.«

»Danke.« Er trat ein und reichte ihr eine der Karten, die er sich seit seiner letzten Aufwartung hatte drucken lassen.

Der Frühstücksraum war unverändert, im Kamin brannte ein mit Asche belegtes, schwaches Feuer. Diesmal öffnete Pitt gleich die Tür zum Korridor, um ein wenig lauschen zu können.

Das Mißverständnis, auf das er gehofft hatte, verwirklichte sich. Es war die jüngere Mrs. York, die von dem Stubenmädchen informiert wurde. Nach etwa zehn Minuten erschien sie, begleitet von einem ungefähr vierzigjährigen, blonden Mann, dessen Gesicht nicht hübsch, doch intelligent und gewinnend war. Die beiden wirkten höflich sowie äußerst wachsam.

Veronica York war tatsächlich eine bildschöne Frau, und sie bewegte sich mit ungewöhnlicher Anmut. Ihr Gesicht war sensibler und feiner als das ihrer Schwiegermutter. Pitt fühlte sich von diesen edlen Zügen sofort angezogen. Es lag eine bezaubernde Vornehmheit in ihnen, und Thomas Pitt gewann den Eindruck, daß die Seele dieser Frau zu brennender Leidenschaft fähig war.

»Mr. Pitt?« meinte sie zweifelnd. »Ich hoffe, daß Sie die Gegenwart von Mr. Danver nicht stört. Ich bedaure, daß ich mich nicht an Sie erinnern kann.«

Danver legte wie schützend den Arm um sie. Sein Gesicht zeigte keine Feindseligkeit, nur Vorsicht und das Bewußtsein von Veronicas Verletzlichkeit.

»Es tut mir leid«, entschuldigte sich Pitt sofort. »Mrs. Piers York erwartete mich. Ich hätte mich deutlicher ausdrücken müssen. Aber ich denke, daß auch Sie — wenn es Ihnen nichts ausmacht — mir helfen können.« Er nahm die Silbervase aus der Manteltasche und hielt sie hoch. »Ist es möglich, daß es sich hier um die Vase handelt, die Ihnen vor drei Jahren gestohlen wurde?«

Das Blut wich aus ihrem Gesicht, und ihre Augen weiteten sich, als habe er etwas Entsetzliches und Unbegreifliches vorgezeigt.

Danver hielt sie noch stärker fest. Er befürchtete wohl, sie würde in Ohnmacht fallen. Wütend sah er Pitt an.

»Um Himmels willen, Mann, haben Sie überhaupt kein Mitleid? Sie schneien hier ohne Vorwarnung herein und bringen einen Gegenstand daher, der in der Nacht von Mr. Yorks brutaler Ermordung gestohlen wurde! Ich werde mich wegen Ihrer Rücksichtslosigkeit bei Ihren Vorgesetzten beschweren. Sie hätten sich wenigstens an Mr. Piers York wenden können!«

Pitt hatte Mitleid mit ihr, doch das hatte er zuvor schon oft mit Schuldigen wie auch Unschuldigen gehabt. Bei Julian Danver war das anders; entweder war er ein hervorragender Schauspieler, oder er betrachtete den tragischen Fall als abgeschlossen.

»Es tut mir leid«, sagte Pitt ehrlich. »Mr. York erklärte mir kürzlich, er würde die Vase nicht wiedererkennen. Mrs. York hat sie mir beschrieben. Mit Ihrer Erlaubnis könnte ich die Bediensteten fragen . . .«

Veronica York rang um Fassung. »Du bist unfair, Julian.« Sie schluckte und atmete tief durch. Ihr Gesicht war noch immer blutleer. »Mr. Pitt tut nur seine Pflicht. Für Schwiegermutter wäre es doch genauso schlimm.« Sie hob den Blick, und Thomas Pitt war erneut verblüfft über die starke Gefühlswelt in ihren Augen. Diese Frau war nicht nur eine Schönheit der feinen Gesellschaft, sondern eine Person, die überall einmalig und verführerisch wirken würde. »Ich fürchte, ich bin mir nicht sicher, ob es unsere Vase ist oder nicht«, meinte sie mit brüchiger Stimme. »Ich habe sie nie besonders beachtet. Sie stand in der Bibliothek, und dort war ich nicht oft. Vielleicht könnten Sie einen der Diener fragen, anstatt meine Schwiegermutter damit zu belasten?«

»Natürlich.« Das kam Pitt äußerst gelegen. »Würden Sie bitte Ihrem Butler Bescheid sagen, dann werde ich in den Dienstbotentrakt gehen und das Mädchen suchen, das damals die Bibliothek saubergemacht hat.«

»Ja.« Sie konnte ihre Erleichterung nicht verbergen. »Ja, das ist eine sehr gute Idee.«

»Ich werde mich darum kümmern«, sagte Danver. »Würdest du nicht gern für eine Weile in dein Zimmer gehen, Liebes? Ich werde dich bei Papa und Harriet entschuldigen.«

Sie drehte sich schnell um. »Bitte, erzähle ihnen nichts.«

»Natürlich nicht«, versicherte er. »Ich werde nur sagen, daß du dich nicht ganz wohl fühlst und nachher wiederkommst. Soll ich dein Mädchen oder deine Schwiegermutter rufen?«

»Nein!« Nun klang ihre Stimme heftig, und ihre Hand umklammerte seinen Arm. »Nein, bitte nicht! Mir geht es gleich wieder gut. Würdest du nur Redditch Bescheid sagen wegen Mr. Pitt und der Vase?«

Er fügte sich zögernd, doch sein Gesicht drückte noch Unsicherheit aus.

»Guten Tag, Mr. Pitt«, sagte sie höflich und wandte sich ab. Danver öffnete ihr die Tür, und sie ging hinaus.

Dann läutete Danver nach dem Butler, einem sanft und etwas ängstlich dreinblickenden Mann mittleren Alters, der sich noch einen Hauch Unschuld aus den Kindheitstagen bewahrt zu haben schien. Das war eine seltsame Mischung bei der Position, die der Mann bekleidete. Pitts Irrtum wurde ihm erklärt, und er führte den Kommissar in das Wohnzimmer der Haushälterin, das gerade leer war.

»Ich weiß nicht, welches Mädchen damals unten arbeitete«, meinte der Butler unschlüssig. »Seit Mr. Roberts Tod hat fast das ganze Personal gewechselt. Auch ich bin neu, ebenso die Haushälterin. Aber das Spülmädchen war schon da. Sie könnte sich erinnern.«

Pitt nickte, und der Butler ließ ihn ungefähr zehn

Minuten allein, bis ein nett aussehendes Mädchen Anfang Zwanzig eintrat. Sie trug ein blaues Wollkleid, eine kleine weiße Schürze und ein Häubchen. Offensichtlich war sie nicht das Spülmädchen — sie wirkte gepflegt und hatte keine geröteten Hände.

Der Butler folgte ihr auf dem Fuße, vermutlich wollte er sichergehen, daß ihre Antworten diskret ausfielen.

»Ich bin Dulcie, Sir«, sagte sie mit einem winzigen Knicks. Polizisten verdienten keine tiefe Verneigung, sie standen kaum höher im Rang als Dienstboten. »Ich war hier Aushilfe, als Mr. Robert getötet wurde. Kann ich Ihnen helfen, Sir?«

Es war ein Jammer, daß der Butler dablieb, aber Thomas Pitt hätte damit rechnen müssen.

»Ja, bitte.« Pitt zeigte ihr die Silbervase. »Schauen Sie sie genau an, Dulcie. Ist das die Vase, die bis zu Mr. Robert Yorks Tod in der Bibliothek stand?«

»Oh!« Dulcie sah erschrocken aus. Offenbar hatte Redditch sich fair verhalten und nicht verraten, warum der Kommissar sie sprechen wollte. Ihre Augen weiteten sich und fixierten die Vase.

»Nun, Dulcie?« drängte Redditch. »Du mußt sie oft genug abgestaubt haben.«

»Sie ist sehr ähnlich, Sir, aber nicht dieselbe. Soweit ich mich erinnere, war sie vierkantig. Aber ich könnte mich irren.«

Das war für Pitt die beste Antwort. So konnte er weiterfragen. »Das macht nichts.« Er lächelte Dulcie zu. »Erinnern Sie sich an jene Woche vor drei Jahren?«

»Oh, ja«, erwiderte sie mit leiser Stimme.

»Erzählen Sie mir davon. Gab es viele Besucher im Haus?«

»Ja, viele, bis zu Mr. Roberts Tod. Danach kamen dann die Leute, um ihr Beileid zu bekunden.«

»Vorher — Damen, die am Nachmittag erschienen?«

»Ja, entweder für Mrs. Piers oder Mrs. Robert. Eine der beiden war gewöhnlich hier, die andere unterwegs, um Besuche zu machen.«

»Luden sie zum Essen ein?«

»Nicht sehr oft. Meistens gingen sie zum Essen oder ins Theater.«

»Aber einige Leute kamen her?«

»Natürlich.«

»Mr. Danver?«

»Mr. Julian Danver und sein Vater, Mr. Garrard, und Miß Harriet«, antwortete sie schnell. »Und Mr. und Mrs. Asherson.« Sie erwähnte noch ein halbes Dutzend Namen, die Pitt unter dem mißbilligenden Blick des Butlers notierte.

»Versuchen Sie nun, sich an einen einzelnen Tag zu erinnern, und zählen Sie Ihre Pflichten nacheinander auf.«

»Ja, Sir.« Sie schaute auf ihre gefalteten Hände und begann langsam. »Ich stand um halb sechs Uhr auf und kam herunter, um alle Feuerstellen zu säubern und die Messingteile zu putzen. Dann brachte mir Mary, das Spülmädchen, eine Tasse Tee. Danach machte ich überall Feuer, damit es schön warm war, wenn die Familie herunterkam. Ich achtete darauf, daß der Diener die Kohlenkasten immer füllte — man mußte oft dahinter hersein. Nach dem Frühstück fing ich mit dem Abstauben und Saubermachen an...«

»Haben Sie die Bibliothek geputzt?«

»Ja, Sir. Oh, Sir, jetzt erinnere ich mich: Das ist nicht unsere Vase.«

»Bist du sicher?« warf der Butler streng ein.

»Ja, Mr. Redditch, ich bin absolut sicher — ich könnte es beschwören.«

»Danke.« Thomas Pitt wußte nicht, was er sonst noch fragen sollte. Wenigstens hatte er ein paar Namen und konnte nach einem möglichen Amateurdieb forschen.

Er erhob sich und dankte auch dem Butler.

Redditch zögerte. »Möchten Sie eine Tasse Tee in der Küche, Mr. Pitt?«

Pitt sagte sofort ja. Er hatte Durst, und außerdem schätzte er die Gelegenheit, möglichst viele Diener zu beobachten.

Eine halbe Stunde später, nach drei Tassen Tee und zwei Scheiben Madeirakuchen, ging er durch die Haupthalle zurück und öffnete die Tür zur Bibliothek. Es war ein freundlicher Raum. Zwei Seiten bestanden aus Bücherwänden, die dritte aus riesigen Fenstern, die bis zur Decke reichten und von rostroten Samtvorhängen umrahmt wurden. An der vierten Wand lag ein großer Marmorkamin, flankiert von halbkreisförmigen Tischen mit Einlegearbeit aus exotischem Holz. Vor der Fensterfront standen ein massiver Eichenschreibtisch, dessen Platte mit grünem Leder bezogen war, und drei wuchtige Ledersessel.

Pitt stellte sich die Szene in Robert Yorks Todesnacht vor. Da hörte er ein leises Geräusch hinter sich und drehte sich um. Dulcie war hereingekommen. Ihre Augen strahlten.

»Gibt es noch etwas zu berichten?« fragte er rasch.

»Ja, Sir. Sie wollten von den Gästen wissen ...«

»Und?«

»Nun, in dieser Woche sah ich sie zum letztenmal.«

Sie hielt inne und biß sich auf die Lippen, als sei sie unsicher, ob sie so indiskret sein dürfe.

»Sahen Sie wen, Dulcie?« Pitts Stimme klang sanft. Er wollte Dulcie nicht erschrecken.

»Ich kenne ihren Namen nicht. Es war die Frau, die kirschrote Kleider trug, immer etwas in dieser Farbe. Sie war kein Gast; jedenfalls kam sie nie mit den anderen durch die Vordertür. Ich habe ihr Gesicht nur einmal im Licht der Gaslampe am Treppenabsatz gesehen. Sie war einen Augenblick da und im nächsten verschwunden. Sie trug immer Kirschrot, entweder ein Kleid oder Handschuhe oder eine Blume oder sonst etwas. Ich kenne Mrs. Veronicas Sachen; sie hat nichts in dieser Farbe. Einmal habe ich so einen Handschuh in der Bibliothek gefunden, halb unter einem Kissen versteckt.« Sie deutete auf einen der Sessel. »Und einmal ein rotes Band.«

»Konnten die Sachen nicht der älteren Mrs. York gehören?«

»Nein, Sir. Ich kannte die Mädchen der Damen, und wir sprachen über ihre Garderobe. Es war eine harte Farbe; ich weiß, daß keine der Damen sie mochte. Die Frau in Kirschrot kam und ging wie ein Schatten, als sollte keiner sie sehen. Ich habe sie auch seit jener Woche nicht mehr gesehen...«

»Danke, Dulcie.« Er blickte in ihr bekümmertes Gesicht. »Es war richtig, mir das zu erzählen. Ich werde Mr. Redditch nichts davon sagen, wenn es nicht unbedingt sein muß. Bringen Sie mich jetzt zur Tür. Es braucht niemand zu wissen, daß Sie hier waren.«

»Ja, Sir. Danke, Sir. Ich...« Sie zögerte, als wolle sie mehr sagen, doch dann knickste sie kurz und führte ihn zur Vordertür.

Einen Moment später befand er sich in der stillen Close, und das Eis krachte unter seinen Füßen. Wer war diese Frau in Rot, die seit Robert Yorks Ermordung nicht mehr aufgetaucht war, und warum hatte sonst niemand sie erwähnt?

Vielleicht war sie nicht wichtig, eine Freundin von Veronica oder eine Verwandte mit überspanntem Benehmen. Oder sie war das, was das Außenministerium verschwieg und nicht aufgedeckt haben wollte – eine Spionin. Thomas Pitt würde noch einmal mit Dulcie reden, wenn er etwas mehr wußte.

4

Emily kehrte nach dem zweiten Weihnachtsfeiertag in ihr eigenes Heim zurück. Das Ashworth-Stadthaus war geräumig und ausnehmend hübsch. George hatte es im ersten Jahr seiner Ehe entsprechend Emilys Geschmack renovieren lassen und war dabei typisch großzügig gewesen. Nichts, was den wohnlichen Charme oder die persönliche Atmosphäre verstärkte, war Emily verweigert worden, und dennoch war der Gesamteindruck keineswegs prahlerisch. Es gab keine französischen Ausstattungsgegenstände, keine Vergoldung oder Schnörkel, nur Möbel im Regency- oder georgianischen Stil, wie sie zur Architektur des Hauses paßten. Emily hatte damals beinahe mit George gestritten wegen der Vorliebe seiner Eltern für Quasten und Fransen, und sie hatte die meisten der mittelmäßigen Familienporträts in die unbenutzten Gästezimmer verbannt. Das Ergebnis hatte beide überrascht und George erfreut, da er sein Heim mit den überladenen Häusern seiner Freunde verglich.

Nun fühlte Emily sich einsam, obwohl sie von dienstbaren Geistern umgeben war. Sie sehnte sich nach Charlottes viel kleinerem Haus, das mit gebrauchten Möbeln vollgestopft war und in einer engen unmodernen Straße lag. Doch Emily war dort glücklich gewesen. Ein paar Tage lang hatte sie ihr Witwendasein völlig vergessen. Wenn sie nachts aufgewacht war und daran gedacht hatte, daß Charlotte jenseits der Wand mit Thomas in einem warmen Bett lag, hatte sie ihre Neidgefühle schnell unterdrückt und war gleich wieder eingeschlafen.

Nun spürte sie den Gegensatz wie eine scharfe Klinge. Die Luft in diesem großen Haus, dessen alleinige Herrin sie war, kam ihr eiskalt vor, als berühre kaltes Wasser ihre Haut.

Es war lächerlich! In jedem Kamin hatten die Dienstboten ein Feuer angezündet, eilige Füße huschten durch die Räume, Tafelsilber klirrte im Eßzimmer, und die Mädchen schnatterten am Treppenabsatz.

Emily lief rasch die Stufen hinauf. Ihr Mädchen nahm ihr Mantel und Hut ab und würde gleich die Koffer auspacken. Das Kindermädchen war dabei, dasselbe für Edward zu tun.

Unten wartete die Köchin darauf, daß Emily den Speiseplan für die Woche zusammenstellte. Es gab nichts, was Emily selbst tun mußte, abgesehen von Entscheidungen, die kaum wichtig waren. Die Tage dehnten sich vor ihr — ohne wahren Inhalt und Sinn, ohne jede interessante Beschäftigung. Emily würde die freudlosen Stunden mit Sticken, Briefeschreiben und Klavierspiel füllen oder mit Pinsel und Farbe herumpfuschen, anstatt ihre Visionen auf die Leinwand übertragen zu können.

Was immer sie tat, sie mochte es nicht allein tun.

Doch die meisten ihrer Bekannten verdienten nicht, Freunde genannt zu werden. Ihre Gegenwart würde nur die Stille stören, ohne Emily das Gefühl von Nähe zu geben. Und so verzweifelt war sie noch nicht, daß sie jede Art von Gesellschaft ersehnte, ganz gleich, welchen Wert sie hatte.

Tief in ihrem Inneren wußte Emily, daß jede Gesellschaft von Wert eine gewisse Bindung verlangte, und die junge Witwe war sich nicht sicher, zu wieviel Bindung sie — außerhalb ihrer Familie — bereit war. Das hohle Gefühl der Einsamkeit, das sie empfand, erschreckte sie. Es würde sich noch verstärken und sie vielleicht dazu treiben, ihr Leben mit zwecklosen Aktivitäten und albernen Gesprächen zu füllen.

Die Alternative hierzu erschien bemerkenswert attraktiv: ihre Freundschaft mit Jack Radley zu vertiefen. Dabei würde sie die Frage verdrängen, ob er mehr besaß als Charme, Humor, die Fähigkeit, Alltägliches zum Vergnügen werden zu lassen und sie, Emily, so gut zu verstehen, daß Erklärungen selten und Rechtfertigungen niemals nötig waren.

Sich gern zu haben war unter Freunden eine gute Sache. Aber bei einem Heiratskandidaten war Vertrauen erforderlich, das Wissen, wichtige Wertvorstellungen zu teilen und zu jeder Zeit auf ihn bauen zu können. Und wenn er untreu wäre — der Gedanke schmerzte Emily beinahe körperlich, da die Wunden, die ihr George beigebracht hatte, noch nicht völlig verheilt waren —, wenn er untreu wäre, müßte das bedeutungslos sein, weil seine Diskretion dafür sorgen würde, daß sie und vor allem ihre Freunde es nie erfuhren.

Gegenseitige Achtung war unerläßlich, eine Grundlage jeder Ehe . . . Emily hielt plötzlich voller Bestürzung in ihren Gedanken inne. Was war nur in sie gefahren? Heirat? Sie mußte verrückt sein! Sie hatte Georges Besitz geerbt und war eine schwerreiche Witwe. Die Mitgiftjäger würden kommen — zur rechten Zeit; nicht zu früh, denn das würde einen schlechten Eindruck machen und ihre Chancen verderben, und nicht zu spät, weil dann die Rivalen schon zur Stelle wären.

Der Gedanke war einfach abstoßend. Als Emily das erstemal auf dem Heiratsmarkt erschienen war, hatte sie Spaß an dem Spiel gehabt. Es gab so viel zu gewinnen, und sie hatte gewonnen. Sie hatte es auch verdient, denn sie war eine hervorragende Spielerin gewesen. Sie hatte alle Unschuld und Arroganz der Unerfahrenheit besessen.

Jetzt war sie längst nicht mehr so selbstsicher. Sie hatte erst kürzlich einen Fehlschlag erlitten, und sie hatte alles zu verlieren.

Befand sich Veronica York in derselben Lage? Hatte sie sich Ähnliches überlegt? Ihr Mann war ermordet worden, und sie war vermutlich die Erbin der Yorkschen Besitztümer. Betrachtete auch sie ihre Bewunderer mit Mißtrauen – ob ihre Liebe ihr selbst galt oder ihrem Geld?

Was für eine gewaltige Überheblichkeit! Jack Radley hatte nie das Wort »Heirat« erwähnt oder auch nur im entferntesten den Eindruck erweckt, er wolle Emily ehelichen. Sie mußte ihre Gedanken im Zaum halten, sonst würde sie in seiner Gegenwart noch irgend etwas Idiotisches sagen, das ihre Situation völlig unmöglich machte.

Wenn es nur irgendein interessantes Verbrechen gäbe, mit dem sie und Charlotte sich beschäftigen konnten, dann würden ihr die Flausen im Kopf von selbst vergehen.

Wie konnte eine Frau, die auch nur mit einem Mindestmaß an Intelligenz ausgestattet war, ihre Zeit damit verbringen, Dienstboten zu befehligen, die sowieso wußten, was zu tun war? Das Stubenmädchen hätte leicht ganz allein den Haushalt für eine einzelne Dame und einen kleinen Jungen führen können!

So begrüßte Emily am nächsten Morgen den Butler mit gemischten Gefühlen, als er Mr. Jack Radley ankündigte.

Sie schluckte und nahm sich zusammen, um dem Butler ihre Verwirrung nicht zu zeigen.

»Was für eine seltsame Zeit für einen Besuch«, sagte sie lässig. »Er wollte etwas für mich herausfinden — vielleicht hat er Neuigkeiten. Lassen Sie ihn hereinkommen.«

»Ja, Mylady.« Wainwrights Gesicht zeigte keine Regung. Er drehte sich langsam um und ging hinaus, als sei er Teil einer Prozession. Er war als Junge schon bei den Ashworths gewesen, da sein Vater den Posten eines Obergärtners bekleidet hatte. Emily fühlte sich in Wainwrights Nähe immer noch ungemütlich.

Jack kam einen Augenblick später herein, ohne Eile, wie es sich gehörte, aber leichten Fußes und mit ungeduldiger Miene. Wie immer war er modern angezogen, doch er trug seine Kleidung so ungezwungen, daß seine Eleganz stets wie zufällig und nie gewollt erschien. Um diese Wirkung zu erreichen, bezahlten manche Männer ein Vermögen.

Jack wollte schon behaupten, Emily sähe blendend aus, doch dann entschied er sich für die Wahrheit und lächelte flüchtig. »Du siehst so gelangweilt aus, Emily, wie ich mich fühle. Ich hasse den Januar, und er steht vor der Tür. Wir müssen etwas ungeheuer Interessantes unternehmen, damit er schnell vergeht und wir nichts davon merken...«

Sie mußte lächeln. »Tatsächlich? Und was schlägst du vor? Nimm bitte Platz.«

Er gehorchte mit Eleganz und blickte sie freimütig an. »Wir müssen unsere Entdeckungen weiterverfolgen. Charlotte geht doch sicher noch einmal zu den Yorks, oder? Ich hatte den Eindruck, daß der Fall sie genauso reizt wie uns. War es nicht überhaupt ihre Idee?«

Emily stimmte eifrig zu. »Ja, das war es. Bestimmt würde sie gern noch mal hingehen.« Sie brauchte nicht hinzuzufügen, daß dazu Jacks Hilfe erneut notwendig sein würde. Keine unverheiratete Frau, deren Rolle Charlotte ja gespielt hatte, könnte so eine Bekanntschaft allein pflegen. »Ich werde ihr ein paar Zeilen schicken. Und vielleicht erfährt Thomas auch noch etwas.«

Jack schaute gedankenverloren vor sich hin. »Ich habe sehr diskret versucht, etwas über die Danvers herauszubringen, doch mit wenig Erfolg. Der Vater, Garrard Danver, ist einer der Rangältesten im Außenministerium, wodurch die Familien sich vermutlich kennengelernt haben. Es waren zwei Söhne da — der eine wurde vor längerer Zeit in Indien getötet, der zweite ist Julian Danver, der Veronica York eventuell heiraten wird, je nachdem, was Thomas Pitt herausfindet.«

Emily schnaubte ein wenig irritiert. Sie entwickelte ein gewisses Verständnis für Veronica York und fand die Bedenken wegen ihres Rufs recht ärgerlich.

»Ich frage mich, weshalb niemand überlegt, ob er gut genug ist für sie«, sagte sie schroff. Gleich darauf bereute sie ihre Worte. Sie enthüllten zu sehr, was sie über ihre eigene Situation dachte.

Jack sah überrascht aus. »Du meinst seinen Ruf?«

Nun wußte sie keine Antwort. Es war absurd, vom Ruf eines Mannes die gleiche Reinheit zu erwarten wie von dem einer Frau — mit so einer Ansicht würde sie sich als Idiotin hinstellen. Doch sie konnte auch nicht sagen, was sie wirklich dachte, also suchte sie nach einer Ausrede. »Man müßte prüfen, ob er so ehrenhaft ist, wie er wirkt. Manche Männer haben schändliche Gewohnheiten, von denen nicht einmal ihre Familie etwas weiß.«

»Meinst du, er könnte mit Robert Yorks Ermordung etwas zu tun haben?« Jacks Augen verrieten nichts.

»Nein«, erwiderte sie langsam. »Es sei denn, er hätte ihn umgebracht.«

»Julian Danver?«

»Warum nicht?«

»Weil er schon Veronicas Liebhaber war?« Er machte sich ihren Standpunkt zu eigen. »Ja, das wäre möglich.« Er sagte das, ohne zu zögern, also erschien es ihm nicht weit hergeholt. Eine Scheidung wäre für Veronica nicht möglich gewesen, sie hätte ihr gesellschaftliches Leben ruiniert. Und wenn Veronica Yorks ehebrecherisches Verhalten bekannt geworden wäre, hätte Julian sie jetzt nicht heiraten können, ohne seine Karriere zu zerstören. Die beiden wären nirgendwo mehr akzeptiert worden, so, als würden sie nicht weiter existieren.

»Glaubst du, sie hat ihn so betört, daß er zu dieser Tat imstande war?« Mit dieser Frage wollte Emily testen, was Jack von Veronica hielt. Sah er in ihr eine Frau, die solch eine grenzenlose Leidenschaft entfachen konnte?

Die Antwort entsprach ihren Befürchtungen.

»Ich kenne Danver nicht. Doch wenn er zu einem Mord fähig ist, wäre Veronica als Anlaß durchaus geeignet.«

»Oh.« Ihre Stimme klang angespannt und ein wenig

hoch. »Dann sollten wir weiterforschen, allein schon um der Gerechtigkeit willen. Ich werde nun Charlotte schreiben, sie soll der Einladung für die Winterausstellung folgen, und du mußt dich bemühen, sie mit dem Rest der verdächtigen Leute bekannt zu machen.« Ihre Frustration bekam plötzlich die Oberhand und machte sich trotz aller guten Vorsätze Luft. »Ich wünschte, ich wäre hier nicht eingesperrt wie ein Eremit! Es ist widerlich. Ich könnte soviel unternehmen, wenn ich wieder meine gesellschaftliche Freiheit hätte — zum Teufel!«

Er sah momentan verblüfft aus, doch in seinen Augen war ein Lachen. »Ich glaube, du bist noch nicht reif für den feinen Salon der Mrs. Piers York, Emily«, sagte er trocken.

»Im Gegenteil«, rief sie grimmig, »ich bin überreif!«

Aber sie konnte nichts tun und hatte nur die Wahl, diese Tatsache mit Würde oder mürrisch zu akzeptieren.

Sie unterhielten sich noch eine Weile ganz allgemein, dann verabschiedete sich Jack Radley mit dem Auftrag, die notwendige Einladung zu ermöglichen. Emily war wieder allein und dachte über das soeben beendete Treffen nach. Sie hätte das Gespräch gern noch einmal und anders geführt, vor allem ein paar witzige Bemerkungen eingestreut. Männer mochten amüsante Frauen, solange sie nicht zu gescheit oder zu boshaft waren.

Konnte sie sich in Jack verliebt haben? Das wäre ungebührlich so kurz nach Georges Tod.

Sicher entsprangen ihre verwirrten Gefühle nur der Langeweile und der überwältigenden Einsamkeit, die sie empfand.

Es war sechs Tage später — ein ungemütlich kalter Tag des neuen Jahres —, als Emilys Kutsche am Nachmittag Charlotte abholte und zu Emilys Haus brachte. Hier zog Charlotte ein königsblaues Seidenkleid ihrer Schwester an und fuhr danach mit Jack zur Villa von Garrard Danver und seiner Familie in Mayfair, am anderen Ende von Hanover Close.

Charlotte war froh, als die Kutsche hielt und es wieder soweit war, in die Rolle der Elizabeth Barnaby zu schlüpfen. Es war leichter, aktiv zu werden, als in der Dunkelheit der Pferdedroschke zu sitzen und zu grübeln, was alles schiefgehen konnte. Wenn die Leute sie entlarvten — was sollte sie vorbringen? Es wäre entsetzlich: Sie würde wie ein Wurm an der Angel zappeln, während jeder sie anstarrte und dachte, wie lächerlich und geschmacklos sie sei. Sie müßte sagen, sie habe den Verstand verloren — das war die einzig mögliche Entschuldigung.

Und selbst wenn es ihr gelänge, alle zu täuschen — würde sie etwas über Robert Yorks Tod erfahren? Vielleicht hatte dieser ganze Versuch nur den einen Sinn, Emily aus der Langeweile zu erlösen und ihr, Charlotte, eine Gelegenheit zu geben, Jack Radley zu beurteilen.

Die Tür der Kutsche stand offen, und ein Diener half Charlotte beim Aussteigen. Sie war dankbar für seine Unterstützung, denn die eisige Luft traf sie wie mit spitzen Nadeln. Schnell stieg sie die Stufen hinauf.

Der Butler nahm ihr Mantel und Muff ab, und ein Mädchen öffnete die Tür zum Salon. Charlotte hakte sich bei Jack unter. Sie bemühte sich, selbstbewußt zu schreiten, und hob das Kinn hoch. Ihr Seidenrock raschelte, oder, um genau zu sein, Emilys Seidenrock.

Jack stieß sie an, und sie merkte, daß sie übertrieb. Sie mußte sich bescheiden geben — und dankbar. Irritiert senkte sie den Blick. Sie hatte keine Lust, dankbar zu sein.

Sie waren die letzten eintreffenden Gäste, und das paßte gut, denn sie kannten die anderen kaum. Die sechs Leute im Salon blickten ihnen mit unterschiedlichem Interesse entgegen. Als erste sprach sie eine junge Frau Ende Zwanzig an, die ein sehr individuelles, aber hübsches Gesicht besaß. Ihre Stupsnase war zu ausgeprägt, und ihre dunklen Augen hatten einen zu freimütigen Ausdruck für eine unverheiratete Person. Ihre Figur entsprach bei weitem nicht den runden Formen, die die Mode forderte, doch ihr dunkles dickes Haar schimmerte und mußte jedem gefallen. Sie begrüßte Charlotte mit einem wohlerzogenen Lächeln.

»Guten Abend, Miß Barnaby. Ich bin Harriet Danver. Ich freue mich sehr, daß Sie kommen konnten. Finden Sie London angenehm, abgesehen von dem scheußlichen Wetter?«

»Guten abend, Miß Danver«, erwiderte Charlotte höflich. »Ja, selbst in diesem Nebel genieße ich die Abwechslung, und die Menschen hier sind so nett.«

Ein großer schlanker Mann mit einem asketischen Adlergesicht erhob sich aus seiner halb sitzenden Stellung von der Lehne eines riesigen Sessels. Charlotte schätzte ihn Mitte Vierzig, bis er unter dem Armleuchter vorbeiging und sie sein graues Haar und seine vielen feinen Falten erkennen konnte.

»Ich bin Garrard Danver.« Seine Stimme hatte eine schöne Klangfarbe. »Ich bin entzückt, Ihre Bekanntschaft zu machen, Miß Barnaby.« Er gab ihr nicht die Hand, sondern begrüßte auch Jack und stellte die beiden den anderen im Zimmer vor. Der Interessanteste der Anwesenden war bei weitem Julian Danver, so groß wie sein Vater, doch mit einer athletischeren Figur und einem bemerkenswerten Gesicht, das dem Garrards gar nicht glich, eher dem von Harriet. Julian war ein heller Typ mit grauen oder blauen Augen und braunem Haar mit einer blonden Strähne über der Stirn. Seine Züge wirkten kraftvoll und intelligent, sein Benehmen war zurückhaltend. Charlotte konnte sich vorstellen, daß Veronica York ihn höchst attraktiv fand.

Das letzte Mitglied der Familie Danver war Garrards unverheiratete Schwester, Miß Adeline Danver. Sie war erschreckend mager; ihr tiefgrünes Kleid vermochte die scharfen Kanten ihres Schultergürtels nicht zu verbergen. Ihre Züge gaben Harriets Mängel verstärkt wieder — ihr Kinn war schmaler, die Nase hervorstechender —, doch sie hatte die gleichen dunklen Augen und immer noch schönes dichtes Haar.

»Tante Adeline hört schlecht«, flüsterte Harriet Charlotte zu. »Wenn sie etwas Komisches sagt, lächeln Sie bitte und beachten Sie es nicht. Sie versteht oft etwas völlig falsch.«

»Natürlich«, sagte Charlotte höflich.

Die einzigen anderen Gäste waren Felix Asherson und seine Frau — der Asherson, der im Außenministerium mit Julian Danver zusammenarbeitete. Neben seinem schwarzen Haar fiel Charlotte sein Mund besonders auf. War er sinnlich und kraftvoll, oder verrieten die breiten Lippen Hemmungslosigkeit? Sonia Asherson war eine hübsche Frau mit sanften regelmäßigen Zügen ohne Ausdruck — ein Gesicht, das die Modefachleute mögen, weil es nicht von einem Hut oder einer Bluse ablenkt. Sonia besaß eine wohlproportionierte Figur, die in einem sehr kleidsamen korallenfarbenen Gewand steckte, das runde milchweiße Schultern freigab.

Nach der formellen Begrüßung begann das gewöhnliche nichtssagende Geplauder. Es drehte sich hauptsächlich um Charlotte und Jack Radley, da die anderen sich kannten. Charlotte bemühte sich, stets ihrer Rolle gemäße Antworten zu geben, und mußte sich dabei so konzentrieren, daß sie erst beim Abendessen Zeit fand, die Anwesenden zu beobachten. Sie saßen alle um einen Tisch, der vor Silber und Kristall glänzte.

Es war nicht viel, was Charlotte zu entdecken hoffte. Wie lange kannten sich Julian Danver und Veronica? Liebten sie sich schon vor Robert Yorks Tod? War Julian Danver ehrgeizig — beruflich oder was die Gesellschaft betraf? Bestand ein deutlicher Unterschied im finanziellen Status der beiden, so daß Geld eine Rolle spielte?

Charlotte stammte aus einem Elternhaus, in dem äußerster Wert auf Qualität gelegt wurde, und sie war so vornehm erzogen worden, daß sie das Ausgezeichnete vom nur Guten unterscheiden und auch die Kosten beurteilen konnte. Sie hatte die Vorhalle und den Salon des York-Hauses gesehen und festgestellt, daß dort Reichtum Tradition hatte. Es gab nichts auffällig Protziges, wie die Neureichen es bevorzugten.

Natürlich wußte sie, daß Umstände sich ändern konnten. Sie hatte schon Häuser betreten, deren Vorzeigeräume luxuriös waren, während die anderen nicht einmal einen Teppich aufwiesen und die Feuerstellen das ganze Jahr kalt blieben. Es gab auch Leute, die einen Dienerstab unterhielten, obwohl sie selbst kaum genug zu essen hatten.

Aber Charlotte hatte die Kleider der Damen genau betrachtet. Sie waren vom neuesten Schnitt und ohne abgetragene Kanten oder Veränderungsnähte. Charlotte wußte aus eigener Erfahrung, wo die verräterischen Stellen lagen.

Nun tat sie so, als lausche sie der Unterhaltung, und schaute sich dabei heimlich in dem Speisezimmer um. Der ganze Effekt bestand aus Silber und Blau, helles Blau auf der makellosen Tapete, Königsblau die Vorhänge, ohne verblichene Streifen, wie sie die Sonne so schnell bewirkt. Diese Vorhänge waren gewiß erst eine Saison alt. Bedeutete das eine Tendenz zur Extravaganz? An der Wand gegenüber hing ein venezianisches Gemälde, von dem Charlotte nicht sagen konnte, ob es hervorragend oder durchschnittlich war. Den Tisch bedeckte teurer Damast von schwerer Qualität, die Stühle und zwei Büfetts waren Adam-Stil, vermutlich echt.

Was Harriet und Tante Adeline betraf, so waren sie als unverheiratete Frauen wahrscheinlich finanziell von Garrard abhängig. Adelines Kleid war nicht hochmodisch, aber an ihr würde auch nichts aufregend aussehen, sie war nicht der Typ. Jedenfalls hatte das Kleid einen guten Schnitt und bestand aus einem exzellenten Stoff. Dasselbe konnte man von Harriets Gewand behaupten.

Nein, es sah nicht so aus, als würde Geld bei der Verbindung Julian—Veronica eine Rolle spielen.

»Und Sie, Miß Barnaby?«

Sie merkte erschrocken, daß Felix Asherson mit ihr sprach, doch was hatte er gesagt?

»Ich finde Wagneropern ein wenig langatmig, und ich bin immer vor dem Schluß schon müde«, wiederholte er und sah sie mit einem leichten Lächeln an. »Ich bevorzuge etwas, das lebensnäher ist — und Sie? Mich interessiert all das Magische nicht.«

»Das glaube ich«, warf Tante Adeline ein, ehe Charlotte sich äußern konnte. »Wir erleben so viel davon, was wir nicht vermeiden können.«

Jeder blickte sie an, und Charlotte war völlig verwirrt. Die Bemerkung erschien total sinnlos.

»Er sagte ›magisch‹, Tante Addie«, erklärte Harriet ruhig, nicht ›tragisch‹.«

Tante Adeline war absolut nicht verlegen. »Oh, wirklich? Mich interessiert das Magische auch nicht. Und Sie, Miß Barnaby?«

Charlotte schluckte. »Ich denke, mich ebenfalls nicht, Miß Danver. Mir ist auch noch keine Magie irgendeiner Art begegnet.«

Jack hustete diskret in seine Serviette, und Charlotte wußte, daß er lachte.

Julian lächelte und bot ihr mehr Wein an. Ein Diener und zwei Mädchen servierten den Fisch.

»Unerwiderte Liebe scheint das Thema vieler Opern und Theaterstücke zu sein«, sagte Charlotte, um das Schweigen zu brechen. »Tatsächlich geht es offenbar nicht ohne diesen Faktor.«

»Vermutlich, weil die meisten von uns das nachfühlen können, auch wenn wir das Glück haben, es nicht zu erleben«, stellte Julian fest.

»Meinen Sie, solche Geschichten sind lebensnah?« fragte Charlotte sanft und suchte in seinem Gesicht nach einem Ausdruck von Mitleid oder Verachtung.

Er war so höflich, ihr eine gedankenvolle Antwort zu

geben. »Nicht in den Einzelheiten. Ein Drama muß verdichtet werden, oder es wird, wie Felix sagt, zu langweilig; unsere Aufmerksamkeit ist kurzatmig. Aber die Gefühle sind echt, jedenfalls für einige von uns . . .« Er hielt plötzlich inne, blickte auf den Tisch und dann schnell wieder zu ihr hin. In diesem Moment spürte Charlotte, daß sie den Mann mochte. Er hatte etwas gesagt, was er nicht hatte sagen wollen, doch sie war sicher, daß er nicht wegen sich selbst verlegen war, sondern wegen einer anderen Person, die mit am Tisch saß.

»Mein lieber Julian«, bemerkte Garrard gereizt, »du nimmst das zu wörtlich. Ich glaube nicht, daß Miß Barnaby etwas so Ernstes gemeint hat.«

»Nein, natürlich nicht«, stimmte Julian rasch zu. »Entschuldigung.«

Charlotte wußte, daß sie von etwas sprachen, das ihnen beiden bekannt war. Es ging wohl um Adeline oder Harriet. Harriet hatte das Alter schon überschritten, in dem eine wohlerzogene Frau mit gutem finanziellen Hintergrund heiratete. Warum hatte man keine passende Heirat für sie arrangiert?

Charlotte lächelte charmant, ihre Wärme war ehrlich empfunden. »Tatsächlich denke auch ich, daß zu viele magische oder zufällige Vorkommnisse einem den Glauben an die Geschichte nehmen — und damit auch die Verbindung zu den Charakteren. Es war eine ganz unbedeutende Bemerkung.« Sie fuhr hastig fort. »Mrs. York war so freundlich, mich einzuladen, mit ihr die Winterausstellung in der Königlichen Akademie zu besuchen. War jemand von Ihnen schon dort?«

»Ja, ich«, erwiderte Sonia Asherson. »Aber ich erinnere mich nicht an etwas Besonderes.«

»Irgendwelche Portraits?« fragte Tante Adeline. »Ich liebe Gesichter.«

»Ich auch«, erklärte Charlotte, »solange sie nicht idealisiert sind und alle Schönheitsfehler entfernt wurden. Ich denke, daß in den individuellen Linien und Proportionen die Persönlichkeit mit den Spuren ihrer Erfahrung enthüllt wird.«

»Wie scharfsichtig«, stellte Tante Adeline vergnügt fest und schaute Charlotte interessiert an. Charlotte erkannte, was für ein lebendiges Innenleben sich hinter diesem mageren, ziemlich wunderlichen Äußeren verbarg. Wie oberflächlich war es doch, nach der glatten, konventionell hübschen Fassade wie der von Sonia zu urteilen. Unbewußt wanderte Charlottes Blick zu Felix hin. Warum hatte er ein sanftes Wesen wie Sonia einer blutvollen Person wie zum Beispiel Harriet vorgezogen?

Doch vielleicht war er heute nicht mehr glücklich. Wie sollte Charlotte das beurteilen? Hinter seinem geschliffenen Auftreten und seiner undurchschaubaren Miene konnte sich alles verstecken. Diese Gedanken waren ein Abgleiten vom eigentlichen Thema, erinnerte sich Charlotte, und sie hatten nichts mit Veronica York oder Roberts Tod zu tun.

»Es war so nett von Mrs. York, mich einzuladen«, wiederholte sie ein wenig abrupt. »Wissen Sie, ob sie malt? Ich mag Portraits, aber besonders gefallen mir Landschaftsbilder in zarten Wasserfarben, Bilder, die so lebendig wirken, als befände man sich in der dargestellten Umgebung. Ich erinnere mich an einige wunderbare Malereien von Afrika — ich konnte die Hitze auf den Steinen beinahe fühlen, so gut war sie festgehalten.« Alle am Tisch sahen nun zu ihr hinüber. Sonia Asherson war deutlich erstaunt über ihre plötzliche Geschwätzigkeit, während Felix sich zu amüsieren schien. Harriet sah sie zwar an, hörte aber nicht zu, sie war mit den Gedanken woanders. Garrard betrachtete Charlotte höflich, nur Tante Adeline strahlte. Jack verhielt sich unerwartet still. Anscheinend wollte er Charlotte das Feld überlassen.

Doch Julian antwortete. »Ich glaube nicht, daß sie malt. Wir haben nie darüber gesprochen.«

»Kennen Sie sie schon lange?« fragte Charlotte unschuldig und überlegte gleich darauf, ob sie sich zu weit vorgewagt hatte. »Im diplomatischen Dienst sind sie doch sicher viel gereist?«

»Nicht nach Afrika«, sagte er mit einem Lächeln. »Aber dort wäre ich gern einmal.«

»Viel zu heiß«, erklärte Felix mit einer Grimasse.

»Das verstehe ich, daß Sie nicht nach Afrika möchten«, sagte Tante Adeline und warf ihm einen scharfen Blick zu, »doch es könnte ein tolles Erlebnis sein.«

Harriet hielt den Atem an. Ihre Finger verkrampften sich um den Stiel des Weinglases. In diesem Moment kamen Charlotte Erinnerungen in den Sinn, wie sie sich gefühlt hatte, ehe sie Thomas begegnet war. Damals hatte sie Dominic geliebt, den Mann ihrer ältesten Schwester. Sie erinnerte sich an die quälende Angst, die Hoffnungslosigkeit, die wilden Augenblicke im Traum erlebter Intimität, einen Blick, eine zufällige Berührung, ihr jubelndes Herz, wenn er besonders aufmerksam mit ihr zu sprechen schien — und hinter all dem die kalte Verzweiflung der Vernunft. Und sie hätte nie geglaubt, einen anderen Mann heiraten zu wollen, ganz gleich, wie sehr sich ihre Mutter bemühte. Waren es nicht die gleichen Gefühle, die sie nun aus Harriets gesenktem Blick, den blassen Lippen und heißen Wangen herauslas?

Julian wandte sich seiner Tante zu. »Felix meint sicher, daß Afrika für Veronica viel zu heiß wäre, um mich zu begleiten.«

Tante Adeline schüttelte verächtlich den Kopf. »Unsinn! Irgendeine Engländerin — ich habe ihren Namen vergessen — ging ganz allein in den Kongo. Das würde ich auch gern tun.«

»Was für eine exzellente Idee«, stellte Garrard giftig fest. »Wirst du im Sommer oder im Winter reisen?«

Sie sah ihn voller Abscheu an. »Der Kongo liegt am Äquator, also ist das egal. Bringt man dir im Außenministerium überhaupt nichts bei?«

»Nicht, wie man im Kongo herumkutschiert«, erwiderte er heftig. »Das ist doch ein sinnloses Unterfangen. Wir überlassen das alten Jungfern, die, laut deiner Aussage, Freude daran haben.«

»Gut«, entgegnete sie gereizt, »wie rührend, daß du uns auch etwas überläßt.«

Jack rettete die Situation. Er wandte sich an Julian. »Ich kannte Mrs. York vor einigen Jahren, ehe sie Robert heiratete, aber ich weiß nicht mehr, ob sie gern reiste. Natürlich kann man sich auch ändern, und ich denke, ihre Ehe mit jemand aus dem Außenministerium hat ihr Wissen und ihre Ambitionen erweitert.«

Charlotte war ihm heimlich dankbar. Sie machte ein höchst interessiertes Gesicht. »Ist Mr. York viel gereist?«

Ein kurzes Schweigen entstand. Ein Messer klirrte auf einem Teller. Vor der Tür hallten die Schritte eines Dieners.

»Nein«, erwiderte Julian. »Nein, das glaube ich

nicht, obwohl ich ihn nicht gut kannte. Ich kam erst ein paar Monate vor seinem Tod in das Außenministerium. Felix kannte ihn besser.«

»Er mochte Paris«, sagte Sonia Asherson plötzlich. »Ich erinnere mich, daß er das einmal erwähnte. Es wunderte mich nicht; er war so ein charmanter Mann, elegant und witzig. Paris mußte ihm gefallen.« Sie schaute ihren Mann an. »Ich wünschte, wir könnten manchmal ins Ausland gehen, in eine weltoffene Stadt. Afrika wäre fürchterlich und Indien nicht viel besser.«

Charlotte beobachtete Harriet, und nun hielt sie ihre Vermutung für absolut richtig. Der düstere leere Blick ihrer Augen, die Ausstrahlung von Verlorenheit waren genau das, was Charlotte von sich selbst kannte, als Sarah und Dominic ganz lässig davon gesprochen hatten wegzuziehen. Ja, Harriet liebte Felix Asherson. Ob er das wußte? Dominic hatte nie geahnt, welchen Gefühlsaufruhr er in seiner Schwägerin entfacht hatte, welche Qual und Verwirrung oder welche idiotischen Träume.

Sie sah zu Felix Asherson hin, doch er blickte auf das weiße Damasttischtuch.

»Ich sollte nichts dergleichen erhoffen«, meinte er nervös. »Ich kann mir keine Umstände vorstellen, die dazu führen würden, daß man mich in irgendein europäisches Land schicken würde, außer vielleicht Deutschland. In meiner Abteilung gilt das Interesse dem Empire, vor allem Afrika und den Kolonien. Und eine Reise dorthin wäre eine Geschäftsreise. Ich würde Wochen brauchen, vor allem für den weiten Weg.«

Harriet war zu sehr in Gedanken versunken, um etwas zu sagen. Garrard lehnte sich in seinem Stuhl zurück und bewunderte das Schimmern des Lichts in seinem Weinglas. Charlotte vermutete, daß hinter seinem elegant-ruhigen Äußeren eine gewisse Ratlosigkeit schlummerte. Er war Adeline gar nicht so unähnlich.

»Ich muß Mrs. York wegen Paris befragen«, sagte sie und lächelte betörend in die Runde. »Ich habe nie Reisen gemacht, und ich werde nie die Gelegenheit dazu haben, aber ich finde es wunderbar, von den Erfahrungen anderer Leute zu hören.«

»Meistens Erfahrungen mit barbarischen Speisen und Wasserleitungen, die nicht funktionieren.« Garrard sah sie spöttisch an. »Eine sehr überschätzte Tätigkeit, das versichere ich Ihnen, Miß Barnaby. Gewöhnlich ist es zu heiß oder zu kalt, jemand verschlampt Ihr Gepäck, bei der Dampferfahrt über den Kanal werden Sie seekrank, und wenn Sie in Calais ankommen, verstehen Sie kein Wort.«

Charlotte wollte schon mit Schärfe betonen, daß sie Französisch spreche, als sie bemerkte, daß er sie neckte. »Tatsächlich?« Sie hob die Augenbrauen. »Das alles habe ich auch in England erlebt, außer der Überfahrt. Vielleicht haben Sie London schon lange nicht mehr verlassen, Mr. Danver?«

»Bravo!« rief Tante Adeline mit Befriedigung. »Sie ist dir gewachsen, mein Lieber.«

Sein Lächeln erreichte nur seinen Mund, nicht die Augen. »So«, sagte er, doch es klang mehr wie eine Frage als wie ein Zugeständnis.

»Du solltest die Träume eines Menschen nicht zerstören, Papa.« Julian begann langsam wieder zu essen. »Immerhin könnte Miß Barnaby vom Reisen einen ganz anderen Eindruck gewinnen. Ich weiß, daß Roberts Mutter Freude daran hatte. Sie erwähnte besonders Brüssel.«

»War das erst kürzlich?« fragte Charlotte eifrig. »Möglicherweise ist alles besser geworden, seit Sie dort waren, Mr. Danver.«

Sein Gesicht wurde hart. Das Licht schien auf seine glatten Wangen, und Charlotte spürte, daß er sich ärgerte. Aber warum fühlte er sich durch so eine alltägliche Bemerkung angegriffen? Niemand hatte ihn widerlegt, es war nur eine andere Meinung geäußert worden. Hatte er solch ein labiles Gemüt?

»Vielleicht lassen sich meine Träume nie verwirklichen«, sagte sie ruhig, »aber es ist schön, sie zu haben.«

»Gott schütze uns vor träumenden Frauen!« Garrard hob den Blick zur Decke, und normalerweise hätte Charlotte sich diese Ungezogenheit verbeten.

»Es ist häufig unsere einzige Möglichkeit, etwas zu erreichen«, erklärte Tante Adeline und schnupperte an ihrem Chablis. »Aber natürlich erkennst du das nicht.«

Jeder machte ein ratloses Gesicht. Felix schaute Julian an. Sonias makellose Züge verrieten — nach Charlottes Ansicht — die reine Dummheit, doch es war natürlich völlig unfair, so hart zu urteilen. Charlotte wußte, daß sie innerlich zu sehr Harriets Partei ergriff.

»Verzeihung, Miß Danver?« sagte Jack und furchte die Stirn.

»Es ist nicht Ihre Schuld«, erwiderte Adeline wohlwollend. »Ich wage zu behaupten, daß Sie sich in einer ähnlichen Lage befinden.«

Jack sah total verwirrt zu Charlotte hinüber.

»Worüber redest du, Tante Addie?« fragte Harriet sanft.

»Über intrigierende Frauen.« Tante Adelines Augenbrauen hoben sich über den blanken Augen, die zu rund waren, um als schön empfunden zu werden. »Hörst du denn nicht zu, meine Liebe?«

»Henderson!« rief Garrard laut. »Bringen Sie endlich den Nachtisch!«

»›Träumende Frauen‹«, Tante Addie«, erklärte Julian geduldig. »Papa sagte ›träumende Frauen‹, nicht ›intrigierende‹.«

»Oh, tatsächlich?« Sie lächelte Jack zu. »Ich entschuldige mich, Mr. Radley, vergeben Sie mir.«

»Es gibt nichts zu vergeben«, versicherte er. »Das eine kann leicht zum anderen führen, nicht wahr? Man beginnt mit dem Träumen, und ohne den Rückhalt der Moral endet man oft dabei, sich Wege auszudenken, das Erträumte zu erringen.«

Charlotte blickte vom einen zum anderen und wagte es nicht, Julian zu lange anzusehen. Ahnten die Leute, warum sie hier saß? War sie vielleicht leichter zu durchschauen, als sie glaubte, und spielte man nur mit ihr?

»Sie überschätzen die Moral der Menschen.« Garrards Lächeln verriet eher Spott als Vergnügen. »Oft handelt es sich nur um ein Abwägen, was praktisch ist und was nicht, obwohl es — Gott helfe uns — ein paar abscheuliche Ausnahmen gibt. Danke, Henderson, stellen Sie das Zeug hin!« Er machte Platz für die dampfende Süßspeise, den Sirup und die Kognaksoße. »Miß Barnaby, lassen Sie uns von etwas weniger Häßlichem sprechen. Haben Sie Pläne, ins Theater zu gehen? Zur Zeit werden viele amüsante Stücke gespielt — man ist durchaus nicht auf Wagner angewiesen.«

Somit war das Thema beendet, und Charlotte hätte äußerst schlechtes Benehmen an den Tag gelegt, wäre sie auf den vorherigen Gesprächsstoff zurückgekommen. Außerdem hätte sie dabei nichts mehr gewonnen.

»Oh, ich möchte gern ins Theater gehen«, sagte sie begeistert. »Können Sie mir ein bestimmtes Stück empfehlen?«

Die Mahlzeit neigte sich dem Ende zu, und es wurde nichts mehr erwähnt, was mit der Familie York zusammenhing. Die Damen verließen den Tisch, ehe der Portwein gebracht wurde, und kehrten in den Salon zurück. Dort wurde ganz allgemein und nichtssagend geplaudert. Charlotte stellte ein höfliches Lächeln zur Schau, das immer starrer wirkte, während die Minuten sich hinzogen.

Schließlich erhob sich Tante Adeline.

»Miß Barnaby, Sie sprachen von Ihrem Interesse an Kunst. Vielleicht möchten Sie eines der Landschaftsbilder im Boudoir sehen? Es war das Lieblingszimmer meiner Schwägerin, und sie reiste mit Leidenschaft. Sie wollte so viele fremde Orte kennenlernen.«

»Hat sie sich diesen Wunsch erfüllt?« Charlotte stand ebenfalls auf.

Adeline ging voraus. »Nein. Sie starb jung, mit sechsundzwanzig. Harriet konnte noch nicht richtig laufen, Julian war sieben oder acht.«

Charlotte empfand Betroffenheit über das Schicksal dieser jungen Frau und fragte sich, was sie selbst fühlen würde, wenn sie Daniel und Jemima verlassen müßte – und Thomas, dem die Erziehung der Kinder zufallen würde.

»Das tut mir sehr leid«, sagte sie laut.

»Es ist lange her.« Tante Adeline durchquerte die Halle und wanderte einen breiten Korridor entlang, ehe sie die Tür zu einem Boudoir öffnete. Die vorherrschenden Farben in diesem Raum waren Creme und die von trockenem Sand, dazu ein wenig durchsichtiges Grün und ein Tupfer Koralle in Form eines einzigen Stuhles. Das war höchst ungewöhnlich und paßte nicht zu der übrigen Einrichtung des Hauses. Es brachte Charlotte auf die Idee, daß sich die junge Frau in diesem Haus nicht heimisch gefühlt und sich hier eine Insel geschaffen hatte.

An der Wand gegenüber dem Kamin hing ein Gemälde vom Bosporus mit dem Topkapi-Palast auf dem Goldenen Horn. Kleine Boote bevölkerten das blaugrüne Wasser, und im Dunst der flirrenden Hitze lag in der Ferne die Küste Kleinasiens.

»Sie sagen gar nichts«, bemerkte Tante Adeline.

Charlotte war es leid, Triviales von sich zu geben. Sie hätte gern die schablonenhafte Miß Barnaby abgelegt und ihre eigene Identität angenommen, vor allem dieser Frau gegenüber, die sie mehr und mehr schätzte.

»Was könnte ich sagen, das diesem zauberhaften Raum oder all den Ideen und Träumen, die man darin finden mag, gerecht werden würde?« fragte sie. »Ich möchte heute kein seichtes Geschwätz mehr produzieren.«

»Oh, mein liebes Kind, Sie sind dem Untergang geweiht«, sagte Adeline unverblümt. »Sie werden wie Ikarus Flügel ausbreiten und ins Meer fallen. Die Gesellschaft erlaubt es den Frauen nicht zu fliegen, was Sie bestimmt noch merken werden. Um Himmels willen — heiraten Sie nicht standesgemäß; es könnte wie ein Gang ins kalte Wasser sein, Schritt um Schritt, bis das Wasser über Ihrem Kopf zusammenschlägt.«

Charlotte spürte den dringenden Wunsch, Adeline zu erzählen, daß sie bereits unstandesgemäß verheiratet und äußerst glücklich war. Dann dachte sie an Emily und hielt in letzter Sekunde den Mund.

»Soll ich mich unter meinem Stand verheiraten, wenn ich kann?« fragte sie mit einem halben Lächeln.

»Ich glaube nicht, daß das Ihre Eltern erlauben werden«, meinte Adeline ernst. »Meine haben es nicht erlaubt.«

Charlotte wollte schon erklären, wie leid ihr das täte, doch sie wußte, daß das zu herablassend klingen würde. Adeline war nicht die Person, die man bemitleiden mußte. Sicher war sie nie aus Feigheit vor einer Entscheidung zurückgeschreckt, und wenn doch, dann hatte Charlotte nicht das Recht, darüber ein Urteil zu fällen.

Statt dessen gab sie ein bißchen von der Wahrheit preis. »Meine Großmutter ist diejenige, die sich am meisten aufregen würde.«

Adeline lächelte freudlos, doch in ihren Augen stand kein Selbstmitleid. Sie setzte sich auf die Armlehne eines der großen sandfarbenen Stühle. »Meine Mutter hatte Spaß daran, die Kranke zu spielen. Mit diesem Theater erzwang sie Gehorsam und Aufmerksamkeit. Als ich sehr jung war, fürchteten wir alle, sie könnte bei einem ihrer ›Anfälle‹ sterben. Schließlich war es Garrard, der sie zur Rede stellte und ihr das falsche Spiel vorwarf. Deswegen werde ich ihn immer respektieren. Aber für mich war es zu spät.« Sie atmete tief durch. »Natürlich hätte ich ein strahlend sündiges Leben geführt, wenn ich eine Schönheit gewesen wäre.

Aber da mich nie einer verführen wollte, muß ich so tun, als hätte ich nie nachgegeben.« Ihre braunen Augen leuchteten. »Haben Sie schon festgestellt, wie selbstgerecht man das verdammt, wozu man nie Gelegenheit hatte?«

»Ja«, stimmte Charlotte mit einem offenen Lächeln zu. »Ja, das habe ich. Es wird von dem Spruch untermauert: ›aus der Not eine Tugend machen‹. Das ist eine der Heucheleien, die mich am meisten stören.«

»Sie werden ihr sehr oft begegnen. Am besten verbergen Sie Ihre Gefühle und lernen, mit sich selbst zu reden.«

»Ich fürchte, Sie haben recht.«

»Ich habe bestimmt recht.« Adeline erhob sich. Sie war wirklich dürr, aber es ging eine Kraft von ihr aus, die sie zur interessantesten Person der Familie machte. Sie blickte auf das Bild. »Wissen Sie, daß eine Kurtisane namens Theodora die Kaiserin von Byzanz werden wollte? Ich frage mich, ob sie wilde Farben getragen hat. Ich mag Königsblau und Pfauengrün und Scharlachrot und Safrangelb — schon die Bezeichnungen klingen so aufregend —, aber ich wage nicht, diese Farben zu tragen. Garrard würde mich nicht mehr in Ruhe lassen und wahrscheinlich meine Garderobe nicht mehr bezahlen.« Sie versenkte sich weiter in den Anblick des Gemäldes. »Übrigens — es gab da eine Frau, die ein- oder zweimal um Mitternacht in dieses Haus kam, eine sehr schöne Frau, wie ein schwarzer Schwan. Sie trug Kleider in leuchtendem Kirschrot, nicht gelblichrot wie Flammen sind, sondern eher mit einem Blaustich; an jedem anderen wäre die Farbe schrecklich gewesen. Ich hätte darin wie ein Alptraum ausgesehen.« Sie drehte sich um. »Aber sie sah wunderbar aus. Ich kann mir nicht vorstellen, was sie hier gemacht hat, höchstens, daß sie Julian besuchte; aber er hätte unbedingt diskreter sein müssen. Garrard war wütend. Doch seit Julian sich um Veronica York bemüht, ist er, soviel ich weiß, über jeden Zweifel erhaben, und mehr kann man von einem Mann nicht erwarten. Seine Vergangenheit geht nur ihn etwas an. Ich wünschte, bei Frauen wäre es ebenso, aber ich glaube nicht, daß wir das je erleben werden.«

Charlottes Gedanken wirbelten durcheinander; sie mußte Zeit gewinnen, das eben Gehörte zu entwirren.

»Ich habe eine Tante, die Ihnen gefallen würde«, sagte Charlotte und erkannte gleichzeitig, wie tollkühn sie geworden war. »Lady Cumming-Gould. Sie ist fast achtzig, aber großartig! Sie glaubt, daß Frauen ein Stimmrecht für das Parlament haben sollten, und sie kämpft dafür.«

»Wie selbstlos von ihr.« Adelines Augen drückten leichte Ironie, gepaart mit Begeisterung, aus. »Sie wird das nicht mehr erleben.«

»Meinen Sie nicht? Wenn wir das alle unterstützen würden — müßten die Männer nicht schließlich einsehen, daß ...« Bei Adelines Blick fühlte sich Charlotte wie ein naives Mädchen, und sie ließ den Satz unvollendet.

Adeline schüttelte langsam den Kopf. »Natürlich könnten wir die Männer überzeugen, wenn wir alle zusammenhalten würden, aber das tun wir ja nie. Wie oft haben Sie beobachtet, daß ein halbes Dutzend Frauen in einer Sache völlig übereinstimmt, geschweige denn eine halbe Million?« Ihre dünnen Finger strichen über den Samt der Sessellehne. »Wir alle leben isoliert — in unseren Küchen, wenn wir arm sind, in den Salons, wenn wir reich sind, aber wir arbeiten niemals zusammen. Wir betrachten uns nur als Rivalinnen im Kampf um die wenigen akzeptablen und wohlhabenden Männer, die auf dem Heiratsmarkt zur Verfügung stehen. Andererseits arbeiten Männer sehr gut zusammen. Sie halten sich für die Beschützer und Hüter der Nation und tun alles, um das gegenwärtige patriarchalische Diktat zu bewahren, in der Annahme, am besten zu wissen, was für uns bekömmlich ist.« Sie hob den Kopf. »Und es gibt zu viele Frauen, die das kräftig unterstützen, weil es auch ihnen in den Kram paßt.«

»Miß Danver, ich glaube, Sie sind eine Revolutionärin«, sagte Charlotte entzückt. »Sie *müssen* Großtante Vespasia kennenlernen – Sie würden einen Riesengefallen aneinander finden!«

Ehe Adeline antworten konnte, wurden Schritte im Korridor laut, und Harriet streckte den Kopf zur Tür herein.

»Die Herren haben sich wieder zu uns gesellt. Kommst du, Tante Addie?« Ihr Gesicht wirkte blaß und übernächtigt. Sie besann sich ihrer Erziehung. »Und Sie, Miß Barnaby?«

Über Tante Adelines Züge huschte ein Ausdruck von Mitleid, der aber so schnell wieder verschwand, daß Charlotte bezweifelte, ihn auch wirklich gesehen zu haben.

»Natürlich.« Adeline ging zur Tür. »Wir haben das Gemälde deiner Mutter bewundert. Kommen Sie, Miß Barnaby, wir müssen uns für heute von Bosporus, von Theodora und Byzanz trennen ...«

Charlotte nickte, und Harriet sah ein wenig erstaunt aus.

»Nun?« fragte Jack, als sie wieder allein in der eisigen Kutsche saßen. Ihr Atem war weiß wie Dampf. Der Wind heulte um das Gefährt, im Rinnstein sammelte sich der gefrorene Schmutz, schwarz und ausnahmsweise geruchlos. Die Hufe der Pferde donnerten hart über das Eis.

»Einiges«, erwiderte Charlotte mit klappernden Zähnen. Sie beschloß, nichts davon zu erwähnen, daß Harriet in Felix Asherson verliebt war. Falls Jack das nicht gemerkt hatte, sollte es das schmerzliche Geheimnis der jungen Miß Danver bleiben. »Sie scheinen genausoviel Geld zu haben wie die Yorks, also ist das kein Motiv. Und offenbar kennen sich die beiden Familien schon länger, also könnten sich Julian und Veronica schon vor Roberts Tod ineinander verliebt haben. Aber — und das ist höchst interessant — Tante Addie . . .«

»Die Sie sehr mögen«, unterbrach Jack.

»Die ich sehr mag«, stimmte Charlotte zu. »Aber das trübt meinen Blick keinesfalls.«

»Natürlich nicht.«

»Tante Adeline sagte, sie habe mindestens zweimal nachts eine seltsame und sehr schöne Frau im Haus gesehen — bis vor etwa drei Jahren, dann nicht mehr. Sie trug immer ein leuchtend kirschrotes Gewand.«

»Beide Male?«

»Ja. Aber wer war sie? Vielleicht eine Spionin, die Julian Staatsgeheimnisse entlocken wollte und ihn verführte?«

»Warum hat man sie aber so lange nicht mehr gesehen?«

»Vielleicht ist sie nach Robert Yorks Tod weggegangen. Oder er war der Geheimnisträger, und sein Tod beendete ihre Tätigkeit. Oder Julian wies sie ab, weil er Veronica liebte — ich weiß es nicht.«

»Werden Sie das Thomas erzählen?«

Sie atmete tief ein und aus. Ihre Hände in Emilys Muff waren taub vor Kälte. Es war so spät, daß sie die Nacht bei Emily würde verbringen müssen; das würde Thomas nicht gefallen. Sie könnte ihm sagen, daß Emily sich nicht wohl fühlte, aber sie haßte es, Thomas anzulügen.

Die Alternative war, ihm einfach die Wahrheit zu sagen.

»Ja«, meinte sie langsam. »Ich glaube schon.«

»Halten Sie das für klug?«

»Ich bin eine furchtbar schlechte Lügnerin, Jack.«

»Sie erstaunen mich«, stellte er fest und hob spöttisch die Stimme. »Das hätte ich nie vermutet.«

»Wie bitte?« fragte sie scharf.

»Ich möchte sagen, daß ich heute eine meisterhafte Vorstellung erlebt habe.«

»Oh, das ist etwas ganz anderes. Das zählt nicht.«

Er begann zu lachen, und obwohl sie wütend war, mochte sie ihn deshalb. Vielleicht machte Emily das Richtige.

Am nächsten Morgen stand Charlotte vor der Dämmerung auf und war um sieben Uhr zu Hause in ihrer Küche, um Schinken und Eier zu braten.

»Ist Emily krank?« fragte Thomas Pitt besorgt, doch sie wußte, daß er eine befriedigende Antwort erwartete, sonst würde er explodieren.

»Thomas...« Sie hatte schon eine ganze Weile überlegt, was sie sagen sollte.

»Ja?« Seine Stimme klang zurückhaltend.

»Emily ist nicht krank, aber sehr einsam; das Trauerjahr macht ihr zu schaffen.«

»Das weiß ich, meine Liebe.« Nun war sein Ton mitleidig, und Charlotte fühlte sich schuldig.

»Also dachte ich, wir sollten eine Beschäftigung finden«, fuhr sie schnell fort. Sie stach in den Schinken, und er zischte leise, während ein wunderbares Aroma die Küche erfüllte.

»Eine Beschäftigung?« wiederholte er höchst skeptisch. Er kannte sie zu gut, um ihre Ideen für erfolgreich zu halten.

»Ja, etwas, das Emily fesselt — wie ein Geheimnis. Und so haben wir begonnen, uns mit Robert Yorks Tod zu befassen, von dem du mir erzählt hast.« Sie schlug zwei Eier in die Pfanne. »Jack Ridley — er ist noch ein weiterer Grund. Ich möchte ihn besser kennenlernen, falls Emily in Betracht zieht, ihn zu heiraten. Jemand muß ihre Interessen wahren . . .«

»Charlotte!«

»Nun, ich hatte zwei Gründe«, erklärte sie hastig. »Ich war zum Tee bei Veronica York und ihrer Schwiegermutter. Emily arrangierte es, daß Jack Radley mich mitnahm. Auf diese Art konnte ich ihn beobachten und gleichzeitig einiges über die Yorks entdecken.« Sie spürte Thomas' Blick im Rücken, während sie die Eier vorsichtig wendete und sie dann neben den Schinken auf den Teller ihres Mannes legte. »So, fertig!« sagte sie und lächelte süß. »Gestern abend aß ich bei den Danvers. Sie waren alle da, und ich fand sie sehr interessant. Übrigens haben sie dem Anschein nach genausoviel Geld wie die Yorks, demnach dürfte die geplante Hochzeit nicht finanziellen Erwägungen entspringen.« Sie machte den Tee und stellte ihn auf den Tisch. »Und

Tante Adeline erzählte mir etwas Seltsames: Sie sah eine schöne Frau im Haus, die ein leuchtend kirschrotes Kleid trug. Glaubst du, daß sie eine Spionin war?« Endlich blickte Charlotte ihrem Mann ins Gesicht und war ungeheuer erleichtert, daß seine Züge nur Erstaunen zeigten.

»Eine Frau in Kirschrot?« meinte er nach kurzem Schweigen. »Sagte sie Kirschrot?«

»Ja, warum? Hast du von ihr gehört, Thomas?«

»Das Mädchen, das bei den Yorks arbeitet, sah sie ebenfalls.«

Charlotte setzte sich ihm gegenüber. Sie vergaß ihren gebackenen Schinken, der in der Pfanne schmorte. »Was sagte sie? Wann sah sie die Frau? Weißt du, wer sie ist?«

»Nein, aber ich werde noch einmal mit dem Mädchen reden, um mehr zu erfahren.«

Doch ehe er wieder zur Hanover Close fuhr, ging er in seine Dienststelle in der Bow Street. Er hatte gerade einige Berichte durchgelesen, als ein Polizist hereinkam und ihm eine Tasse Tee brachte.

Der Mann schneuzte sich laut die Nase, dann meinte er: »Ich dachte, Sie müßten das wissen, Sir: Gestern passierte ein Unfall in der Hanover Close. Sehr traurig! Eines der Mädchen fiel im oberen Stock aus dem Fenster. Die arme Seele war sofort tot.«

»Tot?« Pitt blickte auf. Ihn schauderte. »Wer?«

Der Polizist schaute auf ein Papier in seiner Hand. »Dulcie Mabbut, Sir, das Mädchen der Lady.«

5

Emily war hellwach, als Charlotte morgens ihr Haus verließ. Ein endloser Tag erstreckte sich vor ihr. Sie versuchte, noch einmal einzuschlafen, doch ihr Geist war zu rastlos. Schließlich beschloß sie aufzustehen, obwohl es erst kurz vor sieben war.

Sie läutete nach ihrem Mädchen und mußte ein paar Minuten warten, bis die junge Person erschien. Dann nahm sie ein Bad und kleidete sich so sorgfältig an, als wäre hoher Besuch angesagt. Anschließend ging sie zum Frühstück hinunter. Wainwright brachte die Rühreier herein. Er trug die Platte vor sich her, als sei er ein Kirchendiener mit einem Sammelteller. Emily hätte ihm am liebsten einen Stoß versetzt.

Später, nach dem Frühstück und verschiedenen Anweisungen für das Personal, begann sie einen Brief an Großtante Vespasia zu schreiben. Sie hatte gerade die vierte Seite vollendet, als ein Diener verkündete, ihre Mutter, Mrs. Ellison, sei gekommen.

»Bitten Sie sie hier herein«, sagte Emily und deckte den Brief zu. Mit gemischten Gefühlen sah sie ihrer Mutter entgegen.

Caroline betrat gleich darauf das Zimmer. Sie trug ein modernes weinrotes Kostüm, das mit schwarzem Pelz besetzt war, und einen aufregenden Hut, der sie elegant wie nie zuvor wirken ließ. Ihre Wangen waren von der Kälte gerötet, und sie strahlte beste Laune aus.

»Wie geht es dir, mein Liebes?« Sie küßte Emily zart und nahm auf einem der bequemen Sessel Platz. »Du siehst kränklich aus«, sagte sie mit mütterlicher Offenheit. »Ich hoffe, du ißt genügend. Um deinet- und Edwards willen mußt du auf deine Gesundheit achten. Natürlich weiß ich, daß dieses erste Trauerjahr schrecklich schwierig ist, aber in sechs Monaten ist es vorbei. Du mußt dich auf die Zukunft vorbereiten. Mitte nächsten Sommers wirst du schon wieder an einigen passenden Zusammenkünften teilnehmen können.«

Emily wurde das Herz schwer. Das Wort »passend« war wie eine Verdammnis. Sie konnte sich diese Zusammenkünfte vorstellen: Ein exklusiver Zirkel; schwarzgekleidete Witwen saßen da wie Krähen auf einem Zaun, machten fromme und bedeutungslose Bemerkungen oder bejammerten den Leichtsinn der Gesellschaft in endlosen Phrasen, weil dies die einzige Möglichkeit war, an eben dieser Gesellschaft teilzunehmen.

»Ich denke, ich werde gute Werke tun«, sagte sie laut.

»Das ist sehr empfehlenswert«, stimmte Caroline zu. »Solange du Mäßigkeit übst. Du könntest mit deinem Pfarrer darüber reden, oder, wenn es dir lieber ist, rede ich mit meinem. Es gibt sicher Damenkomitees, die dein Engagement begrüßen würden.«

In einem Damenkomitee zu sitzen war das letzte, was Emily sich wünschte. Sie dachte eher an die Art von Arbeit, der sich Großtante Vespasia widmete: Arbeitshäuser zu besuchen, um bessere Bedingungen zu kämpfen und sich dafür einzusetzen, daß die Gesetze für Kinderarbeit geändert wurden, außerdem dafür zu plädieren, daß mehr Schulen für die Kinder der Ärmsten gebaut wurden; vielleicht auch noch, sich starkzumachen für ein politisches Stimmrecht der Frauen. Nun, da sie das Geld hatte, würde es für Emily viele Möglichkeiten der Betätigung geben.

Sie betrachtete ihre Mutter kritisch. »Du selbst bist nicht gerade danach gekleidet, gute Werke zu tun. Tatsächlich habe ich dich noch nie so schick gesehen.«

Caroline war erstaunt. »Um Gutes zu tun, muß man nicht in Lumpen daherkommen, Emily. Was für eine Ansicht! Du darfst dir nicht gestatten, überspannt zu werden, meine Liebe.«

Emily spürte, wie Zorn in ihr hochstieg; hinzu kamen Frustration und Verzweiflung. Gefängnismauern schienen sie zu umschließen. Die ruhige, vernünftige Stimme ihrer Mutter war wie das sanfte Herablassen eines Rolladens, der alles Spontane, Helle und Erheiternde aussperrte.

»Warum nicht?« fragte sie streitbar. »Warum darf ich nicht überspannt werden?«

»Stell dich nicht dumm, Emily.« Carolines Stimme war noch leise, aber übertrieben geduldig. »Zur rechten Zeit wirst du wieder heiraten wollen. Du bist viel zu jung, um Witwe zu bleiben, und du bist äußerst begehrenswert. Wenn du dich die nächsten zwei oder drei Jahre umsichtig verhältst, kannst du leicht noch einmal mindestens so reich heiraten wie das letztemal und dich wohl und glücklich fühlen. Aber die wenigen Monate, die jetzt vor dir liegen, sind entscheidend. Sie können alles bewirken oder verderben.«

Emily hob die Brauen. »Du meinst, wenn ich mich unpassend benehme, wird mich kein Herzog ehelichen, und wenn ich zu überspannt erscheine, kann ich mir nicht einmal einen Baron angeln!«

»Du bist heute morgen in einer sehr angriffslustigen

Stimmung, Emily. Du kennst die Regeln der Gesellschaft genausogut wie ich. Von euch dreien warst du immer die sensibelste, aber jedesmal, wenn ich dich treffe, scheinst du Charlotte mehr zu gleichen. Vielleicht hätte ich dir von diesem Weihnachtsfest mit ihr abraten sollen, aber ich dachte, es wäre schön für dich — und vor allem für Edward, mit anderen Kindern spielen zu können. Und um ganz ehrlich zu sein — Charlotte mußte doch über all die diskrete finanzielle Unterstützung von deiner Seite froh und dankbar sein.«

»Charlotte ist absolut glücklich«, sagte Emily freundlicher als beabsichtigt. »Und ich habe Weihnachten mit ihr und Thomas als sehr beglückend empfunden.«

Carolines Gesicht entspannte sich zu einem Lächeln, und sie legte ihre Hand auf die von Emily. »Das weiß ich, Liebes. Eure gute Beziehung gehört zu dem Schönsten in meinem Leben.«

Emily spürte, wie ihr lächerlicherweise die Tränen kamen, und sie war wütend auf sich selbst. Sie wollte ihre Mutter nicht bekümmern, doch mit bestem Wissen und Gewissen malte Caroline eine Zukunft für sie aus, die sie selbst zutiefst ablehnte. Das war unerträglich.

»Mama, ich weigere mich, in Kirchenkomitees zu sitzen, also sprich keinesfalls mit einem Pfarrer; du würdest dich nur blamieren, weil ich nicht erscheinen werde. Wenn ich Gutes tue, dann nur etwas Reales, vielleicht zusammen mit Großtante Vespasia. Päpstliches Verurteilen der menschlichen Moral, das Verteilen rettender Traktätchen und hausgemachter Suppen kommen für mich nicht in Frage.«

Caroline seufzte. »Emily, manchmal bist du recht

kindisch. Du kannst dich doch nicht wie Lady Cumming-Gould benehmen! Sie hat einen Namen in der Gesellschaft. Die Leute tolerieren sie wegen ihres hohen Alters und weil sie noch einen gewissen Respekt vor ihrem verstorbenen Mann haben. In ihren Jahren zählt es nicht mehr viel, was sie unternimmt, man kann es immer als Senilität abtun.«

»In meinem ganzen Leben ist mir niemand begegnet, der weniger senil war als Großtante Vespasia«, rief Emily aufgebracht. »Sie hat mehr Urteilskraft über das, was wichtig ist, in ihrem kleinen Finger, als die meisten Hohlköpfe der feinen Gesellschaft zusammengenommen.«

»Aber keiner würde sie heiraten, meine Liebe«, entgegnete Caroline gereizt.

»Sie ist fast achtzig, um Himmels willen!«

Caroline ließ sich nicht ablenken. »Gerade das will ich klarstellen! Du bist kaum dreißig. Betrachte deine Lage mit etwas Verstand. Du bist hübsch, aber keine große Schönheit, wie Vespasia es war — und du bist kein Sproß einer berühmten Familie. Du hast keine einflußreichen Verbindungen zu bieten.« Sie sah Emily ernst an. »Aber du besitzt einen beträchtlichen Reichtum. Wenn du unter deinem Stand zu heiraten gedenkst, setzt du dich Mitgiftjägern und höchst zweifelhaften Typen aus, die dir wegen deines Geldes den Hof machen. Es ist traurig, daß ich das sagen muß, aber du bist kein Kind; du weißt das selbst.«

»Natürlich!« Emily wandte sich ab. Jack Radleys Gesicht tauchte vor ihrem geistigen Auge auf. War dieser charmante Mann mit den wundervollen Augen fähig zu einem falschen Spiel? Wenn er sie, Emily, gewinnen würde, bräuchte er sich bis ans Ende seines Lebens keine Sorgen mehr um Geld zu machen. Zum erstenmal seit seiner Kindheit wäre er abgesichert, könnte sich nach seinem Geschmack kleiden, Pferde und Wagen kaufen, spielen und wetten und Leute zum Essen einladen, anstatt sich ständig um Einladungen zu bemühen, die es ihm ermöglichten, gut zu speisen. Er bräuchte die Reichen nicht mehr zu umwerben und könnte seine Sympathien nach eigenem Belieben verschenken. Der Gedanke war zutiefst abscheulich und tat bitter weh — viel stärker, als Emily noch vor ein paar Wochen vermutet hätte. Sie nahm einen tiefen zitternden Atemzug und wiederholte laut: »Natürlich weiß ich das. Aber ich habe nicht die Absicht, einen Langweiler zu heiraten, nur, weil er keine finanziellen Absichten hat.«

»Das ist doch lächerlich.« Carolines Geduld begann sich zu verflüchtigen. »Du wirst, wie wir alle, einen vernünftigen und bequemen Kompromiß schließen.«

»Charlotte hat das nicht getan!«

»Ich denke, je weniger wir von Charlotte reden, desto besser«, sagte Caroline erzürnt. »Wenn du auch nur einen Augenblick denkst, du könntest mit einem Polizisten, Handwerker oder Künstler glücklich werden, dann mußt du deinen Verstand verloren haben. Charlotte hat unheimliches Glück, daß ihre Situation nicht noch schlimmer ist. Gewiß hat Thomas ein angenehmes Wesen und behandelt seine Frau so gut, wie er kann, aber sie besitzt keine Sicherheit. Wenn ihm heute etwas passiert, steht sie mit den beiden Kindern mittellos da.« Sie seufzte. »Nein, denke nicht, daß Charlotte das große Los gezogen hat. Es würde dir nicht passen, deine Kleider zu ändern, damit sie modern wirken, dein Essen selbst zu kochen und mit dem Fleisch vom Sonntag bis Donnerstag auszukommen. Und vergiß nicht — du hättest keine reiche Schwester, die dich unterstützen könnte! Behalte deine Träume — sie sind hilfreich —, aber sei dir bewußt, daß sie nur Träume bleiben sollen. Wenn du aufwachst, benimm dich wie eine charmante und würdevolle Witwe mit einem beträchtlichen Vermögen und einem sozialen Status. Gib den bösen Zungen keinen Anlaß zum Klatsch!«

Emily war zu niedergeschmettert, um zu widersprechen.

»Ja, Mama«, sagte sie müde. Es erschien ihr sinnlos, weiter zu argumentieren.

»Gut.« Caroline lächelte ihr zu. »Vielleicht bietest du mir jetzt eine Tasse Tee an. Es ist extrem kalt draußen.«

Emily griff nach der Klingelschnur. »Ja, Mama.«

Der Rest des Tages war ganz und gar unerfreulich. Der Wind blies Graupelschauer gegen die Fensterscheiben, und es war so dunkel, daß schon mittags alle Gaslampen brannten. Emily schrieb den Brief an Großtante Vespasia fertig und zerriß ihn dann. Er war voller Selbstmitleid und gefiel ihr nicht mehr. Sie legte großen Wert darauf, daß Tante Vespasia positiv von ihr dachte.

Nachdem Edward seine Unterrichtsstunden beendet hatte, tranken sie den Fünfuhrtee zusammen, und dann mündete der lange Abend in ein frühes Zubettgehen.

Der folgende Tag erwies sich als besser. Er begann mit der Morgenpost, die einen Brief von Charlotte enthielt. Er war am späten Vorabend aufgegeben worden und trug die Aufschrift: »Sehr eilig.«

Charlotte schrieb:

Liebe Emily,

etwas sehr Trauriges ist passiert, und, wenn wir recht haben, auch Bedrohliches. Ich glaube, die Frau in Kirschrot ist der Schlüssel zu allem. Thomas wußte ebenfalls von ihr, durch das Mädchen bei den Yorks. Natürlich hat er mir das nicht gleich erzählt, weil er nicht ahnen konnte, daß wir uns dafür interessieren. Das Mädchen sah Kirsche — ich werde diese Frau so nennen — um Mitternacht im York-Haus. Du kannst dir vorstellen, wie Thomas reagierte, als ich ihm erzählte, was Tante Adeline berichtet hat.

Nun kommt das Schlimme: Das Mädchen der Yorks ist tot, aus einem der oberen Fenster gestürzt, vermutlich ermordet! Natürlich könnte es auch ein Unfall gewesen sein, aber Thomas befürchtet, ihr Tod hat etwas damit zu tun, daß sie über Kirsche sprach. Jeder im Haus — alle Yorks waren anwesend — hätte das Gespräch zwischen ihr und Thomas belauschen können. Nun müssen *wir* herausfinden, wer da war, als das Mädchen zu Tode kam. Thomas kann keine Ermittlungen anstellen, weil es keinen Grund für den Verdacht gibt, daß es kein Unfall war. Es kommt schon einmal vor, daß jemand aus dem Fenster fällt; deshalb darf man eine Familie wie die Yorks doch nicht verdächtigen. Und wenn die ganzen Nachforschungen wegen Veronica herauskämen, gäbe es einen fürchterlichen Skandal.

Wahrscheinlich wäre Julian Danver ruiniert, ebenso Veronica York.

Du mußte Jack alles erzählen.

Falls ich noch etwas höre, erfährst du es sofort.

Deine dich liebende Schwester
Charlotte

Emily hielt den Brief mit bebenden Fingern. In ihrem Gehirn wirbelten die Gedanken durcheinander. Die Frau in Kirschrot! Und das Mädchen der Yorks, das sie gesehen hatte, war jetzt tot!

Beim üblichen Nachmittagstee oder Ausstellungsbesuch würde man nie Gelegenheit bekommen, hinter die glatte, äußerst disziplinierte Fassade der Yorks zu blicken. Pitt hatte etwas aufgerührt, das viel tiefer ging als ein alter Diebstahl oder Veronica Yorks standesgemäße Ehetauglichkeit. Dieser Fall beinhaltete Leidenschaft und Schrecken — Emotionen, die noch nach drei Jahren Gewalt und vielleicht sogar Mord nach sich zogen.

Charlotte und Emily mußten näher an die Beteiligten herankommen, viel näher; am besten, sie würden im York-Haus Nachforschungen anstellen!

Aber wie?

Ihr kam eine Idee, aber sie war grotesk! Sie würde nicht in die Tat umzusetzen sein. Emily würde das Vorhaben nicht ausführen können, weil man sie gleich enttarnen würde.

Und dennoch...

Warum sollten die Leute das Spiel gleich durchschauen? Emily würde sich total verändern müssen — ihr Benehmen, ihre Erscheinung, das Gesicht und sogar die Hände, von der Stimme ganz zu schweigen. Die Erziehung einer Engländerin erkannte man sofort an der Stimme, an der Aussprache der Vokale und Konsonanten, auch wenn die Grammatik peinlich genau nachgeahmt wurde. Doch Veronica York würde ein neues Mädchen benötigen, eine Person, die immer greifbar war und alles sah.

Obwohl Emily wußte, daß der Gedanke absurd war,

begann sie ihn zu durchleuchten. Sie hatte ihr ganzes Leben lang ein persönliches Mädchen gehabt und kannte dessen Pflichten bis ins kleinste. Einige davon würde sie nicht gut bewerkstelligen können — sie hatte zum Beispiel das Bügeln nie probiert. Aber im Frisieren war sie geschickt; das hatten sie und Charlotte als junge Mädchen aneinander geübt. Und mit einer Nadel konnte sie auch umgehen; zwischen Sticken und Flicken bestand wohl kein allzu großer Unterschied.

Die Schwierigkeit — und die Gefahr — lagen darin, daß sie ihr Auftreten so ändern mußte, daß man sie für ein Dienstmädchen halten konnte. Was mochte schlimmstenfalls passieren, wenn ihre Identität entdeckt wurde?

Natürlich würde man sie entlassen, aber das zählte nicht. Sie würden glauben, sie sei ein Mädchen aus gutem Hause, das in Ungnade gefallen war, wahrscheinlich durch ein uneheliches Kind, was öfter vorkam. Das würde eine Demütigung bedeuten, aber nur eine vorübergehende. Sollte sie den Leuten je als Lady Ashworth begegnen, würden sie sie nicht wiedererkennen, und falls doch, konnte sie es abstreiten. Sie würde sich solch eine beleidigende und geschmacklose Unterstellung empört verbitten.

Als Zofe der Lady würde sie die Gäste des Hauses nicht treffen. Sie hätte niemals die Aufgabe, das Essen zu servieren oder die Haustür zu öffnen. Vielleicht war die Idee gar nicht so absurd. Sie, Emily, und Charlotte würden niemals herausfinden, wer Robert York getötet hatte, wenn sie so weitermachten wie bisher. Aber im York-Haus gab es unendlich viel mehr Möglichkeiten, das Rätsel zu lösen.

Sie schauderte plötzlich. Sollte ein böser Zufall ihre Identität enthüllen, würde man sie für geistesgestört halten, und ein schrecklicher Skandal wäre die Folge. Aber es gab keinen Grund, warum das geschehen sollte.

Nein, die wahre Gefahr drohte von der Person, die Robert York getötet hatte — und möglicherweise auch Dulcie, nur, weil sie irgend etwas gehört oder gesehen hatte.

Emily würde extrem vorsichtig sein müssen! Sie mußte vorgeben, dumm und unschuldig zu sein, und vor allem mußte sie ihre Zunge im Zaum halten.

Die Alternative war, hier herumzusitzen, bis Caroline irgendwelche jämmerlichen Treffen arrangierte. Emily würde immer nur Berichte von Charlotte hören, anstatt selbst mitmischen zu können. Selbst Jack würde sich bald mit ihr langweilen.

Als Jack vormittags erschien, hatte sie ihre Entscheidung getroffen. Sie war froh, den Brief an Tante Vespasia nicht abgeschickt zu haben, denn sie brauchte ihre Hilfe.

»Ich gehe zu den Yorks«, verkündete sie, nachdem Jack hereingekommen war.

»Das kannst du doch nicht tun«, meinte er mit einem leichten Stirnrunzeln.

»Oh, nicht als Gast.« Sie machte eine abwehrende Handbewegung. »Die Zofe der Mrs. York sah Tante Addies Frau in Kirschrot ebenfalls um Mitternacht. Sie erzählte es Thomas, und jetzt ist sie tot.«

»Die Zofe?«

»Ja, natürlich«, erwiderte Emily ungeduldig. »Die geheimnisvolle Frau muß etwas mit Robert Yorks Ermordung zu tun haben, und wir sollten alles, was möglich ist, herausfinden. Wenn ihr nur ab und zu die Yorks besucht, könnt ihr gar nichts erfahren.«

»Wir können nicht einfach hingehen und die Leute ausfragen.«

»Stimmt.« Emily war nun erregt. Jack würde sie nicht von ihrem Entschluß abbringen. Zum erstenmal seit Georges Tod wollte sie etwas total Unerhörtes anstellen, und sie war froh, daß es niemanden gab, der es ihr verbieten konnte. »Wir müssen vorsichtig sein«, fuhr sie fort. »Wir müssen sie ohne ihr Wissen beobachten, dann werden sie sich vielleicht Schritt für Schritt verraten.«

Er verstand kein Wort, und mit Hochgenuß ließ sie die Bombe platzen.

»Ich werde dort die Stelle einer Zofe annehmen. Ein Zeugnis schreibe ich mir selbst, ein zweites hole ich mir von Großtante Vespasia.«

Er war wie betäubt. »Guter Gott! Das kannst du nicht! Emily, du kannst nicht als Dienerin arbeiten.«

»Warum nicht?«

Ein Funke Humor blitzte in seinen Augen auf. »Als erstes könntest du die geforderten Arbeiten gar nicht erledigen.«

»Doch!« Sie hob das Kinn und wußte, daß sie lächerlich wirkte. »Im Notfall bin ich äußerst leistungsfähig.«

Er begann zu lachen, und zu jeder anderen Zeit hätte sie dieses Lachen als angenehm empfunden, als Zeichen der Freude und Vitalität. Jetzt hörte sie Spott darin und fühlte sich extrem provoziert.

»Ich sage nicht, daß es leicht sein wird«, erklärte sie scharf. »Ich bin es nicht gewöhnt, Befehle zu empfangen, und es wird mir auch nicht gefallen, aber ich kann mich überwinden. Es ist eine Abwechslung von meinem ewigen Nichtstun!«

»Emily, sie werden dich entlarven.« Sein Lachen erstarb, als er merkte, daß sie es ernst meinte.

»Nein, das werden sie nicht. Ich werde ein Muster an Gehorsam sein.«

Unglaube stand in seinem Gesicht geschrieben.

»Charlotte hat man die Miß Barnaby abgenommen«, fuhr sie unbeirrt fort. »Und ich bin eine weitaus bessere Lügnerin als sie. Ich werde mich heute nachmittag vorstellen, sonst könnte es zu spät sein. Mit Großtante Vespasia habe ich bereits telefoniert — habe ich dir schon erzählt, daß ich ein Telefon erworben habe? Es ist ein fabelhaftes Ding! Großtante Vespasia erwartet mich am Nachmittag.«

Nun sah Jack wirklich besorgt aus. »Aber Emily, bedenke die Gefahr! Wenn deine Vermutung stimmt, hat jemand das Mädchen ermordet. Falls man dich verdächtigt, könntest du ebenso enden. Überlaß die Angelegenheit Thomas!«

»Thomas? Soll er sich als Diener verkleiden? Die Yorks kennen ihn schon als Polizisten. Seine Vorgesetzten interessieren sich nicht für Robert Yorks Tod. Sie wollen nur sichergehen, daß Veronica York würdig ist, Julian Danver zu heiraten.«

Jack schüttelte den Kopf. »Das halte ich für eine Ausrede. Sie beschäftigen sich bestimmt mit Yorks Ermordung. Vielleicht schließen sie Julian als möglichen Täter nicht aus. Daß er ein angenehmer Bursche ist, bedeutet gar nichts. Einige der schlimmsten Schurken, die ich kannte, waren charmant und liebenswürdig, solange man ihnen nicht im Weg stand. Auch Harriet käme als Mörderin in Frage, falls sie mit Felix

Asherson ein Doppelleben führt. Sie ist offenbar in ihn verliebt.«

»Das hat dir Charlotte nicht erzählt!«

»Meine Liebe, das war auch nicht nötig. Denkst du, daß ich blind bin? Ich habe zu viele Flirts beobachtet, um nicht zu merken, wenn eine Frau ihr Herz verschenkt hat.«

Sie hatte nicht geahnt, daß er so scharfsichtig war. Die Überraschung wirkte ernüchternd und untergrub Emilys Selbstbewußtsein.

»Tatsächlich«, sagte sie kühl. »Und natürlich irrst du dich nie! Nun — jedenfalls gehe ich zu den Yorks. In diesem Haus stimmt etwas nicht, und ich werde entdecken, was es ist.«

»Emily, bitte!« Seine Stimme veränderte sich völlig, alle Leichtigkeit verschwand daraus. »Wenn sie dich bei der geringsten Unregelmäßigkeit erwischen, könnten sie erkennen, weshalb du wirklich dort bist. Wenn sie ein Mädchen aus dem Fenster gestoßen haben, werden sie nicht zögern, auch dich aus dem Weg zu räumen!«

»Sie können nicht zwei Mädchen aus dem Fenster stoßen«, erklärte sie mit eiskalter Vernunft. »Das würde selbst dem Honorablen Piers York ein Stirnrunzeln einbringen.«

»Es müßte kein Fenster sein«, sagte er und wurde langsam ärgerlich. »Es könnten die Treppen oder eine Leiter sein. Die Leute könnten dich unter einen Wagen stoßen oder dich vergiften. Oder du würdest einfach verschwinden, zusammen mit einem Teil des Familiensilbers. Emily, um Gottes willen, benutze deinen Verstand!«

»Ich bin es gründlich leid, meinen Verstand zu benutzen«, rief sie zornig. »Ich trage Schwarz, sehe keine Menschenseele und bin seit sechs Monaten immer nur vernünftig. Allmählich habe ich das Gefühl, daß man *mich* begraben hat. Ich gehe als Zofe zu den Yorks! Wenn du mich jetzt zu Großtante Vespasia begleiten willst, ist es mir recht. Wenn nicht, entschuldige mich bitte. Meiner Dienerschaft erzähle ich, daß ich für eine Weile zu meiner Schwester gehe. Natürlich werde ich Charlotte die Wahrheit sagen. Falls du Hilfestellung gibst, freue ich mich, falls nicht, habe ich volles Verständnis. Detektivspielen ist nicht jedermanns Sache.« Der letzte Satz klang zutiefst verächtlich.

»Wenn ich nicht helfe, sitzt Charlotte auf dem trockenen«, meinte er mit einem leichten Lächeln.

Das hatte sie vergessen. Sie mußte von ihrem hohen Roß herabsteigen, doch es war schwierig, das mit Würde zu tun.

»Dann hoffe ich, daß es dir nicht schwerfällt weiterzumachen.« Sie sah ihn nicht an. »Wir müssen mit den Danvers in Kontakt bleiben. Sie sind sicher ein Teil dieser Angelegenheit.«

»Weiß Charlotte von deinem . . . Plan?«

»Noch nicht.«

Er atmete tief ein, um etwas zu sagen, aber dann schwieg er mit einem Seufzer. Daß Männer sich dumm benahmen, war üblich, doch bei dieser Frau erstaunte es ihn. Er mußte sein Urteil überdenken, aber Jack war anpassungsfähig und hatte bemerkenswert wenige Vorurteile. »Ich werde mir etwas ausdenken, um die Verbindung mit dir aufrechtzuerhalten«, sagte er nach kurzer Überlegung. »Vergiß nicht, daß die meisten Arbeitgeber ihren Mädchen keine Männerbekanntschaften erlauben. Sie werden sogar Briefe lesen, wenn sie denken, sie stammten von einem Verehrer.«

Daran hatte Emily nicht gedacht. Doch nun war es für einen Rückzug zu spät. »Ich werde aufpassen«, entgegnete sie. »Ich werde sagen, die Nachricht ist von meiner Mutter.«

»Und wie willst du erklären, daß deine Mutter in Bloomsbury wohnt?«

»Ich . . .«

»Du hast dir nichts überlegt«, stellte er objektiv fest.

Einen Augenblick lang war sie ihm dankbar, daß er sich nicht gönnerhaft verhielt, und es wurde ihr bewußt, wie sehr sie ihn mochte. Er hatte nichts von dem Risiko für ihre gesellschaftliche Position erwähnt.

»Nein«, gab sie zu und lächelte flüchtig. »Ich wäre froh, wenn du mir helfen würdest, solche Einzelheiten zu klären. Vielleicht müßte ich sagen, die Briefe kämen von meiner Schwester, die in Bloomsbury als Dienstmädchen arbeiten würde.«

»Dann muß sie den gleichen Nachnamen haben. Wie wirst du dich nennen?«

»Amelia.«

»Wie noch?«

»Ich hatte einmal ein Mädchen namens Gibson. Ich werde ihren Namen benutzen.«

»Dann mußt du daran denken, auch an Charlotte als Miß Gibson zu schreiben. Ich werde es ihr sagen.«

»Danke, Jack. Ich bin dir wirklich sehr verpflichtet.«

Er grinste plötzlich. »Das will ich auch meinen.«

»*Was* willst du machen?« Großtante Vespasias silberne Augenbrauen wölbten sich hoch über den schweren Lidern. Sie saß in ihrem sparsam möblierten, eleganten Salon und trug ein maulbeerfarbenes Seidenkleid mit einem rosa Schal, der mit einem Stern aus Perlen befestigt war. Seit Georges Tod sah die alte Dame zerbrechlicher aus, dünner. Doch das Feuer war wieder in ihren Blick zurückgekehrt, und sie hielt sich so gerade wie immer.

»Ich werde zu den Yorks als Zofe gehen«, wiederholte Emily. Sie schluckte und schaute Tante Vespasia in die Augen.

Vespasia erwiderte den Blick, ohne zu blinzeln. »Das hast du vor? Es wird dir nicht gefallen, meine Liebe. Deine Pflichten und selbst der Gehorsam werden dich nicht so belasten wie die Demut und Unterwürfigkeit Leuten gegenüber, die du normalerweise als Gleichgestellte betrachtest, egal, was du von ihnen denken magst. Und vergiß nicht — das gilt auch für die Haushälterin und den Butler, nicht nur die Herrin.«

Daran wagte Emily nicht zu denken, um nicht allen Mut zu verlieren. Eine kleine, zaghafte innere Stimme wünschte, Tante Vespasia würde ein unwiderlegbares Argument vorbringen, das es Emily unmöglich machte, ihr Vorhaben auszuführen. Sie wußte, daß sie Jack gegenüber unfair gewesen war. Er sorgte sich nur um sie. Sie wäre verletzt gewesen, wenn er den Plan nicht abgelehnt hätte.

»Ich weiß«, gestand sie. »Ich erwarte, daß es schwierig wird. Aber so kann ich Dinge über die Yorks erfahren, die jahrelange Besuche nicht enthüllen würden. Die Leute vergessen die Dienstboten, sie halten sie für Möbelstücke. Ich weiß das, weil es mir selbst so geht.«

»Ja«, stimmte Tante Vespasia trocken zu. »Es könnte recht heilsam sein, wenn du erfahren würdest, welche Meinung deine Zofe von dir hat. Niemand kennt deine

Eitelkeit und Schwächen so gut wie sie. Aber denke daran, meine Liebe, gerade aus diesem Grund vertraut man einem Mädchen. Wenn du dieses Vertrauen mißbrauchst, kannst du nicht auf Vergebung hoffen. Ich glaube nicht, daß Loretta York eine verzeihende Person ist.«

»Du kennst sie?«

»Nur, wie jeder jeden in der Gesellschaft kennt. Sie gehört nicht zu meiner Generation. Nun wirst du ein paar einfache Kleider und Häubchen und Schürzen brauchen — Unterröcke ohne Spitzen, ein Nachthemd und gewöhnliche schwarze Stiefel. Sicher wird eines meiner Mädchen deine Größe haben. Du benötigst auch einen abgenutzten Koffer, um die Sachen hineinzupacken. Wenn du dir schon so etwas Verrücktes vorgenommen hast, mußt du es auch ordentlich ausführen.«

»Ja, Tante Vespasia«, sagte Emily kleinlaut. »Danke.«

Später an diesem Nachmittag stieg Emily aus dem öffentlichen Pferdeomnibus, ohne Parfum oder das geringste Rouge auf den blassen Wangen, bekleidet mit einem schäbigen braunen Gewand und einem braunen Hut. In der Hand trug sie einen alten abgewetzten Koffer und einen Beutel. Sie ging zur Nummer zwei, Hanover Close, um sich am Dienstboteneingang zu präsentieren. Großtante Vespasia hatte ihr Kommen telefonisch angekündigt. Die ältere Mrs. York hatte sich peinlich genau nach allen Einzelheiten erkundigt, obwohl das Mädchen für ihre Schwiegertochter bestimmt war. Natürlich war sie die Herrin des Hauses und ordnete an, wer dort arbeitete.

Großtante Vespasia hatte erklärt, ihre eigene Zofe Amelia Gibson, mit der sie sehr zufrieden war, nicht mehr zu benötigen — aus Altersgründen und wegen eines daraus resultierenden halben Rückzugs aus der Gesellschaft. Amelia Gibson habe auch bei ihrer Großnichte Lady Ashworth gedient, die dem Mädchen ebenfalls ein Zeugnis ausgestellt habe. Vespasia hoffte, Mrs. York fände Amelia angenehm — sie verbürge sich für den Charakter der jungen Person.

Mrs. York hatte sich bedankt und zugestimmt, Amelia zu empfangen.

Emily drückte den Beutel an sich, der die beiden Empfehlungsschreiben und drei Pfund, fünfzehn Schillinge in Silber und Kupfer enthielt — Dienstboten besaßen keine Goldsovereigns oder Guineen. Mühsam schleppte sie das ungewohnte Gewicht des Koffers über die rückwärtigen Stufen. Ihr Herz pochte hart gegen die Rippen, ihr Mund war trocken. Sie wiederholte im Geiste, was sie sagen wollte. Noch war es Zeit zu fliehen, doch ihre Füße bewegten sich weiter.

Gerade als sie in letzter Sekunde diese irrsinnige Entscheidung rückgängig machen wollte, öffnete sich die Hintertür. Ein Spülmädchen von ungefähr vierzehn Jahren kam mit einer Schüssel voller Schalen heraus, um zur Mülltonne zu gehen.

»Sie kommen wegen Dulcies Stelle?« meinte die Kleine freudig und betrachtete Emilys schäbigen Aufzug und den alten Koffer. »Kommen Sie herein, hier draußen erfrieren Sie noch. Ich gebe Ihnen eine Tasse Tee, ehe Sie die Herrin sehen, dann fühlen Sie sich besser. Den Koffer soll Albert nach oben tragen.«

Emily war dankbar und zugleich entsetzt, weil die Entscheidung nun gefallen war. Sie wollte sich bei dem Mädchen bedanken, doch die Stimme versagte ihr. Stumm folgte sie der Kleinen die Stufen hinauf in die hintere Küche, vorbei am Gemüse, den aufgehängten Hühnern und Fasanen, und dann in die Hauptküche. Ihre Hände waren taub in den dünnen Baumwollhandschuhen, und die plötzliche Wärme umhüllte sie, so daß ihr Tränen kamen und sie schniefen mußte nach der eisigen Kälte ihres Fußmarsches.

»Mrs. Melrose, da ist jemand für die Stelle der neuen Zofe. Das arme Ding ist halb erfroren.«

Die Köchin, eine schmalschultrige und breithüftige Frau mit einem Gesicht wie aus Weißbrot, sah von dem Teig auf, den sie rollte, und betrachtete Emily mit geschäftsmäßigem Mitleid.

»Kommen Sie herein, Mädchen, stellen Sie den Koffer in die Ecke, damit keiner drüberfällt. Wie heißen Sie? Stehen Sie nicht so da, Mädchen! Hat Ihnen die Katze die Zunge abgebissen?« Sie stäubte das Mehl von ihren nackten Armen, drehte den Teig um und begann wieder mit dem Rollen. Dabei schaute sie Emily immer noch an.

»Amelia Gibson, Madam«, sagte Emily stockend und erkannte, daß sie nicht wußte, wie ehrerbietig eine Zofe der Köchin gegenüber zu sein hatte. Das war etwas, das zu fragen sie vergessen hatte.

»Manche Leute rufen die Zofe beim Nachnamen«, erklärte die Köchin. »In diesem Haus machen wir das nicht. Sie sind auch zu jung dafür. Ich bin Mrs. Melrose, die Köchin. Das ist Prim, das Spülmädchen, und dort ist Mary, das Küchenmädchen.« Sie deutete mit ihrem mehligen Finger auf eine Person in einem Wollkleid mit Häubchen, die in einer Schüssel Eier schlug. »Die übrigen im Haushalt werden Sie noch kennenlernen. Setzen Sie sich hier an den Tisch und trinken Sie eine Tasse Tee, während wir der Herrin Bescheid sagen, daß Sie da sind. Prim, mach deine Arbeit weiter, du hast keine Zeit zum Herumstehen. Albert!« rief sie schrill. »Wo ist der Bursche? Albert!«

Einen Moment später kam ein etwa fünfzehnjähriger Junge herein. Er hatte runde Augen, und sein Haar stand büschelweise in die Luft, so daß sein Profil an einen Kakadu erinnerte.

»Ja, Mrs. Melrose?« sagte er und schluckte schnell. Offenbar hatte er heimlich gegessen.

Die Köchin schnaubte. »Geh hinauf und sag Mr. Redditch, daß das neue Mädchen hier ist. Los! Und wenn ich dich noch einmal beim Kuchennaschen erwische, zieh' ich dir den Besen über!«

»Ja, Mrs. Melrose«, entgegnete er und verschwand eiligst.

Emily trank ihren Tee in kleinen Schlucken. Bald darauf kam das zurechtgemachte hübsche Stubenmädchen, um Emily abzuholen. Sie gingen durch den Korridor, an der Vorratskammer des Butlers vorbei durch eine grüne Tür ins Haupthaus. Während dieser wenigen Minuten wiederholte Emily im Geiste, was sie sagen und wie sie sich benehmen mußte: Die Augen freimütig, doch bescheiden, nur reden, wenn man angeredet wurde, niemals unterbrechen, niemals widersprechen, niemals eine eigene Meinung ausdrücken. Kein Mensch wollte die Ansicht einer Bediensteten hören — sie auszusprechen, wäre eine Frechheit gewesen. Nie jemand bitten, etwas für einen zu tun, alles selbst erledigen. Den Butler »Sir« nennen oder bei seinem Namen, die Haushälterin und die Köchin mit ihrem Namen anreden — und den richtigen Akzent benutzen. Immer greifbar sein, bei Tag und Nacht. Es gab keine Kopf- oder Magenschmerzen; die

Arbeit mußte verrichtet werden, und abgesehen von schweren Erkrankungen galt keine Entschuldigung. Wehleidigkeit war nur den Herrschaften vorbehalten, nicht der Dienerschaft.

Nora, das Stubenmädchen, klopfte an die Tür des Boudoirs, öffnete sie und sagte: »Hier ist das Mädchen für Mrs. Veronica.«

Das Boudoir war in Elfenbein und Rosa gehalten, mit ein paar dunkleren Schattierungen — ein sehr weiblicher Raum.

Mrs. Loretta York saß in einem Sessel. Emily wußte sofort, daß sich unter der zarten weißen Haut Stahl verbarg. Trotz all der Spitzentaschentücher, des Hauchs Parfüm und des weichen dicken Haars lag in den großen Augen keine Spur von Unbestimmtheit.

»Madam.« Emily vollführte einen sehr kleinen Knicks.

»Woher kommst du, Amelia?« fragte Loretta.

Emily hatte sich überlegt, daß es am sichersten war, die Lebensumstände ihres eigenen Mädchens zu kopieren. Auf diese Weise würde sie sich nicht selbst widersprechen. »King's Langley, Madam, in Hertfordshire.«

»Aha. Was macht dein Vater?«

»Er ist Faßbinder. Meine Mutter arbeitete als Milchmädchen für den alten Lord Ashworth, ehe er verschied.« Sie wußte, daß sie das Wort »sterben« nicht benützen durfte — das stand einer Dienerin nicht an. Man sprach nicht über den Tod.

»Und du hast bei Lady Ashworth und Lady Cumming-Gould gearbeitet. Kannst du mir deine Zeugnisse zeigen?«

»Ja, Madam.« Sie nahm sie aus dem Beutel und reichte sie Loretta, die sie las und dann zurückgab.

»Nun, sie scheinen zufriedenstellend zu sein«, sagte Loretta. »Warum bist du aus den Diensten von Lady Ashworth ausgeschieden?«

Daran hatte Emily gedacht. »Meine Mutter segnete das Zeitliche«, erwiderte sie und atmete tief. »Ich mußte heimfahren und mich um meine jüngeren Geschwister kümmern, bis wir Stellen für sie gefunden hatten. Natürlich mußte Lady Ashworth inzwischen ein neues Mädchen haben, aber sie gab mir eine gute Empfehlung. Dann übernahm mich Lady Cumming-Gould.«

»So, so.« Die kalten Augen musterten sie unbewegt. Es war seltsam, wie eine Handelsware betrachtet zu werden. »Nun, Amelia, ich denke, du kannst nähen und bügeln und ordentlich für eine Garderobe sorgen, sonst würde dich Lady Ashworth nicht empfehlen. Sie steht in dem Ruf, höchst modisch zu sein, ohne ins Gewöhnliche zu verfallen. Ich selbst habe sie, soviel ich weiß, nie getroffen.«

Emily spürte, wie ihr das Blut in die Wangen stieg. Gleich darauf schauderte sie. Die Gefahr, erkannt zu werden, war viel früher aufgetaucht, als sie erwartet hatte.

»Du kannst gleich anfangen«, fuhr Loretta fort, »und wenn du dich nach einem Monat als zufriedenstellend erweist, behalten wir dich für immer. Du wirst meine Schwiegertochter bedienen. Die Bezahlung beträgt achtzehn Pfund im Jahr, und wenn es paßt, hast du alle zwei Wochen einen Nachmittag frei, aber du mußt vor neun Uhr abends daheim sein. Unsere Mädchen bleiben nicht lange aus. Alle drei Monate bekommst du einen freien Tag, um deine Familie zu besuchen.«

Emily sah sie an. »Danke, Madam«, sagte sie schnell. Sie hatte die Stelle bekommen, die Entscheidung war gefallen. Emily fühlte sich ängstlich und stolz in einem.

»Danke, Amelia, das ist alles. Du kannst gehen.«

Emily knickste kurz und drehte sich um. Sie spürte einen überwältigenden Taumel der Freiheit, nachdem sie den Raum verlassen und die erste Hürde genommen hatte.

»Nun?« Die Köchin blickte von dem Apfelkuchen auf, den sie gerade bereitete.

Emily grinste so breit, wie sie eigentlich nicht sollte. »Ich habe die Stelle.«

»Dann stehen Sie hier nicht herum, Mädchen«, sagte die Köchin freundlich. »Ich kann Sie nicht brauchen. Das Wohnzimmer der Haushälterin ist das zweite links. Mrs. Crawford müßte jetzt da sein. Gehen Sie zu ihr. Sie sagt Ihnen, wo Sie schlafen sollen, wahrscheinlich in Dulcies Zimmer. Joan, die Wäscherin, zeigt Ihnen, wo das Bügeleisen ist. Und Sie werden mit Edith reden, das ist Mrs. Piers Yorks Mädchen. Sie sind für Miß Veronica da.«

»Ja, Mrs. Melrose.« Emily bückte sich, um ihren Koffer aufzuheben.

»Lassen Sie das. Albert bringt Ihr Gepäck. Lasten zu schleppen ist nicht Ihre Aufgabe — es sei denn, man fordert Sie dazu auf. Los jetzt!«

»Ja, Mrs. Melrose.«

Emily ging zur Tür der Haushälterin und klopfte. Ein scharfes »Herein« ertönte.

Der Raum war klein und mit dunklen Möbeln vollgestopft. Der Geruch eines Poliermittels mischte sich mit dem schweren Duft einer Topflilie, die auf einem Blumenständer in der Ecke stand. Gestickte Schondeckchen hingen auf den Rücklehnen der Sessel und lagen auf dem Büfett unter einer Anzahl herumstehender Photographien. Zwei holzgerahmte Stickereien zierten die Wände. Emily fühlte sich schon überwältigt, ehe sie das Zimmer betrat.

Die Haushälterin, Mrs. Crawford, war klein und mager und hatte das Gesicht eines gereizten Spatzen. Graue Haarsträhnen hatten sich aus der hochgesteckten altmodischen Frisur gelöst, auf der ein Stück Spitzenstoff wie eine Schaumkrone saß.

»Ja?« sagte die Frau schroff. »Wer sind Sie?«

Emily richtete sich hoch auf. »Das neue Mädchen der Lady, Mrs. Crawford. Mrs. Melrose sagte, Sie würden mir meinen Schlafraum zuweisen.«

»Schlaf? Um vier Uhr nachmittags? Ich werde Ihnen sagen, wo Sie Ihren Koffer abstellen können und wo die Wäscherei ist. Joan zeigt Ihnen Ihren Tisch und gibt Ihnen Ihr Bügeleisen. Edith ruht sich aus, sie fühlt sich momentan nicht gut. Sicher haben Sie Nora, das Stubenmädchen, schon getroffen. Im oberen Stockwerk haben wir Libby, unten Bertha, und dann die Aushilfskraft Fanny, die zu nichts taugt. Natürlich ist da noch Mr. Redditch, der Butler, aber mit ihm haben Sie nicht viel zu tun, ebensowenig wie mit Mr. Yorks Diener John und dem Schuhputzjungen Albert.«

»Ja, Mrs. Crawford.«

»In der Küche haben Sie Mary und Prim schon getroffen. Das ist alles. Das Außenpersonal — die Stallknechte zum Beispiel — braucht Sie nicht zu interessieren. Sonntagmorgens haben Sie frei für den Kirchgang. Sie essen mit uns im Dienstbotenraum. Ich denke, Ihr Kleid genügt.« Sie betrachtete es ohne Begeisterung. »Vermutlich haben Sie Häubchen und Schürzen? Ich hoffe, ich muß Sie nicht daran erinnern, daß es keine Männerbesuche gibt, wenn Sie nicht einen Vater oder Bruder haben, die zu gegebener Zeit eine Sondererlaubnis bekommen können.«

»Danke, Madam.« Emily spürte, wie sich Mauern um sie errichteten, als sei sie im Gefängnis. Keine Besucher, keine Bewunderer, alle vierzehn Tage einen halben Tag frei! Wie sollte sie mit Charlotte oder Jack Kontakt halten?

Mrs. Crawford erhob sich und glättete ihre Schürze, wobei die Schlüssel an ihrer Taille klapperten. Wie ein kleines Nagetier huschte sie voraus. In der Wäscherei zeigte sie Emily Kupferkessel zum Kochen des Leinens, Seifen- und Stärkebehälter, Bügeltische, Bügeleisen und Querstangen zum Trocknen. Während der ganzen Zeit schnalzte sie mit der Zunge, weil sie sich über Joans Abwesenheit ärgerte.

Im oberen Stockwerk bekam Emily Veronica Yorks Schlafzimmer zu Gesicht. Es war in einem kühlen Grün und Weiß gehalten, mit gelben Schattierungen, wie eine Frühlingswiese. Im Ankleideraum standen Schränke voller Kleider, alle modisch und von bester Qualität, aber nichts in Rosa, geschweige denn in Kirschrot.

Ganz oben, auf dem Dienstbotenflur, wurde Emily zu einem kleinen Zimmer geführt, das ungefähr ein Fünftel ihres eigenen zu Hause maß. Ein eisernes Bettgestell mit einer Drillichmatratze, grauen Leintüchern und einem Kissen stand darin, außerdem ein schmaler Schrank und ein Tisch mit einer Wasserschüssel, kein Krug. Unter dem Bett sah man einen einfachen weißen Porzellannachttopf. Die Decke war schräg, so daß man nur in der einen Hälfte des Raumes aufrecht stehen konnte, und vor dem Mansardenfenster hingen dünne braune Vorhänge. Auf dem eiskalten Linoleumboden lag nur eine winzige Matte vor dem Bett. Emily verließ der Mut. Was für ein frostiges gräßliches Zimmer, verglichen mit Emilys elegantem Heim. Wie viele Mädchen hatten schon mit Tränen in den Augen in solchen Räumen gestanden und gewußt, daß es kein Entrinnen gab und daß dies das Beste war, was sie erhoffen konnten, nicht das schlechteste?

»Danke, Mrs. Crawford«, sagte sie heiser.

»Sie packen Ihren Koffer aus, und wenn Miß Veronica läutet...« Sie deutete auf eine Glocke, die Emily vorher nicht bemerkt hatte, »... dann gehen Sie hinunter und helfen ihr beim Anziehen fürs Abendessen. Sie ist momentan nicht da, sonst hätte ich Sie zu ihr geführt.«

»Ja, Mrs. Crawford.«

In der nächsten Minute war sie allein. Es war entsetzlich. Sie besaß nur einen schäbigen Koffer mit Kleidungsstücken, ein schmales Bett, so hart wie eine Bank, drei Leintücher zum Warmhalten, kein Feuer, kein Wasser, wenn sie es sich nicht selbst holte, und kein Licht, abgesehen von einer Kerze in einem halb zerbrochenen Emailhalter. Und sie mußte auf den leisesten Wink einer ihr unbekannten Frau gehorchen! Jack hatte recht — sie mußte verrückt geworden sein! Wenn er ihr diesen Irrsinn nur verboten hätte, wenn Tante Vespasia ihr nur abgeraten hätte!

Aber Jack sorgte sich nicht wegen ihrer Einsamkeit, dem nackten Boden, dem kalten Bett, dem Nachttopf, dem winzigen Waschbecken oder ihrer Unterwerfung einer Glocke gegenüber. Er hatte Angst um sie, weil in diesem Haus zweimal ein Mord passiert war und weil sie als Eindringling auftauchte, um den Mörder zu fangen.

Mit zitternden Knien setzte sie sich auf das Bett. Die Federn quietschten. Ihr war sehr kalt, und ihr Hals schmerzte bei der Anstrengung, nicht zu weinen. »Ich bin hier, um einen Mörder zu entlarven«, sagte sie leise zu sich selbst. »Robert York wurde ermordet — Dulcie wurde aus dem Fenster gestoßen. In diesem Haus lauert ein furchtbares Geheimnis, und ich werde es aufdecken. Zehntausende von Mädchen leben in diesem Land so karg wie ich jetzt. Wenn sie es aushalten, kann ich das auch. Ich bin kein Feigling. Ich renne nicht weg, weil die Umstände hier furchterregend und unangenehm sind. Sie werden mich nicht vertreiben, ehe ich überhaupt angefangen habe.«

Um halb sechs Uhr läutete die Glocke. Emily rückte ihr Häubchen zurecht und strich die Schürze glatt, dann nahm sie die Kerze und ging hinunter.

Veronica saß auf ihrem Frisierstuhl. Sie trug eine weiße Robe, die um die Taille gegürtet war, ihr schwarzes Haar fiel ihr wie Seidenbänder über die Schultern. Ihr schönes Gesicht war blaß, die Augen leuchteten groß und dunkel wie Wasser im Torfmoor.

Im Moment schimmerte die durchsichtige Haut ein wenig blau um die feine Nase und die hohen Wangenknochen, und Veronica war viel zu dünn für die derzeitige Mode. Doch Emily mußte im geheimen zugeben, daß die Frau bildschön war, daß ihre Ausstrahlung von Zartheit und Persönlichkeit viel tiefer beeindruckte als das bloße Regelmaß der Züge. In dem Gesicht paarten sich Leidenschaft und Intelligenz.

»Ich bin Amelia, Madam. Mrs. York hat mich diesen Nachmittag engagiert.«

Plötzlich lächelte Veronica, und ihre Wangen färbten

sich leicht. »Ja, ich weiß. Ich hoffe, daß es dir hier gefällt. Fühlst du dich wohl?«

»Ja, danke, Madam«, log Emily tapfer. Man hatte ihr alles geboten, was ein Dienstmädchen erwarten konnte. »Wollen Sie sich zum Essen umziehen, Madam?«

»Ja, bitte, das blaue Kleid. Ich glaube, Edith hat es in den ersten Schrank getan.«

»Ja, Madam.« Emily ging in den Ankleideraum hinüber und holte ein königsblaues, tief ausgeschnittenes Samt- und Taftgewand mit Ballonärmeln hervor. Sie brauchte ein paar Sekunden, um die richtigen Unterröcke zu finden, und legte alles bereit.

»Ja, das ist richtig, danke«, sagte Veronica.

»Wollen Sie vor dem Ankleiden frisiert werden, Madam?« Emily selbst hielt diese Reihenfolge ein, weil man so leicht eine Haarnadel verlieren oder einen Puderfleck auf das Kleid bringen konnte.

»Ja.« Veronica saß still, während Emily eine Bürste nahm und dann das lange schimmernde Haar mit einem Seidenschal polierte. Es war prächtig, dick und dunkel wie ein mondloser See. Hatte Jack es ebenfalls mit solcher Bewunderung betrachtet? Emily schob den Gedanken beiseite. Das war nicht die Zeit, sich mit eifersüchtigen Überlegungen herumzuschlagen.

»Wir sind ein wenig im Hintertreffen«, erklärte Veronica, und Emily sah, wie ihre Schultern sich versteiften. »Leider hatte mein vorheriges Mädchen... einen schrecklichen Unfall.«

Emilys Hand mit dem Kamm hielt in der Luft inne. »Oh.« Sie hatte beschlossen, Unwissenheit vorzugeben. »Das tut mir leid, Madam. Es muß schlimm für Sie gewesen sein. Wurde sie schwer verletzt?«

Die Antwort kam sehr leise. »Leider ist sie tot. Sie

fiel aus dem Fenster. Mach dir aber keine Sorgen. Es war nicht dein Zimmer.«

Emily sah, daß Veronicas Blick im Spiegel auf ihr ruhte. Sie setzte eine erstaunte und mitleidige Miene auf, in dem Bewußtsein, nicht übertreiben zu dürfen.

»Oh, das ist ja entsetzlich, Madam! Das arme Ding. Also ich werde gut aufpassen. Ich mag Höhe sowieso nicht.«

Sie begann Veronicas Haar aufzurollen und festzustecken, indem sie es von den Schläfen nach rückwärts kämmte. Zu jeder anderen Zeit hätte ihr diese Aufgabe Spaß gemacht, doch jetzt war sie nervös. »Wie ist das passiert, Madam?« Diese Frage war nur zu natürlich.

»Ich weiß es nicht.« Veronica schauderte. »Keiner weiß es, keiner war dabei.«

»Geschah es denn in der Nacht?«

»Nein, am Abend. Wir saßen alle beim Essen.«

»Wie schrecklich für Sie«, meinte Emily und hoffte, daß es eher mitfühlend als neugierig klang. »Hoffentlich hatten Sie keine Gäste, Madam.«

»Doch, aber glücklicherweise gingen sie, ehe wir das Unglück entdeckten.«

Emily forschte nicht weiter. Sie würde es einem der Dienstmädchen entlocken, welche Gäste das gewesen waren, und sie hätte gewettet, daß auch Julian Danver zu ihnen zählte.

»Da haben Sie eine schlimme Zeit durchgemacht.« Sie rollte die letzte Haarsträhne auf und steckte sie fest. »Ist es gut so, Madam?«

Veronica drehte den Kopf vor dem Spiegel nach rechts und links. »Das ist dir sehr schön gelungen, Amelia. Ich trage es sonst anders, aber so ist es besser.«

Emily war erleichtert. »Oh, danke, Madam.«

Veronica stand auf, und Emily half ihr in die Unterröcke und dann in das Kleid, das sie sorgsam schloß. Veronica sah absolut aufregend aus, doch Emily hielt ein Kompliment für zu vertraulich. Schließlich zählte die Meinung einer Zofe wohl kaum.

Ein scharfes Klopfen erklang, und Loretta rauschte herein. In lavendelblauer Seide, die schwarz und silbern bestickt war, wirkte sie sehr elegant. Sie musterte Veronica kritisch und schien Emily gar nicht zu bemerken.

»Du siehst blaß aus. Reiß dich doch zusammen, meine Liebe! Wir haben Pflichten, sowohl der Familie als auch den Gästen gegenüber. Dein Schwiegervater erwartet uns. Wir wollen nicht, daß er denkt, wir würden wegen einer häuslichen Tragödie zusammenbrechen. Er hat selbst genug Probleme. Was hier bei uns passiert, ist unsere Angelegenheit, und wir müssen ihn vor Unannehmlichkeiten schützen. Ein Mann hat ein Recht auf ein ruhiges und ordentliches Heim.« Sie betrachtete Veronicas Haar mit Argusaugen. »Menschen sterben. Der Tod ist das unabwendbare Ende des Lebens, und du bist nicht irgendeine billige Bürgerliche, die beim ersten Kummer in Hypochondrie verfällt. Nun kneif dich in die Wangen und komm herunter.«

Veronicas Körper versteifte sich, und die Linie ihres Kinns trat hart hervor.

»Ich habe so viel Farbe wie immer, Schwiegermutter. Ich möchte nicht aussehen, als hätte ich Fieber.«

Lorettas Züge gefroren zu Eis. »Ich denke an dein Wohlergehen, Veronica. Das habe ich immer im Sinn. Falls du zurückdenkst, wirst du das erkennen.« Die

Worte waren vernünftig, doch die Stimme klang schneidend.

Veronica wurde noch bleicher, und sie sprach mit Anstrengung. »Ich bin mir dessen bewußt, Schwiegermutter.«

Emily war wie versteinert. Die Erregung verursachte ihr eine Gänsehaut.

»Manchmal überlege ich, ob du es nicht doch vergißt.« Loretta starrte Veronica an. »Ich wünsche, daß die Zukunft dir Glück und Sicherheit bringt, meine Liebe. Vergiß das nie!«

Veronica drehte langsam den Kopf. »Ich werde nie, nie vergessen, was du für mich tust«, flüsterte sie.

»Ich werde immer dasein, meine Liebe«, versprach Loretta, doch es hätte auch eine versteckte Drohung sein können. »Immer!« Nun fiel ihr Blick auf Emilys reglose Gestalt. »Was starrst du in die Gegend, Mädchen?« Ihre Stimme brannte wie eine Ohrfeige. »Tu deine Arbeit!«

Emily erschrak, und Veronicas weißes Kleid glitt ihr aus der Hand. Sie hob es mit steifen Fingern vom Boden auf. »Ja, Madam.« Sie rannte beinahe aus dem Zimmer, glühend vor Verlegenheit, weil man sie so offenbar beim Zuhören erwischt hatte. Die Worte waren recht alltäglich gewesen, so, wie jede Frau sie mit ihrer Schwiegertochter hätte wechseln können, doch in der Luft hatten bedeutungsschwere Schwingungen gehangen. Emily spürte mit einem elektrisierenden Kribbeln auf der Haut, daß zwischen den beiden Frauen ein immenser Haß schwelte.

Emily nahm ihre erste Mahlzeit in Hanover Close im Dienstbotenraum ein — an einem langen Tisch, mit

Mr. Redditch, dem Butler, als Vorsitzendem. Er war Mitte Vierzig und ein wenig wichtigtuerisch, doch seine Züge wirkten harmlos und ein bißchen erstaunt, so daß Emily ihn nicht unsympathisch finden konnte.

Es war spät geworden, bis das Essen der Herrschaften serviert und wieder abgeräumt war. In der Küche häufte sich schmutziges Geschirr. Am Ende des Tisches saß die Köchin, die sich noch fürsorglich zeigte, da Emily ein Neuankömmling war; doch es bestand kein Zweifel, daß ihre mütterliche Fürsorge sich schnell in mütterliche Strenge verwandeln würde, sollte Emily sich nicht pflichtschuldigst benehmen. Mrs. Crawford, die Haushälterin, war schwarz gekleidet und trug ein makelloses spitzenumrandetes Häubchen, das besser ausgearbeitet war als das Tuch vom Nachmittag. Sie verströmte Würde und hielt sich offenbar für die Herrscherin aller Teile des Hauses, das Reich der Köchin ausgenommen. Während des Gespräches machte Mrs. Crawford kleine spitze Bemerkungen, die von ihrem Rang zeugten.

Edith, das Mädchen der anderen Lady, fühlte sich anscheinend wieder wohl genug, um bei Tisch aufzukreuzen. Sie war Mitte Dreißig, plump und mürrisch. Ihr schwarzes Haar schimmerte noch, doch der Teint ihres bäuerlichen Gesichtes war in zwei Jahrzehnten Londoner Nebels und Rußes und durch zu wenig frische Luft stumpf geworden. Was immer ihr gefehlt haben mochte, sie aß doch gewaltige Mengen. Es gab nur Brot, Käse und Essiggurken, da die Hauptmahlzeit mittags stattgefunden hatte. Emily hegte den Verdacht, daß Edith eher faul als krank war, und sie beschloß herauszufinden, warum die strenge Mrs. York diese Zofe duldete.

Sie verbrachte den Rest des Abends im Dienstbotenraum und lauschte den Gesprächen, um möglichst viel zu erfahren, doch die Ausbeute war gering. Es wurde fast ausschließlich über persönliche Dinge geredet.

Edith saß neben dem Feuer und nähte ein Damenhemd — und das Geheimnis ihrer Anstellung war gelöst. Sie war eine ausgezeichnete Näherin; in ihren Fingern steckten geniale Fähigkeiten. Flink huschte die Nadel durch die glänzende Seide, und es bildeten sich Blüten unter Ediths Hand, die zart wie Spinnwebfäden und perfekt proportioniert waren. Emily inspizierte die Arbeit genau und stellte fest, daß die Rückseite von der Vorderseite kaum zu unterscheiden war. Mädchen, die wie Edith sticken und nähen konnten, waren es wert, in Gold aufgewogen zu werden.

Fanny, die Aushilfskraft, die erst zwölf Jahre alt war, wurde um halb zehn ins Bett geschickt, damit sie um fünf Uhr aufstehen konnte, um die Feuerstellen auszuräumen und den Messingzierat zu polieren. Eine Viertelstunde später folgte ihr Prim aus ähnlichen Gründen.

»Kommen morgen abend zur Party viele Gäste?« fragte Emily so beiläufig wie möglich.

»Zwanzig«, erwiderte Nora. »Wir machen hier keine großen Partys, aber es gibt ein paar wichtige Leute.«

»Früher wurde größer gefeiert«, meinte Mary und blickte von ihrem Flickzeug auf. »Bevor Mr. Robert getötet wurde.«

»Das genügt, Mary«, sagte die Köchin schnell. »Wir wollen nicht über solche Sachen reden, sonst haben die Mädchen wieder schlimme Träume.«

Emily heuchelte ein Mißverständnis. »Schlimme

Träume von Partys? Ich liebe sie, ich finde es wunderbar, die Damen so elegant gekleidet zu sehen.«

»Nicht Partys!« erklärte die Haushälterin ärgerlich. »Gerede über den Tod. Sie können es nicht wissen, Amelia, aber Mr. Robert starb schrecklich. Ich warne Sie: Halten Sie darüber Ihren Mund. Wenn Sie über dieses Thema tratschen, sind Sie Ihre Stellung in diesem Haus los und bekommen auch kein Zeugnis! Gehen Sie jetzt hinauf und richten Sie Miß Veronicas Sachen für die Nacht. Kümmern Sie sich um Ihr Morgentablett. Um halb zehn können Sie wieder hier herunterkommen zum Kakaotrinken.«

Emily saß reglos da, und Zorn stieg in ihr auf. Ihr Blick traf sich mit dem der Haushälterin, und sie sah Erstaunen darin. Dienstmädchen haben Befehlen sofort zu gehorchen, vor allem neue Dienstmädchen. Es war ihr erster Fehler.

»Ja, Mrs. Crawford«, sagte sie unterwürfig, doch ihre Stimme klang belegt vor Ärger, teils über sich selbst und teils wegen der Zurechtweisung.

»Eingebildet, dieses Mädchen«, stellte Mrs. Crawford fest, als Emily halb vor der Tür war. »Sie werden an meine Worte denken, Mrs. Melrose: eingebildet! Ich sehe es in ihren Augen und in der Art, wie sie sich bewegt. Die hat Flausen im Kopf. Die bringt uns nichts Gutes — so etwas merke ich gleich!«

Emilys erste Nacht in Hanover Close war scheußlich. Das Bett war hart, die Laken dünn. Emily war an ein Feuer und an Federkissen gewöhnt — und an dicke Samtvorhänge vor den Fenstern. Diese hier waren fadenscheinig, und Emily hörte, wie die Graupelschauer gegen die Scheiben schlugen, bis sie sich in der bedrückenden Finsternis in Schnee verwandelten. Dann trat Stille ein, lastende seltsame Stille in dieser durchdringenden Kälte. Emily zog die Knie an, doch ihr wurde nicht warm genug, um einzuschlafen. Schließlich stand sie auf. Die Luft war so eisig, daß die Berührung des Nachthemdes auf der Haut beinahe schmerzte. Emily schwang die Arme heftig, aber auch diese Übung brachte ihr keine Wärme. Am Ende legte sie ihr Handtuch auf das Bett und darüber die Fußmatte vom Boden und kroch dann wieder zurück.

Diesmal schlief sie ein, aber es schienen nur Minuten vergangen zu sein, bis ein scharfes Klopfen ertönte und Fannys blasses kleines Gesicht in der Tür erschien.

»Zeit zum Aufstehen, Miß Amelia.«

Ein paar Sekunden lang wußte Emily nicht, wo sie war. Es war kalt, der Raum kahl. Sie sah eiserne Bettpfosten, graue Laken und eine Fußmatte auf ihrem Körper. Dann wurde ihr mit einem Schlag die ganze elende Situation bewußt, in die sie sich freiwillig hineinmanövriert hatte.

Fanny starrte sie an. »Ist Ihnen kalt, Miß?«

»Ich erfriere«, gestand Emily.

»Ich werde es Joan sagen, damit sie Ihnen noch ein Leintuch gibt. Sie sollten jetzt aufstehen. Es ist beinahe sieben, und Sie müssen fertig sein, ehe Sie Miß Veronicas Tee machen und ihr ein Bad bereiten. Sie steht meistens um acht Uhr auf. Und falls es Ihnen niemand gesagt hat — Edith wird wahrscheinlich noch schlafen. Dann müssen Sie auch Mrs. Yorks Tee machen und vielleicht auch ihr Bad.«

Emily schlug das Bettzeug zurück und sprang mit zitternden Gliedern auf den Boden, der sich wie trockenes Eis anfühlte. »Schläft Edith oft länger?« fragte sie mit klappernden Zähnen und zog den Vorhang zurück.

»Oh ja«, erwiderte Fanny nüchtern. »Dulcie hat immer die Hälfte ihrer Arbeit mit erledigt, und das werden Sie wohl auch tun, wenn Sie bleiben. Es ist die Sache wert. Denn wenn Miß Veronica Sie mag, wird sie Sie mitnehmen, wenn sie Mr. Danver heiratet, und dann geht es Ihnen gut.« Sie lächelte, und ihr Blick schweifte zum Fenster, wo der graue Himmel hereinsah.

Emily stiegen Tränen in die Augen. Sie wandte sich ab, während sie sich, schlotternd vor Kälte, weiter anzog.

»Will Miß Veronica heiraten? Wie aufregend. Wie ist denn dieser Mr. Danver? Ist er reich?«

»Ich weiß es nicht, Miß«, erwiderte Fanny. »Nora sagt, er ist es, aber was soll sie anderes sagen? Sie sieht den Gentleman gern. Meine Mama meint, alle Stubenmädchen sind verdorben.«

»Wie war Mr. Robert?« fragte Emily. Sie zog ihre Schürze an und bürstete sich das zerzauste Haar.

»Ich weiß es nicht, Miß. Er starb, ehe ich herkam.«

Natürlich — sie war erst zwölf. Sie wäre neun gewesen, als Robert York ermordet wurde. Was für eine dumme Frage.

Fanny ließ sich aber nicht beirren. »Mary sagt, er sah so gut aus und war ein echter Gentleman. Er ging nie auf die Mädchen los, wie es viele tun. Er mochte schöne Dinge und zog sich gut an, aber nie zu auffällig. Sie sagt, er war der beste Mensch, den sie je getroffen hat. Natürlich glaube ich, daß sie das alles von den Hausmädchen gehört hat, denn sie war damals Spülmädchen. Er war Miß Veronica völlig ergeben — und sie ihm.« Sie seufzte und schaute auf ihr einfaches graues Kleid. »Es ist furchtbar traurig, daß er so sterben mußte. Es hat ihr das Herz gebrochen, sie hat sich halb tot geweint, die Arme. Ich meine, wer das getan hat, sollte geköpft werden, aber niemand hat den Verbrecher entdeckt.« Sie schniefte heftig. »Ich wünschte, jemand würde mich eines Tages so lieben.« Sie schniefte erneut. Sie war Realistin und wußte im Grunde, daß das immer eine Illusion bleiben würde, doch es war eine kostbare Illusion. Während der langen Arbeitstage mußte sie ihrer Fantasie ab und zu Flügel gestatten. Selbst die entfernteste Chance wurde gehegt und bewahrt.

Emily dachte plötzlich mit einer Intensität an George, die sie monatelang verdrängt hatte. Noch vor einem Jahr hatte ihre Zukunft so behütet ausgesehen, und nun war sie, Emily, hier, zitterte vor Kälte um sieben Uhr morgens in einer Dachkammer, trug ein billiges blaues Wollkleid und lauschte den Auslassungen einer zwölfjährigen kleinen Magd.

»Ja«, sagte sie offen, »das wäre das Schönste, was man sich vorstellen kann. Aber glaube nicht, daß das nur die feinen Damen erleben. Auch von ihnen weinen sich viele in den Schlaf. Man sieht nur nicht, was so alles geschieht. Und manche Leute finden ihr Glück, von denen du das nie annehmen würdest. Gib niemals auf, Fanny — niemals!«

Fanny putzte sich die Nase in einen Lappen, den sie aus der Schürzentasche zog. »Sind Sie vorsichtig, Miß. Lassen Sie Mrs. Crawford so etwas nicht hören. Sie mag es nicht, wenn Mädchen eigene Ideen haben. Sie sagt, das ist schlecht für sie und macht sie unsicher.

Sie sagt, das Glück kommt von selbst, wenn man weiß, auf welchen Platz man gehört und wenn man da bleibt.«

»Das ist gewiß ihre Ansicht«, meinte Emily. Sie spritzte sich das kalte Wasser aus der Schüssel ins Gesicht und nahm das Handtuch vom Bett, um sich trockenzureiben.

»Ich muß gehen«, sagte Fanny und wandte sich zur Tür. »Ich habe erst die Hälfte der Kamine gesäubert, und Bertha braucht mich, daß ich ihr mit den Teeblättern helfe.«

»Mit den Teeblättern?« Emily wußte nicht, was sie meinte.

»Die Teeblätter auf dem Teppich, um ihn zu reinigen, ehe die Herrschaften herunterkommen. Mrs. Crawford schimpft mich, wenn ich zu langsam bin.« Das klang nun wirklich verängstigt, und Fanny huschte davon. Emily hörte ihre schnellen Schritte auf dem Korridor und der Treppe.

Der Tag bestand aus einem endlosen Wirbel von Aufgaben. Emily begann mit dem Schneiden von feinem Brot und Butter und brachte Veronica dann ein Tablett mit Tee, zog die Vorhänge zurück und nahm Weisungen entgegen, die das Bad und das Ankleiden betrafen. Dann sollte sie dasselbe für Loretta tun — und wurde mit einemmal idiotisch nervös. Sie verschüttete beinahe den Tee, die Tasse klirrte laut. Die Vorhänge klemmten fest, und sie mußte kräftig daran zerren.

Ihr Herz blieb fast stehen, als sie sich vorstellte, die ganze Schiene käme auf sie herabgesaust. Dabei spürte sie förmlich, wie Lorettas Augen zwei Löcher in ihren Rücken bohrten.

Doch als sie sich umdrehte, war Loretta mit ihrem Frühstück beschäftigt und sah Emily gar nicht an.

»Soll ich Ihr Bad vorbereiten, Madam?« fragte sie.

»Selbstverständlich.« Loretta blickte nicht auf. »Edith hat mir meinen Morgenmantel schon zurechtgelegt. Sie können in zwanzig Minuten wiederkommen.«

»Ja, Madam.« Sie entschuldigte sich, so schnell sie konnte.

Als beide Damen gebadet hatten und angezogen waren, geruhte Edith zu erscheinen, also mußte Emily nur mehr Veronicas Haar frisieren, ehe sie in die Küche hinuntereilte und rasch selbst ein paar Bissen zu sich nahm. Anschließend wurde ihr befohlen, Libby im oberen Stock beim Herrichten der Schlafzimmer zu helfen. Jeder Raum mußte gründlich gelüftet werden, und vorher wurden die großen Drehspiegel auf den Boden gelegt, damit der scharfe Durchzug sie nicht umwerfen und zerbrechen konnte. Im eisigen Wind der offenen Fenster wendeten Emily und Libby die Matratzen und schüttelten die Federbetten auf, bis sie leicht wie Soufflés waren. Anschließend wurden die Betten wieder gemacht. Alle vierzehn Tage wurden die Teppiche zusammengerollt und zum Klopfen hinuntergetragen, doch Gott sei Dank nicht heute. Diesmal mußten Emily und Libby nur deren Oberfläche abkehren, alle Waschschüsseln und Nachttöpfe ausleeren und säubern, die Bäder putzen und frische Handtücher herauslegen.

Als sie endlich fertig waren, kam sich Emily schmutzig und wie zerschlagen vor. Ihre Haarnadeln hatten sich gelöst, und Mrs. Crawford stellte sie auf der Treppe zur Rede: sie sähe schändlich aus und solle ihr Äußeres in Ordnung bringen, wenn sie die Stelle behalten wolle. Emily hatte schon eine schroffe Entgegnung auf der Zunge, als sie Veronica bemerkte, die sich blaß und angespannt von Loretta entfernte. Der Butler durchquerte die Halle mit der Morgenzeitung.

»Ja, Mrs. Crawford«, sagte Emily gehorsam, da sie sich erinnerte, warum sie hier war. Sie war so durstig, daß ihr die Zunge am Gaumen klebte, und ihr Rücken war steif vom vielen Bücken und Heben. Doch sie würde sich von einer Hausmeisterin nicht unterkriegen lassen — sie hatte eine Aufgabe zu erfüllen.

Über die Charaktere der beiden Frauen hatte sie jetzt schon mehr erfahren, als es bei monatelangen Höflichkeitsbesuchen möglich gewesen wäre. Es war Loretta, nicht Veronica, die in muschelrosa Seidenlaken und den dazu passenden gestickten Kissen schlief. Entweder mochte Veronica Leinen, oder ihr war nichts anderes angeboten worden. Es war auch Loretta, die das teure Öl mit Moschusduft besaß, das in Kristallflaschen mit Silberfiligranstöpseln abgefüllt war. Veronicas Schönheit war mehr natürlicher Art: die schmale Gestalt, die Anmut der Bewegungen und diese betörenden Augen; wohingegen Loretta mit mehr femininer Eleganz aufwarten konnte. Sie gab sich mit den Einzelheiten eines gepflegten Auftretens ab — parfümierte Taschentücher und Unterröcke, die bei jedem Schritt dufteten und raschelten, zahllose Stiefelchen und Slipper, die zu jeder Kleidung paßten und ein winziges Stück unter den Röcken hervorlugten. Dachte Veronica nicht an solche Dinge, oder entging ihr deren Raffinesse? Gab es einen Grund für diesen unterschiedlichen Lebensstil, und Emily kannte diesen Grund noch nicht?

Offenbar herrschten starke Gefühle zwischen den

beiden Frauen, die Emily jedoch nicht definieren konnte. Loretta schien ihrer jüngeren und anscheinend schwächeren Schwiegertochter gegenüber Beschützerinstinkte zu haben, aber gleichzeitig war ihre Geduld begrenzt, und sie zeigte sich als äußerst tadelsüchtig. Veronica lehnte ihre Schwiegermutter ab, während sie von ihr abhängig zu sein schien.

Als die Damen sich nach dem Morgenspaziergang für das Essen umzogen, mußte Emily sich um die nasse und verschmutzte Kleidung kümmern, sie ausbürsten, zwischen trockenen Tüchern pressen und bügeln — und zwar die beider Frauen, da Edith wieder unsichtbar blieb. Emily hörte einen scharfen Disput zwischen Veronica und Loretta, doch sie konnte die Worte nicht verstehen. Als sie versuchte, am Schlüsselloch zu lauschen, kam ein Mädchen über den Korridor, und sie mußte mit ihrer Arbeit fortfahren.

Das Mittagessen im Dienstbotenraum wurde »Dinner« genannt, und Emily bezeichnete es falsch, was ihr einen neugierigen Blick von der Köchin einbrachte.

»Sie denken wohl, Sie seien oben, meine feine Dame?« sagte die Haushälterin bissig. »Merken Sie sich, daß Sie sich hier unten nicht aufspielen können! Sie sind nichts Besseres als die anderen, eher das Gegenteil, solange Sie sich nicht bewähren!«

»Oh, vielleicht wird sich ein Bekannter von Miß Veronica für sie interessieren, und sie wird eine Herzogin«, meinte Nora hämisch. »Vergessen Sie nicht, daß Sie Stubenmädchen sein müssen, um Herzögen zu begegnen, außerdem haben Sie nicht das nötige Aussehen. Sie sind zum Beispiel nicht groß und auch nicht hübsch genug. Sie sehen zu spitz aus.«

»Ich vermute, daß sowieso nicht ausreichend Herzöge herumlaufen«, erwiderte Emily giftig, »da sogar Stubenmädchen abwarten müssen, bis alle Damen versorgt sind.«

»Nun, ich habe weitaus mehr Chancen als Sie!« stellte Nora fest. »Zumindest weiß ich über meine Arbeit Bescheid. Mir muß keine Aushilfskraft zeigen, was ich zu tun habe!«

»Herzogin!« Edith kicherte. »Das ist ein passender Name für sie. Sie trägt den Kopf in der Luft, als hätte sie ein Diadem auf und Angst, daß es ihr über die Nase rutscht!« Sie verneigte sich in einem spöttischen Knicks. »Wackeln Sie nicht mit dem Kopf, Hoheit!«

»Jetzt reicht es«, sagte der Butler mißbilligend. »Sie hat heute morgen fast Ihre ganze Arbeit erledigt. Sie sollten ihr dankbar sein. Ihr Verhalten ist nicht in Ordnung.«

»Edith war mit Flicken beschäftigt, und sie ist nicht sehr kräftig.« Mrs. Crawford warf Redditch einen gereizten Blick zu, der jeden Geringeren bezwungen hätte. »Sie sind nicht berufen, auf ihr herumzuhacken.«

»Edith ist faul und träge. Man behält sie nur, weil sie die beste Näherin der Stadt ist«, entgegnete Redditch schnell, doch die Wirkung seiner Worte wurde abgeschwächt durch den wachsamen Ausdruck in seinem Gesicht.

»Ich wäre Ihnen dankbar, wenn Sie sich um Ihre eigenen Angelegenheiten kümmern würden, Mr. Redditch. Die Dienstmädchen gehören zu meinem Bereich, und ich beurteile sie auf meine Art, womit Mrs. York sehr zufrieden ist.«

»Nun, es gefällt mir nicht, Mrs. Crawford, wenn sich die Mädchen gegenseitig verhöhnen, und wenn ich so etwas noch einmal höre, wird jemand entlassen.«

»Wir werden sehen, wer entlassen wird, Mr. Redditch«, erklärte Mrs. Crawford düster. »Denken Sie an meine Worte – entlassen wird, wer am leichtesten zu ersetzen ist.«

Das schien das Ende der Debatte zu sein, doch Emily wußte, daß hier ein Krieg erklärt worden war. Sie hatte sich Edith und Nora zu Feindinnen gemacht, und auch die Haushälterin würde sie mit großem Vergnügen bei irgendeinem kleinen Pflichtversäumnis erwischen. Wenn sie überleben wollte, mußte sie sich das Wohlwollen des Butlers erhalten.

Der Nachmittag war schrecklich. Emily hatte ihre eigenen Mädchen oft genug beaufsichtigt und geglaubt, deren Tätigkeiten zu kennen, doch es war ein Riesenunterschied, ob man jemand beim Bügeln von Spitzen beobachtete oder es selbst tun mußte. Jedenfalls war es viel schwieriger, als Emily es sich vorgestellt hatte. Das einzig Gute war, daß sie nichts versengte. Den ganzen Nachmittag hatte sie keine freie Minute, nicht einmal für eine Tasse Tee. Schließlich eilte sie um halb sechs völlig erschöpft, mit schmerzendem Rücken, Kopfweh und brennenden Füßen in den ungewohnten Stiefeln nach oben, um Veronica beim Umziehen für die Dinnerparty zu helfen.

Nachdem Veronica verschiedene Besuche zum Tee empfangen hatte, schien auch sie müde zu sein – und nervöser, als Emily dies verstehen konnte. Veronica war nicht die Gastgeberin – die Verantwortung für das Gelingen der Party lag bei ihrer Schwiegermutter –, sie selbst brauchte nur charmant zu sein. Dennoch änderte sie dreimal ihre Meinung, welches Kleid sie tragen wollte, war unzufrieden mit ihrer Frisur und fühlte sich auch dann noch nicht selbstsicher, als Emily das Haar ein zweites Mal aufgesteckt hatte. Die junge Witwe stand vor dem großen Drehspiegel und betrachtete sich mit gefurchter Stirn.

Schließlich forderte sie Emily auf, ihr Haar noch ein weiteres Mal neu zu frisieren. Emily dachte empört, wie egoistisch diese Frau war. Sie hatte den ganzen Tag nichts anderes getan, als Besuche zu empfangen, zu essen und zu plaudern, während Emily wie ein Pferd gearbeitet hatte.

»Die Frisur steht Ihnen so sehr gut, Madam«, sagte sie mit mühsam beherrschter Stimme.

Veronica nahm die Parfümflasche zur Hand; sie entglitt ihren Fingern, und das Parfüm spritzte über ihren Rock.

Emily hätte weinen mögen. Nun mußte die ganze Garderobe erneut gewechselt werden. Zudem hatte Emily keine Ahnung, wie man die Flecken entfernte — sie würde Edith fragen müssen, und die Folgen konnte sie sich ausmalen. Jeder im Haus würde von der Geschichte erfahren. Sie ging in den Ankleideraum und holte ein viertes Kleid. Dabei fiel ihr ein, daß auch sie ihren eigenen Mädchen gegenüber oft nicht mehr Rücksicht walten ließ als jetzt Veronica.

Als sie wieder ins Schlafzimmer zurückkehrte, sah sie Veronica mit gesenktem Kopf in Hemd und Unterrock auf dem Bett sitzen. Die junge Witwe machte einen sehr zarten, fast kindlichen und schmerzhaft verletzlichen Eindruck. Emily hätte am liebsten die Arme um sie gelegt; sie wußte aus eigener Erfahrung, was Witwentum im Schatten eines Mordes bedeutete. Doch sie durfte sich nicht zu einer intimen Geste hinreißen lassen — eine Kluft bestand zwischen ihnen.

»Fühlen Sie sich nicht gut, Madam?« fragte sie sanft. »Soll ich Ihnen einen beruhigenden Tee bringen? So bezaubernd, wie Sie aussehen, wird es jeder verzeihen, wenn Sie ein paar Minuten zu spät kommen. Gehen Sie nach den anderen Damen hinunter und erregen Sie ein wenig Aufsehen!«

Veronica blickte auf, und Emily wunderte sich über den Ausdruck von Dankbarkeit in ihren Augen. »Danke, Amelia. Ja, ich hätte gern einen Tee. Ich kann ihn trinken, während Sie mich frisieren.«

Emily brauchte fünf Minuten, um zwischen den vorhandenen Kräutern die besänftigende Kamille zu finden, und weitere drei, bis das Wasser kochte. Dann brachte sie den Tee nach oben. Sie traf Mrs. Crawford in der Halle.

»Was machen Sie hier unten, Amelia?«

»Eine Erledigung für Mrs. York«, erwiderte Emily schroff und stieg die Stufen hinauf, ohne sich umzuschauen. Sie hörte Mrs. Crawford schnauben und etwas murmeln, das klang wie: »Sie werden schon noch sehen, Miß!« Aber sie hatte jetzt keine Zeit, sich darüber aufzuregen.

Veronica nahm den Tee dankbar entgegen und trank ihn, als sei er tatsächlich ein Lebensspender. Sie widersprach nicht, als Emily ihr Haar wie beim erstenmal aufsteckte und ihr in das vierte Kleid half, das aus schwarzem Taft mit Perlenstickerei bestand. Es war sehr beeindruckend, und an einer weniger schönen Frau hätte es erdrückend gewirkt.

»Sie sehen wunderbar aus, Madam«, sagte Emily ehrlich. »Es wird keinen Mann im Raum geben, der noch für etwas anderes Augen hat.«

Veronica errötete — es war an diesem Tag die erste

Farbe in ihrem Gesicht. »Danke, Amelia, schmeichle mir nicht, sonst werde ich noch unbescheiden.«

»Ein bißchen Selbstbewußtsein schadet niemand.« Emily hob das befleckte Kleid auf, um es wegzutragen. Sie war gerade durch die Tür des Ankleidezimmers gegangen und wollte sie schließen, als sie das Öffnen der Schlafzimmertür hörte und Loretta eintreten sah. Sie trug Taubengrau mit Silber und wirkte ungemein feminin.

»Gütiger Himmel!« Ihre Augenbrauen hoben sich bei Veronicas Anblick. »Glaubst du wirklich, daß das paßt? Es ist höchst wichtig, daß du auf den französischen Botschafter einen guten Eindruck machst, meine Liebe, vor allem in Gegenwart der Danvers!«

Veronica atmete tief ein und aus. Emily konnte sehen, wie sich ihre Finger in den Falten ihres Rockes verkrampften.

»Ja, ich glaube, daß es perfekt angemessen ist«, erklärte sie unsicher. »Mr. Garrard Danver ist ein Bewunderer eleganter Kleidung, er interessiert sich nicht für Alltägliches.«

Lorettas Gesicht färbte sich tiefrot, dann wich die Farbe wieder daraus. »Wie du willst.« Ihre Stimme klang gepreßt. »Aber ich weiß nicht, warum du so spät dran bist. Du hast dich frühzeitig nach oben begeben. Ist dein neues Mädchen nicht gut?«

»Sie ist sehr gut, sogar hervorragend. Ich hatte es mir mit meiner Kleidung anders überlegt. Amelia konnte nichts dafür.«

»Wie schade. Sicher hattest du zuerst etwas Passenderes an. Aber jetzt ist es zu spät. Ist das Kamillentee?«

»Ja.«

Ein kurzes Schweigen entstand. Dann erklang Lorettas Stimme erneut — ein wenig scharf, jedoch beherrscht. »Veronica, du darfst dich nicht gehenlassen; das kannst du dir nicht leisten. Wenn du krank bist, holen wir den Arzt, andernfalls übe dich in Disziplin, setz ein Lächeln auf und komm herunter. Es geht nicht an, daß du so spät erscheinst!«

»Ich bin doch fertig!«

»Nein, das bist du nicht. Du mußt auch innerlich bereit sein. Du wirst Julian Danver heiraten, also gib niemandem Anlaß, an deinem Glück zu zweifeln, am wenigsten Julian oder seiner Familie. Lächle — kein Mensch mag eine launische oder nervöse Frau. Von Frauen erwartet man, daß sie zum Wohlbefinden und Vergnügen eines Mannes beitragen, als angenehme Gesellschafterinnen. Und niemand heiratet freiwillig ein weibliches Wesen, dessen Gesundheit nicht robust ist. Wir verbergen unsere kleinen Wehwehchen. Man setzt Mut und Würde bei uns voraus — tatsächlich fordert man beides von uns.«

»Manchmal hasse ich dich«, sagte Veronica leise, aber mit wilder Leidenschaft.

»Auch das«, erklärte Loretta vollkommen ruhig, »ist eine Disziplinlosigkeit, die du dir nicht leisten kannst, meine Liebe, ebensowenig wie ich.«

»Vielleicht wäre es der Mühe wert«, entgegnete Veronica verbittert.

»Denk einmal nach«, meinte Loretta sanft. Dann rief sie plötzlich wütend: »Reiß dich zusammen und hör auf mit deinem dummen Gejammer! Ich kann dir nur bis hierhin helfen, dann mußt du dich selbst kümmern. Ich habe alles für dich getan, was mir möglich war, und das war nicht so leicht für mich, wie du manchmal zu denken scheinst.«

Die äußere Tür öffnete sich, und Emily hörte eine neue Stimme — die intelligente und wohltönende eines Mannes.

»Bist du fertig, meine Liebe? Es ist Zeit, unsere Gäste zu begrüßen.«

Das mußte Piers York sein, die einzige Person im Haus, der Emily noch nicht begegnet war. »Veronica, du siehst hinreißend aus.«

»Danke, Schwiegerpapa.« Veronicas Worte klangen noch ein wenig zittrig.

»Das wird ein langweiliger Abend werden«, meinte er offen. »Ich weiß gar nicht, warum wir diese Leute weiter bei uns einladen. Ich finde nicht, daß das nötig ist.«

Den Rest des Abends empfand Emily als Alptraum. In der Küche ging es chaotisch zu. Im Abwaschbecken türmte sich das schmutzige Geschirr zu Bergen, und Prim kam nicht mehr nach. Jeder war gereizt, das Abendessen für die Bediensteten fiel aus, und zum Schluß gab es nur mehr kalte Pastete — das letzte, was Emily hätte essen mögen.

Es gehörte nicht zu ihren Pflichten, aber dennoch half Emily beim Aufräumen. Sie spülte und polierte Gläser und verstaute das Silber sowie die Teller. Sie hätte nicht mit gutem Gewissen zu Bett gehen können, während Mary, Prim und Albert bis zum Umfallen schufteten — außerdem brauchte sie Verbündete, so viele sie gewinnen konnte. Mrs. Crawford war nun unabänderlich eine Feindin, nachdem der Butler allzu deutlich für Emily Partei ergriffen hatte. Nora war eifersüchtig und nannte sie weiterhin »die Herzogin«, und Edith machte kein Hehl aus ihrer Geringschätzung.

Es war kurz vor ein Uhr. Der Wind heulte und fuhr mit eisigen Stößen durch alle Fugen und Ritzen. Graupelschauer trommelten gegen das Glas, als Emily die letzten Mansardenstufen hinaufstieg und ihr winziges kaltes Zimmer betrat. Das Bett war wie gefroren.

Sie entkleidete sich bis auf die Unterwäsche und zog das Nachthemd darüber, ehe sie zwischen die Laken kroch. Sie zitterte vor Kälte, und trotz all ihrer Entschlossenheit kamen ihr die Tränen. Sie rollte sich zusammen, vergrub das Gesicht in den Kissen und weinte sich in den Schlaf.

6

Ausnahmsweise gelang es Charlotte, ihr Erstaunen und auch ihre Besorgnis zu verbergen, als sie durch Jack Radley von Emilys seltsamem Entschluß hörte, die Identität zu wechseln und bei den Yorks zu arbeiten. Glücklicherweise war Jack am frühen Nachmittag aufgetaucht, so daß Charlotte genügend Zeit hatte, sich bis zu Thomas' Heimkehr kurz nach sechs von ihrem Schrecken zu erholen. Natürlich wußte Thomas nichts von der Geschichte.

Er war zutiefst bekümmert über den Tod des Mädchens Dulcie und wurde von Schuldgefühlen geplagt. Daß das unvernünftig war, wußte er. Ihr Sturz aus dem Fenster konnte ein Unfall gewesen sein, doch er wurde das Gefühl nicht los, daß sie noch am Leben wäre, wenn sie ihm nicht von der Frau in Kirschrot erzählt und er nicht so sorglos gewesen wäre, sie bei geöffneter Tür reden zu lassen.

Zuerst erwähnte er Ballarat gegenüber nichts von ihrem Tod, doch als er länger darüber nachdachte, kam er zu dem Schluß, die Spur der Dame in Rot verfolgen zu müssen, ehe er dem Außenministerium Informationen über Veronica York gab.

Ballarat war gereizt, wie meistens, und er konnte Thomas Pitt absolut nicht leiden, doch er respektierte dessen berufliche Fähigkeiten. Nachdem Pitt seine Gedanken und neuerlichen Erkenntnisse, die den York-Fall betrafen, dargelegt hatte, kam er auf die Frau in Kirschrot und Dulcies tödlichen Sturz zu sprechen.

Ballarat richtete den Blick seiner runden kleinen Augen auf Pitts Gesicht. »Könnte die geheimnisvolle Frau Veronica York gewesen sein? Aber hätte dieses Mädchen Dulcie sie nicht erkannt?«

»Das hätte ich auch vermutet«, stimmte Pitt zu. »Sie war ihre Zofe. Andererseits sehen Menschen, was sie sehen wollen, und es war nur ein Moment im Gaslicht, zudem trug die Unbekannte völlig andere Kleidung. Von der unzureichenden Beschreibung her hätte es wohl Veronica York sein können.«

»Verdammt!« rief Ballarat zornig. »Hätte es vielleicht auch die Geliebte von Robert York sein können, von der Mrs. York nichts wußte?«

»Schon möglich. Doch was tat sich im Danver-Haus?«

»War es Danvers Schwester?«

Thomas Pitt hob die Augenbrauen. »Meinen Sie, daß Sie ein lockerer Vogel ist, daß sie sich an verheiratete Diplomaten heranmacht, zuerst an Robert York, jetzt an Felix Asherson?«

Ballarat furchte die Stirn. »Was hat Felix Asherson damit zu tun?«

Pit seufzte. »Harriet Danver liebt ihn. Fragen Sie mich nicht, woher ich das weiß; ich weiß es eben. Und ich denke, daß sie die Frau in Rot bestimmt nicht war — falls doch, sollte es das Außenministerium allerdings erfahren.«

»Verdammt, Pitt! Vielleicht ist diese Frau in Rot nur irgendeine verrückte Verwandte, die sich verkleidet und nachts herumschleicht.«

»Natürlich.« Pitt nickte. »Das kann sein. Oder sie ist eine kostspielige Hure, die sich um Robert York kümmerte, oder auch um seinen Vater...« Er sah, wie Ballarats Gesicht sich rötete, doch er fuhr gelassen fort. »... oder um Julian Danver oder Garrard Danver.« Er hielt Ballarats Blick stand. »Oder die Frau in Rot war eine Vermittlerin oder eine Geheimnisträgerin oder eine Erpresserin oder eine Geliebte und sie beschäftigte sich mit Robert York, ehe sie ihn entweder selbst tötete oder ihn von einem ihrer Kollegen umbringen ließ.«

»Gütiger Himmel — wollen Sie andeuten, daß der junge Danver ihr Auftraggeber war?« Ballarat stöhnte.

»Nein«, meinte Pitt entschieden. »Dafür sehe ich keinen Grund. Er ist doch ebenfalls im Außenministerium.«

»Noch ein Verräter?« Ballarats Züge verfielen. Seine Zigarre, die er vor einiger Zeit angezündet hatte, zerkrümelte unbemerkt zu kleinen Aschenringen.

»Möglich.«

»In Ordnung. In Ordnung.« Ballarats Stimme hob sich. »Finden Sie heraus, wer die Frau war. Die Sicherheit des Empire könnte davon abhängen. Aber wenn Sie Ihren Job behalten wollen, seien Sie diskret, Pitt. Wenn Sie sich ungeschickt verhalten, kann und will ich Sie nicht schützen. Verstehen Sie mich?«

»Ja, danke, Sir«, erwiderte Thomas Pitt mit offenem Spott. Es war das erstemal seit Jahren, daß er Ballarat mit »Sir« angesprochen hatte — er hatte immer verstanden, es zu vermeiden, ohne direkt unhöflich zu sein.

»Ganz meinerseits, Pitt«, erklärte Ballarat und zeigte die Zähne. »Ganz meinerseits.«

Pitt verließ die Bow Street Station und trat in eine dichte Nebelsuppe hinaus. Er war wild entschlossen, in seinem Fall weiterzukommen. Nun mußte er innerlich zugeben, daß er froh war über Charlottes Besuche bei den Yorks und Danvers. Sie konnte ihn bei der Beurteilung von Veronica Yorks Charakter unterstützen.

Falls Veronica sich tatsächlich durch den Tod ihres Mannes befreit gefühlt hatte, war es erstaunlich, daß sie die letzten drei Jahre mit soviel Würde hinter sich gebracht hatte, ohne die geringste Indiskretion oder irgendeinen Fehltritt.

Der Nebel war so dicht, daß Thomas Pitt nicht einmal das gegenüberliegende Pflaster sehen konnte. Die dicken gelbgrauen Schwaden zogen vom Fluß her geballt durch die Vororte, vorbei an Chelsea, den Parlamentsgebäuden, Wapping und Limehouse, durch das Herz der Stadt, Greenwich, Arsenal und schließlich zur weiten Flußmündung.

Da die Kirschrote, wer immer sie war, sich so auffällig gekleidet hatte, war sie gewiß nicht nur nachts, sondern auch tagsüber spektakulär aufgetreten. Möglicherweise war sie eine Kurtisane, mit der sich weder die Yorks noch die Danvers vor ihren Freunden sehen lassen wollten. Wo also konnte die Frau ihre Liebhaber treffen?

Pitt wußte, daß es Hotels, Restaurants und Theater gab, wo man sich zu solchen Stelldicheins verabreden konnte. Wenn ein Gentleman dort einen Bekannten entdeckte, übersahen beide Männer taktvoll diese Begegnung. Solche Plätze lagen verteilt am Rande des vornehmen London, im Haymarket, am Leicester Square und Piccadilly. Pitt wußte, wohin er sich wenden mußte. Er rief eine Droschke und ließ sich zum Haymarket fahren.

Am folgenden Tag, als der Nebel immer noch schwer über der Stadt lastete, im Hals kratzte und die Nasenschleimhäute reizte, hatte Thomas Pitt zum erstenmal Erfolg. Er befand sich in einem privaten Hotel in der Nähe des Piccadilly. Der Portier war ein ehemaliger Soldat mit einem üppigen Schnurrbart, freizügigen Ansichten über Moral und einer Kriegsverletzung, die ihn daran hinderte, körperliche Arbeit zu leisten. Außerdem war er Analphabet, was eine Beschäftigung bei kirchlichen Stellen ausschloß. Für ein Trinkgeld zeigte er sich Pitts Fragen gegenüber recht aufgeschlossen. Ballarat hatte Pitt im Rahmen seiner Möglichkeiten finanziellen Spielraum gewährt.

»Natürlich erinnere ich mich an die Frau«, sagte der Portier munter. »Sie war sehr hübsch und trug immer dieselben Farben. An einer anderen hätte das Rot gewöhnlich ausgesehen, aber ihr stand es wunderbar. Sie hatte schwarzes Haar und dunkle Augen, war anmutig wie ein Schwan im Wasser, groß, schlank — sie hatte was Besonderes an sich.«

»Was war das?« fragte Pitt neugierig. Ihn interessierte das Urteil dieses Mannes, der die Straßendirnen und ihre Freier jede Nacht beobachtete, der sich im Milieu auskannte, ohne dazuzugehören. Ihn würde man so leicht nicht täuschen.

Der Portier überlegte. »Sie hatte Klasse. Nie war sie hinter jemand her — immer war es umgekehrt, sie hielt sich zurück.« Er schüttelte den Kopf. »Aber es war noch mehr. Es war... als hätte sie Spaß an der Sache. Sie lachte niemals laut, dafür war sie zu fein. Aber sie lachte innerlich.«

»Haben Sie je mit ihr gesprochen?« fragte Pitt.

»Ich?« Der Mann sah ein wenig erstaunt aus. »Nein,

nie. Sie redete nicht viel und immer leise. Ich sah sie nur — ungefähr ein halbes dutzendmal.«

»Können Sie sich erinnern, mit wem sie da war?«

»Mit verschiedenen Typen — eleganten, das mochte sie, keine ungepflegten. Und Männer mit Geld, aber das wollen sie alle. Hierher kommt kein Typ ohne Geld.« Er lachte kurz.

»Können Sie einen beschreiben?«

»Nicht so, daß Sie ihn erkennen würden, nein.« Er lächelte.

»Versuchen Sie es!« drängte Pitt.

»Soviel können Sie mir gar nicht bezahlen, Mann! Würden Sie mir einen neuen Job geben, wenn man mich hier rauswirft und meinen Namen anschwärzt?«

Pitt seufzte. Er hatte von Anfang an gewußt, daß die Beschreibung der Frau etwas anderes war als eine Indiskretion gegenüber ihren Freiern. Freier hatten Geld und eine Position, sie erwarteten Verschwiegenheit und kauften sie zu einem großzügigen Preis. Verkaufte man die Geheimnisse eines einzigen, verlor man das Vertrauen von allen.

»In Ordnung. Machen Sie es ganz allgemein. Alt oder jung, dunkel, blond oder grau, welche Größe und Figur?«

»Wollen Sie in ganz London suchen, Mann?«

»Ein paar Typen kann ich schon aussortieren.«

Der Portier zuckte die Schultern. »Wie Sie wollen. Also, soweit ich mich erinnere, waren sie älter, über vierzig. Ich hatte das Gefühl, die Frau konnte sich die Männer aussuchen...«

»Grauhaarig?«

»Ich glaube, nein. Und keiner war dick, alle schlank.« Er rückte näher an Pitt heran. »Sehen Sie, es hätte auch immer derselbe sein können! Es zahlt sich für mich nicht aus, wenn ich denen ins Gesicht schaue. Sie kommen heimlich her, und dafür zahlen sie.«

»Trug sie immer nur rote Gewänder?«

»Ja, in verschiedenem Rot. Das war wie ihr Wahrzeichen. Aber warum wollen Sie das alles über sie wissen? Sie war schon ungefähr drei Jahre nicht mehr hier.«

»Und seitdem haben Sie nichts mehr von ihr gehört oder gesehen?«

»Nein.« Jetzt grinste er. »Vielleicht hat sie sich gut verheiratet. Manchmal schaffen die das. Vielleicht sitzt sie als Herzogin in einem großen Haus und kommandiert solche Leute wie Sie und mich herum.«

Pitt schnitt eine Grimasse. Die Chance war gering, das wußten sie beide. Viel eher hatte sie ihre Schönheit durch eine Krankheit verloren oder durch einen Kampf mit einer anderen Prostituierten oder einem Strichjungen, der sich betrogen fühlte, oder mit einem Liebhaber, der zu pervers oder besitzergreifend gewesen war, oder sie war einfach tiefer gesunken — von einem Hotel wie diesem in ein gewöhnliches Bordell.

Der Portier betrachtete ihn prüfend. »Warum sind Sie hinter ihr her, Mann? Erpreßt sie jemand?«

»Das wäre möglich«, erwiderte Pitt. »Das wäre durchaus möglich.« Er nahm eine seiner Karten aus der Tasche und reichte sie dem Portier. »Wenn Sie sie wiedersehen, sagen Sie es mir. Bow Street Polizeistation. Sagen Sie nur, Sie haben die Kirschrote wiedergesehen.« Er überlegte einen Augenblick. »Welche Theater und Konzertsäle bevorzugen Ihre Kunden?«

Der Mann biß sich auf die Lippen. »Also, wenn Sie

die Frau meinen, die Sie Kirschrote nennen, so habe ich gehört, daß sie schon im großen Vortragssaal und in der Musikhalle gewesen ist, aber Näheres weiß ich nicht.«

Pitt hob die Brauen. »Der große Vortragssaal? Eine mutige Frau, ihr Gewerbe dort zu betreiben!«

»Ich sagte Ihnen doch, sie hat Klasse.«

»Ja — ich danke Ihnen.«

Der Mann tippte an seine Mütze, ein wenig spöttisch. »Auch ich danke Ihnen.«

Pitt trat hinaus auf die Straße. Der Nebel umschlang ihn wie ein kaltes Tuch, das feucht an seiner Haut klebte.

Also hatte die Kirschrote Mut und Stil. Sie war gewiß nicht Veronica York, die bloß einer Affäre mit Julian Danver nachgegangen war. Falls es sich um Veronica handelte, dann führte sie ein heimliches Doppelleben von der Art, die das Außenministerium bis auf die Grundfesten erschüttern würde. Für einen Diplomaten war eine Ehefrau, die sich als Prostituierte beschäftigte, absolut untragbar. Er würde sofort entlassen und wäre ruiniert.

Die Frau war auch nicht Harriet Danver auf Abwegen mit Felix Asherson. Thomas Pitt wußte nicht, ob Asherson ihre Gefühle erwiderte — jedenfalls paßte Harriet überhaupt nicht in das Bild, das der Portier von der Unbekannten in Rot skizziert hatte.

Allmählich wurde es dunkel, und der Nebel begann zu gefrieren. Die Luft war von winzigen Eispartikeln erfüllt, die Thomas Pitt erschaudern ließen, als sie in die Falten seines Halstuches drangen und seine Haut berührten. Pitt beschleunigte seine Schritte und wandte sich nach Norden, bog in die Regent Street ein und dann nach links, Richtung Oxford Circus. Dort gab es noch weitere Leute, die er fragen konnte: Prostituierte vom oberen Markt, die die Konkurrenz kannten und ihm mehr über die Kirschrote erzählen würden.

Eine Stunde später saß er nach der Anwendung von Überredungskünsten und einem größeren Geldgeschenk in einem überhitzten, mit zu vielen Möbeln vollgestopften kleinen Zimmer unweit der New Bond Street. Die Frau, die ihm in einem rosa Sessel gegenübersaß, hatte ihre Blützeit schon hinter sich. Ihr Busen quoll aus dem engen Mieder, und das Fleisch unter ihrem Kinn hatte seine Elastizität verloren, aber sie war immer noch hübscher, als die meisten Frauen es je sind. Die vielen Jahre, in denen sie begehrt worden war, verliehen ihr eine lebendige Ungezwungenheit, doch die blanke Bitterkeit in ihren Augen spiegelte das dahinterliegende Wissen wider, daß sie nicht geliebt worden war. Vor ihr stand eine Schachtel mit kandierten Früchten, in denen sie herumstocherte. »Nun?« sagte sie wachsam. »Was wollen Sie, mein Lieber? Es ist nicht mein Stil, Geschichten zu erzählen.«

»Ich will keine Geschichten hören.« Pitt verschwendete keine Zeit mit Schmeicheleien, von denen beide wußten, daß sie nicht ehrlich gemeint waren. »Ich möchte etwas über eine Frau wissen, die höchstwahrscheinlich Erpressungen versuchte. Das ist schlecht für Ihr Gewerbe, solche Leute können Sie nicht brauchen.«

Sie schnitt eine Grimasse und aß eine Frucht, indem sie sie rundum abnagte, ehe sie das Mittelstück in den Mund schob. Wäre ihr Lebensweg anders verlaufen, hätte man sie wohl zu den größten Schönheiten ihrer Generation zählen können. Dieser ironische und traurige Gedanke schoß Thomas Pitt durch den Kopf, während er sie beobachtete.

»Fahren Sie fort«, sagte sie kühl. »Und machen Sie sich keine Sorgen um mein Gewerbe. Wenn ich nicht die Beste wäre, würden Sie nicht hier sitzen und mich um etwas bitten. Ich brauche Ihr Geld nicht. Ich verdiene an einem Tag mehr als Sie in einem Monat.«

Pitt erwähnte nicht, daß ihre Risiken größer waren – und ihre Zeit kurz.

»Es geht um eine Frau, die immer nur Rot trug, eine große, schlanke, schwarzhaarige Person, sehr hübsch.«

»Mehr hatte sie nicht zu bieten?«

»O doch.« Unwillentlich sah Pitt Veronica Yorks Gesicht mit den hohen Wangenknochen und den verzaubernden Augen vor sich. Er betrachtete die üppige feminine Frau, die ihm gegenübersaß, ihr leuchtendes, fast tizianrotes Haar und ihre apfelblütenhelle Haut. »Sie hatte Feuer und Stil«, fügte er hinzu.

Die Augen der Frau öffneten sich weit. »Sie haben sie gut gekannt?«

Pitt lächelte. »Ich habe sie nie gesehen und spreche nur von dem Eindruck, den sie auf andere macht.«

Sie lachte leise, halb spöttisch und halb belustigt. »Also, wenn sie jemand erpreßte, war sie dumm. So etwas macht das Geschäft kaputt, und auf lange Sicht ist es Selbstmord. Ich kenne die Frau nicht. Es tut mir leid.«

»Sind Sie sicher?« fragte Pitt automatisch. »Es könnte drei Jahre zurückliegen.«

»Drei Jahre! Warum sagen Sie das nicht gleich?« Sie biß in eine weitere kandierte Frucht. Ihre schönen weißen und gleichmäßigen Zähne fielen Pitt auf. »Ich dachte, Sie meinen jetzt. Ja, vor drei oder vier Jahren gab es hier so eine Frau. Es war ein fürchterliches Rot, das sie trug, aber sie konnte es sich leisten. Sie war wirklich eine Schönheit, ohne Puder und Anstrich, und sie hatte Knochen — so zerbrechlich.«

Pitt hatte plötzlich das Gefühl, in diesem vollgestopften Raum zu ersticken, und gleichzeitig fror er innerlich. »Erzählen Sie mir mehr von ihr«, sagte er ruhig. »Wie oft haben Sie sie gesehen oder von ihr gehört, mit wem war sie zusammen, und was ist mit ihr geschehen?«

Die Frau zögerte, ihre Augen waren wachsam.

»Ich kann sehr ungemütlich werden«, erklärte Pitt. »Es hat einen Mord gegeben. Ich werde in Ihrer Wohnung das Unterste zuoberst kehren, so daß sich kein Freier mehr hertraut.«

»Na, gut«, meinte sie ärgerlich, doch sie war nicht wirklich wütend. Dafür hatte sie schon zuviel erlebt. »Gut, ich habe in den letzten Jahren nichts von ihr gehört, und vorher nur wenig. Sie trat nicht regelmäßig auf. Ich hielt sie nicht einmal für eine Professionelle, deshalb habe ich mich nicht für sie interessiert. Sie war keine Rivalin, marschierte nur herum, zeigte sich und pickte einen oder zwei Männer auf. Eigentlich war sie gut für uns, weil sie Aufmerksamkeit erregte, Appetit machte und dann verschwand. So blieb mehr für uns übrig.«

»Können Sie sich an einen ihrer Begleiter erinnern? Es ist wichtig!«

Sie überlegte kurz, und Pitt drängte sie nicht.

»Ich sah sie einmal mit einem sehr eleganten, gutaussehenden Mann. Eines der Mädchen sagte, sie hätte sie schon vorher mit demselben gesehen; sie wollte ihn für sich angeln, aber er hatte angeblich nur Augen für die Rote.«

»Haben Sie je ihren Namen gehört?«

»Nein.«

»Sonst etwas über sie?«

»Nein, nur was ich Ihnen gesagt habe.«

»Gut. Sie kennen die Welt und das Geschäft. Was vermuten Sie? Was für eine Person war das, und was ist aus ihr geworden?«

Die Frau lachte bitter, aus Selbstmitleid und Mitgefühl für alle ihresgleichen. »Ich weiß es nicht. Sie könnte tot sein, oder heruntergekommen. Das Leben in diesem Geschäft ist oft kurz. Woher soll ich wissen, was aus dem armen Ding geworden ist?«

»Sie war doch etwas ›Besseres‹. Was schätzen Sie, woher sie kam? Hören Sie, Alice, ich muß es wissen, und Sie haben doch ein gutes Urteilsvermögen.«

Sie seufzte. »Ich schätze, daß sie aus gehobenen Kreisen kam und sich, weiß Gott, warum, in den Slums herumtrieb. Vielleicht hatte sie so eine Neigung — das gibt es ja. Obwohl ich mir nicht vorstellen kann, warum ein Mensch so etwas freiwillig macht. Vielleicht war sie verrückt, Verrückte gibt es in allen Kreisen. Mehr kann ich Ihnen nicht sagen. Ich bin absolut fair gewesen — ich hoffe, daß Sie das nicht vergessen!«

Pitt erhob sich. »Bestimmt nicht«, versprach er. »Soviel ich weiß, führen Sie hier eine Fremdenpension. Guten Tag.«

Pitt verbrachte zwei weitere Tage mit der Jagd nach der roten Frau, doch ohne Erfolg; er konnte nicht mehr in Erfahrung bringen, als er bisher schon wußte.

Am frühen Abend des zweiten Tages, kurz nach sechs Uhr, als der Nebel sich endlich lichtete, nahm Thomas Pitt eine Droschke nach Hanover Close. Diesmal fuhr er jedoch nicht zu den Yorks, sondern etwas weiter zum Haus von Felix Asherson. Pitt hatte sich vorgenommen, den Diplomaten in seinen eigenen vier Wänden zu treffen, um ihn besser beurteilen zu können. Ohne die förmliche und einschüchternde Atmosphäre des Außenministeriums würde Asherson vielleicht seine Zurückhaltung aufgeben.

Thomas Pitt klopfte an die Eingangstür und wartete, bis ein Diener erschien.

»Ja, Sir?«

Pitt überreichte dem Mann eine seiner Karten. »Thomas Pitt. Ich habe etwas Wichtiges mit Mr. Asherson zu besprechen, falls er Zeit hat. Es betrifft einen seiner Kollegen im Außenministerium.« Das war keine Lüge, wenn man es auch falsch verstehen konnte.

»Ja, Sir. Kommen Sie bitte herein. Ich werde es Mr. Asherson sagen.« Er betrachtete Pitt zweifelnd. Der Kommissar trug nicht die neuen Stiefel, die Emily ihm geschenkt hatte — sie waren ihm zu schade für die vielen dienstlichen Laufereien. Seine Jacke war praktisch, aber nicht mehr, nur sein Hut zeichnete sich durch gute Qualität aus. Der Diener hielt Pitt nicht für würdig, in die Bibliothek geführt zu werden, der Frühstücksraum genügte auch. »Folgen Sie mir bitte, Sir.«

Das Feuer war bis auf die Asche niedergebrannt, aber das Zimmer war noch warm, jedenfalls im Vergleich zu der Droschke, die Pitt hergebracht hatte. Er fand den Raum angenehm; zwar bescheiden, wenn er an die Yorks dachte, doch geschmackvoll möbliert und mit wenigstens einem wertvollen Gemälde an der Wand. Wäre Asherson knapp bei Kasse gewesen, hätte er es verkaufen und von dem Erlös mehrere Jahre lang ein Dienstmädchen bezahlen können. Soviel über das Finanzielle!

Die Tür öffnete sich, und Asherson kam herein. Seine dunklen Brauen waren grübelnd zusammengezogen. Der Mann besaß ein hübsches Gesicht, aber seine Züge wirkten flatterhaft, etwas Unbestimmtes lag darin. In einer Krise hätte Thomas Pitt sich nicht auf diesen Menschen verlassen mögen.

»Guten Abend, Mr. Asherson«, sagte er freundlich. »Es tut mir leid, Sie daheim zu belästigen, aber ich dachte, wir seien hier ungestörter als im Außenministerium.«

»Oh, verdammt!« Asherson schlug die Tür hinter sich zu. »Jagen Sie immer noch dem Mörder des armen York hinterher? Ich habe Ihnen schon einmal gesagt, daß ich überhaupt nichts Erhellendes weiß, und an dieser Tatsache hat sich nichts geändert.«

»Ich bin überzeugt, daß Sie nichts zu wissen glauben«, stimmte Pitt zu.

»Und was wollen Sie damit sagen?« Asherson war zweifellos verärgert. »Ich war in jener Nacht nicht da, und keiner hat mir etwas erzählt.«

»Seit ich das letztemal mit Ihnen sprach, habe ich eine Menge erfahren«, erklärte Pitt und beobachtete Ashersons Gesicht. Die Gaslampen warfen Schatten, und dadurch wirkte jede Linie übertrieben scharf. »Es gab eine Frau, die offenbar eine Rolle spielte.«

Ashersons Augen weiteten sich. »Bei Yorks Tod? Es war doch wohl keine Diebin? So etwas habe ich nie gehört.« Seine Züge drückten reines Erstaunen aus.

»Der Diebstahl war vielleicht reiner Zufall, Mr. Asherson, möglicherweise der Mord ebenfalls. Der Kernpunkt könnte Hochverrat gewesen sein.«

Asherson stand völlig reglos da, nicht ein Muskel zuckte in seinem Gesicht. Pitt konnte das Zischen der Gaslampen an den Wänden hören.

»Hochverrat?« sagte Asherson schließlich.

Pitt wußte nicht, wie stark er die Wahrheit ausweiten durfte. Er beschloß, eine Antwort zu umgehen. »Woran arbeitete Robert York vor seinem Tod?«

Asherson zögerte. Falls er sagte, er wisse es nicht, mußte Thomas Pitt ihm glauben.

»Afrika war das Thema«, erklärte Asherson nach ein paar Sekunden. »Die ... hm ...« Er biß sich leicht auf die Unterlippe. »Die Aufteilung Afrikas zwischen Deutschland und Britannien oder, besser ausgedrückt, die Verteilung der Einflußzonen.«

Pitt lächelte. »Ich verstehe. Ist das geheim?«

»Sehr!« Ein Hauch von Humor mischte sich in Ashersons Unruhe. Vielleicht amüsierte ihn Pitts Unwissenheit. »Guter Gott, wenn alle Vertragsklauseln, die wir zu akzeptieren bereit wären, den Deutschen im vorhinein bekannt würden, hätten wir keine Ausgangsposition mehr, aber noch schlimmer wäre der Eindruck, den die übrige Welt von uns gewänne, vor allem Frankreich. Wenn die Franzosen unsere Überlegungen an die Öffentlichkeit brächten, würde das restliche Europa uns daran hindern, die Vereinbarung überhaupt zu treffen.«

»Vor drei Jahren«, stellte Pitt fest.

»Oh ja, das ist keine rasch abzuwickelnde Verhandlung, die in ein paar Monaten beendet wird.«

Sein Gesicht hatte Zurückhaltung gezeigt, einen Schatten von Zweifel – oder Verschlagenheit? In Ashersons Aussage war eine Lüge verborgen, eine Täuschung durch Andeutung, wenn nicht durch direkte Worte.

Pitt klopfte auf den Busch, indem er so tat, als wisse er schon etwas. »Und einige dieser Informationen sind durchgesickert. Ihre Verhandlungen waren von Schwierigkeiten geprägt.«

»Ja«, erwiderte Asherson langsam. »Es ging nur um Einzelheiten, die auch auf Vermutungen basieren konnten. Die Leute sind keine Narren.«

Pitt wußte, was Asherson versuchte: Er baute Fluchtwege — aber für wen? Robert York war tot. Benützte Asherson ihn als Sündenbock für jemanden, der noch lebte? Für sich selbst, die Frau in Rot, Veronica oder einen der Danvers?

»Wann war die letzte Gelegenheit, bei der die Information hätte gestohlen und den Deutschen übergeben werden können?« fragte Pitt. »Ich nehme an, daß sie nicht in die Hände der Franzosen gelangt ist.«

»Oh . . .« Asherson war verwirrt. »Nein, nicht die Franzosen. Und wann? Das kann man nicht sagen. So eine Information wird manchmal lange Zeit nicht benützt.«

Das stimmte, doch Pitt glaubte auch jetzt, daß Asherson ihm auswich. Traute der Diplomat grundsätzlich keinem außerhalb seiner Dienststelle, oder wollte er immer noch jemanden schützen?

Pitt versuchte es aus einer anderen Richtung. »Ihre Verhandlungen wurden nicht ernsthaft behindert?«

»Nein«, erklärte Asherson schnell. »Wie ich schon sagte, hatten die Deutschen vielleicht nur Vermutungen.«

»Dann wäre die Sache keinen Mord wert gewesen?«

Asherson schwieg mit verkniffenen Lippen. Pitt wartete.

»Nein«, sagte der Diplomat schließlich. »Ich denke,

daß Sie sich irren. Gewiß handelte es sich damals um einen Dieb, der überrascht wurde und falsch reagierte.«

Pitt schüttelte den Kopf. »Nein, Mr. Asherson, das war es nicht. Wenn Hochverrat nicht in Frage kam, war es Mord, ein persönlicher und absichtlicher Mord, von jemand begangen, der Robert York kannte.«

Wieder schwieg Asherson, dann entspannte sich sein Gesicht. »Sie meinen, Robert York wurde von einem Bekannten bestohlen, der wußte, wo Wertsachen versteckt waren?«

»Nein. Das Diebesgut hatte kaum Wert, und außerdem wäre es inzwischen bei einem Hehler aufgetaucht.«

»Ist es das nicht? Können Sie das sicher wissen?«

»Ja, Mr. Asherson.«

»Oh.« Asherson blickte auf den Boden. Sein Gesicht wirkte konzentriert. Das Licht der Gaslampen betonte das seltsame Grau seiner Augen und die schwarzen Wimpern.

Pitt rührte sich nicht und ließ die Stille auf den Raum niedersinken. Irgendwo draußen in der Halle war der schnelle Schritt eines Dieners auf dem Parkettboden zu hören. Er entfernte sich, und eine Tür schlug zu.

Endlich hatte Asherson einen Entschluß gefaßt. Er sah Pitt an. »Noch weitere wichtige Informationen wurden verraten. Aber soweit wir wissen, haben unsere Feinde davon überhaupt keinen Gebrauch gemacht — Gott weiß, warum nicht.«

Pitt war nicht erstaunt, eher enttäuscht, denn er hatte mehr erhofft. War das nun die ganze Wahrheit oder nur ein Teil davon? Er betrachtete Ashersons grimmiges unglückliches Gesicht und glaubte, daß wenigstens diese Aussage für bare Münze genommen werden durfte.

»Wissen Sie sicher, daß es einen Verrat gab?«

»Ja.« Diesmal zögerte Asherson nicht. »Ja. Papiere waren zeitweilig verschwunden, eine Kopie wurde anstelle eines Originals hinterlegt. Fragen Sie mich nicht weiter, ich kann Ihnen nicht mehr sagen.«

»Zweifellos wird die Gegenseite die Informationen erst zu gegebener Zeit nutzen. Wenn sie es jetzt täte, würde ihr Informant vielleicht auffliegen, und sie will ihn schützen, solange er dienlich ist.«

Asherson ließ sich auf einer Armlehne nieder. »Das ist schrecklich. Ich hatte gehofft, es sei nur Roberts Sorglosigkeit gewesen, doch wenn er deshalb ermordet wurde, ergibt das Ganze keinen Sinn. Gott, was für eine Tragödie!«

»Und seit seinem Tod ist nichts mehr verschwunden?«

Asherson schüttelte den Kopf.

»Haben Sie eine schöne Frau gesehen, groß und schlank, mit dunklem Haar, die eine ungewöhnliche kirschrote Kleidung trug?«

Asherson musterte ihn ungläubig. »Wie bitte?«

»Ein bläuliches Rot, wie Magenta oder Zyklamen.«

»Ich weiß, was für eine Farbe Kirschrot ist, Sie Narr!« Er schloß plötzlich die Augen. »Verdammt — verzeihen Sie. Nein, ich habe sie nicht gesehen. Was hat sie denn mit der Sache zu tun?«

»Diese Frau könnte York dazu verführt haben, sein Land zu verraten«, erwiderte Pitt. »Er könnte sogar eine Affäre mit ihr gehabt haben.«

Asherson sah erstaunt aus. »Robert? Er hat sich nie,

auch nicht im geringsten, für eine andere Frau als Veronica interessiert. Er . . . er war kein Frauenheld. Er war sehr urteilsfähig, ein ruhiger Mann mit einem ausgezeichneten Geschmack. Und Veronica betete ihn an.«

»Offenbar hatte er zwei Gesichter«, meinte Pitt traurig. Er wollte nicht sagen, daß Veronica selbst die Frau in Rot gewesen sein könnte.

»Nun, er ist jetzt tot.« Asherson stand auf. »Lassen Sie den armen Teufel in Frieden ruhen. Sie werden Ihre mysteriöse Frau nicht in Hanover Close finden. Es tut mir leid, daß ich nicht helfen kann.«

»Sie haben mir geholfen, Mr. Asherson.« Pitt lächelte. »Danke für Ihre Offenheit, Sir. Guten Abend.«

Asherson trat zurück, so daß Pitt an ihm vorbei und durch die Tür gehen konnte. In der Halle erschien ein Diener und geleitete ihn hinaus.

Der beißend kalte Nordwind hatte den letzten Nebel vertrieben, und die Sterne glitzerten an einem dunklen Himmel, der nur ab und zu von einer Rauchwolke verfärbt wurde. Eis krachte unter den Schuhen in den gefrorenen Pfützen und Rinnsteinen. Pitt schritt kräftig aus, erklomm die makellosen Stufen vor Haus Nummer zwei und zog an der Klingelschnur.

Ein Diener öffnete.

»Guten Abend«, sagte Thomas Pitt. »Kann ich bitte Mr. York sprechen? Ich möchte um seine Erlaubnis nachsuchen, sein Personal wegen eines Verbrechens zu befragen. Es ist sehr dringend.«

»Ja, Sir.« Der junge Mann sah verblüfft aus. »Kommen Sie herein. In der Bibliothek brennt Feuer, dort können Sie warten.«

Nach wenigen Minuten tauchte Piers York auf. Sein

gütiges, leicht spöttisches Gesicht zeigte sich ungewohnt düster. »Was ist es diesmal, Pitt? Doch nicht schon wieder das verfluchte Silber?«

»Nein, Sir.« Pitt hielt inne. York stand mit gefurchter Stirn vor ihm. Seine Augen waren klein, grau und intelligent.

»Hochverrat und Mord, Sir.«

»Was für ein Quatsch«, erklärte York liebenswürdig. »Ich bezweifle, daß meine Diener überhaupt wissen, was Hochverrat ist, und sie verlassen dieses Haus nur zweimal im Monat an ihrem halben freien Tag.« Seine Augenbrauen wölbten sich hoch. »Oder wollen Sie behaupten, der Hochverrat habe hier stattgefunden?«

Pitt wußte, daß er sich auf sehr gefährlichem Boden befand. Ballarats gesammelte Warnungen klangen ihm im Ohr.

»Nein, Sir. Ich glaube, eine Spionin hat ohne Ihr Wissen Ihr Haus besucht. Ihr Mädchen Dulcie Mabbutt sah sie.«

»Sie? Eine Spionin?« Einen Moment lang verschlug es York die Sprache. »Gütiger Himmel! Sie meinen eine Frau? Nun, die arme Dulcie kann Ihnen nicht mehr helfen. Sie stürzte aus dem Fenster und war tot. Es tut mir leid.« Sein Gesicht drückte echten Kummer aus. Pitt konnte das nicht für Verstellung halten. Wahrscheinlich hatte der Mann von nichts eine Ahnung, nicht von der Frau in Rot und nicht von den Gegebenheiten bei Roberts und Dulcies Tod. Er war Bankier; als einziger der Männer in dem Fall hatte er nichts mit dem Außenministerium zu tun. Pitt konnte sich auch nicht vorstellen, daß eine Agentin ihre Kräfte an diesen charmanten älteren Herrn in den Sechzigern verschwendete.

»Ich weiß, daß Dulcie tot ist«, stellte Pitt fest. »Aber vielleicht hat sie sich einem anderen Mädchen anvertraut. Frauen reden über ihre Erlebnisse.«

»Wo und wann sah Dulcie die ›Spionin‹?«

»Oben an der Treppe«, erwiderte Pitt. »Um Mitternacht.«

»Du lieber Gott! Was — um Himmels willen — tat Dulcie nachts im Flur? Sind Sie sicher, daß sie nicht geträumt hat?«

»Die Fremde wurde auch anderswo gesehen, Sir, und Dulcies Beschreibung war sehr zutreffend.«

»Gut, fahren Sie fort, Mann!«

»Die Frau war groß und schlank, dunkelhaarig und bildschön. Sie trug ein leuchtend kirschrotes Kleid.«

»Also ich habe sie bestimmt nicht gesehen.«

»Darf ich mit einigen Ihrer Mädchen sprechen, die sich vielleicht mit Dulcie gut verstanden — und auch die jüngere Mrs. York fragen? Ich glaube, Dulcie war ihre Zofe.«

»Ja, wenn es nötig ist.«

»Ich danke Ihnen, Sir.«

Er nahm sich sämtliche Mädchen des Haushalts vor, doch Dulcie war offenbar bemerkenswert diskret gewesen und hatte alles für sich behalten, was ihr im Umkreis ihrer Herrin aufgefallen war. Die Fragen über ihren Tod behielt er sich für Veronica vor.

Ihre Schwiegermutter war nicht da, was Thomas Pitt als erste Wohltat seit langer Zeit empfand, und Veronica empfing ihn in ihrem Boudoir.

»Ich weiß nicht, wie ich Ihnen helfen könnte, Mr. Pitt«, sagte sie ernst. Sie trug ein tannengrünes Kleid, das ihre Zartheit hervorhob. Ihr blasses Gesicht und die Ringe unter den Augen ließen darauf schließen, daß sie schlecht geschlafen hatte. Sie stand in einiger Entfernung von Pitt und heftete den Blick auf ein goldgerahmtes Gemälde an der Wand. »Ich sehe keinen Sinn darin, die Tragödien der Vergangenheit immer wieder auszugraben. Nichts kann mir meinen Mann zurückbringen, und das Silber oder das Buch interessieren uns nicht. Es wäre uns lieber, nicht ständig daran erinnert zu werden.«

Es war ihm zuwider, was er tun mußte, doch es war ihm kein anderer Weg möglich. Wenn er sich ein bißchen früher intelligenter verhalten hätte, wäre Dulcie noch am Leben.

»Ich bin hier wegen Dulcie Mabbutt, Mrs. York.«

Sie drehte sich schnell um. »Dulcie?«

»Ja. Sie hat hier im Haus etwas sehr Wichtiges gesehen. Wie starb sie, Mrs. York?«

Ihr Blick flackerte nicht, und auch in ihren ohnehin blassen Zügen war keine Veränderung zu bemerken. »Sie lehnte sich zu weit aus dem Fenster und verlor das Gleichgewicht.«

»Waren Sie dabei?«

»Nein, es geschah abends, nach Einbruch der Dunkelheit.«

»Warum sollte sie sich so weit aus dem Fenster lehnen?«

»Ich weiß es nicht. Vielleicht sah sie jemanden.«

»Im Dunkeln?«

Sie biß sich auf die Lippen. »Möglicherweise hat sie irgendeinen Gegenstand fallen lassen.«

Pitt verfolgte das nicht weiter, diese Art Vermutungen waren zu unwahrscheinlich. »Wer befand sich an diesem Abend im Haus, Mrs. York?«

»Natürlich alle Bediensteten, meine Schwiegereltern und Abendessensgäste.«

»Wer waren diese Gäste?« Er ahnte die Antwort, ehe er sie hörte.

»Mr. und Mrs. Asherson, Mr. Garrard Danver, Mr. Julian und Mrs. Danver, Sir Reginald und Lady Arbuthnott, Mr. und Mrs. Gerald Adair.«

»Trug eine der Damen oder Sie selbst ein Kleid in leuchtendem Kirschrot, Madam?«

»Wie bitte?« Ihre Stimme war kaum ein Flüstern, und diesmal wurde ihr Gesicht totenblaß.

»Ein leuchtendes Kirschrot«, wiederholte er.

Sie schluckte, und ihre Lippen formten ein »Nein«, doch kein Laut war zu hören.

»Dulcie sah eine Frau in solch einem Kleid, Mrs. York, oben am Treppenabsatz in diesem Haus...« Ehe er weiterreden konnte, kippte sie vornüber. Dabei streckte sie die Hände nach vorn und riß beinahe einen Stuhl mit sich.

Thomas Pitt wollte sie auffangen, doch es war zu spät. Er konnte sich nur mehr neben ihr niederknien. Sie war bewußtlos, ihr Gesicht weiß im Gaslicht. Er hob sie hoch und trug sie auf das Sofa, dann läutete er Sturm und riß fast die Schnur aus der Wand.

Sobald der Diener erschien, befahl ihm Pitt, die Zofe mit etwas Riechsalz herzuholen. Seine Stimme klang rauh. Er mußte sich zusammenreißen, denn in seinem Inneren tobten die verschiedensten Gefühle. Er hatte Angst, zu ungeschickt gewesen zu sein und den Skandal heraufbeschworen zu haben, den Ballarat um jeden Preis hatte vermeiden wollen.

Die Tür öffnete sich, und die Zofe kam herein, eine hübsche schmale Person mit blondem Haar...

»Gott der Allmächtige!« Pitt traute seinen Augen nicht, und der Raum drehte sich ein wenig um ihn. »Emily!«

»Oh!« Einen Moment herrschte die Ruhe der absoluten Ungläubigkeit. Dann brach Pitts Zorn los. »Erkläre mir das!«

»Sei leise«, wisperte sie. »Was ist mit Veronica passiert?« Sie kniete sich neben das Sofa und hielt das geöffnete Riechsalzfläschchen unter Veronicas Nase.

»Sie wurde ohnmächtig«, antwortete er bissig. »Ich fragte sie wegen der Frau in Rot. Emily, du mußt hier weg. Du bist wohl verrückt! Dulcie wurde ermordet, und du könntest die nächste sein.«

»Ich weiß, daß sie ermordet wurde, aber ich bleibe.« Sie blickte ihn herausfordernd an.

»Nein.« Er packte sie am Arm.

Sie riß sich los. »Veronica ist nicht die Rote. Ich kenne sie besser als du.«

»Emily ...« Es war zu spät, Veronica begann sich zu rühren. Ihre Augen öffneten sich, sie waren schwarz vor Entsetzen. Dann, als Veronica sich erinnerte und Pitt und Emily erkannte, setzte sie wieder eine Maske auf.

»Ich bitte Sie um Vergebung, Mr. Pitt«, sagte sie langsam. »Ich fürchte, mir geht es nicht gut. Ich... ich habe die Person nicht gesehen, von der Sie sprachen. Ich kann Ihnen nicht helfen.«

»Dann will ich Sie nicht mehr stören. Ich werde Sie mit... Ihrer Zofe allein lassen.« Pitt zwang sich mühsam zur Höflichkeit. »Ich entschuldige mich, Sie gestört zu haben.«

Emily klingelte nach dem Diener, und als er kam, gab sie ihm ihre Anweisungen. »John, bitte bringen Sie

Mr. Pitt zur Haustür und sagen Sie Mary, sie soll Mrs. York einen Kräutertee servieren.«

Pitt sah sie giftig an, und sie betrachtete ihn mit erhobenem Kinn.

»Danke«, sagte er und folgte dem Diener.

Er nahm sich eine Droschke für den Heimweg und rannte dann sofort in die Küche.

»Charlotte! Charlotte!«

Als sie die Wut in seiner Stimme vernahm, drehte sie sich mit unschuldiger Miene um.

»Du hast es gewußt!« brüllte er. »Du wußtest, daß Emily in diesem Haus als Mädchen arbeitet. Habt ihr denn überhaupt keinen Verstand, ihr beiden?«

Es war falsch, sich so zu gebärden, und das war ihm sofort klar, doch er war zu wütend, um sich zurückzuhalten.

Ein paar Sekunden betrachtete sie ihn genauso zornig, dann überlegte sie es sich anders und senkte demütig den Blick. »Es tut mir leid, Thomas, ich wußte es nicht, bis es zu spät war, das schwöre ich, und dann hatte es keinen Sinn mehr, es dir zu erzählen. Du hättest es nicht ändern können.« Sie sah ihn mit einem winzigen Lächeln an. »Und sie wird dort Dinge erfahren, an die wir nie herankämen.«

Er gab es auf und brummte noch lange und wild vor sich hin, ehe er endlich die Tasse Tee annahm, die sie ihm anbot.

»Was sie dort erfährt, interessiert mich kein bißchen«, sagte er plötzlich wieder laut und grimmig. »Habt ihr bei all euren idiotischen Plänen keinen Augenblick daran gedacht, in welcher Gefahr sie sich befindet? Um Himmels willen, Charlotte, in diesem Haus sind schon zwei Menschen ermordet worden.

Wenn man entdeckt, wer sie ist — was könntest du tun, um ihr zu helfen? Nichts, absolut nichts!« Er streckte den Arm aus. »Sie ist dort völlig auf sich allein gestellt. Ich kann nicht in das Haus eindringen. Wie konntet ihr nur so haarsträubend dumm sein?«

»Ich bin nicht dumm«, widersprach sie hitzig. Entrüstung stand ihr ins Gesicht geschrieben. »Ich wußte nichts davon, das habe ich dir bereits gesagt. Ich hörte es erst, als ihr Entschluß feststand.«

»Mach keine Ausflüchte!« gab er ebenso hitzig zurück. »Du hast Emily in die Sache hineingetrieben. Sie hätte nichts davon gehört, wenn du dich nicht in den Fall eingemischt hättest. Sieh zu, daß sie da wieder herauskommt. Setz dich gleich hin und schreib ihr, sie soll heimkommen.«

Charlotte sah ihn bedrückt an. »Das ist sinnlos, sie wird nicht kommen.«

»Tu es!« brüllte er. »Streite nicht mit mir, sondern tu es!«

Tränen standen in ihren Augen, aber nicht der Wille zum Gehorsam. »Sie wird nicht auf mich hören! Ich kenne die Gefahr! Glaubst du, ich würde die Augen davor verschließen? Und ich weiß, daß auch du in Gefahr bist. Ich sitze daheim und warte auf dich, wenn du dich verspätest — und überlege, ob es dir gutgeht oder ob du blutend irgendwo im Straßengraben liegst.«

»Das ist unfair und hat nichts mit Emily zu tun«, entgegnete er etwas ruhiger. »Hol sie da raus, Charlotte.«

»Ich kann nicht. Sie hört nicht auf mich.«

Er sagte nichts mehr. Er war zu verärgert, und er hatte Angst.

7

Emily war entsetzt gewesen, als sie Thomas Pitt plötzlich gegenüberstand. Dann hatte sie sich jedoch schnell wieder gefaßt, weil sich ihre Sorge um Veronica in den Vordergrund drängte.

Sie empfand großes Mitleid mit der jungen Witwe, aber gleichzeitig wußte sie, daß sich nie eine bessere Chance bieten würde, Veronica eine unbedachte Äußerung darüber zu entlocken, was sie so erschreckt hatte.

Emily beugte sich über das totenblasse Gesicht und berührte die schlaff herabhängende Hand. »Madam, Sie sehen krank aus«, flüsterte sie sanft. »Was hat er nur zu Ihnen gesagt? Man hätte ihm das nicht erlauben dürfen!« Sie blickte Veronica so beschwörend an, daß eine Antwort unvermeidlich war.

»Ich ... ich glaube, ich wurde ohnmächtig«, wisperte Veronica.

Im Geiste entschuldigte sich Emily bei Thomas wegen des Unrechts, das sie ihm antun wollte, dann setzte sie eine umwerfend mitfühlende Miene auf. »Hat er Sie bedroht, Madam? Was sagte er? Er darf Sie nicht erschrecken! Sie sollten ihn anzeigen — was war es?«

»Nein«, erwiderte Veronica rasch, dann biß sie sich auf die Lippen. »Nein ... er war wirklich höflich. Ich ...« Einen Moment lang trafen sich ihre Blicke; sie zögerte, und die Versuchung zu sprechen war so groß, daß Emily sie beinahe körperlich spüren konnte.

Emily hielt den Atem an.

Aber der Augenblick ging vorüber. Veronica wandte sich ab, und Tränen rannen ihr über die Wangen. Gleich darauf schloß sie die Augen.

Wie schon einmal hätte Emily am liebsten die Arme um die junge Frau gelegt und ihr gesagt, wie gut sie ihre seelische Not verstehen konnte und wie gern sie Trost gespendet hätte, nachdem ihr eigener Mann ebenfalls ermordet worden war. Emily wollte und konnte Veronica nicht für schuldig halten. Gegen ihren Willen mochte sie die junge Witwe und fühlte sich in manchem ihr ähnlich. Andererseits ärgerte sie sich über ihre eigene Unfähigkeit zu urteilen. Ihre Emotionen waren sehr stark, sie wollte die Opfer schützen und die Täter angreifen, alle Täter, ob sie nun des Mordes oder nur des Hasses und der Niedertracht schuldig waren, aber sie konnte nicht erkennen, wer zu welcher Gruppe gehörte.

An diesem Abend hatte Edith wieder einen ihrer »Anfälle«, und es wurde Emily aufgetragen, die Kleider für Veronica und Loretta herauszulegen.

Als die Bediensteten sich um ihren Tisch versammelt hatten, sagte Emily mit übertriebener Nettigkeit: »Die arme Edith. Soll ich Mrs. York bitten, einen Arzt für sie zu holen? Sicher wird sie das tun, nachdem sie soviel von Edith hält.«

Fanny kicherte, hörte aber sofort auf, da die Haushälterin sie ärgerlich ansah.

»Es ist nicht nötig, daß Sie uns sagen, was wir tun sollen, Miß«, fauchte Mrs. Crawford Emily an. »Wir werden einen Arzt rufen, wenn es nötig ist. Sie sind zu flink mit Ihren Ratschlägen.«

Emily gab sich unschuldig und leicht gekränkt.

»Ich wollte nur hilfsbereit sein, Mrs. Crawford, nachdem ich sowieso zu Mrs. York hinaufgehen muß. Ich wollte Ihnen einen Weg ersparen.«

»Sie brauchen mir keinen Weg zu ersparen, Miß. Mischen Sie sich nicht ein, wenn eine Sache Sie nichts angeht.«

»Das Mädchen hat es doch nur gut gemeint«, stellte der Butler fest. »Vielleicht sollten wir wirklich einen Arzt für Edith holen. Sie kippt öfter um, als ein Leierkasten sich dreht.«

Libby brach in lautes Gekicher aus und fiel fast unter den Tisch.

»Oh, Sie sind so witzig, Mr. Redditch«, meinte Bertha bewundernd.

Nora schnaubte. Sie hatte Berthas Schwäche für den Butler entdeckt und sah sie mit Verachtung, zumal sie selbst bei Redditch kein Glück gehabt hatte. Sowieso wollte sie sich etwas Besseres als einen Haushofmeister angeln, Bertha konnte ihn ruhig haben. Sie, Nora, wollte nicht den Rest ihres Lebens im Haus anderer Leute verbringen. Sie würde ein eigenes Haus haben, mit schönem Leinen und Geschirr, und ein Mädchen für alle Arbeit.

Redditch grinste einfältig; Bewunderung war sehr angenehm.

»Nehmen Sie sich zusammen, Libby«, sagte er salbungsvoll. »Es gibt keinen Grund für Belustigung. Ja, Mrs. Crawford, ich denke, Amelia sollte es Mrs. York gegenüber erwähnen.«

»Ja, Amelia«, stimmte Nora naserümpfend zu. »Warum tun Sie es nicht?«

Joan öffnete den Mund, um etwas zu sagen, dann überlegte sie es sich anders. Doch sie blickte Emily beschwörend an und schüttelte den Kopf so leicht, daß man die Bewegung auch für eine Täuschung im Gaslicht halten konnte, wäre nicht die Warnung in Joans Augen gewesen.

»Haben Sie heute schon ein paar Unterkleider versengt?« fragte Nora spöttisch.

Emily lächelte süß. »Nein, danke. Haben Sie Suppe verschüttet?«

»Ich verschütte nie Suppe. Ich versehe meine Arbeit ordentlich.«

»Früher vielleicht«, meinte Albert mit Befriedigung. Seiner Meinung nach war Nora eingebildet. Er hatte versucht, sich gut mit ihr zu stellen, doch sie fühlte sich über einen jungen Lakaien erhaben. Und sie hatte ihn in Gegenwart der Aushilfskraft beschimpft. »Ich weiß noch, wie Sie eine Kartoffel in den Schoß des französischen Botschafters geworfen haben.«

»Und ich erinnere mich auch an ein paar deiner Fehler!« rief Nora wütend. »Soll ich sie aufzählen?«

»Bitte schön«, sagte Albert hochmütig, doch sein Gesicht war rosa angelaufen.

»Also, wie war das, als du auf Lady Wortleys Schleppe getreten bist? Ich höre den Taft noch reißen!«

Redditch beschloß einzuschreiten. »Jetzt reicht es.« Er richtete sich in seinem Stuhl auf und betrachtete die Kontrahenten streng. »Ich dulde hier keinen Streit. Nora, Ihre Bemerkung war fehl am Platz.«

Nora schnitt heimlich eine Grimasse.

Emily stand auf. »Es ist Zeit, daß ich nach oben gehe.«

»Es ist mehr als Zeit«, stellte die Haushälterin fest, »nachdem Sie sich um beide Damen kümmern müssen. Sie hätten schon vor einer Viertelstunde gehen sollen.«

»Ich wußte nicht, daß Edith wieder unpäßlich ist«, entgegnete Emily. »Obwohl ich es hätte ahnen sollen, da es so oft geschieht.«

»Ihre Frechheit können Sie sich sparen«, keifte die Haushälterin. »Hüten Sie Ihre Zunge, Miß, sonst stehen Sie ohne Zeugnis auf der Straße.«

»Und dann gibt es nur noch einen Weg, Geld zu verdienen«, fügte Nora boshaft hinzu. »Wir wissen alle, was mit Daisy passiert ist. Nicht, daß Sie in dieser Hinsicht besonders gut wären. Sie sind zu dünn und zu farblos.«

»Und ich könnte mir vorstellen, daß Sie perfekt wären«, gab Emily sofort zurück. »Sie haben genau das Gesicht dafür. Hier verschwenden Sie Ihre Zeit — jedenfalls glaube ich das.«

»Oh!« Nora wurde feuerrot. »Man hat mich noch nie so beleidigt!« Sie stand auf und rannte aus dem Raum. Die Tür knallte hart hinter ihr zu.

Albert begann zu kichern, und Libby glitt wieder unter den Tisch, wobei sie das Gesicht in der Schürze verbarg.

Nur Fanny sah entsetzt aus, instinktiv begriff sie die Macht der Eifersucht; sie hatte genug davon gesehen, um Angst zu bekommen.

Emily genoß ihren Triumph auf dem Weg zur Tür, doch sie war noch nicht draußen, als das Flüstern hinter ihrem Rücken begann.

»Sie ist eine üble Person«, sagte die Haushälterin scharf. »Sie wird uns verlassen müssen. So etwas Arrogantes — sie kommt sich viel zu wichtig vor.«

»Unsinn«, meinte der Butler. »Sie hat eben Temperament, das ist alles. Nora hat hier zu lange die große Dame gespielt; es wird Zeit, daß ihr jemand herausgibt. Sie ist nicht daran gewöhnt, so ein hübsches Mädchen wie Amelia in der Nähe zu haben.«

»Hübsch? Amelia?« Mrs. Crawford schnaubte. »Sie ist dürr wie ein verhungertes Kaninchen — und dann dieses farblose Haar und die Haut wie eine Schüssel voller Molke. Wenn Sie mich fragen — die Person ist nicht gesund.«

»Sie ist viel gesünder als Edith«, stellte der Butler mit Zufriedenheit fest.

Emily schloß die Tür, während Mrs. Crawford zornig schnaufte, und ging die Treppen hinauf.

Als Emily Veronicas Kleider herausgelegt hatte und Mrs. Yorks Zimmer betrat, wartete Loretta schon auf sie. Zuerst gab sie nur ziemlich geistesabwesend einige Befehle, dann wandte sie sich plötzlich Emily zu.

»Amelia?«

»Ja, Madam?« Emily hörte die Veränderung in ihrem Ton — es lag etwas Gebieterisches darin.

»Fühlt sich Miß Veronica heute abend nicht gut?«

Emily überlegte sich die Antwort. Wenn sie nur mehr über Loretta und ihre Beziehung zu ihrem Sohn gewußt hätte.

War die Heirat arrangiert worden? Hatte Loretta Veronica ausgesucht? Oder hatten sich die jungen Leute gegen Lorettas Willen ineinander verliebt? Vielleicht war sie eine jener besitzergreifenden Mütter gewesen, für die keine Frau gut genug sein konnte, ihren Sohn zu heiraten.

»Ja, Madam, ich glaube schon.« Sie mußte vorsichtig sein. Falls Veronica etwas anderes sagte, würde sie, Emily, in Schwierigkeiten geraten, weil sie Veronica ihrer Schwiegermutter gegenüber verriet und das Vertrauen zerstörte, das sie bitter nötig hatte, um etwas zu erfahren. »Ich wollte nicht fragen, um nicht neugierig zu erscheinen.«

Loretta saß auf dem Stuhl vor der Frisierkommode. Ihr Gesicht war ernst, die blauen Augen weit geöffnet. Kaskaden welligen dichten Haars umrahmten ihre tadellose rosige Haut.

»Amelia, ich muß mich auf Sie verlassen.« Im Spiegel trafen sich ihre Blicke. »Veronica ist nicht sehr kräftig, und auf ihre Gesundheit muß Rücksicht genommen werden, vielleicht mehr, als Veronica ahnt. Ich hoffe, Sie werden mir helfen, sie zu beschützen. Ihr Glück liegt mir sehr am Herzen, verstehen Sie? Nicht nur, daß sie die Frau meines Sohnes war — wir sind uns in der Zeit hier in diesem Haus sehr nahegekommen.«

Emily war überrascht und momentan sprachlos. Der beschwörende, fast starre Blick im Spiegel lähmte sie für ein paar Sekunden.

»Ja, Madam«, stimmte sie zögernd zu. Das war doch gewiß eine Lüge, was Loretta da vorgebracht hatte. Oder konnten diese heftigen Emotionen zwischen den beiden Frauen eine Form der Liebe sein, einer abhängigen und widersprüchlichen Liebe? Wie sollte Emily sich benehmen? Sie mußte wie eine Zofe reagieren und dennoch die Chance nicht verspielen, etwas dazuzulernen. Wußte Loretta schon von Pitts Besuch? Emily durfte auf keinen Fall bei einer Lüge ertappt werden, sonst würde man sie entlassen. »Natürlich werde ich tun, was ich kann«, sagte sie und lächelte nervös. »Die arme Lady erscheint so ...« Welches Wort sollte sie gebrauchen? Verängstigt, voller Schrecken — das wäre die Wahrheit, aber warum? Loretta beobachtete Emily und wartete. »Zerbrechlich«, schloß Emily unsicher.

»Meinen Sie?« Lorettas perfekte Augenbrauen hoben sich. »Wie kommen Sie darauf?«

Emily fühlte sich lächerlich. Sie konnte die Wahrheit nicht sagen und mußte auf dümmliche Antworten ausweichen. Wollte man ihre Loyalität prüfen — ob sie Veronicas Ohnmacht berichten würde, die Albert beobachtet und vielleicht weitererzählt hatte? Es war keine Zeit für Erwägungen, Emily anwortete instinktiv.

»Sie wurde heute nachmittag bewußtlos, Madam. Es ging schnell vorüber, und danach erschien sie wieder wohlauf.« Das würde nicht so beachtenswert sein — Damen fielen leicht in Ohnmacht, dafür sorgten schon die engen Mieder und die künstlich geschnürten Wespentaillen.

Loretta hörte auf, mit den Haarnadeln zu spielen, die in einer Silberschale auf dem Frisiertisch lagen. »Tatsächlich? Das wußte ich nicht. Danke, Amelia, daß Sie es mir gesagt haben. Das war richtig von Ihnen. In Zukunft werden Sie mir alles über Miß Veronicas Gesundheit oder eventuelle nervöse Zustände erzählen, damit ich ihr nach Kräften helfen kann. Dies ist die wichtigste Zeit in ihrem Leben. Sie soll bald einen sehr noblen Herrn heiraten. Ich bin zutiefst daran interessiert, daß nichts ihr Glück gefährden wird. Sie verstehen mich doch, Amelia?«

»O ja, Madam«, sagte Emily mit einem gequälten Lächeln. »Ich werde alles tun, was mir möglich ist.«

»Gut. Frisieren Sie mich jetzt, und beeilen Sie sich, denn Sie müssen auch Miß Veronicas Haare noch in Ordnung bringen.«

»Ja, Madam. Edith fühlt sich schon wieder nicht wohl.«

Emilys Blick traf erneut den von Loretta im Spiegel,

und sie entdeckte — völlig überraschend und unerwartet — einen trockenen Humor darin. Das deutete auf eine scharfe Beobachtungsgabe hin, die beunruhigend war.

»Morgen wird es ihr wieder blendend gehen«, sagte Loretta mit Überzeugung. »Das verspreche ich Ihnen.«

Am nächsten Morgen war Edith tatsächlich in aller Herrgottsfrühe auf, doch sie hatte schlechte Laune. Was man auch zu ihr gesagt haben mochte, sie machte Emily dafür verantwortlich und nahm es ihr bitter übel. Sie folgte Emily auf Schritt und Tritt und beobachtete sie bei der Arbeit, vor allem beim Bügeln, weil das ihr schwacher Punkt war. Sie kritisierte den winzigsten Fehler, bis Emily die Geduld verlor und ihre Widersacherin eine fette, faule, Zwietracht säende Schlampe nannte, die sich um ihre eigenen Angelegenheiten kümmern solle, damit nicht andere Bedienstete immer für sie einspringen müßten.

Edith schüttete ihr einen Eimer mit kaltem Wasser über. Zuerst wollte sich Emily mit einer kräftigen Ohrfeige rächen, doch das hätte wohl ihre Entlassung zur Folge gehabt. Sie entschloß sich zu einer ganz anderen Taktik und stand zitternd und tropfend inmitten des Waschhauses. Joan, die Ediths Wutschrei gehört hatte, erschien in der Tür und sah Edith mit dem leeren Eimer in der Hand und Emilys ergreifenden Zustand.

Emily dachte, wie komisch sie aussehen mußte, und hob ihre Schürze vors Gesicht, um ein hysterisches Lachen zu ersticken.

Joan verschwand, und zwei Minuten später kam der Butler herein. Seine Wangen waren rot angelaufen, seine Koteletten gesträubt.

»Edith, was ist in Sie gefahren? Sie bleiben hier, bis Mrs. York Sie ruft, und bügeln den Rest der Wäsche.«

»Das ist nicht meine Arbeit!« protestierte Edith wütend.

»Halten Sie den Mund und tun Sie, was Ihnen befohlen wird. Wenn Sie frech werden, bekommen Sie heute und morgen kein Essen.« Er wandte sich Emily zu und legte sanft den Arm um sie, wobei er sie viel fester als nötig umschlang. »Kommen Sie, ziehen Sie die nassen Sachen aus. Mary wird Ihnen dann eine Tasse heißen Tee holen. Sie sind nicht verletzt, und bald geht es Ihnen wieder gut. Na, na, hören Sie auf zu weinen!«

Emilys Lachen war sehr nahe am Weinen, und sie konnte ein paar Tränen nicht zurückhalten. Nach der Einsamkeit, der Kälte und seelischen Anspannung tat es gut, sich einmal gehenzulassen. Sie spürte Redditchs Arm, der sie überraschend kraftvoll umfing. Es war tatsächlich angenehm, und sie schmiegte sich hinein — dann kam ihr der erschreckende Gedanke, der Butler könnte ihre Willfährigkeit mißverstehen. Sie hatte schon gemerkt, daß er sie offenbar mochte; er hatte sie mehr als einmal verteidigt. Das fehlte ihr gerade noch; unerwünschte Annäherungsversuche!

Sie schniefte laut, nahm die Schürze vom Gesicht und richtete sich auf.

»Danke, Mr. Redditch. Sie haben recht: Es ist nur ein Schock, weil das Wasser kalt war.« Sie durfte nicht vergessen, daß sie hier als Dienstmädchen stand. Sie konnte sich keine Arroganz leisten. »Danke, Sie sind sehr nett.«

Zögernd zog er den Arm zurück. »Geht es wieder?«

»O ja, ja — danke.« Sie trat langsam zur Seite und

hielt die Augen abgewendet. Das war einfach absurd! Sie dachte an Redditch als einen Mann, nicht als einen Butler! Aber schließlich — er war doch ein Mann! Alle Männer waren Männer! Vielleicht verhielt sich nur die feine Gesellschaft absurd?

»Danke, Mr. Redditch«, wiederholte sie. »Ja, ich werde gehen und mich umziehen. Mir ist so kalt, und heißer Tee wäre wundervoll.« Sie drehte sich um und rannte beinahe hinaus.

Als sie wieder in die Küche kam, hatte jeder von der Geschichte gehört, und Emily war von neugierigen Augen, Flüstern und Kichern umgeben.

»Beachten Sie sie nicht«, sagte Mary leise, stellte eine dampfende Tasse vor sie hin und setzte sich neben Emily. Fast unhörbar fügte sie hinzu: »Stimmt es, daß Sie sie beleidigt haben? Was haben Sie gesagt?«

Emily führte mit immer noch zitternden Händen die Tasse zum Mund. »Ich habe sie eine fette faule Schlampe genannt. Aber schweigen Sie darüber, sonst schmeißt Mrs. Crawford mich raus. Vermutlich ist Edith schon Jahre hier, und Mrs. Crawford kennt sie seit langem.«

»Nein.« Mary rutschte ein wenig näher. »Sie ist erst zwei Jahre hier, und Mrs. Crawford drei.«

»Jeder scheint hier neu zu sein«, meinte Emily unschuldig. »Warum? Es ist ein guter Platz, ein schönes Haus, angemessene Bezahlung, und Miß Veronica ist nicht streng.«

»Ich weiß es nicht. Vielleicht ist der Mord schuld. Niemand hat gesagt, daß er gehen will, und trotzdem ist jeder gegangen.«

»Das ist komisch.« Emily sprach mit gedämpfter Stimme, doch sie war aufgeregt. Möglicherweise war sie einer wirklichen Entdeckung nahe. »Glaubten sie, der Mörder würde noch jemand umbringen? Oh!« Sie tat so, als sei sie verwirrt und erschrocken.

»Sie denken doch nicht, daß Dulcie ermordet wurde?«

Marys Augen, die so blau waren wie die Ringe auf dem Küchenporzellan, sahen sie ungläubig an. Dann dämmerte es dem Mädchen, und Emily fürchtete, zu weit gegangen zu sein. Eine zweite hysterische Person an einem Tag würde zweifellos zu Emilys sofortigem Hinauswurf führen. Selbst der Butler würde sie nicht retten können. Am liebsten hätte sie sich wegen ihrer Unbedachtsamkeit auf die Zunge gebissen.

»Sie meinen, jemand stieß sie aus dem Fenster?« Marys Stimme war kaum hörbar. Aber die Küchenhilfe hatte ein stabileres Nervenkostüm als Edith, sie hielt nichts von hysterischen Anfällen – sie machten die Leute verdrießlich, und Männer haßten unbeherrschte Weiber. Marys Verstand war scharf, sie konnte lesen und hatte ein paar Groschenromane unter ihrem Kopfkissen versteckt. Sie wußte alles über Verbrechen. »Also, Dulcie war hier, als der arme Mr. Robert ermordet wurde. Vielleicht hat sie etwas gesehen.«

»Sie waren doch auch hier, oder?« Emily trank ihren Tee. »Sie sollten vorsichtig sein. Sprechen Sie mit niemand über irgend etwas, das damals passierte. Haben Sie etwas gesehen?«

Mary merkte nichts von dem Widerspruch in Emilys Rat. »Nein, gar nichts«, entgegnete sie bedauernd. »Wichtige Leute kommen nicht in die Küche, und ich komme kaum heraus. Damals war ich nur Spülmädchen.«

»Ihnen sind nie seltsame Leute im Haus begegnet?«

»Nein, nie.«

»Wie war Mr. Robert? Die anderen haben doch sicher über ihn geredet.«

Mary überlegte. »Nun, Dulcie sagte, er war etwas Besonderes, nie unordentlich und immer höflich — jedenfalls so höflich, wie feine Leute überhaupt sein können. Der alte Mr. York ist auch immer höflich, aber schrecklich unordentlich. Er verstreut sein Zeug überall und vergißt so viel. James, der damals hier Diener war, sagte immer, Mr. Robert ist wieder unterwegs, aber das war Mr. Roberts Beruf. Er war ein sehr wichtiger Mann im Außenministerium.«

»Was ist aus James geworden?«

»Mrs. York hat ihn entlassen. Sie sagte, nach Mr. Roberts Tod würde sie ihn nicht mehr brauchen. Gleich am Tag nach dem Mord hat sie ihn weggeschickt, weil irgendein Lord einen Kammerdiener suchte.«

»Mrs. Loretta?«

»O ja, natürlich. Die arme Miß Veronica war in einem schrecklichen Zustand, total verzweifelt. Mr. Robert war ihr Lebensinhalt, sie betete ihn an. Mrs. Loretta war natürlich auch furchtbar unglücklich; weiß wie ein Gespenst, sagte Dulcie.« Mary beugte sich so nahe zu Emily hinüber, daß ihr Haar deren Wange kitzelte. »Dulcie sagte, sie hörte sie schrecklich weinen in der Nacht. Die Leute müssen weinen, es ist ganz normal.«

»Selbstverständlich ist das normal.« Plötzlich fühlte sich Emily wie ein Eindringling. Was tat sie hier im Haus einer unglücklichen Frau, wo sie jeden täuschte und belog? Kein Wunder, daß Thomas wütend war. Sicher verachtete er sie auch.

»Los jetzt«, unterbrach Mrs. Melrose ihre Gedanken,

»trinken Sie Ihren Tee aus, Amelia. Mary muß arbeiten, auch wenn Sie nichts zu tun haben. Und ich würde meine Zunge hüten, wenn ich Sie wäre, mein Mädchen. Sind Sie nicht so superklug! Edith ist ein faules Ding, und diesmal sind Sie davongekommen, aber Sie haben sich Feinde gemacht. Los, gehen Sie jetzt.«

Der Rat war bestimmt ausgezeichnet, und Emily bedankte sich demütig dafür. Zudem gehorchte sie mit einem Eifer, der sie beide überraschte.

Die nächsten zwei Tage waren ungemütlich. Edith hegte einen Groll, den sie nicht offen auszutragen wagte, der dafür aber um so bitterer war, und Emily wußte, daß ihre Kontrahentin nur auf den rechten Zeitpunkt für eine Abrechnung wartete. Mrs. Crawford fühlte sich übergangen und hatte ständig etwas an Emily auszusetzen, was Redditch dazu brachte, die Haushälterin zu kritisieren, bis jeder gereizt war. Das Wäschezimmer wurde Emilys Zufluchtsraum, da Edith es wieder geschafft hatte, sich vor dem Bügeln zu drücken. Sie hatte ihr Handgelenk verletzt, und das Eisen war zu schwer für sie. Mrs. Crawford ließ ihr das durchgehen, doch zwei köstliche Mittagsmahlzeiten fanden ohne Ediths Gegenwart statt. Mrs. Melrose schien sich besonders angestrengt zu haben. Wie es der Brauch war, durfte die Dienerschaft im Keller auch von dem feinen Wein der Herrschaft trinken. Nach dem Abendessen gab es heißen Kakao, und die Bediensteten spielten Spiele, bei denen Edith nicht mitwirkte.

Emilys augenblickliches Problem war, wie sie die Freundschaft des Butlers abwehren sollte, ohne seine Gefühle zu verletzen und somit seine Protektion zu verlieren. Nie in ihrem Leben hatte sie so viel Diplomatie aufwenden müssen, und es bedeutete eine beachtliche Anstrengung. Zum Ausgleich flüchtete sie sich in eine besondere Aufmerksamkeit Veronica gegenüber. So kam es, daß sie am Nachmittag im Boudoir war, als Nora einen gewissen Mr. Radley ankündigte.

Emily spürte, wie ihr Hitze in die Wangen stieg. Jack wußte von ihrem Abenteuer, doch sie war sich nicht sicher, ob sie wollte, daß er sie als Dienstmädchen sah. Ihr Haar war lange nicht so schmeichelhaft wie sonst frisiert, und sie hatte keine Farbe im Gesicht — Schminke war den Hausangestellten verboten. Und weil Emily nicht an die Luft kam, in einem eiskalten Bett schlief und viel zu früh aufstehen mußte, hatte sie Ringe unter den Augen und war abgemagert. Vielleicht sah sie wirklich wie ein verhungertes Kaninchen aus! Veronica war auch dünn, aber in ihren prachtvollen Kleidern sah sie nur zerbrechlich aus, nicht blutlos.

»Ja, er soll bitte hereinkommen«, sagte Veronica mit einem Lächeln. »Wie nett von ihm, mich zu besuchen. Ist Miß Barnaby in seiner Begleitung?«

»Nein, Madam.« Nora warf Emily einen raschen Blick zu, der besagte, sie solle den Raum verlassen.

»Mrs. Melrose soll Tee und belegte Brötchen und Kuchen vorbereiten.«

»Ja, Madam.« Nora ging mit schwingenden Röcken hinaus. Ihrer Meinung nach hatte eine Zofe in der Nähe der Herrin nichts zu suchen, wenn ein Gentleman aufkreuzte. Das war das Privileg des Stubenmädchens.

Einen Moment später kam Jack herein. Er lächelte

leicht, wirkte geschmeidig und strotzend vor Leben. Er schaute überhaupt nicht zu Emily hin, doch sein Gesicht leuchtete auf, als er Veronica sah. Sie hielt ihm die Hand entgegen. Emily spürte den Schock einer Zurückweisung, als habe man sie geschlagen. Es war idiotisch. Hätte er sie beachtet, wäre ihre Tarnung in Gefahr geraten, und er hätte alles verdorben. Und doch fühlte sie sich am Boden zerstört, weil er seine Rolle so perfekt spielte.

»Wie reizend von Ihnen, mich zu empfangen«, sagte er warm, als sei sein Besuch mehr als eine gesellschaftliche Aufmerksamkeit. »Ich hätte Ihnen meine Karte schicken sollen, aber es war eine spontane Idee, Sie zu überfallen. Wie geht es Ihnen? Ich habe gehört, Sie hatten einen Unglücksfall im Haus, und ich hoffe, daß Sie sich von dem Schrecken erholt haben.«

Veronica klammerte sich an seine Hand. »O Jack, es war wirklich entsetzlich. Die arme Dulcie stürzte aus dem Fenster und schlug auf den Steinboden auf. Ich weiß nicht, wie das passieren konnte. Niemand hat es beobachtet.«

Jack! Sie hatte ihn ganz natürlich beim Vornamen genannt, und das zeigte, wie vertraut er ihr nach all der Zeit noch war. Warum hatte sie damals nicht ihn geheiratet? Hatte Geld, hatten ihre Eltern eine Rolle gespielt? Sie mochten einen Mann wie Jack abgelehnt haben, da ihm die Zukunftsaussichten fehlten. Dafür hatten sie Robert York ausgesucht, einen Mann, der Vermögen und Ehrgeiz besaß. Doch hätte Veronica Jack bevorzugt? Und — was unendlich viel wichtiger war — hätte er Veronica haben wollen?

Sie unterhielten sich, als sei Emily nicht anwesend; sie hätte ein Kissen auf einem der Stühle sein können.

Veronica blickte mit geröteten Wangen zu Jack auf. Sie sah so glücklich aus, wie Emily sie noch nie zu Gesicht bekommen hatte. Das Licht funkelte auf ihrem Haar wie auf schwarzer Seide, und ihre Augen schimmerten groß und bezaubernd. Sie war mehr als schön — sie strahlte Individualität und Leidenschaft aus. In Emily tobte ein Sturm von Gefühlen, der ihr den Hals zuschnürte. Als Amelia mochte sie Veronica und hatte Mitleid mit ihr, weil sie erkannte, daß die junge Witwe zutiefst unglücklich war. Während sie wie ein Schaf dasaß und Jack beobachtete, kam es Emily klar zum Bewußtsein, daß Veronica innerlich so etwas wie eine mittelalterliche Daumenschraube trug, die von Tag zu Tag etwas mehr Schmerz verursachte. War es noch der Kummer wegen Roberts Tod? Oder war es Angst? War es, weil sie etwas wußte — oder weil sie nichts wußte und diese Unwissenheit sie zerstörte?

Gleichzeitig spürte Emily brennende Eifersucht. Und die Eifersucht brachte die Erinnerung an die Qual zurück, die Emily empfunden hatte, als ihr Mann George, den sie liebte, einer anderen Frau verfallen war. Es war ein mit nichts zu vergleichender Schmerz, und die Tatsache, daß George vor seinem Tod zu Emily zurückgefunden hatte, löschte das Wissen darum nicht aus, wie man sich als Frau zweiter Wahl fühlte. Die Zeit hatte nicht gereicht, die Wunde völlig heilen zu lassen.

Emily konnte es nicht ändern, in Veronica eine Rivalin zu sehen. Anfangs war Jack für sie ein charmantes, reizvolles Spielzeug gewesen, dann war er ein Freund geworden, dessen Gesellschaft sie mehr genoß als die irgendeines anderen Menschen, ausgenommen Charlotte. Doch nun bedeutete er einen Teil ihres Lebens, den sie nicht verlieren konnte, ohne in abgrundtiefer Einsamkeit zu versinken. Im Moment lachte und sprach er mit Veronica, und Emily durfte nicht mit ihm reden, geschweige denn um seine Aufmerksamkeit kämpfen. Es war eine Art von Schmerz, wie sie ihn noch nie erfahren hatte. Zu irgendeiner anderen Zeit hätte sie darüber nachgedacht, was es hieß, immer ein Leben als Dienstmädchen zu führen und zum Zuschauen verdammt zu sein. Nun war sie mit ihrem eigenen Kummer beschäftigt und befaßte sich mit den Problemen unterprivilegierter Schichten.

Und sie sollte verschwinden. Zofen durften nicht im Zimmer bleiben, als seien sie Gäste. Sie entschuldigte sich nicht, auch das war unnötig und hätte nur eine Störung bedeutet. Sie erhob sich nur und schlich auf Zehenspitzen hinaus. Jack drehte nicht einmal den Kopf. An der Tür blickte sie noch einmal zu ihm zurück, doch er lächelte Veronica zu, als gäbe es überhaupt keine Emily.

Charlotte hatte Angst, als Thomas Emilys gefährliche Situation so deutlich beschrieb, aber sie konnte ihrer Schwester nicht helfen. Selbst wenn sie die Yorks möglichst oft besuchte, änderte das nichts an Emilys Lage. Der einzige Trost bestand darin, daß sie Veronica nicht für die Frau in Rot hielt, denn die junge Witwe hatte nach Thomas' Ansicht nicht die Nerven für eine Spionin.

Nachdem Thomas Pitt am nächsten Morgen das Haus verlassen hatte, schrieb sie einen Brief an Jack Radley. Anschließend bügelte sie Thomas' Hemden und legte sich dabei einen Plan zurecht.

Zwei Tage später, an einem Samstag, kam dieser

Plan zur Verwirklichung. Inzwischen war Jack dagewesen und hatte von seinem Besuch bei Veronica York berichtet. Er machte sich Sorgen um Emily, die ihm bei dem kurzen Blick, den er sich hatte erlauben können, bleich und unglücklich erschienen war. Diese Nachricht war unerfreulich, doch Charlotte stellte befriedigt fest, daß sein sonst so fröhliches und unbeschwertes Gesicht etwas von dem Menschen verriet, der sich dahinter verbarg, und sie fand, daß ihr dieser Mensch gefiel. Vielleicht brauchte er genau das: daß Emily sich in Gefahr befand, um ihr zu zeigen, wieviel ihm an ihr lag.

Hochgestimmt durch diese Feststellung, verließ sie am frühen Nachmittag Emilys Haus in deren Kutsche. Sie trug eines der älteren Kleider ihrer Schwester, das sie ein wenig weiter gemacht hatte, da sie etwas größer war und einen schöneren, üppigeren Busen besaß als Emily. Das Kleid war goldbraun wie alter Sherry, paßte hervorragend zu Charlottes warmem Hautton und dem schimmernden kastanienfarbenen Haar. Dazu hatte sie einen Hut mit schwarzem Pelzbesatz und einen passenden Muff gewählt. Noch nie zuvor war sie sich in Winterkleidung so hübsch vorgekommen.

Sie hatte einen Brief abgeschickt und einen von Veronica zurückbekommen, demnach wurde sie erwartet.

Veronica empfing sie im Salon, und ihr Gesicht verriet große Freude, als Charlotte hereinkam.

»Wie schön, Sie zu sehen! Nehmen Sie Platz. Ich wünschte, es wäre nicht so kalt. Doch trotz der Kälte dachte ich, wir könnten ein bißchen ausfahren und eine andere Umgebung sehen. Oder möchten Sie lieber noch einmal die Winterausstellung besuchen?«

Charlotte sah den Wunsch in Veronicas Augen und

schüttelte den Kopf. »Durchaus nicht — eine Kutschfahrt ist eine wunderbare Idee.« Es war nicht das, was sie sich vorgestellt hatte, doch sie mußte Veronicas Freundschaft pflegen. Wenn sie in der Kutsche allein und sicher vor Unterbrechungen waren, mochte sich eine gewisse Vertrautheit einfinden. »Ich hätte großen Spaß daran«, fügte sie hinzu.

Veronica entspannte sich und lächelte. »Ich freue mich so. Ich möchte gern, daß Sie mich Veronica nennen; darf ich Elizabeth zu Ihnen sagen?«

Momentan war Charlotte überrascht, denn sie hatte ihren Decknamen beinahe vergessen. »Natürlich«, sagte sie dann, »das ist sehr nett von Ihnen. Wohin wollen Sie fahren?«

»Ich ...« Veronicas blasse Wangen färbten sich zart, und Charlotte verstand sofort. »Wir werden ja sehen, wohin unser Weg uns führt«, meinte sie taktvoll.

Veronica war sichtlich erleichtert. »Wie verständnisvoll Sie sind! Hatten Sie eine angenehme Zeit, seitdem wir die Ausstellung besuchten?«

Charlotte mußte eine Antwort geben, die dem von ihr gespielten Lebensstil entsprach.

»Oh, um ehrlich zu sein — die Tage waren recht eintönig.«

Veronica lächelte wissend. Sie hatte Jahre als vorbildliche Witwe ertragen, als wohlanständige Frau, und davor als demütige junge Dame, die auf eine standesgemäße Heirat wartete. Sie kannte die Langeweile in- und auswendig.

Charlotte wollte gerade ein anderes Thema anschlagen, als Loretta hereinkam. Ihr Gesicht drückte höfliche Überraschung aus.

»Guten Tag, Miß Barnaby«, sagte sie. »Wie nett, daß

Sie uns besuchen. Ich hoffe, Ihr Aufenthalt in London gefällt Ihnen.«

Ehe sie etwas erwidern konnte, verkündete Veronica ihr Vorhaben. »Wir wollen einen kleinen Ausflug machen.«

Lorettas Augen öffneten sich weit. »Bei diesem Wetter? Meine Liebe, es ist bitter kalt, und es wird sicher bald wieder schneien.«

»Das ist doch sehr erfrischend«, stellte Veronica fest. »Und ich sehne mich nach frischer Luft.«

Lorettas Mundwinkel verzogen sich leicht. »Möchtest du jemand besuchen?«

Veronica wich dem Blick ihrer Schwiegermutter aus. »Ich ... eh ...«

»Wir haben uns noch nicht entschieden«, sagte Charlotte schnell und lächelte Loretta zu. »Wir wollten einfach ins Blaue fahren.«

»Wie bitte?« Loretta wunderte sich über diese unerwartete Auskunft.

»Ja, wir haben uns noch nicht entschieden«, wiederholte Veronica. »Wir werden einfach so zum Vergnügen herumfahren. In der letzten Zeit war ich zuviel im Haus. Ich fühle mich kränklich.«

»Und was ist mit Miß Barnaby?« fragte Loretta. »Sie sieht überhaupt nicht kränklich aus — ganz im Gegenteil.«

Charlotte wußte, daß ihr die modische vornehme Blässe abging, aber das störte sie nicht. »Ich fahre gern mit der Kutsche«, betonte sie. »Vielleicht könnten wir ein paar Sehenswürdigkeiten besichtigen.«

»Sie sind zu liebenswürdig«, erklärte Loretta kühl. »Ich dachte, Sie wollten vielleicht Harriet Danver besuchen.«

Veronica und Charlotte wußten, daß sie Julian meinte, doch sie gingen nicht darauf ein.

Mit Charlottes moralischer Unterstützung entwickelte Veronica Mut. Sie blickte Loretta in die Augen. »Nein. Wir hatten nur darüber gesprochen, daß wir gern einen Ausflug machen möchten.«

»Bei diesem Wetter?« sagte Loretta ein zweites Mal. »Um vier Uhr wird es bereits dunkel. Wirklich, meine Liebe, du verhältst dich recht unvernünftig.«

»Dann müssen wir uns beeilen.« Veronica ließ sich von ihrem Vorhaben nicht abbringen.

Loretta lächelte süß und wartete mit einer Überraschung auf. »Dann komme ich mit. Falls du doch bei den Danvers vorbeischauen willst, fungiere ich als Anstandsdame. Schließlich ist heute Samstag, und Mr. Danver wird daheim sein. Man darf nicht schlecht von uns denken.«

Plötzlich schien Veronica von Panik erfüllt zu sein — als sei sie in einem Netz gefangen, und jede Bewegung würde sie stärker in seine Maschen verstricken. Charlotte sah, wie sich ihr Busen hob und senkte, während sie nach Luft rang, und wie sich ihre Finger im Stoff ihres Kleides verkrampften.

»Elizabeth begleitet mich«, rief sie mit erhobener Stimme. »Ich kenne die Regeln. Ich ...«

Loretta beobachtete sie mit starrem, fast warnendem Blick, und ihr Mund verzog sich zu einem gezwungenen Lächeln. »Mein liebes Kind ...«

»Wie hochherzig von Ihnen.« Charlotte wünschte sofort, sie hätte den Mund gehalten, denn es wäre sicher aufschlußreicher gewesen, das Gespräch seinen Lauf nehmen zu lassen. Doch nun war es zu spät. »Bestimmt werden wir Ihre Gesellschaft genießen, vor allem, wenn wir im Park spazierengehen.« Sie dachte an den rauhen Wind, der dort durch die kahlen Bäume wehte.

Aber Loretta gab nicht so leicht auf. »Ich glaube, Miß Barnaby, daß Sie Ihre Meinung ändern werden, wenn Sie in die Kälte hinaustreten, andernfalls werde ich in der Kutsche auf Sie warten.«

»Du wirst erfrieren«, sagte Veronica verzweifelt.

»Ich bin viel widerstandsfähiger, als du denkst, meine Liebe«, entgegnete Loretta ruhig, und als Veronica sich abwandte, sah Charlotte Tränen in ihren Augen. Was für eine Beziehung bestand zwischen den beiden Frauen? Veronica hatte Angst, und dennoch war sie nicht direkt unterwürfig. Nun, da Robert tot war, hatte sie es nicht mehr nötig, auf seine Gefühle seiner Mutter gegenüber Rücksicht zu nehmen. Finanziell war sie gesichert, und sie stand vor einer neuen Heirat. Warum war sie so verängstigt? Alles, was Loretta getan hatte, war – jedenfalls an der Oberfläche – zu Veronicas Wohl geschehen.

Das angespannte Schweigen im Raum wurde gebrochen, als die Tür sich öffnete und Piers York hereinkam. Charlotte war ihm noch nicht begegnet, doch sie erkannte ihn sofort nach Thomas' Beschreibung: elegant, ein wenig gebeugt, im Gesicht die Linien eines Humors, der Selbstironie nicht ausschloß.

»Ah«, sagte er ein wenig überrascht bei Charlottes Anblick.

Veronica zwang sich zu einem Lächeln, das geisterhaft wirkte. »Schwiegerpapa, das ist Miß Barnaby, eine neue Freundin, die so nett war, mich zu besuchen. Wir wollen eine kurze Fahrt mit der Kutsche machen.«

»Was für eine ausgezeichnete Idee«, meinte er. »Es ist

ziemlich kalt, aber besser, als den ganzen Tag im Haus zu sitzen. Ich begrüße Sie, Miß Barnaby.«

»Guten Tag, Mr. York«, erwiderte Charlotte mit Wärme. Er gehörte zu den Männern, die ihr auf Anhieb sympathisch waren. »Ich bin so froh, daß Sie unsere Idee gut finden. Mrs. York ...«, sie blickte zu Loretta hinüber, »fürchtet, daß wir frieren werden, aber ich bin ganz Ihrer Meinung. Und wenn wir zurückkehren, werden wir das Kaminfeuer besonders zu schätzen wissen.«

»Was für eine vernünftige junge Frau.« Er lächelte. »Ich verstehe nicht, warum diese schlaffen jungen Kreaturen, die den ganzen Tag herumliegen und sich langweilen, so in Mode sind. Ich bedaure den Mann, der naiv genug ist, eine von ihnen zu heiraten. Obwohl eigentlich jeder eine Katze im Sack kauft.«

»Piers!« sagte Loretta scharf und tadelnd. »Bitte spare dir solche Ausdrücke für deinen Klub auf. Sie gehören nicht hierher. Du beleidigst Miß Barnaby.«

Er sah erstaunt aus. »Oh, das tut mir leid, Miß Barnaby — habe ich Sie beleidigt? Ich wollte nur sagen, daß man keine Ahnung von der wahren Natur einer Partnerin hat, weil die Gesellschaft einem vor der Ehe nur Gezwitscher erlaubt.«

Charlotte lächelte strahlend. »Ich bin keineswegs beleidigt, und ich weiß genau, was Sie meinen. Wenn man den wahren Charakter dann erkennt, ist es zu spät. Mrs. York hat gerade gesagt, daß Veronica eine Anstandsdame braucht, falls wir die Danvers besuchen. Aber ich wäre glücklich, dafür zu sorgen, daß nichts geschieht, was man beanstanden könnte — darauf gebe ich Ihnen mein Wort.«

»Ich glaube, daß Sie es gut meinen, Miß Barnaby«,

erklärte Loretta entschieden, »aber das genügt nicht in unseren Kreisen.«

»Unsinn«, wiedersprach Piers. »Es ist völlig in Ordnung. Außerdem weiß doch keiner davon. Harriet wird bestimmt nichts sagen.«

»Es wäre gut, wenn ich mitgehen würde«, bekräftigte Loretta noch einmal ihren Standpunkt. »Das ist jetzt eine höchst kritische Zeit.«

»Um Himmels willen, mach nicht soviel Aufhebens, Loretta«, sagte er mit ungewöhnlicher Schärfe. »Du kümmerst dich zuviel um Veronica. Danver ist ein anständiger Bursche und auch nicht rückschrittlich. Miß Barnaby genügt vollkommen als Anstandsdame, und es ist nett von ihr, so gefällig zu sein.«

»Piers, du verstehst das nicht.« Lorettas Stimme schnarrte vor Erregung. »Ich wünschte, du würdest mein Urteil anerkennen. Hier steckt mehr dahinter, als du ahnst.«

»In einer Fahrt mit der Kutsche?« Sein Ärger war deutlich spürbar.

Sie wandte ihm ihr blasses Gesicht zu. »Es gibt da Feinheiten, Dinge, die ...«

»Tatsächlich? Was, zum Beispiel?«

Sie war erzürnt, doch sie hatte keinerlei Antwort parat.

Charlotte sah Veronica an und überlegte, ob der kurze Ausflug die Mißstimmung wert war, die ihm zweifellos folgen würde.

»Kommen Sie, Elizabeth«, sagte Veronica, ohne Loretta anzublicken. »Wir werden nicht lange fort sein, aber es wird uns guttun.«

Charlotte entschuldigte sich und folgte Veronica in die Halle hinaus. Dort wartete sie, während der Diener den Mantel und Muff für die junge Frau holte und Veronica die Stiefel wechselte.

Die Tür zum Salon stand einen Spalt offen.

»Du weißt nichts über diese Miß Barnaby!« Das war Lorettas ärgerlich erhobene Stimme. »Sie ist unpassend, keck! Völlig naiv!«

»Mir erschien sie sehr angenehm«, entgegnete Piers. »Und rundum attraktiv.«

»Ich bitte dich, Piers! Nur, weil sie ein hübsches Gesicht hat. Wirklich, du bist manchmal recht kindlich.«

»Und du, meine Liebe, siehst Schwierigkeiten, wo keine sind.«

»Ich habe Vorahnungen, und das ist etwas anderes.«

»Das ist oft genau dasselbe.«

Durch Veronicas Rückkehr konnte Charlotte nicht mehr hören, was im Salon gesprochen wurde. Nun kam auch Emily die Treppe herunter. Sie trug einen Mantel über dem Arm. Offenbar hatte der Diener ihr Bescheid gesagt, daß Veronica ausfahren wollte. Sie wirkte dünn und blaß. Ihre und Charlottes Blicke trafen sich kurz, dann zog Veronica den Mantel an. Emily glättete ihn auf den Schultern ihrer »Herrin«, dann verließen Charlotte und Veronica das Haus.

Obwohl sie Decken auf den Knien hatten, war es eisig in der Kutsche, aber die beiden Frauen fanden es anregend, die modernen Straßen entlangzufahren. Veronica wandte sich Charlotte zu. Ihre Augen erschienen fast schwarz im Inneren der Droschke, und sie öffnete die Lippen, doch Charlotte wußte sofort, was sie sagen und wohin sie fahren wollte.

»Natürlich«, meinte sie schnell.

Veronica verschränkte die Hände im Muff.

»Danke.«

Im Danver-Haus wurden sie ohne Erstaunen empfangen und in den Salon geführt. Julian war da und begrüßte sie. Er nahm Veronicas Hände in seine und hielt sie fest, ehe er sich leicht vor Charlotte verneigte.

»Wie reizend, Sie wiederzusehen, Miß Barnaby.« Er lächelte ihr zu. Sein Blick war offen, und Charlotte fand erneut, daß sie ihn mochte. »Sie erinnern sich doch sicher an meine Tante, Miß Danver, und an meine Schwester Harriet?«

»Natürlich«, erwiderte Charlotte rasch und sah erst Tante Adeline in das schmale intelligente Gesicht, bevor sie Harriet die Hand reichte. An diesem Nachmittag wirkte Julians Schwester noch bleicher, tiefe Schatten des Kummers umrandeten ihre Augen. »Ich hoffe, es geht Ihnen gut.«

»Danke, sehr gut, und Ihnen?«

Die üblichen bedeutungslosen Höflichkeiten wurden ausgetauscht. Als Mädchen war Charlotte daran gewöhnt gewesen, doch nach dem gesellschaftlichen Abstieg durch ihre Heirat hatte sie das Phrasendreschen ohne Bedauern hinter sich gelassen. Sie hatte auch keine Gelegenheit mehr dazu. Und früher schon war sie auf diesem Gebiet nicht besonders begabt gewesen, da sie immer gern ihre Meinung kundgetan hatte. So etwas wurde bei Frauen nicht geschätzt, und ein großer Teil weiblichen Charmes lag darin, zuzuhören und zu bewundern und vielleicht hin und wieder eine optimistische Bemerkung fallenzulassen. Natürlich durfte man immer lachen, wenn das Lachen wohlklingend und nicht zu laut war. Charlotte hatte die Politur abgestreift, die sie pflegen mußte, als ihre Mutter sich so eifrig bemühte, ihr eine standesgemäße Heirat zu verschaffen. Nun saß sie steif auf der Kante ihres

Stuhles und hielt die Hände im Schoß gefaltet. Sie sprach nur, wenn die Höflichkeit es erforderte.

Veronica hatte die weiblichen Tugenden so lange praktiziert, daß es ihr zur zweiten Natur geworden war, mit klingenden Worten nichts zu sagen. Doch ihr ausdrucksstarkes Gesicht verriet, daß sie sich mit trüben Gedanken herumschlug. Ihr Lächeln war spröde, und ihr Blick huschte oft zu Julian Danver hinüber. Mehr als einmal hatte Charlotte das Gefühl, Veronica sei sich seiner Aufmerksamkeit nicht sicher. Aber es war doch wohl töricht anzunehmen, daß so eine bildschöne erfahrene Frau mit einem Mangel an Selbstbewußtsein zu kämpfen hatte. Julian Danvers Absichten lagen klar auf der Hand; sein Benehmen in Gegenwart anderer ließ keinen Zweifel daran offen, daß er Veronica heiraten wollte.

Warum also war Veronica so nervös, warum wirkte sie verkrampft und redete ein wenig zuviel? Daß Harriet unglücklich aussah und litt, konnte Charlotte gut verstehen. Falls Harriet Felix Asherson wirklich liebte, so war diese Liebe aussichtslos, auch wenn sie erwidert wurde, denn Sonia Asherson stand ihr im Weg. Nur Sonias Tod hatte eine Erlösung bedeutet, doch warum sollte sie sterben? Sie war eine geradezu abstoßend gesunde junge Frau, drall und gelassen wie eine prachtvolle Milchkuh. Vermutlich würde sie neunzig Jahre alt werden. Ja, Harriets blutleeres Gesicht und ihre leise Stimme verrieten den Seelenzustand, in dem sie sich befand, und Charlotte hatte großes Mitleid mit ihr, das sie jedoch nicht zeigen durfte, denn das hätte Salz in die Wunde gestreut, die keiner sehen sollte.

Schließlich konnte Charlotte die Anspannung nicht mehr ertragen. Sie erinnerte sich, beim Hereinkommen die Tür zum Wintergarten gesehen zu haben, und wandte sich an Julian.

»Würden Sie vielleicht so nett sein, mir Ihren Wintergarten zu zeigen? Ich interessiere mich sehr dafür. Es wäre wie ein Schritt aus Londons Eiszeit in ein fremdes Land voller Blumen.«

Veronica atmete hörbar ein und aus.

»Sie haben das sehr gut ausgedrückt, und Ihr Interesse freut mich ungemein«, sagte Julian schnell. »Mit großem Vergnügen werde ich Sie herumführen. Wir haben ein paar wunderbare Lilien, die herrlich duften.« Er erhob sich, während er sprach.

Auch Charlotte stand auf. Sie sah Veronicas ärgerlichen, verwundeten und bitteren Blick. Da streckte sie einladend die Hand aus.

Nun erst begriff Veronica, daß Charlotte um ihretwillen so erpicht auf den Wintergarten war. Sie sprang eilig auf, und ihre blassen Wangen röteten sich.

»Haben Sie die Güte, uns zu entschuldigen?« fragte Charlotte Tante Adeline und Harriet.

»Selbstverständlich«, erwiderten die beiden.

Der Wintergarten war sehr groß und ähnelte einem riesigen Treibhaus. Elegante Farnkrautpflanzen und wilder Wein verdeckten die Sicht von einem Pfad zum anderen. Es gab einen kleinen grünen Teich mit prachtvollen Lotosblumen, vor dem Charlotte entzückt stehenblieb. Hier brauchte sie keine Begeisterung zu heucheln. Julian wies auf die duftenden Lilien hin, die er vorher erwähnt hatte. Nachdem Charlotte passende Kommentare von sich gegeben hatte, blickte sie Veronica in die Augen. Dann drehte sie sich mit einem winzigen Lächeln um und ging den Weg zurück. Ehe sie leise wieder in die Halle hinaustrat, wartete sie eine Weile.

Sie konnte nicht allein in den Salon zurückkehren, denn das hätte ihr Manöver verraten, obwohl sicher jeder ihr Spiel sowieso durchschaut hatte. Langsam wanderte sie zu einem großen Landschaftsgemälde hinüber und tat so, als betrachte sie es genau. Es war wirklich sehr hübsch, aus der holländischen Schule, aber Charlotte hatte anderes im Sinn. Sie mußte mehr über Veronica und die Danvers erfahren.

Leise schlich sie in den Wintergarten zurück. Als sie ein paar Meter gegangen war, sah sie plötzlich Veronica und Julian in einer solch leidenschaftlichen Umarmung, daß ihr vor Verlegenheit die Röte in die Wangen stieg. Wie unerhört peinlich, wenn man sie hier beim Lauschen erwischt hätte! Rasch trat sie einen Schritt zurück und verfing sich dabei in dichten Weinranken. Erschrocken hielt sie inne, weil sie im ersten Moment an eine menschliche Berührung dachte. Sie unterdrückte einen Schrei und riß sich zusammen. Dann verließ sie eilig den Wintergarten und stand gleich darauf Tante Adeline gegenüber. Sie fluchte im Geiste und kam sich idiotisch vor mit dem wirren Haar und den glühenden Wangen.

»Geht es Ihnen gut, Miß Barnaby?« Adeline hob die Brauen. »Sie sehen ein wenig abgekämpft aus.«

Charlotte atmete tief. Nur eine wirklich gute Ausrede konnte sie jetzt retten.

»Ich komme mir dumm vor«, entgegnete sie mit einem Lächeln, von dem sie hoffte, daß es entwaffnend wirkte. »Ich wollte ein paar Blüten ganz nahe anschauen und blieb in Weinranken hängen. Aber ich habe keine Pflanze beschädigt.«

»Meine Liebe, natürlich nicht.« Tante Adeline lächelte knapp, und ihre Augen schimmerten wie braune

Stiefelknöpfe. Charlotte wußte nicht, ob die Frau ihr auch nur ein Wort glaubte. »Ich denke, es ist Zeit für eine Tasse Tee. Soll ich Julian und Veronica rufen, oder machen Sie das?«

Unbewußt vertrat Charlotte ihr den Weg. »Die beiden kommen sicher gleich.«

Adeline blickte skeptisch vor sich hin.

Plötzlich und ohne Zusammenhang sagte Charlotte: »War es nicht so ein wunderbar kirschrotes Kleid, das Veronica in jener Nacht trug, als Sie sie sahen?«

Adeline stieß einen überraschten Laut aus. »Das war nicht Veronica!« Ausnahmsweise senkte sie die Stimme, die immer ein angenehmes, wohlklingendes Timbre hatte. »Dessen bin ich mir absolut sicher.«

»Oh, ich muß Sie mißverstanden haben. Ich nahm an ...« Der halbe Satz blieb in der Luft hängen, weil Charlotte nicht einfiel, wie sie ihn hätte vollenden sollen. Ihre Absicht war gewesen, Tante Adeline durch einen Überraschungseffekt eine Aussage zu entlocken und sie gleichzeitig daran zu hindern, den Wintergarten zu betreten und diese zügellose Umarmung zu sehen. Charlotte wünschte das nicht nur um Veronicas willen, sondern auch für Adeline selbst. Vielleicht hatte nie ein Mann sie so umarmt.

»Nein, nein.« Adeline schüttelte leicht den Kopf. »Ihr Gang war dem von Veronica überhaupt nicht ähnlich. Die Art, wie ein Mensch sich bewegt, verrät viel über seinen Charakter. Und die meisten Personen kann man an ihrem Gang erkennen.«

»Oh!« Charlotte zögerte. »Wer war es dann?«

Adelines Gesichtsausdruck verriet Weisheit, Schmerz und einen Hauch von Humor. »Ich weiß es nicht, Miß Barnaby, und ich frage auch nicht. Es gibt manche alte

Liebe und manchen alten Haß, über die man besser nicht redet.«

»Sie erstaunen mich!« Charlottes Worte klangen plötzlich scharf, beinahe anklagend. »Ich dachte, Sie seien freimütiger.«

Adelines sensible Lippen zogen sich zusammen. »Die Zeit für Freimütigkeit ist vorbei. Sie haben keine Ahnung, wieviel Leid hinter gewissen Begebenheiten liegen mag. Ein wenig Blindheit tut ihnen gut, und Reden würde Antworten erfordern.« Sie neigte den Kopf Richtung Wintergarten. »Nun haben Sie für diesen Tag genügend Gutes getan, Miß Barnaby. Rufen Sie jetzt Veronica, oder ich tue es.«

»Ich rufe sie«, erklärte Charlotte gehorsam. Ihre Gedanken wirbelten durcheinander. War die Frau in Rot eine Geliebte von Julian gewesen? Wußte oder vermutete Veronica das — und wollte sie gegen den Geist der Vergangenheit ankämpfen? Ließ sie sich deshalb so gehen, ehe eine Verlobung, geschweige denn eine Heirat, offiziell angekündigt war?

Aber wer hatte dann Robert York getötet, und warum?

Hier kam Hochverrat wieder ins Spiel. Konnte es sein, daß Veronica selbst den Mörder ihres Mannes jagte? Konnte es Julian gewesen sein, und sie wußte es? Nagte deshalb das Entsetzen an ihr — und welche Beziehung bestand zwischen ihr und Loretta?

»Veronica!« rief Charlotte laut. »Miß Danver bittet in wenigen Minuten zum Tee. Veronica!«

8

Thomas Pitt beschloß, zu Fuß nach Mayfair zu gehen. Es war kein angenehmer Tag. Ein tiefhängender grauer Himmel senkte sich wie ein schwerer Deckel auf die Stadt, der Wind fegte durch den Park und stach wie mit Nadeln in Thomas Pitts Hals. Die Kälte tat weh. Wagen ratterten die Park Lane entlang, aber Fußgänger waren nicht unterwegs. Die Straßenverkäufer wußten, daß hier kein Geschäft für sie zu machen war, wo sich die Bewohner ein Gefährt leisten konnten.

Thomas ging zu Fuß, weil er seine Ankunft im Haus der Danvers möglichst lange hinausschieben wollte. Dulcie war tot, also konnte er nur mehr Adeline Danver nach der Frau in Rot fragen. Ein Teil der Kälte in seinem Inneren entsprang Schuldgefühlen — Dulcies strahlendes offenes Gesicht erschien zu oft vor seinem geistigen Auge. Hätte er nur die Tür der Bibliothek geschlossen, als er mit dem Mädchen redete!

Es war ihm auch nicht gelungen, die Spur der Diener zu verfolgen, die zur Zeit des Mordes in Hanover Close beschäftigt waren. Der Butler hatte eine Stelle auf dem Land angenommen, der Kammerdiener war ins Ausland gegangen, und die Mädchen waren in der Masse weiblicher Bediensteter der Riesenstadt London und ihrer Umgebung verschwunden.

Er blieb stehen, denn er befand sich schon vor dem Danver-Haus. Die Luft war feucht und kratzte im Hals; zu viele Feuerstellen schickten beißenden Rauch in den bleiernen Himmel.

Adeline Danver empfing Pitt freundlich, aber mit unverhohlener Verwunderung. Anhand von Charlottes Beschreibung hatte er sich ein recht klares Bild von ihr gemacht, doch er war sprachlos über die scharfe Intelligenz in ihren eher runden Augen unter den buschigen Brauen. Sie war unscheinbarer, als Charlotte sie dargestellt hatte — mit der schmalen Himmelfahrtsnase und dem fliehenden Kinn. Doch als sie sprach, entdeckte er wirkliche Schönheit in ihrer wohlklingenden Stimme.

»Guten Tag, Inspektor. Ich weiß nicht, wie ich Ihnen helfen könnte, aber natürlich werde ich es versuchen. Bitte nehmen Sie Platz. Ich glaube, ich habe noch nie einen Polizisten aus der Nähe gesehen.« Sie betrachtete ihn mit unverhüllter Neugier, als sei er ein exotisches Tier, das zu ihrer Unterhaltung importiert worden wäre.

Zum erstenmal seit Jahren fühlte Thomas Pitt sich gehemmt; er wußte nicht, wohin mit den Händen und Füßen. Behutsam setzte er sich hin.

»Danke, Madam.«

»Keine Ursache.« Sie wandte den Blick nicht von seinem Gesicht. »Vermutlich handelt es sich um den Tod des armen Robert York. Das ist das einzige Verbrechen, zu dem ich eine, wenn auch noch so entfernte, Verbindung habe. Ich kannte ihn, natürlich, aber es gibt viele andere, die ihn weit besser kannten.« Sie lächelte leicht. »Wahrscheinlich haftet mir der Vorteil an, das Leben eher zu beobachten als mitzuspielen, und deshalb könnte ich etwas gesehen haben, das anderen entgangen ist.«

Thomas Pitt fühlte sich durchschaut. »Absolut nicht, Miß Danver.« Sein Lächeln war schwach und flüchtig.

Er wußte nicht, ob er sich um ein charmantes Auftreten bemühen sollte — am Ende machte er sich lächerlich damit. »Ich spreche Sie an, weil ich mich mit einer ganz besonderen Frage beschäftige und weil Sie die Person in diesem Haus sind, die aller Wahrscheinlichkeit nach überhaupt nichts mit dem Vorfall zu tun und demnach keine Vorbehalte hat.«

»Sie geben sich Mühe, sensibel zu sein«, sagte sie mit einem knappen Nicken der Anerkennung. »Danke, daß Sie meine Intelligenz nicht mit einer banalen Höflichkeitsfloskel beleidigen. Welchen Vorfall meinen Sie?«

»Haben Sie je in diesem Haus eine große schlanke Frau mit tiefschwarzem Haar gesehen, die ein Kleid in leuchtend roter Farbe trug?«

Adeline saß reglos da. Nur eine kaum merkbare Bewegung ihrer flachen Brust zeigte, daß sie atmete.

Pitt wartete und blickte ihr in die großen braunen Augen. Jetzt gab es kein Entrinnen. Entweder sie würde eiskalt und unverschämt lügen, oder sie mußte mit der Wahrheit herausrücken.

Draußen in der Halle schlug eine Uhr elfmal. Die Töne erschienen endlos, bis schließlich der letzte verklang.

»Ja, Mr. Pitt«, sagte sie. »Ich habe so eine Frau gesehen, aber es ist völlig sinnlos, mich zu fragen, wer sie ist, weil ich es nicht weiß. Ich habe sie zweimal in diesem Haus gesehen und, nach bestem Wissen, niemals zuvor und niemals danach.«

»Danke«, sagte er ernst. »Trug sie beide Male dasselbe Kleid?«

»Nein, doch es war eine sehr ähnliche Farbe — eines dunkler als das andere, soweit ich mich erinnere. Aber es war Nacht, und das Gaslicht täuscht.«

»Können Sie sie mir beschreiben?«

»Wer ist sie, Kommissar?«

Der Gebrauch dieses Titels schuf wieder eine Distanz zwischen ihnen und warnte ihn, Unterstützung nicht als selbstverständlich hinzunehmen.

»Ich weiß es nicht, Miß Danver. Aber sie ist der Schlüssel zum Mord an Robert York.«

»Eine Frau?« Ihre Augen weiteten sich. »Ich finde, da behaupten Sie etwas Abscheuliches.« Das war eine Feststellung.

Er lächelte breit. »Nicht unbedingt, Miß Danver. Ich denke, es gab einen Einbruch, und diese Frau war vielleicht der Dieb, oder sie beobachtete den Mord.«

»Sie sind voller Überraschungen«, gestand Adeline Danver, während ein sanfter Zug sich um ihre Mundwinkel breitmachte. »Und Sie können diese Frau nicht finden?«

»Bisher nicht. Ich war außergewöhnlich erfolglos. Können Sie die Frau beschreiben?«

»Ich bin fasziniert.« Sie neigte den Kopf ganz leicht zur Seite. »Woher wissen Sie, daß sie existiert?«

»Jemand sah sie, im York-Haus, ebenfalls bei Gaslicht.«

»Und dessen Beschreibung ist ungenügend? Oder fürchten Sie, absichtlich irregeführt zu werden?«

Sollte er Adeline erschrecken? »Die Beschreibung war sehr flüchtig«, erwiderte er und beschloß, die brutale Wahrheit nicht zu beschönigen. »Aber ich kann die Zeugin nicht mehr befragen, denn am Tag nach unserer Unterredung stürzte sie aus dem Fenster und war tot.«

Adelines schmale Wangen waren weiß. Sie hatte schon viele Todesfälle erlebt, und keiner hatte sie unberührt gelassen. Ein großer Teil ihres Lebens bestand aus den Freuden und Leiden anderer Menschen.

»Das tut mir leid«, sagte sie ruhig. »Sie sprechen wohl von Veronica Yorks Zofe?«

»Ja.« Er zögerte. »Miß Danver ...«

»Nun, Kommissar?«

»Bitte erwähnen Sie unser Gespräch keinem Menschen gegenüber, auch nicht in Ihrer eigenen Familie. Jemand könnte darauf zu sprechen kommen, ohne an etwas Böses zu denken ...«

Ihre Brauen hoben sich, und ihre schlanken Hände griffen nach den Armlehnen des Sessels. »Verstehe ich Sie richtig?« Ihre Stimme war leise wie ein Hauch und trotzdem wohlklingend.

»Ich glaube, daß die Frau noch in der Nähe ist«, erwiderte er. »Jemand in Ihrer Familie oder in Ihrem Bekanntenkreis weiß, wo und wer sie ist, und wahrscheinlich auch, was in jener Nacht vor drei Jahren in Hanover Close passierte.«

»Ich bin es nicht, Mr. Pitt.«

Er lächelte freudlos. »Das war mir schon klar, Miß Danver.«

»Aber Sie denken, daß jemand von uns, jemand, den ich liebe, von dieser schrecklichen Sache weiß?«

»Menschen bewahren Geheimnisse aus verschiedenen Gründen«, erklärte er. »Meistens, um sich selbst zu schützen — oder eine Person, die ihnen am Herzen liegt. Ein Skandal kann aus sehr geringfügigen Verfehlungen entstehen, wenn sie die Fantasie anregen. Und ein Skandal kann eine schlimmere Strafe bedeuten als Gefängnis oder finanzieller Verlust. Die Bewunderung uns Ebenbürtiger verlangt einen weit höheren Preis, als manche Menschen erkennen, und sie hat schon viel Blut und Schmerz gekostet. Frauen heiraten eher einen ungeliebten Mann, als sich für nicht begehrt ansehen zu lassen. Leute spielen unentwegt Theater, um als glücklich zu gelten. Wir brauchen unsere Masken, unsere kleinen Illusionen; wenige von uns können es ertragen, nackt vor die Augen der Welt zu treten. Und Menschen töten, um ihre Kleider zu behalten.«

Sie musterte ihn erstaunt. »Was für eine seltsame Persönlichkeit Sie sind. Warum nur sind Sie zur Polizei gegangen?«

Er blickte auf den Teppich. Es kam ihm nicht in den Sinn, auszuweichen oder gar zu lügen. »Ursprünglich, weil mein Vater wegen eines Vergehens verurteilt wurde, dessen er nicht schuldig war. Die Wahrheit hat ihren Sinn, Miß Danver, und obwohl sie schmerzlich sein kann, sind Lügen am Ende schlimmer. Dennoch gibt es Zeiten, da hasse ich die Wahrheit: wenn ich Dinge erfahre, die ich nicht wissen will. Aber das ist Feigheit, die Angst vor dem Mitleid.«

»Und glauben Sie, daß es diesmal weh tut, Mr. Pitt?« Ihre Finger zupften sanft am Spitzenbesatz ihres Rockes.

»Nein«, erwiderte er ehrlich. »Nicht mehr, als der Mord schon weh getan hat. Wie sah die Frau aus, Miß Danver?«

Sie zögerte einen Moment und kramte in ihrer Erinnerung. »Sie war groß, wohl überdurchschnittlich groß. Sie besaß eine gewisse Anmut, die kleine Frauen nicht haben können. Und sie war schlank, nicht ...« Sie suchte nach dem passenden Ausdruck. »Nicht sinnlich von der Figur her, aber von der Ausstrahlung, der Art ihrer Bewegungen. Sie hatte Stil, sie kam mir wagemutig vor, als tanze sie am Rande des Abgrunds. Oh, Entschuldigung — klingen meine Worte lächerlich?«

»Nein.« Er schüttelte den Kopf und sah sie unverwandt an. »Nein, es entspricht ganz dem Bild, das ich mir von ihr mache. Fahren Sie fort!«

»Ihr Haar war dunkel, im Gaslicht erschien es schwarz. Ihr Gesicht sah ich nur eine Sekunde, und ich erinnere mich, daß es sehr schön war.«

»Was für ein Gesicht?« fragte Pitt drängend. »Es gibt viele Arten von Schönheit.«

»Ungewöhnlich«, meinte sie langsam. »Es herrschte eine perfekte Ausgeglichenheit zwischen den Brauen, der Nase, den Wangen und der Halslinie. Da war nichts Alltägliches wie gewölbte Augenbrauen, ein Schmollmund oder Grübchen. Sie erinnerte mich vage an jemand, obwohl ich mir völlig sicher bin, sie nie vorher gesehen zu haben.«

»Wirklich?«

»Ja. Sie können mir glauben oder nicht — aber es ist die Wahrheit. Es war nicht Veronica — was Sie vielleicht vermuten — und auch auf keinen Fall meine Nichte Harriet.«

»Bitte versuchen Sie doch, sich zu erinnern, wem sie glich.«

»Ich habe es schon oft versucht, Mr. Pitt. Ich kann mir nur vorstellen, daß sie einer Frau auf irgendeinem Gemälde ähnlich war, das ich einmal gesehen habe. Solche Gesichter prägen sich manchmal stark ein. Falls ich mich plötzlich erinnern sollte, verspreche ich, es Ihnen zu sagen.«

»Dann versprechen Sie mir auch, Miß Danver, niemand von diesem Gespräch zu erzählen, absolut niemand! Das meine ich ernst.« Er beugte sich ein wenig vor. Wenn er ihr Angst machte, so war das ein geringer Preis, ihr Leben zu retten. »Robert York und Dulcie sind tot, beide in ihrem eigenen Heim ermordet, wo sie sich sicher fühlten. Geben Sie mir Ihr Wort, Miß Danver!«

»Gut, Mr. Pitt. Wenn Ihnen so viel daran liegt, werde ich schweigen. Sie können aufhören, sich in diesem Punkt Sorgen zu machen.« Sie sah ihn mit ihren runden klugen Augen ruhig an. »Gütiger Himmel, Mr. Pitt — Ihre Bedenken sind schon ein wenig zermürbend!«

An den nächsten drei Tagen suchte Thomas Pitt erneut die einschlägigen Stadtviertel nach einer Spur der Frau in Rot ab. Er fragte die Portiers der Hotels, die Prostituierten, die Strichjungen, die Bordellbetreiberinnen und Straßenverkäufer, die Droschkenkutscher. Die meisten wußten nichts oder wollten nichts sagen, doch ab und zu traf er jemand, der die Frau gesehen hatte. Allerdings brachten ihn die spärlichen Aussagen keinen Schritt weiter. Er erfuhr immer nur das, was er bereits wußte. Ein Droschkenkutscher erinnerte sich daran, wohin er die geheimnisvolle Frau gefahren hatte, und das war Hanover Close gewesen.

Thomas Pitt begab sich, fast zu Eis erstarrt, nach Hause. Seine Hände und Füße schmerzten, der Mißerfolg umfing ihn ebenso zäh wie die dicke kalte Nebelluft der Nacht.

Es war lange nach zwölf Uhr, und das Haus lag still in der Dunkelheit. Nur ein Licht brannte im Gang. Pitt steckte mit klammen Fingern leise den Schlüssel ins Schloß. Er benötigte dafür ein paar Sekunden.

Drinnen war es warm. Charlotte hatte das Feuer mit Asche belegt und einen Zettel an die Wohnzimmertür geheftet, wo er nicht übersehen werden konnte.

Lieber Thomas,
das Küchenfeuer ist noch warm, der Kessel voll Wasser, und heiße Suppe findest du im Topf, falls du Hunger hast. Vor Einbruch der Dunkelheit erschien ein komischer Typ und brachte einen Brief für dich. Er sagte, er wüßte etwas über die Frau in Rot. Er war ein »Straßenberichterstatter«, was immer das sein mag. Ich habe den Brief im Wohnzimmer auf den Kaminsims gelegt.

Weck mich, wenn du mich brauchst.

In Liebe,
Charlotte

Thomas Pitt holte sich sofort das Schreiben und las:

Geehrter Mr. Pitt,
ich habe gehört, daß Sie sich nach einer Frau in roter Kleidung erkundigt haben und daß Sie sie unbedingt finden wollen. Ich weiß, wo sie ist, und wenn Sie sich erkenntlich zeigen, führe ich Sie zu ihr.

Falls Sie interessiert sind, kommen Sie morgen abend um 6 Uhr in die Wirtschaft »Drei Bitten« in Seven Dials.

S. Smith

Pitt lächelte, faltete den Brief sorgfältig und steckte ihn in die Tasche.

Am nächsten Abend ging er langsam durch den eiskalten Nieselregen eine graue Straße in Seven Dials entlang. Er wußte, warum der Mann diesen Stadtteil gewählt hatte. Hier wurden die Nachrichtenblätter gedruckt, und hier war das Gebiet der »Straßenberichterstatter«. Sie lebten davon, die gedruckten Neuigkeiten zu verkaufen. Dabei verkündeten sie laut, was für Verbrechen passiert waren — je grausamer, desto besser. Ab und zu wurden auch möglichst indiskrete Liebesbriefe veröffentlicht. Sie stammten von einer berühmten Person, einer internationalen Schönheit oder einfach von einer ungenannten Dame an einen feinen Herrn in ihrer Nachbarschaft. Zu Zeiten, da die wahren Begebenheiten ein wenig farblos waren, brachten die Straßenschreier genügend Fantasie auf und wiederholten alte Geschichten von bösen Frauen, die ihre treulosen Galane ermordeten, oder von armen Kindern, deren Schicksal manchem Zuhörer oder Leser die Tränen in die Augen trieb. Die Straßenberichterstatter waren meistens rege Leute mit einer guten Beobachtungsgabe; es wunderte Pitt nicht, daß es einer von ihnen war, der sich an die Frau in Rot erinnerte.

Es war bitter kalt, und die engen Straßen bildeten Tunnels für den Wind. Die verschwommenen Gestalten, denen Thomas Pitt begegnete, stemmten sich mit eingezogenen Köpfen gegen die Böen. In den Toreinfahrten rückten die Schläfer wie Säcke zusammen, um sich aneinander zu wärmen. Die Splitter einer zerbrochenen Ginflasche blitzten im Licht einer Gaslampe.

Pitt fand die Drei Bitten ohne Mühe. Er bahnte sich den Weg zwischen den heiseren Trinkern hindurch zum Tresen. Der Wirt, der eine mit Bierflecken übersäte Baumwollschürze trug, sah argwöhnisch in das fremde Gesicht.

»Ja?«

»Hat jemand nach mir gefragt? Mein Name ist Pitt.«

»Woher soll ich das wissen? Das ist hier kein Auskunftsbüro!«

»O doch.« Pitt zwang sich zu einer höflichen Miene und legte ein Sixpencestück auf den Schanktisch. »Wenn jemand fragt, sagen Sie es mir. Inzwischen trinke ich einen Apfelwein.«

Der Mann betrachtete ungnädig das Geld, füllte Apfelwein in einen Krug und schob ihn vor Pitt hin. »Sein Name ist Black Sam, er sitzt dort in der Ecke mit einem blauen Hemd und einem braunen Mantel — und das Getränk kostet extra.«

»Natürlich«, stimmte Pitt zu und zog noch ein Twopencestück aus der Tasche. Er nahm einen vorsichtigen Schluck. Der Apfelwein schmeckte erstaunlich gut. Pitt tat einen langen Zug und begab sich in die bezeichnete Ecke.

Dort entdeckte er den gesuchten Mann, der einen ungewöhnlich dunklen Teint besaß und ein Bierglas vor sich stehen hatte.

»Mr. Smith?«

»Ja.«

»Pitt. Gegen ein Entgelt könnten Sie mir helfen, sagten Sie.«

»Das kann ich. Wenn ich jetzt weggehe, folgen Sie mir in ein oder zwei Minuten. Ich warte auf der gegenüberliegenden Straßenseite. Aber nur gegen Bares. Geschäft ist Geschäft, und ich lebe davon.«

»Manchmal ist es ein Geschäft«, sagte Pitt kühl. »Manchmal sind es Lügen. Und ich möchte die Wahrheit — oder gar nichts.«

»Sie kriegen sie, keine Sorge.« Er trank sein Bier aus, stand auf und verließ das Lokal.

Wenig später folgte ihm Pitt in die Nacht hinaus. Der Nieselregen hatte aufgehört, und es begann zu frieren. Kein Stern war zu sehen, weil die Rauchdecke über der Stadt den Himmel verhüllte. Thomas Pitt entdeckte Black Sams Umrisse. Er überquerte die Straße und näherte sich dem Mann.

»Wieviel zahlen Sie mir?« fragte Sam gutgelaunt und rührte sich nicht.

»Wenn ich die Frau finde, und sie ist die Richtige, eine halbe Krone.«

»Und was kann Sie daran hindern zu sagen, daß sie nicht die Richtige ist?«

Daran hatte Pitt schon gedacht. »Mein guter Ruf. Wenn ich Sie um einen wohlverdienten Lohn betrüge, wird mir in Zukunft niemand mehr eine Information zukommen lassen, und dann kann ich meine Arbeit nicht mehr machen.«

Sam überlegte einen Augenblick. Nachrichten verbreiteten sich schnell unter Leuten, die auf dem schmalen Grat zwischen Überleben und Verzweiflung ihr Dasein fristeten. So beschloß er, Pitt zu trauen. »Gehen wir — folgen Sie mir.«

Er machte sich mit einem solchen Tempo auf den Weg, daß Pitt Mühe hatte, mit ihm Schritt zu halten. Schon fünfzehn Minuten später befanden sie sich fast am anderen Ende von Seven Dials, einer angenehmeren Gegend, wenn die Straßen auch immer noch eng waren und das geübte Auge billige Pensionen entdekken konnte, die zum Teil als Bordelle genutzt wurden. Falls die Frau in Rot sich hier aufhielt, war sie in den vergangenen drei Jahren wirklich tief gesunken.

Der Straßenschreier blieb auf dem schmutzigen Pflaster stehen.

»Die Treppen hinauf«, sagte er mit ruhigem Atem, als habe er einen gemütlichen Spaziergang hinter sich. »Klopfen Sie ganz oben an die Tür und fragen Sie nach Fred. Er wird Ihnen sagen, wo Sie die Frau finden. Ich warte hier, und ich verlasse mich darauf, daß Sie mir dann meine halbe Krone bringen. Fairer kann ich wohl nicht sein. Wenn er Ihnen nichts über die Frau verrät, haben wir den Weg eben umsonst gemacht.«

Pitt stieg die Stufen hinauf, und auf sein Klopfen wurde die schwere Tür geöffnet. Ein magerer Jugendlicher mit einer langen Narbe quer über der Wange sah ihn gleichgültig an.

»Ich möchte Fred sprechen«, sagte Pitt.

»Weshalb? Ich habe Sie hier noch nicht gesehen.«

»Geschäftlich«, erklärte Pitt. »Holen Sie ihn.«

Pitt wartete ein paar Minuten, dann erschien Fred. Er hatte eine rundliche Figur und ein rotes Gesicht und war erstaunlich freundlich, was sein zahnloses Grinsen ausdrückte. »Ja?«

»Ich suche eine Frau in einem sehr auffallenden roten Kleid. Black Sam sagte, Sie wüßten, wo sie ist.«

»Ja, das stimmt. Sie hat ein Zimmer von mir gemietet.«

»Ist sie jetzt da?«

»Ja, aber ich lasse nicht jeden rein. Vielleicht will sie Sie nicht sehen. Vielleicht hat sie auch schon einen Besucher.«

»Natürlich. Ich erwarte nichts umsonst. Wie sieht die Frau aus?«

»Wie sie aussieht?« Seine blassen Augenbrauen hoben sich bis zum nicht existierenden Haaransatz. »Mensch! Was interessiert Sie das? Sie brauchen eine Menge mehr Geld, als man Ihnen nach Ihrem Äußeren zutraut, wenn Sie auch noch fragen wollen, wie so eine Frau aussieht.«

»Ich möchte es aber wissen«, erklärte Pitt gereizt. »Es ist mir sehr wichtig.« Eine gute Notlüge fiel ihm ein. »Ich bin Künstler. Also sagen Sie es mir.«

»Ist schon recht.« Fred zuckte die Schultern. »Aber ich weiß nicht, warum Sie für die Geld ausgeben wollen. Sie ist so dünn wie ein Waschbrett, ohne Busen und Hüften. Nur ihr Gesicht ist Klasse, das können Sie mir glauben. Ein selten feines Gesicht und schwarzes Haar. Entschließen Sie sich jetzt, ich hab' nicht ewig Zeit.«

»Ich will zu ihr«, entgegnete Pitt sofort. »Aber ich schulde Black Sam etwas. Lassen Sie mich ihn bezahlen, dann komme ich zurück und bezahle auch Sie für Ihre Mühe.«

»Dann los! Ich hab' noch zu tun.«

Zehn Minuten später stand Thomas Pitt, seiner Schulden ledig, auf einem abgewetzten roten Teppich in einem Korridor, an dessen einer Wand eine Gaslampe zischelte. Er klopfte an die letzte Tür, doch nichts rührte sich. Nun klopfte er lauter, denn Fred hatte behauptet, die Frau sei da.

Hinter ihm öffnete sich eine andere Tür, und eine große weibliche Person mit wallendem Blondhaar kam heraus. Sie hatte einen Schal um ihre üppige Figur gewickelt, aus dem oben ihre fetten Schultern quollen.

»Hören Sie auf zu lärmen, Mister«, sagte sie kurz. »Wenn Sie hinein wollen, gehen Sie doch! Die Tür ist nicht abgesperrt. Ich habe Kunden da — Ihr Radau verscheucht ja die Leute!«

»In Ordnung, Madam«, sagte Pitt und spürte, wie ihn eine leichte Aufregung packte. In ein paar Sekunden würde er die langgesuchte Frau vor sich haben und vielleicht das Rätsel um Robert Yorks Tod lösen können. Er drehte den Türknauf und trat ein.

Das Zimmer war ungefähr so, wie er es sich vorgestellt hatte: bequem, aber unordentlich, vollgestopft mit Möbeln, und in der Luft hing ein abgestandener Geruch nach Parfum, Staub und ungewaschenen Laken. Es gab zu viele Kissen und zuviel Rot. Zwei Steppdecken türmten sich auf dem zerwühlten Bett, so daß man nicht gleich sehen konnte, ob jemand darunterlag.

Als Pitt sich dem Lager näherte, sah er die Umrisse eines Körpers, ein Stück roten Satin und eine Strähne schwarzen Haars, die wie ein Seidenband auf dem Kopfkissen lag. Das Gesicht der Frau war abgewendet.

Er wollte sie ansprechen, doch dann fiel ihm ein, daß er ihren Namen nicht kannte. Seine Entdeckerfreude wurde plötzlich von Mitleid durchsetzt. Wie kühn und rücksichtslos diese Frau auch gewesen war, so bildete dieser tiefe Fall doch einen schmerzlichen Eingriff in ihr Leben. Mochte sie eine Verräterin oder Mörderin oder Komplizin sein — Thomas Pitt fühlte sich als Eindringling.

»Madam«, sagte er halblaut.

Sie rührte sich nicht. Sie mußte tief schlafen oder betrunken sein. Er beugte sich vor und berührte ihre Schulter unter der Decke, dann rüttelte er sie sanft. Sie bewegte sich immer noch nicht.

Nun schüttelte er sie stärker und drehte sie um. Das Haar fiel ihr aus dem Gesicht, und die Decke rutschte herunter. Ein tief ausgeschnittenes rotes Seidenhemd wurde sichtbar.

Zuerst konnte Thomas Pitt es nicht glauben. Der

Kopf der Frau rollte ein wenig zur Seite, mit einer unnatürlichen Bewegung, die der schlaffen Endgültigkeit des Todes entsprang. Ihr Genick war gebrochen. Es mußte ein einziger brutaler Schlag geführt worden sein. Die Frau war mager. Pitt konnte nun die Zerbrechlichkeit ihrer Knochen sehen. Es war schwer zu sagen, ob sie schön gewesen war. Ohne die Lebendigkeit blieb nur ein gewisses Ebenmaß der Proportionen übrig.

»O Gott!«

Einen Moment lang dachte er, er habe selbst gesprochen, dann merkte er, daß jemand im Zimmer war.

»Sie Idiot! Warum haben Sie das gemacht? Die arme kleine Kreatur hat Ihnen doch nichts getan!«

Pitt richtete sich langsam auf und drehte sich um. Fred stand mit weißem Gesicht im Türrahmen.

»Ich habe sie nicht getötet«, sagte Pitt ungeduldig. »Sie war schon tot, als ich herkam. Am besten holen Sie jetzt einen Polizisten. Wer war vor mir hier?«

»Oh, ich hole die Polizei, da können Sie sicher sein. Und Sie warten hier wohl brav, bis man Sie abführt. Sie müssen mich für geisteskrank halten.«

Pitt ging auf ihn zu. Fred erstarrte sofort und hob die Fäuste. Da erkannte der Kommissar, daß Fred bereit war, ihn mit Gewalt zurückzuhalten, und allem Anschein nach würde ihm das auch gelingen.

»Ich bin Polizeibeamter«, sagte er knapp. »Wir haben diese Frau im Zusammenhang mit einem Mord oder auch Hochverrat gesucht.«

»So? Und ich bin der Herzog von Wellington.« Fred blockierte den Ausgang und ließ Thomas Pitt nicht aus den Augen. »Rosie!« rief er laut. »Rosie, komm her, schnell!«

Pitt begann von neuem. »Ich bin ...«

»Halten Sie den Mund«, fauchte Fred. »Rosie, komm sofort her!«

Die große Blondine erschien in ihrem Wickeltuch. Ihr Gesicht war vor Ärger gerötet. »Was ist los? Ich zahle meine Miete und ...« Sie hielt inne und spürte, daß etwas Ernstes in der Luft hing. »Was ist passiert?«

»Der Kerl hier hat das Mädchen mit den scheußlichen roten Kleidern umgebracht. Er hat sie erdrosselt, wie es aussieht.«

»Die arme Kuh.« Rosie schüttelte den Kopf. »Dafür gab es keinen Grund.«

»Los, hol die Polizei, du fettes Weibsstück. Steh nicht herum. Hier geht's um Mord!«

»Beleidige mich nicht, Fred Bunn!« sagte sie scharf. »Und ich hole keine Polizei. Ich schicke Jacko runter.« Würdevoll raffte sie das Tuch um die Hüften und verschwand.

Pitt setzte sich auf den Bettrand. Es hatte keinen Sinn, mit Fred zu streiten, der seine Ansicht nicht ändern würde. Wenn die Polizei kam, würde sich alles klären.

Fred lehnte sich gegen den Türpfosten. »Warum haben Sie das getan?« fragte er traurig. »Sie hätten sie nicht töten müssen.«

»Ich habe es nicht getan«, wiederholte Pitt. »Ich wollte sie lebend haben. Ich hätte ihr ein paar sehr wichtige Fragen stellen wollen.«

»Ach ja?« höhnte Fred. »Nun, Sie sind recht originell, das muß ich Ihnen lassen. Armes Ding!«

»Wie lang wohnte sie hier?« fragte Pitt. Er versuchte die Zeit zu nutzen.

»Ich weiß es nicht. Ein paar Tage.«

»Nur ein paar Tage?« Pitt war erstaunt. »Wo war sie vorher?«

»Woher, zum Teufel, soll ich das wissen? Sie zahlte die Miete, mehr interessierte mich nicht.«

Pitt fühlte sich unaussprechlich müde. Alles war so bedrückend. Die Frau in Rot hatte irgendwo eine Kindheit gehabt, dann eine kurze Karriere als Kurtisane, schillernd und vielleicht auch gefährlich in der Nacht, verborgen am Tag. Dann hatte sich das Glück gewendet, ihre Schönheit war verblaßt, und sie war eine gewöhnliche Dirne geworden. Schließlich brach man ihr bei irgendeinem sinnlosen Streit in diesem schäbigen Mietzimmer den Hals.

Er drehte sich um und schaute sie an. Das war die Frau, die solche Macht über Robert York und Julian Danver oder Garrard gehabt hatte, daß sie nachts in deren Häusern herumschleichen und alle Konventionen über Bord werfen konnte. Dabei war sie große Risiken eingegangen. Was wäre gewesen, wenn Veronica sie gesehen hätte, oder Loretta oder sogar Piers York? Loretta hätte sich nicht – wie Adeline – abgewendet. Sie war aus anderem Holz geschnitzt. Sie hätte sich Robert vorgeknöpft und ihm klargemacht, wo seine Liebschaften hingehörten.

Thomas Pitt betrachtete die Haut der Fremden. Sie war dunkel, fast olivfarben, und glatt über den Schultern wie auf einem alten Gemälde. Doch am Hals begann sie sich schon zu verändern, im Gesicht waren feine Linien und unter den Augen bläuliche Schatten zu sehen. Die Knochen wirkten zart, der Mund war üppig. Leben hätte diesem Gesicht vielleicht Zauber verleihen können. Möglicherweise besaß die Frau Witz, jenes Lächeln, das die Züge zum Leuchten brachte, die Gabe, aufmerksam zuhören zu können, so daß das Gegenüber sich als Mitte der Welt fühlte. Hübsche Larven gab es zu Dutzenden, Charme recht selten.

Arme Frau in Rot!

Pitt wurde durch das Trampeln von Füßen aus seinen Überlegungen gerissen. Er hörte Rosies schrille Stimme und das Klagen eines Mannes.

Der Polizist erschien. Sein blauer Umhang war naß vom Regen, eine Laterne hing an seinem Gürtel, und er hielt einen Gummiknüppel in der Hand.

»Nun?« fragte er. »Wo ist die tote Frau?«

»Hier«, erwiderte Fred dumpf. Er mochte Polizisten nicht, aber in so einem Fall sah er ein, daß man sie brauchte. »Und dieser Bursche hier hat sie umgebracht, Gott weiß, warum. Ich habe ihn vor einer Viertelstunde hereingelassen, weil er nach der bestimmten Frau gefragt hat. Als ich heraufkam, war sie tot wie Hammelfleisch, die arme Person.«

Der Polizist ging an Fred vorbei und blickte in den Raum. Sein rundes Gesicht verzog sich in einer Mischung aus Trauer und Abscheu. Er sah Pitt an und seufzte.

»Wie können Sie so etwas tun? Ist das Ihre Frau oder sonst eine Bekannte?«

»Nein, natürlich nicht«, erwiderte Thomas Pitt ungehalten. Plötzlich erschien ihm die ganze Situation lächerlich. »Ich bin Polizeioffizier, Kommissar Pitt vom Revier Bow Street. Seit Wochen haben wir diese Frau gesucht. Ich habe sie hier aufgespürt, aber ich kam zu spät, um den Mord an ihr zu verhindern. Sie war eine wichtige Zeugin.«

Der Polizist musterte Pitt von Kopf bis Fuß — den gestrickten Schal, den alten Mantel, die zerbeulten Hosen und ausgetretenen Schuhe. Unglaube stand ihm ins Gesicht geschrieben.

»Erkundigen Sie sich in der Bow Street«, rief Pitt zornig. »Beim Polizeichef Ballarat.«

»Ich nehme Sie mit nach Seven Dials, die können dann jemand zur Bow Street schicken«, erklärte der Polizist gleichmütig. »Wenn Sie sich ruhig verhalten, passiert Ihnen nichts. Werden Sie frech, können Sie mich kennenlernen.« Er wandte sich an Fred. »Wer war noch hier oben, nachdem Sie die Frau lebend gesehen haben?«

»Ein dürrer Kerl für Clarrie und ein Kahlkopf für Rosie, der sie regelmäßig besucht.«

»Sonst niemand?«

»Nein, nur die Mädchen. Sie können sie fragen.«

»Das werde ich! Und es wäre gut für Sie, wenn Sie alle hier sind, wenn wir Sie brauchen. Andernfalls stecken wir Sie in die Zelle wegen Zeugnisverweigerung in einem Mordfall.« Er sah Pitt an. »Na, kommen Sie brav mit? Reichen Sie mir Ihre Hände.«

»Was?« Pitt war bestürzt.

»Ihre Hände, Mister! halten Sie mich für einen Narren? Ich kann in der Dunkelheit nicht mit Ihnen durch die Straßen gehen, ohne daß Sie Handschellen tragen.«

Pitt öffnete den Mund, um zu protestieren, doch dann sah er die Sinnlosigkeit ein und streckte die Hände gehorsam aus.

Als er zwei Stunden später immer noch gefesselt im Polizeirevier von Seven Dials saß, stieg Panik in ihm auf. Eine Botschaft war in die Bow Street geschickt worden und eine fein säuberlich geschriebene Antwort zurückgekommen. Ja, sie kannten Thomas Pitt, aber er hatte keinen Auftrag gehabt, eine Prostituierte zu befragen. Er war mit dem Mordfall Robert York befaßt, der vor drei Jahren in Hanover Close passiert war. Soweit es Polizeichef Ballarat bekannt war, hatte Pitt keinen Erfolg in der Sache aufzuweisen. Der Polizeioffizier, der diesen neuen unglücklichen Mord untersuchte, solle alle mögliche Sorgfalt walten lassen. Natürlich wünsche Polizeichef Ballarat, über alle Nachforschungsergebnisse unterrichtet zu werden, in der ernstgemeinten Hoffnung, daß Thomas Pitt nur einer ungeheuren Dummheit schuldig sei — und vielleicht einer Art von Unmoral, der manche Männer von Zeit zu Zeit erliegen. Der Gerechtigkeit müsse jedenfalls Genüge getan werden. Es dürfe keine Ausnahmen geben.

Zuerst hatte Pitt es als absurd empfunden, daß man ihn des Mordes verdächtigte. Doch nun wurde es erschreckend klar, daß seine Unschuldsbeteuerungen kein Gehör fanden, als sei er ein gewöhnlicher Krimineller, den man auf frischer Tat ertappt hatte. Und Ballarat beabsichtigte nicht, ihm beizuspringen. Er wünschte nicht, sich mit eventuellem Verrat zu befassen; er wünschte nicht, bei den Yorks oder Danvers oder bei Felix Asherson herumzuschnüffeln, und er war mehr als froh, den einen Mann los zu sein, der ihn dazu gedrängt hatte. Wenn Pitt wegen Mordes verurteilt wurde, konnte man ihn wirkungsvoller zum Schweigen bringen, als wenn er tot wäre.

Thomas Pitt brach der Schweiß aus, dann wurde ihm innerlich eiskalt. Er fror und fühlte sich krank. Was würde mit Charlotte geschehen? Emily würde finanziell für sie sorgen, Gott sei Dank! Doch wie wäre es mit der Schmach, der öffentlichen Schande? Polizisten besaßen wenig Freunde, ein Polizist, der eine Prostituierte umgebracht hatte, besaß keine. Nachbarn und frühere Freunde würden sich gegen Charlotte wenden, und die Unterwelt würde kein Mitleid mit der Familie eines verurteilten Ordnungshüters haben. Daniel und Jemima würden mit dem Schatten des Galgens in ihren Herzen aufwachsen, sich immer verstecken und ihren Vater verteidigen müssen, ohne die Wahrheit zu kennen ... Pitt hielt inne, denn diese Gedanken waren unerträglich.

»Kommen Sie!« Die Stimme riß ihn aus seinen Überlegungen in die Wirklichkeit zurück. »Coldbath Fields, das Zuchthaus für Ihresgleichen, wartet auf Sie!«

Der Wachtmeister betrachtete Thomas Pitt mit dem Haß, den Polizisten für Männer aus ihren eigenen Reihen empfinden, die alle Ideale verraten haben, für die andere ihr Leben geben.

»Los, auf die Füße! Sie werden noch lernen zu gehorchen!«

9

Charlotte hatte damit gerechnet, daß Thomas spät heimkommen würde, deshalb ging sie erst kurz vor elf Uhr ins Bett. Am Morgen wachte sie mit einem unguten Gefühl auf und wußte, noch ehe sie die Augen öffnete, daß etwas nicht in Ordnung war. Kälte und Schweigen umschlossen sie. Sie richtete sich auf. Thomas' Bett war unberührt. Sie kroch aus den Federn und schlüpfte in ihren Morgenrock. Vielleicht fand sich unten eine Notiz. Weiter wagte sie nicht zu denken. Sie hielt sich nicht damit auf, Pantoffeln anzuziehen, und zuckte zusammen, als ihre nackten Füße den kalten Boden im Flur berührten.

Zuerst sah sie in der Küche nach, doch hier war nichts. Auch die Tassen standen unberührt auf dem Tisch. Im Wohnzimmer suchte sie ebenfalls vergebens. Sie gab sich Mühe, gute Gründe für die Abwesenheit ihres Mannes zu finden: eine Verhaftung, die ihn auf dem Polizeirevier festhielt, ein neuer Mordfall.

Sie beschloß, sich anzuziehen. Es hatte keinen Sinn, zitternd vor Kälte und mit tauben Füßen herumzustehen und Löcher in die Luft zu starren. Gracie würde bald aufstehen, und die Kinder brauchten ein Frühstück.

Schnell lief sie nach oben in das seltsam leere Schlafzimmer und kleidete sich an. Ihre Finger waren ungeschickt an diesem Morgen, und sie konnte sich nicht dazu überwinden, mehr mit ihrem Haar zu machen, als es einfach aufzustecken. Ihr Gesicht wollte sie unten waschen, wo das Wasser warm war. Bis dahin würde bestimmt eine Nachricht eintreffen.

Sie hatte sich gerade mit einem rauhen trockenen Handtuch abgerieben, als es läutete. Das Handtuch fiel zu Boden, doch Charlotte achtete nicht darauf und lief zur Tür. Draußen stand ein rotgesichtiger Polizist, der so unglücklich wirkte, daß sie sofort erschrak. Ihr Atem stockte.

»Mrs. Pitt?« fragte er.

Sie starrte ihn sprachlos an.

»Es tut mir schrecklich leid, Madam«, sagte er betreten. »Aber ich muß Ihnen mitteilen, daß Kommissar Pitt wegen Mordes an einer Frau in Seven Dials festgenommen wurde. Er erklärte, ihr Genick sei schon gebrochen gewesen, als er sie fand. Zweifellos war es so — er würde doch nie eine Frau umbringen! Aber im Moment hat man ihn nach Coldbath Fields gebracht. Es geht ihm gut, Madam. Sie brauchen sich nicht aufzuregen.« Er stand hilflos da und konnte keinen Trost spenden. Er hatte keine Ahnung, wieviel sie von dem gnadenlosen Zuchthaus wußte, dessen Spitzname an die Bastille erinnerte, und das mit gutem Grund.

Charlotte war wie erstarrt. Zuerst empfand sie eine gewisse Erleichterung: Wenigstens war Thomas nicht tot. Denn das hatte sie im geheimen befürchtet. Dann erfaßte ein dunkles Grauen sie: Thomas als Sträfling! Sie hatte viel von diesen Arbeitshäusern wie Coldbath Fields gehört. Dort wurden Angeklagte vor dem Gerichtsverfahren hingebracht — oder Leute, die eine kurze Haftstrafe absitzen mußten. Keiner konnte länger als ein Jahr dort überleben, bei der Überfüllung, den Brutalitäten und dem Schmutz. Es hatte zu Tante Vespasias vordringlichsten Aufgaben gehört, wenigstens die schlimmsten der Fieberepidemien in den Gefängnissen zu bekämpfen.

Doch Thomas würde wohl nur ein paar Stunden, höchstens einen Tag, dort verbringen müssen, bis der Irrtum erkannt wurde. »Madam?« meinte der Polizist besorgt. »Vielleicht sollten Sie sich hinsetzen und eine Tasse Tee trinken.«

Charlotte blickte ihn erstaunt an. Sie hatte seine Gegenwart ganz vergessen. »Nein.« Ihre Stimme schien von weither zu kommen. »Nein, ich muß mich nicht hinsetzen. Sie sagten, er sei in Coldbath Fields?«

»Ja, Madam.« Er wollte etwas Tröstliches vorbringen, doch ihm fehlten die Worte. Er war an Kummer und Elend gewöhnt, aber er hatte noch nie die Frau eines Kollegen darüber informieren müssen, daß ihr Mann wegen Mordes an einer Prostituierten festgenommen worden war. Sein Gesicht war von Mitleid überschattet.

»Dann werde ich ihm einiges bringen müssen.« Sie klammerte sich an eine praktische Idee, an etwas, womit sie Thomas helfen konnte. »Hemden, saubere Leintücher. Bekommt er dort zu essen?«

»Ja, Madam. Aber ich glaube, daß zusätzliche Lebensmittel ihm willkommen wären. Aber haben Sie einen Bruder oder sonst jemand, der für Sie gehen könnte? Es ist kein angenehmer Ort für eine Dame.«

»Nein, ich habe niemand. Ich gehe selbst. Ich muß nur sehen, daß das Mädchen sich um die Kinder kümmert. Ich danke Ihnen.«

»Kann ich nichts für Sie tun, Madam?«

»Nein.« Sie schloß leise die Tür und ging mit weichen Knien zur Küche. Dabei stieß sie gegen den Türrahmen, doch ihr Verstand war so umnebelt, daß sie den Schmerz erst später spürte. Sie konnte nur an Thomas denken, der frierend und hungrig von der Gnade der Gefängniswärter abhing.

Sehr sorgfältig bestrich sie frische Brotscheiben mit Butter und schnitt das kalte Fleisch auf, das eigentlich für die nächsten beiden Tage gedacht war. Sie wickelte den Proviant ein und legte ihn in einen Korb. Dann ging sie nach oben und holte frische Bettwäsche und ein gutes Hemd aus dem Schrank. Nach kurzer Überlegung tauschte sie das feine Hemd gegen ein altes aus, denn das erschien ihr vernünftiger.

Sie stand gerade am Treppenabsatz, als Gracie herunterkam.

»Suchen Sie etwas, Madam?«

Charlotte schüttelte langsam den Kopf. »Nein, danke, Gracie, ich muß weggehen. Ich weiß noch nicht, wann ich wiederkomme; es kann spät werden. Ich habe das Fleisch für Mr. Pitt mitgenommen. Sie müssen sich etwas anderes für uns einfallen lassen.«

Gracie blinzelte und zog den Schal enger um die Schultern. »Madam, Sie sehen furchtbar blaß aus. Ist etwas passiert?« Ihr kleines Gesicht wirkte bekümmert.

Es hatte keinen Sinn zu lügen, Charlotte würde die Wahrheit doch bald bekennen müssen.

»Ja. Man hat Mr. Pitt festgenommen. Sie behaupten, er hätte eine Frau in Seven Dials getötet. Ich will ihm einiges bringen. Ich . . .« Plötzlich mußte sie mit den Tränen kämpfen, ihr Hals war wie zugeschnürt.

»Ich habe schon immer gedacht, daß einige bei der Polizei blöd sind«, sagte Gracie mit abgrundtiefer Verachtung. »Jetzt sind sie wohl ganz übergeschnappt. Wer so einen Fehler gemacht hat, soll den Rest seines

Lebens Würmer essen. Das würde ihm recht geschehen! Gehen Sie zum Polizeichef, Madam? Keiner in London hat mehr Mörder gefangen als Mr. Pitt! Manchmal glaube ich, daß manche Polizisten ein großes Loch im Boden erst sehen, wenn sie hineinfallen.«

Charlotte blickte traurig. Sie blickte in Gracies einfaches, erzürntes Gesicht und fühlte sich getröstet.

»Ja, das werde ich«, erklärte sie entschlossen. »Zuerst bringe ich das hier zu Mr. Pitt, dann suche ich Mr. Ballarat in der Bow Street auf.«

»Gut, Madam. Und ich kümmere mich um alles andere.«

»Danke, Gracie, vielen Dank.« Sie wandte sich ab und eilte hinunter, ehe das Verzweiflungsgefühl sie wieder übermannen konnte. Am besten war es, nicht zu sprechen. Handeln war leichter und sinnvoller.

Doch als sie bei dem schweren grauen Turm und den Gittern des Zuchthauses ankam und Einlaß begehrte, erlaubte man ihr nicht, ihren Mann zu sehen. Ein Gefängniswärter mit roter Nase und Dauerschnupfen nahm ihren Korb und versprach, die Sachen bei Thomas Pitt abzuliefern, doch es sei jetzt keine Besuchszeit, und er könne keine Ausnahmen machen; Vorschrift sei Vorschrift.

Es gab kein Argument gegen solche harte Ablehnung, und als Charlotte das kalte Desinteresse in den wäßrigen Augen des Mannes sah, drehte sie sich um und ging über den nassen Fußweg zurück. Der Wind blies ihr ins Gesicht, und sie überlegte, was sie Ballarat sagen wollte. Ihrer Meinung nach konnte er nicht über die Begebenheiten Bescheid wissen, sonst hätte er Thomas längst freigelassen.

Sie nahm den nächsten öffentlichen Pferdeomnibus, der total überfüllt war. Im »Strand« stieg sie aus und ging die Bow Street hinauf. Als Charlotte vor dem Polizeirevier stand, schlug ihr Herz bis zum Hals, und ihre Knie waren weich. Sie stieg die Treppen hinauf, stieß die Tür auf und ging hinein. Dabei wurde ihr bewußt, daß sie noch nie hiergewesen war. Thomas sprach so oft von seiner Dienststelle, daß sie ihr vertraut hätte vorkommen müssen, doch sie war viel dunkler und kälter, als Charlotte sie sich vorgestellt hatte.

Der diensthabende Polizist blickte vom Hauptbuch auf, in das er gestochen feine Eintragungen machte. »Ja, Madam, was kann ich für Sie tun?« Er erkannte sofort ihre Achtbarkeit. »Haben Sie etwas verloren?«

»Nein.« Sie schluckte schwer. »Danke. Ich bin die Frau von Kommissar Pitt. Ich möchte bitte Mr. Ballarat sprechen. Es ist sehr dringend.«

Der Mann errötete und vermied ihren Blick. »Ja, Madam. Bitte warten Sie ein paar Minuten.« Er schloß das Hauptbuch, legte es in eine Schreibtischschublade und verschwand durch die verglaste Tür. Charlotte konnte seine gedämpfte Stimme hören, wie er mit jemand redete.

Es dauerte quälend lange, bis er zurückkam und Charlotte in Ballarats Büro führte. Dort war es warm, ein Feuer brannte im Kamin, vor dem Ballarat mit gespreizten Beinen und glänzenden Stiefeln stand.

»Kommen Sie, Mrs. Pitt, nehmen Sie Platz.« Er deutete auf den Ledersessel, der vermutlich für Besucher bestimmt war. »Es tut mir aufrichtig leid, daß ich Ihnen so eine Nachricht schicken mußte. Sicher war das ein furchtbarer Schock für Sie.«

»Natürlich«, sagte sie. »Aber das ist nicht so wichtig.

Was geschieht mit meinem Mann? Weiß man nicht, wer er ist? Waren Sie in Coldbath Fields und haben den Leuten Bescheid gesagt?«

»Selbstverständlich wissen sie, wer er ist, Mrs. Pitt.« Er nickte mehrmals. »Dafür habe ich sofort gesorgt. Aber leider sind die Beweise unwiderlegbar. Ich möchte Sie nicht bekümmern, indem ich sie noch einmal aufzähle. Ich denke, meine liebe Dame, es wäre besser, Sie würden heimgehen, vielleicht zu Ihrer eigenen Familie, und ...«

»Ich habe nicht die Absicht, so etwas völlig Sinnloses zu tun!« Sie versuchte, ihre Wut hinunterzuschlucken, aber ihre Stimme zitterte. »Und ich bin absolut fähig, mir die sogenannten Beweise anzuhören, was immer das sein mag.«

Er wirkte unangenehm berührt, und die Röte in seinem Gesicht vertiefte sich. »Ah. Sie wissen nicht, worum es sich handelt, und Sie sollten es mir überlassen, Ihre Interessen zu vertreten ...«

Sie unterbrach ihn zornig. »Was tun Sie, um seine Unschuld zu beweisen? Sie wissen genau, daß er den Mord nicht begangen hat. Sie müssen den Beweis finden!«

»Meine liebe Dame ...« Er hob die dicken wohlgepflegten Hände, und ein goldener Siegelring blitzte im Schein des Feuers. »Ich muß mich dem Gesetz beugen wie jeder andere auch. Natürlich möchte ich das Beste von Pitt glauben. Er war jahrelang ein guter Polizeioffizier. Er hat der Gemeinschaft in vieler Hinsicht gedient.«

Sie öffnete den Mund, um gegen diese gönnerhafte Art zu protestieren, doch er ließ sie nicht zu Wort kommen.

»Aber ich kann das Gesetz nicht umgehen. Wenn wir der Gerechtigkeit dienen wollen, müssen wir korrekt handeln.« Nun war er im richtigen Fahrwasser. »Wir können uns nicht über das Gesetz stellen. Normalerweise würde ich keinen Augenblick lang Pitt einen Mord zutrauen. Aber mit dem besten Willen der Welt kann und darf ich nicht behaupten, daß ich es weiß!« Er lächelte leicht und demonstrierte die männliche Überlegenheit gegenüber der Gefühlsduselei. »Wir sind nicht unfehlbar, und meine Beurteilung eines Menschen genügt nicht, um ihn vor dem Gesetz reinzuwaschen — und es sollte auch nicht genügen.«

Sie erhob sich und sah ihn mit kalter Wut an. »Niemand verlangt, daß Sie sich zum Richter erheben, Mr. Ballarat. Was ich von Ihnen erwarte, bevor ich herkam, war, daß Sie loyal genug seien, sich für einen Ihrer eigenen Männer einzusetzen, dessen Charakter Sie kennen. Selbst wenn Sie ihn nicht kennen würden, hätten Sie ihn zuerst einmal für unschuldig halten und sich um Beweise bemühen müssen.«

»Wirklich, meine Liebe«, sagte er beruhigend, »Sie sollten einsehen, daß Sie von der Sache nichts verstehen. Das ist eine Angelegenheit der Polizei, und wir sind Experten ...«

»Sie sind ein Feigling«, erklärte sie vernichtend.

Er sah bestürzt aus, dann gewann er seine Fassung wieder. »Natürlich sind Sie aufgeregt. Das war zu erwarten. Aber glauben Sie mir, wenn Sie zur Ruhe gekommen sind und ein wenig nachgedacht haben ... vielleicht sollte sich Ihr Vater oder ein Bruder oder Schwager um die Geschichte kümmern?«

Sie schluckte.

»Mein Vater und mein Schwager sind tot, und einen Bruder habe ich nicht.«

»Oh.« Er wirkte verunsichert. Ein möglicher Ausweg erwies sich unerwarteterweise als Niete. Es war eine Schande, daß es keinen Mann gab, der sich um diese Frau kümmern konnte, schon um der Allgemeinheit willen. »Nun, äh . . .« Er verhaspelte sich.

»Ja?« meinte sie und blickte ihn wuterfüllt an.

»Ich bin sicher, daß alles, was möglich ist, getan wird, Mrs. Pitt. Ich bin aber auch sicher, daß Sie von mir nicht verlangen würden, mich gegen das Gesetz zu stellen, selbst wenn ich es könnte.« Mit dieser Aussage war er zufrieden, sein Ton wurde fester. »Sie müssen sich beruhigen und uns vertrauen.«

»Ich bin völlig ruhig«, erklärte sie zornig. »Danke, daß Sie mir Ihre Zeit geopfert haben.« Ohne eine Antwort abzuwarten und ohne ihm die Hand zu reichen, ging sie hinaus.

Doch der Ärger war ein kurzer Trost. Er erlosch schnell, als Charlotte sich in der eisigen Luft befand, gleichgültige Passanten sie anrempelten und eine Kutsche sie mit Schmutz besprühte, als sie zu dicht am Rinnstein stand. Während sie zur Omnibushaltestelle zurückging, wurde ihr vieles klar: Ballarat würde nichts unternehmen. Anstatt um seinen besten Mann zu kämpfen, legte er die Hände in den Schoß. Vielleicht war er sogar erleichtert, daß Thomas zum Schweigen gebracht worden war, daß er keine lästigen Fragen mehr stellen und nichts mehr ausgraben konnte, was den feinen Familien oder Ministerien peinlich sein mußte.

Charlotte sah es als Tatsache an, daß Ballarat der Verschwörung angehörte, entweder, weil er in unsaubere

Machenschaften verwickelt oder weil er nur schwach war. Das letztere erschien Charlotte wahrscheinlicher. Sie und Emily mußten unbedingt etwas unternehmen, es mußte Wege geben ...

Erschrocken hielt sie in ihren Gedanken inne. Wie sollte sie Emily erreichen? Emily arbeitete als Zofe bei den Yorks – sie hätte genausogut in Frankreich sein können! Charlotte konnte nicht einmal sicher sein, daß ihr ein Brief gleich ausgehändigt würde.

»Extra! Extra!« Die laute Stimme des Zeitungsjungen hallte ihr ins Ohr. »Polizist ermordet Frau in Rot!« Der Junge blieb neben Charlotte stehen. »Thomas Pitt, der berühmte Kommissar, tötet Dirne.«

Wie betäubt kaufte sie ein Exemplar, während der Junge weiterschlenderte. »Extra! Bulle begeht scheußlichen Mord in Seven Dials!«

Charlotte kletterte in den Omnibus, und als sie wieder ausstieg, regnete es in Strömen. Bis sie ihre Haustür erreichte, war sie völlig durchnäßt. Daheim begrüßte Gracie sie mit verweinten Augen. Charlotte hängte ihren tropfenden Mantel auf und kümmerte sich nicht darum, wohin das Wasser lief.

»Was ist los, Gracie?« fragte sie ungeduldig.

»Oh, Madam, es tut mir so leid.« Gracie war erneut den Tränen nahe.

»Was ist?«

»Mrs. Biggs, die Putzfrau, kommt nicht mehr. Sie sagt, für einen Frauenmörder würde sie nicht arbeiten. Ich wollte es Ihnen eigentlich nicht sagen, aber Sie wollten sicher den Grund wissen ...« Nun rannen Tränen über Gracies Wangen. »Und der Metzger gibt uns keinen Kredit. Er sagt, wir sollen unser Fleisch woanders holen!«

Charlotte war wie betäubt. Daran hatte sie nicht gedacht, daß ihre Familie schon so schnell in Ungnade fallen würde. Sie atmete schwer und empfand eine leichte Übelkeit.

»Madam?« Gracie schniefte laut.

Plötzlich legte Charlotte die Arme um das Mädchen, und die beiden Frauen klammerten sich aneinander, während sie ihren Tränen freien Lauf ließen.

Einige Sekunden später riß sich Charlotte zusammen. Sie putzte sich die Nase und ging in die Küche. Dort bespritzte sie sich das Gesicht mit kaltem Wasser und rieb es trocken. Dann gab sie Gracie ein paar Anweisungen, was ihre Nerven beruhigte, und weitere Entspannung fand sie im wilden Zerkleinern von Gemüse.

Sie erzählte den Kindern nichts und bemühte sich, ganz normal zu agieren. Daniel war zu hungrig, um etwas zu merken, doch Jemima fragte, was passiert sei.

»Ich habe eine Erkältung«, erklärte Charlotte und zwang sich zu lächeln. »Mach dir darum keine Sorgen. Papa wird für ein paar Tage nicht heimkommen. Er arbeitet an einem besonderen Fall.«

»Bist du deshalb so traurig?« meinte Jemima und beobachtete ihre Mutter aufmerksam.

Je näher sie bei der Wahrheit bleiben konnte, desto besser.

»Ja. Aber ihr sollt unbeschwert bleiben — wir leisten uns gegenseitig Gesellschaft.« Ihr Lächeln fiel ausgesprochen kläglich aus.

Auch Jemima lächelte, doch gleich darauf begannen ihre Lippen zu zittern. Sie spürte Charlottes Stimmung immer sehr rasch, auch wenn sie sie nicht verstand. Sie war wie ein kleiner Spiegel, der Gesten, Ausdrucksweisen und Tonlagen reflektierte, und jetzt wußte sie, daß etwas nicht in Ordnung war.

»Ja, ich werde Papa vermissen«, erklärte Charlotte. »Und ich vermisse auch Tante Emily, die in Urlaub ist. Aber das macht nichts! Ich werde fleißig sein, dann vergeht die Zeit schneller. Jetzt eßt schön, sonst wird alles kalt.«

Sie beugte sich über ihren eigenen Teller, um ein gutes Beispiel zu geben, doch das Schlucken fiel ihr schwer, und ihr Magen fühlte sich wie Stein an.

Sie hatte ihre Mahlzeit fast beendet, als es läutete. Sie und Gracie sahen sich erschrocken an. Wer konnte das sein? Vielleicht irgendein neugieriger Nachbar oder, noch schlimmer, ein weiterer Bote.

Es läutete erneut, diesmal heftiger.

Charlotte nickte Gracie zu. »Mach auf, aber hänge vorher die Sicherheitskette ein.«

Gracie gehorchte, und Charlotte folgte ihr in den Korridor. Der unerwartete Besucher entpuppte sich als Jack Radley. Er streckte die Arme aus, und Charlotte stürzte sich geradewegs an die dargebotene Männerbrust. Jack hielt die junge Frau fest und sagte kein Wort. Gracie zwängte sich mit einem zufriedenen Seufzer an den beiden vorbei. Sie hatte eine sehr hohe Meinung von Charlotte, aber um eine Sache wieder ins Lot zu bringen, war doch ein Mann vonnöten. Gott sei Dank war einer gekommen.

Charlotte löste sich nur zögernd aus der wohltuenden Umarmung. Sie konnte hier nicht stehen und so tun, als sei ein anderer in der Lage, alle Probleme zu lösen.

»Kommen Sie in die Küche«, sagte sie. Im Wohnzimmer brannte kein Feuer — Gracie hatte es vergessen —, und es war viel zu kalt, um einen Gast in einen ungeheizten Raum zu führen. »Gracie, würdest du bitte die Kinder nach oben bringen und zum Schlafengehen fertigmachen?«

»Ich hab' noch keinen Pudding gekriegt«, meldete sich Daniel voller Empörung.

Charlotte wollte schon sagen, er müsse einmal ohne Pudding auskommen; da blickte sie in sein bekümmertes, verängstigtes Kindergesicht und beherrschte ihre eigenen Gefühle.

»Stimmt, ich habe ganz vergessen, einen herzurichten. Es tut mir sehr leid. Ist es dir recht, wenn ich dir statt dessen ein Stück Kuchen nach oben bringe?«

Daniel betrachtete sie mit großer Würde. »Ja, es ist mir recht«, sagte er gnädig und kletterte von seinem Stuhl.

»Danke.«

Als die Kinder gegangen waren, sah sie Jack an.

»Ich habe es in der Zeitung gelesen«, bemerkte er ruhig. »Um Gottes willen, was ist geschehen?«

»Ich weiß es nicht. Ein Polizist kam heute morgen her und sagte, Thomas sei wegen Mordes an einer Dirne in Seven Dials festgenommen worden. Die Dirne muß die Frau in Rot sein. Ich habe selbst eine Zeitung gekauft, aber noch keine Zeit gehabt hineinzuschauen. Ich muß vorsichtig sein, denn Jemima kann lesen. Ich werde mir das Blatt heute abend ansehen und es gleich danach in den Ofen stecken.«

»Stecken Sie es sofort in den Ofen«, meinte Jack und biß sich auf die Lippen. »Es steht nichts darin, was Sie lesen möchten. Thomas wollte auf einen Wink hin die Frau in Rot in Seven Dials aufsuchen. Als er sie fand, hatte man ihr das Genick schon gebrochen. Doch die Leute im Haus bezeichneten ihn als einzigen, der für den Mord in Frage kam.«

»Das kann nicht stimmen!«

»Natürlich nicht! Sie lügen, und gewiß hat man sie gut dafür bezahlt. Aber im Moment kann ihre Aussage nicht erschüttert werden; das kostet einige Mühe, doch wir werden es schaffen. Leider kann uns Thomas diesmal nicht helfen.«

Sie setzte sich auf einen der Küchenstühle, und Jack nahm ebenfalls Platz.

Nun brach es aus Charlotte hervor, was sie bei Ballarat erlebt hatte und wie sie sich die Haltung des Polizeichefs erklärte. Sie machte kein Hehl aus ihren diesbezüglichen Gedanken, und Jack hörte ihr still und aufmerksam zu. Schließlich faßte er über den Tisch und nahm ihre Hände ganz sanft in seine. Es war keine intime, besitzergreifende, sondern eine rein freundschaftliche Geste, und Charlotte erwiderte den Druck seiner Finger, als könne sie Kraft daraus schöpfen. »Möchten Sie, daß ich Emily hole?« fragte er.

»Ja, bitte! Ich traue mir nicht zu, die Yorks zu besuchen.« Sie überlegte. »Sie müssen sagen, jemand aus Emilys Familie sei krank geworden. Ich weiß nicht, wie Sie erklären wollen, Emily zu kennen, aber vielleicht fällt Ihnen eine gute Ausrede ein.« Der Gedanke, Emily zu sehen, bedeutete solch eine Erleichterung, als habe man in einem kalten Raum ein Feuer angezündet. Vielleicht würde Emily sogar bei Charlotte bleiben! Sie könnten zusammen an dem Fall arbeiten, wie sie es schon früher gemacht hatten, allerdings bei Fällen, die unendlich weniger wichtig waren als dieser.

»Was soll ich also tun?« fragte er. »Ich habe mich noch

nie als Detektiv betätigt, und diese Angelegenheit ist viel zu ernst für Amateure, aber ich will alles in meinen Kräften Stehende tun.«

»Ich weiß gar nicht, wo ich anfangen soll«, sagte sie, und all ihre Verzweiflung kehrte zurück. »Die Frau in Rot lebt nicht mehr. Von ihrem Mörder abgesehen, war sie wohl die einzige, die die Wahrheit kannte.«

»Nun, wenigstens wissen wir, daß sie selbst nicht die Mörderin war«, stellte er fest. »Jemand brachte sie um, und gewiß nicht rein zufällig gerade dann, als Thomas erschien. Wir müssen annehmen, daß die gleiche Person auch die arme Dulcie ermordete.«

Sie betrachtete ihn wie gebannt. »Das bedeutet, es handelt sich um jemand im York-Haus oder um einen der Danvers oder um Felix beziehungsweise Sonia Asherson.«

»Genau.«

»Aber was hätte einer von ihnen in einer Gegend wie Seven Dials zu suchen?«

»Die Frau in Rot für immer zum Schweigen zu bringen«, erwiderte er ruhig, und sein Gesicht war so ernst, wie sie es nie zuvor gesehen hatte. »Ich denke, daß sie die ganze Zeit wußten, wo sie sich aufhielt. Sie konnten die Frau kaum durch Zufall aufgespürt haben.«

»Einer der Yorks, der Danvers oder die Ashersons«, wiederholte sie nachdenklich. »Emily ...« Sie hielt inne. Nach einer Weile meinte sie leise: »Ich habe es mir anders überlegt. Bitten Sie Emily nicht, nach Hause zu kommen. Sie kann Thomas nur helfen, wenn sie bleibt, wo sie ist. Der Mörder von Robert York, Dulcie und der Frau in Rot befindet sich in Hanover Close, und nur dort kann eine Spur aufgenommen werden.«

Jack blieb still. Charlotte fürchtete schon seinen Widerspruch und den Hinweis auf Emilys Gefährdung, doch er sagte nichts.

»Sie und ich — wir können möglichst oft dort hingehen«, fuhr sie fort. »Aber wir können die Bewohner nicht in privaten Momenten beobachten, wie sie es kann. Haben Sie eine Ahnung, wie sehr eine Frau ihrer Zofe vertraut?«

Zum erstenmal lächelte er. »Ich stelle mir vor, ebenso, wie ein Mann seinem Diener vertraut. Oder etwas mehr — Frauen verbringen mehr Zeit daheim und achten mehr auf ihr Äußeres.«

Ihr fiel etwas ein. »Jack, Emily wird keine Zeitung zu Gesicht bekommen. Der Butler wird Sensationsnachrichten von den Mädchen fernhalten.« Sie sah, wie erstaunt Jack war. »Natürlich will ein Butler nicht, daß die Mädchen in Horrorgeschichten schwelgen und nachts Alpträume haben.«

Jacks Züge drückten aus, daß er daran nie gedacht hatte, und sie erkannte mit einem Hauch von Mitleid, daß er kaum Wurzeln besaß. Er war ein ewiger Gast, nie Hausherr, zu wohlerzogen, um arm zu sein, aber ohne die Mittel, es Ebenbürtigen gleichzutun. Doch nun war nicht die Zeit, darüber nachzudenken. Sie erinnerte sich daran, daß ihre Putzfrau schon gekündigt hatte, und falls Thomas nicht bald reingewaschen war, würde auch Gracie unter Druck geraten. Ihre Mutter würde sie bedrängen, sich eine bessere Stelle zu suchen. Außerdem hatte Charlotte kein Geld und würde Gracie sowieso nicht halten können. Aufgrund ihres Erbes besaß sie genügend, um ein paar Wochen lang Nahrungsmittel zu kaufen, aber nicht mehr. Furcht schnürte ihr den Hals zu. Sie hatte nicht nur Angst vor der Isolation und Armut, sondern am meisten vor einem Leben ohne Thomas.

Sie durfte nicht daran denken — es trieb sie in die Verzweiflung. Sie atmete tief, und ihre Lungen schmerzten, als sei die Luft rauh. Sie mußte kämpfen, gegen alles und jeden, wenn nötig.

»Bitten Sie Emily, dort zu bleiben«, sagte sie noch einmal.

»Das tue ich.« Jack zögerte, und zum erstenmal wirkte er verlegen. Sein Blick wich ihrem aus. »Charlotte — haben Sie Geld?«

Sie schluckte. »Für eine gewisse Zeit.«

»Es wird schwer werden.«

»Ich weiß.«

Er errötete leicht. »Ich kann Ihnen ein bißchen geben.«

Sie schüttelte den Kopf. »Nein. Danke, Jack.«

Er suchte nach Worten. »Lassen Sie sich nicht von Stolz leiten . . .«

»Es ist nicht Stolz. Im Augenblick komme ich zurecht. Und wenn nicht...« Gott mochte helfen, daß der Mörder bis dahin gefunden und Thomas befreit werden würde! »Und wenn nicht, wird Emily einspringen.«

»Ich werde bei den Yorks behaupten, jemand aus Emilys Familie sei erkrankt. Nicht einmal der Butler wird so hartherzig sein, diese Nachricht zu ignorieren.«

»Aber Sie müssen erklären, woher Sie das wissen, sonst schöpft man Verdacht. Und man wird Sie mit Emily nicht allein lassen, die Haushälterin wird bei einem Gespräch zugegen sein — oder die andere Zofe, sei es auch nur, um den Anstandsregeln zu genügen.«

Jack war einen Moment lang sprachlos, dann hellte

sich sein Gesicht auf. »Schreiben Sie einen Brief. Ich sage, er stammt von ihrer Familie, und erkläre die Situation. Dann kann Emily um einen freien Tag bitten, um Sie am Krankenbett zu besuchen.«

»Einen halben Tag«, berichtete sie automatisch. »Für einen ganzen Tag ist sie noch nicht lange genug dort. Ja, ich schreibe sofort und sage ihr, sie soll den Brief gleich verbrennen, wenn sie ihn gelesen hat. Es gibt genügend Feuerstellen.«

Charlotte ging ins Wohnzimmer hinüber, nahm Papier, Tinte und Feder und begann rasch zu schreiben.

Liebste Emily,
es ist etwas Schreckliches passiert – Thomas fand die Frau in Rot, aber als Leiche. Jemand hat ihr den Hals gebrochen, und Thomas wurde als ihr Mörder verhaftet. Man brachte ihn bis zur Verhandlung nach Coldbath Fields. Ich war bei Ballarat, aber er rührt keinen Finger. Entweder hat er den Befehl von oben, die Sache auf sich beruhen zu lassen, oder er ist einfach ein Feigling und froh, Thomas los zu sein, ehe er etwas entdeckt, was den Mächtigen nicht in den Kram paßt.

Nun hängt alles von uns ab! Bitte bleib, wo du bist, und sei sehr sehr vorsichtig! Denk an Dulcie! Ein Teil von mir möchte dich anflehen, auf der Stelle mit Jack heimzukommen, damit du in Sicherheit bist; der andere Teil weiß, daß du und ich Thomas' einzige Chance sind. Er muß einer einflußreichen und gefährlichen Person dicht auf den Fersen gewesen sein. Bitte, Emily, paß auf dich auf und verbrenne den Brief, wenn du ihn gelesen hast.

In Liebe,
Charlotte

Sie versiegelte das Schreiben und übergab es Jack, der versprach, am nächsten Tag wiederzukommen.

Charlotte hatte Angst vor der Einsamkeit. Jacks Gegenwart wirkte beruhigend und tröstlich. Gracie und die Kinder konnten seinen ermutigenden Einfluß nicht wettmachen. Charlotte wußte, daß sie nach seinem Weggang allein sein würde, daß sie eine lange kalte Nacht vor sich hatte und einen Morgen, vor dem ihr graute. »Gute Nacht.«

»Gute Nacht.« Auch Jack schien zu zögern. Er machte sich Sorgen um Charlotte, das spürte sie. Vielleicht liebte er Emily wirklich! Was für eine ausgefallene Art, das herauszufinden!

Er zögerte noch einen weiteren Augenblick, dann ging er zur Tür. Charlotte folgte ihm und ließ ihn hinaus. Sie blickte ihm nach, wie er auf die Straße trat, wo das nasse Kopfsteinpflaster im trüben Schein der Gaslampen schimmerte, die an unheilvolle Monde erinnerten.

Charlotte war so müde, daß sie gut hätte schlafen müssen, aber ihre Träume waren furchterfüllt, und sie erwachte öfter, nach Atem ringend und steif vor Anspannung. Die Dunkelheit schien ohne Ende zu sein, und als schließlich der graue Morgen dämmerte, während der Regen gegen die Fenster schlug, war es eine Erleichterung, aufstehen zu können. Charlotte wankte im Morgenrock übermüdet nach unten in die Küche, um Teewasser aufzusetzen. Das heiße Getränk würde hoffentlich den sandigen Geschmack im Hals und das Engegefühl hinwegspülen.

Charlotte saß noch am Küchentisch, als Gracie herunterkam. Auch sie trug einen Morgenmantel, und ihr

Haar lag offen auf den Schultern. Sie sah wie ein Kind aus. Charlotte hatte nie zuvor bemerkt, wie fadenscheinig Gracies Gewand war. Sie wollte dem treuen Mädchen etwas Neues schenken — falls sie es finanziell noch verkraften konnte. Nun tat es ihr leid, nicht schon früher daran gedacht zu haben.

»Trinken Sie eine Tasse Tee mit mir, ehe wir unser Tagwerk beginnen«, sagte Charlotte. »Das Wasser kocht noch.«

»Danke, Madam.« Gracie nahm das Angebot voller Verlegenheit an. Sie hatte noch nie im Morgenrock am Küchentisch gesessen und Tee getrunken.

Dann begann ein trister und übler Tag. Der Bäckerjunge meldete sich nicht, sondern fuhr am Haus vorbei, wohingegen der Bursche des Fischhändlers laut läutete und die Rechnung präsentierte, die bis dahin aufgelaufen war. Er verlangte die sofortige Bezahlung und machte deutlich, daß er in Zukunft Ware nur mehr gegen Bargeld abgeben würde. Gracie beschimpfte ihn, aber sie schniefte heftig, und ihre Augen waren rot, als sie in die Küche zurückkehrte.

Charlotte wollte sie zum Brotholen wegschicken, doch dann erkannte sie, wie unfair das sein würde. Gracies Loyalität war sehr stark ausgeprägt und dadurch gewiß Anlaß zu intensiver Gegenwehr, wenn die Leute etwas Abfälliges über Thomas sagen würden. Charlotte war älter und konnte sich besser im Zaum halten. Sie wollte sich nicht hinter einem Mädchen verstecken.

Doch dann machte sie eine weitaus schlimmere Erfahrung, als sie erwartet hatte. Charlottes Kontakt zu den Nachbarn war über reine Höflichkeit nie hinausgegangen. Die Sprache, das Benehmen, die geschmackvolle

Kleidung von Pitts Frau, auch hin und wieder das Vorfahren von Emilys Kutsche, zeigte den Leuten, daß Charlotte nicht ihrer Schicht angehörte. Nach außen hin waren sie höflich, manchmal sogar freundlich, doch dicht unter der Oberfläche lauerten Groll, die Angst vor dem Unterschied, der Neid auf die Vorrechte.

Charlotte ging die Straße hinunter. Der Wind zerrte an ihrem Mantel, und der Regen durchnäßte ihre Röcke. Sie war froh, den Krämerladen an der Ecke zu erreichen. Als sie eintrat, verstummte das Gespräch der anwesenden Frauen. Eine von ihnen hatte einen kriminellen Sohn und haßte die Polizei. Nun konnte sie sich ungestraft ein bißchen rächen. Während sie den Laden verließ, streifte sie Charlotte so scharf mit ihrem Einkaufskorb, daß diese fast umfiel und einen blutigen Kratzer an der Hand davontrug. Die anderen Frauen kicherten vor Vergnügen.

»Guten Morgen, Mrs. Pitt«, sagte eine höhnisch. »Wie fühlen wir uns heute? Wohl nicht mehr ganz so erhaben, oder?«

»Guten Morgen, Mrs. Robertson«, erwiderte Charlotte kalt. »Ich fühle mich sehr gut. Geht es Ihrer Mutter besser? Ich hörte, daß sie eine Erkältung hat.«

»Es geht ihr schlecht«, erklärte die Frau, die sich über Charlottes Ruhe wunderte. »Aber was interessiert Sie das?«

»Es interessiert mich gar nicht, Mrs. Robertson, aber ich wahre den guten Ton. Sind Sie mit Ihren Einkäufen fertig?«

»Nein! Sie warten gefälligst.« Sie stellte sich breitbeinig vor die Theke und bemühte sich um besondere Langsamkeit. Der Händler schlug sich auf ihre Seite und ignorierte Charlotte. Im Zeitlupentempo wog er ein halbes Pfund Zucker ab, dann ein weiteres halbes.

»Nun möchte ich noch ein Stück Feinseife«, sagte Mrs. Robertson. »Die benützen Sie doch sicher auch, Mrs. Pitt, nur werden Sie sich so was in Zukunft nicht mehr leisten können.«

»Schon möglich. Aber ein Stück Feinseife macht noch keine Schönheit, Mrs. Robertson«, erwiderte Charlotte kühl. »Haben Sie Ihren Schirm wiedergefunden?«

»Nein«, antwortete die Frau ärgerlich. »Sicher ist er gestohlen worden.«

»Dann rufen Sie einen Polizisten«, meinte Charlotte lächelnd.

Mrs. Robertson betrachtete sie zornig.

Der kleine verbale Sieg brachte Charlotte keine Genugtuung, und beim Bäcker wurde es noch schlimmer. Die Leute flüsterten hinter vorgehaltener Hand und nickten mit den Köpfen. Charlotte mußte bar bezahlen, und ihr Geld wurde sorgfältig nachgezählt. Es war ihr klar, daß sie keinen Kredit und wahrscheinlich auch keine Hauslieferungen mehr bekommen würde. Der Gemüsehändler behauptete, keine helfende Hand zur Verfügung zu haben, obwohl ein Junge untätig neben den Kartoffelsäcken stand, und Charlotte mußte ihre schweren Taschen allein nach Hause schleppen. Unterwegs hüpfte ein etwa neunjähriger Bub neben ihr her und plärrte: »Haha! Der Bulle sitzt im Knast! Sie werden ihn hängen — haha!«

Charlotte versuchte ihn zu ignorieren, doch die Worte weckten schwarzes Entsetzen in ihr. Als sie endlich tropfnaß und mit schmerzenden Schultern und Armen nach Hause kam, war sie der Verzweiflung nahe.

Sie hatte gerade ihre nassen Stiefel ausgezogen und neben den Küchenherd gestellt, als es läutete. Gracie öffnete die Tür und meldete dann Charlottes Mutter, Mrs. Ellison, an.

Caroline kam mit weit ausgebreiteten Armen herein. »Oh, mein Liebes!« Charlotte erwiderte flüchtig die Umarmung und trat gleich darauf einen Schritt zurück.

»Ich mache uns eine Tasse Tee«, sagte sie schnell. »Ich bin selbst eben erst heimgekommen und total durchnäßt.«

»Charlotte, du mußt unbedingt nach Hause zurückkehren.« Caroline nahm ein wenig zimperlich auf einem der Küchenstühle Platz.

»Nein, danke«, entgegnete Charlotte sofort. Sie setzte den Kessel mit Wasser auf den Herd.

»Aber du kannst nicht hierbleiben«, erklärte Caroline in vernünftigem Ton. »Die Zeitungen sind voll von der Geschichte. Ich glaube, du erkennst nicht ...«

»Ich erkenne genau!« widersprach Charlotte. »Hätte ich vor meinem Gang in die Geschäfte nichts gemerkt, so weiß ich jetzt auf alle Fälle Bescheid. Aber ich renne nicht weg!«

»Liebling, das ist doch kein Wegrennen!« Caroline erhob sich und wollte Charlotte berühren, doch sie spürte die Abwehr ihrer Tochter. »Du mußt den Tatsachen ins Auge sehen. Du hast einen tragischen Fehler begangen. Wenn du heimkommst und deinen Mädchennamen wieder annimmst ...«

Charlotte erstarrte. »Das tue ich nicht! Wie kannst du es wagen, mir so einen Vorschlag zu machen? Du sprichst, als sei Thomas schuldig!« Sie hatte die Tassen in der Hand und drehte sich langsam um. »Du kannst die Kinder zu dir nehmen, wenn du willst. Wenn nicht, bleiben sie hier. Ich schäme mich nicht Thomas' wegen, sondern deinetwegen, weil du mir rätst, die Flucht zu ergreifen und ihn zu verleugnen, anstatt zu kämpfen. Ich werde herausfinden, wer die Frau ermordet hat, und es beweisen, wie ich es bei Emily gemacht habe, als man sie des Mordes an George bezichtigte.«

Caroline seufzte und behielt die Geduld, was die Situation noch verschlimmerte. »Meine Liebe, das war doch eine ganz andere Sache.«

»Oh? Warum? Weil sie ›eine von uns‹ ist, und Thomas nicht?«

Carolines Züge verhärteten sich. »Wenn du es so ausdrücken willst — ja.«

»Nun, du hast ihn gern zu den Unsrigen gezählt, als du ihn brauchtest!« Charlotte spürte, daß sie nahe daran war, die Beherrschung zu verlieren, und das machte sie wütend — auf sich selbst und auf Caroline.

»Du mußt realistisch bleiben«, begann Caroline erneut.

»Du meinst, ich soll ihn schnell verlassen, damit die Leute merken, daß ich mit der Sache nichts zu tun habe? Wie ehrenwert du bist, Mama! Wie achtbar!«

»Charlotte, ich denke nur an dich!«

»Wirklich?« Charlottes vorgegebener Zweifel war schneidendes Unrecht, weil sie ihrer Mutter glaubte. Aber es kümmerte sie nicht, ungerecht zu sein, denn sie wollte verletzen. »Bist du so sicher, daß du nicht an die Nachbarn denkst und daran, was deine Freunde sagen werden?« Nun ahmte sie deren Stimmen bissig nach: »Sie kennen doch diese nette Mrs. Ellison — Sie werden es nicht für möglich halten, aber ihre Tochter hat einen Polizisten geheiratet. Ist das nicht fürchterlich? Und jetzt hat er auch noch einen Mord begangen! Ich habe schon immer gesagt, es bringt nichts Gutes, unter dem eigenen Stand zu heiraten.«

»Charlotte, das hast du nie von mir gehört!«

»Aber du hast es gedacht.«

»Du bist sehr unfair. Und das Wasser kocht. Denk einmal nüchtern. Loyalität Thomas gegenüber ist schön und gut, aber eine Schwäche und nur bequem. Das Geschehene kannst du nicht ungeschehen machen. Du mußt praktisch und vor allem an die Kinder denken.«

Charlotte goß den Tee auf und füllte dann die Tassen. Sie holte Biskuits aus dem Küchenschrank und servierte sie auf einem Teller, ehe sie langsam sagte: »Ich wäre dir sehr dankbar, wenn du die Kinder nehmen würdest. Es würde sie wenigstens vor dem Schlimmsten schützen.«

»Natürlich«, erklärte Caroline schnell. »Und sobald du auch kommen willst — du weißt, es ist immer ein Platz für dich da.«

»Ich komme nicht«, stellte Charlotte laut und deutlich fest.

»Dann begib dich zu Emily aufs Land«, meinte Caroline drängend. »Thomas wird das verstehen. Er wird nicht wollen, daß du hier ausharrst. Was kannst du tun? Dich als tapfer erweisen und jeden wissen lassen, daß du an die Unschuld deines Mannes glaubst? Meine Liebe, man wird dir nur weh tun, und am Ende macht es keinen Unterschied. Überlaß die Sache der Polizei.«

Charlotte spürte, wie ihr die Tränen über die Wangen liefen. Sie putzte sich die Nase und trank einen Schluck Tee, ehe sie antwortete. Sie konnte ihrer Mutter kaum sagen, daß Emily genausowenig auf dem Land war wie Thomas.

»Die Polizei kümmert sich nicht um den Fall«, sagte sie bitter. »Thomas hat etwas entdeckt, das niemand wissen will. Ich möchte mich nicht zu Emily flüchten. Natürlich habe ich ihr geschrieben. Aber ich bin eine recht gute Detektivin. Ich werde herausfinden, wer Robert York getötet hat — es ist dieselbe Person, die auch die Frau in Rot ermordete.«

»Meine Liebe, du kannst nicht wissen, was wirklich passiert ist — oder warum Thomas mit dieser Person in Seven Dials war.« Carolines Gesicht wirkte sehr blaß. »Wir wissen gar nicht so viel über unsere Ehemänner, wie wir manchmal glauben.«

Wegen ihrer eigenen Qual war Charlotte mit Absicht grausam. »Du meinst, weil du über Papa nicht Bescheid wußtest?«

Caroline war tief getroffen, und Charlotte bereute ihre Worte, doch es war zu spät.

»Aber er hat diese Mädchen nicht umgebracht, oder?« Caroline seufzte. »Du solltest den Fall der Polizei überlassen und hoffen, daß sie dir nur das mitteilt, was du erfahren mußt.«

»Wenn du keinen besseren Vorschlag hast, sollten wir nicht weiter diskutieren.« Charlotte erhob sich. »Ich packe ein paar Sachen für die Kinder zusammen, dann kannst du Jemima und Daniel gleich mitnehmen. Ich danke dir dafür — ich weiß das zu schätzen.« Sie wartete nicht auf eine Antwort ihrer Mutter, sondern verließ gleich die Küche.

Nachdem Caroline mit den Kindern an der Hand gegangen war, schämte sich Charlotte. Sie war ungerecht gewesen. Und sie hatte ihre Mutter mit Absicht verletzt. Später einmal wollte sie sich deshalb entschuldigen, aber nicht jetzt, in dieser furchtbaren Situation.

Jack kam am nächsten Tag kurz vor drei Uhr. Der Himmel war bewölkt, und das Licht begann schon zu schwinden. Gracie ließ Jack ein, und er begab sich sofort in die Küche.

»Ich habe Emily gesehen«, berichtete er gleich. »Ich erzählte dem Butler eine wundervolle Lüge über ihre kranke Schwester und daß ich es von Lady Ashworth wüßte, für die Emily-Amelia einmal gearbeitet hätte. Sie schluckten alles.«

Er schwang seine Rockschöße elegant zur Seite und setzte sich auf die Tischkante. Dann sah er Charlotte ernst an. »Emily will auf alle Fälle dort bleiben. Ich bete zu Gott, daß ihr nichts passiert. Ich habe mir das Gehirn zermartert, wie ich sie beschützen könnte, aber es ist mir nichts eingefallen. Am Samstag bekommt sie einen halben Tag frei. Sie will Sie um zwei Uhr nachmittags im Hyde Park treffen — auf der ersten Bank, wenn man von Hanover Close herkommt, bei jedem Wetter. Was kann ich bis dahin tun?«

»Ich weiß es nicht«, erwiderte Charlotte. »Doch mir ist klar, daß die Antwort auf alle Fragen in Hanover Close liegt. Ich muß unbedingt Veronica York wiedersehen. Bringen Sie mich dorthin?«

»Natürlich. Und ich werde Sie auch zum Gefängnis Coldbath Fields begleiten. Sie sollten nicht allein so eine Stätte besuchen.«

»Danke.« Mehr konnte sie nicht sagen.

Diesmal durfte sie das Zuchthaus betreten, ein großes kaltes Gebäude, dessen dicke Mauern wirkten, als seien sie zu Stein gewordenes Elend. In den inneren Korridoren roch es feucht und sauer. Überall hing der Geruch von menschlichem Schweiß und abgestandener Luft.

Der Wärter blickte Charlotte nicht an und führte sie in einen kleinen Raum mit einem zerkratzten Holztisch und zwei einfachen Stühlen. Dieses Vorrecht wurde nur gewährt, weil Pitt rein formal noch ein unschuldiger Mann war.

Es kostete Charlotte alle Kraft, die sie besaß, um nicht zu weinen, als sie Thomas sah. Seine Kleidung war schmutzig, das saubere Hemd, das sie ihm gebracht hatte, zerrissen, und sein Gesicht wies blaue Flecken auf. Sie wagte sich nicht vorzustellen, welche verborgenen Mißhandlungsspuren sein Körper tragen mochte. Weder Wärter noch Gefangene hegten Sympathie für einen mörderischen Polizisten. Der Wärter befahl Charlotte und Pitt, sich an die gegenüberliegenden Seiten des Tisches zu setzen, während er aufrecht wie eine Schildwache in einer Ecke stand und die beiden beobachtete.

Einige Sekunden lang saß Charlotte schweigend da. Es wäre lächerlich gewesen, Thomas zu fragen, wie es ihm ging. Er wußte, daß sie mit ihm litt und nichts tun konnte, seine Lage zu verbessern.

Schließlich wurde die Anspannung zu stark, und Charlotte sprach, um den Bann zu brechen.

»Mama hat die Kinder mitgenommen, das ist leichter für sie und für mich. Gracie benimmt sich fabelhaft. Ich habe Emily einen Brief geschickt. Jack Radley hat ihn ihr gebracht. Ich bat sie zu bleiben, wo sie ist — sag nichts dagegen! Es ist der einzige Weg, etwas zu erfahren.«

»Charlotte, ihr müßt vorsichtig sein.« Er beugte sich

vor, doch sofort kam der Wärter näher. »Du mußt dafür sorgen, daß Emily dort weggeht. Es ist zu gefährlich!« Seine Stimme klang beschwörend. »Jemand hat schon dreimal getötet, um ein schlimmes Geheimnis zu wahren. Du darfst Hanover Close nicht mehr aufsuchen. Versprich mir das! Laß Ballarat die Angelegenheit regeln. Ich weiß nicht, wer jetzt mit dem Fall betraut ist, aber derjenige wird herkommen, und ich werde ihm alles sagen, was ich in Erfahrung gebracht habe. Die Ermordung der Frau in Rot beweist, daß wir dem Täter dicht auf den Fersen sind. Versprich mir, Charlotte, daß du nichts unternimmst.«

Sie zögerte nur einen Augenblick. Sie würde ihn auf jede mögliche Art und mit allen ihr zur Verfügung stehenden Mitteln verteidigen — ohne Wenn und Aber, so, wie sie ihre Kinder weggerissen hätte, wären sie auf die Straße vor ein scheuendes Pferd gelaufen. Es war ein instinktiver Drang wie das Ringen nach Luft, wenn einem das Wasser über dem Kopf zusammenschlägt.

»Ja, Thomas, ich verspreche es«, log sie, ohne mit der Wimper zu zucken. »Emily und ich bleiben für eine Weile zusammen. Mach dir um keinen von uns Sorgen, uns geht es gut. Mr. Ballarat wird sowieso nicht mehr lange brauchen, bis er die Wahrheit entdeckt. Er muß ganz genau wissen, daß du die Frau nicht getötet haben kannst.«

Die Angst wich aus Thomas' Zügen, und er versuchte zu lächeln. »In Ordnung. Wenigstens weiß ich, daß du zurechtkommst. Ich danke dir für dein Versprechen.«

Charlotte hatte keine Zeit für Schuldgefühle; der Henker wartete. Sie lächelte ebenfalls. »Alles wird gut werden. Mach dir keine Sorgen.«

10

Emily sah zu, wie die Asche von Charlottes Brief zerfiel, und ein Gefühl der Erstarrung, des Unglaubens, ergriff von ihr Besitz. Es war unmöglich! Thomas wegen Mordes festgenommen und im Gefängnis — so etwas Absurdes! Jeden Augenblick mußte sich die Wirklichkeit wieder einstellen. Emily blickte auf die glühende Fläche der Kohlen, die das Papier verschluckt hatte. Nur noch winzige schwarze Teilchen zitterten im Luftzug und verschwanden. Eine Tür öffnete sich hinter Emily, und der Butler kam herein.

»Geht es Ihnen gut, Amelia?« fragte er sanft. In seiner Stimme schwang Betroffenheit mit, sogar etwas, das an Zärtlichkeit erinnerte. Lieber Gott! Das konnte Emily jetzt nicht brauchen!

»Ja, danke, Mr. Redditch«, antwortete sie ernst. »Meine Schwester ist krank.«

»Ja, das sagte Mr. Radley. Es war sehr nett von ihm zu kommen. Offenbar hat Lady Ashworth eine hohe Meinung von Ihnen. Was fehlt denn Ihrer Schwester?«

An diese Frage hatte Emily nicht gedacht. »Ich weiß es nicht«, sagte sie hilflos. »Die Ärzte wissen es auch nicht, und das ist so beunruhigend. Ich danke Ihnen, daß ich am Samstag nachmittag weggehen darf. Das ist sehr großzügig von Ihnen.«

»Durchaus nicht, mein liebes Mädchen, Edith kann für Sie einspringen, wie Sie es oft für sie getan haben. Gehen Sie nun in die Küche, trinken Sie eine Tasse Tee und erholen Sie sich.« Er berührte sacht ihren Arm.

»Danke, Mr. Redditch — Sir.«

Er trat zögernd zurück. »Wenn ich etwas für Sie tun kann, haben Sie den Mut, mich zu fragen«, fügte er hinzu.

Sie wollte sich gern bedanken, ihm zulächeln und in die Augen sehen, ihn wissen lassen, daß seine Freundlichkeit nicht unbemerkt blieb, doch sie wagte es nicht. Es würde am Ende doch nur zu größerem Schaden führen.

»Ja, Sir«, sagte sie und blickte auf ihre Schürze. Dann lief sie schnell an ihm vorbei.

Sie saß in der Küche und hielt die große Teetasse in der Hand, während ihre Gedanken sich jagten. Am liebsten wäre sie zu Charlotte geeilt, um sie vor den gehässigen Leuten und den Zweifeln zu schützen und ihr an den langen Abenden Gesellschaft zu leisten sowie ihre Ängste zu zerstreuen.

Doch Charlotte hatte recht, der Schmerz war nebensächlich und mußte allein bezwungen werden, weil die Zeit für Tröstungen fehlte. Die beiden Schwestern konnten sich nicht im Kummer des Heute aneinander klammern — auf Kosten der Tragödie, die das Morgen für immer verdunkeln würde. Die Antwort lag in der Wahrheit, und die war nur hier in Hanover Close zu finden. Als Amelia war Emily die einzige, die eine Chance hatte, ihr auf die Spur zu kommen.

Emily konnte nicht weiter ruhig zusehen, wie die Dinge sich gemächlich entwickelten. Offenbar hatte alles mit der Frau in Rot zu tun und mit den Ereignissen vor drei Jahren in diesem Haus. Vielleicht war es etwas zwischen ihr und Robert York gewesen, vielleicht hatte es auch eine dritte Person gegeben. Aber Emily glaubte, daß Loretta oder Veronica die Wahrheit kannten oder zumindest vermuteten, und sie, Emily, war entschlossen, der entsprechenden Person diese Wahrheit abzuringen.

Was ließ Menschen zusammenbrechen? Schock, Panik, übergroßes Vertrauen? Der Druck erhöhte sich allmählich, bis er unerträglich wurde — das war es! Die Zeit reichte nicht aus, als daß man auf Fehler hätte warten können. Drei Jahre hatten nichts bewirkt, und Loretta war gewiß nicht der Typ, der sich Sorglosigkeit gestattete; ihre Wachsamkeit war undurchdringlich. Man brauchte nur in ihr Schlafzimmer zu schauen — mit den aufgeräumten Schubladen, der peinlichen Ordnung, den Kleidern mit den jeweils passenden Stiefeln und Handschuhen — dann wußte man Bescheid. Ihre Unterwäsche war extrem kostspielig, doch alles übereinstimmend, es gab kein ausgefallenes oder impulsiv gekauftes Stück. Ihre Abendkleider waren individuell und äußerst feminin, aber ohne modische Experimente und vor allem ohne jeden Irrtum in der Wahl. Emily hatte in ihrem eigenen Kleiderschrank Versuchsexemplare, mit denen sie die Eleganz einer anderen Person vergeblich hatte nachahmen wollen, oder auch Roben in Farbschattierungen, die ihr gar nicht zu Gesicht standen. Hier gab es im ganzen Haus nichts, das nicht Lorettas Geschmack entsprach, weder in ihren persönlichen Dingen noch bei der allgemeinen Möblierung. Loretta machte keine Fehler.

Veronica war anders, eine Generation jünger und von Natur aus viel schöner. Sie besaß mehr Ausstrahlung, mehr Mut. Manchmal kaufte sie Dinge ganz spontan, und sie waren wunderbar, wie das schwarze Kleid mit dem jettbestickten Oberteil — attraktiver als alles, was Loretta je tragen konnte —, aber das Grauseidene war eine Katastrophe. Manchmal fühlte sich Veronica unsicher, voller Selbstzweifel, und das machte sie unbesonnen. Sie gab sich zuviel Mühe. Emily war am Anfang oft verblüfft gewesen, wenn Veronica ihre Entscheidung, was sie anziehen und wie sie sich frisieren sollte, plötzlich verworfen hatte. Ja, Veronica mochte unter Druck zusammenbrechen, wenn er gewaltig genug war.

Es war eine grausame Überlegung, und noch eine Stunde zuvor hätte Emily ihr nicht nachgegeben, aber da wußte sie auch noch nicht, daß Thomas das Todesurteil drohte. Sie bedauerte ihr Vorhaben, aber ein anderes fiel ihr nicht ein.

Sie trank ihren Tee aus, dankte der Köchin mit einem demütigen Lächeln und ging nach oben, um mit der Ausführung ihres Planes zu beginnen. Als erstes suchte sie ein Paar von Veronicas Stiefeln hervor, das eine Besohlung nötig hatte und ihr so einen Grund verschaffte, das Haus zu verlassen. Ein Spaziergang in frischer Luft würde eine Art Freiheit bedeuten, und Emily sehnte sich danach, allein zu sein und keine Mauern um sich zu haben. Früher hatte sie nie darüber nachgedacht, wie wenig freie Zeit ein Mädchen für sich hatte; und selbst bei schlechtem Wetter wie diesem vermißte sie die Gelegenheit, sich unter freiem Himmel zu bewegen und mehr von ihm zu sehen als ein kleines Stück, eingefaßt in einen Fensterrahmen. Sie fand es immer schwerer erträglich, stets verfügbar zu sein und ihre einsamen wie auch geselligen Stunden zugeteilt zu bekommen, obwohl sie manchmal ein gewisses Vergnügen bei den gemeinsamen Abenden mit ihrem bescheidenen Humor und den einfachen Späßen empfand.

Heute stellte ihr niemand Fragen, als sie das Haus mit den Stiefeln unter dem Arm verließ.

Um fünf Uhr war Emily wieder da und verteilte sauberes Leinen in Veronicas Zimmer, als Veronica hereinkam. »Das mit Ihrer Schwester tut mir so leid, Amelia«, sagte sie sofort. »Ich lasse Sie gern am Samstag nachmittag weggehen, damit Sie sie besuchen können. Sollte sie sich schlechter fühlen, sagen Sie es mir bitte.«

»Ja, Madam«, erwiderte Emily ernst. »Ich danke Ihnen sehr. Ich hoffe, daß sie sich bald erholt – und es gibt Leute mit schlimmeren Problemen. Gerade habe ich Ihre schwarzen Stiefel zum Schuster gebracht und dort gehört, daß der Polizist, der wegen des Silbers hier war, des Mordes an einer Frau in einem kirschroten Kleid verdächtigt wird ...« Sie hielt inne und bemerkte, wie Veronicas Gesicht alle Farbe verlor. Genau das hatte sie erhofft, und obwohl sie zu Mitleid fähig war, fuhr sie unbeirrt fort.

»Das muß derselbe Mann sein, der Sie so aufgeregt hat, Madam! Kein Wunder! Ich denke, daß wir froh sein müssen, daß er bei Ihnen die Selbstkontrolle nicht verloren hat, sonst wäre es Ihnen vielleicht wie der armen Frau ergangen. Aber Sie würden natürlich nie solch eine unkleidsame Farbe tragen. Der Beschreibung nach war das Gewand scheußlich.«

»Hören Sie auf!« Veronicas Stimme hob sich zu einem Schrei. »Hören Sie auf! Was für eine Rolle spielt die Farbe ihres Kleides? Sie sprechen über ein menschliches Wesen, das ermordet wurde, ein Leben, einfach ausgelöscht ...«

Emily schlug die Hände vors Gesicht. »Oh, Madam! Oh, es tut mir schrecklich leid! Ich habe Mr. York ganz vergessen! Es tut mir so leid — bitte verzeihen Sie mir. Ich werde alles tun...« Sie schwieg, als könne sie nicht weiterreden, und blickte zwischen den gespreizten Fingern hindurch Veronica an. Rührte die erschreckende Blässe der jungen Frau von der Erinnerung an den Tod ihres Mannes her, oder bedeutete sie Schuld? Jedenfalls drückten die bleichen Züge Panik aus. Hatte Veronica die Frau in Rot gekannt, und wußte sie jetzt, wer sie getötet hatte?

Ein paar Sekunden lang sahen die beiden Frauen einander an; Veronica in schockiertem Schweigen, Emily in gespielter tiefer Zerknirschung. Schließlich war es Veronica, die sprach. Sie setzte sich auf die Bettkante, und Emily begann ihr die Stiefel auszuziehen.

»Ich wußte nichts von der Sache. Ich lese keine Zeitungen, und Schwiegerpapa erwähnte kein Wort. Wurde diese ... diese Frau von den Leuten beschrieben?«

»O ja, Madam.« Emily erinnerte sich genau daran, was über das Aussehen der Roten gesagt worden war. »Sie war groß, ziemlich dünn, vor allem für ein Freudenmädchen, aber sie hatte ein sehr schönes Gesicht.«

Sie blickte von den Stiefeln auf und sah Veronicas entsetzte Augen.

»Und natürlich trug sie diese grelle kirschrote Farbe«, fügte Emily hinzu.

Veronica stieß einen Laut aus, als wolle sie weinen, aber die Anspannung erstickte jeden weiteren Ton.

»Sie sehen furchtbar erschrocken aus, Madam«, sagte Emily unbarmherzig. »Die Leute sagen, daß sie eine Straßendirne war, dann hat sie vielleicht einen besseren Tod gehabt als durch eine Krankheit.«

»Amelia, das klingt ja, als ob ...«

»O nein, Madam«, widersprach Emily. »Niemand verdient es, so zu sterben. Ich meine nur, daß ihr Leben sowieso ziemlich erbärmlich war. Ich kenne Mädchen, die ihre Stelle verloren und kein Zeugnis bekommen haben und auf die Straße gehen mußten. Sie sterben meistens jung, weil sie zwanzig Stunden am Tag arbeiten oder die Pocken bekommen, oder weil jemand sie tötet.« Emily beobachtete Veronicas Gesicht, das tiefe Qual verriet. Sie bohrte weiter. »Dieser Polizist behauptete, er hätte sie wegen eines Verbrechens befragen wollen, mit dem er sich befaßt. Vielleicht wußte sie, wer hier eingebrochen ist und den armen Mr. York umgebracht hat.«

»Nein.« Das war nur ein Flüstern, kaum mehr als ein gehauchter Atemzug.

Emily wartete.

»Nein.« Veronica schien ihre Kraft zu sammeln. »Ein Polizist muß an mehreren Fällen gleichzeitig arbeiten. Was — um Himmels willen — sollte so eine Frau von einem Haus wie diesem hier wissen?«

»Vielleicht kannte sie den Dieb, Madam. Vielleicht war er ihr Liebhaber.«

Aus irgendeinem unerfindlichen Grund lächelte Veronica. Es war ein geisterhaftes Lächeln mit dem Schatten eines bitteren Humors in den Augen. »Vielleicht«, sagte sie leise.

Emily spürte, daß die Momente der Schwäche vorüber waren. Sie würde Veronica jetzt nichts mehr entlocken können. Sie stellte die Stiefel zur Seite und erhob sich.

»Möchten Sie vor dem Essen ein Bad nehmen, Madam, oder wollen Sie lieber ruhen und eine Tasse Kräutertee trinken?«

»Ich will kein Bad.« Veronica stand auf und ging zum Fenster. »Machen Sie mir einen Kräutertee und bringen Sie mir zwei Scheiben Brot mit Butter.«

Emily vermutete, daß das Brot ein Vorwand war, um sie loszuwerden, doch sie hatte keine andere Wahl, als zu gehorchen.

Schnell rannte sie die Treppen hinunter, was ihr einen Tadel von seiten der Haushälterin einbrachte. In der Küche bat sie die Köchin aus Höflichkeit um Erlaubnis, den Teekessel auf den Herd setzen zu dürfen. Sie schnitt das Brot so eilig, daß das erste Stück zerbrach.

»He«, sagte Mary hilfreich. »Sie haben heute Hände wie ein Matrose. Lassen Sie es mich machen.« Und sie schnitt zwei hauchdünne Scheiben ab, die sie zuvor — noch am Laib — mit Butter bestrich: ein Trick, den Emily nicht gelernt hatte.

»Danke, Gott segne Sie«, sagte Emily voll echter Dankbarkeit und trat vom einen Fuß auf den anderen, bis das Wasser kochte.

»Schon recht«, meinte Mary zufrieden. »Eile mit Weile.«

Emily schenkte ihr ein Lächeln, nahm das Tablett auf und ging so rasch nach oben, wie es ihre langen Röcke erlaubten. Vor der Schlafzimmertür blieb sie stehen; sie hörte das Murmeln von Stimmen, konnte aber kein Wort unterscheiden, obwohl sie die Wange an das Holz legte. Wenn sie nun eintrat, würde das Gespräch verstummen, das sie unbedingt belauschen wollte.

Der Ankleideraum!

Emily stellte das Tablett auf den Boden und drehte ganz leise den Türknopf zum Ankleideraum, dann hob sie das Tablett hoch und stellte es innen auf die Wäschetruhe. Danach schloß sie lautlos die Tür.

Die Tür zum Schlafzimmer hatte sie selbst aus Gewohnheit zugemacht. Sie beugte sich zum Schlüsselloch hinunter und blickte hindurch, konnte aber nur einen schmalen Streifen blauen Stoffs über der Stuhllehne erkennen. Es war das Kleid, das sie für den Abend herausgelegt hatte. Aber die Stimmen klangen nun deutlicher – Emily war klar, daß sie sich hinknien und das Ohr ans Schlüsselloch pressen mußte. Sie nahm eine Nadel aus ihrem Haar und legte sie vor sich auf den Boden, damit sie eine Ausrede hatte, wenn sie erwischt wurde. Dann begann sie zu lauschen.

»Aber wer war es?« Veronicas Stimme klang verzweifelt.

Lorettas Antwort fiel beruhigend sanft aus. »Meine Liebe, ich habe keine Ahnung; jedenfalls hat es nichts mit uns zu tun. Wie könnte es auch?«

»Aber das Kleid!« rief Veronica. »Diese Farbe!« Die Worte schienen ihr körperlichen Schmerz zu bereiten. »Das Kleid war kirschrot.«

»Nimm dich zusammen! Du führst dich wie eine Närrin auf!«

Ein kurzes Schweigen entstand, und Emily überlegte, ob Loretta ihre Schwiegertochter geohrfeigt hatte, wie man es bei hysterischen Anfällen machte, doch es war kein Schlag und auch kein Stöhnen zu hören.

Veronica schluchzte. »Wer war sie?«

»Eine Hure«, erwiderte Loretta mit eiskalter Verachtung. »Gott weiß, warum dieser idiotische Polizist ihr den Hals umgedreht hat.«

Veronicas Frage war so leise, daß Emily sie kaum verstehen konnte.

»Hat er es getan, Schwiegermutter? War er es wirklich?«

Emily spürte den Krampf in ihren Knien und die verspannten Muskeln ihrer Schultern nicht. Sie dachte auch nicht daran, daß der Tee auf der Wäschetruhe kalt wurde. Es war kein Laut von nebenan zu vernehmen, nicht einmal ein Rascheln von Seide.

»Nun, das denke ich doch«, erwiderte Loretta nach Sekunden, die wie eine Ewigkeit erschienen. »Es gibt wohl keine andere einleuchtende Erklärung.«

»Aber warum?«

»Meine Liebe, woher soll ich das wissen? Vielleicht war er so versessen auf eine Information, daß er sie aus ihr herauspressen wollte und dabei die Beherrschung verlor. Uns geht das wohl kaum etwas an.«

»Aber die Frau ist tot.« Veronicas Schmerz war unüberhörbar.

Loretta wurde langsam ärgerlich. »Was kümmert uns das? Was bedeutet eine Straßendirne mehr oder weniger? Sie trug ein rotes Kleid — da wird sie wohl nicht die einzige gewesen sein.« Ihr Ton klang jetzt drängend und fast gereizt. »Reiß dich zusammen, Veronica. Du hast viel zu gewinnen und alles zu verlieren — alles! Vergiß das nicht! Robert ist tot. Laß die Vergangenheit im Grab ruhen, wo sie hingehört, und bau dir eine anständige Zukunft mit Julian Danver auf. Ich habe alles getan, um dir zu helfen, das weiß Gott, aber wenn du dich bei jeder Tragödie, die irgendwo passiert, Hirngespinsten und weinerlicher Gefühlsduselei hingibst, kann nicht einmal ich dir weiter den Rücken stärken. Verstehst du mich?«

Wieder entstand ein Schweigen. Emily lauschte so angestrengt, daß sie ihr eigenes Herz schlagen hörte.

»Verstehst du mich?« wiederholte Loretta leise und bösartig, ohne Geduld oder Mitleid. Es klang wie eine

Drohung. Loretta hatte Veronica lange getröstet und unterstützt, und ihre Kraft sowie ihre Geduld schienen sich zu verflüchtigen. Auch sie hatte einen Verlust erlitten; Veronica stand im Begriff, einen neuen Ehemann zu gewinnen, doch Loretta konnte keinen neuen Sohn finden. Es war kein Wunder, daß sie von Veronica erwartete, sich endlich weniger gehenzulassen.

»Ja.« Veronicas Stimme klang ein wenig trotzig. »Ja, ich verstehe.« Dann begann sie zu weinen.

»Gut.« Loretta war zufrieden. Taft raschelte — offenbar lehnte sie sich zurück.

In diesem Moment klopfte es an der Tür. Emily schoß hoch, trat auf ihre Röcke und fiel hin. Ihr Haar löste sich. Entsetzt rappelte sie sich auf und packte das Tablett, da merkte sie, daß es an der Schlafzimmertür, nicht bei ihr, geklopft hatte.

Die Erleichterung war überwältigend, so, daß Emily die Knie zitterten. Sie hatte Zeit, ihr Haar aufzustecken, hinaus auf den Korridor zu gehen und nun ihrerseits an der Schlafzimmertür zu klopfen.

Als sie eintrat, saß Veronica mit erschöpftem Gesichtsausdruck auf dem breiten Bett. Loretta wirkte völlig ruhig. Piers York stand da und sah leicht erstaunt aus. Emily bemerkte zum erstenmal eine Spur von Trauer und Enttäuschung in seinen gütigen Zügen. Als er sprach, verschwand dieser Eindruck.

»Was haben Sie da?« Er betrachtete Emily neugierig. »Tee und Butterbrot? Stellen Sie es auf den Frisiertisch.«

»Ja, Sir.« Emily schob die silberplattierten Bürsten und den Handspiegel zur Seite. Sie schenkte den Tee nicht ein; wenn die Herrschaften ihn eine Weile stehen ließen, dachten sie vielleicht, sie seien selbst an seiner Abkühlung schuld.

»Amelia!« sagte Loretta scharf.

»Ja, Madam?« Emily versuchte, lammfromm zu schauen, da fiel eine ihrer Haarnadeln mit einem klingenden Ton auf die Frisierkommode, und eine Locke kringelte sich über Emilys Wange.

»Um Himmels willen, Mädchen!« Lorettas Zorn explodierte. »Sie sehen aus wie eine . . . eine billige Nutte.«

Emily schoß das Blut in die Wangen, doch sie konnte die Unverschämtheit nicht mit gleicher Münze zurückzahlen, sonst verlor sie ihre Stelle, von der Thomas' Leben vielleicht abhing. Sie senkte den Blick, damit Loretta den Haß darin nicht sehen sollte, und flüsterte: »Verzeihung, Madam.«

»Wenn ich Ihnen Ihr Zeugnis schreibe, werde ich davon nichts erwähnen, obwohl Ihr Benehmen nicht immer nach meinem Geschmack war. Aber daß Sie dieses scheußliche Verbrechen in Seven Dials Miß Veronica gegenüber erwähnt haben, ist unverzeihlich. Wir dulden hier kein Personal, das über solche Dinge Bescheid weiß, geschweige denn darüber redet. Bei Ihren nächsten Neuigkeiten machen Sie mir die Mädchen hysterisch und bringen den ganzen Haushalt zum Stillstand. Es tut mir leid, daß Sie sich als untauglich erwiesen haben, aber zweifellos werden Sie einen anderen Arbeitsplatz finden. Sie können bis Ende der Woche hierbleiben, bis wir einen Ersatz für Sie gefunden haben. Gehen Sie jetzt, und lassen Sie das Tablett da.«

Veronica sprang auf. »Sie ist meine Zofe«, stellte sie laut fest und sah Loretta an. »Und ich bin absolut zufrieden mit ihr — ich habe sie sogar gern. Ich werde sie behalten, für immer, wenn ich will! Sie hörte von dem

Mord, als sie eine Besorgung für mich machte; sie erzählte es mir, weil sie wußte, daß ich mich aufgeregt hatte, als der Polizist hier erschien. Nun wird er nicht wiederkommen, und darüber bin ich entzückt.«

Piers schüttelte den Kopf. »Es ist ein Jammer«, meinte er bedauernd. »Ich kann mir nicht vorstellen, was diesen Mr. Pitt so weit getrieben hat. Mir machte er einen so guten Eindruck. Vermutlich muß es eine Erklärung für diese Angelegenheit geben.«

»Unsinn«, sagte Loretta sofort. »Wirklich, Piers, manchmal wundere ich mich, wieso du so viel Erfolg hast. Dein Urteil über Menschen ist . . . kindisch.«

Emily spürte, daß Loretta zu weit gegangen war, doch sie selbst schien das nicht zu erkennen.

Piers betrachtete seine Frau kühl. »Ich denke, du wolltest ›nachsichtig‹ statt kindisch sagen.«

»Betrachtest du auch dieses Mädchen ›nachsichtig‹, das hier hereinkommt, als sei es gerade aus dem Bett gekrochen?« fragte Loretta mit eisiger Ablehnung.

Piers wandte sich Emily zu und musterte sie eingehend. In seinen Augen schimmerte ein Funken Humor. »Haben Sie mit einem der Diener gerauft, Amelia?«

Sie erwiderte seinen Blick ruhig und ohne zu blinzeln.

»Nein, Sir, das habe ich nicht — nicht jetzt und zu keiner Zeit.«

»Danke«, sagte er feierlich. »Die Sache ist erledigt. Ich denke, es ist Zeit, daß wir uns zum Abendessen umziehen.« Er steckte die Hände in die Taschen und ging lässig zur Tür.

»Ich behalte meine Zofe«, wiederholte Veronica mit Nachdruck und sah Loretta an. »Wenn sie geht, dann nur auf meinen Wunsch hin, nicht auf deinen.«

»Trink deinen Tee«, entgegnete Loretta mit ausdrucksloser Miene, doch Emily spürte genau, daß ihr Nachgeben nur vorübergehend war.

Loretta verließ das Zimmer und schloß die Tür mit einem festen Klicken. Veronica ignorierte den Tee und aß eine Scheibe Brot. »Ich habe es mir anders überlegt«, sagte sie und schaute in den Spiegel. »Ich werde mein grünes Kleid anziehen.«

Die folgenden Tage waren anstrengend. Emily bemühte sich sehr, eine perfekte Zofe zu sein, so daß nicht einmal Edith etwas an ihr auszusetzen hatte. Sie bügelte manche Teile drei- bis viermal, bis ihr Rücken und die Arme schmerzten, doch sie kapitulierte nicht vor dem kleinsten Fältchen.

Es bestand immerhin die Möglichkeit, daß Veronica in ihrem Entschluß wankend wurde und sich dem Willen ihrer Schwiegermutter beugte. Dann würde Emily doch noch das Haus verlassen müssen. Sie enthielt sich aller kessen Bemerkungen, zwang sich zu demütigem Verhalten und trug den Kopf weniger hoch als gewöhnlich.

Auf der anderen Seite legte sie sich ins Zeug, um Mrs. Melrose, der Köchin, zu schmeicheln, die eine hervorragende Verbündete abgab, zumal auch sie Mrs. Crawford nicht mochte. Emily ging nach dem Grundsatz vor: »Der Feind meines Feindes ist mein Freund.« Sie kam auch sehr gut mit dem Butler zurecht. Normalerweise hätte sie ihre eigene Taktik verwerflich gefunden, doch sie mußte in diesem Haus überleben, wenn sie Charlotte und Thomas helfen wollte, und die Zeit reichte nicht für edle moralische Erwägungen.

Die Aushilfskraft und das Spülmädchen hatten die

niedrigsten Positionen im Haushalt inne, doch besonders die Aushilfe war ein aufmerksames Kind und nicht unintelligent. Emily brachte es durch ein wenig Freundlichkeit fertig, viele Informationen aus ihr herauszuholen. Natürlich wußte sie nichts über Robert York und kaum etwas über die Familie, aber sie beurteilte die Dienerschaft mit wachem Verstand.

Am Samstag nachmittag traf sich Emily mit Charlotte im Park. Es regnete leicht und war bitter kalt. Die beiden Schwestern rückten auf der Bank zusammen und stellten die Krägen ihrer Mäntel hoch.

Das Gespräch drehte sich um die Erkenntnis, daß der Mörder in Hanover Close zu finden war und daß Loretta oder Veronica seine Identität kannten oder zumindest wußten, warum das Verbrechen begangen worden war. Doch wie man das Schweigen der beiden brechen sollte, war ein Rätsel.

Charlotte hatte Angst um Emily, aber die lähmende Verzweiflung über Thomas' Situation hielt sie davon ab, ihrer Schwester vorzuschlagen, das York-Haus zu verlassen. Es hätte auch keinen Unterschied gemacht. Emily hatte nicht die Absicht, den Kampf aufzugeben und sich zurückzuziehen, während man Thomas verurteilte und dem Henker auslieferte.

Natürlich hatte Emily auch Angst. Nachdem sie Charlotte zum Abschied umarmt hatte, drängte sie die Tränen zurück und lief durch die nassen Straßen, vorbei an Kutschen und schmiedeeisernen Toren, bis sie das Haus in Hanover Close erreicht hatte. Sie zitterte vor Kälte und ging gleich in die Küche. Dort aß sie ein einsames Mahl und suchte danach ihr Zimmer auf. Selbst im Bett zitterte sie noch und lag lange wach, wobei sie überlegte, wie sie nur die Person fassen könnte, die schon dreimal gemordet und ihre Verbrechen so gut getarnt hatte, daß nun Thomas der einzige Verdächtige war.

Sie erwachte in der Dunkelheit. Ein Schrei blieb ihr im Hals stecken, und ihr Körper war starr vor Entsetzen, da sie einen Schritt draußen auf dem einsamen Korridor gehört hatte. Lautlos glitt sie aus dem Bett; die Kälte fuhr wie ein Windstoß durch ihr dünnes Nachthemd. Im trüben Licht des knapp verhüllten Fensters packte sie den einzigen Holzstuhl, den sie im Zimmer hatte, und stemmte ihn unter den Türgriff. Wieder im Bett, zog sie die Knie bis ans Kinn und versuchte, warum genug zu werden, um noch einmal einschlafen zu können. Doch sie wurde von bedrohlichen Träumen geplagt und wachte mehrmals auf, in dem Gefühl, wieder Schritte vernommen zu haben. Hatte jemand versucht, den Türknopf zu drehen? Der Wind rüttelte an einem Fensterflügel, und Emily wartete angstvoll, bis sie den Laut wieder hörte und wußte, woher er kam.

Mit dem Tageslicht kehrte der Mut zurück, doch Emily war noch nervös, und es kostete sie alle Anstrengung, ihre stumpfsinnigen Pflichten erledigen zu können.

Überall sah sie Schatten. Bis zum Abend war sie so erschöpft, daß sie hätte weinen mögen. Sie fühlte sich gefangen in dem Haus, von einer Aufgabe zur anderen getrieben, ohne die Chance, einmal allein zu sein, und doch mit der Last der Einsamkeit im Herzen. Und ständig war die Zeit der Feind.

In gewisser Weise war es für Emily ein Segen, mit Arbeit eingedeckt zu sein, so daß ständiges Grübeln unmöglich war.

Charlotte konnte nur vermuten, was mit Emily geschehen würde, nachdem sie sich im Regen am Parktor getrennt hatten. Es war sinnlos, darüber nachzudenken. Sie, Charlotte, hatte keinen Einfluß darauf. Und sie mußte Thomas weiterhin anlügen, sonst hätte er gemerkt, daß Ballarat und sein ganzer Polizeiapparat keinen Finger für ihn rührten. Die Unehrlichkeit ihrem Mann gegenüber gehörte zu den schlimmsten Heimsuchungen, die Charlotte je erlebt hatte. An den Luxus, alles Wissen miteinander zu teilen, war Charlotte so gewöhnt, daß sie seinen Wert vergessen hatte. Nun wäre die Wahrheit reiner Egoismus gewesen.

Charlotte wurden aber auch kleine Freuden zuteil, mit denen sie nicht gerechnet hatte. Ein seltsamer schmaler Mann mit der Mütze eines Straßenhändlers brachte ihr eine Tasche voller Heringe und wollte keine Bezahlung annehmen. Er eilte durch den Regen davon, als sei es ihm unangenehm, Dankesworte zu hören. Eines Morgens fand sie ein Bündel Reisig vor ihrer Tür, zwei Tage später noch ein weiteres. Sie wußte nicht, wer ihr das Holz überlassen hatte. Der Gemüsehändler benahm sich rüde, geradezu unverschämt, aber der Kohlenhändler lieferte ihr weiter Brennmaterial, und sie fand, daß die Säcke ein wenig voller waren als früher.

Caroline besuchte ihre Tochter nicht wieder, aber sie schrieb jeden Tag, daß es den Kindern gutging, und sie bot jede Art von Hilfe an.

Der Brief, der Charlotte am meisten rührte, kam von Großtante Vespasia, die an Bronchitis litt und das Bett hüten mußte. Sie zweifelte nicht an Thomas' Unschuld und versprach, ihren Anwalt einzuschalten, falls es tatsächlich zu einer in ihren Augen lächerlichen Anklage kommen sollte. Sie schickte auch zehn Guineen mit und merkte an, Charlotte solle nicht so dumm sein und sich beleidigt fühlen — man könne nicht mit leerem Magen kämpfen, und offenbar stünde ein Kampf an.

Die Schrift war zittrig, und Charlotte stellte mit Schrecken fest, daß die Zerbrechlichkeit des Alters nicht vor Tante Vespasia haltmachte. Sie stand in der Küche und hielt das blaue Büttenpapier in der Hand. Alle guten und sicheren Dinge in ihrem Leben begannen schnell zu schwinden; ein Eishauch berührte sie, den kein Feuer abhalten konnte.

Sie besuchte Thomas wieder und stand im Regen mit anderen stillen traurigen Frauen, deren Väter, Ehemänner oder Söhne in dem Zuchthaus verkamen. Einige waren gewalttätig, einige habgierig, brutal von Natur aus oder durch die Umstände, viele nur unfähig, mit dem Leben in den überfüllten Straßen fertig zu werden, wo nur die Stärksten sich behaupten konnten.

Charlotte hatte Zeit für Mitleid, Zeit, um über diese anderen Frauen nachzudenken; es war leichter, sich mit dem Schmerz fremder Menschen zu beschäftigen, als den eigenen zu bezwingen. So konnte sie Thomas mit mehr Mut entgegentreten, lügen und lächeln.

Sie blickte in sein Gesicht, sah den Schmutz und die blauen Flecken, die Ringe um seine Augen, den Schock, den sein gezwungenes Lächeln nicht verbergen konnte.

Er kannte sie so gut, und nie zuvor war es ihr gelungen, ihn zu täuschen. Nun sah sie ihn offen an und log so mühelos, als sei er ein Kind, das mit Geschichten geschützt und getröstet werden mußte, während sie die Wahrheit für sich behielt.

»Ja, uns geht es gut, obwohl wir dich natürlich sehr vermissen. Wir haben von allem genug, so daß ich Mama oder Emily noch nicht um Hilfe bitten mußte. Nein, ich war nicht noch einmal bei den Yorks. Ich überlasse die Angelegenheit Ballarat, wie du es gewünscht hast. Wenn er dir bisher niemand hergeschickt hat, dann muß er es wohl für überflüssig halten.«

Sie redete ziemlich überstürzt und ließ ihm keine Zeit, sie zu unterbrechen oder Fragen zu stellen, die sie nicht beantworten konnte.

»Emily ist daheim. Sie kann dich nicht besuchen, weil man sie hier nicht hereinläßt. Sie ist nicht nahe genug verwandt. Ja, Jack Radley ist sehr hilfsbereit ...«

Emily befand sich im Wäscheraum und verrichtete die Arbeit, die sie am meisten haßte: Sie bügelte die gestärkten Rüschen von einem halben Dutzend Baumwollschürzen. Edith hatte es wieder einmal geschafft, ihren eigenen Anteil an Bügelwäsche der ungeliebten Rivalin aufzuhalsen. Nun blickte Emily erstaunt auf, als Mary hereinschlüpfte und den Finger auf die Lippen legte.

»Was ist?« flüsterte Emily.

»Ein Mann«, erwiderte Mary hastig und leise. »Sie haben einen Verehrer.«

»Das stimmt nicht«, sagte Emily entschieden. Diese Art von Problemen konnte sie wahrhaftig nicht brauchen. Sie hatte auch kein männliches Wesen in irgendeiner Form ermutigt.

»Doch«, widersprach Mary. »Er sieht schmuddelig aus, als sei er durch einen Kamin gekrochen. Aber er spricht sehr schön, und wenn er gewaschen wäre, könnte er einem schon gefallen.«

»Also, ich kenne ihn wirklich nicht«, erklärte Emily gereizt. »Sagen Sie ihm, er soll gehen.«

»Wollen Sie ihn nicht wenigstens anschauen?«

»Nein. Möchten Sie, daß ich kein Zeugnis bekomme?«

»Er ist so hartnäckig.«

»Man wird mich hier hinauswerfen«, meinte Emily wütend.

»Aber er sagt, er kennt Sie!« Mary gab so schnell nicht auf. »Er heißt Jack Soundso ...«

Emily erstarrte. »Was?«

»Er heißt Jack«, wiederholte Mary.

Emily stellte das Bügeleisen hin. »Ich komme. Wo ist er? Hat sonst jemand ihn gesehen?«

»Sie haben Ihre Meinung aber sehr rasch geändert«, stellte Mary zutiefst befriedigt fest. »Beeilen Sie sich. Er ist an der Tür zur Spülküche. Los, machen Sie schnell!«

Emily rannte hinaus, und Mary folgte ihr, um aufzupassen, daß die Köchin nicht erschien.

Emily konnte kaum glauben, was sie sah. Der Mann, der auf den rückwärtigen Stufen neben den Kohlenkästen und Mülltonnen im Regen stand, trug einen dunklen, zerlumpten Mantel, der ihm über die Knie reichte. Sein Gesicht war fast ganz verborgen unter einem breitrandigen Hut und einer rußigen Haarlocke, die ihm in die Stirn fiel. Seine Haut erschien schmutzig, als sei er tatsächlich durch einen Kamin gestiegen.

»Jack?« sagte Emily ungläubig.

Er grinste und zeigte erstaunlich weiße Zähne in seinem schwarzen Gesicht. Sie war so froh, ihn zu sehen, daß sie am liebsten gelacht hätte, aber sie wußte, daß ihr Lachen sich gleich in Tränen verwandeln würde.

»Geht es dir gut?« fragte er. »Du siehst fürchterlich aus.«

»Ja, es geht mir gut«, erwiderte sie mit gepreßter Stimme. »Nachts stelle ich einen Stuhl unter den Türknopf. Ich muß dringend mit dir reden. Was macht Charlotte?«

»Es ist sehr schlimm für sie, und wir kommen nicht weiter.«

In der Spülküche erklang ein Ruf, und Emily wußte, daß jemand da war, der sie verraten würde — entweder die Köchin oder Nora.

»Geh!« sagte sie schnell. »Ich komme ungefähr in einer halben Stunde zum Schuster; warte hinter der Ecke auf mich, bitte!«

Er nickte, und als Noras neugieriges Gesicht in der Tür erschien, war er schon verschwunden.

»Was machen Sie hier draußen?« fragte Nora scharf. »Ich dachte, ich hätte Sie mit jemand sprechen gehört.«

»Nun, Sie sehen ja, welche Streiche Ihnen Ihr ›Denken‹ spielt«, antwortete Emily frech. Gleich darauf bereute sie es; es war unklug, sich Nora zur Feindin zu machen. Doch jetzt war es zu spät für einen Rückzieher. »Übrigens — was suchen Sie denn hier draußen?«

»Hm . . .« Nora war offensichtlich gekommen, um Emily zu erwischen, und nun war sie verlegen. Sie hob das Kinn ein wenig. »Ich dachte, jemand würde Sie belästigen, und wollte Ihnen helfen.«

»Wie reizend«, meinte Emily spöttisch. »Wie Sie sehen, ist niemand da. Ich wollte nur nach dem Wetter schauen.«

»Genügt Ihnen da nicht ein Fenster?«

»Eigentlich nicht. Ich war im Wäscheraum.« Sie blickte in Noras schöne herausfordernde Augen.

Nora zuckte die hübschen Schultern. »Dann gehen Sie an Ihre Arbeit und vertrödeln Sie nicht den halben Nachmittag mit Ihrer Wetterkunde.«

Emily kehrte wieder in den Wäscheraum zurück und bügelte die letzte Schürze, faltete sie und stellte das Eisen weg. Anschließend nahm sie Hut und Mantel, sagte Mary Bescheid, wohin sie ging, und eilte hinaus auf die Straße, Hanover Close entlang und Richtung Hauptverkehrsader. Auf Schritt und Tritt erwartete sie, Jack zu treffen oder ihn hinter sich zu hören.

Nachdem sie die erste Ecke umrundet hatte, stieß sie fast mit ihm zusammen. Er sah immer noch so verwegen aus und berührte sie nicht, sondern marschierte respektvoll neben ihr her, als seien sie beide das, was sie darstellten: eine Zofe bei einer Besorgung und ein Schornsteinfeger, der gerade eine Arbeitspause einlegte.

Sie erzählte ihm von dem seltsamen Gespräch zwischen Veronica und Loretta, das sie belauscht hatte, und er sprach über Charlotte und ihre verzweifelte Lage.

Bald hatte Emily Veronicas Stiefel abgeholt und befand sich mit Jack auf dem Rückweg zum York-Haus. Es regnete stärker, ihre Füße und Röcke waren naß, und der Ruß begann in schwarzen Rinnsalen über Jacks Gesicht zu laufen.

»Du siehst zum Fürchten aus«, sagte sie mit einem etwas angestrengten Lächeln. Sie ging immer langsamer, denn es fiel ihr schwer, die kurze Befreiung von Pflichten und Angst sowie Jacks angenehme Gesellschaft wieder aufzugeben. »Deine eigene Mutter würde dich nicht erkennen«, fügte sie hinzu.

Er fing an zu lachen, zuerst ganz leise, dann herzhafter, als er ihren einfachen schlammbraunen Mantel, den hausbackenen Hut und die durchnäßten Stiefel betrachtete.

Auch sie kicherte, und sie standen tropfend im Regen und lachten beide plötzlich Tränen. Er streckte die Hände aus und nahm ihre zärtlich in seine.

Einen Moment lang dachte sie, er wolle sie fragen, ob sie seine Frau werden würde, doch er schluckte die Worte hinunter, die ihm auf der Zunge lagen. Sie besaß all das Geld der Ashworths, die Häuser, den vornehmen Stand; er besaß nichts. Nur Liebe anzubieten war nicht genug.

»Jack«, sagte sie, ohne sich zu besinnen. »Jack, würdest du in Betracht ziehen, mich zu heiraten?«

Der Regen wusch den Ruß aus seinem Gesicht.

»Ja, Emily, ich würde dich gern heiraten, sehr gern sogar.«

»Dann darfst du mich küssen«, flüsterte sie mit einem scheuen Lächeln.

Langsam, vorsichtig und sehr sanft tat er es, und obwohl Jack schmutzig und unterkühlt im Regen stand, war es ein himmlisch süßer Kuß.

11

Das Leben im Gefängnis war jenseits aller Vorstellungen, die Thomas Pitt je entwickelt hatte.

Zuerst hatte der Schock der Festnahme, die gewaltsame Beförderung von einer Seite des Gesetzes auf die andere, seine Gefühle betäubt und ihm nur mehr höchst oberflächliche Reaktionen gestattet. Selbst als er aus der Zelle des Untersuchungsgefängnisses in das große Zuchthaus von Coldbath Fields gebracht worden war, hatte ihn das nicht im Innersten berührt. Er sah die dicken Mauern und hörte das Zufallen der Tür; der seltsam säuerliche Geruch überwältigte ihn, doch seine Emotionen blieben unangetastet.

Als er am nächsten Morgen steif vor Kälte aufwachte, kam die Erinnerung zurück, und das Geschehene erschien ihm grotesk. Jeden Augenblick würde jemand kommen, sich hundertmal entschuldigen, und man würde ihm ein köstliches Frühstück mit viel heißem Tee servieren.

Doch als jemand kam, war es nur der Gefängniswärter mit einem Blechgeschirr voller Haferschleim, der Pitt befahl aufzustehen und sich für den Tag fertig zu machen. Thomas Pitt protestierte, ohne nachzudenken, da wurde ihm beschieden zu gehorchen, andernfalls drohe ihm eine Sonderstrafe.

Die anderen Gefangenen betrachteten ihn mit Neugier und Haß. Er war der Feind. Hätte es nicht die Polizei gegeben, wäre keiner der Männer hier dieser verlängerten Qual unterworfen gewesen, eingepfercht in die engen luftlosen Zellen der Tretmühle, wo sie endlos auf Leisten traten, die unter ihnen nachgaben, während die Delinquenten sich abmühten, mit dem sich langsam drehenden Rad Schritt zu halten. Fünfzehn Minuten in so einem hühnerkorbartigen Pferch mit der stickigen Luft, die die Lungen verstopfte, waren das höchste, was ein Mann ertragen konnte, dann mußte er herausgeholt werden, ehe er zusammenbrach.

Wenn einer nicht eifrig genug dieser Folter frönte, gab es noch eine Menge anderer Strafen. Bei offenem Aufstand konnte ein Gefangener geprügelt oder ausgepeitscht werden, bei geringeren Verstößen wie Frechheit oder Gehorsamsverweigerung drohte ihm der Drill mit den Kanonenkugeln. Am dritten Tag wurde Thomas Pitt selbst dazu verurteilt — wegen seiner Widerworte, seiner Faulheit und der Anzettelung eines Krawalls.

Die Männer mußten sich draußen in dem kalten Übungshof in einem Viereck aufstellen. Jeder stand zweieinhalb Meter von seinem Nachbarn entfernt und hatte eine zehn Kilogramm schwere Kanonenkugel vor seinen Füßen liegen. Auf Kommando mußte er die Kugel hochheben und auf den Platz seines Nachbarn legen, dann zu seinem eigenen Platz zurückkehren, wo er die Kugel seines anderen Nachbarn vorfand. Dieses sinnlose Herumreichen der Kanonenkugeln konnte fünfundsiebzig Minuten dauern, bis es in den Schultern stach, die Muskeln schmerzhaft überdehnt und die Rücken so strapaziert waren, daß die Männer sich nicht mehr gerade aufrichten konnten.

Pitts Verstoß rührte von einem dummen Streit her, den ein anderer Gefangener begonnen hatte, der sich vor seinen Kumpanen brüsten wollte. Hätte Pitt seiner Umgebung mehr Aufmerksamkeit geschenkt, wären ihm das reizbare Temperament und die unsteten Augen des Mannes aufgefallen, der in die Runde blickte und Bewunderung einheimste, jene besondere Mischung aus Furcht und Respekt, die die Schwachen den Brutalen zollen.

Doch Pitts Gedanken weilten bei dem toten Körper der Frau in Rot und ihrem Gesicht, das er nur kurz gesehen hatte. War sie wirklich einmal so schön gewesen, daß sie reiche Männer betören konnte? Er war so versunken in diese Frage, daß er dem gewalttätigen Häftling ein paar unbedachte Worte zuwarf, die gleich zu einem Angriff und einer idiotischen Rauferei führten, in die sich mehrere Typen einmischten. Die Folge war der Drill mit den Kanonenkugeln, aus dem Pitt schweißgebadet und so zerrissen hervorging, daß er sich vier Tage lang nicht einmal im Schlaf ohne Schmerzen umdrehen konnte.

Die Tage vergingen, und Pitt gewöhnte sich an die Routine, an das miserable Essen und daran, immer zu frieren, wenn die Arbeit ihn nicht schwitzen ließ. Er haßte es, ständig schmutzig zu sein, er haßte den Mangel an privater Sphäre, vor allem bei den lebenswichtigen Verrichtungen. Nie in seinem ganzen Dasein war er so einsam gewesen, obwohl er keine Sekunde allein war. Er sehnte sich nach ein wenig Abgeschlossenheit, nach der Chance, sich zu entspannen und nachzudenken, ohne von grausamen lauernden Augen beobachtet und verfolgt zu werden.

Die erste Begegnung mit Charlotte war von allen Erfahrungen die schlimmste: seine Frau zu sehen, sie nicht berühren zu dürfen und jedes Wort vor den Ohren eines primitiven Wärters äußern zu müssen! Was konnte er ihr sagen? Seine einzige Schuld war seine Einfalt, seine Kurzsichtigkeit. Er wußte immer noch nicht, wer Robert York getötet hatte. Seine Schuld bestand im Mißerfolg. Er war auch Charlotte und den Kindern gegenüber ein Versager. Was würde mit ihnen geschehen? Was geschah jetzt mit ihnen? Charlotte mußte all die Schande und Angst ertragen, für die Frau eines Mörders gehalten zu werden. Und bald würde die Armut ihr zusetzen, wenn ihre Familie ihr nicht half. Doch das Elend und die Demütigung einer lebenslangen Abhängigkeit waren kaum eine Lösung.

Wie konnte er ihr unter solchen Umständen auch nur sagen, daß er sie liebte — wenn ein geringschätziger Wächter zuhörte?

Sie war blaß gewesen. Sie hatte sich sehr bemüht, doch der Schrecken war nicht aus ihren Gesichtszügen gewichen. Er konnte sich gar nicht mehr erinnern, was sie gesprochen hatten — es war eine inhaltlose Unterredung gewesen. Nur das Schweigen zwischen den Worten hatte Gewicht gehabt — und die Zärtlichkeit in Charlottes Augen.

Beim zweitenmal war es besser gewesen. Wenigstens schien Charlotte sich die Realitäten im Gefängnis nicht zu vergegenwärtigen, und sie glaubte an Ballarats Bemühungen, Thomas freizubekommen — ein Glaube, den er nicht teilen konnte. Ballarat hatte ihn nie besucht und auch keinen Stellvertreter geschickt, abgesehen von einem Polizisten, der nur bedeutungslose und oft wiederholte Fragen gestellt hatte.

Die Tage verschwammen zu einer langen düsteren Prozession. Es war nie hell in diesem Zuchthaus. Selbst im Übungshof verlor sich das schwache Wintertageslicht zwischen den steilen hohen Mauern. Gebeugt über die Kanonenkugeln oder zusammengepfercht mit anderen, sauer riechenden Häftlingen spürte Thomas Pitt, wie die Dunkelheit, einem Schimmelpilz ähnlich, in seine Seele kroch.

Nachts, wenn er in der Kälte lag, grübelte er über jede Möglichkeit seines Falles nach. Er konnte mit niemand darüber reden, aber die Häscher vermochten nicht, ihn vom Denken abzuhalten.

Seit Dulcies Tod, den Pitt zweifelsfrei für Mord hielt, hatte sich der Kreis der Verdächtigen soweit verengt, daß nur mehr eine Person im York-Haus oder einer der Besucher übrigblieb, die an jenem Abend dagewesen waren.

Doch nun war auch die Kirschrote umgebracht worden, in dem Moment, als Pitt sie gefunden hatte. Wer war sie gewesen?

Pitt lag wach und hörte die inzwischen vertrauten Geräusche unruhiger Bewegungen. Husten, Schnarchen und Fluchen, und, weiter entfernt, das verzweifelte Weinen eines Mannes.

Pitt grübelte noch an der Grenze zum Schlaf, sein Gehirn jagte Schatten nach. Die Frau in Rot wäre die Lösung aller Rätsel gewesen ...

Am Morgen kehrte die graue Unmittelbarkeit des Tages zurück und erfüllte Pitts Sinne. Vor einigen Wirklichkeiten konnte er die Augen verschließen, sogar gewisse Geräusche verdrängen, der Kälte gegenüber unempfindlich werden, doch es gelang ihm nie, den abstoßend säuerlichen Geruch zu vergessen. Dieser Geruch kroch mit jedem Atemzug in die Lungen, blieb im Hals hängen und ließ den Magen revoltieren.

Der Gefängnisalltag unterdrückte Pitts Gedanken.

Mit der Dunkelheit stellte sich die Illusion des Alleinseins wieder ein, und Pitt begann von neuem, sich mit den ungelösten Fragen zu beschäftigen. Er drehte und wendete sie, und keine Antwort befriedigte ihn. Am wahrscheinlichsten erschien, daß Robert York jemand überrascht hatte und wegen dieser Entdeckung getötet wurde, ebenso wie Dulcie und die Frau in Rot. Doch um welche Entdeckung konnte es sich handeln?

Der Polizist kam wieder, diesmal mit noch ernsterer Miene, und er erwähnte Ballarat überhaupt nicht.

»Es war also diese Dulcie, die Ihnen als erste von der Frau in Rot erzählte, Mr. Pitt?« Er blickte in sein Notizbuch und sah dann wieder auf. »Wie fanden Sie die Frau in Seven Dials?«

»Durch mühevolle Kleinarbeit«, erwiderte Pitt matt. »Ich fragte eine Menge Leute — Straßenhändler, Blumenmädchen, Sandwichverkäufer, Türsteher, Prostituierte.«

Der Polizist schüttelte langsam den Kopf. »Das muß viel Zeit gekostet haben. Gab es keine bessere Art, etwas zu erfahren?«

»Nein. Niemand wollte sich äußern, abgesehen von Miß Adeline Danver. Und sie sah die Frau nur einen Moment am Treppenabsatz im Gaslicht.«

»Das ist Julian Danvers Tante?«

»Ja. Aber Miß Danver wußte natürlich nicht, wo die Frau zu finden war.«

Der Polizist furchte die Stirn. »Ich könnte mit ihr darüber reden.«

»Wenn Sie das tun, seien Sie um Gottes willen vorsichtig. Die letzte Person, die mit der Polizei über die Kirschrote sprach, hatte einen tödlichen ›Unfall‹.«

Der Polizist schwieg einen Augenblick. »Was glauben Sie, wer diese Frau war, die Sie die Kirschrote nennen?«

»Ich weiß es nicht. Sie war schön. Jeder, der sie sah, erklärte, sie habe Stil, Geist und Witz in sich vereint.«

»Verzeihen Sie, Mr. Pitt, aber ich fand, daß sie eher wie ein Dienstmädchen aussah, das als Straßendirne gelandet war.«

»Sie war eine Kurtisane.« Thomas Pitt blickte in das ernste, verwirrte Gesicht des Beamten. »Eine anspruchsvolle Prostituierte für die besseren Kreise, eine, die sich die Freier aussuchte — solche, die einen sehr hohen Preis bezahlen konnten.«

Der Polizist zuckte die Schultern. »Wenn Sie das meinen, Mr. Pitt. Aber ich sage Ihnen: Sie hat Böden geschrubbt. Ihre Hände und Knie verrieten es. Ich habe zu viele Frauen mit solchen Schwielen gesehen, um das nicht zu wissen.«

Pitt starrte ihn an. »Das kann nicht stimmen!«

»Doch, Mr. Pitt. Ich habe sie genau betrachtet. Das gehört zu meinen Aufgaben. Wir kennen auch ihren Namen noch nicht ...«

Ein bohrender und schrecklicher neuer Gedanke schoß Pitt durch den Kopf: War das vielleicht nicht die echte Kirschrote gewesen, die er gefunden hatte, sondern ein hilfloses Opfer, das ihn in die Irre führen sollte? Vielleicht war die ganze Angelegenheit inszeniert worden, um ihn genau dorthin zu bringen, wo er jetzt war — wehrlos und lebendig begraben. Jemand hatte ihn beobachtet, nach Seven Dials gelockt und im richtigen Moment gemordet, um ihn auszuschalten, während die Frau in Rot noch lebte! Wußte Ballarat das? Schützte er sie absichtlich, indem er sich von dem Fall abwandte und vorgab, Pitt für schuldig zu halten?

Wie weit ging dann diese Korruption, dieser Verrat?

Nein, er konnte nicht glauben, daß Ballarat dazu fähig war. Der Polizeichef war zu selbstgefällig, zu arm an Fantasie. Er besaß nicht den Mut, mit einem so hohen Einsatz zu spielen. Er war unsensibel, ein moralischer Feigling, ein sozialer Aufsteiger, aber englisch bis in die Knochen. Auf seine eigene starrköpfige Art wäre er lieber gestorben, als einen Verrat zu begehen. Nein, Ballarat wurde benutzt.

Aber von wem?

»Geht es Ihnen gut, Mr. Pitt?« fragte der Polizist besorgt. »Sie sehen so verstört aus.«

»Sind Sie sich wegen der Schwielen sicher?« meinte Pitt langsam und versuchte, seiner Verzweiflung Herr zu werden. »Wie war ihr Gesicht? War es schön? Könnten Sie sich wenigstens vorstellen, daß sie Anmut und eine Art von Lieblichkeit besaß?«

Der Polizist schüttelte langsam den Kopf. »Das ist schwer zu sagen, Mr. Pitt.«

»Der Knochenbau!«

Pitt beugte sich ungeduldig vor. »Ich weiß von den Schwellungen und der Verfärbung. Aber an ihren Knochenbau kann ich mich nicht erinnern.« Er sah den Beamten beschwörend an.

»Wegen der Schwielen bin ich mir ziemlich sicher«, meinte der Mann nachdenklich. »Und sonst war sie mehr oder weniger gewöhnlich, zwar nicht übel, aber auch nichts Besonderes. Warum, Mr. Pitt? Was denken Sie?«

»Daß es nicht die Kirschrote war, sondern irgendeine arme Kreatur, die in ihre Kleider gesteckt und ermordet wurde, um mich in die Falle zu locken. Die Kirschrote lebt noch.«

»Du meine Güte!« Der Polizist atmete hörbar aus. Nur ein Hauch von Zweifel ließ sich in seinen Zügen erkennen. »Was soll ich jetzt tun, Mr. Pitt?«

»Ich weiß es nicht, Gott helfe uns. Im Moment habe ich keine Idee.«

12

Charlottes Gedanken drehten sich um dasselbe Thema wie die von Thomas Pitt, nur wußte sie natürlich nicht so viel wie er. Sie stellte sich vor, daß jede beliebige Person die Dirne in Seven Dials umgebracht haben konnte, aber für den Mord an Dulcie kam nur ein Mitglied der Familie in Hanover Close in Frage. Charlotte hatte sie alle kennengelernt und höflich mit ihnen geplaudert, während eines von ihnen den Justizmord an Thomas vorbereitete.

Sie stand plötzlich von ihrem Platz neben dem Küchenherd auf. Es war nun dunkel. Gracie lag schon lange im Bett. Heute nacht konnte Charlotte nichts mehr tun, sie hatte sich das Gehirn zermartert und war zu dem Schluß gekommen, daß sie durch Nachdenken keine Lösung des Problems herbeiführen konnte.

Sie durfte Thomas in den nächsten vier Tagen nicht besuchen, und es war sinnlos, Ballarat um Hilfe zu bitten. Doch sie konnte sich an den Polizisten wenden, der nun den Fall bearbeitete, der die Leiche der Frau in Rot gesehen und mit dem Bordellbesitzer geredet hatte. Und sie mußte sich wieder in Hanover Close umsehen, denn dort war die Antwort zu finden — wenn Charlotte nur den Anfang des Fadens entdecken könnte, mit dem das Auftrennen des Intrigengewebes beginnen würde.

Obwohl sie erschöpft war vor Angst, schlief sie schlecht und erwachte lange vor der Morgendämmerung. Um sieben Uhr war sie in der Küche, räumte selbst den Ofen aus und zündete ein neues Feuer an. Als Gracie eine Viertelstunde später herunterkam, fand sie die Arbeit getan und den Wasserkessel kochend vor. Sie öffnete den Mund, um zu protestieren, doch als sie Charlottes blasses Gesicht sah, schwieg sie.

Am späten Vormittag ging Charlotte rasch im eisigen Sonnenlicht unter den kahlen Bäumen am Green Park vorbei, um den Wachtmeister Maybery zu suchen. Der diensthabende Polizist in der Bow Street hatte ihr gesagt, daß Maybery den Fall der ermordeten Prostituierten in Seven Dials übernommen hatte. Diese Information war ihm nicht leicht über die Lippen gekommen, aber noch unangenehmer wäre ihm die Aussicht gewesen, sich in der Dienststelle mit einer hysterischen Frau abgeben zu müssen. Er haßte Szenen, und Charlottes gerötete Wangen und leuchtende Augen verhießen in dieser Hinsicht nichts Gutes.

Charlotte sah den blau gekleideten Wachtmeister mit dem großen Hut und Cape, als er von der Half Moon Street in den Piccadilly einbog. Sie rannte über die Straße, ohne auf den Verkehr zu achten.

»Wachtmeister!«

Er blieb stehen. »Ja, Madam? Was kann ich für Sie tun?«

»Sind Sie Wachtmeister Maybery?«

Er blickte sie verblüfft an. »Ja, Madam.«

»Ich bin Mrs. Pitt, Mrs. Thomas Pitt.«

»Oh.« Widerstreitende Gefühle drückten sich in seinen Zügen aus: Verlegenheit, der Mitleid folgte, dann begann er eifrig zu reden. »Ich war gestern bei Mr. Pitt, Madam. Den Umständen entsprechend, sieht er nicht allzu schlecht aus.«

Charlottes Mut kehrte zurück. Es war immerhin möglich, daß der Mann an Thomas' Unschuld glaubte.

»Wachtmeister, Sie untersuchen den Tod der Dirne in Seven Dials. Was wissen Sie über sie? Wie war ihr Name? Wo war sie, ehe sie in dieses Bordell kam?«

Er schüttelte langsam den Kopf. »Wir wissen gar nichts über sie, Madam. Sie kam erst drei Tage vor ihrem Tod in dieses Haus und nannte sich Mary Smith. Niemand hatte je von ihr gehört. Sie sagte nichts, und keiner fragte sie, wie das in diesem Gewerbe so üblich ist. Noch eines, Madam — Ihr Mann meinte, sie könnte die Frau in Rot nicht gewesen sein, denn meine Beschreibung der Toten entsprach überhaupt nicht dem Bild, das Mr. Pitt von ihr übermittelt bekam. Sie war eine ganz gewöhnliche Prostituierte mit Schwielen an den Händen und Knien vom Putzen.«

Charlotte stand reglos da. Der Fahrtwind einer vorbeibrausenden Kutsche fuhr unter die Krempe ihres Hutes. Dann war diese Dirne gar nicht die Kirschrote! Eine andere war ermordet worden, um Thomas von der richtigen Spur abzulenken! Vielleicht war es nur ein Zufall gewesen, daß Thomas sie gerade in diesem Moment gefunden hatte und als Täter verhaftet worden war — oder gehörte auch das zu einem Plan? Diese Frau mußte noch wichtiger sein, als sie alle geglaubt hatten.

Dann kam Charlotte eine aufregende Idee. Sie war erschreckend, vielleicht verrückt, gewiß gefährlich — aber es schien keine andere Möglichkeit mehr zu geben.

»Ich danke Ihnen, Wachtmeister Maybery«, sagte Charlotte laut. »Ich danke Ihnen sehr! Bitte grüßen Sie Thomas, wenn Ihnen das gestattet ist. Und bitte erwähnen Sie unser Gespräch nicht. Es würde ihn nur bekümmern.«

»In Ordnung, Madam, wenn Sie es wünschen.«

»Es ist mir wichtig — bitte!« Sie drehte sich um und eilte zur nächsten Haltestelle. Die neue Idee wirbelte ihr im Kopf herum. Es mußte etwas Besseres, weniger Irrsinniges, dafür Intelligenteres geben — aber was? Die Zeit zu warten war vorbei. Niemand konnte ein Druckmittel hervorzaubern, das ein Geständnis bewirken würde. Die einzige Möglichkeit war, jemand so furchtbar zu erschrecken, daß er all seine Vorsicht vergaß — und Charlotte fiel nichts anderes ein als die wilde Idee, die in ihrem Gehirn Gestalt annahm.

Charlotte ging nicht nach Hause, sondern zu Jack Radleys Wohnung in St. James. Sie war noch nie dort gewesen, kannte aber die Adresse von ihren Schreiben an ihn. Normalerweise war er selten daheim, denn er zog es vor, in einem der vornehmen Stadthäuser als Gast zu weilen. Das war angenehmer und seinen mageren Finanzen bekömmlicher. Doch er hatte versprochen, während der gegenwärtigen Krise verfügbar zu sein, und Charlotte zögerte nicht, sich an ihn zu wenden.

Das Gebäude war nicht übel, jedenfalls keine Adresse, die zu erwähnen man sich schämen mußte. Charlotte fragte den Pförtner in der Halle, und er erklärte ihr höflich — mit nur einem ganz leichten Stirnrunzeln —, daß Mr. Radleys Räume im dritten Stock lägen, links die Treppe hinauf.

Ihre Füße waren müde, als sie oben ankam, und es gab keine schöne Aussicht als Lohn für die Mühe, denn Jacks Wohnung befand sich auf der rückwärtigen Seite. Charlotte klopfte scharf an die Tür. Wenn Jack nicht da war, würde sie ein paar Zeilen hinterlassen müssen.

Doch er war da.

»Charlotte!« Jack sah erschrocken aus, doch er fing sich gleich wieder und bat sie herein. »Ist etwas passiert?«

Sie sah sich nicht um. Noch vor wenigen Wochen hätte die Neugier sie geplagt – das Heim eines Menschen sagt viel über ihn aus –, aber jetzt hatte sie weder Zeit noch Interesse, Informationen zu sammeln. Die Zweifel an Jack hatten sich verflüchtigt, ohne daß es Charlotte bewußt geworden wäre. Sie bemerkte nur, daß die Zimmer klein, aber elegant möbliert waren.

»Nun?« fragte er.

»Ich habe mit dem Polizisten geredet, der den Tod der Kirschroten untersucht, und erfahren, daß es sich gar nicht um die Frau handelt, hinter der wir her sind.« Sie erklärte kurz, was sie wußte, und fuhr dann fort. »Jack, das bedeutet, daß die Frau in Rot noch lebt. Und ich habe eine Idee. Ich weiß, es ist außergewöhnlich, sogar idiotisch, was ich vorhabe, aber möglicherweise beschert es uns den dringend benötigten Erfolg. Ich brauche Ihre Hilfe. Wir müssen wieder die Yorks besuchen, und die Danvers müssen auch da sein – ganz bald. Die Zeit wird schrecklich knapp.«

Jacks Gesicht war sehr ernst. Es war noch kein Verhandlungsdatum festgelegt, aber der Tag würde nicht mehr lange auf sich warten lassen. »Was sonst noch?« fragte Jack.

»Ich muß es mindestens zwei Tage vorher wissen, damit ich meine Vorbereitungen treffen kann.«

»Welche Vorbereitungen?«

Sie zögerte und war sich nicht sicher, ob sie ihren

Plan verraten sollte. Jack würde ihn wahrscheinlich mißbilligen.

»Seien Sie nicht dumm«, meinte er tadelnd. »Wie kann ich Ihnen helfen, wenn ich nicht weiß, was Sie vorhaben? Sie sind nicht die einzige Person mit Verstand und auch nicht die einzige, die sich Sorgen macht.«

Einen Moment lang fühlte sich Charlotte, als habe sie eine Ohrfeige erhalten. Sie wollte schon erzürnt reagieren, als ihr die Wahrheit seiner Worte klarwurde. Tatsächlich schmerzte die Zurechtweisung gar nicht. Charlotte fühlte sich sogar zum erstenmal seit Thomas' Festnahme weniger einsam.

»Die Danvers kommen regelmäßig zum Abendessen — nächstesmal werde ich mich als die Kirschrote verkleiden und mit jedem der in Frage kommenden Männer eine Verabredung treffen«, sagte sie offen. »Nur Piers York, die Danvers und Felix Asherson waren in der Nacht da, als Dulcie getötet wurde. Ich werde mit den Danvers anfangen, weil Tante Adeline die Kirschrote in ihrem Haus sah.«

Jack war sprachlos. Er zögerte lange und bemühte sich selbst um eine bessere Idee. Als ihm nichts einfiel, stimmte er zweifelnd zu. »Sie sehen ihr nicht sehr ähnlich — das heißt, den Beschreibungen von ihr«, meinte er schließlich.

»Ich werde mich im Treibhaus mit ihnen treffen. Es gibt eines im York-Haus, das weiß ich von Emily, und es ist dort nicht sehr hell. Es genügt schon, wenn ich den jeweiligen Mann so lange zu täuschen vermag, daß er irgendeine Reaktion zeigt.« Jetzt, da sie ihn beschrieb, klang der Plan verzweifelt und nach einer sehr geringen Chance, so daß Charlotte spürte, wie sich ihre ohnehin fadendünne Hoffnung verflüchtigte. »Selbst wenn er mich erkennt, muß er sich irgendwie äußern.«

Jack merkte, wie verloren sich Charlotte vorkam, und legte sanft die Hand auf ihren Arm. »Es könnte gefährlich sein.«

»Ich weiß«, sagte sie, und eine Woge der Erregung packte sie. »Aber Sie sind da — und Emily. Ich brauche auch Emilys Hilfe. Ich habe mir alles bereits ausgedacht: Ich werde das Kleid und die Perücke in einer Tasche mitnehmen und sie Emily vorher übergeben. Dann, nach dem Essen, werde ich Übelkeit vortäuschen und mich entschuldigen. Emily wird sich um mich ›kümmern‹, also kann ich in ihr Zimmer schlüpfen und mich umziehen. Inzwischen wird Emily aufpassen und mir sagen, wann ich ins Treibhaus gehen kann, um mein Rendezvous einzuhalten.«

»Sie überlassen eine Menge dem Zufall«, meinte er besorgt.

»Fällt Ihnen etwas Besseres ein?«

Er zögerte einen Augenblick. »Nein«, gab er dann zu. »Ich werde alles tun, um die anderen im Wohnzimmer festzunageln — mit fesselnden Gesprächen.« Er lächelte freudlos. »Um Himmels willen, versprechen Sie mir, bei der geringsten Gefahr zu schreien. Das meine ich ernst, Charlotte.«

»Ich verspreche es.« Sie kicherte ein wenig ungezügelt. »Obwohl das ungeheuer schwer zu erklären wäre, nicht wahr? Was, in aller Welt, sollte ich sagen, warum ich mich verkleidet und laut schreiend im Treibhaus aufhalte, während ich eigentlich oben mit einem Schwächeanfall auf dem Sofa liegen müßte?«

»Ich würde behaupten, Sie hätten Ihren Verstand

verloren«, erwiderte er mit einem schiefen Grinsen. »Aber besser das, als tot zu sein — wer immer es ist: Er hat schon dreimal gemordet.«

Ihr Lachen verebbte plötzlich und blieb ihr im Hals stecken. Bittere Tränen stiegen in ihre Augen.

»Mit Thomas werden es vier Morde sein«, sagte sie.

Sie traf die Verabredungen schriftlich, benützte möglichst wenige Worte und ließ sie unsigniert. Sie hatte keine Ahnung, wie die Handschrift der Kirschroten aussah oder wie die Frau hieß. Sie verwendete teures Briefpapier, schrieb nur Zeit und Ort auf, und anstatt die Benachrichtigungen in einem Couvert zu versiegeln, schnürte sie sie mit einem leuchtend roten Band zusammen. Es war das Beste, was sie tun konnte.

Emily hatte ihrem Bankier geschrieben und für Geld gesorgt, so daß Charlotte das auffallende Gewand und die Perücke kaufen konnte; Jack hatte die Utensilien nach Hanover Close gebracht, diesmal als Kohlenmann verkleidet und mit Kokssäcken beladen, die er in die Küche schleppte. Wie er es im einzelnen anstellte, erfuhr Charlotte nie; sie war mit ihren eigenen Vorbereitungen zu beschäftigt, um zu fragen.

An jenem Abend zog sie ein sehr einfaches rauchgraues Kleid von Emily an, das Emilys Mädchen geschickt erweitert hatte. Es stand Charlotte mit ihrem dunkleren Teint und dem mahagonifarbenen Haar bei weitem nicht so gut wie ihrer Schwester mit ihrer apfelblütenhellen Blondheit, doch es besaß den einen Vorteil, der Charlotte jetzt wichtig war: man konnte leicht hinein- und herausschlüpfen. Sie frisierte sich mit geringem Aufwand, so daß ihr Haar schnell und ohne das Entfernen vieler Nadeln unter eine Perücke gesteckt werden konnte. Das Ergebnis ließ sie nicht besonders attraktiv aussehen, aber das war nicht zu ändern. Jack war so taktvoll, sich einer Bemerkung zu enthalten, obwohl sein Gesicht leichtes Staunen ausdrückte, das jedoch gleich einem Lächeln und Augenzwinkern wich.

Sie kamen ein paar Minuten zu spät in Hanover Close an, was der Höflichkeit entsprach, und Bedienstete halfen ihnen von der Kutsche herunter auf die eisige Straße. Charlotte nahm Jacks Arm, während sie die Stufen hinaufschritt und in die erleuchtete Halle trat. Als die Tür hinter den beiden geschlossen wurde, empfand Charlotte einen Moment der Panik. Sie zwang sich, an Thomas zu denken, und sagte ein bißchen zu überschwenglich: »Guten Abend, Mrs. York, wie nett von Ihnen, uns einzuladen.«

»Guten Abend, Miß Barnaby«, erwiderte Loretta weit weniger begeistert. »Ich hoffe, es geht Ihnen gut. Ist Ihnen unser Stadtwinter nicht unangenehm?«

Gerade zur rechten Zeit erinnerte sich Charlotte, daß sie sich nach dem Essen schlecht fühlen mußte. Sie wählte Ihre Worte sorgfältig. »Ich finde ihn ... anders als gewohnt. Hier macht es keinen Spaß, auf der Straße spazierenzugehen. Der Schnee wird auch so schnell schmutzig.«

Lorettas Augenbrauen hoben sich in leichtem Staunen. »Tatsächlich? Spazierengehen habe ich nie in Betracht gezogen.«

»Es ist sehr gut für die Gesundheit.« Charlotte brachte es fertig, einen freundlichen Ton anzuschlagen, ohne direkt zu lächeln.

Im Wohnzimmer stand Veronica neben dem Kamin. Sie trug ein äußerst elegantes Kleid in Schwarz und

Weiß und sah viel beherrschter aus als das letztemal. Sie begrüßte Charlotte mit offenbar echter Freude, vor allem, als sie deren bescheidenes graues Gewand sah.

Der übliche Austausch von Höflichkeitsfloskeln folgte, und Charlotte stellte erleichtert fest, daß alle, die der Plan umfaßte, zugegen waren. Harriet wirkte blaß; Tante Adelines braunes Kleid betonte die lebhaften Augen seiner Trägerin; Loretta in lachsfarbener Seide mit perlenbesticktem Oberteil sah individuell und unglaublich feminin aus. Doch weit wichtiger waren die Männer: Julian Danver, der freimütig lächelte; Garrard Danver, elegant, witzig und undurchsichtiger als sein Sohn — nach Charlottes Ansicht auch origineller als er. Piers York war ebenfalls anwesend und begrüßte sie mit der Lauterkeit, die ein Ergebnis langer Übung und feiner Erziehung war. Gutes Benehmen war für ihn so selbstverständlich wie frühes Aufstehen oder das Leeressen seines Tellers. Das alles hatte er in der Kindheit gelernt und sich unausrottbar zu eigen gemacht.

Mit Jacks Hilfe widmete Charlotte ihre Gedanken dem alltäglichen Geplauder, das der Mahlzeit voranging. Das Essen verlief ganz normal; die Gesprächsthemen wechselten von einem unwichtigen Gegenstand zum anderen. Es war eine unausgeglichene Tischrunde mit vier unverheirateten Damen und nur drei unverheirateten Herren, von denen Garrard Danver kein romantisches Interesse an seiner Tochter oder Schwester haben konnte — und vermutlich auch nicht an Veronica, die bald seine Schwiegertochter werden sollte. Nachdem er fünfundzwanzig Jahre älter als Charlotte war, würde kaum jemand sie gedanklich mit ihm in Verbindung bringen, auch nicht, falls er noch einmal heiraten wollte. Und Jack wurde natürlich für ihren Vetter ersten Grades und deshalb als unpassend angesehen.

Dennoch war Loretta eine perfekte Gastgeberin. Heute abend schien sie all ihren beträchtlichen Charme und ihre Gelassenheit aufzubieten, um die Runde zu beherrschen und gleichzeitig dafür zu sorgen, daß jeder einzelne sich blendend fühlte. Wenn sie sich ein wenig mehr anstrengte als sonst oder wenn ihre Finger den Stiel des Weinglases besonders fest umschlossen, kam das vielleicht daher, daß ihre Schwiegertochter ihr Anlaß zu gewissen Bedenken gab. Loretta befürchtete möglicherweise einen Ausbruch von Veronicas Hysterie oder Eigenwilligkeit, die hinter ihrem zerbrechlichen Äußeren lauerten und sich erst kürzlich in der vermeintlichen Intimität ihres Schlafzimmers gezeigt hatten.

Da es nur eine kleine Gesellschaft und etwas später als sonst nach dem Essen war, schlug Jack ziemlich kühn vor, man möge zusammenbleiben und sich gemeinsam in das Wohnzimmer begeben. Er blickte nicht zu Charlotte hinüber; er spielte seine Rolle ausgezeichnet.

Es wurde Zeit für Charlotte, ihren Teil zu übernehmen.

Jeder erhob sich, der Tisch war mit schmutzigem Geschirr und zerknüllten Servietten bedeckt. Das Gas in den Kronleuchtern zischte sanft, die Blumen darunter wirkten wachsweiß und künstlich; sie mußten aus dem Treibhaus stammen.

Nun, da es soweit war, kam sich Charlotte lächerlich vor. Es hätte einen besseren Weg geben müssen. Es würde niemals klappen — die Beteiligten würden sie durchschauen, und Jack bliebe nichts anderes übrig, als sie für verrückt zu erklären. Die Pflege der alten Tante hatte ihr den Verstand geraubt!

»Miß Barnaby, fühlen Sie sich gut?« Das war Julian Danvers Stimme, die wie durch einen Nebel zu ihr drang.

»Oh ... wie bitte?« stammelte sie.

»Elizabeth, sind Sie krank?« Veronica kam mit besorgtem Gesicht auf sie zu.

Charlotte hätte am liebsten gelacht — sie hatte unbewußt die gewünschte Wirkung erzielt. Automatisch antwortete sie: »Ich fühle mich ein bißchen schwach. Wenn ich für eine halbe Stunde nach oben gehen dürfte, werde ich mich bestimmt erholen. Ich brauche nur eine kurze Ruhepause. Es ist wirklich nichts Schlimmes.«

»Sind Sie sicher? Soll ich mit Ihnen kommen?« fragte Veronica.

»Nein, bitte ... ich würde mich schrecklich schuldig fühlen, wenn ich Sie von Ihren Gästen wegholen würde. Vielleicht könnte Ihre Zofe ...?« Wirkte sie zu unnatürlich? Alle starrten sie an — war das ganze Theater vielleicht völlig offensichtlich? Benahm sich irgendein Mensch wirklich so wie sie?

»Selbstverständlich«, erwiderte Veronica, und Charlotte fiel vor Erleichterung ein Stein vom Herzen.

»Ich werde Amelia rufen«, fügte Veronica hinzu und ging zur Glocke.

Fünf Minuten später war Charlotte oben in Emilys kleinem kalten Dachzimmer. Sie sah ihre Schwester an, schnitt eine Grimasse und zog das graue Kleid aus. Emily reichte ihr das leuchtend kirschrote Gewand.

»O Gott!« Charlotte schloß die Augen.

»Los«, drängte Emily. »Schlüpf hinein! Du hast dich zu der Aktion entschlossen, jetzt zögere nicht!«

Charlotte gehorchte. »Die Kirschrote muß eine bemerkenswerte Person sein, daß ihr so etwas steht. Mach die Knöpfe zu — schnell! Mir bleiben nur zehn Minuten, um in das Treibhaus zu gelangen. Wo ist die Perücke?«

Emily stülpte ihr die schwarze Perücke über. Es dauerte eine Weile, bis sie saß und Charlotte das mitgebrachte Rouge auf ihren Wangen verteilt hatte. Emily trat zurück und betrachtete ihre Schwester kritisch.

»Das ist gar nicht so übel«, stellte sie erstaunt fest. »Tatsächlich siehst du auf eine etwas unfeine Art toll aus.«

»Danke«, sagte Charlotte spöttisch, aber ihre Hände zitterten, und ihre Stimme klang leicht unsicher.

Emily musterte sie schweigend — sie fragte nicht, ob Charlotte ihr Vorhaben weiter ausführen wolle.

»Gut«, meinte Charlotte nun ein wenig mutiger. »Schau nach, ob die Luft rein ist. Ich möchte nicht dem Stubenmädchen auf der Treppe begegnen.«

Emily öffnete die Tür, schlich hinaus und kam wieder zurück. »Komm schnell! Du kannst hier heruntergehen, und wenn jemand auftaucht, verstecken wir uns in Veronicas Zimmer.«

Sie huschten über den Korridor, stiegen die Stufen hinab — da blieb Emily plötzlich stehen und hob warnend die Hand. Charlotte erstarrte.

»Amelia?« Das war eine männliche Stimme. »Amelia? Ich dachte, Sie kümmern sich um Miß Barnaby.«

Emily ging weiter nach unten. »Ja, das tue ich. Ich hole ihr gerade einen Kräutertee.«

»Haben Sie keinen da?«

»Keine Pfefferminze. Würden Sie mir welche bringen? Ich bleibe hier, falls Miß Barnaby mich ruft. Ich glaube, es geht ihr gar nicht gut. Bitte, Albert.«

Charlotte, die oberhalb von ihr auf den Stufen stand, konnte sich Emilys sanften Gesichtsausdruck lebhaft vorstellen. Es wunderte sie überhaupt nicht, daß Albert ohne Murren gehorchte. Gleich darauf flüsterte Emily drängend, sie möge sich beeilen.

Charlotte rannte so schnell hinunter, daß sie beinahe gestürzt wäre. Sie durchquerte die Halle und lief durch die Tür des Treibhauses in das willkommene Dämmerlicht der sparsamen gelben Nachtlampen. Ihr Herz klopfte wie ein Vorschlaghammer, ihr ganzer Körper zitterte, und es gelang ihr kaum, ihre Lungen mit ausreichend Luft zu füllen.

Sie stand unter der dekorativen Palme am hinteren Ende des Weges, so daß sie die Tür zur Halle sehen konnte. Wenn jemand kam, würde sie vortreten, so daß das Licht hauptsächlich ihre Schultern und das brennende Rot ihres Rockes erfassen würde und ihr Gesicht im Schatten des überhängenden Farnkrautes bliebe.

Aber würde jemand kommen? Vielleicht meldete sich die Kirschrote nie schriftlich an — oder ihr Schreibstil war so völlig anders als der von Charlotte, daß die Empfänger sofort Bescheid wüßten. Sie hatte Julian Danver zuerst bestellt. Er mußte jeden Moment auftauchen — er verspätete sich sogar. Wie lange war sie schon da?

Irgendwo im Haus konnte sie Schritte hören — wahrscheinlich die von Albert. In Charlottes engerer Umgebung war ein ständiges Tropfen zu vernehmen. Der Geruch der Pflanzen war überwältigend.

Charlotte versuchte sich von der gegenwärtigen Situation abzulenken, doch es gelang ihr nicht. Jeder Gedanke endete im Chaos, und die Anspannung wurde immer unerträglicher. Charlottes Hände waren feucht. Würde sie die halbe Nacht hier unter der Palme stehen?

Ein Flüstern erschreckte sie bis ins Mark.

Der Mann stand mit aufgerissenen Augen im Türrahmen. Das gelbe Licht ließ seine Wangen unnatürlich hohl erscheinen und betonte die Linie seiner Nase.

Charlotte trat einen Schritt vor, gerade so weit, daß ihre Silhouette sich klar gegen das Grün abzeichnete und sich das Licht über das flammende Kleid ergoß.

Er war überrascht, als er die Farbe, die nackten Schultern, den schlanken Hals und die schwarze Perücke sah. Eine Sekunde lang gaben seine Züge den Schmerz, den er empfand, unverhüllt preis. Es war zu spät, sich zu verstellen — Garrard Danver hatte die Frau in Rot geliebt. Der Sturm der Leidenschaft hatte Spuren in seinem Gesicht hinterlassen. Unbewußt näherte sich Garrard Charlotte.

Sie wußte nicht, wie sie sich verhalten sollte — auf Komplizenschaft oder Betörung war sie gefaßt gewesen, doch nicht auf solchen Schmerz.

Unwillkürlich wich sie zurück, und das Licht fiel auf ihren Busen.

Garrard blieb stehen. Seine Augen lagen in dunklen Höhlen, er wirkte wie eine Karikatur, häßlich und schön; selbst in seiner Verzweiflung bewahrte er sich Selbsterkenntnis, einen Hauch von Ironie.

Dann begriff sie: Natürlich, jeder hatte berichtet, die Kirschrote sei dünn, fast flachbrüstig, und Charlotte besaß einen üppigen Busen. Selbst in einem engen Mieder konnte sie das nicht verbergen.

»Wer sind Sie?« fragte er ruhig.

»Für wen haben Sie mich zuerst gehalten?« Diese Frage hatte sie sich längst überlegt.

Sein Lächeln wirkte geisterhaft. »Ich hatte keine Ahnung. Ich wußte sofort, daß Sie nicht die Person sind, die Sie spielen.«

»Warum sind Sie dann gekommen?«

»Um zu sehen, was Sie von mir wollen, selbstverständlich! Wenn Sie eine Erpressung vorhaben, sind Sie eine Närrin. Sie riskieren Ihr Leben für ein paar Pfund.«

»Ich will kein Geld«, erklärte sie scharf. »Ich will ...« Sie hielt inne. Er stand nun dicht vor ihr, so dicht, daß sie seine Wange mit der Hand hätte berühren können. Doch sie nützte immer noch den tiefen Schatten, so daß Garrard sie nicht erkannte. Da erschien noch eine Person im Türrahmen, starr vor Entsetzen und wilder Eifersucht, als sie die Gestalten vor der Palme und das leuchtend rote Kleid erblickte.

Loretta York. Garrard drehte sich halb um und sah sie. Seine Züge drückten keine Verlegenheit oder Scham aus, was Charlotte erwartet hatte, sondern Furcht, und, noch schlimmer, Abwehr.

Wasser tropfte von den Blättern und landete mit einem schwachen Laut auf den geöffneten Lilien. Alle drei Menschen standen bewegungslos.

Schließlich schauderte Loretta, wandte sich um und ging hinaus.

Garrard sah Charlotte an — oder eher das, was das düstere Licht von ihr freigab. Er räusperte sich, und seine Stimme klang heiser.

»Was wollen Sie von mir?«

»Nichts. Gehen Sie. Gehen Sie zur Party zurück!« zischte sie.

Er zögerte und wußte nicht, ob er ihr glauben sollte.

Sie trat zurück und stieß beinahe gegen den Stamm der Palme.

»Gehen Sie zur Party zurück!« wiederholte sie beschwörend. »Gehen Sie!«

Seine Erleichterung siegte über restliche Zweifel – er hatte nur den einen Wunsch: zu fliehen. Einen Augenblick später stand Charlotte allein im Treibhaus. Sie schlich zur Tür und blickte hinaus. Kein Mensch war zu sehen, auch nicht Emily. Sollte sie nach oben laufen oder warten, bis Emily ihr ein Zeichen gab? Vielleicht war diese Leere das Signal? Wenn Albert zurückkam, war es zu spät.

Charlotte stand am Fuß der Treppe, ohne eine Entscheidung getroffen zu haben. Es war zu riskant, umzukehren. Sie raffte den Rock und rannte nach oben, so schnell sie konnte. Dabei flehte sie zum Himmel, daß ihr niemand begegnen möge.

Atemlos und mit wild klopfendem Herzen kam sie im obersten Stockwerk an. Der enge Flur lag verlassen da, an jeder Seite gab es nur Türen. Welche war die von Emily? Himmel – sie hatte es völlig vergessen! Panik breitete sich in ihr aus. Wenn jemand kam, mußte sie in das nächste Zimmer stürzen und konnte nur hoffen, daß es leer war!

Nun hörte sie Schritte auf der Treppe! Sie sprang in den Raum, den sie zuerst erreichte, und hatte gerade die Tür geschlossen, als die Schritte auf dem Treppenabsatz erklangen. Wenn die Person hier hereinkam, konnte Charlotte gar nichts tun. Verzweifelt sah sie sich nach einem Schlaginstrument um. Sie durfte nicht zulassen, daß man sie wie eine gemeine Diebin nach unten zerrte!

»Charlotte! Charlotte, wo bist du?«

Vor Erleichterung wurde ihr fast schlecht. Sie spürte, wie Hitze- und Kältewellen über ihren Körper jagten. Mit zitternden Händen öffnete sie die Tür.

»Ich bin hier!«

Zehn Minuten später saß sie wieder im Wohnzimmer. Ihr Haar war ein wenig zerzaust, aber dafür gab es die Erklärung, daß sie sich hingelegt hatte. Sie beteuerte, sich wieder ganz wohl zu fühlen, und blieb ziemlich still, um das erstaunliche Glück, das sie bisher gehabt hatte, nicht zu gefährden. Ihre Hände zitterten noch leicht, und ihre Gedanken beschäftigten sich mit anderen Dingen als mit dümmlicher Konversation.

Die Gesellschaft löste sich bald auf, als sei das vereinbart worden. Um ein Viertel vor elf Uhr saß Charlotte neben Jack in der Kutsche und erzählte ihm, was sie mit Garrard und Loretta im Treibhaus erlebt hatte.

Dann sagte sie ihm, was sie als nächstes plante.

Ballarat begrüßte sie widerstrebend.

»Meine liebe Mrs. Pitt, glauben Sie mir, es tut mir wirklich leid, daß Sie soviel Kummer haben. Aber ich kann absolut nichts für Sie tun.« Er stand wieder vor dem Feuer und wippte auf den Fußsohlen. »Ich wünschte, Sie würden sich nicht so abquälen. Warum bleiben Sie nicht in Ihrem Elternhaus, bis ...« Er hielt inne, weil er merkte, daß er sich in eine Sackgasse hineinmanövriert hatte.

»Bis sie meinen Mann hängen«, beendete sie den Satz für ihn.

Er fühlte sich äußerst ungemütlich. »Meine liebe Dame, das ist ganz ...«

Sie starrte ihn an, und er besaß soviel Anstand zu erröten. Doch sie war nicht gekommen, um ihn zu bekämpfen; und ihren Gefühlen freien Lauf zu lassen, war zügellos und dumm.

Sie entschuldigte sich mühsam und schluckte ihren Haß hinunter, weil Ballarats Angst soviel größer war als seine Loyalität. »Es tut mir leid. Ich bin hier, weil ich etwas entdeckt habe, was ich Ihnen unbedingt sofort sagen muß.« Sie ignorierte seinen leidenden Gesichtsausdruck und fuhr fort. »Die Dirne, die in Seven Dials ermordet wurde, war nicht die Frau in Rot, die Dulcie und Miß Adeline Danver nachts sahen. Die Frau lebt noch, und sie ist die Zeugin, die Thomas suchte.«

Ein Hauch von Mitleid huschte über seine Züge und verschwand wieder. »Zeugin wofür, Mrs. Pitt?« fragte er und bemühte sich um Geduld. »Selbst wenn wir diese mysteriöse Frau finden könnten — falls sie existiert —, würde das Pitt nicht helfen. Im Vordergrund steht immer noch, daß er die Person in Seven Dials tötete, wer immer sie war.« Das klang vernünftig und nach selbstgerechter Überzeugung.

»Jemand verpaßte der Prostituierten ein rotes Kleid und tötete sie, um die wahre Frau in Rot zu schützen und gleichzeitig Thomas loszuwerden. Erkennen Sie das nicht?« fagte sie mit beißendem Hohn. »Oder nehmen Sie an, Thomas habe auch das Mädchen Dulcie aus dem Fenster gestoßen und Robert York umgebracht — weiß Gott, warum.«

Ballarat hob kraftlos die Hände, als wolle er Charlotte tätscheln, doch dann sah er die heftige Gemütserregung in ihren Augen und hielt sich zurück. »Meine liebe Mrs. Pitt, Sie sind erschöpft. In Ihrer Lage ist das ganz verständlich, und glauben Sie mir, daß ich tiefes Mitgefühl habe.« Er atmete hörbar ein und richtete sich auf. Die Vernunft mußte an erster Stelle stehen. »Robert York wurde von einem Einbrecher getötet, und das Mädchen fiel zufällig aus dem Fenster.« Er nickte. »Unglücklicherweise passiert so etwas manchmal, hat aber mit Verbrechen nichts zu tun. Und übrigens, meine Liebe, ist Miß Adeline Danver ziemlich alt und gewiß nicht die zuverlässigste Zeugin.«

Zuerst sah Charlotte ihn ungläubig an, dann kam ihr die verzweiflungsvolle Einsicht. Entweder hatte der Mann Angst vor all den Unannehmlichkeiten, dem Ärger und der Schande, falls im Außenministerium ein Verrat passiert war — oder er steckte selbst in der Sache. Sie betrachtete seine aufgeblasenen Wangen, seine intensive Gesichtsfarbe, die lidlosen braunen Augen, die so rund wie Knöpfe waren. Sie hielt es nicht für möglich, daß dieser Mensch soviel schauspielerisches Talent besaß, den überlisteten Beamten zu mimen. Eine flüchtige Sekunde lang tat er ihr fast leid, dann dachte sie an Thomas' Blutergüsse und die Furcht in seinen Augen.

»Sie werden sich sehr dumm vorkommen, wenn das alles vorbei ist«, sagte sie eisig. »Ich dachte, Sie würden Ihr Land zu sehr lieben, um Hochverrat zu dulden, nur, weil dessen Aufdeckung peinlich wäre und gewisse Leute in Verlegenheit brächte, deren Gunst Sie behalten wollen.«

Ballarats Gesicht lief puterrot an, und er trat einen Schritt vor. »Sie beleidigen mich, Madam«, rief er wütend.

»Das freut mich!« Sie musterte ihn mit glühender Verachtung. »Ich hatte befürchtet, nur einfach die Wahrheit zu sagen. Wenn Sie mir das Gegenteil beweisen, wird niemand glücklicher sein als ich. In der Zwischenzeit glaube ich, was ich sehe. Guten Tag, Mr. Ballarat.«

Sie ging hinaus, ohne zurückzublicken, und ließ die Tür hinter sich weit offen.

Charlotte wußte, was sie zu tun hatte. Ballarat hatte ihr keine Wahl gelassen. Hätte er versprochen nachzuforschen, wäre sie in diesem Punkt zufrieden gewesen, doch nun konnte sie an nichts anderes mehr denken. Sie entwickelte eine Rücksichtslosigkeit, die sie sich selbst nicht zugetraut hätte. Beinahe schockiert stellte sie fest, wie skrupellos sie sein konnte, wenn es um die Menschen ging, die sie mehr liebte als sich selbst und deren Schmerz sie schwerer ertragen konnte als den eigenen. Ihre Reaktion war instinktmäßig und hatte mit ihrem Verstand nichts zu tun.

Charlotte hatte den Ausdruck von Lorettas Gesicht im Türrahmen des Gewächshauses sofort zu deuten gewußt. Loretta liebte Garrard Danver — schrankenlos und besessen, was nicht schwer zu begreifen war. Er besaß eine ungewöhnliche Anmut und Ausstrahlung. Für die meisten Frauen hätte er eine Herausforderung bedeutet; etwas Undefinierbares ging von ihm aus, die Ahnung einer großen Leidenschaft unter der etwas spröden Schale und dem zurückhaltenden Humor — als müsse man nur das Geheimnis entdecken, um zu der rätselvollen Seele dieses Mannes vorzudringen. Für die reizvolle Loretta, die sich mit dem charmanten, aber beherrschten Piers langweilte, mußte die Andeutung einer ungebändigten Wildheit geradezu unwiderstehlich sein.

Und offenbar hatte Garrard nur die Frau in Rot geliebt. All dieser Hunger und die Gefühlswallungen, die Loretta gern erweckt hätte, lagen in seinen Gesichtszügen, als Charlottes Erscheinung in dem Dämmerlicht und dem flammenden Kleid eine quälende Erinnerung in ihm wachgerufen hatte.

Charlotte mußte die Leute alle zusammenbringen und so lange Druck ausüben, bis einer zusammenbrach. Garrard war das schwächste Glied in der Kette. Er hatte Angst — auch das war Charlotte klargeworden —, und Lorettas Begierde stieß ihn ab.

Garrard war derjenige, den Charlotte mit ihrer ganzen Kraft unter Druck setzen mußte.

Doch sie hatte keine Möglichkeit, die Yorks zu zwingen, die Danvers und Ashersons und sie, Charlotte, einzuladen; schon gar nicht in den wenigen Tagen, ehe Thomas vor Gericht kam. Ein Treffen in Emilys Haus wäre unerklärlich gewesen, und Jack besaß nicht die Räumlichkeiten, obwohl Emily das Ereignis bestimmt gern finanziert hätte. Nein, die Antwort lag bei Großtante Vespasia, die gewiß mit Vergnügen helfen würde.

Charlotte stieg aus dem öffentlichen Pferdeomnibus und nahm sich leichtsinnigerweise eine Kutsche zu Tante Vespasias Haus. Sie war schon oft dort gewesen, und das Dienstmädchen zeigte keine Überraschung.

Vespasia empfing ihren Gast im Boudoir, das luftig hell und geräumig, dabei sparsam in Creme, Gold und Tiefgrün möbliert war. Eine große Farnkrautpflanze in einem Topf stand vor der einen Wand. Eine üppig aufgeschichtete Feuerstelle sorgte für Wärme.

Vespasia sah zerbrechlicher aus als früher, doch sie besaß immer noch den feinen Knochenbau der betörenden Schönheit, die sie vor vierzig oder auch dreißig Jahren gewesen war. Ihr Adlerprofil, die Augen mit den schweren Lidern unter gewölbten Brauen und das gelockte Haar, das wie altes Silber schimmerte, ließen noch einen Hauch der einstigen Reize ahnen. Sie trug ein lavendelfarbenes Kleid mit einem Brüsseler Spitzenkragen.

»Wie geht es dir?« fragte Charlotte gleich, und diese Frage entsprang nicht nur der Höflichkeit oder dem Wunsch nach Hilfe. Es gab niemand außerhalb und nur wenige innerhalb ihrer Familie, die sie so liebte wie Tante Vespasia.

Die alte Dame lächelte. »Ganz gut erholt — und wahrscheinlich viel besser als dir, mein Kind. Du siehst blaß und müde aus. Setz dich und erzähl mir, wie du vorankommst. Wie kann ich dir helfen?« Sie schaute an Charlotte vorbei zu dem Mädchen hin, das im Türrahmen stand. »Tee, bitte, Jennet, und Gurkenbrötchen, dann Kuchen — etwas mit Schlagsahne und geeistem Zucker, bitte.

»Ja, gnädige Frau.« Jennet verschwand und schloß leise die Tür.

»Also?« fragte Vespasia.

Als Charlotte ging, war ihr Plan bis ins kleinste Detail ausgearbeitet. Sie fühlte sich viel besser nach dem Essen und erkannte, daß sie zu Hause zuviel gehungert hatte — vor Kummer war ihr nicht nach Nahrung zumute gewesen. Tante Vespasias Entschlußfreudigkeit dämpfte einen großen Teil der Verzweiflung, die sich in ihrem Inneren breitgemacht hatte. Die alte Dame hatte Charlotte sehr sanft ermutigt, die Selbstbeherrschung aufzugeben, die sie so viele Tage in Erstarrung und ohne Tränen hatte verharren lassen. Charlotte weinte heftig und rückhaltlos. Ihre Ängste auszusprechen, anstatt sie wie schwarze Teufel in ihrem Herzen zu verschließen, hatte ihnen einen Teil ihres Horrors genommen, und sie erschienen nun nicht mehr unüberwindbar.

Als Tante Vespasia zwei Tage später einen handgeschriebenen Brief schickte, in dem stand, daß die Einladungen zu einem Abendessen angenommen worden waren, wurde es Zeit, Jack auf das letzte und beste Spiel vorzubereiten. Emily wußte ebenfalls Bescheid — durch eine seltsam verschlüsselte Botschaft, die Gracie überbracht hatte.

Jack war sehr nervös, als er Charlotte an dem bewußten Abend um Viertel vor sieben Uhr abholte. Sie hätte ihm diese Nervosität gar nicht zugetraut, doch nach kurzer Überlegung erkannte sie, daß sie ihn falsch eingeschätzt hatte. Daß er von Anfang an alles ihm Mögliche getan, Pitts Unschuld oder Emilys haarsträubenden Entschluß nie angezweifelt hatte, bedeutete nicht, daß er unter der lässigen Oberfläche keine Emotionen besaß. Schließlich war er in einer Gesellschaft aufgewachsen, die gute Manieren über alles stellte. Offen dargebotene Gefühle wirkten nur störend. Sie konnten dem Seelenfrieden im Wege sein und das Vergnügen verderben, und das war unverzeihlich. Wenn Jack irgendwelche Werte besaß, mußte er natürlich nervös sein. Vermutlich spürte er dasselbe Flattern im Magen wie sie, hatte denselben rasenden Puls und die feuchten Hände, die kein Taschentuch trocknen konnte.

Unterwegs sprachen die beiden nicht. Sie hatten alles gut durchdacht und waren nicht in Stimmung, über Nebensächlichkeiten zu plaudern. Es war bitter kalt, eine strenge Winternacht. Das Eis knackte auf dem Pflaster und in den gefrorenen Rinnsteinen. Der scharfe Wind, der vom Meer her wehte, hatte den Nebel vertrieben, und sogar über der Stadt verhüllte der Rauch die Sterne nicht, die so tief hingen, als sei ein tausendflammiger Lüster am Himmel explodiert.

Vespasia hatte das Kleid ausgesucht, das Charlotte an diesem Abend tragen sollte, und es auch trotz aller Proteste bezahlt. Es bestand aus elfenbeinfarbener Seide, die hie und da mit Goldpunkten dekoriert war, und einem perlenbestickten Oberteil. Es war die zauberhafteste Robe, die Charlotte je besessen hatte — tief ausgeschnitten und mit einem schönen Gesäßpolster. Selbst Jack, der mit den großen Schönheiten des Jahrhunderts diniert hatte, war überrascht und beeindruckt.

Die beiden wurden in Vespasias Wohnzimmer geführt, wo die alte Dame in einem hochlehnigen Stuhl neben dem Feuer thronte, als sei sie eine Königin beim Hofhalten. Sie trug ein metallgraues Kleid mit einem Halsschmuck aus Diamanten und Perlen. Ihr Haar über den gewölbten Brauen erinnerte an eine Silberkrone.

Jack verneigte sich, und Charlotte machte, ohne zu überlegen, einen Hofknicks.

Tante Vespasia lächelte mit Verschwörerblick. Die Situation war verzweifelt, und dennoch zog auch ein Stück Erheiterung mit in die Schlacht.

»England erwartet, daß jeder Mann seine Pflicht tut«, flüsterte Tante Vespasia. »Ich glaube, unsere Gäste sind im Anmarsch.«

Zuerst erschienen Felix und Sonia Asherson. Man sah ihnen die Verwunderung darüber an, eingeladen worden zu sein. Die sonst unerträgliche Selbstgefälligkeit Sonias verwandelte sich hier in einen Ausdruck der Höflichkeit, der sich über ihre regelmäßigen Züge breitete.

Felix gab sich interessiert. Wenn er wollte, konnte er außerordentlich liebenswürdig sein. Es gelang ihm, ohne Worte zu schmeicheln, und sein spärliches Lächeln war umwerfend.

Tante Vespasia war beinahe achtzig. Als Kind hatte sie die Feiern nach dem Sieg von Waterloo erlebt. Sie erinnerte sich an die »Hundert Tage« und an Napoleons Niederlage. Sie hatte mit dem Herzog von Wellington getanzt, als er Premierminister gewesen war. Sie hatte die Helden, die Opfer und die Narren der Krim gekannt, die Erbauer des Empire, die Staatsmänner, Scharlatane, Künstler und Geistreichen des größten Jahrhunderts in Englands Geschichte. Es machte ihr Spaß, mit Felix Asherson zu spielen, und das Lächeln auf ihren Lippen blieb absolut unergründlich.

Zehn Minuten später wurden die Danvers hereingebeten. Julian erschien völlig gelöst. Er spürte keinen Drang anzugeben oder sich in das Gespräch zu mischen. Charlotte fand, daß Veronica sich glücklich preisen konnte.

Garrard dagegen redete hektisch, sein Gesicht wirkte angespannt, seine Hände bewegten sich nervös. Charlotte witterte instinktiv die Beute; sie haßte sich deshalb, doch das änderte nichts an ihren Absichten. Entweder Garrard Danver oder Thomas — sie hatte keine Wahl.

Auch Harriet Danver fühlte sich nicht wohl in ihrer

Haut. Sie sah zerbrechlicher aus als sonst. Das konnte allerdings an der graublauen Farbe ihres Kleides liegen, die die Schatten auf ihrer Haut verstärkte und ihre Augen noch größer erscheinen ließ. Entweder war sie sehr verliebt und konnte den Schmerz kaum ertragen, oder sie fühlte sich aus anderen Gründen bedrückt.

Tante Adeline trug ein Gewand in Topas und Gold, das ihr sehr gut stand. Ihre Wangen waren leicht gerötet — ihnen fehlte die übliche Fahlheit. Es dauerte einige Minuten, bis Charlotte merkte, daß Adeline sich äußerst geschmeichelt fühlte, in Tante Vespasias Heim eingeladen zu sein, und das Ereignis erregte sie aufs angenehmste. Charlotte spürte einen scharfen Stich der Gewissensnot — sie hätte gern auf ihre Pläne verzichtet, wenn es möglich gewesen wäre.

Zuletzt kamen die Yorks; Veronica ätherisch und großartig in Schwarz und Silber, mit hoch erhobenem Kopf und zart geröteten Wangen. Ihr Fuß stockte beinahe an der Tür, als sie Charlotte dicht neben Julian Danver entdeckte. Seine Bewunderung für sie war höchst offensichtlich, und für einen Augenblick war es ebenfalls offensichtlich, daß Veronica nie zuvor erkannt hatte, was für eine potentielle Rivalin Charlotte sein könnte. Die kleine Miß Barnaby vom Land war eine beachtliche Schönheit, wenn sie sich anstrengte! Veronicas Begrüßung ließ einige Wärmegrade vermissen, als sich die beiden Frauen in der Mitte des Raumes trafen.

Ausnahmsweise sah auch Loretta weniger selbstbewußt aus; ihr Auftreten war nur ein Schatten ihrer früheren Sicherheit. Wie immer gab es an ihrer Erscheinung nichts auszusetzen; der goldene Pfirsichton ihres

Kleides wirkte ungemein feminin, doch die schwebende Leichtigkeit ihrer Ausstrahlung war verflogen. Die Wunde, die Loretta im Treibhaus preisgegeben hatte, war noch offen. Loretta blickte Garrard Danver nicht an. Piers York war ernst, als ahne er eine Tragödie. Sein Gesicht erhellte sich, als er Vespasia sah, und Charlotte stellte erstaunt fest, daß die beiden sich seit Jahren kannten.

Die üblichen Begrüßungsfloskeln und kleinen Höflichkeiten waren ausgetauscht, doch die unterschwelligen Strömungen waren bereits spürbar.

Eine halbe Stunde lang wurde das Wetter, das Theater, über Modeerscheinungen und Politik geredet. Alle Anwesenden außer Garrard und Loretta schienen sich wohl zu fühlen. Falls Piers irgendwelche Vorbehalte hatte, war er zu routiniert, um sie zu zeigen.

Charlottes Aufmerksamkeit war geteilt; sie mußte mit der Ausführung ihres Planes bis zum Essen warten. Wenn sie zu früh begann, würde sie die Anspannung zerstreuen, die sie aufbauen wollte. Alle mußten sich gegenübersitzen, ohne Möglichkeit zur Flucht.

Die Minuten dehnten sich, das geistlose Gespräch tröpfelte dahin, während Charlotte die Gesichter beobachtete. Felix genoß die Augenblicke, sogar mit Harriet, die allmählich ihre Blässe verlor und sich an der Konversation beteiligte. Sonia und Loretta erzählten sich Klatschgeschichten. Veronica flirtete mit Julian, schaute ihm in die Augen und ignorierte Charlotte. Vespasia lächelte und sprach abwechselnd mit jedem, wobei sie kleine, sehr persönlich gefärbte Kommentare abgab. Ab und zu traf sich ihr Blick mit dem von Charlotte, und sie nickte kaum merklich.

Schließlich wurde zum Essen gebeten, und die Anwesenden gingen paarweise in das Speisezimmer. Dann nahmen sie die Plätze ein, die Vespasia in weiser Voraussicht für sie bestimmt hatte: Harriet neben Felix Asherson und gegenüber von Jack, so daß dieser ihre Gesichter beobachten konnte; Julian neben Charlotte, und, höchst wichtig, Loretta und Garrard nebeneinander unter dem Kronleuchter, damit keine Regung in ihren Zügen der gegenüber plazierten Charlotte entgehen konnte.

Die Suppe wurde serviert, und das Gespräch erlahmte. Als nächstes gab es Fisch, scharf gebratenen Breitling, und als Zwischengericht Klöße aus Kaninchenfleisch. Als dann der Lammbraten aufgetischt wurde, betrachtete Tante Vespasia Julian Danver mit einem liebenswürdigen Lächeln. »Ich hörte, daß Sie ein aufsteigender Stern im Außenministerium sind, Mr. Danver«, sagte sie. »Eine höchst verantwortungsvolle Position, die auch Gefahren in sich birgt.«

Er sah erstaunt drein. »Gefahren, Lady Cumming-Gould? Ich versichere Ihnen, daß ich selten die äußerst bequemen und ganz besonders sicheren Räume des Außenministeriums verlasse.« Er lächelte Veronica kurz zu, dann sah er wieder zu Vespasia hin. »Und selbst wenn man mich in eine ausländische Botschaft schicken würde, bestünde ich darauf, in Europa zu bleiben.«

»Tatsächlich?« Die silbernen Augenbrauen hoben sich. »Die Angelegenheiten welcher Länder sind Ihr Spezialgebiet?«

»Die von Deutschland und seinen Interessen in Afrika.«

»In Afrika?« fragte sie. »Ich glaube, der Kaiser schmiedet imperialistische Pläne, die unvermeidlich mit unseren in Konflikt geraten werden. Da müssen Sie wohl recht heikle Verhandlungen führen.«

Er lächelte immer noch. Das übrige Gespräch war verstummt, und die Gesichter wandten sich ihm zu.

»Natürlich«, erwiderte er.

Vespasias Mundwinkel verzogen sich ganz leicht. »Fürchten Sie nie Verrat oder irgendeinen winzigen ehrenhaften Fehler, der Ihrem Gegner Vorteile bringen könnte — dem Gegner Ihres Landes?«

Ein Schatten huschte über sein Gesicht, der aber gleich wieder verschwand. »Natürlich muß man vorsichtig sein, aber wir sprechen niemals außerhalb des Ministeriums über Staatsangelegenheiten.«

Charlotte mischte sich ein. »Und natürlich wissen Sie genau, wem Sie trauen können.« Das war eher eine Feststellung als eine Frage. »Ich denke, daß Verrat ganz klein beginnt. Zuerst wird eine winzige vertrauliche Mitteilung preisgegeben, vielleicht von jemand, der liebt.« Sie sah Harriet, dann Felix an. »Persönliche Bindungen können die Moral so sehr in Verwirrung bringen!«

Sie dachte daran, wie es ihr selbst erging, dachte an Freundschaft und die ungeschriebenen Gesetze der Gastlichkeit — und daran, wie die Liebe sie alle überrollte. Sie wollte sich selbst nicht reinwaschen oder innerlich behaupten, Liebe entschuldige alles, sondern einfach einem elementaren Drang nachgeben — wie ein Tier seine Jungen beschützt.

Auf Felix' blassen Wangen erschienen rote Flecken. Sonia hatte aufgehört zu essen und hielt die Gabel so fest in der Hand, daß die Fingerknöchel weiß hervortraten. Vielleicht war sie gar nicht so gleichgültig, wie sie erschien.

»Ich glaube, Sie ... sehen das in allzu romantischem Licht, Miß Barnaby«, sagte Felix unbeholfen.

Charlotte schaute ihn unschuldig an. »Glauben Sie nicht, daß die Kraft der Liebe das Urteilsvermögen trüben kann, Mr. Asherson, wenn auch nur für einen Moment?«

»Ich ...« Er war gefangen und lächelte, um seine Verlegenheit zu überspielen. »Sie drängen mich, ungalant zu sein, Miß Barnaby! Soll ich sagen, daß ich keine Frau kenne, so charmant sie auch sein mag, die mir Fragen stellen würde, welche ich nicht beantworten darf?«

Eine Sekunde lang gab sich Charlotte geschlagen. Doch wenn ihr Vorhaben nicht so schwierig gewesen wäre, hätte sie es längst direkt in Angriff genommen.

»Sie kennen die geheimnisvolle Frau in Rot nicht?« Die Worte waren ihr herausgerutscht, ehe sie überlegen konnte. Sie sah, wie sich Jacks Augen weiteten und Tante Vespasia ihre Gabel mit einem leisen Klick auf den Teller fallen ließ. Veronica hielt den Atem an und starrte in Charlottes Gesicht, als habe diese eine Maske abgenommen, unter der eine Schlange verborgen war. Garrards Züge entbehrten jeder Farbe, seine Haut schimmerte gelbgrau.

Es war Loretta, die das Schweigen brach. Ihre Stimme schnarrte in der Stille. »Wirklich, Miß Barnaby, Sie haben einen Hang zum Melodramatischen, den man zumindest als unglücklich bezeichnen kann. Ich denke, Sie wären gut beraten, wenn Sie Ihren Lesestoff überprüfen würden!« Nur ein Hauch von Unsicherheit lag in ihren Worten, kaum ein Zittern. Natürlich wußte sie nicht, daß Charlotte ihr Gesicht im Treibhaus gesehen hatte. »Sie sollten keine Schundliteratur lesen«, fügte sie hinzu. »Das verdirbt den Geschmack.«

»Ich meine, sie hat die Zeitung gelesen«, sagte Jack hastig.

»Bestimmt nicht.« Charlotte log mit einer Spur von Ironie. »Ich hörte es von einem herumziehenden Marktschreier! Es war unvermeidlich. Er brüllte es laut durch die Straßen. Anscheinend hat diese betörend schöne Frau einige arme Diplomaten dazu verführt, Geheimnisse auszuplaudern, und sie dann verraten. Sie war eine Spionin.«

»Blödsinn«, sagte Felix. Er blickte Charlotte an, nicht Harriet oder ihren Vater. Garrards Gesicht war so geisterbleich, als litte er körperliche Qualen. »Blödsinn«, wiederholte Felix. »Meine liebe Miß Barnaby, diese herumstreifenden Geschichtenerzähler leben davon, die Massen zu unterhalten. Die Hälfte ihrer Storys ist erfunden.«

Einen Augenblick lang ließ die Spannung nach. Charlotte spürte, wie sich die Erregung legte. Das durfte nicht sein: Der Mörder saß hier an diesem eleganten Eßtisch mit dem Tafelsilber, dem Kristall und den weißen Blumen.

»Aber etwas Wahres muß daran sein«, erklärte sie. »Menschen verlieben sich leidenschaftlich — so bedingungslos, daß sie alles vergessen und verraten.« Sie sah sich in der Runde um, als wolle sie jeden als Zeugen anrufen. Veronica war wie betäubt, ihre dunklen Augen wirkten riesengroß, als sei sie von einem inneren Horror erfüllt — oder war es Angst? War sie doch die Frau in Rot, und hatte Garrard deshalb gewußt, daß Charlotte nur eine Rolle spielte? Er hatte Veronica gerade noch im Wohnzimmer gesehen und gesagt, er sei nur gekommen, weil er eine Erpressung fürchtete. Doch wenn das stimmte — warum heiratete er Veronica nicht selbst? Oder war sie seiner müde geworden und hatte seinen Sohn gewählt? Vielleicht war Julian ihre Schwäche, und sie hatte sich in ihn verliebt. Oder bedeutete Julian nur den Aufstieg in eine machtvollere Position? Er hatte größere Zukunftschancen als sein Vater und könnte sogar Kabinettsmitglied werden.

Wußte oder vermutete Loretta das? Ihr Gesicht war aschfahl, doch sie starrte Garrard an, nicht Veronica. Piers zeigte sich verwirrt; er kannte die Bedeutung des Gesagten nicht, doch er spürte, daß Angst und heftige Gefühlsregungen in der Luft lagen. Er sah aus wie ein Soldat, der bereit ist, sich dem feindlichen Feuer zu stellen.

Harriet konnte nicht verbergen, daß sie sich unglücklich fühlte, und Sonias Blässe verriet eine Niederlage.

Tante Adeline ergriff das Wort. »Miß Barnaby«, sagte sie ruhig, »ich bin sicher, daß so etwas von Zeit zu Zeit passiert. Wenn wir in irgendeiner Hinsicht zu großen Gefühlen fähig sind, kann das immer zu einer Tragödie führen. Aber dient es einem guten Zweck, wenn wir darin herumwühlen? Haben wir ein Recht, die Kümmernisse anderer Menschen zu kennen?«

Charlotte spürte, wie ihr das Blut heiß in die Wangen stieg. Sie mochte Adeline und bezweifelte, daß ihre ungeheure Heuchelei und Täuschung je Vergebung finden würde.

»Nicht bei einer Tragödie«, stimmte sie ein wenig unsicher zu. »Und nicht, wenn kein anderer Mensch betroffen ist. Aber Verrat geht uns alle an. Es handelt sich um unser Vaterland, unser Volk, das verraten wird.«

Harriet hob die Hände vor ihr totenbleiches Gesicht.

»Es gab keinen Verrat«, brüllte Felix. »Guter Gott, jeder kann sich unvernünftigerweise verlieben!«

Harriet atmete so scharf und gequält ein, daß es alle hörten.

Felix drehte sich um. »Harriet — ich schwöre es, daß ich nie irgend etwas verraten habe!«

Garrard sah aus, als habe man ihn geschlagen. Veronica starrte mit offenem Mund auf Felix, ihre Augen wirkten wie Höhlen in ihrem Kopf.

»Felix, du ... und die Frau in Rot?« Loretta begann zu lachen. Es klang erst wie ein Gurgeln in ihrem Hals, dann hob es sich und geriet außer Kontrolle bis zum Rande der Hysterie. »Du ... und die Rote! Hörst du das, Garrard? Hörst du es?«

Garrard sprang auf und goß sich Wein und Wasser über den Anzug.

»Nein«, rief er verzweifelt. »Es ist nicht wahr! Um Gottes willen, hör auf. Hör auf!«

Felix sah ihn entsetzt an. »Es tut mir leid«, flüsterte er. Sein Blick suchte Harriet. »Es tut mir leid, Harriet. Gott weiß, daß ich alles versucht habe.«

»Was?« fragte Julian. »Worüber — zum Teufel — redet ihr alle? Felix! Hattest du eine Liebesaffäre mit dieser Frau in Rot?«

Felix versuchte zu lachen, doch der Laut erstarb. »Nein, nein — natürlich nicht!« In seiner Stimme lag soviel bitterer Humor, daß er wohl die Wahrheit sagte. »Nein. Ich wollte Garrard schützen — wegen Harriet. Ist das nicht offensichtlich? Sonia — verzeih mir.«

Niemand fragte, was es zu verzeihen gab. Die Antwort konnte man von Harriets und seinem Gesicht ablesen. Diese häusliche Tragödie war so augenfällig — kein Geheimnis deckte sie mehr zu.

»Vater?« Julian wandte sich an Garrard. Eine Erkenntnis dämmerte ihm, und Schmerz zeichnete sich in seinen Zügen ab. »Wenn du eine Liebesaffäre mit dieser Frau hattest, was macht das schon aus — falls du sie nicht getötet hast?«

»Nein!« Der Schrei entrang sich Garrards Lippen, als sei er ein verwundetes Tier. »Ich liebte ...« seine Stimme brach, »... die Frau in Rot.« Er blickte Loretta mit einem Haß an, der der Tünche von Ironie, Überdruß und Desillusion beraubt war. »Gott ... möge ... dich ... verdammen!« Die Worte klangen erstickt. Garrards Gesicht war tränenlos; er konnte nicht mehr weinen, doch sein Schmerz vibrierte in den Strahlen der schimmernden Kronleuchter.

Ein dumpfes Schweigen entstand. Sekundenlang konnte niemand die Situation begreifen. Schließlich ging Julian zum Angriff über. »Du hast das Ministerium verraten«, sagte er langsam. »Du hast der Frau in Rot von der englisch-deutschen Aufteilung in Afrika erzählt. Das wollte Felix geheimhalten — um Harriets willen!«

Garrard setzte sich mit steifem Rücken hin. »Nein.« Seine Stimme hatte das Feuer des Hasses verloren, der Mann wirkte wie ausgebrannt. »Felix wußte nicht, daß ich die Papiere genommen hatte, nur, daß ich die Frau in Rot liebte. Doch die Geheimnisse hatten nichts mit der Roten zu tun.« Er blickte wieder zu Loretta hin, und alle Leidenschaft seiner Haßgefühle kehrte zurück. »Für sie habe ich die Papiere genommen!« schrie er mit bebender Stimme. »Sie erpreßte mich, es zu tun!«

»Das ist lächerlich«, erklärte Piers ruhig. »Mach doch nicht alles schlimmer als nötig! Was, in Teufels Namen, sollte Loretta mit den Geheimnissen anfangen? Und übrigens, soweit ich weiß, laufen die Verhandlungen gut, oder?«

»Ja.« Julian furchte die Stirn. »Das tun sie. Niemand hat diese erbärmliche Information benutzt.«

»Also ist alles in Ordnung.« Piers lehnte sich zurück. Seine Augen verrieten Traurigkeit. Vielleicht hatten sich seine Illusionen über Loretta schon vor langer Zeit verflüchtigt. »Deine Beschuldigung entbehrt jeder Logik.«

Charlotte erinnerte sich an Lorettas Gesicht im Treibhaus und wußte, daß in dieser Frau die Stürme der Leidenschaft und Zurückweisung verzehrend tobten, sie und diese tragische gewalttätige Geschichte vollständig beherrschten. »Nein, das stimmt nicht«, widersprach sie laut. »Die Information wurde nicht für Verhandlungszwecke gebraucht . . .«

»Ha!« rief Julian spöttisch.

Charlotte schnitt ihm das Wort ab. »Es ging um etwas viel Tiefgreifenderes. Wenn man einen Erpresser einmal bezahlt hat, muß man immer weiter zahlen, man gibt sich in seine Hände. Und das war es, was sie wollte: Macht. Sie wollte Macht ausüben, Macht besitzen, um Menschen nach Belieben zu zerstören. Das war es doch, Mrs. York? Er liebte die Frau in Rot und nicht Sie. Er liebte und begehrte Sie nicht! Sie stießen ihn ab, und das konnten Sie ihm nicht verzeihen.« Ihr Blick traf sich mit dem Lorettas, und sie sah, daß sie einen elementaren Schmerz, einen so abgrundtiefen Haß ausgelöst hatte, daß Loretta sie ermordet hätte, wenn es möglich gewesen wäre.

»Dachten Sie, diese erbärmliche Dirne in Seven Dials sei die Frau in Rot?« fuhr Charlotte gnadenlos fort. »Haben Sie sie deshalb umgebracht? Sie haben Ihre Kraft verschwendet. Die Person war nicht die Frau in Rot, sondern eine arme Kreatur, die auf die schiefe Bahn gekommen war.«

»Du hast sie getötet!« rief Garrard anklagend. »Du hast ihr aufgrund einer Verwechslung den Hals umgedreht!«

»Sei still!« Loretta saß in der Falle, und sie wußte es. Ihre Seele war vor der ganzen Tafelrunde entkleidet worden. Die Zurückweisung durch den geliebten Mann hatte jeder gesehen und gefühlt. Und Garrard war für immer verloren; sogar die Macht, ihn zu verletzen, bestand nicht mehr. Loretta hatte keinen Grund mehr zu kämpfen.

Garrard war all die Jahre von ihr bedroht worden; er hatte die Begegnungen mit ihr gefürchtet und immer in der Angst gelebt, Loretta würde seine Schwäche verraten, seinen Ruf ruinieren und ihn um seine Position, seine Karriere, bringen. Nun war diese Karriere sowieso zerstört, und er rächte sich.

»Du hast sie ermordet«, wiederholte er ruhig. »Du zogst ihr das auffällige Kleid an, damit man diesen unglücklichen Polizisten verdächtigen konnte! Wie hast du die Frau gefunden? Wer war sie? Irgendein Dienstmädchen, das du entlassen hattest und dessen Aufenthaltsort dir noch bekannt war?«

Loretta sah ihn wie betäubt an. Er hatte ins Schwarze getroffen — ihr Gesicht verriet es zu deutlich, als daß sie hätte leugnen können.

»Und Dulcie?« fuhr er fort. »Du hast sie aus dem Fenster gestoßen. Warum? Was wußte oder sah sie?«

»Weißt du das nicht?« Sie begann hysterisch zu lachen. »Meine Güte, Garrard — weißt du das wirklich nicht?« Tränen liefen ihr übers Gesicht, und ihre Stimme wurde immer schriller.

Jack erhob sich und trat auf sie zu. »Asherson!« sagte er scharf.

Wie benebelt stand Felix auf und kam ihm zu Hilfe. Die beiden Männer nahmen Loretta zwischen sich und trugen sie aus dem Zimmer.

Auch Vespasia erhob sich steif und mit blassem Gesicht. »Ich werde die Polizei anrufen — Inspektor Ballarat ist zuständig, soviel ich weiß. Außerdem werde ich den Innenminister informieren.« Sie musterte die Anwesenden. »Ich entschuldige mich für dieses ... dieses mißglückte Dinner, aber Sie müssen verstehen, Thomas Pitt ist einer meiner Freunde. Ich kann nicht ruhig hier sitzen und zusehen, wie er für einen Mord gehenkt wird, den er nicht begangen hat. Bitte entschuldigen Sie mich jetzt.«

Mit hoch erhobenem Kopf schritt sie hinaus, um all ihren Einfluß geltend zu machen, damit Thomas noch in der gleichen Nacht freikommen sollte.

In dem Schweigen, das hinter ihr entstand, rührte sich keiner.

Doch der Fall war nicht ganz gelöst. Es gab noch die Frau in Rot. Und wer hatte Robert York ermordet — und warum? War das auch Loretta gewesen? Charlotte glaubte das nicht.

Mit zitternden Knien stand sie auf. »Meine Damen, ich denke, wir sollten uns zurückziehen. Ich kann mir nicht vorstellen, daß jemand noch etwas essen möchte — ich jedenfalls nicht.«

Gehorsam schoben sie ihre Stühle zurück und marschierten durch das Wohnzimmer. Adeline und Harriet drängten sich dicht zusammen, als könne körperliche Nähe ihnen Kraft verleihen. Sonia Asherson trug mit zusammengepreßten Lippen ihren Schmerz allein.

Zuletzt folgte Charlotte Veronica auf dem Fuß. In der Halle zog sie die junge Mrs. York durch die Tür zur Bibliothek. Veronica sah sich erschrocken um, als kämen ihr die Bücherborde bedrohlich vor.

Charlotte lehnte sich gegen die Tür und versperrte den Weg.

»Da gibt es noch die Frau in Rot«, sagte sie ruhig. »Die Frau, die Garrard geliebt hat. Das sind Sie, nicht wahr?«

»Ich?« Veronicas Augen weiteten sich. »Ich! O Gott! Wie sehr Sie sich irren! Aber warum ... warum interessiert Sie das? Warum haben Sie das alles getan? Wer sind Sie?«

»Charlotte Pitt.«

»Charlotte ... Pitt? Das heißt, daß ... daß dieser Polizist ...«

»Er ist mein Mann. Ich werde nicht zulassen, daß er wegen Mordes verurteilt wird.«

»Das wird er nicht«, sagte Veronica rauh. »Loretta hat es getan. Wir alle haben ihr Geständnis gehört. Sie brauchen sich nicht zu sorgen.«

»Es ist noch nicht zu Ende.« Charlotte drehte den Schlüssel im Schloß. »Ich wiederhole: Da gibt es noch die echte Frau in Rot und die Frage, wer Ihren Mann umgebracht hat. Ich glaube nicht, daß das Loretta war. Ich glaube, daß Sie es waren, und Loretta wußte es. Sie nahm Sie aus irgendeinem Grund in Schutz, obwohl Sie ihren Sohn getötet hatten.«

»Wie ... ich ...« Veronica schüttelte langsam und ungläubig den Kopf.

»Es hat keinen Sinn, wenn Sie jetzt leugnen.« Charlotte konnte momentan kein Mitleid aufbringen. Dies war die Frau in Rot; vielleicht war sie keine Spionin, aber eine rücksichtslose und leidenschaftliche Person und eine Mörderin. »Wollten Sie Julian heiraten? Hatten Sie Robert satt und brachten ihn um, damit der Weg zu Julian frei war?«

»Nein!« Veronica war so bleich, daß Charlotte schon fürchtete, sie würde in Ohnmacht fallen. Und doch war das die Frau in Rot, die Verführerin mit dem Spürsinn, dem spektakulären Auftreten, dem Mut.

»Es tut mir leid, aber ich kann Ihnen nicht glauben.«

»Ich bin nicht die Frau in Rot!« Veronica bedeckte ihr Gesicht mit den Händen, wandte sich ab und sank auf das Sofa. »O Gott! Ich denke, daß ich Ihnen die Wahrheit sagen muß. Es ist ganz anders, als Sie vermuten!«

Charlotte nahm auf einer Stuhlkante Platz und wartete.

»Ich liebte Robert — Sie werden mir nie glauben, wie sehr ich ihn liebte! Als wir heirateten, dachte ich, ich hätte alles auf der Welt, was sich eine Frau nur wünschen konnte. Er war... er war so hübsch, so charmant und feinfühlig. Er schien mich zu verstehen. Er war mir ein Gefährte, wie ich es noch bei keinem Mann erlebt hatte. Ich... ich liebte ihn so sehr!« Sie schloß die Augen, doch die Tränen sickerten unter ihren Lidern durch und liefen ihr über die Wangen.

Entgegen ihren Vorsätzen empfand Charlotte tiefes Mitleid. Sie wußte, was es bedeutete, so stark zu lieben, daß die ganze Welt von dieser Liebe erfüllt war. Auch sie hatte Einsamkeit gekannt.

»Fahren Sie fort«, sagte sie sanft. »Was ist mit der Frau in Rot?«

Veronicas Körper zitterte, ihre Stimme klang heiser. »Robert wurde . . . kühl mir gegenüber. Ich . . .« Sie schluckte und flüsterte plötzlich. »Er hatte kein Interesse mehr daran, mit mir zu schlafen. Zuerst dachte ich, es läge an mir, ich würde ihm nicht gefallen. Ich tat, was ich konnte, doch nichts . . .« Sie hielt inne, um sich zu sammeln, dann sprach sie weiter. »Damals begann ich zu denken, daß es vielleicht eine andere gäbe.« Sie schwieg, denn sie wurde vom Schmerz der Erinnerung übermannt.

Charlotte wartete. Am liebsten hätte sie die Arme um Veronica gelegt und dieses Häufchen Elend getröstet, doch sie wußte, daß es klüger war, sich jetzt zurückzuhalten.

Schließlich gewann Veronica wieder ihre Fassung. »Ich dachte, Robert hätte eine Geliebte. Ich fand ein Taschentuch in der Bibliothek, ein leuchtend kirschrotes. Es gehörte nicht mir und auch nicht Loretta. Eine Woche später fand ich ein Band, dann eine Seidenrose — alle in dieser furchtbaren Farbe. Robert war viel von zu Hause weg; ich dachte, das hätte mit seiner Karriere zu tun. Das konnte ich akzeptieren, wie wir Frauen es alle akzeptieren müssen.«

»Sie haben die Geliebte entdeckt?« fragte Charlotte ruhig.

Veronica atmete tief ein und mit einem zitternden Seufzer wieder aus. »Ja, ich . . . ich sah sie, ganz kurz, hier in meinem eigenen Heim . . . nur ihren Rücken, als sie durch die Haustür ging. Sie war so . . . so anmutig! Ich sah sie ein zweites Mal in einem Theater, in dem ich eigentlich nicht hätte sein sollen — in der Ferne, vom Balkon aus. Als ich hinkam, war sie verschwunden.« Veronica schwieg erneut.

Charlotte glaubte die Geschichte gegen ihren Willen. Veronicas Schmerz war zu echt, um nur gespielt zu sein. Man spürte deutlich, wie weh ihr die Erinnerung tat.

»Weiter«, drängte Charlotte leise. »Fanden Sie die Frau?«

»Ich fand einen ihrer Strümpfe.« Veronicas Stimme klang dumpf vor Qual. »In Roberts Schlafzimmer. Es war so ... Ich weinte die ganze Nacht. Ich dachte, ich würde mich nie in meinem Leben elender fühlen.« Sie stieß einen kleinen erstickten Laut aus, der halb aus Lachen und halb aus Weinen bestand. »Das dachte ich damals! Bis zu der Nacht, als ich wußte, daß die Rote im Haus war. Etwas weckte mich. Es war nach Mitternacht, und ich hörte Schritte. Ich stand auf und sah, wie sie aus Roberts Schlafzimmer kam und die Treppe hinunterging. Ich folgte ihr. Sie muß mich gehört haben und schlüpfte in die Bibliothek. Ich ...« Ihre Stimme erstarb, von Tränen erstickt.

Gleich darauf fuhr sie fort. »Ich ging auch hinein und sah sie im Dämmerlicht, das sie nur schwach beleuchtete. Sie war schön und so ... so elegant. Ich klagte sie an, ein Verhältnis mit Robert zu haben, da fing sie an zu lachen. Sie stand da in der Bibliothek und lachte mich aus! Ich war so wütend, daß ich das Bronzepferd vom Pult nahm und es nach ihr warf. Es traf sie an der Seite des Kopfes, und sie fiel hin. Einen Moment lang stand ich still, dann ging ich zu ihr hinüber, aber sie rührte sich nicht. Ich wartete einen weiteren Augenblick, fühlte ihren Puls und lauschte, ob sie atmete — nichts! Sie war tot. Nun schaute ich sie genauer an.« Veronicas Gesicht war aschgrau. Charlotte hatte noch nie jemand erlebt, der erschöpfter aussah als sie. Die Stimme der jungen Mrs. York war so leise, daß man sie kaum hören konnte.

»Ich berührte ihr Haar ... und hatte es in der Hand! Es war eine Perücke. Erst in diesem Augenblick erkannte ich, wen ich vor mir hatte. Es war Robert selbst ... als Frau verkleidet! Robert war die Frau in Rot!« Sie schloß die Augen und bedeckte sie mit den Fingern. »Nun wußte ich auch, weshalb Loretta Garrard erpreßte — er liebte Robert und wußte die ganze Zeit, was für ein Doppelleben er führte. Und deshalb schützte mich Loretta. Sie haßte mich dafür, aber sie konnte nicht ertragen, daß die ganze Welt vom Transvestitendasein ihres geliebten Sohnes erfuhr.

Nachdem ich festgestellt hatte, daß er tot war, ging ich nach oben. Ich war zu schockiert, um weinen zu können — das kam erst später. Ich ging zu Loretta und erzählte ihr, was geschehen war, und wir begaben uns gemeinsam in die Bibliothek. Ich dachte nicht daran zu lügen. Wir standen da und starrten auf Robert, der in diesem schrecklichen Kleid auf dem Boden lag, die Perücke neben ihm. Er hatte Rouge auf den Wangen und das Gesicht gepudert. Er war bildschön, und das erschien mir in dieser Situation als besonders unanständig.« Nun wurde sie vom Weinen übermannt, und diesmal kniete Charlotte, ohne zu überlegen, neben ihr nieder und legte die Arme um die schmalen zuckenden Schultern.

»Dann haben Sie und Loretta ihm sein eigenes Nachthemd angezogen, das rote Kleid und die Perücke verbrannt und das Fenster in der Bibliothek eingeschlagen«, schloß sie, denn so mußte es gewesen sein. »Wo sind die Gegenstände, die angeblich gestohlen wurden?«

Veronica schluchzte so heftig, daß sie nicht antworten konnte. Drei Jahre Angst und Kummer hatten sich plötzlich gelöst, und die junge Frau mußte sich endlich ausweinen, bis keine Kraft und kein Gefühl mehr übrigblieben.

Charlotte hielt sie geduldig im Arm. Es spielte keine Rolle, wo die verschwundenen Gegenstände hingekommen waren. Vermutlich hatte Loretta sie auf dem Speicher versteckt.

Inzwischen mußte die Polizei wohl eingetroffen sein, und Vespasias Haus erlebte ungeahnte private Tragödien. Der arme Piers — wie sehr er auch seine Illusion nach der ersten Blütezeit seiner Ehe verloren haben mochte: keine Einsamkeit des Herzens konnte ihn auf dieses Unglück vorbereitet haben. Felix würde an der frisch aufgerissenen Wunde seiner Liebe zu Harriet leiden. Diese Liebe war absolut aussichtslos; eine Scheidung hätte alle Beteiligten ruiniert und niemand Glück gebracht. Sonia war nun gezwungen, die Tatsachen zu sehen und zu begreifen — und damit fertig zu werden, daß alle Bescheid wußten. Sie konnte ihren Kummer nicht länger hinter vorgetäuschter Blindheit verbergen — oder vielleicht hatte sie wirklich nichts gemerkt. Tante Adeline würde sich um alle grämen.

Julian Danver war im Moment wohl zu sehr mit der Verzweiflung seiner eigenen Familie beschäftigt, als daß er Charlotte und Veronica gestört hätte. Sicher überließ er »Miß Barnaby« gern die Aufgabe, seine Verlobte zu trösten. Er konnte ja nicht ahnen, daß es mehr war als der Schock über Lorettas Tat, was Veronica durchlitt.

Die Minuten verstrichen langsam in dem stillen Raum. Charlotte wußte nicht, wieviel Zeit vergangen war, bis Veronica sich schließlich völlig erschöpft aufrichtete. Ihr Gesicht war nur mehr ein Zerrbild seiner vorherigen Schönheit.

Charlotte hatte nur ein hauchzartes Taschentuch anzubieten.

»Wahrscheinlich werden sie mich hängen«, sagte Veronica ruhig. Ihre Stimme hatte wieder Festigkeit gewonnen. »Ich hoffe, daß es schnell geht.«

Zu ihrer Überraschung widersprach Charlotte sofort. »Ich sehe keinen Grund, warum man Sie verurteilen sollte. Keiner muß etwas von Ihrer Tat wissen! Sie wollten ja nicht töten. Es war ein unglücklicher Zufall, daß das Wurfgeschoß ihn an der Schläfe traf.«

Veronica sah sie eine Sekunde lang sprachlos an. »Werden Sie es der Polizei nicht erzählen?« fragte sie dann leise.

»Nein, nein, ich finde nicht, daß das nötig ist. Ich habe mich immer für eine sehr zivilisierte Person gehalten, doch seit Thomas in Lebensgefahr ist, merke ich, welche brutalen Kräfte in mir stecken und daß ich bereit bin, sie rücksichtslos einzusetzen, um meine Familie zu schützen. Ich weiß nicht, ob es recht ist, aber ich kann Ihre Handlungsweise gut verstehen.«

»Was ist mit Julian? Wird er ... wird er mich nicht sowieso hassen, weil er mich für die Frau in Rot hält und denkt, ich hätte Garrard ...«

»Dann sagen Sie ihm die Wahrheit!«

Veronica blickte zu Boden. Sie war zu ausgebrannt, um noch zu weinen. »Er wird mich in jedem Fall verlassen. Ich habe Robert getötet und drei Jahre gelogen, um das zu verschleiern. Ich wußte nichts von Loretta und Garrard, ich meine, daß sie ihn begehrte – aber Julian wird mir das alles nicht glauben.«

Charlotte nahm ihre Hände. »Wenn er Sie verläßt, dann liebt er Sie nicht so, wie Sie geliebt werden möchten, und Sie müssen lernen, ohne ihn zu leben. Daß Sie Robert verloren haben, war nicht Ihre Schuld. Ihre Liebe hatte keinen Makel; keine Frau hätte diesen Mann halten können. Aber Julian ist anders. Wenn er Sie wirklich liebt, wird er Sie auch weiter lieben, wenn er Bescheid weiß. Glauben Sie mir, wir alle haben etwas, das man uns vergeben muß. Liebe, die Perfektion verlangt — keine Vergangenheit mit Fehlern, Schmerz, einem Lernprozeß —, ist nur Gier. Niemand reift heran ohne Taten, deren er sich schämen muß; wenn wir das akzeptieren, lieben wir nicht nur die Stärken, sondern auch die Schwächen des Partners, und eine echte Bindung wächst zwischen uns. Erzählen Sie Julian, was geschehen ist. Wenn er es wert ist, wird er Ihre Vergangenheit annehmen — vielleicht nicht gleich, aber ein bißchen später.«

Zum erstenmal hob Veronica das Kinn. Ihre Augen weiteten sich, und Ruhe kehrte in ihr Herz ein. Die Stürme in ihrem Inneren und die Angst legten sich. »Ich werde es tun«, sagte sie sehr leise. »Ich werde ihm alles erzählen.«

Es klopfte an der Tür — sanft und höflich.

Charlotte erhob sich und drehte den Schlüssel im Schloß.

»Herein«, sagte sie.

Die Tür öffnete sich weit, und Tante Vespasia erschien mit einem winzigen Lächeln auf den Lippen. Sie trat zur Seite. Hinter ihr stand Emily, noch im Dienstbotengewand, aber ohne Schürze. Jack hatte die Arme um sie gelegt. Neben den beiden tauchte Thomas Pitt auf. Sein Gesicht war schmutzig, die Wangen hohl und voller blauer Flecken, und um die Augen lagen tiefe Schatten. Doch seine Züge wurden von einem glücklichen Lächeln überstrahlt, das ihm wahre Schönheit verlieh.

[illegible] der blauen Flecken [illegible] und sie [illegible] [illegible]. Doch schon [illegible] [illegible] Lächeln [illegible] Schönheit [illegible]rieb.

QUELLENVERZEICHNIS

[illegible]

Originaltitel: [illegible]

Aus dem Englischen von [illegible]

DER [illegible] IN [illegible]

Originaltitel: [illegible]

Aus dem Englischen von [illegible]

Beide Werke wurden im Auftrag von St. Martin's Press, Inc., durch die Literarische Agentur Thomas Schlück GmbH, [illegible] Garbsen, vermittelt.

QUELLENVERZEICHNIS